AtV

MICHAEL MORTAG, geboren 1946 in Leipzig, arbeitete nach dem Studium der Chemie und Biologie kurzzeitig als Lehrer, bevor er an der Pädagogischen Hochschule in Erfurt Chemie unterrichtete und in diesem Fach promovierte. Nach der Habilitation lehrte er Wissenschaftsgeschichte und -theorie an der Berliner Humboldt-Universität. Bis zu seinem Tod im Dezember 2002 lebte er als freier Schriftsteller in Berlin.

Im Aufbau Taschenbuch Verlag erschienen bisher seine erfolgreichen Romane »Der Abtrünnige« (2001) und »Die Hexe« (2001).

Ein Benediktinerkloster bei Passau im Jahre 1122: Der cluniazensisch orientierte Abt ist verstorben, und der hochbetagte Prior, der die Übergangsleitung innehat, strebt die rasche Wahl eines neuen Oberhauptes an. Doch eine Feuersbrunst kommt dazwischen und zerstört große Teile des Klosters – vor allem aber die Bibliothek, das geistige Fundament der Ordensgemeinschaft.

Die Glaubensbrüder sind eingeschüchtert, mehr noch fürchten sie nach weiteren mysteriösen Vorfällen bald, daß ein Fluch über dem heiligen Ort liegt. Mit Charisma und Überredungskunst schart Bruder Pankraz Getreue um sich und bewirbt sich um das vakante Amt des Oberen. Zu spät erkennt der Prior die bösen Absichten des Einflüsterers, er stirbt, Pankraz wird zum Abt gewählt, und so nimmt das Unheil seinen Lauf …

Michael Mortag

Abt Satanas

Roman

Aufbau Taschenbuch Verlag

ISBN 3-7466-1926-2

1. Auflage 2003

Einbandgestaltung Torsten Lemme
unter Verwendung des Gemäldes
»Porträt des Ugolino Martelli« (1535–1538)
von Angelo Bronzino,
Bildarchiv Preußischer Kulturbesitz
Druck Clausen & Bosse, Leck
Printed in Germany

www.aufbau-taschenbuch.de

Vorwort

Während meiner Studien im süddeutschen Raum fiel mir ein Bericht eines Geistlichen namens Ruotker in die Hände, der offensichtlich vom zuständigen Offizialat* beauftragt worden war, die barbarischen Ereignisse im Kloster Riess während des Jahres 1122 zu untersuchen. Dazu befragte Ruotker Zeugen, unter anderem den Sakristar und den Pförtner der Abtei.

Er notierte alle Erkenntnisse in chronologischer Reihenfolge, wodurch sich sein Bericht wie ein Kriminalstück liest. Er berichtet vom Brand in der Bibliothek des Klosters. Hiernach wird ein Bruder erschlagen gefunden. Ein zweiter, gar ein dritter Mord ereignet sich, und damit findet das Töten noch kein Ende. Auf Riess tragen sich noch weitere unchristliche Vorgänge zu: Eine Frau hält sich in den Mauern auf, Brüder verschwinden spurlos. Überdies wird eine ketzerische Lehre verbreitet.

Allein durch diesen Bericht war es mir möglich, die Vorgänge auf Riess im Jahr 1122 zu erschließen, auch die Fragmente des Tagebuches eines Novizen namens Bertold zuzuordnen, die ich in einer bekannten Klosterbibliothek fand. Beide Zeugnisse konstituieren die nachfolgende Schilderung.

Leider ist das Anschreiben Ruotkers an den Offizial nicht erhalten geblieben, auch erwähnte er den Namen des Bischofs nicht, als er dessen Besuch im Kloster beschrieb. Auf uns überkam zudem kein erhaltenes Dokument, wo die Abtei Riess lag, die vermutlich wenige

* Das Offizialat ist Bestandteil des zweigeteilten bischöflichen Beamtenapparates, der Kurie, und zuständig für die Rechtssprechung. Der andere ist das Generalvikariat, dem die Verwaltung untersteht.

Generationen später bereits aufgegeben wurde. Aber es gibt einige Hinweise, daß es sich beim Bistum um Passau handelte, und die kärgliche Landschaftsbeschreibung könnte auf Ausläufer des Bayerischen Waldes deuten.

I

Aus meinem Munde klangen Psalmen, als ich den Weg zum Kloster anstieg. Von dem Dorf kam ich herauf, wohin ich im Auftrag des Priors eine Nachricht getragen hatte, und war überzeugt, daß mir noch Zeit bliebe bis zur Non.

Wie aber war ich erschrocken, als die Glocken zu läuten begannen. Hatte ich mich verspätet? Das befürchtete ich nur einen Augenblick. Dann wußte ich nicht mehr, ob die Sonne um die Erde sich drehte und ich mit meinen Füßen auf dem Boden stand.

Der Himmel über mir, der wurde dunkel. Schreie der Brüder drangen an mein Ohr. In meinem Kopf ging alles durcheinander. War unser Kloster angegriffen worden? Ging etwa der Satan in ihm um?

Das zweite fürchtete ich mehr, weil Brand in meine Nase biß, ein Rauch, wie er aus der Hölle Schlund zu stammen schien. Ich eilte weiter, und aus den Augen rannen meine Tränen. Waren wir nicht längst genug bestraft?

Unseren Abt hatten wir verloren, und zwar in der schwersten Zeit des Klosters, wie auch die älteren der Brüder mir bestätigten. Erst ging eine Seuche übers flache Land und dezimierte jene, die in die Seelsorgkirche vor unsren Mauern kamen. Damit nahmen wir für unser Kloster kaum noch Geld für Pacht oder für die Buße ein, auch nicht für die Hilfe der Priester und die Wirkung unserer Reliquien. Zudem blieben die Pilger aus, und es wetteiferten nunmehr der Bischof und der Herzog darum, von uns das Geld abzusaugen.*

* Das scheint unter den Brüdern eine verbreitete Meinung gewesen zu sein, der allerdings nur zugrunde lag, daß das Kloster an den Bischof die Pacht fürs Land zu entrichten hatte und an den weltlichen Herrscher eine Abgabe für den militärischen Schutz.

Doch das alles wäre zu ertragen gewesen, nicht hingegen konnte ich verwinden, daß – als unten in der Ebene kaum einer mehr gestorben war – etliche unserer Brüder, darunter zwei meiner Lehrer und andere, die ich hoch schätzte, von uns gegangen waren.

Diese Erinnerungen wirbelten durch meinen Kopf, als ich den Weg nach oben eilte. Mehrfach kam ich ins Straucheln, weil ich meine Cuculle nicht raffte und bei steilen Stücken auf deren Enden trat. Doch hielt ich niemals inne. Denn ich wollte wissen, welches Unglück an diesem Tag hinzugetreten war.

Ich erreichte die Seelsorgkirche, wandte mich nach rechts, nur wenige Schritte bis zum Tor unseres Klosters, das zu meiner Überraschung offenstand. Gleich an der Cella ostiarii bog ich nach links vom Wege ab und verharrte wie einst Lots Weib. Hohe Flammen schlugen auf. Hinter der Kirche lag der Herd der Brunst und drohte das Gotteshaus zu fressen.

Das durfte doch nicht sein, und so eilte ich weiter, am Pilgerhaus vorbei, an meiner Schule, in der es seit Wochen keinen Unterricht mehr gab, und weiter zum Kapitelsaal, der mir ebenfalls zur Linken lag. Meine Sorge aber galt der Kirche, die rechts von mir sich aufwärts reckte. Und meine Angst, die wuchs, und sie schlug um in Erschütterung.

Die Feuer loderten bereits aus einem der Fenster, hinter denen ich oftmals über Büchern gesessen hatte. Das Gotteshaus, es brannte, und zwar das Querschiff, dessen südliche Seite mit der Bibliothek. Wie rasch konnte das Feuer sich weiterfressen, wenn die Pergamente entflammten, zumal der Wind von Westen wehte und die Brunst zum Langhaus trieb.

Mir war, als seien meine Füße mit der Erde fest verwachsen. Ich kam nicht rasch genug voran. Nicht anders ging es wohl den Brüdern, die mit Eimern hin zum Brunnen rannten, die mit Klatschen gegen Flammen sich zu wehren suchten, auch nicht jenen, die in aller Hast die Güter alter Weisheit retteten, nicht ihres Lebens achtend.

Fortan versank auch ich in einem Rausch, trug Bücher aus der Kirche, zwei sogar, an denen die Glut schon nagte. Ich half, die Eimer mit Wasser zu schleppen, karrte Erde heran, die zum Löschen diente.

Und gegen Abend, längst war die Non vorbei, hatten wir die Feuersbrunst besiegt. Mit des HERRN Beistand war es uns gelungen. Der Himmelsherrscher hatte die Winde drehen lassen und hielt die Flammen vom Gestühl und auch vom Altar fern. Zu meiner Verwunderung blieb sogar die Sakristei verschont, die im östlichen Teil des Querhauses ihre Heimstatt hat.

Als dann die letzte Glut erstickt war, sahen wir uns an. Wir waren so von Ruß und Schweiß gezeichnet, daß im letzten Licht des Tages den anderen wohl nicht ins Auge stach, daß ich der einzig junge war. Nicht einmal an den Tonsuren war zu erkennen, daß allein mir sie bislang verwehrt geblieben war, denn alle Köpfe waren schwarz, selbst der blonde Haarkranz unsres Sakristars.

Wir wuschen uns und wechselten die Kleidung. Von jedem Stück besaß ein jeder zwei, denn nie wollten wir unwürdig zum Gottesdienst erscheinen. Verspätet gingen wir an diesem Tag unter des Priors Leitung zur Vesper. Danach baten wir den HERRN, unser Versäumnis uns nachzusehen, denn keiner war in der Lage gewesen, dem Gottesdienst zur Non zu folgen. Auch flehten wir im Gebet darum, fürderhin von Unheilen verschont zu bleiben.

Kaum war das geschehen, wagte ich aufzusehen, und was meine Augen erfaßten, trieb aus ihnen Tränen heraus. Zwar hatten die Flammen den Altar nicht gefressen, doch das schöne Triptychon, das ihn immer zierte, ist nun vom Ruß gedunkelt. Schlimmer noch kam mir an, daß die Gemälde an der Decke von einem Schwarz überzogen sind, als hätten sie die Hölle gestreift.

Was ist dagegen der Gestank vom gelöschten Brand. Der verzieht sich irgendwann. Doch viele Jahre werden vergehen, bis unser Gotteshaus in einstigem Glanz wiedererstrahlt.

Weil Prior Ekkehart unsere Trauer sah, hub er zu einer kleinen Rede an. Er spendete den Brüdern Trost und versuchte allen Kraft zu schenken, indem er sagte, die Kirche werde bald in alter Schönheit auferstehn. Auch solle keiner der Mönche, kein Laienbruder und auch nicht ich, der letzte der Novizen, traurig sein, daß das Gebäude im Rücken des Gotteshauses vom Brand vernichtet worden war. Es hatte das Scriptorium geborgen, die Cella hospitorum für unsere Gäste, auch die Cella infirmorum, den Raum, in dem die Kranken genasen. Und schließlich hatte auch ich mit anderen Novizen darin geschlafen, in der Cella novitorum.

All diese Räume, so versicherte uns Ekkehart würden alsbald schöner und größer aufgebaut denn je. Das waren Worte, die mir Mut einflößten, denn der Prior stand dem Kloster vor, seit unser Abt Kolumban gestorben war. Und der Obere der klösterlichen Gemeinde führt zum eigentlichen Abba hin, zum auferstandenen Christus, der das ganze Haus erfüllt und jeden der Bewohner.

Über diese Brücke schöpfte ich für einige Augenblicke Zuversicht. Aber diese ist wieder von mir gewichen, nachdem wir aßen und uns zur Komplet erneut im Gotteshaus versammelt hatten. Nun sitze ich in der Zeit des befohlenen Schweigens* einsam in einem Raum der Schule und bringe beim Licht einer Kerze diese Zeilen nieder. Allein die Ruhe um mich her engt mir die Brust. Denn noch vor zwei Monaten waren wir fast zwanzig Schüler gewesen, die älteren, die schon Novizen waren, und die jüngeren Oblaten.

* Nach der Regel des Benedikt haben sich die Mönche mit Eifer ums Schweigen zu bemühen nach der Komplet (dem Nachtgebet) für die Stunden der Nacht.

Auch unsre Lehrer waren ständig gegenwärtig. Doch nur deren einer weilt im Kloster noch, es ist Bernus, der die Grammatik lehrte. Ihn habe ich stets gemocht, wie auch die anderen, die mich unterrichteten im Trivium. Und nie hat es mich gestört, wenn Willimar der Stotterer, der uns zur Dialektik führte, mitten im Satz steckenblieb, weil ich wie alle andern Schüler wußte, wenn die Worte wieder flossen, hörten sie sich an wie weiser Wohlgesang.

Nun aber sitze ich allein und fühle mich so elend wie an jenem Tage, an dem unser Abt Kolumban heimgerufen wurde. Schon zuvor war uns Novizen und auch den Brüdern aufgefallen, wie die Glieder des hochbetagten Meisters schwächer wurden. Als ihn darüber hinaus die Krankheit ergriff, vergingen nur noch wenige Stunden, bis alle, die Mönche, die Laienbrüder, die Novizen und die Oblaten, dabeistanden und klagten, als der Obere des Klosters das Gefängnis seines Körpers verließ und seinen letzten Atem aushauchte.

Wir hatten ihn alle geschätzt, der er seine Brüder oft liebevoll ermunterte, sie in frommen Gesprächen an die Regeln des Benedikt, an die Consuetudines unseres Klosters und kirchlichen Bestimmungen erinnerte. Er war uns Jüngeren wie ein Vater gewesen, eher ermahnend als strafend. Und nun weiß ich nicht, wer künftig der Abtei vorstehen wird, denn Prior Ekkehart ist, wie er allen sagte, bereits zu alt für dieses Amt.

Auch weiß ich nicht, ob Andacht und innere Freude ins Gotteshaus zurückkehren werden, das für einige Zeit einer Hölle glich. Wer wird uns führen? Manche sagen, es wird der Bruder Pankraz sein, der einzige der Mönche, der seinen Namen aus der profanen Welt behalten hat.

Nichts weiß ich, und meine Hoffnungen wollen nicht fliegen, doch ich muß nun enden. Die Zeit, die mir der Prior Ekkehart gewährte, mein Tagebuch fortzuschreiben, neigt sich dem Ende zu. Das verkündet mir die

Glocke, die so hoch über der Erde hängt, daß sie die Flammen nicht berührten.

Mariae Vermählung Anno Domini 1122

* * *

Die Überreste des Tagebuches vom Novizen Bertold beginnen mit dieser Eintragung. Möglicherweise sind die vorherigen Aufzeichnungen dem Brand zum Opfer gefallen, den er beschrieben hat, denn die Cella novitorum wurde völlig vernichtet. Schwerer als dieser Verlust wiegt, daß die Niederschriften nach dem 23. Januar 1122 nur lückenhaft erhalten sind.

Das Kloster Riess wurde, wie Ruotker in seinem Bericht bekundet, über achtzig Jahre vor dem geschilderten Ereignis in einer damals fast menschenleeren Gegend auf kirchlichem Land von Bruder Nikolaus gegründet. Dieser wurde auch zum ersten Abt gewählt. Und es geschah hiernach in vielen Jahren, was an manch anderem Ort zuvor verzeichnet worden war: Menschen kamen und siedelten sich an.

An sie verpachtete das Kloster jenes Land, für das die Mönche beim Bischof Mietzins entrichteten. Die Bauern rodeten den Wald, zogen die Wurzeln und rissen den Boden mit dem Holzpflug auf, um das mitgebrachte und auch das vom Kloster zur Verfügung gestellte Saatgut auszubringen.

Im fünfzigsten Jahr des Bestehens von Riess baute in nur drei Meilen Entfernung der Herzog eine seiner Burgen auf einem der vielen Berge. Dadurch wurde jedem Bruder deutlich, weshalb das Kloster seit jeher eine Abgabe an den weltlichen Herrscher für die Gewährung militärischen Schutzes entrichtete.

Wenig später siedelten sich im Schutz der Feste die ersten Menschen um den entstehenden Marktflecken an und begründeten die kleine Stadt. In dieser Zeit blühte die Abtei auf, weise geleitet vom Abt Kolumban und wirtschaftlich geschickt geführt durch den Prior Ekkehart.

Allerdings sind aus diesen ersten achtzig Jahren des Bestehens des Klosters keine Urkunden auf uns überkommen, nicht einmal Niederschriften der Brüder. Vermutlich wurde all das beim Brand vernichtet, dem ein großer Teil der Bibliothek zum Opfer fiel. Aber Ruotker bestätigt, was der Novize Bertold beklagte: einen regionalen wirtschaftlichen Niedergang, verbunden mit Mißernten und einer Seuche.

Doch lassen wir uns vom Novizen mitteilen, was am anderen Tag geschah.

* * *

Aus dem Tagebuch des Novizen Bertold

Der Schlaf war nächtens über einen jeden von uns gekommen, wenngleich ich nicht der einzige gewesen bin, der manche Minute wach gelegen hatte. Das hörte ich am Seufzen und dem tiefen Atmen, das nicht von Ruhe kündete. Und wen der Schlaf verlassen hatte, der wurde des Brandgeruchs gewahr, der die Gedanken auf das Unheil lenkte.

Als wir uns auf das Läuten hin erhoben, unseren HERRN im Nachtgebet zu preisen, sah keiner fröhlich drein. An andren Tagen war's die Müdigkeit nach der Beendigung der Ruhe. Diesmal finsterte die Erinnerung den Blick. Und der wurde auch nicht heller, als wir das Gotteshaus betraten. Die Kerzen, die Sakristar Grimaldus bereits entzündet hatte, leuchteten zwar nicht bis zur Kuppel auf. Doch unten sahen wir den Ruß, in unsre Nasen zog, was die Brunst nach dem Erlöschen hinterlassen hatte.

Das war auch der Grund, weshalb Prior Ekkehart nach der Andacht sagte, keiner solle, wie er's gewohnt sei, im Gotteshause bleiben. Was das Feuer hinterlassen habe, trübe nicht nur unsre Stimmung, es schade auch den Lungen. Deshalb bat er uns hinüber in den Kapitelsaal.

Als ich hinaustrat unters sternenübersäte Firmament, nahm ich zum ersten Male wahr, daß auch das Parlatorium die Flammen aufgefressen hatten. Selbst Haus und Bad des Abtes gleich daneben waren Opfer der ungeheuren Brunst geworden.

Das war auch der Grund, weshalb wir nicht im Kapitelsaale blieben, sondern ins nächste Gebäude nach Sonnenaufgang zogen, in die Schule. Zwar hatte sich auch in deren Räumen der Gestank des Feuers verfangen, aber weniger als nebenan. Und da für den Januar recht milde Winde wehten, die sogar den Schnee geschmolzen hatten, konnten wir den größten der Räume lüften, bevor wir uns in ihm gegenseitig wärmten.

Ich stand mittendrin, und da ich nicht sehr groß gewachsen bin, sah ich unsern Prior kaum, der vorne stand, dicht umdrängt, und seine Stimme hob: Brüder, nachdem das Unheil über uns gekommen ist, wird keiner von euch Muße haben, sich in Psalmen zu versenken, wie es unsre Pflicht ist nach dem Gottesdienst zur Nacht. Viel zu lebendig ist noch das unheimliche Geschehen. Zu wenig Zeit blieb uns, die Last von unsren Seelen durch Sprechen zu laden, zu wenig Zeit, einander Trost zu spenden und gemeinsam Mut zu fassen, auf das Kommende zu schauen.

Diese Worte waren ihm schwergefallen. Laut pfiff sein Atem durch den Saal, in dem ein jeder wußte, daß auch die Stunde des Ekkehart bald nahte. Dann würde das Kloster ohne Führung sein, wenn es nicht zuvor gelang, einen neuen Abt zu wählen. Daran hatte wohl auch der Prior gedacht, der nun einen Bruder bat weiterzusprechen, einen, den alle kannten, den einzigen, der seinen weltlichen Namen behalten hatte.

Liebe Brüder, begann Pankraz seine Rede mit einer milden Stimme, wie ich sie bislang von ihm nicht hörte. Und nach diesen Worten legte er eine Pause ein. Dabei baute sich aus meinem Inneren sein Bildnis vor mir auf: Ein bärtiger Mann mit funkelnden grünen Augen, die nie zu fixieren sind, deren man nie habhaft werden kann. Sie blitzen und beobachten, finden keine Ruhe, strahlen aber solche aus.

Manchmal scheinen sie nach innen zu blicken. In solchen Momenten wirkt Pankraz wie blind, dazu das meist erstarrt wirkende Antlitz. Wenn er aber auf mich sah, war mir jedesmal, als ergösse sich eine Glut über mich, die nicht schmerzen machte, sondern frohlocken, ganz ähnlich dem, was man sich unter dem göttlichen Licht vorstellt.

Diesen Blick zu erhaschen, stellte ich mich einen Augenblick auf die Zehenspitzen, erkannte aber nur seine fliehende Stirn, seinen mittelblonden Haarkranz. Verborgen blieben mir die Augen, die mich manchmal bannten, als seien es die des menschgewordenen HERRN. Dennoch blieb stets Distanz zwischen Pankraz und den anderen Brüdern. Oder wirkte das nur so, weil er seine Mundwinkel herabzog?

Eine Antwort fand ich nicht, stellte mich aber wieder richtig hin und hörte, wie seine Stimme den Raum füllte. Wer eben sich noch bewegte von den Brüdern, stand nun starr. Pankraz sprach langsam, aber mit einer Kraft, mit einem Enthusiasmus, daß ich in diesem Moment wie oft schon zuvor meinte, etwas Überirdisches vor mir zu haben, das eine Herrschaft über mich ausübt, sogar ein Verführen, das jedoch nichts Unsittliches in sich birgt.

Wir sind, so sagte Pankraz, nunmehr wohl am tiefsten Punkte angekommen. Welcher Abstieg das war, wird mir ein jeder von euch bestätigen können, der mindestens so lange wie ich im Kloster Riess zugebracht hat.

Er machte eine Pause. Hochgewachsen, wie er war, sah

Pankraz sicher viel mehr Köpfe nicken, als ich wahrnahm, zumal auch ich dem Mann zustimmte, den ich mir als Oberen des Klosters gut vorstellen konnte.

Wenn wir aber zusammenhalten, fuhr er fort, gleich einer Gemeinschaft, wie sie einst Benedikt von Nursia wollte, werden wir die Kraft finden, aus diesen Tiefen wieder emporzusteigen. Und die besten Mittel, allen Kummer zu vergessen, sind, dem HERRN zu dienen und auch die Arbeit für unser Kloster.

Nach dieser Einleitung stellte Bruder Pankraz dar, wie im Westen der Kirche ein neues Gästehaus entstehen solle, auch ein großer Bau für die Novizen, gar ein ganzes Haus für die Kranken, und zwar nicht nur für jene aus dem Kloster, sondern auch für Pilger, die bei uns verweilten. Er entwarf ein Bild eines neuen Gebäudes für den Abt, einer Schule, in der viele Oblaten von den besten Lehrern unterrichtet würden, und schließlich von einer neuen Kirche, die einem Dom gleichen sollte.

Im Raum war es ganz still, solange Pankraz sprach. Selbst das Pfeifen des Atems unsres alten Priors war nicht zu hören. Er schwelgte wohl wie die meisten Anwesenden in den Träumen, die Pankraz ausgestreut hatte. Und wer den Redner sehen konnte, löste seinen Blick nicht von dessen Augen, die alle Brüder zugleich anzuschauen schienen.

Die Andacht vermochte sich kaum mehr zu steigern, als Pankraz des Benedikts Worte sprach: Ora et labora!

Wie war ich erschrocken, als eine Stimme die einsetzende Stille störte, die ich früher mochte, die aber in diesem Augenblick die Weihe brach. Der letzte im Kloster verbliebene Lehrer, Bruder Bernus, fragte: Wie willst du das bezahlen?

* * *

An dieser Stelle endet die Aufzeichnung des Novizen Bertold für jenen Tag. Allerdings hatte er wohl zunächst mehr geschrieben, wofür spricht, daß der untere Teil des

Pergamentes abgetrennt und vermutlich vernichtet wurde. Also mußte Bertold notiert haben, wozu er später nicht mehr stand, wofür er sich wahrscheinlich sogar schämte.

Aber ein zweiter schrieb nieder, was im Kloster geschah, und zwar Bruder Markwart, der Pförtner. Aus seinen Aufzeichnungen geht hervor, daß auf Bernus' Frage der Bruder Pankraz geantwortet hatte, es sei an der Zeit, sich aus der Vormundschaft des Herzogs und des Bischofs zu lösen. Aus jeder Vormundschaft schlechthin.

Bernus wartete daraufhin den Einspruch des Priors Ekkehart ab. Doch der kämpfte mehr mit seinen Beschwerden als mit den Worten im Raum. Und so sprach der Lehrer der Grammatik: »Weit bin ich in der Welt herumgekommen, aber keine einzige Abtei kenne ich, die ohne Schutzherr auskommt. Die einen folgen Cluny und lösen sich aus weltlicher und bischöflicher Vormundschaft, indem sie sich an den Papst binden, wie das unser verehrter Abt Kolumban tat. Die anderen handeln wie das Kloster Gorze und pflegen enge Beziehungen zum zuständigen Bischof.«

»Wir lösen uns aus jeder Vormundschaft«, beharrte Pankraz. Und viele stimmten ihm zu, wissend, daß in den letzten Jahren kaum noch Zuflüsse ans Kloster erfolgten, aber Abgaben von diesem verlangt worden waren.

»Eines Tages sagen wir uns dann auch vom Papst los«, wurde Bruder Sigibert deutlicher als Bernus und stellte sich an dessen Seite. Auch einige andere Brüder folgten seinem Vorbild.

Eine Weile hallten Rede und Widerrede durch den Raum und steigerten sich zu ungeahnter Vehemenz. Schon drohten Handgreiflichkeiten, wie sie in Riess bislang vermieden werden konnten, als Prior Ekkehart noch einmal seine Kraft zusammennahm und sprach:

»Die vierte Stufe der Demut nach Benedikt von Nursia lautet: Der Mönch übt Gehorsam auch dann, wenn es hart und widrig zugeht. Sogar wenn ihm dabei Unrecht geschieht, schweigt er und umarmt bewußt die Geduld. Und solche Geduld brauchen wir, dazu die Besonnenheit, wenn wir unser Kloster wieder zur Blüte bringen wollen. – Bis ein neuer Abt gewählt ist, werde ich euch führen.«

Nach diesen Worten hustete Prior Ekkehart. Die anderen ahnten, daß die Wahl rasch erfolgen müsse. Mit letzter Kraft rief der alte Mann in die Runde: »Wer bis zum Ende standhaft bleibt, der wird gerettet!«

Und mit leiser Stimme fügte er an: »Für den Augenblick ist es wichtig, daß wir uns daranmachen, die übelsten der Schäden zu beheben. Falls mir die Kraft dazu fehlt, euch zu führen, wird das bis zur Wahl des Abtes der Bruder Pankraz übernehmen.«

Der Angesprochene nickte und sagte etwas, was die meisten der Brüder als Bescheidenheit auffaßten: »Diesen Auftrag sehe ich als eine Pflicht an und werde mich dem Bruder beugen, den wir alle zum Abt wählen werden.«

* * *

Aus dem Tagebuch des Novizen Bertold
(26. Januar 1122)

Welche Last drückt meine Seele! Es ist nicht jene von des Klosters Brand, nicht der Exodus, der kein Ende nehmen will. Denn nicht des Tages kam das Unheil über mich, sondern in der Nacht stahl es mir den Atem, ließ es mein Herz fast stillestehn.

Wie soll ein Mensch nur scheiden können, ob er wacht oder ob er träumt, ob gar ein Alb ihn hart bedrängt oder der HERR im Himmel eine Mahnung schickt? Zumindest ist mir diese Gabe nicht geschenkt, und so bleibt mir nur das Hoffen, daß allein ein Traum es war, den ein böser Geist mir brachte. Denn ein solcher vermag das Schicksal kaum zu lenken.

Die Mitternacht mag grad vorbei gewesen sein, als sich ein Mann mir nahte, von dem ich keine Einzelheiten sah. Indes war mir bekannt, wo ich mich befand. Es war ein Kloster, dem unseren ganz ähnlich. Nur war es größer, und eine Kirche zierte es, die ihresgleichen suchte.

Der Fremde hat mich angesprochen mit einer Stimme, die so ähnlich klang wie eine Glocke. Sie schmeichelte meinem Ohr mit ihrem Ton, zugleich schwang in ihr mit, was Widerspruch nicht duldete, die Macht, die eigentlich nur vom Himmel stammen kann.

Komm mit, hat er zu mir gesagt, und er ging voran ins Gotteshaus. Es war erhellt, ohne das ich eine Quelle jenes Lichtes sah, von dem geblendet ich einen Augenblick meine Augen schloß. Als ich sie wieder öffnete, strahlten mich die größten Schätze an, die ich jemals sah. Ein Altar, der so wirkte, als sei er aus purem Gold geschnitzt. Auch aus Gold waren dessen Flügeltüren, die mich an Bilder aus dem Morgenland erinnerten. Von den Wänden glitzerten die edelsten der Steine, und der Marmorboden war von Reliquien überdeckt.

Das war ein Reichtum, wie er einer Kirche niemals zukam. Wo nur war ich hingeraten, und wer führte mich noch weiter? War es jener Mann, dessen Stimme wie eine Glocke mir erklang? Mir schien es so, auch wenn ich sein Gesicht nicht sah. Er führte mich nach hinten in das quer gestellte Schiff hinein. Wo sich bei uns die Sakristei befindet, war hier ein Teil des Gotteshauses mit Seide abgeteilt. Und durch den feinen Stoff hindurch sah ich die Körper junger Menschen. Die waren nackt, doch niemals waren sie von dem Geschlecht, von dem ich geschaffen bin. Sie hatten Brüste und auch helle Stimmen.

Mädchen waren das, und der Mann, der lockte mich, mit ihm zur Lust zu treten. Wie bin ich froh, da ich dem Pergament meine Nöte anvertraue, daß ich im Traum der Sünde nicht verfiel. Indes zog mich der Mann zur andren Seite hin, wo ein Fenster war, durch welches er mit mir ins Freie blickte. Dort sah ich Sklaven schuften. Und weiter wurde ich getrieben, kam zu Menschen, die miteinander stritten, von denen einer den anderen mit dem Messer niederstach.

Fortan mochte ich nicht sehen und nicht hören, was um mich herum geschah. Und nun, da ich einsam sitze und mein Erlebnis niederschreibe, bin ich mir bewußt, daß ich vieles nicht mehr wahrgenommen habe von jenem schrecklich Traumgesicht. Nur Gefühle sind geblieben, die mich noch heute schaudern. Es war wohl die Summe aller Sünden, an denen mich der fremde Mann vorüberzog, um sich dann zu bücken und eine Klappe hochzuziehen, die im Boden eingelassen war.

Dies war der Augenblick, in dem der Traum mich zwar nicht floh, denn er bedrückt mich noch zu dieser Stunde, in dem er allerdings ein Ende fand. Ich sah die Flammen aus der Hölle steigen, und unserm Jesu sei gedankt: In diesem Augenblick, da ward ich munter und faltete die Hände über meiner Brust, auf der Blei zu liegen schien.

Stunden sind seither vergangen und drei Gottesdienste. Doch nichts hat mir Erleichterung gebracht, nicht einmal die Beichte. Also werde ich mich einem nahen Menschen öffnen, den ich kenne und dem ich auch Vertrauen schenken kann. Zunächst kommt mir Bruder der Bernus in den Sinn. Doch mein Lehrer hat gegen Pankraz sich gewandt und dadurch beinah einen Tumult heraufbeschworen. Bevor ich zu ihm gehe, müssen sich die Wogen glätten. So bleiben nur der Sakristar Grimaldus, den ich sehr mag, auch der Pförtner Markwart. Mit den beiden habe ich jedoch seit langem nicht gesprochen.

Für einen Augenblick wurde ich traurig, dachte an die anderen Novizen, die vom Kloster fortgegangen waren. Mit manchem derer hätte ich gern geredet, um die Last von mir zu wälzen. Doch die Gedanken an die verlornen Freunde brachten mich auf einen, dem ich stets vertraute: Bruder Notker, der für uns Novizen sorgte und mit uns in der Cella novitorum schlief, damit keiner sich an dem Gesetz verging und auch nicht am eignen Körper.

Zu ihm werde ich nun gehen und mich offenbaren. Noch lieber tät ich das beim Prior, doch wage ich nicht, den alten Mann zu stören.

* * *

Offenbar hatte den Novizen Bertold sein Alb so gefangengenommen, daß er entweder nicht wahrnahm, was sich um ihn ereignete, oder all das nicht für erwähnenswert hielt.

Den ganzen Tag mühten sich nach dem Zeugnis des Pförtners Markwart die Brüder, den ausgebrannten Bau hinter der Kirche abzureißen. Die Steine, die vormals die Zellen der Gäste, der Novizen und der Kranken sowie das Scriptorium gebildet hatten, wurden zur weiteren Verwendung aufgeschichtet, sofern sie nicht das Feuer zerstört hatte. Aus den Dörfern brachten mehrere Fuhrwerke neue Steine und auch gebrannten Kalk, der in den Überresten des Abthauses trocken eingelagert wurde, bis der Bau beginnen konnte.

Woher der Prior das Geld genommen hatte, alles zu bezahlen, wußte keiner, denn schon seit Jahren klagte er, der fürs Finanzielle zuständig war, über die zunehmende Verarmung des Klosters. Und ungewiß blieb auch, ob er selbst die Dinge in die Wege geleitet hatte, denn etliche Brüder waren außerhalb der Mauern gewesen, ohne daß einer einen Grund dafür offenbart hätte. Somit gab es auch keine Gewißheit, ob einer derer im Auftrag des Priors unterwegs gewesen war.

Den alten Ekkehart selbst sahen die Brüder nur bei den Gottesdiensten, die er als der zeitweilige Obere des Klosters leitete. Ansonsten zog er sich ins Pilgerhaus zurück, damit keiner seiner Schwäche gewahr wurde. Im Aushalten, bis ein neuer Abt gewählt war, bestand sein letztes Lebensziel.

Die Leitung der Arbeit übernahm in seinem Auftrag der Mönch Pankraz. Für ihn war es also keine Schwierigkeit, sich mit einigen Brüdern in den Kapitelsaal zurückzuziehen, um, wie er allen zuvor verkündete, die Maßnahmen zur Beseitigung der Trümmer und zum Aufbau der zerstörten Gebäude festzulegen. Die mit ihm gingen, waren zwei, denen er schon seit Jahren vertraute, die Brüder Lothar und Notker.

Diese Gelegenheit nutzten sechs andere Brüder. Auf ein verabredetes Zeichen hin entfernten sie sich unter einem Vorwand von ihrer Arbeit und gingen einzeln in die Kirche, wo sie der Sakristar Grimaldus erwartete und in sein Heiligtum führte. Wesentlich später hat dieser aufgeschrieben, was gesprochen wurde.

»Was ist zu tun?« fragte Bernus, der Lehrer der Grammatik mit der Absicht, anschließend selbst seine Gedanken auszuführen.

Doch Bruder Sigibert hinderte ihn zunächst daran, indem er sagte: »Für mich gibt es nichts mehr zu tun. Ich teile nämlich die Meinung derer, die des Morgens losgezogen sind, und jener, die in den nächsten Tagen das Kloster verlassen werden. Ich fürchte wie sie, daß der geweihte Boden von einem Fluch heimgesucht wurde.«

»Ich bleibe«, entgegnete ihm der Sakristar Grimaldus, »denn das ist mein Kloster. Ich verehre es und habe viel davon durch meiner Hände Arbeit mitgeschaffen. Selbst gegen den Luzifer würde ich es verteidigen.«

Zu diesen Worten nickten vier der Brüder, und Bernus nahm das Wort: »Wir haben uns auch nicht getroffen, um zu entscheiden, ob wir gehen oder nicht. Vielmehr steht die Frage, wer zum Abt gewählt werden soll. Nach der Regel des Benedikt ist der Prior der zweite im Kloster, und nach aller Erfahrung müßte er gewählt werden.

Doch ist unser Ekkehart nicht nur alt, sondern auch krank.«

»Der Prior bevorzugt offenbar den Pankraz«, erklärte einer der Brüder, und ein anderer fügte an: »Das ist nicht zu übersehen. Und macht es Sinn, darüber nachzudenken, wer Abt werden soll, wenn die Würfel bereits gefallen sind?«

»Ich habe einmal in einem Kloster erlebt, daß die Mönche einen anderen zum Abt wählten, als ihnen vorgeschlagen worden war«, sagte ein dritter. Und der vor ihm gesprochen hatte, warf ein: »Ich war sogar bei einer Revolte dabei, einer erfolgreichen. Das war im Rheinland, als die Brüder ihren Prior und sogar den Abt davonjagten und beide Ämter aus ihren Reihen besetzten.«

»Nein, nein, ich will keine Revolte«, sagte Bernus. »Was ich mir ersehne, ist eine Wahl, bei der jeder seinen Verstand und sein Gewissen sprechen läßt. Und solange keine Wahl stattgefunden hat, sind die Würfel nicht gefallen.«

»Was hast du gegen Pankraz?« fragte Sigibert, der gehen wollte.

»Er ist mir zu herrisch«, antwortete Bernus.

»Auch will er sich vom Bischof lösen«, fügte der Sakristar Grimaldus an. »Ich bin mir auch sicher, daß er das Kloster nicht in den Orden der Benediktiner führen will.«

»Aber er wird das tun, was sich allmählich durchsetzt«, fügte einer der Mönche an, »nämlich keine Oblaten mehr von Kindesbeinen an zu gebildeten Mönchen zu erziehen, sondern auf erwachsene Konversen mit Lebenserfahrung zu setzen, egal ob diese Männer zuvor Freiherren, Hörige, Bischöfe oder Bauern waren. Riess aber war immer ein Ort der Bildung gewesen.«

Ein anderer Bruder wußte: »Geldgierig ist Pankraz«, während der nächste von Größenwahn sprach.

»Mag auch manche Übertreibung dabeisein«, nahm

Grimaldus wieder das Wort, »so erscheint mir Pankraz nicht der rechte fürs Amt zu sein. Ich wüßte mehrere, die sich besser eignen.« Er sah sich in dem kleinen Kreis um, und als sein Blick denjenigen des Bernus traf, sagte er: »Du bist der letzte der Lehrer, und fast alle im Kloster schätzen dich.«

»Oder schätzen mich nicht, weil ich mich gegen Pankraz richte.«

Aber was Bernus auch einwandte, die anderen Brüder, selbst jener, der alsbald gehen wollte, einigten sich darauf, den Lehrer der Grammatik als Kandidaten für das Amt des Abtes aufzustellen.

* * *

Aus dem Tagebuch des Novizen Bertold
(27. Januar 1122)

Bruder Notker hat mich aufgerichtet. Zwar habe ich lange warten müssen, bange Stunden, in denen sich die Seelenqual nicht löste, weil ich sie ganz für mich behielt. Den Grund benannte Notker mir und bat mich um Verzeihung: Er habe mit andren Brüdern nachgedacht, was aus dem Kloster werden solle. Und eine solche Frage könne man nicht öffentlich bereden, weil dann alles in ein Chaos glitte.

Das leuchtete mir ein, zumal ich danach drängte, auszusprechen, was mich seit Stunden schon bedrängte. Bruder Notker zwinkerte mir zu und schlug mir auf die Schulter, als sei ich mit ihm gleichgestellt. Fang an, hat er zu mir gesagt, und ich redete mich frei.

Fast die ganze Zeit sah ich Notker in die Augen, die sonst oft kühl oder gar frostig wirkten. Diesmal lachten sie mich an, gaben sie mir Kraft, alles herauszulassen, was mir auf der Seele lag.

Als ich damit fertig war, legte der Bruder, der so hager ist und um die vierzig Jahre zählt, seinen Arm um meine

Schulter und sagte mir: Darob mach dir keine Sorgen. Einen jeden Menschen quälen manchmal üble Träume, auch solche von der Hölle oder gar vom Beelzebub. Das ist nicht schlimm, nur der Eindruck, der des Tages bleibt, macht jedem Angst, den die Träume plagten.

Notkers Stimme, die einen Wald durchdringen kann, klang an diesem Tag ganz mild, und so wagte ich zu fragen, wie er so gewiß sein kann.

Daraufhin sprach der Notker: Unseren Papst Gregor I. fragte einst ein Schüler, ob den Träumen Wahrheit beizumessen sei. Der Papst soll daraufhin die Träume untergliedert haben in solche, die vom überfüllten Magen oder durch Eitelkeit hervorgerufen werden, zweitens nannte er die Träume, die nicht ernst zu nehmen sind, ferner solche, die aus Überlegungen ersprießen oder aus des Geistes Trug hervorgegangen sind. Außer diesen gäbe es noch die hellsichtigen Träume. Doch seien von diesen jene zu unterscheiden, die aus einer Offenbarung und aus Überlegungen gemeinsam bestehen. Also ist von allen sechs Arten der Träume nur ein einziger eine Offenbarung.

Und einen solchen Traum hattest du nicht, sagte Notker, sondern einen, der aus dem Trug des Geistes entstand. Du warst beeindruckt von dem Brand im Kloster, vor allem von dem in der Kirche. An diesen Ort hat dich dein Traum geführt, und gesehen hast du dort, was du zuvor zu erleben meintest, nämlich die Hölle. Und in diese hat deine Erinnerung ans profane Leben einige im gemeinen Volk lebendige Bilder von der Unterwelt eingebaut. Mehr war es nicht, was dich heute nacht bedrängte.

Vieler Worte bedurfte es nicht mehr, bis aus meiner Hoffnung, daß der Notker sich nicht irrte, Gewißheit mir erwuchs. Das teilte ich ihm mit und lächelte dabei. Er strich mir übern Kopf und ging seiner Wege. Ich sah ihm hinterher und wußte, daß ich an diesem Tag einen

Freund gewann, der für mich ein Bruder ist und zugleich ein Vater.

Der Kummer war wie weggeblasen, als ich zu den Brüdern ging, die Steine aus den Trümmern gruben. Als ich ihnen half, die Steine reinigte und schichtete, wurde mir ganz leicht ums Herz. Ich fand die Kraft, mir vorzustellen, wie das neue Haus erwuchs, und ich fand die Lust am Scherzen. Ach, wie war mir leicht geworden, seit ich mit Bruder Notker sprach.

Und andre Brüder scherzten mit, sogar der stille Manegold, ein zurückgezogner Bruder, der selten etwas sagt, an dem nur seine große Nase etwas Besondres ist. Das meinte ich von ihm bis auf diesen Tag. Aber nun weiß ich, daß Manegold sogar für gute Stimmung sorgen kann. Und die brauchten wir, um viel zu schaffen.

* * *

Währenddessen lag der Prior im Pilgerhaus krank danieder. Im Haus daneben, in einem kleinen Raum der seit Wochen ungenutzten Schule, hatte sich Pankraz wieder mit jenen getroffen, die ihm schon lange zur Seite standen: Lothar und Notker, dazu der Cellerar Salomon und Bruder Gallus, der sich seit einigen Monaten um die Geldbeschaffung kümmerte.

Auch der Bibliothekar Ulrikus war dabei, und er hat schriftlich Zeugnis gelegt von dieser Sitzung, allerdings nicht von den folgenden, von denen nur Spuren überliefert worden sind. Er war ein Mann, der noch nie aufrecht gehen konnte, dessen Rücken sich aber auch in den Jahren nicht weiter gekrümmt hatte. Er schielte von unten nach oben, und wenn er ein Buch suchte, das über seinem Kopf stand, nutzte er den Hocker, um es zu erkennen und auch zu greifen. Schlurfend ging er zu seinem Stuhl und ließ sich mit einem Stöhnen nieder, das fistelte. In solcher Stimmlage sprach er gewöhnlich auch.

Weil Ulrikus zu Boden sah, war er der einzige, den die Augen des Pankraz nicht fixierten. Das wußte er. Aber dem Bibliothekar genügte die Stimme des Mannes mit dem Bart und den grünen Augen, damit sein Puls rascher schlug. Und die Worte, die er anfangs hörte, wirkten auf ihn wie Balsam, reiner und labender als jene Worte, die er täglich auf Pergament geschrieben sah.

»Liebe Brüder, ich habe euch hergebeten, weil sich die Situation im Kloster immer mehr zuspitzt. Nach dem Tod unseres verehrten Abtes Kolumban ist nun auch noch unser Prior Ekkehart erkrankt. Immer mehr Brüder verlassen uns. Die einen wurden von der Seuche geholt. Dann setzte der Exodus wegen der Krise ein. Nun hat uns auch noch der Brand erreicht. Und die Folgen aller dieser Dinge sind noch nicht abzusehen.«

Ulrikus schielte nach diesen Worten nach oben und erkannte an der Haltung von Pankraz, daß dieser Witterung aufnahm und offenbar meinte, einen trefflichen Eingang gewählt zu haben. Mit den folgenden Worten wollte der Bärtige Hoffnung pflanzen:

»Zwei Dinge müssen wir in die Wege leiten. Zum ersten steht an, einen neuen Abt zu wählen. Damit müssen wir eilen, dürfen jedoch nichts überstürzen, denn unser Prior Ekkehart sollte die Wahl leiten. Also muß er so weit hergestellt sein, daß er dieser Aufgabe gewachsen ist. Zum zweiten müssen wir wieder Gelder eintreiben. Das kann geschehen, indem wir die Pacht für die Bauern erhöhen sowie neue Pächter gewinnen, denn wie ihr wißt, liegt mancher Teil unseres Landes brach. Was aber noch wichtiger ist: Wir müssen die Zahlungen an den Herzog und den Bischof einstellen.«

Beim letzten Satz runzelte der Bibliothekar Ulrikus seine Stirn. Nichts lag ihm ferner, als ein Risiko einzugehen, und so sagte er: »Das kann uns den Zorn der weltlichen und kirchlichen Obrigkeit einbringen.«

»Mit deren Zorn vermögen wir umzugehen«, sagte der

hagere Notker. »Und entscheidend ist nicht, was der Herzog und der Bischof sagen oder ob sie toben, sondern, ob sie Truppen gegen uns senden, was einigen Klöstern bereits widerfuhr.«

»Wir haben selbst Waffen«, grinste der feiste Lothar.

»Die wir gewiß nicht benötigen«, übernahm Pankraz wieder die Initiative. »Wir werden uns diplomatisch verhalten, denn ich verabscheue jede Form von Gewalt.«

Ulrikus wußte und unterstützte, daß der Bärtige das Amt anstrebte und die Initiative an sich riß, zumal in der Vergangenheit nur selten Gelegenheit war, sich in diesem Kreis zu beraten, denn im Kloster hatte es keine Stelle und keinen Raum gegeben, wo man längere Zeit sich ungestört unterhalten konnte. Erst in den letzten Wochen, nachdem viele Brüder und fast alle Novizen gegangen waren, nachdem die Schule geschlossen worden war und die Pilger ausblieben, waren die Sitten lockerer geworden. Aber zu einer Zusammenkunft, wie sie im Augenblick stattfand, konnte es erst kommen, seit der Prior an die Liegestatt gebunden war.

»Wir brauchen bei diesen Maßnahmen vorausschaubare Reaktionen«, sagte Pankraz und fuhr fort, die anderen anzufüttern: »Das ist das sicherste Mittel, Gewalt zu vermeiden. Und dazu benötige ich eure Hilfe. Wir müssen nämlich erkunden, wie die Bauern reagieren auf die höhere Pacht, die Städter auf höhere Buße, der Herzog und der Bischof auf den Ausfall einiger Einnahmen.«

Der Bibliothekar vermerkt in seiner Niederschrift, daß die Aufgaben verteilt worden seien, jedoch nicht, was auf den einzelnen zukam. Ausführlicher stellt er das Vieraugengespräch dar, das nach der Beendigung der Sitzung zwischen ihm und Pankraz stattfand. Dazu begleitete der Bärtige Bruder Ulrikus und ließ die anderen vier ziehen.

Beide gingen Richtung Sonnenaufgang zum nächsten

Haus. Leise schlichen sie über den Flur, denn hinter der ersten der drei Türen lag der Prior Ekkehart. Dem Kranken zur Seite stand Tobias, ein Laienbruder, der für die Krankenpflege zuständig war.

Pankraz stieg voran, die enge, geschwungene Treppe nach oben, öffnete eine Tür und trat über die Schwelle, bevor er sprach: »Mit Pilgern brauchen wir in nächster Zeit kaum zu rechnen, vor allem nicht mit so vielen, daß wir die obere Etage benötigten.«

»Du meinst also ...?« Nach diesen Worten war des Ulrikus Mut erschöpft.

»Für die Bücher, die uns verblieben sind, reicht dieser Raum«, sagte der Bärtige. »Ein paar Regale sind schnell gezimmert.«

»Damit fange ich gleich heute an.«

»Das wird wohl nichts werden, denn das Essen steht an, hierauf folgt die Vesper, und danach ist die Zeit des Lesens und der Stille, in der wir bekanntlich nach Benedikts Regel auch nicht arbeiten dürfen.«

»Morgen aber, da fange ich an.«

»Ich wünsche dir Glück dabei und hoffe, daß alle Brüder bald wieder Bücher ausleihen können. Und sobald wir Geld haben, werden wir die Verluste ersetzen und auch neue hinzukaufen.«

Ulrikus nickte, auch wenn er wußte, daß die meisten Bücher nur zu ersetzen waren, wenn sich Mönche auf den Weg in andere Klöster machten, um in monatelanger oder gar jahrelanger mühseliger Arbeit das gewünschte Werk abzuschreiben, nach Möglichkeit kunstvoller als die Vorlage.

So schwer auch der Verlust vieler Werke durch den Brand auf ihm lastete, freute er sich doch, die verbliebenen wieder zu pflegen und in ihnen zu lesen. Auch den Besuchen der anderen Brüder fieberte er entgegen, weil er gern schwatzte und die Bibliothek sich sogar eignete, dies in der Zeit der Stille zu tun. In seiner Freude öffnete sich Ulrikus einer Aufgabe, die niederzuschreiben er sich nicht traute, die ihn auch hinderte, sich weiterhin Notizen zu machen, die er jedoch weit später dem Pförtner offenbarte.

II

Aus dem Tagebuch des Novizen Bertold
(29. Januar 1122)

Wie gut habe ich geschlafen, nachdem mir Notker wieder Mut verlieh. So hat es mich auch nicht schockiert, als ich nach der Terz nochmals in die Kirche ging, um dem Herrn danken, daß er die Bedrängnis von mir nahm, indem er mich auf Bruder Notker brachte.

Zwar roch es noch immer nach dem Brand. Das Innere des Gotteshauses war geschwärzt, und viele der Altäre waren von Ruß noch überdeckt. Aber ich war nicht allein. Das hörte ich am leisen Murmeln. Mir war nicht rechtzeitig in den Sinn gekommen, daß um diese Zeit die Mönche, weil sie sämtlich Priester sind, ihre täglich Messe lesen. Weil ich sie nicht stören wollte, habe ich mich ganz hinten unter die Maria hingekniet.

Erst später, als ich gehen wollte und noch einen Blick ins Langhaus warf, kam die Trauer über mich: Fast die Hälfte der Altäre war nicht mehr besetzt. Das heißt, daß jeder zweite Mönch gegangen oder auch gestorben ist. Wenn das so weitergeht, wird bald niemand mehr im Kloster wohnen.

Aber wenig später bekam ich wieder Mut, weil ich Bruder Notker sah, der mit Bruder Pankraz sprach. Das sind die Männer, die dem Exodus entgegentreten können, die selbst in der Lage sind, neue Priester und auch Laien zu bewegen, bei uns in Riess zu bleiben.

Schon wollte ich mich daranmachen, Steine aus dem Schutt zu klauben, als Ulrikus mich an einem Ärmel zupfte und mich fragte, ob ich helfen wolle, die Bücher an einen Ort zu tragen, an dem die Bibliothek entstehen soll. Ich stimmte sofort zu, denn das Geschriebene der weisen Männer betrachte ich schon immer als ein Heiligtum.

Und gerade deshalb überkam mich wieder Trauer, denn was an gebundnem Pergament im halbzerstörten Abthaus lagert, das ist nicht die Hälfte dessen, was die Bibliothek einst barg. Zudem hat der Ruß sich abgesetzt auf Einbänden, die mit Sorgfalt und mit Kunstverständnis angefertigt sind.

Wenn ich von Ulrikus die Bücher übernahm und auf den Armen trug wie eine Frau ihr Kind, hörte ich immer wieder ein paar Worte. Schon zur Sext, der dritten kleinen Hora, wußte ich, was der Bibliothekar zu tun gedenkt.

Erst will er Regale bauen, wobei ihm zwei Brüder helfen sollen, und zwar jener Manegold, mit dem ich vor zwei Tagen scherzte, dazu der Bruder Salimbenes, der genauso still und zuverlässig ist. Beide sind noch jung an Jahren, ich denke, um die dreißig. Und kräftig sind sie auch. Ulrikus wird sich auf die beiden voll und ganz verlassen können und selbst jedes Buch vom Schmutz befreien, bis es in altem Ganz erstrahlt.

Der Gestank, so hat er mir versichert, bevor wir wieder schweigen mußten, der würde sich alsbald verziehen. Auch ist er sich gewiß, daß bald schon neue Bücher den Bestand erweitern würden.

Das richtete mich wieder auf, und so floß mir leicht der Psalm zur Sext von meinen Lippen, die letzten Verse des 118.

* * *

Die abschließenden Worte des Novizen weisen darauf hin, daß es ein Montag* war. So erklärt sich wohl auch die fehlende Eintragung für den Tag zuvor.

Indes ist kaum verständlich, weshalb Bertold mit keinem Satz erwähnt, was am Nachmittag geschah, und

* Der Psalm 118 war auf Sonntag und Montag verteilt, wobei montags zur Terz, Sext und Non die letzten neun Abschnitte gesungen wurden.

zwar gleich nach der Sext. Denn es ist unwahrscheinlich, daß er bei der Versammlung der Brüder nicht zugegen war, zumal der Prior, gestützt auf die Brüder Tobias und Pankraz, erschien. Aber zum Glück hat der Pförtner auf Pergament gebannt, was sich zugetragen hatte.

So manchem der Mönche und auch der Laien fiel auf, daß Ekkehart nicht nur schleppend lief und Schwierigkeiten hatte, sein Gleichgewicht zu halten, sondern auch ungewöhnlich finster blickte. Stets war er ein Mann gewesen, dem seine Schmerzen kaum anzusehen waren. Selbst als er sich einmal ein Bein gebrochen hatte, besaß er die Beherrschung, seine Brüder anzulächeln und ihnen freundlich mitzuteilen, was mit ihm zu tun sei.

Machte ihn der nahende Tod mißlaunig oder die Krise des Klosters, die durch den Brand sich noch verschärft hatte?

Zum Spekulieren blieb Markwart keine Zeit, denn kaum waren alle im Kapitelsaal versammelt, in dem noch immer der Brandgeruch hing, sprach der Prior. Das tat er mit gewohnt fester Stimme, wenngleich sie ein wenig zitterte: »Meine lieben Brüder! Es ist an der Zeit, und diese Woche soll es sein, einen neuen Abt zu wählen. Da ein jeder der Priester zu diesem Amt erkoren werden kann und unser verehrter Abba Kolumban vor seinem plötzlichen Tod keine Gelegenheit mehr hatte, einen Nachfolger zu bestimmen, soll heute, und zwar zu dieser Stunde, die Kunst entscheiden, die anderen Brüder durch Vorbild und Rede zu überzeugen.«

Einen solch langen Satz hatte dem Prior keiner mehr zugetraut. Für den Pförtner war deshalb unbegreiflich, weshalb er auch nach dieser Leistung noch immer finster blickte. Erst Wochen später erfuhr er von Tobias, dem Krankenpfleger, daß Bruder Lothar den Kranken besucht hatte. Dabei hatte der Prior die Idee von einem solchen Wettstreit geäußert, allerdings mit der Vorstellung, allen einen Tag zur Vorbereitung einzuräumen.

Sofort war Lothar auf ihn eingedrungen und hatte behauptet, eine Zeit zur Überlegung verfälsche das Ergebnis, denn im Leben habe man auch nicht immer Zeit zur Überlegung.

Diesem Drängen hatte Ekkehart schließlich nachgegeben, vor allem, weil er nicht wußte, wieviel Zeit ihm blieb. Als er nun Platz genommen hatte, war er jedoch überzeugt, die falsche Entscheidung getroffen zu haben. In seinem Groll gegen sich selbst schien er sogar einige Augenblicke zu vergessen, daß er der Versammlung vorstand. Und als er aus seinem Kummer erwachte, meinte er, soeben aus Versehen das Rechte getan zu haben. Denn durch sein Schweigen hatte ein jeder noch ein wenig Zeit gehabt, seine Gedanken zu ordnen. Das sagte er auch und forderte: »Nun komme nach vorn, wer den anderen mitzuteilen hat, wie er als Abt das Kloster führen würde.«

Daraufhin herrschte Schweigen im Raum. Die meisten der Männer sahen zu Boden. Einige schauten erwartungsvoll die Umstehenden an, um schließlich jenen zu fixieren, dem sie ihr Vertrauen schenkten.

Prior Ekkehart, der erfahrenste unter den Priestern, beobachtete genau, was sich vor ihm abspielte. Ihn beunruhigte, daß sich keiner meldete, weil er fürchtete, die Ängstlichen würden mit ihren Blicken und bald auch mit leisem Zischeln einen nach vorn drängen, der das Amt nur der Macht halber anstrebte.

Deshalb sagte er: »Nur keine Zurückhaltung, liebe Brüder. Heute und auch morgen wählen wir noch keinen Abt.«

Nach diesen Worten hüstelte Ekkehart. Er war der Situation wohl nicht mehr gewachsen. Was soeben über seine Lippen gekommen war, glich weniger einer Aufmunterung zum Sprechen als der Aufforderung, sich auf eine Rede an den folgenden Tagen vorzubereiten, und widersprach seiner Ankündigung. Noch mehr Kummer bereitete ihm jedoch, daß die Brüder um Pankraz tuschelten. Bevor er diesem die Rede gab, sollte sie ein anderer haben.

»Bernus«, sagte er in seiner Not, »du bist der letztverbliebene Lehrer unsrer Klosterschule, bist die freie Rede gewohnt. Und ich glaube auch, du drängst nicht nach dem Amt.«

Der Prior behielt für sich, daß er sich einen solchen Oberen des Klosters wünschte. Auch er hatte sein Amt, solange er es ausübte, als eine Pflicht und nicht als eine Lust angesehen, zumal letzteres einem Mönch ohnehin nicht ziemte.

Aber als Bruder Bernus nach vorn schlich, das Haupt gesenkt gleich einem getadelten Schüler, bereute Ekkehart seinen Vorstoß, und sein folgendes Trachten war darauf gerichtet, wie er die Veranstaltung, der die Würde fehlte, beenden konnte.

Während Bernus sprach, ging einer seiner Brüder zur Cella ostiarii, dem Pförtnerhaus. Ganz gegen die Regel des Benedikt hatte er sich im Auftrag des Priors aus der Versammlung geschlichen, weil zwei Fuhrwerke aus einem Dorf erwartet wurden, die Baumaterialien brachten.

Es war der betagte Markwart, der das Kloster bereits fast vier Jahrzehnte kannte und sich inzwischen sicher war, daß er an diesem Ort bis zu seinem Tod bliebe. Dabei hatte es ihn nicht immer in die Mauern eines Klosters, in eine Gemeinschaft gezogen. In der Jugend hatte er sich berufen und stark genug gefühlt, das Leben eines Eremiten zu führen. Allein war er zu heiligen Stätten gezogen, war auch weit in den Osten gelangt, wo der Fluß Donau auf seine Mündung ins Meer hin strebt.

Dort hatte er gesehen, was ihn begeisterte. Auf hohen Säulen, von denen manche Jahr um Jahr ein Stück zum Himmel wuchsen, lebten Menschen, die sich aus der

Gemeinschaft gelöst hatten und dem HERRN näher sein wollten.

Nicht viele dieser Styliten gab es, die einsam den Wettern trotzten. Einzig schützte sie ihre Kleidung. Und ein Geländer um die kleine Plattform, auf der sie für ewig lebten, bewahrte sie vor dem Herabfallen. Einige Gehilfen brachten ihnen Speise und Trank. Der Dank der einsamen Männer auf den Säulen bestand darin, von oben her zu den Menschen zu predigen, die sie verehrten.

Zu seinem Leidwesen vertrug Markwart, der damals noch Ottokar hieß, die dort üblichen Speisen nicht und auch nicht das Klima. Bald schon mußte er die wärmeren Lande verlassen und in seine angestammte Heimat zurückkehren.

Aber der Gedanke, einsam zu leben, ließ ihn nicht los. Und da es in den germanischen Gebieten keine Styliten gab, nicht einmal die Bereitschaft, eine solche Säule zu errichten, war Markwart entschlossen gewesen, ein Inkluse zu werden, sich in der Nähe eines heiligen Ortes, besser noch innerhalb eines Klosters, einmauern zu lassen, um in seiner Demut gegenüber dem Herrn und seiner unendlichen Liebe zu ihm allein zu sein.

Doch ein zweites Mal richtete sich das Schicksal gegen seine Entscheidung. Zunächst fand er kein Kloster, das dazu bereit gewesen war, einen Inklusen zu dulden, weil es nicht mehr üblich war, in den Mauern eines Stiftes Eremiten aufzunehmen. Und als er endlich eines gefunden hatte, dessen Abt sich bereit erklärte, ihn einmauern zu lassen, bis auf jene Öffnung, durch die Speise, Trank und Luft zu ihm gelangten, wurde er schwer krank und von Fiebern geschüttelt, die ihm sogar sein Bewußtsein raubten.

Monate lag er danieder, und als er wieder genesen war, hatte die Krankheit ihm den Mut geraubt, einsam und asketisch zu leben. Um dieses dem Abt nicht einzugestehen, der sein Versprechen nicht vergessen hatte, war er weitergezogen, zum Kloster Riess gelangt und hatte hier den Ordensnamen Markwart angenommen.

Nach Jahren in der Gemeinschaft erwachte allmählich wieder sein Verlangen, einsam zu sein. Indes gebrach es ihm nach wie vor an Mut, ein Eremit zu werden. So hatte er sich vor langer Zeit um das Amt des Pförtners beworben, nachdem der vorherige gestorben war.

Auf diese Art blieb ihm die Gemeinschaft nah, und doch war er oft von ihr getrennt wie an diesem Tag. Erst wenn die Fuhrwerke gekommen und wieder hinausgefahren waren, durfte er das Tor verlassen und wieder zu seinen Brüdern hinübergehen.

Doch hoffte er, daß dies nicht so bald geschehen würde, denn er saß über ein Blatt des wertvollen Pergaments gebeugt und notierte seine Eindrücke von der Versammlung. Offen ist, wer ihm zutrug, was sich im Kapitelsaal während seiner Abwesenheit vollzog, aber auch das hat er niedergelegt:

Bernus, der Lehrer der Grammatik, hatte inzwischen seine kurze Ansprache beendet. Zwar hatte er seine Worte mit Bedacht gewählt, wie er es immer tat. Der Wohlklang der Sätze war den anderen ins Ohr gedrungen. Allein das Feuer fehlte seiner Rede. Und wer genau hingehört hatte, vermerkte: Bernus hatte nichts Neues gesagt, nicht einmal ein Wort dazu, wie die Krisis überwunden werden sollte.

Zu eng hatte er sich an die Regeln des Benedikt von Nursia und die Consuetudines des Klosters Riess gehalten. Denn nach der Auffassung der meisten mußte angesichts der dramatisch zugespitzten Situation einiges geändert werden, wenn das auch nur für kurze Zeit geschah.

Als Bernus sich zu seinem Platz zurückgedrängt hatte, herrschte wieder Stille. Diesmal war es nicht nur jene der Erwartung. Einige, die schon mit Zweifeln angefüllt waren, lähmte bereits Enttäuschung.

Das entsprach der Situation, die sich Pankraz wünschte. Indes war er zu schlau, sich zu Wort zu melden. Und seinen engen Vertrauten hatte er wohl angeraten, sie sollten die Versammlung über schweigen.

So lag die Stille bleischwer auf den Männern. Den alten Prior schien sie immer tiefer in den Stuhl zu drücken Das hielt der neben ihm stehende Laienbruder Tobias nicht aus. Er verehrte den alten Ekkehart, und nur einem traute er zu, fortan das Kloster zu führen. Den sah er an, als er gegen alle Regeln verstieß und gleich einem trotzigen Kind die Worte ausstieß: »Einer muß doch etwas sagen!«

Seinem Blick folgten einige der Mönche und Laienbrüder. Nun stand Pankraz im Mittelpunkt. Doch er schwieg weiterhin. Damit pokerte er zwar, weil sich ein jeder andere zu Wort melden konnte. Aber sein Einsatz war nicht hoch, denn keiner konnte ihm in der spontanen und zu Herzen gehenden Rede das Wasser reichen. So tat er, als blickten die anderen nicht auf ihn, und lächelte bald diesen und bald jenen an.

Damit steigerte er die Erwartung der Brüder. Mehr noch erhöhte er den Druck auf jene, die mit dem Gedanken spielten, selbst nach vorn zu gehen und eine kleine Rede zu halten. Dem waren die selbsternannten Aspiranten nicht gewachsen, wie leicht festzustellen war, als zwei in der Runde ihre Blicke senkten und kleiner zu werden schienen.

In gleichem Maß hob Pankraz seinen Kopf, Stolz und Selbstbewußtsein zur Schau tragend. Und was er vermutlich erhofft hatte, traf ein. Ein Mönch, der ihm nicht nahestand, dem jedoch seit der Seuche und dem Brand die Verzweiflung ins Gesicht geschrieben stand, hauchte mit müder Stimme: »Bruder Pankraz, geh du bitte nach vorn.«

Der Bärtige suchte zunächst Blickkontakt zum Prior Ekkehart, und dieser spürte, wie seine Kräfte schwanden. Ihm war zwar aufgegangen, daß Pankraz bereits Getreue um sich geschart hatte und die Macht anstrebte. Doch nach Bernus mußte der Gerechtigkeit halber ein zweiter reden, und die Brüder schoben gleichsam jenen nach vorn, den er nunmehr vom Amt fernhalten wollte und angesichts seiner Schwäche nicht mehr hindern konnte, sich selbst zu erheben.

Er gab Pankraz ein Zeichen mit der Hand. Daraufhin ging der Bärtige mit den grünen Augen nach vorn. Einige Augenblicke schwieg er, musterte die anderen und sog Luft in die Nase.

»Liebe Brüder«, sprach er hiernach leise und eindringlich, »es gilt nicht, mit Worten zu wiederholen, was wir erleiden mußten. Ein jeder hat das Übel am eignen Leib verspürt. Nun soll eine Zeit anbrechen, in der wir unseren Kopf wieder heben. Erinnern wir uns, wie Jesaias des HERRN Worte übermittelt, die an jeden einzelnen von uns gerichtet zu sein scheinen: *Ich habe dich einen kleinen Augenblick verlassen, aber mit großer Barmherzigkeit will ich dich sammeln. – Ich habe mein Angesicht im Augenblick des Zorns ein wenig vor dir verborgen, aber mit ewiger Gnade will ich mich deiner erbarmen.*«

Nach diesem Zitat hielt Pankraz inne und ließ es wirken, bevor er fortsetzte: »Wenn wir nicht bei der Frage verharren, weshalb all das Unheil über uns kam, sondern Sorge tragen, daß wir es bezwingen, werden wir am ehesten dieser Gnade zuteil. Aber das wird uns nur gelingen, wenn wir zusammenstehen, wenn wir uns gemeinsam entschließen, das Kloster über seine alte Größe hinaus zu neuem Glanz zu führen. Das bedarf der Visionen. Das bedarf der Sammlung. Das bedarf aber auch mutiger Entscheidungen gegen die bestehende Mediatisierung zwischen Reichsrecht und Kirchenrecht, gegen alles, was uns hindert, Gott zu dienen.«

Bruder Pankraz deutete eine Verbeugung an und ging gesenkten Blickes an seinen Platz zurück. Selbst seine ärgsten Gegner anerkannten diese Geste der Demut, und sie hatten wohlwollend zur Kenntnis genommen, daß Pankraz nur übers Kloster gesprochen hatte, nicht aber darüber, wer Abt werden solle.

Der Prior vermochte nur noch mit Mühe seine Augen offenzuhalten, und etliche Zeit verging, bis er sich gesammelt hatte, um zwei Sätze des Abschieds zu sprechen: »Das soll für heute genügen. Die Wahl des Abtes muß reiflich überlegt sein.«

Die Brüder verließen den Raum. Sie wußten, daß Ekkehart keine Zeit zur reiflichen Überlegung mehr blieb, und etliche ahnten, daß in den zurückliegenden Minuten durch zwei kurze Reden eine Vorentscheidung gefallen war.

Pankraz schritt mit gefalteten Händen aus dem Raum, und er vermied jeden Blickkontakt. Anders als Bernus hatte er sich nicht in Einzelheiten verstrickt. Nur zwei Botschaften hatte er den Brüdern verkündet, eine, die von Mut zeugte, die andere, die andeutete, daß mit Traditionen zu brechen war.

Die erste Botschaft machte ihn für die meisten zum Träger der Hoffnung. Mit der zweiten hatte er allen, die nach ihm das Wort ergreifen wollten, eine Hürde errichtet. Denn ein jeder mußte nun darauf eingehen, wie er beabsichtige, das Kloster aus der Misere zu lösen.

Nachdem die anderen gegangen waren, führten Tobias und jener Salimbenes, der in der neuen Bibliothek half, den Prior hinaus. In ihrer Unbedarftheit verstanden sie nicht das Grummeln des Alten, der sich auf dem ganzen Weg bis ins ehemalige Pilgerhaus Vorwürfe machte, einem solchen unredlichen Wettbewerb zugestimmt zu haben. Denn unvorbereitet waren nur jene gewesen, denen Lothar nichts verraten hatte. Pankraz aber war gewiß mit einer Redekonzeption zur Versammlung erschienen.

Ekkehart nahm sich vor, nie wieder im Zustand des Fiebers eine Entscheidung zu treffen. Doch blieb fraglich, ob er noch einmal in eine solche Situation kommen würde. Schon am gleichen oder am nächsten Tag konnte sein letztes Stündlein schlagen. Doch wenigstens wollte er die Brüder, wenn sie sich an seiner Sterbeliegestatt versammelten, auffordern, alles mit klarem Kopf zu entscheiden.

Wenig später bekam der Sakristar Besuch in seinem Heiligtum. Nachdem der letzte eingetreten war, fragte Grimaldus: »Wo ist Bruder Sigibert?«

»Er ist wohl schon gegangen«, antwortete einer der Mönche.

»An seiner Stelle bin ich mitgekommen«, sagte ein Mann mittleren Alters, der schon längere Zeit als Laienbruder im Kloster Riess lebte. Er hieß Leonius und war bekannt dafür, daß er Mißstände offen ansprach, nicht achtend, ob dieses Verhalten der eigenen Person Nachteile eintrug.

Der Sakristar nickte, zwar war Leonius nicht wahlberechtigt, wohl aber war er unter den Laienbrüdern anerkannt. Und was diese in der Zahl nicht geringe Gruppe dachte, blieb nicht ohne Einfluß auf die Entscheidungen der Priestermönche. Er lächelte Leonius an und leitete über zu dem, weswegen sich die Männer gleich Verschwörern getroffen hatten: »Ich glaube, unsere letzte Einschätzung, daß Prior Ekkehart den Pankraz als Abt bevorzuge, trifft wohl nicht oder nicht mehr zu. Sonst hätte er dich nicht zum Sprechen aufgefordert.«

Sein Blick traf jenen des Bernus. Doch dieser war anderer Auffassung und sagte: »Mich derart zu überraschen könnte das Gegenteil bedeuten.«

»Zumal Pankraz vorbereitet schien«, sagte einer der Mönche.

«Er hatte einfach mehr Zeit zum Nachdenken«, warf ein anderer ein. Und der dritte merkte an: »Zudem ist Pankraz in der freien Rede geübt.«

Bernus nickte und erklärte: »Ich hingegen bin Lehrer, habe mein Leben lang fast nichts anderes getan, als Schriften zu erläutern. Mir liegt es nicht, einfach draufloszuschwatzen.«

«Das verlangt Benedikt auch nicht vom Abt eines Klosters«, entgegnete ihm Grimaldus und bewirkte, daß der Lehrer der Grammatik von den anderen Mönchen und auch von Leonius gedrängt wurde, für das höchste Amt zu kandidieren.

Viel Zeit blieb den Männern nicht bis zum Essen und zur Vesper, und sie mußten die Sakristei verlassen haben, bevor die anderen in die Kirche traten. So gab Bernus schließlich unter diesem Druck sein Versprechen ab, sich auf die Auseinandersetzung mit Pankraz vorzubereiten, was Grimaldus der Nachwelt überlieferte.

* * *

Aus dem Tagebuch des Novizen Bertold
(29. Januar 1122)

Es ist die Zeit des Lesens und der Stille, und ich hocke unter der Lampe am Eingang des Dormitoriums, der Lampe, mit deren Licht sich nächtens die Brüder den Weg erhellen, wenn ein Bedürfnis sie drängt.

Was mich drängt, und was ich nur dem Pergament anvertrauen will, ist meine Bewunderung für Bruder Pankraz. Wenn auch Notker mir aus der Beklemmnis geholfen hat, so glaube ich, Pankraz ist noch stärker. Ich meine sogar, er ist der rechte Mann, unser Kloster aus dem Tal herauszuführen.

Bruder Bernus hingegen ist und bleibt der Lehrer für Grammatik, wohl nicht dafür geschaffen, ein höheres Amt zu übernehmen. Darüber …

* * *

Abrupt endet die Eintragung, offenbar durch einen Schreck hervorgerufen, den ein Strich quer übers Blatt andeutet. Vermutlich hatte Bertold kurz nach Vollendung der achten Stunde des Nachmittags am Eingang des Dormitoriums gehockt. Denn zu dieser Zeit kam Bruder Jarich von den Ställen her gestürmt und schrie, so laut er konnte.

Grimaldus trat mit einer Lampe aus der Sakristei, der Novize Bertold kam vom Dormitorium her. Zunächst aber erreichte Jarich zwei Brüder, die im Kreuzgang spazierten. Schaum stand dem Laienbruder vor dem Mund, der für die Haltung der Schweine verantwortlich war und auch die Rinder pflegte, weil schon lang kein Geld mehr vorhanden war, einen Bauern dafür anzustellen.

»Was ist dir?« fragte einer der Brüder, und auch Grimaldus, der inzwischen herbeigelaufen war, drang auf den zitternden Mann ein. Doch der bekam kein Wort über die Lippen. Er schrie wieder und wieder und wies im schwachen Schein der Sterne mit der Hand in Richtung der Ställe.

Grimaldus ahnte, daß dort Böses geschehen war. »Kommt mit!« rief er den anderen zu und eilte voraus. Alsbald folgten weitere Brüder, die in der Kirche gewesen waren, auch jene, die in der Bibliothek dem Ulrikus geholfen hatten, und vor allem kamen aus der Schule etliche gestürzt, die in deren Räumen gelesen hatten.

Als erste trafen die beiden Brüder, die im Kreuzgang Ruhe gesucht hatten, sowie Grimaldus und Bertold bei den Ställen ein. Nur der Sakristar trug eine Laterne. Aber deren Schein reichte hin, eine dunkle Spur im Sand zu erkennen. Auch war eine Rinne in den weichen Untergrund geprägt, als sei ein schwerer Gegenstand darüber gezerrt worden. Dieser folgten die Männer und erstarrten gleich hinter der ersten Ecke.

Vor ihnen lag einer im Sand, und was ihn dunkel umgab, nur wenig heller als seine Cuculle, das mußte sein

Blut sein. Davor schraken die Brüder zurück. Mehr Angst jagte ihnen jedoch ein, daß nur wenige Meter dahinter einer stand: Es war Bernus.

Bevor ihn einer der Angekommenen fragte, erklärte der Lehrer der Grammatik: »Ich war bei Markwart in seiner Pförtnerstube. Dort hörte ich den Schrei und eilte hierher.«

Inzwischen waren auch die Brüder aus der Kirche und der Schule angekommen, unter ihnen Lothar, der seinen Verdacht gegenüber dem Lehrer nicht verhehlte. »Wenn du in der Cella ostiarii warst, weshalb ist dann nicht Markwart mit dir gekommen?« fragte er.

Obwohl bereits viele Männer mit Lampen im Kreis um den Toten standen, sah keiner, wie Bernus erblaßte. Wohl aber registrierte mancher seine fahrigen Bewegungen. Doch bevor der Lehrer antworten konnte und die anderen seine zitternde Stimme hörten, tauchte der Pförtner auf, der die Frage Lothars vernommen hatte.

»Weil ich erst das Tor schließen mußte!« knurrte er. »Und das konnte ich nicht eher tun, weil ein Bauer noch Sand heraufgekarrt hat.«

»Also kann es auch der Bauer gewesen sein«, sagte einer.

»Was soll er getan haben?« wollte Lothar wissen, der mit seinen Fragen sich an die Spitze der Männer stellte.

»Ihn umgebracht«, sagte der angesprochene Bruder.

»Wir wissen ja noch gar nicht, was geschehen ist«, widersprach Lothar. »Und wir wissen auch nicht, wer im Sand liegt.«

Er bat zwei Brüder, die in seiner Nähe standen, ihm behilflich zu sein, den auf dem Bauch Liegenden auf den Rücken zu drehen. Zugleich lief einer zu Tobias, der beim Prior an der Krankenliegestatt saß und von dem Lärm wohl nichts mitbekommen hatte. Der Laienbruder war der einzige, der etwas vom Heilen verstand, seit der wahrhaft Kundige von der Seuche fortgerafft worden war.

Die drei Mönche drehten den Liegenden herum, und im Schein der vorgestreckten Laternen war Bruder Manegold zu erkennen. Zugleich wurde deutlich, daß auch Tobias nicht mehr helfen konnte. Die Stirn des Bruders war zerschmettert, als habe ihn die stumpfe Seite eines Beils getroffen. Diesen Verdacht flüsterte sogleich einer in die Runde.

Darauf gab Lothar zu bedenken: »Es war ein Schlag oder ein Zusammenprall mit einem stumpfen Gegenstand. Also kann es sich um Mord handeln, aber auch um einen Unfall, zum Beispiel um den Stoß eines Bullen.«

«Dann müßte man Verletzungen sehen, die von den Hörnern herrühren«, warf ein Mönch ein.

Mehrere Laternenträger traten näher an den Toten heran und beugten sich ein wenig hinab. Trotz der Zeit der Stille schwirrte Stimmengewirr durch die Luft, das erst durch Lothars laute Stimme durchbrochen wurde: »Brüder! Das können wir heute nicht aufklären, wenn es uns überhaupt jemals gelingt, die Todesursache zu ermitteln.«

Inzwischen war Tobias angekommen, beugte sich über den Liegenden, hörte an dessen Brust, fühlte den Puls und hielt ihm schließlich eine mitgebrachte Spiegelscherbe vor den Mund, bevor er aufstand, seine Kappe abstreifte und sich bekreuzigte.

«Das einzige, was wir heute für unseren Bruder Manegold tun können, ist, ihn aufzubahren und für ihn zu beten«, sagte Lothar und ging voran zur Kirche.

Pankraz, der die ganze Zeit geschwiegen hatte, lief inmitten der anderen Brüder, und den Zug beschloß Bernus, der noch immer blaß war und dessen Hände zitterten.

* * *

Aus dem Tagebuch des Novizen Bertold
(30. Januar 1122)

Über Nacht ist der Winter zurückgekehrt, und zwar mit solcher Härte, daß heute nichts am zerstörten Haus getan werden kann.

Minuten sind vergangen, seit ich diesen ersten Satz schrieb. Mit seiner Hilfe wollte ich mich vom Grauen lösen. Aber allein, daß heute keiner im Freien Steine klopfen kann, führt mich zurück zu dem, was am Abend im Kloster geschah.

Noch nie in meinem Leben sah ich einen Menschen, der durch Gewalt zu Tod gekommen war. Wohin treibt die Kette nun? Begonnen hat sie durch die Armut, dann kam die Seuche, der Heimgang unsres Abtes. Hiernach war der Brand, und der Prior wurde krank. Nun ist der Tod bereits gewaltsam ins Kloster eingekehrt. Ist Riess denn wirklich ein Ort des Zornes unsres HERRN?

Ich wage solches nicht zu denken, auch will ich nicht weiterschreiben. Vielleicht sollte ich handeln wie die übrigen Novizen, wie auch ein Mönch heute, der nicht ins Dormitorium kam, obwohl er zur Vesper noch zugegen war. Sollte ich mich entschließen, diesen Ort zu fliehn?

* * *

In einem Raum der Schule hatten sich einige Mönche und Laien zusammengefunden. Unter ihnen war auch Bruder Jarich, der von einem Fuß auf den anderen trat, weil er sich um die Tiere kümmern mußte. Jedoch interessierte auch ihn, was die anderen über den Tod des Bruders Manegold dachten.

Der Cellerar Salomon, der älteste unter den Anwesenden, führte das Wort. »Also kann kein Zweifel bestehen, daß es sich um Mord handelt«, sagte er.

Jarich bestätigte diese Auffassung durch sein Nicken. Er war in der fraglichen Zeit im Rinderstall gewesen und garantierte, daß kein Tier hinausgelangt sei.

Des weiteren hatten die Brüder vorab erörtert, daß auch kein wildes Wesen durchs Tor eingedrungen sein konnte. Dazu hatten sie Pförtner Markwart befragt, den ein jeder ob seiner Zuverlässigkeit schätzte. Auch wußten sie vom Bibliothekar Ulrikus und von Salimbenes, daß Manegold beim Bau der Regale geholfen hatte. Er hatte eine halbe Stunde vor Jarichs erstem Schrei vorgegeben, auf den Abort zu müssen, und keiner habe sich Gedanken über sein langes Ausbleiben gemacht.

Zum Schluß waren die Brüder noch einmal an den Ort des Verbrechens zurückgekehrt. Inzwischen war der Frost ohne Schnee hereingebrochen und hatte die Spuren gleichsam konserviert. Das geronnene Blut Manegolds hatte er mit einem Unschuldschleier aus Reif überzogen. Das aber interessierte die Brüder nicht. Sie suchten in weitem Umkreis nach Spuren, die ein derart großes Wesen hätte hinterlassen müssen, das vermochte, die Mauer zu überwinden.

Dafür hatten sich keine Anzeichen ergeben, und die Fußspuren, die in den weichen Sand geprägt waren, gestatteten keinerlei Aufschluß. Allerdings hatten zwei Mönche hinter dem Stall für die Hühner ein Grabscheit gefunden, an dem Blut und Haare hafteten, ebenfalls mit Reif überzogen. Dieses Corpus delicti nahmen die Männer mit, und da es im Kloster keinen Abt gab und der Prior die Liegestatt nicht verließ, behielten sie es unter gemeinsamer Aufsicht, und zwar im Keller der Coquina, in der etliche Brüder arbeiteten.

Nun war nur noch die Frage zu klären, wer das Mordinstrument geführt hatte. Unbekannte Tiere oder überirdische Wesen, die zwar durch die Heilige Schrift nicht beschrieben wurden, aber auch in den Köpfen von Mönchen umhergeisterten, schlossen die Männer als Verursacher des Todes von Manegold aus. Was stärker war als ein Mensch, hätte keines Tatwerkzeuges bedurft. So blieben nur zwei Möglichkeiten: Entweder war ein Fremder ins Kloster eingedrungen, was durch Bezwingen der Mauer mittels einer Leiter durchaus möglich war.

»Oder auch, indem der Mörder mit einem der Bauernfuhrwerke hereingekommen ist«, sagte einer der Brüder.

»Für wahrscheinlicher halte ich«, gab ein anderer zu bedenken, »daß es einer aus unserem Kreis war.«

»Nur wer? Wer soll es gewesen sein?« fragte Engilbert, ein noch recht junger Laienbruder von beeindruckenden Körpermaßen. »Ich möchte keinem Chormönch und auch keinem Laien diese Tat zuschreiben.«

»Das ist auch nicht unser Ziel«, sagte der Cellerar Salomon. »Wir wollen versuchen, einzig von dem auszugehen, was wir wissen. Und aus unserer Kenntnis heraus können wir alle als Täter ausschließen, die zur Zeit des Mordes mit anderen Brüdern zusammen waren.«

Nach dieser Erklärung setzte Gemurmel ein, wurden an Fingern die Brüder abgezählt und wenig später beim Namen genannt, mit denen jeder einzelne auf Jarichs Schreie hin zum Tatort gelaufen war, auf die Schreckensrufe jenes Mannes, der sich mit der Zunge über die Lippen fuhr und die Hände zusammenpreßte, weil er seine Pflicht noch immer vernachlässigte. Aber er brauchte nur wenige Augenblicke noch zu warten.

Der Cellerar Salomon blickte auf Tutilo. Jener Laienbruder verfügte über ein untrügliches Gedächtnis, und diesem danken wir manche Überlieferung der Geschehnisse auf Riess, die Tutilo Monate später einem anderen Bruder diktierte. Denn er war weder des Lesens noch des Schreibens mächtig, obwohl er sich oft gemüht hatte, beides zu lernen. Er sei von Gott geschaffen, sich alles zu merken, hatte der verstorbene Abt über ihn gesagt. Und er schien auch geschaffen, in einem Kloster zu leben, weil er draußen auf dem flachen Land oder in einer der noch jungen Städte gehänselt und verlacht worden wäre. Auf Riess barg die Kapuze seine riesigen Ohren, und keiner beachtete, daß das linke Auge tiefer lag als das rechte und zudem noch die Nase zur Seite sich bog.

Tutilo nickte, nachdem er aller Meinungen gehört und des Blickes des Cellerars gewahr geworden war, und er zählte hiernach alle Brüder auf, die zur fraglichen Zeit vermutlich nicht allein gewesen waren. Die anderen schwiegen, und nach der langen Reihe der Namen hätte kein anderer zu sagen vermocht, wer nicht benannt worden war. Die erwähnte Tutilo zum Schluß:

»Wenn wir davon ausgehen, daß Tobias bei unserem Prior gewesen ist, wofür spricht, daß er von dort geholt wurde, bleiben nur zwei, von denen wir keine Gewißheit haben, wo sie sich aufhielten. Das ist der verschwundene Bruder Sigibert und auch Bernus. Wir wissen vom Lehrer der Grammatik nicht, wann er den Pförtner verlassen hat. Aber als wir ankamen, stand er bereits bei dem Opfer. Und selbstverständlich war auch Jarich in der Nähe des Verbrechens.«

Nach diesen Worten, die für Tutilo nichts anderes waren als eine logische Konsequenz, herrschte Stille im Raum. Die meisten Anwesenden faßten des Laienbruders Erklärung als eine Anklage auf, auch ein Mönch, der zu denen gehörte, die sich in der Sakristei bei Grimaldus getroffen hatten. Dieser wollte aber den Lehrer der Grammatik nicht verteidigen, weil ein solcher Versuch Bernus in den Augen der anderen noch stärker belastet hätte. So sagte er Worte, denen alle zustimmen mußten: »Jarich hatte die meiste Zeit. Und Jarich wird es nicht gewesen sein, denn ein Mörder flieht eher den Ort, als daß er Zeugen herbeiruft.«

»Allerdings haben wir keine Zeit mehr, das Rätsel zu lösen«, sagte Grimaldus, denn die Sext war herangerückt.

Miteinander tuschelnd gingen die Männer aus dem Raum und hinüber in die Kirche, wo Bruder Notker im

Auftrag des Priors den Gottesdienst leitete. Von der zeitweiligen Bibliothek her kamen drei Brüder zur Hora geschritten: der Bibliothekar Ulrikus und Lothar zu seiten von Pankraz. Sie hatten in dem noch immer chaotisch wirkenden Raum darüber beraten, wie fürderhin zu verfahren sei. Und sie waren sich einig geworden, den Prior zu drängen, recht rasch die Wahl des Abtes durchzuführen.

Solange der Mord ungeklärt war und auch nur der Hauch eines Verdachtes über Bernus lag, war der gefährlichste Konkurrent Pankrazens ausgeschaltet. Und lange konnte nicht verborgen bleiben, was Ulrikus vom Pförtner Markwart erfragt hatte: Am Abend des Mordes war Bernus wirklich erst aus der Cella ostiarii gerannt, nachdem er Jarichs Schreie vernommen hatte.

* * *

Aus dem Tagebuch des Novizen Bertold
(30. Januar 1122)

Ich bin wie benommen. Alles, was ich vom Kloster mir erträumte und in den Mauern von Riess auch schon erlebte, gehört denn wohl zu einer andern Welt, zu einer, in der ich noch meine Ruhe fand. Eine, die mir Geborgenheit schenkte. Eine, die zu Gott mich führte. Und nichts anderes war doch mein Ziel.

Als ich einst in Riess ankam und ein Jüngling war, hat in mir gebrannt der himmlische Geist, und er brannte so hell, daß ich der Welt des Profanen entsagte. Fortan war ich erfüllt, die Schrift zu verstehn, und gab mich hin der Übung des Lesens. Ich verspürte den Zuwachs an Gnadengaben des Himmels, nicht anders als im Unterricht an unsrer Schule. Ganz von selbst ergab sich dabei, daß ich brach mit den Trieben der Jugend und nur noch dem Guten anhing.

Je tiefer die Unterweisung in geistlicher Zucht, desto

mehr spornten mich die frommen Männer an, die Mönche und auch manche der Laien. Ich spürte, wie ich in deren Gemeinschaft und mit Hilfe der anderen Schüler Stufe um Stufe mich hob und strebte nach der ewigen Seligkeit hin.

Und nie mehr hatte ich Furcht vor den Einflüsterungen des Teufels, denen ich in frühen Jahren manchmal erlegen war. Ich gab mich der Erforschung der göttlichen Gesetze hin und widerstand den Versuchungen der Jugend, auch den Anstürmen fleischlicher Lüste, mit dem Beistand des Herrn.

Ich lernte rascher als die anderen Schüler und stand schon kurz vor der Profeß, vor den letzten drei Jahren, bevor ich ein Mönch werden konnte. Womöglich war das auch der Grund, weshalb ich nicht mit den übrigen Novizen von Riess fortging und zu einem anderen Kloster zog. Nun aber fehlt mir die Kraft, den geweihten Boden zu verlassen, auf dem mein heiliges Leben begann. Doch an einem Ort zu bleiben, an dem der Teufel sein Spiel zu treiben scheint, das vermag ich nur mit der Hilfe der anderen Brüder.

Ich werde, bevor die Zeit des Schweigens anbricht, noch einmal Bruder Notker aufsuchen.

* * *

Das ist dem Novizen Bertold an diesem Tag nicht gelungen, denn vor der Komplet trat der hagere Notker ans Lager des Priors und bat Tobias, aus dem Raum zu gehen, während er mit dem Kranken sprach.

Notker war damit der Einladung des Bruders Pankraz nicht gefolgt, der zur gleichen Zeit seine Getreuen, den Bibliothekar, den Cellerar Salomon sowie Lothar und den tonnenförmigen Gallus, in einem Raum der Schule um sich sammelte. Was sie darin besprachen, hat Ulrikus leider nicht mehr aufgeschrieben.

Allerdings ist bekannt, daß nach einiger Zeit auch Notker die Schule betrat, und zwar gemeinsam mit dem Laienbruder Engilbert, den er wahrscheinlich als Grund für seine Verspätung vorschob.

So schloß zumindest Grimaldus, der einige Worte der beiden auffing, als er ihnen auf dem Weg in seine Sakristei begegnete. Er war einer der wenigen im Kloster, die eine Ahnung von der Vorgeschichte Engilberts besaßen. Der junge, kräftige und grobschlächtig wirkende junge Mann war nämlich nicht aus freien Stücken ins Kloster gekommen.

Er hatte in einer entstehenden Stadt junge Mädchen gedungen und deren Körper gegen gutes Geld an bedürftige Männer verliehen. Das ging freilich nur so lange gut, bis ihm die Leute des Herzogs, der für den Marktflecken zuständig war, auf die Spur gekommen waren. In wilder Flucht hatte sich der junge Engilbert aus der Gegend entfernt und war zufällig in die Nähe von Riess gelangt.

Damals war Pankraz im nächstliegenden Dorf gewesen und hatte wohl den Jüngling derart in seinen Bann gezogen, daß beide gemeinsam zum Kloster gegangen waren. Engilbert wurde Laienbruder und lebte unauffällig auf Riess. Zwar war allen bekannt, daß er sich nach Aufträgen streckte, die ihn in eines der umliegenden Dörfer oder in die Stadt führten. Aber nur wenige wußten den Grund, und allein Pankraz verfügte über Einzelheiten.

* * *

Aus dem Tagebuch des Novizen Bertold
(30. Januar 1122)

Notker konnte ich nicht finden, und so hat sich mein Seelenzustand weiterhin verschlechtert. Ich wußte keinen andren Rat, als ins Gotteshaus zu gehen und in der Einsamkeit zu beten. Dabei hab ich nicht bedacht, daß dort der tote Manegold liegt.

Während ich so kniete und in mein Gebet versank, gelang es mir, den toten Bruder zu verdrängen. Doch als ich aufstand und dorthin blickte, wo er aufgebahrt ist, hat er mich zu sich gezogen. Denn ich durfte ihm ja nicht verwehren, für seiner Seele Friede den Himmel anzurufen.

Ein zweites Mal kniete ich nieder. Doch diesmal versank ich nicht in mein Gebet. Vielmehr habe ich den Mann vor mir gesehen, den stillen und getreuen Bruder, mit dem ich vor kurzem scherzte. Wie hatte ich ihn früher verkannt, da ich ihn für verschlossen hielt. Dafür bat ich seine Seele um Vergebung.

Hiernach wollte ich das Gotteshaus verlassen. Aber wie war ich erschrocken, als aus der Sakristei mehrere Gestalten traten. Ich erkannte meinen Lehrer Bernus, und die ihm folgten, gehörten auch in unser Kloster, wie der Laienbruder Leonius. Was mochten sie beim Sakristar beraten haben?

Darauf fand ich keine Antwort. Und weil ich vor Schreck verharrte, bis Bernus und die übrigen im Freien waren, hatten mich die Brüder nicht gesehen. Noch ein paar Augenblicke blieb ich stehen, damit keiner von mir dachte, ich schnüffele den andren nach.

Und als ich in den Abend trat und mir die Kälte fast den Atem raubte, sah ich den Bruder aus der Schule kommen, den ich zuvor vergeblich suchte. Neben Notker ging der Lothar, auch Salomon, Gallus und Ulrikus sah ich. Ganz zum Schluß kam noch der Engilbert. Aber meine Augen waren nur auf jenen Mönch gerichtet, der in aller Mitte ging.

Für mich erschien es wie ein Wunder, daß auch Pankraz seine grünen Augen zu mir wandte. Beinah hätte mein Herz nicht fortgeschlagen, als er seine Brüder weiterlaufen ließ und zu mir trat. Er sagte, daß ihn Sorge quäle, weil ich in letzter Zeit so blaß sei und auch oftmals aufgeregt. Und da habe ich mein Herz geöffnet, habe ihm gesagt, was mich in jüngster Zeit bedrängt.

Pankraz spendete mir Trost. Dabei legte er den Arm um meine Schulter und hat mir ganz fest zugesagt, daß sich im Kloster Riess alsbald zum Guten alles wenden werde.

Wie kann ich an solchen Worten zweifeln, die ich seit vielen Tagen hören wollte. Inzwischen bin ich ruhiger geworden und hoffe, daß weder am Abend noch in der Nacht ein neues Unglück sich ereignet.

III

Nach der letzten Terz im Januar des Jahres 1122 wurde Bruder Manegold auf dem Friedhof des Klosters beigesetzt. Der Prior hatte auf diesem Termin bestanden und leitete auch die Totenmesse, damit nach dem Stundengebet zur Sext die Versammlung einberufen werden konnte. Er spürte, daß sein Körper noch einmal Kraft gewonnen hatte, damit er seiner Verantwortung gerecht werden konnte. Und er fürchtete, sein vorletzter, womöglich sogar schon der letzte Tag seines Lebens, sei angebrochen.

Deshalb wollte er alles rasch erledigen. Der Konvent sollte sich, falls er sein Ende nahen fühlte, auch noch an diesem Tag, und zwar nach der Vesper, im Gotteshaus zusammenfinden und einen neuen Abt wählen. Falls er sich jedoch so gut fühlen sollte, daß er guter Dinge war, einen weiteren Sonnenuntergang zu erleben, sollte die Wahl erst tags darauf erfolgen. Auf jeden Fall sollte der neue Obere des Klosters bereits während der Tage der Darstellung des HERRN und des Blasisussegens* in seiner Funktion sein.

Die Totenmesse hatte Ekkehart im Sitzen abgehalten, und auf dem Weg zum Gottesacker ließ er sich von Tobias und einem anderen Bruder stützen. Danach besaß er sogar die Kraft, selbst die Sext zu leiten und vor allen anderen im Kapitelsaal zu sitzen, um jeden der Brüder eintreten zu sehen.

Er meinte, in dieser vorentscheidenden Situation aus dem Minenspiel der Kandidaten zu erkennen, wer sich fürs Amt eignete. Womöglich gelang es ihm auch, aufgrund seiner Lebenserfahrung auszumachen, wer reden

* Das sind der 2. und der 3. Februar.

wollte, ohne ihn zuvor darüber informiert zu haben. Bislang hatten sich nur drei angemeldet, wobei er Bernus sogar hatte drängen müssen.

Als sich dann alle versammelt hatten, auch die Laien und der letzte verbliebene Novize, lächelte Prior Ekkehart. Er fühlte sich stark wie lange nicht, und da er dafür gesorgt hatte, daß an diesem Tag alle Kandidaten unter vergleichbaren Bedingungen antraten, war er auch bei guter Laune.

Indes geriet ein anderer außer Fassung, als Ekkehart der Gerechtigkeit halber jenen zuerst sprechen ließ, der seine Stimme noch nicht vor den Brüdern erhoben hatte, um sich als Abt zu empfehlen. Kaum war Bruder Notker aufgerufen worden, als sich die Brauen des Pankraz zusammenzogen. Durch den Körper des Bärtigen ging ein Zucken, und augenscheinlich konnte er sich nur mit Mühe des Stampfens mit dem Fuß enthalten, das ihm als Zeichen höchster Freude und auch unbändigen Zornes galt.

Nur einen Augenblick ließ er sich seine Gefühle anmerken. Dieser jedoch genügte dem aufmerksamen Ekkehart, einen Entschluß zu fassen: Er wollte den Brüdern kraft seines Amtes nicht Pankraz vorschlagen, sondern Bernus oder aber Notker. Um sich für einen der beiden entscheiden zu können, lehnte er sich zurück und harrte der ersten Rede.

In diesem Augenblick durchfuhr ihn ein Schmerz, der vom Kopf zu kommen schien und über das Herz durch den ganzen Körper zog. Die vor ihm stehenden Brüder nahm er nur noch verschwommen war. Sein Atem ging schwer, und er spürte sein Ende nahen. Mit letzter Kraft schickte er ein stilles Gebet zum Himmel, ihm, wenn auch die geistigen Kräfte schwanden, doch seine körperliche Anwesenheit zu erhalten. Mit der noch wollte er wenigstens auf die Brüder wirken.

Von den drei Kandidaten erkannte allein Bernus das

Leiden des Priors. Pankraz war vor Wut in sich gekehrt, und Notker hatte bereits sein Gesicht den Brüdern zugewandt.

»Als zweiter spricht Bernus«, sagte der Prior mit letzter Kraft, bevor er all das, was um ihn geschah, nur noch wahrnahm, als stamme es aus einer anderen Welt. Doch aus ihm heraus stieg eine Überzeugung: Er hatte falsch gehandelt. Vor einer Woche, besser noch vor dem Brand hätte er die Wahl durchführen sollen, als er noch bei Kräften gewesen war und das Schicksal des Klosters hätte bestimmen können. Nun kam wohl Übles auf Riess zu, und er war nicht mehr in der Lage, diesem zu wehren.

Ein einziger Bruder war der Versammlung ferngeblieben. Er müsse noch Fuhrwerke und Karren hereinlassen, hatte Markwart gesagt. Dabei war er sich nicht sicher, ob nach der Sext Baumaterial angeliefert werden würde.

Er hatte sich vor der Versammlung gedrückt, weil keiner der Brüder, die er schätzte, sich zur Wahl stellen wollte. Die meisten derer hatten sogar das Kloster verlassen. Und jene, die noch in ihm weilten, verhielten sich still gegenüber der Übermacht des Pankraz und seiner Leute.

Der Pförtner stützte den Kopf in seine Hände und schüttelte ihn. Er wußte nicht, wie er sich verhalten sollte. Wenn er über die Tatkraft verfügte wie jener Pankraz, den er nicht leiden konnte, würde er alle um sich scharen, die gegen den Bärtigen waren.

Wenn er doch wenigstens Redetalent besäße, so könnte er dem Machtbesessenen mit Worten entgegentreten. Aber er verfügte über keine nennenswerte Begabung, nicht einmal über körperliche Kräfte. Und er fragte sich, ob die Welt so eingerichtet war, daß die Schwachen gutmütig sind, während die Starken zur Macht drängen und diese unter sich aufteilen.

Kaum wurde er sich bewußt, soeben den Schöpfer beschuldigt zu haben, faltete er seine Hände, und bevor er ins Gebet eintauchte, seufzte er. Wie leicht hatten es jene, die allein auf einer Säule lebten, sie mußten nur den Winden und den Wettern trotzen, nicht aber Menschen, die ebensowenig oder noch geringer zu berechnen waren.

Bruder Notker hatte gesprochen und auch einige Anerkennung erhalten, weil er sich eines geschliffenen Stils befleißigt hatte. Doch war er kaum über das hinausgegangen, was Pankraz bereits einmal verkündet hatte. Vom einstigen Glanz des Klosters war er ausgegangen, leitete fort über dessen Abstieg, forderte das Zusammenstehen aller Brüder und träumte davon, sich aus weltlichen und kirchlichen Fesseln zu lösen, allein Gott und dessen Stellvertreter auf Erden zu dienen.

Die Rede atmete zwar Hoffnung, die sich im Raum verbreitete, und daraus resultierte die Zustimmung. Aber da sie nichts Neues enthielt, sahen viele auf Pankraz.

Als ob das der Prior ahnte und auch das Zögern des Bernus, öffnete er noch einmal die Augen um einen Spalt, zugleich bewegte er seine rechte Hand. Zwei Brüder erkannten das und traten auf Bruder Ekkehart zu. Sie beugten sich nieder zu dessen Mund, und schließlich tuschelten sie miteinander, um sich zu vergewissern, den Hauch aus des Alten Mund richtig vernommen zu haben. Sie nickten einander zu, und einer sagte: »Unser Prior Ekkehart besteht darauf, daß nun Bruder Bernus spricht.«

Wie gern wäre der aufgeforderte Mönch im Boden versunken. An Visionen, mit denen er die Brüder mitreißen konnte, gebrach es ihm schon immer. Aber inzwischen war auch sein Selbstbewußtsein angekratzt, sowohl durch die erste Ansprache, die er lieber vermieden hätte, weil er gewohnt war, sich vorzubereiten. Mehr noch lastete die Verdächtigung auf ihm, dem Bruder Manegold Gewalt angetan zu haben.

Jeder im Raum sah Bernus dessen Bedrängnis an. Und seiner Stimmung entsprechend trug er auch seine Rede vor. Nicht einmal ein winziger Funke sprang auf die Zuhörer über, denn was er sagte, hörte sich bieder an, baute auf den Leistungen des Abtes Kolumban und auf den Regeln des Benedikt auf.

Nachdem Bernus zurückgetreten war, wissend, sich selbst eine Niederlage zugefügt zu haben, sahen alle auf Pankraz, und diesmal nahm keiner wahr, wie die Hand des Priors zuckte, wie er ein Auge noch einmal um ein Stück öffnete.

Sein Geist war wieder erwacht. Indes gebrach es ihm an Kraft, der Versammlung mitzuteilen, daß er noch andere hören wollte, selbst wenn er das Ende des Konvents nicht mehr erlebte. Noch hatte er die Hoffnung nicht aufgegeben, daß einer der Mönche dem Bärtigen das Wasser reichen könne.

Da auf ihn aber keiner achtete, ging Pankraz nach vorn. Er sah auf die Brüder, dann auf den Prior und schließlich zu Boden. Mit leiser und dennoch eindringlicher Stimme sprach er und überraschte die vor ihm Stehenden schon mit dem ersten Satz: »Meine Meinung habe ich schon dargestellt, und das ist gut so, denn wir sollten Rücksicht nehmen auf Prior Ekkehart.«

Damit richteten sich die Augen auf den Sitzenden, und Pankraz konnte wie beiläufig einstreuen: »Es genügt freilich nicht, auf Cluny zu setzen, sonst laufen wir immer hinterher. Auch kann es nicht befriedigen, sich Herzog und Bischof zu Feinden zu machen. Viel eher brauchen wir Freunde.«

Diese Worte bekamen alle mit, bevor vier der Mönche den Prior hinaustrugen. Mit einem Satz hatte Pankraz die Rede des Bernus ins Nichts verbannt, denn wer den

Spuren des Abtes Kolumban folgte, lehnte sich an Cluny an. Zudem hegte so mancher den Verdacht, daß der wirtschaftliche Abstieg schon unter diesem Oberen begonnen hatte.

Der letzte Satz des Bärtigen hatte dem Widersacher aus den eigenen Reihen gegolten, und die Brüder verstanden die Botschaft. Nichts ersehnten sie mehr als Frieden, und dessen Grundlage bildeten starke Bündnisse.

* * *

Aus dem Tagebuch des Novizen Bertold
(1. Februar 1122)

Die Übel finden kein Ende. Sie suchen uns heim, als seien wir der Hort des Bösen. Nicht als einziger bin ich zittern und zagen, daß wir an diesem Tag oder auch am nächsten gänzlich ohne Führung sind.

Da keine Macht auf Erden unseren Prior am Leben erhalten kann, werde ich nun beten. Dem Papier wollte ich nur anvertrauen, wie ich verzweifelt bin.

* * *

Wohl etlichen Mönchen und Laien ging es im Kloster Riess kaum anders als dem Novizen Bertold. Schon lange vor der Zeit des Lesens und der Stille und nicht nur an den Orten, an denen öffentliches Reden untersagt war, trat an diesem Tag Ruhe ein, die nur vom Psalmengesang und von Gebetsmurmel durchbrochen wurde. Manch einer schloß in der Nacht kein Auge und entfaltete seine Hände nicht.

Als ob der HERR im Himmel ein Einsehen hätte, erfuhren die Brüder am anderen Morgen, zwischen Vigil und Laudes, aus Tobias' Mund, daß Ekkehart noch lebte. Nunmehr war das Bitten der meisten darauf gerichtet, der Prior möge auch die geistige Verfassung wiedergewinnen, noch eine Wahl abzuhalten. Das Kloster brauchte einen Abt, und nicht wenigen war es inzwischen schon gleichgültig, wer das Amt ausfüllte.

Nur wollten sie wissen, wer wieder die Gottesdienste und die Geschicke von Riess leitete. Und falls sie den falschen erkören im Mangel an Zeit, so meinten sie, diesen Irrtum korrigieren zu können. Von verschiedenen Orten war an ihre Ohren gedrungen, manch einer hatte es sogar erlebt, wie ein entschlossener Konvent die Machtverhältnisse neu regelte.

Aber alles blieb Spekulation und Hoffnung, auch Bangen, bis nach der Prim Tobias im Auftrag des Priors zu Markwart ging und dieser das Tor schloß. Nach der Regel des Benedikt sollten alle Brüder gleich sein, jedoch das Alter achten. Und nach Jahren zählte keiner in den Mauern von Riess so viele wie der Pförtner. Also kam ihm die Aufgabe zu, die Wahl zu leiten, falls der Prior dazu nicht mehr in der Lage war.

Widerwillig tappte der alte Mönch hinter dem jungen Laien her zum ehemaligen Pilgerhaus. Dem Ekkehart wollte und durfte er nicht dessen letzten Wunsch abschlagen. Aber wie sollte er vor Gott geradestehen, wenn Pankraz gewählt wurde, dem er nicht über den Weg traute. Andererseits durfte er nicht Partei ergreifen, während er dem Konvent vorstand. Wenn er dennoch kämpfte, daß ein anderer Abt würde, machte er sich unglaubwürdig und damit den von ihm unterstützten Kandidaten. Solches Verhalten stärkte im Endeffekt nur den Bärtigen.

Die letzten Schritte ließ seine Wut zum Stampfen geraten. Sie traf ihn selbst, denn er hatte sich in seiner Cella ostiarii verkrochen, als noch eine Möglichkeit bestand, eine Opposition zu formieren. Weshalb war er nicht mit Bernus in die Sakristei gegangen? Weshalb hatte er sich selbst nicht zu Wahl gestellt? Ein Eremit konnte er ohnehin nicht mehr werden.

Das Haus, dessen Tür ihm Tobias offenhielt, betrat er, als sei er um Jahre gealtert. Auf dem kurzen Weg waren ihm seine Sünden bewußt geworden, und er ahnte, daß nur wenige der Brüder ohne fremde Hilfe zu ähnlichen Einsichten gelangten.

An der Krankenliegestatt mußte er sich zum Mund des Priors hinabbeugen, um aus dessen Hauchen abzuleiten, was er meinte. Relative Sicherheit gewann Markwart erst dadurch, daß er wiederholte, was er meinte gehört zu haben. Wenn Ekkehart daraufhin mit den Lidern zuckte, bedeutete dies Bestätigung, falls er die Augäpfel geringfügig nach rechts oder links bewegte, hatte sich der Pförtner getäuscht.

Durch diese Art des Gedankenaustausches erfuhr Markwart, daß der Prior zunächst die letzte Ölung erhalten wollte. Diese gewährte ihm sein Gast und wurde anschließend eingeweiht, daß noch vor der Sext desselben Tages die Wahl des Abtes stattfinden sollte.

Ekkehart meinte den Abend nicht mehr zu erleben und war auch der Auffassung, Gott habe ihm nur die Stunden geschenkt, damit er seiner Verantwortung als Prior gerecht werde. Damit er jedoch nicht ungebührlich lange verweile, habe ihm der Herr auch Beschwerden aufgelastet.

Als Ekkehart mitgeteilt hatte, was er wünschte und auch, daß der Pförtner die Wahl leiten solle, fragte dieser: »Meinst du nicht, daß Pankraz die Wahl für sich entscheiden wird und anschließend alle im Kloster unter seine Knute zwingt?«

Als habe er dieses Anstoßes bedurft, ging ein Zucken durch den Körper des Liegenden. Er schien noch einmal alle Kraft zu sammeln und hauchte einen verständlichen Satz: »Wenn er das tut, richtet er sich selbst.«

Markwart nickte. Diese Botschaft leuchtete ihm nicht nur ein. Sie erschien ihm sogar wie eine göttliche Eingebung. Etwas Geniales hatte der Prior immer besessen.

Und nun, in der Phase der Entrücktheit von dieser Welt und im Angesicht des nahenden Todes, schien seine Genialität eine neue Qualität anzunehmen, einen Hauch der Ewigkeit in sich zu tragen, also etwas Jenseitiges.

Daran klammerte sich Markwart, als er zur Kirche lief, die Glocke läuten zu lassen. Mittlerweile kam ihm die Vorstellung, Pankraz werde der neue Obere, nicht mehr so schicksalhaft vor wie in seiner Pförtnerstube und auf dem Weg zum Prior.

Er kannte die meisten der Mönche, wußte um ihre Disziplin, um ihre Fähigkeit, sich unterzuordnen und auch widrige Bedingungen zu ertragen. Aber er war fest überzeugt, daß deren Mehrzahl eine Abkehr von Rom nicht dulden würde, nicht einmal eine Loslösung vom Bischof.

Kurz vor dem Gotteshaus schalt er sich sogar, die Welt zuvor so trübe gesehen zu haben. Nun faßte er schon als Möglichkeit auf, wie die Mönche ihren Abt aus dem Kloster jagten, wenn er ihnen zuwider geworden war, und sich einen neuen erwählten.

* * *

Aus dem Tagebuch des Novizen Bertold
(1. Februar 1122)

Von dunklen Gedanken eingewoben, sitze ich im Dormitorium. Eine Decke liegt um meine Schultern, denn noch immer ist es bitter kalt. Aber ins Calefactorium will ich nicht gehen, das der Cellerar in der Schule eingerichtet hat. Früher war der beheizte Raum in dem Gebäude, das die Flammen fraßen. Nun steht in dem Zimmer, in dem ich einstmals unterrichtet wurde, ein kleiner Ofen, in dem von früh bis spät das Feuer brennt.

Nicht an diesem Ort liegt es, daß ich hier verharre, auch die Kleider, die dort hängen, damit sie trocknen können, halten mich nicht fern. Die Brüder, zu denen ich schon oftmals floh, wenn ich bedrückt gewesen bin, will ich im Augenblick nicht sehen. Ich will mich nicht befragen lassen, sondern, was ich denke, nur dem Herrn anvertrauen und einiges davon auch dem Pergament.

Das beruhigt mich ein wenig. Doch bringt mich durcheinander und stürzt mich in einen tiefen Abgrund, daß nun die Glocken läuten …

(An dieser Stelle fährt ein Strich auf dem Blatt nach unten, über den der Novize vermutlich nur wenige Minuten später weiterschrieb:)

Auf dem Weg zum Gotteshaus war mir warm geworden, als säße bereits der Beelzebub darin. Doch wie war ich erleichtert, als ich auf Markwart traf. Er ließ einen jungen Laienbruder an der Glocke ziehen und verkündete, beim nächsten Läuten sollten alle Priestermönche sich am Pilgerhause treffen.

Also steht die Wahl des Abtes an, zu der ich nicht zugelassen bin und auch nicht die Laienbrüder. Das schenkt mir die Hoffnung wieder. Und nun kann ich kaum erwarten, bis die Mönche aus dem Pilgerhaus ins Freie treten.

* * *

Die Chormönche hatten sich an einem ungewöhnlichen Ort zum Konvent versammelt. Auch stand der Prior nicht vor ihnen, sondern er lag. Zudem vermochte Bruder Ekkehart nicht zu sprechen. So überraschte keinen, daß Pförtner Markwart das Wort ergriff, alle Brüder begrüßte und erklärte, daß nun die Wahl eines neuen Oberen anstünde.

Auf Betreiben Ekkeharts waren die Vorbereitungen für die Wahl sämtlich getroffen, was der Liegende durch ein Zucken der Augenlider bestätigte. Also galt es nur noch, Vorschläge aus dem Kreis der versammelten Mönche entgegenzunehmen und die auf jeden Kandidaten entfallenden Stimmen zu zählen.

Das unternahm Markwart. Nur sieben erkoren Bernus aus, gar nur vier den Bruder Notker. Alle anderen entschieden sich für Pankraz, der damit allerdings noch nicht Abt geworden war, sondern nur erklären durfte, daß er fürs Amt bereit sei. Und hernach erst, weil die Regel des Benedikt Einstimmigkeit empfahl, fragte Markwart, wer für den letztverbliebenen Kandidaten sei.

Gegen Pankraz stimmten in dieser Runde nur Bernus und zwei weitere Brüder. Das sahen alle. Hingegen fiel keinem auf, daß der vorn stehende Markwart seinen Arm nicht gehoben hatte. Rasch verschwand er in der Mitte der Brüder, während Pankraz ans Krankenlager trat. Einen Augenblick zögerte er, weil er sich nicht gewiß war, ob ihm der Prior noch die Hand reichen könne. Da dies nicht eintrat, ergriff er die Rechte des Liegenden und fühlte sich nunmehr als Abt.

Noch hatte er die Hand des Ekkehart nicht losgelassen, als vielen aufging, daß eine Totenmesse seine erste Pflicht im Amt sein würde. Aber zunächst führte er die Brüder hinaus und erklärte ihnen draußen in eisiger Kälte, der Kapitelsaal möge geheizt werden, weil er nach der Non vor allen zu sprechen wünsche. Danach kehrte er zu Tobias zurück, um gemeinsam mit ihm für den toten Prior zu beten.

* * *

Aus dem Tagebuch des Novizen Bertold
(1. Februar 1122)

Die Würfel sind gefallen, und ich bin nicht böse drum. Als ich in der Kälte stand, hab ich hin und her erwogen, wer aus den Reihen unserer Mönche sich eignet, neuer Abt zu sein.

Nur einer kam für mich in Frage, weil nur er die Kräfte hat, Riess aus der Krisis in bessere Zeiten hinzuführen. Und dieser Meinung waren wohl die meisten der Priester auch gewesen. Mit glücklichen Gesichtern sah ich sie aus dem Pilgerhause treten. Nur einige, wie mein Lehrer der Grammatik, zogen ein grimmiges Gesicht.

Und nur einen Namen hörte ich in jenen Stunden, die bisher vergingen, das war der des Pankraz. Dieser Mann wird nun unser Kloster leiten, der einzige von allen, der die Kraft dazu besitzt.

* * *

Die kurze, in fahrigen Zügen geschriebene Eintragung ins Tagebuch zeugt von Bertolds freudiger Erregung. Den meisten anderen im Kloster ging es wohl ebenso. Bernus hingegen lief mit versteinertem Gesicht zur Sakristei. Er war sich seiner Niederlage gewiß gewesen, und nachdem sie sich vollzogen hatte, spielte er mit dem Gedanken, Riess zu verlassen.

In Gegensatz zu ihm wollte Notker, der sich erheblich mehr ausgerechnet hatte, die Waffen nicht strecken. Er sagte sich, der Machtkampf ginge weiter. Zunächst beabsichtigte er, sich unter die Knute Pankrazens zu beugen. Aber falls sich eine günstige Gelegenheit ergeben sollte, war er bereit, dem Bärtigen das Amt streitig zu machen.

Über all das machten sich drei der Brüder, die sich mit Bernus bei Grimaldus trafen, keine Gedanken mehr. Sie waren übereingekommen, daß ihre Zeit im Kloster zu Ende gegangen war. Und in Vorahnung dessen hatten sie schon vor langer Zeit von wandernden Mönchen, mehr noch von Pilgern erfragt, wo sich die nächsten Konvente befänden und wie sie die Äbte dort leiteten.

Zwar waren die Nachrichten spärlich gewesen, dennoch hatten sie sich entschieden, mehr als zwanzig Meilen Richtung Süden zu ziehen. Der Kälte meinten sie widerstehen zu können, und von Reisen aus ihrer Jugendzeit wußten sie, daß viele Bauern bereit waren zu teilen, wenn sie einen Mönch beherbergen konnten. Allein den Schnee fürchteten sie, der irgendwann wieder hereinbrechen mußte.

Nachdem sie sich verabschiedetet hatten und gegangen waren, standen nur noch drei Männer bei Grimaldus in der Sakristei. Das waren Bernus und zwei Laien, der junge Kordan und der etwas ältere Leonius. Sie fühlten sich sämtlich an Riess gebunden. Aber ein Gespräch wollte nicht zustande kommen. So verließen auch der Lehrer der Grammatik und die Laien das Gotteshaus. Leonius stapfte wütend davon, während sich die beiden anderen Brüder im Kreuzgang ergingen, bis der jüngere dem älteren ein Zeichen gab, daß er zu den Ställen gehen wolle.

Dort trafen sie sich bald darauf zwischen Gackern und Grunzen wieder. Von Jarich wußten sie, daß er nicht neugierig war, dafür die Kälte fürchtete, also würde er bei den Tieren bleiben, und andere Brüder vermuteten sie nicht in der Nähe. Deshalb sagte Kordan, ein untersetzter Mann mit buschigen Brauen: »Die anderen sind gegangen, und ich glaube, für mich wäre es auch das beste.«

Bernus preßte zunächst die Lippen zusammen und erwiderte nichts, bevor er gestand: »Auch ich spiele mit dem Gedanken. Nur bin ich mir unsicher, ob ich das tun darf, wenn ich mein Gewissen befrage. Denn irgend jemand muß dem Pankraz doch die Stirn bieten.«

Pankraz trat Stunden später mit hängendem Kopf und gefalteten Händen in den bereits gefüllten und beheizten Kapitelsaal. Die anderen wurden umgehend still und sahen auf den Bärtigen, der sich vor sie stellte.

Allein schon von der Stimme waren die Brüder überrascht und viele sogar angetan. Sie klang mild und einfühlsam. Und was Pankraz sagte, diente nicht der Durchsetzung seines Willens. Es war ein Lob auf den Verstorbenen. Auch die Leistungen des Kolumban würdigte der neue Abt. Und er war nicht umsonst noch einmal bei Ulrikus gewesen. Dadurch wußte er selbst von den Oberen etwas zu berichten, die er nicht mehr kennengelernt hatte.

«Mir treibt es Tränen in die Augen, wenn ich so großer Männer gedenke«, erklärte er. »Und wie sich heute meine Brust engte, als ich an der Bahre unseres lieben Ekkehart betete.«

Er machte eine Pause, wischte sich die Augenwinkel aus, als flössen daraus wirklich Tränen, und mit gesenkter Stimme leitete er zum nächsten über: »Wenn wir nun bedenken, welches Unheil uns darüber hinaus traf und was alles zu tun ist, weiß ich gar nicht, wie ich das schaffen soll. Es ist ein Prior zu wählen, muß gebaut werden. Wir brauchen neu gestaltete Beziehungen zu Bischof und Herzog, zu den umliegenden Dörfern und der Stadt. Im Inneren müssen wir wieder die Regel des Benedikt von Nursia strenger durchsetzen. Wie soll ich all das schaffen? Der Abt allein vermag das nicht.«

Markwart tobte innerlich, nachdem sich Pankraz als den einsamen Kämpfer und als den überlasteten Oberen dargestellt hatte. Das änderte sich auch nicht, als der Bärtige begann, von einem Kloster zu schwärmen, in das neue Mönche kämen, Konversen und Oblaten, von einer weithin berühmten Schule und einem Gotteshaus, auf das alle anderen Mönche neidisch seien.

Bei diesen Ausführungen schielte der Pförtner auf die um ihn Stehenden und erkannte mit Erschrecken, wie die verschwommenen Visionen des neuen Abtes bei vielen Brüdern Begeisterung und Kopfnicken hervorriefen. In diesem Augenblick, als mancher in Verzückung geraten war, beendete Pankraz die Versammlung.

Die Brüder blieben noch einige Augenblicke stehen,

bevor sie langsam in die Kälte traten. Auch jene waren nun in der Überzahl zufrieden, die befürchtet hatten, dem Pankraz wohne zuviel Machtwillen inne. Was sie erlebt hatten, war die Bescheidenheit und die Demut gegenüber dem HERRN, die sie vom Abt Kolumban gewohnt waren. Dazu gesellte sich ein Wissen, das seinesgleichen suchte. Eine Tatkraft, die sie bei sich selbst vermißten, denn der neue Abt hatte Visionen gesponnen, ohne einen zu bitten, ihm dabei zu helfen.

* * *

Aus dem Tagebuch des Novizen Bertold (2. Februar 1122)

Gestern Abend war ich so begeistert, daß ich nichts mehr niederschrieb. Inzwischen wurde mir bewußt, daß ich das Pergament meist nur benutze, wenn ich eine Bedrängnis von mir leiten will. Allerdings mag ich ihm auch Freuden anvertrauen. Deshalb sitze ich im geheizten Raum, fast zur gleichen Zeit, an der am Tag zuvor der neue Abt sein Amt antrat.

Ich habe wieder Mut, die Widrigkeiten zu bestehen. Selbst die Kälte biß mich heute nicht, obschon der Frost noch grimmiger geworden ist. Das liegt wohl daran, daß unsre Herde wieder einen Hirten hat. Und weil die meisten auf ihn bauen, bin ich innerlich ganz ruhig.

So kam ich heute aus dem Grübeln raus und ging hinüber zu Ulrikus, ihm zu helfen, die Bücher einzuordnen in Regale, die Salimbenes ihm gezimmert hat. Dabei dachte ich an Manegold. Er hatte mitgewirkt, die Regale zu erbaun. Dann ward er umgebracht, und bis heute ist nicht klar, weswegen er zu Tode kam. Wäre es nicht die Pflicht des Oberen, die Untersuchung anzustrengen?

Rasch schob ich diesen Vorwurf fort von mir. Pankraz hat genug zu tun, und ein Mord, so weiß ich aus der Kindheit, ist nur selten aufzuklären. Also half ich Ulrikus, die Bücher einzuordnen. Dabei überkam mich ab und an die Trauer, denn mancher dieser Schätze trug die Spuren von dem Brand. Das geringste war der Ruß, manche aber waren angenagt von der Hitze und der Glut.

Doch je länger ich Ulrikus half, um so besser wurde meine Laune, weil er mit mir scherzte. Auch machte er mir klar, welche große Zukunft vor dem Kloster liege. Dabei strahlten seine Augen, sein Mund, der lachte, als er sprach, als sei er nicht schon älter und auch nicht körperlich behindert. Er wirkte wie ein Jüngling und strahlte aus, was mir schon lange fehlte, nämlich die Begeisterung.

Auch jene Brüder, die zu uns kamen, um sich Bücher auszuleihen, steckte er mit seinem Frohsinn an. Und alle fragte er, wie sie vom neuen Abba dächten, was sie sich von der Zukunft wünschten. Er wollte nicht nur wissen, was die andern meinten. Ich denke, er wollte ihnen, wie auch mir, den Mut einflößen, den ein jeder von uns braucht. Und das dankten ihm auch alle, indem sie sich Ulrikus öffneten. Niemand störte es, daß ich ganz nah dabei die Bücher ordnete.

* * *

Der Novize Bertold wußte nicht, daß sich einer im Kloster mühte, mit den bescheidenen Mitteln, die ihm zur Verfügung standen, Spuren des Mordes an Manegold ausfindig zu machen. Es war der alte Pförtner Markwart. Er hatte seine Einsamkeit genutzt, die Mauer innen und außen abzuschreiten, um nach Eindrücken einer Leiter zu suchen, und zwar bevor der Schnee gefallen war.

Draußen freilich handelte es sich um ein Unterfangen, das kaum Erfolg versprach, weil der Boden steinig war. Da Markwart jedoch auch im weichen Untergrund des geweihten Bodens keine verdächtigen Spuren fand, stellte er bald seine Ermittlungen ein.

An diesem Tag saß er in seiner Cella ostiarii, und gegenüber, im ehemaligen Pilgerhaus, übernahm der Novize die Aufgaben des Bibliothekars, weil Ulrikus nach der Non hinuntergestiegen war in den zweiten Pilgerraum, der neben jenem lag, in dem der Prior starb.

Der war zwar nicht geheizt, aber dafür brauchten die Männer, die sich darin versammelten, keinen Lauscher zu fürchten. Es handelte sich um Pankraz, Thomas und Ulrikus, den Cellerar Salomon und den Laienbruder Gallus. Markwart sah sie von seiner Cella aus in das Haus gehen und erkannte, daß Notker offenbar nicht eingeladen worden war.

Wenig später kam Bernus zu ihm.

»Lange nicht hier gewesen«, begrüßte ihn Markwart.

»Vor dem Mord an Manegold das letzte Mal«, sagte Bernus und verdarb dem Pförtner dessen gute Laune, zumal er anfügte: »Nun bin ich gekommen, mich von dir zu verabschieden, bevor noch mehr Unheil geschieht.«

Markwart schwieg ein Weilchen, bevor er sagte: »Ich finde traurig, daß auch du ziehen willst, der letzte unserer Lehrer.«

»Du weißt, ich hänge an Riess, an dir und manch anderem Bruder. Aber ich glaube, Lehrer werden hier so bald nicht gebraucht.«

»Du meinst, die Schule wird trotz der Beteuerung durch den neuen Abt nicht wiedereröffnet?«

»Das befürchte ich und auch, daß die Grammatik nicht mehr eine solche Rolle spielen wird wie früher. Aber darüber müssen wir nicht streiten. Vor allem gehe ich, weil ich mich zu weit vorgewagt habe.«

»Ich glaube nicht, daß sich wegen deiner Kandidatur über dir Bedrohliches zusammenbraut.«

Auf diese Worte Markwarts zog Bernus seine Schultern hoch, und nach kurzem Zögern sagte er: »Ich will's jedenfalls nicht erleben.«

»Wann gehst du?« fragte Markwart und stand auf.

»Morgen, noch in der Dunkelheit nach der Vigil.«

Beide Männer umarmten sich und schämten sich nicht ihrer Tränen. Zwanzig Jahre hatten sie gemeinsam auf Riess verbracht, und wenn Markwart, der in seiner Jugend Steinmetz gelernt, aber nie eine höhere Schule besucht hatte, nicht in der Lage gewesen war, eine komplizierte Aufgabe zu lösen, war er stets zu Bernus gegangen.

»Glück auf den Weg«, sagte der Pförtner schließlich.

»Wir sehen uns noch bei den Gottesdiensten und morgen früh, wenn du mir die Pforte öffnest.«

* * *

Aus dem Tagebuch des Novizen Bertold
(6. Februar 1122)

Gestern wollte ich nicht schreiben, weil ich nicht gedachte, schon wieder auf das Pergament zu bannen, wie traurig ich gewesen war. Unsern Prior Ekkehart haben wir auf dem Gottesacker beigesetzt. Nicht nur mir standen Tränen in den Augen, denn was dieser Mann für Riess vollbrachte, das kann keiner auf eine Kuhhaut schreiben.

Und noch etwas anderes trübte meine Stimmung. Der letzte Lehrer, der geblieben war, ist nun vom Kloster weggegangen. Wohin der Bernus zieht, das weiß ich nicht. Auch kein andrer konnte es mir sagen. Doch meine größte Sorge war: Wird es fortan keinen Unterricht mehr geben in einem Kloster, das schon viele Schüler hatte?

Der Zufall wollte, daß Pankraz nach der Sext dorthin kam, wo ich Ulrikus half. Und nachdem die beiden sich ausgesprochen hatten, nahm ich meinen Mut zusammen und fragte unsern neuen Abt, wie es mit der Schule weitergehen solle. Mehr, als ich erhoffte, hat er mir versprochen. Er meinte gar, eine neue Schule solle her, eine, die viel größer sei als jene, in der ich die artes* lernte.

Und die Lehrer, hab ich ihn gefragt, werden die auch wiederkommen? Pankraz sagte mir: Wenn es nicht die alten sind, kommen eben neue her, und zwar viele mehr, als je an diesem Orte unterrichtet haben.

So klang für mich der Tag versöhnlich aus, und heute finde ich kaum Zeit zum Schreiben. In den Pausen zwischen den Gottesdiensten war ich in der Bibliothek, auch nach der Sext habe ich zunächst Ulrikus noch geholfen. In den letzten Minuten vor der Non nun schreibe ich, und danach wird unser neuer Abt uns sagen, wie's mit dem Kloster weitergeht.

* * *

Direkt aus der Kirche gingen die Brüder durch einen beißenden Frostwind hinüber in den Kapitelsaal. Die Zeugnisse des Brandes im Westen des Gotteshauses hatte in der Nacht der Schnee überdeckt. Und der Raum, in dem sich die Mönche und Laien drängten und den sie mit ihren Körpern erwärmten, roch nicht mehr nach Rauch, auch nicht nach Ruß.

Bis Stille eingezogen war, musterte der vorn stehende Pankraz seine Brüder, und aus deren Gesichtern las er wohl, wie weit er sich mit seiner Rede an diesem Tag vorwagen konnte. Obwohl auch Markwart erkannte, daß Erwartung die Körper der meisten Brüder spannte, begann der neue Abt mit Versöhnlichem, mit dem er sein Netz über die vor ihm Stehenden auswarf:

«Unseres Abtes Kolumban und unseres Priors Ekkehart gedenkend ...«, er senkte seinen Blick und faltete die Hände, was ihm die anderen nachtaten und hörten: »...werde ich das Kloster leiten. Ich werde in ihren

* Die Artes liberales sind gemeint (siehe Worterklärungen).

Spuren fortgehen. Auf diese Art will ich für jeden Bruder das Empfinden herstellen, an diesem Ort heimisch zu sein.«

Dieses Versprechen zu stützen hatte sich, nach des Pförtners Überzeugung, Pankraz im Kloster umgehört und hören lassen. Nur dadurch konnte er wissen: »Ihr sehnt euch danach, daß sich wieder ein Bau hinter dem Gotteshaus erhebt und die Kirche in neuem Glanz erstrahlt. Das, so verspreche ich allen, wird in spätestens einem Jahr der Fall sein. Nicht erst einmal haben wir in Riess die gültige Ordnung gelockert, um ein wichtiges Vorhaben zu realisieren. Die Älteren von euch erinnern sich an den Bau der Ställe und die Erweiterung der Schule.«

Mehrere grauhaarige Brüder nickten mit den Köpfen, und der Bärtige setzte fort: »Wenn wir darüber zur Einigkeit gelangen, ist schon viel gewonnen. Aber auch die Kleinigkeiten müssen wir bedenken. Etwa sah ich, was noch keiner öffentlich beklagte, daß die Wasserleitung zum Waschraum des Dormitoriums beim Brand gelitten hat.«

Der Abt wartete erneut das Nicken ab, bevor er weitersprach: »Ich verspreche euch, sobald der Frost nachgelassen hat, für neue Wasserrinnen und Ausbesserung der Bleiröhren zu sorgen.«

Diesmal deutete leises Murmeln die Zustimmung an. Daraufhin wagte Pankraz, zu einem schwierigen Thema überzugehen: »Freilich brauchen wir für all das und auch fürs tägliche Leben mehr Geld, als uns derzeit zur Verfügung steht. Einen kleinen Beitrag kann die Seelsorgkirche vor den Toren leisten. Allerdings setzt das voraus, nicht nur die Bauern aus dem nahen Dorf am Fuß des Hügels anzuziehen, sondern auch jene der anderen Dörfer sowie viele Bürger aus der jungen Stadt. Wie wir die Menschen anzogen und sie sich hier ansiedelten, so sind wir auch für sie verantwortlich.«

Nach diesen Worten schien Pankraz das anschwellende Gemurmel zu genießen, ja sogar darin zu baden, bis es verstummte.

«Wenn wir das erreichen wollen, können wir allerdings nicht mehr verfahren wie bisher. Zunächst muß einer von euch die Leitung der Seelsorgkirche übernehmen, denn die Menschen wollen sich an einem Hirten orientieren. Da kann es nur von Nachteil sein, wenn mal dieser und mal jener den Gottesdienst für die Bauern und die Bürger hält, wie es bisher üblich war.«

Zwar schwoll das Gemurmel diesmal kaum an. Aber angesichts des Wagnisses, daß er seinen Vorgänger Kolumban kritisiert und die Gewohnheiten der Mönche in Frage gestellt hatte, durfte der neue Abt zufrieden sein. Er lächelte auch, als er weitersprach. Nun klang seine Rede nicht mehr, als ob er Zustimmung erheische, eher wirkten seine Worte, als seien sie die Verkündigung der Offenbarung.

Ein Weilchen sprach er über den Zusammenhang des klösterlichen Lebens mit dem der Bauern in den Dörfern, über den Bedarf an Geld, den er mit der Notwendigkeit verband, Pilger aufzunehmen und Bedürftigen Hilfe zu leisten. Er schwärmte so lange, bis die Augen der Brüder vor Begeisterung glänzten, bevor er den für diesen Tag entscheidenden Punkt setzte:

»Nun wissen alle, obwohl seit Jahren keiner darüber spricht, daß unser Kloster eine Kommende* des Bischofs ist. Das hat sich zwar nie auf die rechtliche Leitung unseres Konventes durch den gewählten Abt ausgewirkt. Wohl aber müssen wir seit Bestehen Unsummen an den Bischof abführen. Wie, so frage ich euch, sollen wir die vor uns stehenden Aufgaben bewältigen, wenn sich ein anderer des von uns hart erarbeiteten Geldes bemächtigt?«

Nach diesen Worten blieb das Gemurmel aus, als wollte keiner an der Tradition rühren. Jedoch das Nicken, so verschämt es auch erfolgte, gab dem neuen Abt recht.

»Wie wir das bewerkstelligen, müssen wir reiflich überlegen«, sagte Pankraz und brachte an diesem Tag nicht die Sprache auf den Herzog, der ebenfalls Gelder vom Kloster abzog. Die Brüder sollten nach Markwarts Überzeugung Stufe um Stufe an das gewöhnt werden, was sich in ihrer Umgebung veränderte.

»Nicht nur Geld brauchen wir, unser Kloster wiederzuerrichten und schöner zu machen«, setzte Pankraz seine Rede fort. »Vor allem ist die Kraft eines jeden von uns gefordert, und damit unser fleißiges Tun seine Früchte trägt, sollten wir von früh bis spät all jene Zeiten nutzen, die nicht durch unsere Pflichten besetzt sind. Deshalb halte ich es zumindest für die nächsten Wochen nicht für angezeigt, wenn einer von uns den weiten Weg nach Cluny wagt.«

Damit er sich der Zustimmung gewiß war, fügte Pankraz an: »Den weiten und auch gefährlichen Weg.«

Die Brüder murmelten und nickten nicht. Aber die Mönche unter ihnen atmeten ihre Erleichterung hörbar aus.

IV

Aus dem Tagebuch des Novizen Bertold
(7. Februar 1122)

Zwei Tage habe ich nicht geschrieben. Das liegt daran, daß ich dem Ulrikus half, die Bücher einzuordnen, nachdem wir die Spuren des Brandes an ihnen so gut als möglich beseitigt hatten. Dabei erfuhr ich, daß sich Prior Ekkehart gleich am Tag der Feuersbrunst an den Bischof gewandt hatte mit der Bitte um Geld, damit neue Bücher angeschafft werden könnten. Und wie mir der Bibliothekar mit einem Lächeln erzählte, habe er Abt Pankraz überzeugt, sich mit dem Bischof erst anzulegen, wenn die Gelder eingetroffen seien. Das, so meinte Ulrikus, könne nicht lange dauern, weil der Bischof für seine Kommende die Verantwortung trage.

Das habe ich zuerst geschrieben, weil ich es nicht erwarten kann, die neuen Bücher einzuordnen, solche, die nicht verrußt sind und auch nicht angekohlt. Damit will ich nicht sagen, daß ich die Bücher geringer schätze, die uns verblieben sind. Oft nämlich geschah es in den letzten Tagen, daß mich Ulrikus mahnen mußte, weil ich eines aufgeschlagen hatte und auch darin las.

Wie anders ist das Leben nun als früher unter Kolumban, während dessen Amtszeit nur eine halbe Stunde am Tag uns blieb, daß die Brüder miteinander sprachen. Durch die Arbeit, die nun bewältigt werden muß, ist die alte Ordnung aufgehoben, so wie in jenen Zeiten, wenn ein Kloster neu errichtet wird. Das hat Ulrikus mir erklärt und auch, daß alles wieder werden wird, wie es einst gewesen ist. Doch erst sei die Arbeit angesagt, und die daure viele Jahre.

Bei der Schinderei schwindet manches Bruders Kraft, daß er zur Vigil sich müde schleppt. Einige sind beim

Gottesdienst in der Nacht schon eingeschlafen. Und da wir keinen Prior haben, geht auch keiner mit der Lampe um, die Schläfrigen zu wecken. So hat denn gestern unser Pankraz festgelegt, daß Lothar die Laterne nehmen solle und mit ihr durch die Reihen gehe.

Auch ich wäre letzte Nacht fast eingenickt. Mein Antiphonar lag auf dem Lektionar, und ich hockte auf dem Miserikordie. Die Klänge des Gesanges entfernten sich von mir. Das Licht der Kerzen, die Grimaldus angezündet hatte, verschwamm vor meinen Augen. Schon sank mein Kopf nach unten, als mir einer auf die Schulter klopfte. Es war Bruder Thomas, der mir einen Schreck einjagte. Aber er lächelte mich an. So war wohl jenes nicht geschehen, was ich – wie viele andere Brüder – stets befürchte, daß ich richtig eingeschlafen war.

Das darf nämlich nicht passieren, denn die kleinen Teufel kommen dann, und sie sammeln jene Worte auf, die gegen des Satans Kraft gerichtet sind, weil sie ihre Segenskraft verloren haben.

Vergeßt niemals, darauf zu achten, was ihr singt, hatte Abt Kolumban uns oft gemahnt. Und so hielt ich es fortan, auch wenn es mir schwergefallen ist. Und wie alle andren Brüder nickte ich, wenn Thomas nahte, damit er sah, wer wachte und wer Gefahr lief einzuschlafen.

* * *

Seit Tagen lief Notker mit verbissenem Gesicht im Kloster herum. Nicht nur, daß ihn Pankraz aus dem Führungskreis ausgeschlossen hatte, indem er ihn nicht mehr einlud, sondern er wurde auch vom neuen Abt, vom Cellerar und von Lothar geschnitten, was jedermann erkennen konnte.

Markwart sah den hageren Bruder sogar bei Demutsübungen, bei denen dieser auf den Knien herumrutschte. Und er vermerkte später in seinen Niederschriften:

Notker unterwirft sich nicht Gott, sondern er muß sich so klein machen, um seine Überheblichkeit zu brechen und vor Pankraz zu katzbuckeln. Einen solch falschen Bruder fürchte ich mehr als den neuen Abt.

Der Pförtner wandte sich von dem Demut übenden Notker ab und murmelte: »Nur wer zu dienen in der Lage ist, der kann auch herrschen.« Er hatte das Tor verschlossen, weil er an diesem Tag keinen Transport mehr erwartete, und war zum Gotteshaus gekommen, um an der Vesper teilzunehmen.

Nur wenige wußten so gut wie er, wie viele Brüder das Kloster inzwischen verlassen hatten, denn alle mußten an der Cella ostiarii vorbei. Und wer sein kleines Bündel bei sich trug, der ging mit der Absicht, sich anderswo einem Konvent anzuschließen. Um so mehr wunderte er sich, daß der Kreis der Brüder, die zum Gottesdienst erschienen, noch kleiner war, als er erwartete.

Nach der Vesper verblieb er noch in der Kirche und fragte Grimaldus, der die Kerzen löschte: »Weißt du, weshalb so viele fehlen?«

»Komm mit«, forderte der Sakristar und führte den Pförtner hinaus zum Dormitorium. »Wenn du gewöhnlich erst zur Komplet erscheinst, wirst du nie sehen, was tagsüber hier los ist«, erklärte er unterwegs.

»Ich bleibe den Stundengebeten bei Tageslicht nur fern, weil ich die Tore offenhalten muß.«

»Die anderen haben ebenso triftige Gründe und wie auch du die Erlaubnis des Abtes«, sagte Grimaldus, als sich beide einem Hacken und Scharren näherten. Bald sahen sie im Schein von Lampen jene Mönche und auch Laien, die Markwart vermißt hatte. Sie schlugen die gefrorene Erde auf und schaufelten sie zur Seite.

»Die neue Wasserleitung, die uns Abt Pankraz versprochen hat«, sagte Grimaldus, und beide kehrten zurück an die Stätten ihrer Tätigkeit, der eine in die Sakristei, der andere zum Pförtnerhäuschen, denn er mußte auch auf seinem Platz sein, wenn niemand erwartet wurde.

Zwar waren in den Monaten seit der Seuche keine Pilger mehr gekommen, auch hatte sich seit dem Tod des Abtes Kolumban kein hochrangiger Geistlicher zu einem Besuch angemeldet. Doch zumindest das letztere konnte sich rasch ändern, nachdem ein neuer Abt auf Riess gewählt worden war.

Kaum hatte Markwart das gedacht, als ihn wie ein Blitz durchfuhr, was ihm noch gar nicht bewußt geworden war: Zur Beerdigung des Priors Ekkehart war kein einziger Gast erschienen, auch waren keine Boten zu den anderen Klöstern gelaufen und nicht zum Bischof, um die traurige Nachricht zu überbringen. Hatte Pankraz die Beerdigung Bruder Ekkeharts zu einem so frühen Zeitpunkt festgelegt, damit niemand kommen konnte?

Diese Frage beschäftigte Markwart noch, als er sein Pförtnerhäuschen erreichte, das so klein war, daß er es mit seiner Körperwärme aufheizen konnte. Aber irgend jemand hatte etwas dagegen, daß er den eisigen Wind floh, und hämmerte mit der Faust an die Pforte.

»Wer da?« fragte der Pförtner in die Dunkelheit und taumelte bei der Antwort zurück.

»Hier ist Bernus«, drang es dumpf herüber, begleitet von Pfeifen des Windes.

Steht der Geist des Lehrers der Grammatik draußen? fragte sich Markwart und zögerte, die Pforte zu öffnen. Erst als der Wind eine Pause einlegte und er das Klappern von Zähnen auf der anderen Seite hörte, griff er nach dem Schlüssel. Geister frieren nicht, beschloß er und schob den mächtigen Riegel zurück. Die Pforte öffnete er nur einen Spalt. Doch der genügte, daß der schlanke Bernus hindurchschlüpfte.

»Du hier?« fragte Markwart, denn wenn es nicht der Lehrer sein sollte, sondern ein Abgesandter des Beelzebub in dessen Gestalt, gebot es sich, den Gegenüber günstig zu stimmen oder zumindest von übler Tat abzuhalten. Wie sehr dem Pförtner dieser Gedanke innewohnte, verriet er, indem er sich umsah, als wüßte er nicht, in welche Richtung er fliehen sollte. Und dazu setzte er an, als die Gestalt in der Cuculle seine Hand ergriff. Er meinte Eis zu berühren, und solche Kälte mutete er nur dem Teuflischen zu, wenn es fern der heißen Hölle weilte.

Erst die Stimme des Bernus bewegte ihn zu bleiben, wenngleich diese ungewöhnlich kratzte: »Ich bin zurückgekommen, weil ich die neue Macht nicht fliehen will.«

Der Pförtner nickte und ergriff nun auch mit der Linken die eiskalten Hände des Bernus. Dem Teufel und dessen Getreuen traute er zwar viel zu, jedoch keine Kenntnis über die jüngsten Vorgänge im Kloster Riess. Er zog den Lehrer hinter sich her, indem er rückwärts auf seine Cella ostiarii zuging.

Der enge Raum reichte zwar für zwei, im Notfall sogar für drei oder gar vier. Da Bernus aber immer wieder die Arme gegen seinen Körper schlug, mußte sich Markwart in die äußerste Ecke drängen, und aus der fragte er: »Meinst du, allein kannst du etwas gegen Pankraz und dessen Leute ausrichten?«

»Ich hoffe, daß ich nicht allein bin.«

»Wer soll den Mut haben, sich gegen Leute zu erheben, die wohl zu fast allem fähig sind?« fragte der Pförtner, der sich selbst in diesen Zweifel einschloß, denn als geborenem Einsiedler mangelte es ihm nicht nur am Mut, Mächtigen entgegenzutreten, sondern auch am Umgang mit Menschen, die er für schwierig hielt.

»Das ist freilich schwer«, bekannte Bernus, »zumal wir durch die Regel des Benedikt zum Gehorsam gegenüber dem Abt aufgerufen sind. Doch höher als die menschliche Autorität steht für mich die göttliche. Und des Herrn Willen kennen wir aus der Schrift und aus den klugen Auslegungen etwa des Augustin oder des Anselm. Wenn nun die Handlungen eines Abtes gegen das verstoßen, was in der Heiligen Schrift steht, ist der Obere aus meiner Sicht nicht mehr berechtigt, Gehorsam einzufordern.«

Markwart nickte, weil er den Worten des Lehrers der Grammatik weitgehend zustimmte, aber seinen Zweifel brachte er zum Ausdruck: »Mag sein, daß andere dies auch so sehen. Doch erwächst aus dieser Einsicht bei den meisten kein Mut, sich gegen das Unrecht aufzulehnen. Zumindest jetzt noch nicht.«

Daraufhin nickte Bernus, dem inzwischen warm geworden war und dem sogar das Blut zu Kopf stieg. So ruhig, wie er meist wirkte, war er nicht. Aber er hatte gelernt, seine Impulse zu unterdrücken. Er fuhr nicht mehr auf wie in früheren Jahren. Ruhig, als stünde er nicht vor einer schwierigen und gefahrvollen Aufgabe, sagte er: »Ich werde es dennoch versuchen.« Er bedankte sich bei Markwart und verließ dessen Häuschen.

Der Pförtner ging noch einmal zur Pforte und zum Tor, um sich zu vergewissern, daß beide verschlossen waren, und zog sich zurück an den Ort, den der Teufel und die Seinen fliehen würden. Aber im Gotteshaus fand er nicht die Ruhe, die er suchte. Jene Brüder, die draußen gehackt und auch gescharrt hatten, um die neue Wasserleitung zu verlegen, waren nun dabei, den Wänden in der Kirche neuen Glanz zu verleihen.

Zwei rührten Mörtel im südlichen Teil des Querschiffes, in dem sich die Bibliothek befunden hatte. Weitere verschmierten von innen die Fugen, die das Feuer aufgerissen hatte. Das war möglich, weil der Frost noch nicht durch die dicken Steine hindurchgedrungen war, auch weil er im Gotteshaus niemals Einzug hielt. Denn die Mönche wärmten es mit ihren Körpern und Grimaldus mit den Kerzen.

Markwart mußte um die Ecke schielen, um auch jene

Brüder zu erkennen, die auf Gerüsten standen, einige sogar schwindelnd hoch. Diese kratzten mit der Doppelglattfläche oder auch mit dem Scharriereisen Teer und Ruß vom aufgehenden Mauerwerk. Und wo sie das getan hatten, wurden die Steine heller, als sie zuvor gewesen waren.

* * *

Aus dem Tagebuch des Novizen Bertold
(8. Februar 1122)

Auch heute half ich dem Ulrikus. Von Tag zu Tag verstehe ich mich besser mit dem Mann, dem die Last des Lebens seinen Rücken krümmte. Und ich glaube, er vertraut auch mir. Dafür spricht, daß er mich in eine Ecke führte. Er hob ein Leinen in die Höhe, und drunter sah ich Bücher, die zuvor ich niemals wahrgenommen hatte, weder in der alten Bibliothek noch beim Herübertragen in die neue.

Es seien keine kirchlichen Bücher, erklärte mir Ulrikus und auch, daß man sie nicht lesen solle, wenn der Glaube an den Herrn noch schwankend ist. Aber du, sagte er zu mir, du hast die Schule bis zum Ende hin besucht, wurdest von allen Lehrenden auch hoch gelobt. Dir erlaube ich, einen Blick hineinzuwerfen.

Ich beugte mich hinunter und nahm eins der Bücher auf, die nicht so kostbar eingebunden waren wie jene der klugen Kirchenmänner. Aus dem Volke kämen sie, sagte mir Ulrikus, und weil ich dreinsah, als ob der Schnee nun brenne, fügte er hinzu: Im Volk gäbe es auch Gelehrte, die für die Höfe schrieben oder auch an einer der höheren Schulen lehrten.

Und die haben das verfaßt? fragte ich. Ulrikus zuckte mit den Schultern und gestand mir, daß er das nicht wisse und mir mit den klugen Leuten nur habe Beispiele geben wollen. Aber war es wichtig, wer die Bücher schrieb? Für viel bedeutungsvoller hielt ich, daß sie mich fesselten, daß sie mir Dinge sagten, die ich bislang nicht hörte. Das habe ich unserem Bibliothekar verraten, und er hat gelächelt und meinte nur, das müsse ich erkunden, und eine Stunde erließ er mir, mich mit den Schriften anzufreunden.

Das war kurz nach der Sext, als die Sonne noch das Land erhellte, an diesem Tag besonders stark, denn in der Nacht war wieder Schnee gefallen. Und der hatte gänzlich des Brandes Spuren zugedeckt. Nur in der Kirche waren sie präsent und an den alten Büchern. Doch nicht an jenen, von denen ich eins nun griff.

Von einem gewissen Honorius* war es verfaßt, und wie ich auf den zweiten Blick schon sah, war es aufgebaut wie ein Dialog zwischen dem Lehrer und seinem Schüler. Das kenne ich gut, weil viele Dispute der Philosophie nach dem gleichen Prinzip gegliedert sind. Ich sah nach oben und kniff die Augen zusammen. So kann ich mich gut konzentrieren. Und sogleich kehrte die Erinnerung wieder an den Unterricht in unsrer Schule. Eines der Bücher, auf die wir bauten, ist mir in vielen Einzelheiten noch ganz gegenwärtig.

Es war des Anselmus Schrift, weshalb Gott Mensch geworden sei. Dieses *Cur Deus homo* habe ich sehr geschätzt, und deswegen bin ich gleich aufgesprungen und habe nach ihm gesucht. Ulrikus fragte mich, was ich erforschte, und als er hörte, wonach ich lechzte, machte er ein betretnes Gesicht, und mit leiser Stimme sagte er, dieses Buch hätten die Flammen verzehrt.

Was sollte ich nun tun, wo sich meine Seele schon entschieden hatte, in Anselmus' Schrift zu blättern? Ich schlich zurück zu jenem Stapel, auf dem das Buch des Honorius lag. Ich nahm es zur Hand und las die ersten

* Honorius Augustodunensis verfaßte keineswegs nur volkstümliche Bücher, sondern auch anerkannte wissenschaftliche Werke, etwa *Clavis physicae* oder *De anima et Deo*.

Seiten, die in einer Schrift geschrieben waren, die bei unseren Lehrern nicht durchgegangen wäre. Deshalb brauchte ich etwas Zeit, bevor mir der Unterschied zu Anselm deutlich wurde.

Während bei dem großen Weisen aus dem Aostatal der Schüler Boso nicht nur Fragen stellt, sondern seine eignen Meinungen lang und breit zur Geltung bringen darf und der Anselm sich oft mit kurzen Antworten bescheidet, war das Verhältnis zwischen Honorius und seinem Schüler so, wie es zwischen Lehrendem und Lernendem niemals sein sollte: Auf eine kurze Frage hin wurde die Antwort ausgebreitet.

Mir verging die Lust zum Weiterlesen, und ich sehnte mich nach dem *Cur Deus homo*, weil der Anselm stets dem Grundsatz folgte: fides quaerens intellectum, Glaube durch Wissen zu begründen. Doch da dieses Buch die Flammen fraßen, schaute ich mich um, nach einem andren Werk, das Anselm schrieb. Das sah Ulrikus und lächelte mich an. Schau nur ins neue rein, hat er mir Mut gemacht, und mit einem Augenzwinkern meinte er, es werde schon noch spannend.

Daraufhin fragte ich, woher dieses Buch und die andren kämen, die ich in der Bibliothek zuvor nie sah. Es seien Bücher aus der nahen Stadt, so hörte ich und auch, daß sie ihren Platz nicht fänden neben jenen Büchern, die ein jeder Bruder brauche. Sie sollten jenem Bruder helfen, der die Gottesdienste für die Bauern und die Bürger liest.

Dieses Wort bewegte mich, das Buch wieder zur Hand zu nehmen, in dem der Schüler seinen Lehrer fragt und dieser redet, als wisse er alles über die Welt und auch über den Himmel. Daran erwachten in mir aber Zweifel, weil das Bild schon gar nicht stimmte, das Honorius von unsrem Herrn malte. Wie einen bösen Rächer stellte er den Himmelsherrscher dar. Ich wußte aber aus des Anselm Büchern, daß Gott anderes verkörpert als die

Rache, und zwar Vernunft wie auch Gerechtigkeit und Gnade.

Dennoch las ich weiter. Der Text, er zog mich an, den Grund erkannte ich noch nicht. Doch jetzt, da ich am Abend schreibe, meine ich, vieles von dem, was der Honorius geschrieben hat, dereinst gehört zu haben in der Kirche, die ich als Kind besuchte. Damals war ich stets erschrocken, wenn der Priester sagte, es gäbe eine Hölle, und alle, die sich auf Erden schlecht benähmen, würden zum Teufel hingesandt. Nichts anderes fand ich bei Honorius, vielleicht auch das, was als Kind mir schon zu Ohren kam und was ich nicht bei mir behielt.

Das Lesen unterbrach ich erst, als mir Ulrikus sagte, wir müßten in die Kirche gehen. Doch kaum war die Non vorbei, vertiefte ich mich wieder in das Buch, und ich erfuhr, wie nach Honorius das Böse auf die Welt herniederkam. Das war ganz neu für mich, weil bei Anselm der Teufel kaum eine Rolle spielt.

Ich erfuhr von dem Honorius, daß das Böse nur ein Mangel an dem Gutem sei. Und auf des Schülers Frage, weshalb der Herr im Himmel die Sünden strafe, führt der Lehrer aus, Gott habe einen herrlichen Palast erbaut, nämlich das Himmelreich. Danach habe er das Verlies geschöpft, das sei unsre Welt, in der sich ein übler See befindet, den wir Hölle nennen. Wenn nun ein Mensch die guten Ratschläge nicht befolgt und in den See hineinfällt, sei das allein nur seine Schuld.

An dieser Stelle klopfte mir Ulrikus auf die Schulter. Wir mußten rasch zum Essen und zur Vesper gehen. Erst beim Psalmensingen trennte ich mich vom Buch des Honorius. Ich dachte nicht mehr an das Böse, nicht an die Hölle, auch nicht an einen Gott, der straft.

Doch als wir aus der Kirche gingen, hörte ich zwei Brüder flüstern. Nicht aus Neugier verstand ich deren Worte, sondern weil die beiden mir den Weg versperrten. Bernus sei zurückgekehrt, so sagte einer. Darauf behauptete der andere, der Lehrer sei nur weg gewesen, um zu erlernen, wie man Menschen verhexe. Darauf sprach der erste: Weil nie wieder jemand sehen soll, wie er einem Bruder das Grabscheit übern Schädel zieht.

Das Bild tauchte vor mir auf, wie Jarich schreiend von den Ställen kam und wir darauf Manegold ermordet fanden. Inzwischen sprach der eine von den Brüdern, Bernus habe seine Seele dem Teufel verkauft, damit dieser ihn einführe in die Hexerei. Der andere schüttelte seinen Kopf und behauptete, nicht nur deswegen habe Bernus seine Seele dem Beelzebub geschenkt, sondern auch, damit keiner der Menschen merke, daß er nunmehr zaubern könne. Deshalb sei er auch nicht zum Gottesdienst erschienen.

War diesen Worten denn zu glauben? Bernus hatte ich nicht mehr gesehen, seit er aus dem Kloster ging. Und gottlob war seither auch nichts Böses mehr geschehen.

* * *

Als die Brüder zur Komplet sich im Gotteshaus trafen, hatten nur wenige einen Blick für die vom Ruß gesäuberten Steine und für die säuberlich verschmierten Fugen. Auch mangelte es manchem an der Demutshaltung. Zwar waren die Hände gefaltet und die Häupter gesenkt. Doch waren die Augen lebendiger als sonst und wurden angezogen von einem, den man fern vom Kloster wähnte.

Einige, auch den Sakristar Grimaldus, quälte die Frage, was eher in den Mauern von Riess gewesen sei, der Rückkehrer Bernus oder die Gerüchte über ihn. Andere blickten mit Furcht auf den Lehrer der Grammatik. Sie nahmen ernst, was seit Stunden geflüstert wurde.

Die Psalmen, von denen wie bei jedem Nachtgebet, nach den einleitenden Versen, zunächst der vierte gesungene wurde, klangen ungewöhnlich. Herz und Stimme müssen im Einklang sein, forderte die Regel des Benedikt von Nursia. Doch das war an diesem Abend nicht herzustellen.

Und jene, deren Liegestatt in der Nähe der vom Lehrer der Grammatik stand, schliefen unruhig. Zwei erwarteten sogar die Vigil mit offenen Augen und faßten den nächtlichen Gang in die Kirche als eine Erlösung auf. Noch mehr Kraft schenkte den meisten, daß der neue Abt zwar nichts über Bernus' Rückkehr sagte, aber für die Zeit nach der Sext zu einer Versammlung in den Kapitelsaal einlud.

Lange zuvor kam Lothar von der Seelsorgkirche her durch die Pforte geeilt. Er warf Markwart einen Gruß hin und strebte zur ehemaligen Schule. Seit Tagen schon hielt sich der neue Abt in ihr auf, und es sprach alles dafür, daß er sich darin zunächst einrichten wollte.

Noch war der Pförtner nicht in sein Häuschen getreten, als Lothar aus der Schule schnaufte und zum ehemaligen Pilgerhaus lief. Markwart griff einen Besen, den er sich im Herbst selbst gebunden hatte, und fegte den Schnee vor seiner Cella zur Seite. So konnte er einem Laster frönen, das er früher seltener an sich verspürt hatte: der Neugier.

Alsbald sah er Lothar und Ulrikus zur Schule hin laufen, und was darin besprochen wurde, hat der Bibliothekar in seiner Freude und seinem Kummer aufgeschrieben. Er wurde von Pankraz begrüßt, und der Abt forderte Lothar auf, seine Worte zu wiederholen:

»Das Geld vom Bischof für die Bücher wird heute eintreffen. Noch rascher gelangen wir daran, wenn wir dem Boten entgegengehen. Der hat nämlich noch in der Stadt zu tun.«

»Das wäre doch eine Aufgabe für dich«, sagte Pankraz zum Bibliothekar und ging einige Schritte auf ihn zu. Ulrikus schielte nach oben, und sein Rücken wurde noch etwas krummer, als er spürte, wie sich ein Arm darum legte. Wenn sich Pankraz dieser Geste der Vertraulichkeit bediente, erwartete ihn eine schwierige Aufgabe, und das hörte er auch.

»Ich weiß, daß du nicht gern das Kloster verläßt. Aber einmal im Jahr kannst auch du in die Stadt gehen. Immerhin geht es darum, neue Bücher zu holen.«

»Dabei könnte mich doch der Novize Berthold begleiten, der mir schon seit Tagen hilft.«

»Meinetwegen. Doch er darf nicht zugegen sein, wenn du das Geld empfängst, auch sollte der junge Mann nicht eingeweiht werden, welche Bücher du kaufst.«

»Er wird diese nur tragen«, lächelte Ulrikus, um anzudeuten, daß für solche Last der Weg bis ins Kloster zu weit sei.

»Bis zu einem Fuhrwerk«, sagte der Bärtige. »Das können wir uns leisten. Und da ihr vor dem Abend nicht zurück seid, werde ich die Versammlung aller Brüder auf morgen verlegen.«

Der Bibliothekar deutete eine Verbeugung an, was bei seiner Körperhaltung kaum zu erkennen war. Schon hatte er sich zum Gehen herumgedreht, als der Abt fragte: »Wie bist du mit der Hilfe des Salimbenes zufrieden?«

Ulrikus mußte seinen ganzen Körper wenden, um seinen Oberen noch einmal anzuschielen, und antwortete: »Er hat ganze Arbeit geleistet.« Nach einer Pause fügte er an: »Aber Manegold auch, bis er von uns ging.«

»Also werde ich ihn vor dem Konvent belobigen«, verkündete Pankraz seinen Entschluß.

* **

Aus dem Tagebuch des Novizen Bertold
(9. Februar 1122)

Wie gerädert bin ich nun zurück von einem Gang in die Stadt, der mir vorkam wie ein Abenteuer. Wo ich aufwuchs, wohnten nicht so viele Menschen, und das Gedränge auf dem Markt war mir auch ganz fremd. Mehr noch jene Spiele, in denen die Mächte des Bösen tragieren. Wie schlimm erst muß es sein, wenn die Fastenzeit anbricht!

Diese Bedrängnis mußte aus mir raus, damit ich Ruhe finde, an die Nacht zurückzudenken. Dabei wird mir bewußt, daß mehr und mehr mir das Papier zur Beichte dient. Doch ich glaube, das ist gar nicht schlimm, denn wenn ich im Gotteshaus vergesse, dem HERRN etwas mitzuteilen, erfährt er's denn aus meinem Tagebuch, weil ihm doch nichts entgeht.

Bei der Komplet und mehr noch bei der Vigil drohte niemand einzuschlafen. Das Gerücht, das ich über Bernus hörte, kehrte noch mehrfach an mein Ohr. Jedesmal war es etwas gewandelt. Doch im Kern blieb, daß der Lehrer der Grammatik mit dem Teufel einen Bund geschlossen habe.

Wie war ich dann erschrocken, ihn beim Gottesdienst zu sehen. Einst hab ich ihn gemocht wie alle meine Lehrer. Aber nun weiß ich gar nicht mehr, ob es die Liebe unter Brüdern war, die mich zu ihm zog, oder die Anbiederung des Beelzebub.

Mir fällt es schwer, so etwas zu schreiben, denn was ich für Bruder Bernus mal empfand, konnte nicht nur Täuschung sein. Indes sagt mir mein Verstand, sagen mir auch viele Bücher, weiß ich aus unendlich vielen Predigten, wie man sich irren kann. Aber ich will nicht länger daran denken, sondern will meine Gedanken darauf richten, was in der Stadt geschah.

Weil Ulrikus nicht gut zu Fuß ist, brauchten wir bis in

die Stadt an die drei Stunden. In meinem ganzen Leben hatte ich sie erst einmal gesehen, und zwar war das gewesen, als ich nach Riess hinzog. Das liegt nunmehr schon sechs Jahre zurück. Wie viele Häuser sind in dieser Zeit erbaut, wie viele Straßen angelegt und welche Menge Menschen angezogen worden? Keine Antwort weiß ich. Doch es kam mir vor, als ginge ich nicht durch jene Gassen, die ich bereits einmal durchquerte.

Am meisten überraschte mich, eine zweite Mauer vorzufinden. Das war jene, die seinerzeit die einzige war und die den Markt einschloß samt der wenigen Häuser um ihn herum. Nun war ich mir auch sicher, in die meisten Gassen zuvor noch nie einen Fuß gesetzt zu haben. Denn als ich kam, nach Riess zu gehen, da waren jenseits der alten Mauer noch die Äcker gewesen.

Was ich dann auf dem Markt erlebte, das hat mich erschreckt. Nie zuvor habe ich gesehen, daß Menschen zaubern dürfen. Die eine Frau bot einem Jüngling einen Trank an, der ihn wachsen lasse. Gleich daneben las jemand das Schicksal aus der Hand. Ein Mann behauptete, er könne durch Besprechen jede Krankheit heilen.

Ist das nicht verbotner Zauber? fragte ich Ulrikus. Doch der lachte und sagte mir, ich müsse öfters aus dem Kloster gehen und mich manchmal in der Stadt umsehen. Fastnacht hat er mir empfohlen. Doch darauf will ich gern verzichten.

Als ich allein am Rand des Marktes warten mußte, weil Ulrikus in einem Haus verschwunden war, hat einer wider Gott gelästert. Ein anderer mit einem Ochsenkopf rammte sogar ein Kruzifix. Und die Tollerei, die ging noch weiter, als ein Bauer seinen Esel in die Kirche führte.

Ist denn da kein Pfarrer? fragte ich und hatte wohl die Worte laut gesprochen, denn ich hörte eine Antwort: Wenn der Geistliche auch drin ist, so ist er gut beraten, diesen Spaß zu dulden und sogar mitzumachen.

Ist das nicht eine Lästerung des Herrn? fragte ich

Ulrikus, als er zurückgekommen war. Er behauptete, das sei niemals Lästerei. Die Menschen müsse ich verstehn, die keine Bildung hätten und den ganzen Tag sich mühten. Die brauchten Spaß und Unterhaltung. Wenn sie dabei den HERRN mit einbezögen, auch in ihre derben Scherze, so wollten sie nicht lästern wider ihn. Vielmehr kämen sie ihm näher. Denn als nah empfänden diese Menschen nur, wer mit ihnen lachte und auch litte. Also sei es richtig, daß sie Gott in ihre Mitte nähmen und so behandelten, wie sie selbst behandelt würden.

Das leuchtete mir ein, wenngleich wir im Kloster gänzlich anders waren. Doch übers Grübeln hatte ich nicht mitbekommen, wie Ulrikus wiederum verschwand. Und als er wiederkehrte, folgte ihm ein fremder Mann, der einen Karren schob, in dem die neuen Bücher lagen.

Zu meinem Kummer erfuhr ich nicht, weder auf dem Weg zum Kloster noch in dessen Mauern, welche Schriften wir erhalten haben.

* * *

Nachdem sich alle im Kapitelsaal versammelt hatten, traten aus der Hintertür Bruder Thomas und der Cellerar Salomon.

Die in der ersten Reihe stehenden Brüder Ulrikus, Gallus, Engilbert, Salimbenes und Tobias sahen auf die beiden, und sie lächelten, als mit einigem Abstand der neue Abt folgte. Indes preßte der hagere Notker, der inmitten der anderen Brüder eingezwängt war, seine Lippen zusammen. Thomas, so gingen seit Tagen Gerüchte um, würde zum Prior ernannt werden. Dem Cellerar kam ohnehin eine besondere Bedeutung zu. Und zudem hatte sich wohl Pankraz jene in der ersten Reihe zu seinen Getreuen erwählt.

Notker biß die Zähne zusammen und kämpfte an gegen die Tränen der Wut. Zwar gelang es ihm, diese zurückzuhalten, aber schlucken mußte er. Nur wollte seine

Enttäuschung nicht den gleichen Weg gehen wie sein Speichel. Sie füllte seinen Kopf und machte ihn unfähig, den Ereignissen zu folgen.

Das ist eine Formulierung, die der Pförtner in seiner Niederschrift wählte. Er sah das Lächeln des Pankraz, das eine Verbindlichkeit besaß, der sich kaum jemand entziehen konnte. Und die Stille im Raum schien des Abtes Stimme herauszufordern, allein, weil die Ruhe schwer zu ertragen war. Aber der neue Obere spielte mit seinen Brüdern, indem er noch zögerte. Er sah mal diesem, mal jenem in die Augen, bevor sein Blick kaum mehr zu fixieren war.

Erst als die Spannung zum höchsten gestiegen war, begann er zu sprechen, sonor und ruhig, als sei er berufen, das Schicksal nicht nur des Klosters Riess zu bestimmen. Die meisten der Brüder sahen gebannt auf ihn. Es wirkte, als wollten sie Pankraz die Worte aus dem Mund ziehen, die sie selbst nicht zu formulieren in der Lage waren. Vor allem erwarteten sie, daß der neue Obere von Riess das Pflänzchen weiter gedeihen lasse, das er ihnen geschenkt hatte: die Hoffnung.

Sie gründete nicht nur auf der Stärke Pankrazens, nicht nur auf seiner Ausstrahlung, die als Garant wirkte, die Brüder und ihre divergierenden Interessen zusammenzufügen, gleichsam einen geschlossenen und unzerstörlichen Block zu bilden. Viele meinten sogar, es gäbe schon sichere Zeichen für den Aufschwung. Dazu rechneten sie die Arbeiten im Gotteshaus, die Grabungen für die neue Wasserleitung, die nicht einmal der grimmige Frost zu unterbrechen vermochte. Und wie sie von Ulrikus gehört hatten, waren auch neue Bücher eingetroffen, um die Verluste durch den Brand auszugleichen. Noch vieles anderes gab es, worauf die Hoffnung gründete, doch sie schlich sich aus den Gedanken und wurde ganz Gefühl, als Pankraz sprach.

Allerdings wurden einige der Brüder nicht von der

Begeisterung ergriffen. Zwei derer standen ganz hinten beieinander, der Lehrer der Grammatik und der Bruder Kordan. Der Sakristar, bei dem sie sich getroffen hatten, bevor der neue Abt gewählt worden war, hatte sich gemeinsam mit dem Laienbruder Tutilo in die Mitte der Brüder geschoben. Dort meinten sie mit ihren griesgrämigen Gesichtern nicht aufzufallen. Beide mochten zwar den Pankraz nicht, aber ihnen lag kein öffentlicher Protest nahe.

Markwart wäre am liebsten in seiner Cella ostiarii geblieben. Weniger die Einsiedelei zog ihn dahin, mehr die Furcht, ihn könne die Wut packen, wenn er Pankraz zuhörte. Über zehn Jahre kannte er diesen Mann und war ihm fast immer aus dem Weg gegangen. Er mochte Leute nicht, die sich eilfertig geben konnten, auch freundlich und verbindlich, die sich aber damit nur bei den anderen einschleichen wollten, um sie zu beherrschen.

Mit einer Made verglich er dieses Verhalten. Diese bohrt in einen gesunden Apfel nur ein winziges Löchlein. Doch läßt man sie gewähren, vermag sie die Frucht derart zu zerstören, daß sie letztlich am Baum fault. Und das hätte er sich gern erspart. Er wollte Markwart bleiben und sich nicht verändern lassen.

»Liebe Brüder«, hatte Pankraz seine Rede inzwischen begonnen mit ebenjener Stimme, die den meisten schmeichelte. Und so hielt er es auch zunächst mit dem, was er sagte. Vom Fleiß der Brüder war da zu hören, wie sie der Kälte trotzten, den Widrigkeiten die Stirn boten. Er nannte die Namen derer, die sich durch ihre Mühe herausgehoben hatten. Unter anderem dankte er Ulrikus und Salimbenes für das, was sie in der neuen Bibliothek getan hatten.

Das Lob schien nicht enden zu wollen, und die Augen der Mehrheit glänzten, als Pankraz diesen Teil mit den Worten schloß: »So etwas kann ich mir nur im Kloster Riess vorstellen.«

Keiner dachte daran, selbst etwas Besonderes zu sein. Doch nur wenige vermochten der Vorstellung zu wehren, etwas Auserlesenem anzugehören. Und der sie nun führte, stand vorn, schien alle im Blick zu haben und lächelte dabei.

Ob dieser Anerkennung senkte manch einer seinen Blick, und fast alle lechzten, mehr zu hören. Das war den Brüdern zur Gewohnheit geworden, denn Benedikt hatte an den Beginn seiner Regeln das Hören gesetzt. Es ist ihm zufolge die Voraussetzung der Begegnung, und in der Hinwendung zum anderen wird es Ausdruck der Liebe. Hören ist eine Disziplin des Herzens, ein Prozeß der Achtsamkeit auf das Wort des Herrn und des Bruders. So wird der Hörende zum Liebenden.

Nach Markwarts Meinung wußte diese Regel des Benedikt von Nursia keiner im Kapitelsaal besser zu seinem Vorteil zu wenden als der neue Abt, der nach den Schmeicheleien, mit denen er die Herzen geöffnet hatte, seine Vision entwarf: »Nun gilt es, den Weg zum Aufschwung rasch weiter auszubauen, damit wir nicht an Fahrt verlieren. Durch des HERRN Gnade und durch eure Wahl, liebe Brüder, stehe ich in der Pflicht, mit Gottes Hilfe dieses halbzerstörte Kloster wiederzuerrichten und zugleich von den Plünderungen gewissenloser Menschen zu befreien. Diese Pflichten werde ich erfüllen, werde Riess, das einst von allen Gläubigen gerühmt wurde, aus den Trümmern zu neuem Glanz führen. Die Zeit soll vorbei sein, in der wir kaum wissen, wie wir uns nähren können.«

Bei diesen Worten sah Pankraz auf den Cellerar, und dieser nickte heftig. Daraufhin setzte der Abt fort: »Genügend ehrwürdige Brüder sind aus dem Kloster fortgezogen. Fortan wollen wir wieder neue aufnehmen, egal, ob Priester oder Laien. Die neuen Novizen sollen nicht nur eine Cella erhalten, sondern mehrere. Und die besten Lehrer werden wir für sie auswählen.«

Die Stimme des Abtes war lauter geworden, und seine Begeisterung strahlte auf die Hörer aus. Damit diese jedoch auch bereit waren, das zu akzeptieren, was sie bislang abgelehnt hatten, gestattete sich der Bärtige eine Lüge zum Eingang seiner Ausführungen: »Ihr wißt alle, daß ich an den Reformpapst Gregor VII. anknüpfe und den Bemühungen im Kloster Cluny nahestehe. – Gregor VII., der Herr habe ihn selig, versuchte bekanntlich, die Kirche aus der erstickenden Umarmung der profanen Herrscher zu befreien und sie wieder mit Leben zu erfüllen. Zwar ist all das schon lange her. Doch ein jeder von euch hörte davon, daß der König unseres regni teutonici, Heinrich IV., daraufhin gegen Rom zog. Weil nun der Papst einer solchen Streitmacht nichts entgegenzusetzen hatte, wurde er aus Rom vertrieben und starb bald darauf. Mit ihm wurde auch ein Teil des Reformwillens zu Grabe getragen.«

Die Männer in den schwarzen Kutten lauschten. Sie hatten aus keines Abtes Mund zuvor so grundsätzliche Dinge vernommen. Zudem verblüffte sie Pankraz mit seiner einfachen und eingänglichen Sprache.

»Welche Schlußfolgerungen sind hieraus zu ziehen?« fragte er. »Erstens: Kirchliche Einrichtungen können nur ihre Eigenständigkeit bewahren, wenn sie sich aus den Fesseln der weltlichen Vorherrschaft befreien. Und zweitens: Auch die Kirche muß wehrhaft sein.«

Um die letzte Aussage abzuschwächen, fügte Pankraz hinzu: »Womit ich freilich in erster Linie den Heiligen Stuhl meine. Das erhellt aus den Vorgängen, die nach Gregors Tod folgten. Urban II. wurde zum Papst gewählt. Aber König Heinrich IV. setzte einen Gegenpapst ein, nämlich Clemens III. Der hatte nichts Eiligeres zu tun, als Heinrich zum Kaiser zu krönen, und dessen Dank bestand darin, Urban II. nicht nach Rom hereinzulassen.«

Kordan beugte sich zu Bernus und flüsterte: »Was hat das mit unserem Kloster zu tun?«

Aber der Lehrer der Grammatik kam nicht zum Antworten, denn des Abtes Stimme war lauter geworden und setzte nun, alles übertönend, wieder ein:

«Trotz normannischer Unterstützung kam Urban II. nur bis zur Tiberinsel und wurde sogar 1090 weit von Rom fortgetrieben. Das zeigt an, wie wehrhaft die Kirche sein muß, und nicht nur gegen die Muslime, sondern auch gegen die weltlichen Herrscher.«

In der folgenden Pause sagte Kordan zu Bernus: »Ich glaube, langsam verstehe ich.«

»Urban II. kehrte erst nach Rom zurück, nachdem Heinrichs Sohn Konrad zum König der Langobarden gekrönt worden war und die Feinde des Papstes vertrieb. Endlich konnte der Heilige Vater den Kreuzzug nach Jerusalem verkünden, und die ersten Ritterzüge brachen 1096 unter Gottfried von Bouillon auf und erstürmten 1099 die Heilige Stadt. Damit hatte der Papst die Christen zu einem Sieg geführt.«

Die Stimme des Abtes war während der Rede hart geworden, sein Blick stechend. Als er weitersprach, schwang sogar Wut mit: »Heinrich IV. wagte sich lange Zeit nicht in sein Reich zurück, und als er es 1097 erreichte, mußte er auf einem Hoftag in Mainz einen Reichsfrieden erlassen, weil er keine Ordnung mehr im Reich hatte. Doch diese Maßnahme verfing nicht. Und ihr wißt alle, daß nach dem Tod Heinrichs IV. dessen Sohn, Heinrich V., die Macht übernahm und Lothar als Herzog von Sachsen einsetzte, der bald gegen ihn rebellierte. Als der König gegen den Herzog vorging, erlitt er in der Schlacht von Welfesholz eine schwere Niederlage. Das war vor sieben Jahren, und seither haben wir eine weitere Erstarkung der Gewalt des Herzogs, die auch unser Kloster aussaugt.«

Damit war der erste Feind benannt, und an den glänzenden Augen, auch am vereinzelten Nicken erkannte Pankraz, daß er die Brüder gewonnen hatte für den Kampf, sich vom Herzog zu lösen. Nun galt es, noch einen scheinbaren Verbündeten zu benennen, um die letzten Zweifler zu überzeugen.

»Der Kaiser und sein Sohn haben also den Papst gehindert, im Reich seine Macht auszuüben«, setzte der Bärtige fort. »Das Resultat ist die Willkür des Herzogs. Und diese war ein entscheidender Grund, weshalb Riess bereits unter Abt Kolumban in wirtschaftliche Schwierigkeiten geriet. Was liegt näher, als uns in der Auseinandersetzung mit dem Herzog die Unterstützung Roms zu sichern?«

Das Nicken wurde heftiger. Pankraz grinste, leckte sich über die Lippen und verschränkte die Arme vor der Brust, bevor er sagte: »Was ich dargestellt habe, ist nur ein Schritt auf dem Weg, unser Kloster zu alter Größe zurückzuführen. Voranzuschreiten heißt in gewisser Weise auch wiederzuentdecken, was uns in der Vergangenheit half, etwa die Verbindung zum Heiligen Stuhl.«

Der Abt fokussierte nach diesen Worten seinen Blick auf Notker, bevor er leise ausführte: »Damit meine ich freilich nicht, daß ein Mönch in die Knie geht, wenn er auf den Bischof oder den Abt trifft. Auch das Küssen des Bodens wird auf Riess nicht wieder Pflicht werden.«

Der Obere wandte seinen Blick nicht vom Abtrünnigen, bis dieser nickte und sein Gesicht zu einem Grinsen der Verlegenheit entgleiste. Danach setzte Pankraz, an alle gerichtet, den Schlußpunkt: »Was sich innerhalb des Klosters verändert, und viel wird das nicht sein, werden wir in neuen Consuetudines erfassen.«

Er nickte und trat ab, als habe er auf einer Tribüne gestanden.

»Beeindruckend«, flüsterte einer. Ein anderer tuschelte zu seinem Nachbarn: »Wer sich in den großen Dingen auskennt, wird auch die alltäglichen Probleme lösen.« Ein dritter war sich gewiß: »Der neue Abt hat Format.«

Die meisten jedoch gingen schweigend hinaus, und nicht jeder sah zufrieden drein. Zwei schlichen sogar ein

Stück zur Seite, wo sie keiner hörte. Dort sagte Kordan: »Ein Schaumschläger, dieser Pankraz.«

»Das wünschte ich mir«, entgegnete Bernus. »Denn ich befürchte, was der neue Abt treibt, ist Rattenfängerei. Und wenn er die Mehrzahl auf seine Seite gebracht hat, kann es unangenehm auf Riess werden, kann er sich sogar von Rom trennen. Für seine Willkür spricht auch, daß er die vergangenen Geschehnisse auslegt, wie er will. Denn mit keinem Wort ging er darauf ein, daß der Streit zwischen König Heinrich IV. und Papst Gregor VII. schon viele Jahre zuvor ausgebrochen war und der Papst über den König einen Bann verhängt hatte.«

»Wegen dessen Heinrich IV. bei Canossa barfuß im Schnee stand«, sagte Kordan, und beide schwiegen, weil andere Brüder nahten.

* * *

Aus dem Tagebuch des Novizen Bertold
(10. Februar 1122)

Zufrieden werde ich heute schlafen gehen. Das liegt daran, daß die meisten Brüder in bester Laune sind, seit der Abt gesprochen hat. Auch ich habe ihm gelauscht, und seine Worte gaben mir die Kraft, an das, was vor uns liegt, zu glauben. Zuvor sah es aus, als sei Riess den Schicksalsschlägen nicht gewachsen, und viele Klöster gab es schon, die heute nicht mehr sind. Pankraz hat uns neuen Mut gegeben.

Nur verstand ich nicht, weshalb er zu meinem alten Lehrer schwieg. Was ist denn mit den Worten, die überall gesprochen werden? Treffen sie auf Bruder Bernus zu? Hat er einen Bund geschlossen mit dem Beelzebub, oder haben jene Brüder unrecht, die das von ihm behaupten?

Antworten weiß ich nicht, und ich will auch keine suchen, sondern zur Komplet nun gehen und mit den andren unsern HERRN preisen.

V

Am anderen Morgen geschah Ungewöhnliches. Lothar hatte wie in den zurückliegenden Tagen das Kloster verlassen, um in der davor befindlichen Seelsorgkirche für die Bauern und Ackersknechte der Umgebung und auch für einige der Städter zu predigen, die den langen Weg nicht scheuten. Allerdings kehrte er diesmal nicht allein zurück.

Als Markwart auf dessen Klopfen hin die Pforte geöffnet hatte, wich er ein paar Schritte zurück. In seiner Jugend hatte er einmal die Bedrohung eines Klosters durch aufgebrachten Pöbel erlebt. Aber die Ackersknechte, erkennbar an ihrer Tracht und der gegerbten Haut, standen friedlich hinter Bruder Lothar, der schließlich erklärte: »Ich bringe die Leute zum Abt. Sie wollen nämlich Boden pachten.«

Markwart nickte. Auch er wußte, wie viele Flächen seit der Seuche und der Krise brachlagen. Und wenn die Mönche und Laien in den nächsten Monaten mit der Wiederherstellung des Klosters zu tun hatten, konnten sie nicht einmal all die Äcker bestellen, die sie früher unter den Pflug genommen hatten. Also war es dringend geboten, Pächter zu finden. »Kommt rein«, sagte er, ließ alle passieren und schloß die Pforte wieder.

Wenig später mußte er sogar das Tor öffnen, weil ein einachsiges Fuhrwerk Sand und Mörtel brachte. Und dabei schüttelte er seinen Kopf. Denn ihm ging nicht ein, wie ein Priester während seines Gottesdienstes Pächter für Land werben konnte. Gleich darauf hob Markwart die Schultern. Wie sollte er wissen, was sich bisher unter Pankraz geändert hatte und was sich noch ändern würde. Er verkroch sich, nachdem er das Tor geschlossen hatte, an den Ort, an dem für ihn alles gleich blieb.

Allerdings währte seine Ruhe nur einige Minuten, bis die Bauern wieder hinaus wollten, und deren Worten entnahm der Pförtner, daß sie ihren Zehnt ans Kloster entrichten mußten, der allerdings den fünften Teil der Ernte ausmachte. Das bemängelten die Pächter nicht, weil es sich, wie sie von Bruder Lothar gehört hatten, um klösterliches Eigentum handele und sie somit keine weiteren Abgaben zu erwarten hätten.

Noch war Markwart nicht in seine Cella getreten, als ein Holpern nahte. Zwei Konversen kamen von den Ställen her und schoben einen zweirädrigen Karren, auf dem drei Fässer standen. »Wein und Bier, Getreide, Früchte und Fleisch haben wir doch immer von den Händlern abholen lassen«, sagte er zu den beiden.

»Und die haben ihren Reibach mit unseren Produkten gemacht«, antwortete der eine. Der andere beugte sich zum Pförtner und flüsterte diesem zu: »Wir müssen sparen, und deswegen will Bruder Pankraz auch den Tribut an den Herzog nicht mehr zahlen.«

»Und wenn der Herzog mit Waffengewalt erzwingt, was er haben will?« fragte Markwart, während er das Tor öffnete.

»Unser Abt ist klug genug, dem vorzubauen«, behauptete einer der Konversen.

»Ich habe gehört, daß ein Herzog sich sogar Gauner gedungen haben soll, die ein zahlungsunwilliges Kloster plünderten«, gab Markwart den beiden auf den Weg mit, verschloß das Tor und schlüpfte rasch in sein Häuschen, als böte es ihm Schutz vor den Wirrnissen, die er aufs Kloster zukommen sah. Und eine Verkehrung der Verhältnisse war es allemal, wenn Konversen, die nicht einmal lange im Kloster weilten, mehr wußten als ein Chormönch.

* * *

Aus dem Tagebuch des Novizen Bertold (12. Februar 1122)

Weil Ulrikus zum Abt Pankraz gehen mußte, schloß er die Bibliothek. Zwar nahm ich mir ein Buch mit, jenes des Honorius, um in der Zwischenzeit zu lesen. Doch ein Lärm lockte mich an. Hinter der Kirche drang er hervor. Ich ging um sie herum und sah im Kreuzgang Brüder stehen. Sie umringten einen einzelnen.

Leider war ich zu weit entfernt, konnte nicht erkennen, wer sich den Zorn der meisten zugezogen hatte. Also schlich ich zu den Ställen hin. Das fiel mir schwer, weil die Büsche mir kaum Deckung boten. Aber ich erreichte den Geruch der Tiere und spürte sogar ihre Wärme. Bruder Jarich sah ich nicht. Doch hörte ich ihn hinten bei den Schweinen.

Also schlich ich weiter und verharrte gleich darauf. Ich stand an jenem Ort, an dem Manegold ermordet wurde. Mein Gedächtnis gaukelte mir vor, was ich gesehen hatte: Blut und einen Toten, der im Eise lag. Im selben Augenblick drang ein Schrei herüber.

Doch der hing nicht mit Manegold zusammen. Der kam vom Kreuzgang her. Deshalb gab ich alle Vorsicht auf und bin zur Coquina geeilt und hinein ins Refektorium. Dort kenne ich ein Loch in einer Butzenscheibe. Nur ganz klein ist es, daß der Luftzug kaum zu merken ist. Aber groß genug, um hindurchzuschielen.

Was ich sah, erschreckte mich. Der Bruder, der geschrieen hatte, war der Lehrer der Grammatik, und jene, die um ihn standen, schubsten ihn bald hin und dann auch wieder her. Ich hörte Worte, die mich traurig stimmten, auch wenn ich vieles nicht verstand. Offenbar warfen sie dem Bernus vor, er habe einen Pakt geschlossen mit dem Beelzebub. Und er solle Riess verlassen, ohne die Cuculle, sagte einer.

Vom Teufel und den Seinen weiß ich noch nicht viel.

Mir schoß aber durch den Kopf, daß der Honorius mir helfen könne, das Übel zu verstehn. Für den Augenblick jedoch wollte ich dem Bernus etwas Gutes tun. Denn wenn der Beelzebub ihn auch beherrschte, so blieb er doch ein Mensch, der leiden kann. Ich lief hinaus und wollte mich den Wütenden entgegenstellen. Aber die vertrieben mich mit solchem Zorn, daß ich an Arm und Brust nun blaue Flecken trage.

In der Verzweiflung, die über mich gekommen war, lief ich durch den Kreuzgang und an der Sakristei vorbei bis zur Schule hin, in der Abt Pankraz seinen Wohnsitz hat. Mit Ehrfurcht trat ich in das Haus, in dem ich einstmals ein und aus gegangen war. Ich wußte nicht, in welchem Raume Pankraz saß, und wagte nirgendwo zu klopfen.

Doch der Abt hatte mich gehört und rief mich in seinen Raum. Er selbst saß hinter einem flachen Schreibpult. Das hatte ich noch nie gesehen, weil man doch gewöhnlich beim Schreiben steht. Und kaum hätte ich erwartet, das er mir den zweiten Stuhl anbot. Ich setzte mich. Er fragte, was geschehen sei, und ich habe ihm berichtet. Das sei schlimm, sagte er und rief nach Engilbert, der auch gelaufen kam. Dem befahl er, die Raufenden zu trennen.

Dann stand Pankraz auf. Groß wirkte er für mich, der ich noch saß. Er beugte sich zu mir hinab und sah mich an aus Augen, die zu brennen schienen wie das Feuer in der Hölle. Seine Stimme war so klar und hart wie die Schneide eines Schwertes. Seine Stirn, die drohte, seinen Mund, den quälte Bitterkeit.

Ich wich zurück, weil ich dieser Kraft nicht widerstehen konnte. Da sagte er: Weißt du auch, weshalb du in Wahrheit zu mir gekommen bist?

Ich schwieg, denn ich wußte keine Antwort. Und er sagte mir, was mich in diesem Augenblick verblüffte: Du wirst zerrissen und gequält von einer Kluft, die sich zwischen uns geöffnet hat.

Nach diesen Worten fuhren seine Hände durch die Luft, als wollte er die Kluft im selben Augenblicke tilgen. Hiernach sagte er mit milder Stimme, während aus den Augen nicht mehr Flammen stachen, sondern ein Licht sich über mich ergoß: Du fühlst, daß du zu mir gehörst, daß du gleich einem Teile bist von mir.

Wie beim Teufel brannten seine Augen. Doch in diesem Augenblick war er wie ein Gott. Aber ich war nicht mehr Herr über meine Sinne, und die Gefühle waren mir entglitten. Ich zitterte und bebte, wußte, daß ich mich diesem Menschen nicht entziehen kann. Und schließlich griff ich seine dargereichte Hand und küßte sie. Daraufhin zog er mich nach oben und gab mir einen Kuß auf meine Wange.

* * *

Bernus blutete aus der Nase, und einen Arm ließ er baumeln, als er zum Tor hin tappte. Markwart sah ihn nahen und trat aus seinem Häuschen. »Was ist mit dir?« fragte er.

»Nichts Schlimmes«, winkte der Lehrer mit dem gesunden Arm ab und erklärte: »Gebrochen ist nichts, wohl nur gezerrt oder verstaucht.«

»Wobei? fragte der Pförtner und hörte, was sich im Kreuzgang zugetragen hatte.

»Geschlagen haben sie mich also nicht, nur geschubst, so daß ich einmal auf die Nase und einmal auf den Arm gefallen bin. Aber ich bin mir sicher, daß die Wut, nein, Haß ist es sogar, noch weiter aufkochen wird.«

»In dem Zustand kannst du nicht gehen, nicht bei Schnee und Eis.«

»Ich werde vorsichtig sein, Markwart. Vielleicht lege ich im Dorf eine Rast bis morgen ein, und wenn nötig, lasse ich mich in der Stadt pflegen.«

Bernus ließ sich nicht durch Worte zurückhalten, auch nicht dadurch, daß der letzte seiner Freunde, Bruder

Kordan, gemeinsam mit Leonius gelaufen kam. Er schlüpfte durch die Pforte, die ihm Markwart öffnete, und erst als er draußen war, sagte er: »Um mich macht euch keine Sorgen, aber achtet ihr auf euch.« Er wandte sich ab und stapfte im Schnee, abseits der Eisrinnen, die von Fuhrwerken geprägt worden waren.

Als Bernus nicht mehr zu sehen war, schloß Markwart die Pforte. Im selben Augenblick nahte von der ehemaligen Schule her der Novize Bertold.

»Du kommst zu spät, wenn du deinen Lehrer noch einmal sehen willst«, empfing ihn Leonius.

»Schade«, sagte der junge Mann und erklärte: »Abt Pankraz ist nämlich wütend geworden und hat gesagt, er wolle die Schläger bestrafen. Auch werde er fortan Sorge tragen, daß sich solcherlei Dinge nicht wiederholen.«

»Aber wenn nun einer mit dem Teufel im Bund ist«, sagte Kordan mehrdeutige Worte und zog sich gemeinsam mit Leonius ins Innere des Klosters zurück.

Bertold sah den beiden mit großen Augen hinterher, bevor er Bruder Markwart fragte: »Meinst du auch, daß Bernus einen Pakt mit dem Beelzebub hat?«

»Eher glaube ich, daß er dem Bösen widerstand.«

Auch diese Worte wußte der Novize nicht zu deuten, denn er war noch gefangen von seinem Abt, der ihm wie Gott erschienen war. Und deshalb lauschte er zum Kreuzgang hin, von dem laute Worte herüberdrangen.

Nach der Sext verkündete Abt Pankraz die Strafen für jene, die auf Bernus losgegangen waren. Das tat er aber nicht vor dem Altar, auch nicht im Kapitelsaal. Er bat die Brüder, ihm zu folgen, und ging in jenen Teil der Kirche, in dem sich die Bibliothek befunden hatte.*

* Dies und anderes deutet darauf hin, daß nur der gottesdienstlich genutzte Teil der Kirche (das Langhaus) Ort des Schweigens war. In aller Regel durfte auch nicht im Schlafsaal, im Speisesaal und in der Klosterküche gesprochen werden.

Größer als an diesem Ort konnte der Kontrast nicht sein. Weite Teile des Gesteins waren noch vom Brand geschwärzt, andere wirkten hell, so als seien sie gerade erst erbaut. Auch die frischen Fugen wiesen darauf hin.

An diesem Platz der Widersprüchlichkeit straffte sich des Abtes Figur, bevor er verkündete: »Heute ist es in unserem Kloster zu einem bedauerlichen Zwischenfall gekommen. Einige der Brüder haben sich von den Gerüchten, die über unseren Bruder Bernus umliefen, anstecken lassen. Sie haben ihnen Glauben geschenkt, ohne daß der Verdacht auf einen Teufelspakt bewiesen worden wäre.«

Er ließ drei der Brüder nach vorn treten und sprach die Strafe aus: »Für einen Tag, bis nach der nächsten Sext, werdet ihr vom Oratorium ausgeschlossen.«

Ein Raunen bedeutete, wie schwer diese Strafe auf alle wirkte. Keiner der Brüder wollte darauf verzichten, das Langhaus der Kirche zu betreten und darin zu beten sowie an den Gottesdiensten teilzuhaben. Den dreien aber war für einen Tag nur noch gestattet, ins Querschiff zu gehen. Von dem Ort aus, an dem die Mönche und die Laien gerade standen, hatten sie die gottesdienstlichen Feiern zu verfolgen und sich am Ende einer jeden zu Boden zu werfen. So forderte es die Regel des Benedikt beim Ausschluß aus dem Oratorium.

Nach der Sext tappte Markwart wieder nach vorn und schüttelte seinen Kopf. Alles, was der Abt gesagt und auch veranlaßt hatte, entsprach den Regeln. Wie sich inzwischen herumgesprochen hatte, war Pankraz sogar zum Kreuzgang gelaufen, um die Angriffe auf Bernus zu unterbinden. Den Novizen Bertold hatte er unterdes zur Cella ostiarii geschickt. Die laute Stimme, die bis zur Pforte hin zu hören gewesen war, gehörte dem Bärtigen.

Wenig später waren beim Pförtner drei Brüder aufgetaucht, unter ihnen Tobias, der sich auf die Heilung

Kranker verstand. Sie hatten das Kloster verlassen, um Bernus zu suchen. Aber Markwart glaubte dennoch nicht an die Rechtschaffenheit des neuen Abtes. Eher vermutete er, dieser wolle unter dem Deckmantel des Heiligen ein teuflisches Spiel betreiben.

Seine Gedanken wurden durch ein Wummern an der Pforte unterbrochen. Er beschleunigte seinen Schritt, denn das konnten nur jene Brüder sein, die ausgezogen waren, Bernus zu suchen. Doch seine Hoffnung erfüllte sich nicht. Die drei kamen allein zurück.

»Er hatte wohl bereits das Dorf erreicht«, sagte einer.

Der zweite fügte an: »Und die Bauern waren nicht bereit, uns zu verraten, ob er weitergegangen war oder sich in einem Haus verbarg.«

Markwart nickte, schloß die Pforte und sah den drei Brüdern hinterher. Er wußte nicht mehr zu scheiden, wer ihm die Wahrheit sagte und wer sie verheimlichte. Aber wenn er Lügen und Tatsachen nicht auseinanderhalten konnte, vermochte er sich selbst kein Bild über die Vorgänge zu machen, zumindest keines, dem er traute.

* * *

Aus dem Tagebuch des Novizen Bertold
(13. Februar 1122)

Gestern fehlte mir die Kraft zum Schreiben. Oder war es nur der Wille? Ich fühlte mich innerlich zerrissen. Auf der einen Seite will ich mein Leben nur nach dem gestalten, was Benedikt uns vorgegeben hat. Ein himmlisch Atem mußte in ihm wohnen, da er vor allen anderen die Regeln formulierte, die für Mönche gelten sollen.

Auf der andren Seite frag ich mich, ob so ein Atem nicht auch unsren Abt durchwaltet. Wie sonst soll ich mir erklären, daß er in kurzer Zeit den Brüdern wiedergab, was sie schon lang vermißten: Zuversicht und Glaube an das Künftige?

Dennoch wird es besser sein, wenn ich noch Zeit vergehen lasse, denn mein beschränkter Geist kann nicht von einem Tag zum nächsten sich entscheiden, was nun gut ist und was schlecht. Das habe ich schon mitten in der Nacht beschlossen, als ich ruhig auf dem Rücken lag und in aller Stille mit dem HERRN sprach.

Am Morgen dann ging ich hinüber zu Ulrikus. Nun sind die meisten Bücher aufgestellt, auch die neuen, die vom Geld des Bischofs stammen. Diese sah ich mir noch gar nicht an. Aber jene fand ich wieder, von denen der Ulrikus meinte, sie seien für die Seelsorgkirche vorgesehen. Sie standen abseits, waren nicht für unsre Brüder aufgestellt. Doch hat Ulrikus mir erlaubt, den Honorius zu nehmen, in dem ich schon des Morgens weiterlas.

Dabei ist mir nicht mehr absonderlich erschienen, was dieser Autor schrieb. Nachdem ich gesehen hatte, wie Bernus von seinen Klostergenossen behandelt worden war, hielt ich eher des Anselm Auffassung, daß Gott im Himmel die Verkörperung der Vernunft, der Gerechtigkeit und der Gnade sei, für unzureichend. Denn offenbar ist Böses in der Welt, wie ich es auch als Kind erlebte. Erst in den Mauern unsres Klosters hab ich das vergessen. Und durch Bernus und die Gewalt an ihm taucht die Frage für mich auf, die ich mir sonst nicht stelle: Wie gelangt das Böse in die Welt?

Nun las ich den Honorius mit andren Augen. Eigentlich verschlang ich ihn, und was ich vor Tagen nicht verstanden hatte, daß er alles, was er ausführt, mit Gleichnissen und mit Beispielen belegt, ging mir sehr nahe. Auch verstand ich nach den letzten Wochen gut, weshalb er scheidet in das Paradies und in die Hölle, auch die Erwählten und die Verdammten auseinanderhält.

Wie ich all das schreibe, läuft ein Schauer über mich. Ein Gefühl ist über mich gekommen, das mich fast erdrückt. Denn ich weiß nicht, ob es mein Gedanke ist, daß der Abt Gottes Stellvertreter sei und alle, die ihm folgen, seine Auserwählten, während jene, die ihn hassen, der Verdammnis übereignet würden.

Nein, das kann nicht mein Gedanke sein, denn ich wehre mich dagegen. Also war es über mich gekommen, und mein Verstand hat es nicht angenommen. So nur kann es sein, und als Beleg, daß ich solches niemals denken will, habe ich die Worte aufgeschrieben.

* * *

Wie stark jener Gedanke den Novizen Bertold erschütterte, beweist seine Schrift, die zum Schluß hin fahrig wird. Das letzte Wort ist kaum mehr zu entziffern. Vermutlich ist er, nachdem er es aufs Pergament gebannt hatte, zur Kirche gelaufen, um zu beten und zu beichten.

Ein anderer, den nicht sein Gewissen aufgewühlt hatte, sondern die Furcht, bei der Verteilung der Macht zu kurz zu kommen, befand sich auf dem Weg zur ehemaligen Schule. Tage waren seit seiner Wahlniederlage vergangen, Tage, in denen er nicht mehr zu den Getreuen des Pankraz zählte. Und das wollte er ändern, denn wenn er die Macht nicht ganz haben konnte, wollte er wenigstens einen Anteil daran erringen. So deutete Notkers Gang der Sakristar Ulrikus.

* * *

Aus dem Tagebuch des Novizen Bertold
(15. Februar 1122)

Drei Tage habe ich nichts geschrieben. Drei Tage waren das, in denen ich viel las und auch viel staunte. Wenn ich bei Ulrikus saß, nahm ich mir den Honorius vor.

Besser weiß ich nun, weshalb Gott auch strafen kann. Eine Sünde, von der man nicht gelassen hat, ist gleich einer Wunde, aus der man nicht die Waffe zog. Und so etwas wird der Herr nicht dulden. Dann las ich noch einmal, wie Gott einen herrlichen Palast erbaute, nämlich das Himmelreich, darauf hat er ein Verlies geschaffen, das wir Erde nennen. Und inmitten derer grub er einen See, der Verderben bringt und Hölle heißt. In diesen See kommen alle, die nicht von ihren Sünden lassen.

Diese Bilder kamen mir nicht mehr fremd vor, und so las ich vieles andre noch aus dem Buch des Honorius. Aber das verblaßte gegen jenes, was im Kloster sich vollzog und das über mich das Staunen brachte. Da war zunächst, daß sich die Brüder beim Bau an der Wasserleitung weder vom Frost noch von dem Fön verdrießen ließen. Ich hielt es nicht für möglich, daß man im Winter die Rohre aus Blei in die Erde legen kann. Aber die Brüder schafften es, weil in der Tiefe das Erdreich nicht gefroren war.

Der Dank gilt aber nicht nur ihrem Fleiß, daß nun wieder im Waschraum klare Strahlen sprudeln. Ein Mann hat sie bei ihrem Tun mit Worten unterstützt. Das war der Notker, vom dem ich tagelang zuvor nichts hörte. Damit nicht genug, war er am Dienstag (am 13. Februar) gleich nach der Prim aus dem Tor hinausgegangen. Und als er wiederkehrte, folgten ihm die Bauern, die kurz zuvor Land vom Kloster Riess gepachtet hatten.

Notker hat verkündet, daß die Bauern aus freien Stükken den Brüdern helfen wollten. Nun sind sie schon den dritten Tag dabei, die Ruine wegzuräumen, die das Feuer hinterlassen hat. Und alle hoffen, daß das milde Wetter anhält, bis sie damit fertig sind.

Ich glaube, Bruder Notker ist für uns sehr wichtig, weil er mit Worten die Herzen der anderen erreicht, weil er anspornt zu neuen Taten und auch vertreibt, was uns traurig stimmt. Diese Hoffnung strahlt wohl aus, denn ein weiteres Wunder geschah gestern und auch heute.

Tags zuvor baten zwei Männer am Tor um Eintritt in unser Kloster und ein Gespräch mit dem Abt von Riess. Ich sah und hörte sie, als ich aus der Bibliothek heraustrat. Sie redeten mit Markwart, und der hat sie zu Pankraz hingeführt. Beide Männer, hörte ich wenig später das Gemunkel, wollten bleiben und die Kutte tragen.

Inzwischen sind aus diesen beiden gar schon vier geworden. Es sind zwar alles keine Mönche. Aber auch Konversen brauchen wir, um unsre Reihen wieder aufzufüllen. Nun hege ich sogar die Hoffnung, daß in nicht allzuferner Zeit auch Mönche kommen werden, die in der Lage sind, die neuen Schüler zu unterrichten.

Und ein letztes Mal staunte ich heute nach der Terz, als ich zu Ulrikus ging. Ich hatte keine Lust zum Lesen und sah mir jene Bücher an, die neu hinzugekommen waren aus den Geldern, die vom Bischof stammten. Und mittendrin, da sah ich Anselms Buch, das ich so liebe, das *Cur Deus homo*.

Nun scheint sich alles zum Guten hinzuwenden. Nur zwei Probleme drücken mich noch. Was mag aus meinem alten Lehrer Bernus geworden sein? Ich will nicht glauben, daß er dem Teufel unterlag. Aber alles spricht dafür. Und ein zweites wüßt ich gern: Wann wählen die Mönche endlich einen neuen Prior? Denn ich kann und will nicht glauben, daß Pankraz ohne Stellvertreter amtieren wird.

* * *

Bruder Markwart genoß den Hauch von Frühling, indem er vor seine Cella trat und die milde Luft tief einatmete. Dabei sah er die Getreuen des Pankraz aus der Schule treten. Nach dem, was er von Grimaldus gehört hatte, wunderte er sich nicht, daß auch Notker wieder dazu gehörte. Indes war er betrübt, daß sein alter Freund Ulrikus, zu dem er in letzter Zeit kaum noch Kontakt gehabt hatte, zum Führungskreis um den Abt gehörte.

Schon wollte er den Bibliothekar abfangen, um mit ihm einen Schwatz zu halten, als Bruder Salimbenes auf ihn zutrat.

»Willst du los?« fragte der Pförtner.

»In die Stadt will ich.«

Markwart brummelte und nickte, während er die Pforte öffnete. Salimbenes schritt hindurch und verschwand im Dunst, der sich allmählich aus dem Schlamm erhob. Als der Pförtner zu seiner Cella zurückkehrte, war Ulrikus in der Bibliothek verschwunden und hatte sich aus seinem Gedächtnis geschlichen.

Zum Mittagsgottesdienst fand Markwart in der Kirche eine Geschäftigkeit vor, die allen Fleiß der Vortage übertraf. Die Bauern, die er am Morgen eingelassen hatte, waren mit Hacken bewehrt, und er traute seinen Augen kaum, weil sie die Platten aus dem Boden schlugen. Wo das bereits geschehen war, schaufelten sie sich in die Tiefe.

Wie angewurzelt stand der Pförtner und hatte im Lärm nicht vernommen, wie einer an ihn herangetreten war. Deshalb zuckte er zusammen, als eine Hand seine Schulter berührte. Es war Notker, der grinsend hinter ihm stand und fragte: »Da wunderst du dich?«

»Noch nie ist mir begegnet, daß Bauern in einer Klosterkirche nach Gold suchen«, grummelte Markwart.

»Kein Gold«, lachte Notker und wurde ernst, als er erklärte: »Wir haben aus alten Unterlagen herausgefunden, daß der Gründer unseres Klosters, Abt Nikolaus, an dieser Stelle begraben wurde, und zwar in fünf Fuß Tiefe.«

Dem Pförtner klappte die Kinnlade herunter, und er brauchte Zeit, bevor er entgegnete: »Ich habe immer angenommen, daß Nikolaus zu höherem Amt berufen worden war und vor seinem Tod das Kloster verließ.«

»So steht es in späteren Aufzeichnungen. Doch offenbar sind die falsch, womöglich im Bestreben, dem Gründer des Klosters ein Bischofsamt anzudichten, um ihn zu erhöhen. Aber die alten Unterlagen, die irgendwo in der Bibliothek vergraben waren und erst durch den Brand und den nachfolgenden Umzug auftauchten, weisen diese Version als Schwindel aus. Nikolaus ist hier geblieben und hier verstorben.«

»Aber Pankraz wird doch nicht die Bauern die Grabstatt des Klostergründers eröffnen lassen.«

»Keine Sorge, Markwart«, beschwichtigte Bruder Notker. »Die Bauern erledigen nur das Grobe bis in vier Fuß Tiefe. Den Rest übernehmen wir.«

»Und der Dreck, soll der sich auf die Altäre legen wie der Ruß, den Grimaldus mit viel Mühe beseitigt hat?«

»Auch dafür sorgen wir. Doch das hörst du nach der Sext von unserem Abt.«

So kam es auch. Kaum war der Gottesdienst vorüber, bat Pankraz alle Brüder, noch einen Augenblick zu bleiben. Er erklärte das, was Markwart schon erfahren hatte, und ergänzte: »Damit wir nicht den Schmutz in die Kirche tragen und kein Staub sich auf unsere Kunstgegenstände legt, wird in den nächsten Tagen eine provisorische Wand hochgezogen.«

Er machte eine Pause und fügte an, als sei es nur ein Scherz: »Sozusagen ein Häuschen in der Kirche, ein Häuschen für unseren verehrten Abt Nikolaus.«

* * *

Aus dem Tagebuch des Novizen Bertold
(15. Februar 1122)

Lothar ist Dekan* geworden. Für dieses Amt ist er aus meiner Sicht geeignet, wenngleich ich schreiben muß, daß meine Sicht beschränkt nur ist.

Vorhin war ich zwischen der Non und dem Essen vor der Vesper in der Kirche. Ich wollte sehen, wie die Bauern eine Mauer in die Höhe ziehn. Doch das hat mich nicht so sehr gefesselt wie ein Blatt Pergament, das an

* In großen Klöstern kam es vor, daß anstelle eines Priors mehrere Dekane berufen wurden.

der Tür zum Gotteshause hing. Schon lange hatte ich keinen Anschlag mehr gesehen, schon seit den Zeiten, in denen Abt Kolumban krank geworden war.

Also war auch diesbezüglich die Ordnung wiederhergestellt. Das allein erfreute mich. Und als ich las, es handle sich um die Consuetudines, hatte ich vergessen, daß ich die Bauern mauern sehen wollte. Ich vertiefte mich in das, was mit Vorschlag überschrieben war, und noch bevor ich die erste Zeile bewältigt hatte, dachte ich mir, wie gut es sei, daß Pankraz unser Abt nun ist. Noch bei keinem habe ich erlebt, daß er etwas vorschlägt, was er selbst bestimmen kann.

Den Anschlag las ich, als müsse ich den Text bewerten wie ein Lehrer die Arbeit seines Schülers. Aber ich fand nichts, was ich bemängeln mochte. Es leuchtete mir ein, daß Pankraz jene Dinge, die der alte Abt für unser Wohl beschlossen hatte, für jene Zeit aussetzte, in der das Geld nicht reichte. Und ich denke, ein jeder Mönch braucht im Jahr nur zwei Paar Schuhe. Auch reichen jene Speisen aus, wie der Benedikt sie vorschrieb.

Besonders hat mir am Entwurf gefallen, daß Pankraz die Gleichheit aller Brüder anstrebt. Die Laien sollen fortan am Konvent teilnehmen. Das heißt, sie sind stimmberechtigt bei den Wahlen. Der Abt von Hirsau habe ganz ähnlich entschieden, las ich und auch, daß dieser ein Reformer sei.

Das muß ich glauben, denn Hirsau kenne ich nicht. Aber was folgte, ist ganz und gar nach meinem Geschmack. Die Mönche, also all jene, die geweihte Priester sind, sollen hinausdrängen in die Dörfer und auch in die Stadt. Dort sollen sie predigen und den Gedanken der Reform in die Herzen tragen. Auf diese Art würden die Mönche in den Gemeinden Laienbrüderschaften begründen, die mit Riess aufs engste verbunden seien.

Dieser Gedanke hat mich begeistert. Hingegen nahm ich zurückhaltend auf, daß die Übung an Schwertern und an Lanzen aufgenommen werden soll. Das verstehe ich auch noch nicht in diesem Augenblick, in dem ich schreibe. Mir ist nicht einmal ein Trost, daß der Abt in jenem Hirsau ebenso gehandelt haben soll. Denn Bedenken quälen mich, ob ein Mönch überhaupt Waffen führen darf.

* * *

Während Bertold schrieb, saß Bruder Markwart in der Cella ostiarii und notierte:

Die Vorschläge des Abtes zu den Consuetudines bezwecken anderes als beim Kloster Hirsau. Von Pilgern weiß ich, daß der Obere des fernen Klosters am Bodensee sich mühte, die Reformpolitik des Papstes durchzusetzen. Pankraz hingegen, so bin ich mir sicher, will keinem Papst zum Sieg verhelfen, sondern nur sich selbst. Ich höre schon, wie die Brüder, die von ihm begeistert sind, in den Dörfern predigen, welch großer Mann er sei, so groß, daß ihn kein anderer Mensch erreiche. War ich auch gestern schwankend, heute bin ich mir sicher, daß nur das Böse unseren Abt …

An dieser Stelle endet die Niederschrift und ist auch nicht fortgesetzt worden. Der Grund war vermutlich ein Ereignis, welches das ganze Kloster bewegte. Ein Bauer läutete am Tor und rief ungeduldig nach dem Pförtner.

Als Markwart ihm schließlich geöffnet hatte, ließ der kräftige Kerl seinen zweirädrigen Karren stehen. Er drang auf den Mann in der Kutte ein und fragte: »Fehlt euch nicht ein Bruder?«

Der Pförtner schüttelte seinen Kopf, weil er nicht verstand, was der andere wollte, bis ihm einfiel, daß nach der Mittagszeit des Tages zuvor Bruder Salimbenes gegangen war. »Ich habe einen hinausgelassen. Das war jedoch schon gestern gewesen«, sagte er.

Daraufhin erwiderte der Bauer: »Als ich heraufkam,

ungefähr eine Viertelstunde von hier, sah ich etwas Schwarzes aus einem kahlen Busch ragen. Ich weiß nicht, was es war, sah aber aus wie eine Kutte eines Mönches.«

Markwart bedankte sich für die Nachricht, die seinen Puls erhöht hatte, und wartete, bis der Mann sein Pferd hereingeführt hatte, das den zweirädrigen Karren zog. Hierauf schloß er das Tor und erklärte dabei: »Ich werde sofort dem Abt Meldung erstatten.«

VI

Markwart hatte nicht darauf geachtet, mit welch finsterem Gesicht der Abt ihn empfing, auch nicht auf die schneidende Stimme, mit der Pankraz Engilbert rief, der sofort gelaufen kam. Dem Pförtner war nur wichtig gewesen, wie ein Benediktiner zu handeln und sich in allen schwierigen Angelegenheiten an den Oberen zu wenden.

Nachdem er das getan hatte, ging er zurück zur Pforte, denn er mußte zur Stelle sein, wenn jene das Kloster verließen, die Pankraz zur Erkundung der Geschehnisse um Salimbenes aussandte. Aber zu seinem Schreck war der Bauer verschwunden, der die üble Nachricht mitgebracht hatte. Zwar mußte sich jener noch im Kloster aufhalten, doch wurde dessen Gelände immer größer, je dringender man jemanden suchte. Und wer sollte am Tor bleiben?

Er sah keinen der Brüder und wollte auch nur einen beauftragen, dem er vertraute. Der Novize Bertold kam ihm in den Sinn. Wer die Schule von Riess durchlaufen hatte, war an Disziplin gewöhnt. Markwart hatte den Jüngling die Tage zuvor ins Pilgerhaus gehen sehen.

Er lief hin, so schnell ihn seine Beine trugen. Dabei spritzte Matsch an seine Cuculle. Ulrikus brauchte er nicht zu überzeugen, und Bertold erklärte sich sofort bereit. Unterwegs schärfte der Pförtner dem jungen Mann ein, er möge keinen hereinlassen, wohl aber die Pforte öffnen, wenn jemand hinauszugehen begehrte.

Nachdem der Novize den Auftrag wiederholt hatte, gab ihm Markwart den großen Schlüssel und eilte an der Kirche vorbei, dorthin, wo die Ruine abgetragen wurde. Doch er sah den zweirädrigen Karren des Bauern nicht, hörte auch nicht das Schnauben dessen Pferdes. Also ging er zwischen Dormitorium und Friedhof hindurch, wandte sich hinter dem Bade- und Waschraum nach rechts, und auf Höhe des Refectoriums sah er das Gespann. Es stand an den Ställen hinter der Coquina.

Markwart wollte zu den Rindern hinein. Aber schon an der Tür prallte er mit dem Mann zusammen, den er suchte. Da dieser inzwischen ein Schwein aufgeladen und bezahlt hatte, das er in die Stadt bringen wollte, stieg er auf seinen Karren und ließ das Pferd die Peitsche hören. Der Pförtner tappte durch den Schlamm hinterher, und als beide die Pforte erreichten, wartete dort bereits Engilbert mit einigen Brüdern.

* * *

Aus dem Tagebuch des Novizen Bertold (16. Februar 1122)

Noch nie hatte ich am Tor gestanden. Aufregend fand ich das, zumal ich wußte, welche Nachricht jener Bauer übermittelt hatte, den Bruder Markwart suchte. Aber ich wollte nicht schon wieder an das Böse glauben. So gab ich mich der Hoffnung hin, ein schwarzer Fetzen, vielleicht von einer Pferdedecke, habe den guten Mann getäuscht, der das Schwein vom Kloster in die Stadt hinunter brachte.

In dieser Annahme wurde ich bestätigt, als bald darauf die Glocken riefen, und zwar zur Versammlung aller Brüder. Im Kapitelsaal stand bereits der Abt, und er schien an diesem Tage gut gelaunt. Nachdem alle eingetroffen waren, sagte er, die Consuetudines würden zur Beratung stehen. Solches hatte ich noch nicht erlebt, auch nichts davon gehört, und somit nicht erwartet.

Nach den Regeln des Benedikt von Nursia wurde solches auch nicht vorgeschrieben. Darin steht geschrieben, daß der Obere des Klosters die Consuetudines bestimmt. Daran hielten sich die Brüder, als sie alle nur den Vorschlag lobten. Und als keiner mehr sich meldete, wurde über die Klosterregeln abgestimmt. Nur wenige waren nicht dafür, darunter Bruder Kordan, den ich oft bei Bruder Bernus sah, und auch Leonius, den ich kenne, als einen, der seine Meinung offen sagt.

Ob das Abt Pankraz von seinem Standpunkt wahrgenommen hat, daß einige die Hand nicht hoben, das bezweifle ich. Doch mit gutem Recht sagte er zum Schluß, daß von dieser Stunde an die neuen Consuetudines in Kraft getreten seien.

* * *

Was im Tagebuch des Novizen nachfolgt, ist wirr geschrieben und durch andere Quellen besser überliefert:

Kaum hatte der Abt sich in seinem Sieg gesonnt, als erneut die Glocken riefen. Diesmal kündeten sie von einem Übel. Die Brüder drängten aus verschiedenen Richtungen zum Gotteshaus. Dort sahen sie jene stehen, die mit Engilbert gegangen waren. Aus Ästen und aus Zweigen hatten diese eine Bahre gebaut und den Leichnam des Salimbenes darauf gebettet.

Jeder drängte hin zum Toten, bis er erkannte, daß auch dieser wie Bruder Manegold erschlagen worden war. Die das gesehen hatten, wollten sich von der Leiche etwas entfernen, und so setzte Gedränge ein, das erst der Abt auflöste.

«Tragt den Toten in die Kirche«, ordnete er an und folgte der Bahre. Die Brüder trotteten ihm hinterher, außer zweien. Jarich mußte zurück zu seinen Tieren und der Pförtner an das Tor. Doch in diese Richtung ging Markwart nur, bis Jarich hinter der Kirche links abbog und sich seinen Blicken entzogen hatte.

Er wußte nicht, was ihn bewegte, noch einmal zurückzugehen, dorthin, wo einige der Bauern die Trümmer des Hauses abtrugen, das vom Feuer zerstört worden war. Andere weltliche Helfer kamen aus der Kirche und schlugen den gleichen Weg ein wie der Pförtner. Sie wollten die Trauer der Brüder nicht stören und begaben sich zu ihresgleichen.

Markwart war zufrieden, daß sich die Leute unterhielten und nicht auf ihn achteten. Er ging immer näher an die östliche Mauer heran und folgte ihr in geringem Abstand in Richtung des Uhrzeigers. Im Sommer nahm er nach dem Gottesdienst manchmal diesen Weg, um sich in Ruhe zu ergehen. An diesem Tag aber war er gespannte Aufmerksamkeit, denn er suchte zum zweiten Mal nach Spuren.

Hinter der Ruine, von der nur wenig aufragendes Bauwerk noch stand, war das Gras niedergetreten und zu einer Schlammwüste verkommen, in die unzählige Fußspuren geprägt waren. Zum Friedhof hin wirkte der Untergrund natürlicher. Und hinter dem Garten stand das welke Gras des Vorjahres gleichsam unberührt.

Markwart suchte nichts Bestimmtes. Er folgte lediglich einer inneren Stimme, erreichte die Höhe des Badehauses, und dort verharrte er. Wie gebannt sah er auf eine Stelle dicht an der Mauer, die sommers im Schatten eines Baumes lag und somit kaum bewachsen war. In den weichen Boden hatten sich Fußspuren eingeprägt.

Ein Mann war zur Mauer gelaufen und auch wieder zurück, wo sich seine Stapfen auf der Wiese verloren. Der Pförtner trat noch näher heran, beugte sich nieder und erkannte in den Spuren des linken Fußes eine geschwungene Linie ähnlich einem S.

Er kannte keinen, der einen Buchstaben in seine Sohle geprägt hatte, nahm sich aber vor, künftig darauf zu achten. Markwart verfolgte die Spur bis zur Mauer. Das S verlor sich nicht, also war es nicht nur ein Zweiglein, das zufällig an der Sohle haftete, zumal die Abdrücke des Rückweges das gleiche Mal aufwiesen.

Doch darauf achtete der Pförtner nicht mehr. Er hatte unmittelbar an der Mauer zwei Löcher im weichen Boden gefunden, die tief eingeprägt waren. Das sprach dafür, daß jemand eine Leiter angelegt hatte und auf dieser hinaufgestiegen war.

Nun war die Neugier Markwarts gänzlich angestachelt. Er ging rasch an der Mauer weiter, fand nichts Auffälliges mehr und erreichte bald seine Cella ostiarii. In die trat er jedoch nicht hinein, sondern öffnete die Pforte, schlüpfte hindurch und verschloß sie von außen.

Er hastete an der Mauer entlang. Der Turm der Kirche war ihm eine Orientierungshilfe. Zwar vermochte er nicht genau die Stelle zu ermitteln, an der von innen die Leiter angelegt worden war, aber das war auch nicht nötig, weil auf dem steinigen Untergrund eine Leiter kaum Spuren hinterließ und deshalb von außen nichts zu finden sein konnte.

Bald darauf wurde er von Stimmen zur Pflicht gerufen. Die drangen über die Mauer, was bedeutete, daß die Brüder aus der Kirche gekommen waren und vermutlich zum Refektorium gingen. Nicht des Gemüses wegen, das jeder bekam, auch nicht des Fisches, der Eier oder des Käses halber, jener Speisen, die je nach Möglichkeit das karge Mahl verbesserten, lief Markwart zurück, sondern weil er sich als Aufklärer fühlte und sich bei dieser Tätigkeit nicht erwischen lassen wollte, egal, ob sie Sinn hatte oder nicht.

Nachdem er durch die Pforte geschlüpft war und diese wieder verschlossen hatte, schlenderte er zum Refektorium. Doch ging er nicht direkt hinein. Erst wechselte er im Dormitorium seine Schuhe und Strümpfe sowie die Kutte. Was er angehabt hatte, legte er im Waschraum sogleich ins Wasser, um den Schlamm herauszulösen. Die Schuhe spülte er ab.

Noch war er damit nicht fertig, als Kordan hereintrat und sagte: »Das ist doch billiger Betrug.«

»Was meinst du?« fragte der Pförtner, der froh war, daß sich Kordan nicht für das interessierte, was er tat.

»Ich meine, was der Abt tut. Er hängt die Consuetudines aus, um vorzutäuschen, daß er ein Mitwirken aller wünsche. In Wirklichkeit geht es ihm aber darum, sich die Zustimmung aller zu sichern.«

»Weshalb hast du ihm das nicht in der Versammlung gesagt?«

Kordan nickte. »Der Mut fehlt mir«, flüsterte er und ging hängenden Kopfes hinaus. Er hatte sich nicht einmal die Hände gewaschen, was aus Markwarts Sicht dafür sprach, daß er nur Kontakt suchte. Aber der Pförtner war zu sehr der Einsiedelei verfallen, um sich aus freien Stücken anderen anzuschließen, selbst wenn sie im Recht waren. Zudem kreisten seine Gedanken noch um die merkwürdigen Spuren.

* * *

Aus dem Tagebuch des Novizen Bertold
(16. Februar 1122)

Nach der Prim bat uns der Abt, in der Kirche zu bleiben. Und am heiligen Ort hat er erklärt, er wolle alles unternehmen, die beiden Morde aufzuklären. Auch gelte es, weiteren Verbrechen vorzubeugen. Dabei war ihm die Trauer anzusehen, denn zumindest mit Salimbenes banden ihn enge Beziehungen.

Nach der Tötung des Bruders Manegold, so sagte er, habe er noch nicht den Verdacht gehegt, der Verbrecher könne aus der Umgebung des Klosters stammen. Doch nun, da Salimbenes weit vor den Mauern umgebracht worden war, sei er gewiß, daß keiner der Brüder die Schande auf sich geladen habe.

Ich sah viele mit den Köpfen nicken, und das taten die meisten auch noch, als Pankraz sagte, daß sich keiner auf den Herzog verlassen könne, daß dieser sich nicht einmal um die Morde kümmere. Und er zog den Schluß einmal mehr, daß alle, ob Chormönche oder auch Laien, sich üben müßten an Waffen.

Ich sehne und hoffe, daß ich kein Schwert jemals ergreifen muß. Weil ich mir dessen aber nicht ganz sicher bin, wollt ich den Gedanken fliehn. Ich ging hinüber zu Ulrikus. Zu helfen gab es nicht mehr viel. So vergrub ich mich ins Buch, das ich schon Tage nicht ergriffen hatte.

Mehr als je zuvor ist mir dabei aufgefallen, wie leicht der Honorius sich lesen läßt. Das ist so nicht nur wegen der Vergleiche, die so bildhaft sind, sondern auch, weil seine Sprache ähnlich der des Volkes ist. Klar und einfach ist sein Wort, daß es jedermann verstehen kann, ganz egal, ob er des Lesens mächtig ist oder aber hört, was Honorius geschrieben hat.

Doch bald hatte ich mich eingelassen. Die Welt um mich verschwamm. Ich spürte nicht, wie Brüder kamen und auch wieder gingen, nachdem sie Ulrikus recht beraten hatte. Bei zweien habe ich allerdings gemerkt, daß sie sehr lange blieben und sehr viel mit dem Bibliothekar zu bereden hatten.

Doch zurück zum Buch. Bis zum Bösen war ich hingekommen, das dem Guten gegenübersteht. Und nun las ich weiter und erfuhr, daß das Böse nichtseiend sei. Darüber wäre ich fast gestolpert, wenn nicht wieder ein Vergleich gekommen wäre. Honorius meint damit, die Blindheit sei die Abwesenheit vom Sehen, die Dunkelheit das Fehlen von Licht. Aber eine Substanz sei weder Blindheit noch die Dunkelheit. Und so erkläre sich denn auch, daß das Böse wirke und doch ein Nichtsein habe, also keinerlei Substanz.

Mir wär es aber lieber, wenn das Böse auch nicht wirkte, wenn alles auf der Erde wäre, wie Honorius das Paradies beschrieben hat. Das ist für ihn so schön, daß seine Worte fließen, als seien sie ein Lied, daß sie sogar Farben malen, als ob sie zu einem Bild sich fügten: Die Leiber der Erwählten sind wie Glas. Die Blöße ist bedeckt von Farben, die frischer sind als alle Blumen.

Düster finde ich hingegen, was ich von der Hölle las.

Dort grellt vor schwarzem Hintergrund das Rot des Feuers auf. Dort wurd mir warm und wärmer, und die Qualen der Verdammten litt ich mit, bis ich geflohen bin von diesem Buch und aus der Bibliothek hinaus.

* * *

Diese Flucht nahm Markwart wahr, der niemanden mehr erwartet hatte, als er sich auf den Weg zum Essen und zur Vesper machte, die keiner Uhrzeit folgte, sondern vor dem Sonnenuntergang stattfand.

Ein wenig Zeit bis dahin blieb ihm noch, und so ging er zu den Ställen hinunter. Ihn zog es dorthin, wo er die Spuren mit dem S gefunden hatte, weil er wissen wollte, ob wieder jemand über die Mauer gestiegen war. Doch kaum war er am letzten der Ställe angelangt, hielt er inne und trat sogar einen Schritt zurück, damit ihn niemand sah.

Aus der Coquina kam der Cellerar Salomon, und in beiden Händen hielt er Schüsseln. Damit nicht genug: Ihm folgten zwei Mönche, zwei der stillen, wie sie im Kloster überwogen, die stets taten, was der Abt von ihnen verlangte. Und auch sie trugen etwas in den Händen.

Markwart sog die Luft ein. In der Küche war Fleisch gebraten worden! Nun war es durchaus nicht ungewöhnlich, daß Brüder gegen die Regeln des Benedikt verstießen und Fleisch genossen, was eigentlich nur Kranken gestattet war. Aber wenn in den Schüsseln sich Fleisch befunden hatte, bedeutete dies allein von der Menge her keinen kleinen Verstoß, sondern maßlose Völlerei.

Der Pförtner ließ von seinem Vorhaben ab und schlich in gehörigem Abstand hinter dem Cellerar und dessen Begleitern her. Was er befürchtet hatte, bestätigte sich. Sie strebten zur Schule.

Nun blieb ihm nicht mehr viel Zeit. Er eilte zurück, nahm aber den Weg über den Kreuzgang, wo er auf Brüder stieß, die zum Speisesaal schlenderten. Er wollte sie nicht überholen, also beugte er sich nieder zu seinem Schuh, als hätten sich die Riemchen gelöst. So hörte er, was die Brüder vor ihm sprachen.

»Das hat nach Fleisch gerochen«, sagte der eine.

»Gewiß für die Bauern«, antwortete der andere und beruhigte den Zweifler, indem er anfügte: »Ich werde nachher den Koch fragen.«

Der wird dir antworten, was du hören willst, grollte Markwart in sich hinein und traf als letzter der Brüder im Refektorium ein. Dort roch es nicht nach Fleisch. Vermutlich war es einige Zeit zuvor in der Coquina gebraten worden, und inzwischen hatte der Koch den Speisesaal gelüftet, wofür sprach, daß es in ihm recht kühl war.

Das nahm Markwart zum Anlaß, schneller zu essen und seine Sonderrolle als Pförtner auszunutzen. Ihn fragte keiner, wenn er sich vom Tisch erhob, bevor die Tafel aufgehoben worden war. Und in der einsetzenden Dämmerung sah ihn auch keiner aus dem durch Kerzen erhellten Refektorium, als er in Richtung Mauer eilte. Er mußte sich hinabbeugen, um zu erkennen, daß sich nichts geändert hatte, kein Abdruck verschwunden und keiner hinzugekommen war. Aber die Temperatur war gesunken, und die Nacht drohte mit Frost.

Nach der Vesper ging Markwart auf Tutilo zu und fragte den Mann mit der schiefen Nase und dem tiefstehenden Auge, ob er einen aus dem Kloster kenne, dessen Schuhabdrücke des linken Fußes ein S hinterlassen.

Tutilo hob seine Schultern und sagte: »Zwar kann ich mir viel merken, indes beobachte ich sehr wenig, kaum mehr als das, was auch ein Baum tut.«

Während die beiden noch ein wenig schwatzten,

strebten im Dunkel des Abends einzelne Gestalten zur Schule. Das war ebenso ungewöhnlich wie zu früheren Zeiten, da noch in ihr gelehrt wurde. Denn der neue Abt hatte bislang nur tagsüber Gäste empfangen.

Zudem waren es mehr, als zu den Beratungen zusammenkamen. Außer den Getreuen des inneren Führungskreises, dem Lothar und Salomon, Gallus, Ulrikus und dem strahlenden Notker, waren diesmal auch Engilbert und Tobias gekommen und zwei der Konversen, deren Zahl insgesamt auf sieben angestiegen war.

* * *

Aus dem Tagebuch des Novizen Bertold
(17. Februar 1122)

Heute, nach der Non, blieb ich in der Kirche und ging nach hinten, wo rechts sich die Sakristei befand, links einmal der Raum der Bücher war. Ich wollte sehen, wie dort die Mauern wieder hell erglänzten, auch wenn oben an der Decke die Bilder noch gedunkelt waren.

Da die Brüder an die Arbeit strebten, die Bauern während der Non hinausgegangen waren, fühlte ich mich ganz allein. Auch Grimaldus sah ich nicht, der sich in seiner Sakristei aufhielt. Wie ich das verspürte, wachte in mir eine unbekannte Neugier auf. Die abgekratzten Steine lockten mich nicht mehr, es war die Mauer um die Gruft, in der Abt Nikolaus begraben lag.

Ich wußte keinen Grund, der mich dorthin zog, und legte keine Rechenschaft ab. Doch was ich suchte, fand ich nicht: einen Eingang zu der Grabesgruft. Die neue Mauer, die schon mannshoch ist, schließt zu beiden Seiten an die Wand der Kirche an. Wie soll nur jemand hinter diesen Bogen kommen, in dem sie hochgezogen worden ist?

Während ich mir die Frage stellte, trat Grimaldus aus der Sakristei. Ich fragte ihn, ob er nicht wisse, wie man an die Gruft gelange. Er schüttelte den Kopf und meinte, einen Eingang müsse es nicht geben, weil der Sinn der Mauer sei, dem Nikolaus seine Ruhe zu gewähren.

Das fand ich komisch und behauptete, was ich mit nichts beweisen konnte, daß von einem andren Ort ein Weg zur Gruft hin führe. Der Trotz hatte mir die Worte aus dem Mund gepreßt, die der Verstand so gern zurückgerufen hätte. Doch nun standen sie zwischen dem Sakristar und mir. Und dieser lächelte und sagte, das könne keiner wissen, es sei denn der Herr, der im Himmel thront.

Wie ich nun schreibe, machen mich diese Worte stutzig, ohne daß ich ihnen einen Sinn verleihen kann. Aber etwas andres hat sich mir erschlossen: Ich bin der einzige, der keine Arbeit hat. Meint der Abt etwa, ich sei zu jung dazu, oder glaubt er, ich sei schon ausgelastet, wenn ich Ulrikus helfe? Eine Antwort weiß ich nicht, doch wage ich auch nicht zu hoffen, daß ich ausgenommen wurde, weil bald die Schule wieder anfängt, denn bis jetzt mangelt es an Lehrern und an Schülern.

* * *

Am Sonntag setzten die Brüder den ermordeten Salimbenes bei und gingen hierauf in die Kirche oder in die Bibliothek. Manche wandelten auch im Kreuzgang oder zwischen der Pforte und den Resten der Ruine. Einzig Jarich und Markwart wählten vom Friedhof aus den Weg nach Sonnenaufgang an der Mauer entlang. Der eine wollte zu den Ställen, der andere zwar zur Cella ostiarii, zuvor jedoch schauen, ob neue Spuren hinzugekommen waren.

Die Temperatur war gefallen, und nächtens hatte es am Boden leichten Frost gegeben. Aber das Erdreich war noch nicht erstarrt, und Fußabdrücke prägten sich ein. Das hatte der Pförtner nach der Vigil geprüft. Nun mußte er nur noch Jarich erklären, weshalb er zur Mauer drängte.

»Geh schon mal vor«, sagte er zu ihm. »Ich habe noch ein Bedürfnis.«

Der Bruder, der die Tiere pflegte, nickte und tappte weiter, während Markwart zu dem Baum ging, in dessen Schatten die Spuren mit dem S lagen. Er ließ Wasser und blickte dabei zur Mauer. Obwohl einige Meter dazwischen lagen, war er sich sicher, daß keine neuen Spuren hinzugekommen waren.

* * *

Aus dem Tagebuch des Novizen Bertold
(19. Februar 1122)

Tags zuvor tranken wir am Abend ein wenig Wein und gedachten des ermordeten Bruders.

Wohl des Getränkes wegen wachte ich nächtens auf und spürte, daß meine Blase zu platzen drohte. Das war mir noch nie passiert, und ich wußte nicht, wie ich der Regel folgen sollte, die da lautete, mit einem jungen Mönch oder Novizen soll ein ältrer Bruder gehen und darauf achten, daß alle Sitten eingehalten werden.

Langsam stand ich auf und sah mich um. Das schwache Licht jener Laterne, die immer brannte, reichte aus, um zu erkennen, daß keiner munter war. Auch wollte ich keinen wecken, so saß ich denn auf meinem Strohsack, wohl eine Viertelstunde und noch eine zweite.

Der Druck im Unterleib, der wurde immer größer, und schon dachte ich, die Regel zu verletzen und allein hinauszuhuschen, denn ich hatte ja nichts Böses vor, da räkelte sich einer. Es war einer derer, die ich nicht einmal mit Namen kannte, denn früher waren wir Novizen meistens unter uns. Und längst schon sind alle Brüder durch die vielen Mühen, das Kloster wiederaufzubauen, an verschiednen Orten tätig. Wenn wir einmal zusammen sind, ist entweder Gottesdienst oder auch die Zeit des Schweigens, in der man sich nur mit Zeichen unterhalten darf.

Nun bin ich zwar abgeschweift. Doch ich bin nicht böse drüber. Wenn ich einmal alt geworden bin, will ich gern noch einmal lesen, was mich in meiner Jugend bewegt und auch beschäftigt hat. Und außerdem wage ich kaum, auf das Pergament zu schreiben, was ich in der Nacht erlebte.

Jener Bruder sah mich sitzen und winkte mir, um anzudeuten, daß auch er ins Freie wollte. Wir traten in die kühle Nacht. Kaum anders wirkte sie als in jener Stunde, in der wir zur Vigil hinstreben. Nur die Richtung unterschied sich, als wir beide zu der Mauer gingen.

Nur ein paar Schritte, bis ich wie festgewurzelt stand. Ich hörte Keuchen, hörte Stöhnen. War erneut ein Bruder einem Mord anheimgefallen? Zwar hatte ich geschaut, ob einer wachte, indes nicht darauf geachtet, ob ein jeder auf seinem Strohsack lag.

Der Bruder neben mir fing an zu schlottern. Das vermehrte meine Angst, und ohne daß ich's wollte, schrie ich in die Nacht. Was nun vor unsern Augen sich ereignete, das wage ich kaum aufzuschreiben. Zwei Gestalten standen auf, die von einem Busch verborgen worden waren. Und ihre Unterleiber glänzten in dem Schein der Sterne, bis er seine Cuculle herabgelassen hatte.

Und die andere Person, ich werde rot dabei, wenn ich es niederlege, das war eine Frau, die ihre Röcke klaubte. Träumte oder wachte ich? War das die Wiederkehr des Alb, der mich vor Tagen niederdrückte?

Der Bruder gab mir eine Antwort, der mit mir hinausgekommen war, indem er fragte, wen er vor sich habe. Die Frau war nicht bereit zu sagen, wer sie sei. Sie floh mit fliegenden Röcken zu der Mauer hin. Dort sah ich eine Leiter. An dieser stieg sie auf und sprang auf der andren Seite in die Tiefe.

Der Bruder, der mit mir gekommen war, ging ein Stück nach vorn und hauchte einen Namen, den ich schon einmal hörte. Ingomar hieß jener, der sich derart schwer versündigt hatte. Und eine Sünde bleibt es auch, wenn er nur Konverse ist. Ich weiß nicht, was für diese gilt. Doch im Kloster darf niemals einer sich an einer Frau vergreifen. Ja, Weiber dürften nie hinein!

* * *

Am nächsten Tag, gleich nach Vigil, sprach sich wie ein Lauffeuer herum, was in der Nacht geschehen war, obwohl Bertold nicht darüber redete. Er richtete sich nach der strengen Regel, daß eine Sünde weder im Gedanken noch im Mund sein darf. Die meisten Brüder aber hechelten ob des fleischlichen Vergehens eines Konversen und hielten Ausschau nach dem Übeltäter.

Keiner sah ihn, jedoch alle schwiegen, wenn Lothar, Notker oder Gallus nahten, denn in der Zeit bis zu den Laudes sollte nach der Regel nicht gesprochen werden. Aber diesmal war die Dauer ungewöhnlich lang. Das lag daran, daß Pankraz den Ingomar zu sich beordert hatte.

Markwart, der mit den anderen im Gotteshaus auf den Anbeginn der Laudes wartete, saß mit zusammengezogenen Brauen und verkniffenem Mund. Wenn die Spuren im Schlamm, jene mit dem S, und der Eindruck der Leiter nur Anzeichen der Liebessünde waren, halfen sie ihm nicht weiter bei der Aufklärung der Morde.

Nach der Sext trafen sich die Brüder erneut zu einem Konvent. Die Chormönche, also jene, die eine Ausbildung und Weihe als Priester besaßen, hatten sich noch nicht daran gewöhnt, daß zur Versammlung der Stimmberechtigten auch die alteingesessenen Laien und die neuen Konversen erschienen.

Das erkannte Pankraz an den Blicken. Des einen oder anderen getuschelten Wortes, das an seine Ohren drang, hätte er nicht bedurft, um langschweifig zu erklären, daß es doch ein Kernpunkt der Reform von Cluny und in schwächerem Maß auch von Gorze gewesen sei, die Distanz zwischen den Priestermönchen und den Laien zu verringern oder gar aufzuheben.

Damit hatte er aller Ohren geöffnet und sich ins Vertrauen der Anwesenden geschlichen, zumindest derjenigen, die schon unter Abt Kolumban im Kloster Riess gelebt hatten. Die meisten seiner Worte, die er bis zu diesem Zeitpunkt geäußert hatte, hätten auch vom verstorbenen Oberen stammen können.

Pankraz hielt nach diesem Teil der Rede inne. Er schaute in die Runde, ohne jemanden zu fixieren, und sog die Luft ein. Nachdem er Witterung aufgenommen hatte, wurde seine Stimme kämpferischer.

»Nun wißt ihr auch«, setzte er fort, »daß in Cluny, mehr noch in solchen Reformklöstern wie Hirsau, die Brüder auszogen, die Sonntagspredigt in den Gemeinden zu halten. Aber sie taten noch mehr. Sie blieben nämlich in den Dörfern und gründeten Laienbruderschaften. Denen gehörten Bauern an und Bürger, aber auch Adelige, die in der Welt bleiben und zugleich als aktive Christen leben wollten.«

Pankraz schilderte das Vorgehen im Detail, sparte aber aus, daß die Mönche von Hirsau in die Kirchenpolitik eingriffen und zu Vorkämpfern des Reformpapstes wurden. Und je länger er sprach, um so mehr sah er Veränderung an der Haltung der Brüder, die auch Markwart wahrnahm. Um eine Winzigkeit wurden die Nasen höher gehoben, streckte sich manch einer. Augenbrauen wanderten hoch, und Münder umspielte ein Lächeln.

Nachdem er das geschafft hatte, sagte der Abt: »Diese große Aufgabe werden wir nicht von heute auf morgen beginnen können, auch nicht frontal. Das heißt, nur jene werden gehen, die das möchten, und sie werden es nacheinander tun, immer dann, wenn sie sich dafür reif fühlen. Für die Vorbereitung auf diesen verantwortungsvollen Weg stehen euch erfahrene Brüder zur Seite, nämlich Thomas und Notker.«

Der Abt winkte die beiden zu sich. Thomas stolzierte nach vorn. Notker hingegen zögerte eine Winzigkeit, und sein Kopf hob sich erst auf dem Weg.

»Diese beiden sind also zuständig, euch auf die Aufgaben vorzubereiten, und zwar täglich nach der Prim.« Nach diesen Worten musterte Pankraz die Brüder, bevor er abschloß: »Einer hat bereits das Kloster verlassen und will Buße tun für seine Verfehlung, indem er in seinem Dorf einen Laienzirkel gründet. Er wird erst zurückkehren, wenn er damit Erfolg hatte und dem Christentum einen Dienst erweisen konnte.«

Er brauchte den Namen Ingomar nicht zu erwähnen, denn kein anderer hatte in der zurückliegenden Zeit gesündigt. Und noch einmal entgleiste Markwarts Gesicht. Er hatte für den Übeltäter die Pforte nicht geöffnet. Das hatte wohl Pankraz für seinen Konversen getan, und zwar bewußt zu einem Zeitpunkt, an dem der Pförtner in der Kirche auf das Stundengebet gewartet hatte.

Als der Abt sich mit den Getreuen in seinem Raum der Schule traf, gingen die meisten Brüder in Gruppen an ihre Arbeit, denn noch blieb eine Stunde bis zum nächsten Gottesdienst.

Jarich trottete zu den Tieren. Markwart stapfte einsam seiner Pforte entgegen, und Kordan, der sich seit dem Weggang von Bernus einsam fühlte, folgte Grimaldus, von dem er nicht mehr wußte, wie er zu Pankraz stand.

Doch bevor der Sakristar seine Wirkungsstätte erreicht hatte, verharrte er auf der Stelle und starrte auf die Mauer. Während des Konvents hatte sich etwas geändert, etwas, das der Novize unlängst benannt hatte: In ihr war eine Tür eingelassen.

Durch ein Hüsteln wurde Grimaldus aus seiner Starre gelöst. Er sah hinter sich und wurde des Bruders Kordan gewahr. »Willst du zu mir?« fragte er und wurde von der Tür in der Mauer abgelenkt.

Kordan sah zu Boden und scharrte mit der Schuhspitze darüber.

«Na komm«, winkte Grimaldus und öffnete die Tür zur Sakristei. Selten nur ließ er jemanden herein. Aber er hatte Vorbereitungen für den nächsten Gottesdienst zu treffen, und zudem meinte er, es sei nicht für dritte Ohren bestimmt, was ihm der selten gewordene Gast zu erzählen hatte.

In dem großen Raum, der nur durch eine Bretterwand vom Gotteshaus abgetrennt war, roch es ständig nach Weihrauch, mehr noch nach erkalteter Glut und abgestandenem Rauch. In einem mit Sand gefüllten Becken standen die Rauchfässer, in denen glühende Kohlen Weihrauch verdampften. Auch eine Öllampe sah Kordan.

»Das ist meine ewige Flamme«, erklärte der Sakristar, der sie nicht nur brauchte, um die Kerzen zu entzünden, sondern auch, um die Holzkohle zum Glühen zu bringen. Wie er das machte, sah Kordan, nachdem er nach seinem Begehr gefragt worden war. Grimaldus griff ein gebogenes Rohr aus Messing. Er blies ins Mundstück hinein und lenkte die Flamme direkt auf die Holzkohle.

Während diese zu glühen begann, sagte Kordan: »Du weißt, wie ich denke, und ahnst gewiß, daß ich den Hochmut und das aufgeblasene Gerede des Pankraz hasse. Ich fürchte, er wird die Köpfe der meisten verwirren, so daß sie ihm bedingungslos folgen. Wohin dieser Weg führen soll, können wir heute nur ahnen, wissen aber schon mehr als gestern. Denn wie wir gerade hörten, will Pankraz nicht nur Riess unter seine Fuchtel bringen, sondern auch Gewalt über die Dörfer ausüben, möglicherweise eines Tages sogar übers gesamte Bistum.«

Nach diesen Worten hielt Kordan inne. Doch Grimaldus mußte noch pusten und bedeutete seinem Gast mit der Hand, er möge sich ein wenig gedulden. Erst als die Holzkohle so stark glühte, daß das Wedeln mit einem Fächer genügte, sie zum leisen Züngeln zu bringen, sagte der Sakristar:

»Ich mag Pankraz natürlich ebensowenig wie du, und ich teile deine Furcht, daß er im Kloster eine gleichsam absolute Herrschaft gewinnt. Doch will ich nicht glauben, daß er die Bauern und die Bürger, schon gar nicht die Adeligen für sich einnehmen kann. Und wenn das eintrifft, haben wir nichts Schlimmeres, als an manchem anderen Kloster sich abspielt.«

Damit hatten beide Männer ihre Positionen abgesteckt. Ihre Übereinstimmung betonten sie nicht, stritten sich jedoch, ohne zwingende Argumente, ob Pankraz expandieren wolle oder nicht.

Das ging so lange, bis Grimaldus, der schon von einem Bein auf das andere trat und die Rauchfässer mit glühender Holzkohle gefüllt hatte, die Kristalle des Weihrauchs auflegte und die Sakristei verließ. Auf dem Weg zum Altar, wo sich bereits andere sammelten, flüsterte Kordan seinem Begleiter ins Ohr:

»Ich glaube, er schreckt nicht vor übelsten Taten zurück. So ist auch dir bekannt, daß nach dem Teil der Consuetudines, die er nicht geändert hat, kein Bruder ohne die Begleitung eines anderen auf den Weg geschickt werden darf. Was aber geschah mit Salimbenes?«

* * *

Aus dem Tagebuch des Novizen Bertold
(21. Februar 1122)

Zwei Tage habe ich nichts aufgeschrieben, was dafür spricht, daß ich zufrieden war. Denn wenn ich untersuche, was ich zuvor dem Pergament anvertraute, komme ich zum Schluß, daß mich doch oft der Kummer trieb.

Dafür ist kein Anlaß mehr, da nun tagtäglich etliche

der Brüder in die Seelsorgkirche gehen, wenn der Gottesdienst in ihr vorüber ist. Lothar und auch Notker bringen ihnen bei, wie man als Missionar durch die Lande zieht. Das haben die Priestermönche wohl nicht nötig, denn kaum einen derer sehe ich vom Haus aus, in dem einst die Pilger wohnten. Meist sind es Laienbrüder, die sich draußen unterweisen lassen.

In der Mehrzahl sind es sogar die Konversen, die erst in den letzten Tagen nach Riess gekommen sind. Deren Zahl schätze ich auf zwanzig, vielleicht sind es auch mehr. Mir verschließt sich allerdings, was sie zu uns zieht. Ist es der Gottesdienst des Lothar in der Kirche für die Laien? Oder war der Ingomar so fleißig? Vielleicht ist es das Streben nur, das jedem Menschen innewohnt, sein Leben Gott zu widmen. Das möchte ich gern glauben. Und weil ich's glauben möchte, will ich nicht mehr drüber schreiben.

Etwas anderes, was mich sehr erfreut, das ist der Anbeginn des neuen Baues. Hinter der Kirche, wo ich einst mit meinen Freunden wohnte, sind keine Spuren mehr zu sehen von der bösen Feuersbrunst. Jetzt wird ein Loch gegraben, wobei die Brüder sich beeilen müssen, denn neuer Frost ist über Riess hereingebrochen und macht die Erde wieder hart.

Abt Pankraz sagte uns, bereits im Sommer würde das neue Haus im Rohbau stehen, und vor dem Winter sei es zu benutzen. Wie hat mich das erstaunt, weil ich noch nie so rasch ein Haus entstehen sah. Auch mancher andre machte große Augen. Doch ist etwa Zweifel angesagt bei einem Mann, der sich wahrscheinlich niemals irrt. Das jedenfalls ist eine Meinung, die über unsren neuen Abt geäußert wird. Und ich habe keinen Grund, an ihr zu zweifeln.

Weil ich so guter Laune war, sah ich mir alle Bücher an, sowohl jene, die vom Brand gezeichnet sind, als auch die ganz neuen. Unter den alten fand ich welche, die mir zuvor nicht aufgefallen waren. Die *Sermones* des Bernhard von Clairvaux. Wilhelm von St. Thierry stand gleich daneben: *De contemplando Deo*. Das *Planctus* des Petrus Abaelardus und manches andre mehr.

Als ich das sah, hätte ich gern gewußt, was wir zuvor besessen haben. Aber Ulrikus war leider nicht zugegen, und zu dem zu gehen, der sich fast alles merkte, zu unsrem Bruder Tutilo mit den großen Ohren und der schiefen Nase, hat mir die Geduld gefehlt.

Denn die Schriften der Weisen bewundere ich, aber was mich heute mehr anzog, das waren jene Bücher, deren Autoren weniger bekannt sind, zumindest im Kloster. Sie waren nicht so schön gestaltet wie jene, die wir für die Schule nutzen, und waren ganz gewiß fürs Volk in den Städten gedacht und auch für die Bauern in den Dörfern. Für mich jedoch steht darin manches, was in der Schule keine Rolle spielte.

Das wurde mir gewiß, bevor ich den Honorius ergriff. Ich schlug ihn auf, wo ich geendet hatte. Und diesmal las ich vom Weltgericht. Schön hatte er dargestellt, wie die Seelen jener, die unser Gott auserwählte, mit ihren Schutzengeln zusammentreffen. Auch las ich dort, was ich schon kannte: Der Körper sei ein Grab und ein Gefängnis der Seele.

Doch wie ergeht es jenen, die auf Erden sündigten! Sie werden von der Last ihrer Taten nach unten gezogen, wo sie im Feuer der Hölle schmoren. Bilder und Gleichnisse machen anschaulich, was in den Texten der Gelehrten, die ich vorher benannte, ganz im Abstrakten verbleibt. Doch ich muß gestehn, daß mich das Abstrakte nicht erschreckt. Nach dem Konkreten des Honorius ist aber meine Ruhe mir geraubt.

VII

Über einen Monat waren die während des Brandes zerstörten Fenster im Querschiff der Kirche mit teergetränktem Leinen verhangen gewesen, um der Kälte zu wehren. Am Tag wurde dieser Schutz oft zur Seite geschoben, damit genügend Licht hereinkam und die Brüder die Steine exakt reinigen konnten.

Erst mit der Wiederkehr des Frostes mußte darauf verzichtet werden, weil das Innere der Kirche zu stark ausgekühlt worden wäre. Deswegen wurden die großen Fuhrwerke auf vier oder sogar sechs Rädern begrüßt, die neue Gläser brachten.

Nach dem Entladen des wertvollen Gutes und dessen Unterbringung im Gotteshaus beteten die Brüder, der Frost möge bald der Vergangenheit angehören. Kaum einer konnte erwarten, die Fenster zu fügen, zumal auch das Blei zur Fassung mitgeliefert worden war.

Nach dem nächsten Stundengebet dankte Abt Pankraz dem Bruder Gallus, daß dieser sowohl das Geld aufgebracht hatte, die Butzen zu kaufen, als auch für die Verschwiegenheit gegenüber den Brüdern, die nötig gewesen sei, alle zu überraschen.

Diese Worte lösten heftige Zustimmung aus und endeten in einem Gemurmel, wie es in der Kirche verboten war. Aber der Abt ließ die Brüder gewähren und lächelte ob ihrer Erregung. Dabei kam ihm – nach Markwarts Vermutung – die Idee, die Konversen an diesem Tag ins Kloster aufzunehmen. Einerseits würde keiner der Brüder unangenehme Fragen stellen, weil die Freude über die Gläser überwog. Andererseits wurden die Gerüchte über Ingomar hinfällig, denn jeder mußte es als Konsequenz für dessen Sünde auffassen, wenn er nicht aufgenommen wurde.

Nach dem folgenden Gottesdienst führte der Abt seine Brüder ins Querschiff, wo sich die Bibliothek befunden hatte. Dort bat er um Aufstellung im Halbkreis, bevor er ankündigte: »Es ist an der Zeit, die zu uns gestoßenen Männer in unsere Reihen aufzunehmen.«

Minuten ließ er verstreichen, in denen er nur wenige Sätze sagte. Des Grundes wurden alle gewahr, als Ulrikus in die Kirche gekeucht kam. Kaum einer hatte sein Verschwinden bemerkt, aber alle sahen, wie er dem Abt ein Buch übergab. Es war bereits aufgeschlagen, so daß Pankraz die Konversen nach vorn bitten konnte. Von Ingomar abgesehen, war ihre Zahl auf zwölf angestiegen.

Kaum standen sie und war Stille ins Gotteshaus eingekehrt, las der Abt die Formel: »In Gottes Namen. Es ist zu merken, daß die Laienbrüder mit den Priestern des Klosters gleiche Profeß und gleiche Gelübde haben. Deshalb werden wir auch sie Brüder nennen, und sie haben alle Regeln des Benedikt und die Consuetudines zu befolgen, einschließlich der Zeiten des Schweigens. Auch sollen sie mit weltlichen Personen nicht mehr reden, als es ihr Amt nötig macht. Sie sind verpflichtet, mindesten zweimal wöchentlich zu beichten und an den Gottesdiensten teilzunehmen. Die Brüder sollen bei ihrem Gebet alle Zeremonien einhalten mit Neigen und Entblößen des Hauptes, mit Knien, Stehen oder Sitzen wie die übrigen Brüder.«

Bis dahin stimmte der Wortlaut mit jener Regel überein, die Kolumban entworfen hatte. Doch im Unterschied zu diesem und zu den weitverbreiteten Gewohnheiten verpflichtete Pankraz die Konversen nicht nur zur Teilnahme an einer Messe und an der Komplet täglich. Er setzte die Laien mit den Chorbrüdern nach den Rechten und Pflichten gleich. Und er vermahnte, daß jeder, der seine Pflichten verletze oder sich verspäte, auf der Matte* stehen müsse.

* Im Chor wie auch im Kapitel befand sich eine Matte, auf der man sich zur Buße niederkniete.

Nach weiteren Belehrungen mußten die Konversen die Profeß ablegen, eingeschlossen das Gelübde auf die drei Evangelischen Räte*. Damit waren sie ins Kloster aufgenommen.

Einige der Priestermönche, darunter Tutilo, Grimaldus und Kordan, nahmen diese Entscheidung mit Mißfallen auf. Aus ihrer Sicht war es ein Verstoß gegen die Regel des Benedikt, Konversen mit den gleichen Rechten und Pflichten auszustatten wie die Chormönche.

Besonders betroffen zeigte sich der Laienbruder Leonius, dem nunmehr weniger Rechte zukommen sollten als den neu aufgenommenen Konversen. In seiner Spontaneität gab er sein Mißfallen durch Heben des Armes kund und fragte gegen alle Regel: »Und wir?«

Daraufhin lächelte Pankraz, als läge kein Verstoß gegen die Disziplin vor. »Die Gleichsetzung der Laienbrüder mit den Chormönchen betrifft selbstverständlich alle, auch jene, die sich schon vor Jahren dem Konvent anschlossen.« Nach diesen Worten nickte der Bärtige dem Laienbruder Leonius zu und besänftigte damit dessen Zorn.

Damit hatte Pankraz zugleich die meisten Mönche auf seine Seite gebracht, die nunmehr glaubten, das Vorgehen ihres Abtes entspräche jenem Reformgeist, der von Cluny oder von Hirsau herüberwehte. Und sie waren derart von der Zeremonie gefangen, daß sie mehrheitlich das Klopfen an der Tür der Kirche nicht vernommen hatten.

Als sie dann nach draußen strebten, sahen sich die Vorausgehenden nicht um. Sie blieben erst stehen, als sie hinter sich Ausrufe des Erstaunens hörten, auch ein Prusten, bevor allgemeines Gebrummel einsetzte. An die

* Als Evangelische Räte wurden in der katholischen Kirche seit dem MA die Worte des Evangeliums bezeichnet, die nicht fürs christliche Leben, wohl aber für Mönche geboten waren: Armut, Keuschheit (und Ehelosigkeit), Gehorsam.

Tür hatte keiner geklopft, sondern einer einen Spruch angeschlagen:

Die Augen des Herrn schauen auf die Guten und die Bösen.

Etliche Brüder standen davor und tuschelten, bis Pankraz herangetreten war und erklärte: »Das ist nur zur Erinnerung, und damit niemand eine wichtige Sache vergißt, werden wir auch an anderen Orten solche Sprüche befestigen.«

Er nickte und drängte sich zwischen den Brüdern hindurch, die noch Wochen zuvor am Sinn solchen Vorgehens gezweifelt hätten, inzwischen aber schwiegen, mehrheitlich sogar zustimmten, indem sie ihren Abt anhimmelten.

Die Worte Pankrazens waren so laut gesprochen worden, daß sogar Markwart sie hörte. Er hatte nach dem Gottesdienst gemeinsam mit Ulrikus die Kirche verlassen, war aber im Gegensatz zum Bibliothekar nicht zurückgekehrt, weil er einen Gast eingelassen hatte, mit dem er sich seit einer halben Stunde unterhielt. Nun wandte sich der Bote des Herzogs zur Schule hin und bat: »Bruder, du achtest auf mein Pferd?«

Markwart nickte und ließ die Pforte geöffnet, vor der das Tier an einen Baum gebunden war, während der Bote des Herzogs sich entfernte. Diesen in sein Pförtnerhäuschen zu bitten, hatte er gewagt, weil der Fremde nicht aussah, als sei er höherer Geburt, und das bestätigte dieser auch freiwillig, als er sagte: »Ich bin wirklich nur der Bote, zu keiner Verhandlung befugt.«

Markwart trieb seine Neugier, die einzige Eigenschaft, die er an sich nicht leiden mochte, vor allem, weil sie einem Eremiten nicht anstand. Und dieser folgend, fragte er: »Aber Ihr wißt vielleicht, was darin steht.« Er wies auf das röhrenförmige Leder, das der Bote am Gürtel trug und das nur eine Pergamentrolle bergen konnte.

»Nicht so genau«, sagte der Fremde, der einem Schwatz nicht abgeneigt schien.

»Macht nichts«, beschwichtige ihn der Pförtner. »So genau will ich's auch nicht wissen. Und ganz genau muß ich's auch nicht hören, weil ich furchtbar vergeßlich bin und mir ohnehin kaum etwas merken kann.«

Nach dem zweiten Satz biß sich Markwart auf die Lippen. Noch nie hatte er gelogen, um seine Neugier zu befriedigen. War das ein Zeichen seiner Vergreisung? Oder war er innerlich so aufgewühlt von dem, was im Kloster geschah und was er nicht sämtlich zu deuten wußte?

Den Boten jedoch kümmerte nicht, worüber der Pförtner nachdachte. Er sagte: »Ich glaube, es geht ums Geld.«

»Weil wir die Zahlungen an den Herzog einstellen?« stichelte der Pförtner.

»Das ist der Punkt«, deckte der Bote auf, was er wußte: »Ihr seid im Verzug mit den Zahlungen für die Gewährung der Sicherheit des Klosters. Zudem hatte euch der Herzog ein Darlehen gewährt, das es zurückzuzahlen gilt.«

»Ein Darlehen?« fragte Markwart. »Wann war denn das?«

»Fast ein Jahr zurück.«

»Das ist nicht möglich, denn seit über einem Jahr darben wir.«

»Was weiß ich?« hob der Bote seine Schultern, und plötzlich wurde ihm bewußt, daß er seine Befugnisse überschritten hatte. Was er wußte, hatte er Gerüchten entnommen, die am Hof kursierten, und die, so hatte er gelernt und verinnerlicht, durfte er nicht weitertragen. Er rückte in der ohnehin engen Cella noch ein Stück an den Pförtner heran und raunte diesem zu: »Das alles bleibt unter uns.«

»Ich bin verschwiegen wie ein Inkluse«, versprach Markwart und fügte an, wovon er selbst nicht überzeugt war: »Und verzeiht mir meine Neugier, sonst bin ich ganz anders.«

Nach diesen Versicherungen war die Stimme des Abtes herübergedrungen. Nun waltete der Bote seines Amtes, ging zur Schule, zog das Pergament aus der Tasche und schwenkte die gesiegelte Rolle durch die Luft, damit der Obere des Klosters sein Begehren erkannte, denn er vermochte nicht auszumachen, wer unter den Schwarzkitteln die Führung innehatte.

Pankraz sah den Fremden, trat auf ihn zu und begrüßte ihn mit einem Lächeln, woraufhin beide Männer in die Schule gingen. Erst eine Stunde danach band der Bote sein Pferd vom Baum los. Markwart sah dem Fremden in die Augen und wagte nicht, noch einmal seiner Neugier freien Lauf zu lassen, während der Bote nur darauf bedacht war, daß seine Schwatzhaftigkeit nicht ruchbar wurde.

»Bleibt unter uns?« versicherte er sich, bevor er sich in den Sattel schwang und den Weg nach unten ritt.

* * *

Aus dem Tagebuch des Novizen Bertold
(22. Februar 1122)

Jetzt ist die Zeit des Schweigens, und ich habe keine Lust, mich wie die anderen mit Zeichen zu verständigen. Ich möchte bei mir sein und denken über das, was sich grad vollzogen hat.

Notker kam zu mir und sprach mich an, obwohl das Schweigen bereits vorgeschrieben war. Eine Ausnahme sei es nur, sagte er zu mir und bat mich, ihm zu folgen. Wir gingen in die Dunkelheit. Er sprach zu mir über das Schöne in der Welt. Ich hörte ihm nur zu, weil für mich das Schweigen eine Pflicht ist, die ich nicht gern durchbreche. Zunächst umliefen wir den Kreuzgang, immer schöner wurden die Reden Bruder Notkers. Von einer Zukunft schwärmte er, die ganz licht geworden sei.

Damit fing er mich schließlich ein. Ich war nicht mehr in der Lage aufzumerken, wohin ich meine Füße setzte, und folgte wie ein guterzogner Hund, als wir aus dem Kreuzgang traten. Zur Mauer ging er hin. Nur ein kleines Stück. In diesem Augenblick war ich mir nicht bewußt, daß es die Stelle war, von der aus ich zwei nackte Körper sah.

Notker stellte seine Rede ein. Ich sah ihn an, doch er sagte nichts und schaute nur nach vorn. Da richtete auch ich mein Auge zur Mauer hin, und mich durchfuhr ein Schreck. Ein Mensch trat aus dem Dunkel. Oder war es gar ein Geist? Hell das Gesicht, verborgen alles andere.

Notker blieb ganz ruhig stehen, und ich wagte nicht, von ihm zu gehen. Doch bald erkannte ich, daß jener Mann, der aus dem Dunkel trat und näher kam, jener Bruder war, mit dem ich nachts zwei nackte Körper sah.

Er kam zu mir und sah mir in die Augen, als er sprach: Ich bin mir nicht mehr sicher, was ich in jener Nacht gesehen habe.

Nun kam auf mich der Zweifel. Ich weiß nicht, was mich so verwirrte, war's der Schreck gewesen, die lange Rede Notkers oder die Nacht, die ich sonst nur erlebe zwischen Dormitorium und unsrem Gotteshaus? Nichts wußte ich mehr, gar nichts, nicht einmal, ob ich die nackten Körper sah. Und wenn diese nicht gewesen waren, wie sollte ich einen Konversen je gesehen haben.

Als ob der Notker meine Zweifel spürte, sagte er, daß ein jeder Mensch sich irren könne. Auch sei es in der Nacht nicht einfach zu unterscheiden, was zur Welt gehöre und was zu einem Traumgesicht.

Ein Traum, sollte es ein Traum gewesen sein? Ganz so wie beim ersten Mal, als ich in die Hölle schaute? Damals hat der Notker mir geholfen, hat mir den Mut gegeben, mich vom Übel loszulösen. Wollte er es diesmal wieder tun?

Diese Frage stellte ich mir, und für den Augenblick wußte ich nur eine Antwort auf das Geschehen jener Nacht: Es waren Traumgespinste, die mich erschreckten. Verursacht hatte sie der Alb, der mich zuvor bedrängte. Also sagte ich, geradeso, als flössen mir ohne meinen Willen die Worte von den Lippen: Den Ingomar, den hab ich nicht gesehen.

Bruder Notker legte daraufhin den Arm um meine Schulter, und zu dritt gingen wir zurück ins Dormitorium. In dem bin ich geblieben und hab gewartet, bis die zwei hinausgegangen waren. Dann nahm ich mir mein Pergament. Und je länger ich auf diesem schreibe, um so mehr plagen mich die Zweifel.

Wer kann schon wissen, was er sieht und was ihm eingegeben wird? Nicht einmal vermögen wir zu scheiden, ob das, was wir nicht wirklich sehen und was uns dennoch vor den Augen steht, aus einem guten Grunde stammt oder aus dem Bösen.

* * *

Markwart fühlte sich nicht mehr wohl in seiner Cella ostiarii. Früher, unter Abt Kolumban, hatte er die Pforte nur gelegentlich geöffnet, noch seltener das Tor. Und jene, die kamen oder gingen, kannte er meist schon über Jahre. Entweder waren es Brüder, die in einem Dorf oder in der nahen Stadt zu tun gehabt hatten. Oder es waren Bauern, die Schlachtvieh abholten, auch Bier, das im Kloster gebraut, oder Wein, der auf Riess gegoren wurde. Im Lauf des letzten Jahres waren sogar weniger Fuhrwerke gekommen, weil – bis auf einen – die Braukessel ihr Leben aufgegeben hatten und das Geld zur Beschaffung neuer fehlte.

Aber nun, seit einigen Wochen, wurde er so oft hinausgerufen, daß er kaum mehr zum Lesen kam. Seine Anlehnung ans Einsiedlerdasein lebte nur in seiner Erinnerung fort. Frühmorgens schon folgten auf Lothar, der in der Seelsorgkirche predigte, die Laienbrüder, die sich einweisen ließen, um später Bruderschaften in den Dörfern zu gründen.

Weil sie noch nicht an die Ordnung gewöhnt waren, kamen sie meist einzeln und in solch zeitlichem Unterschied, daß dem Pförtner die Füße kalt wurden. Wenig später begehrten die Lenker der Fuhrwerke Einlaß, die Baumaterial brachten. Und manche Stunde kam ein Laie, der begehrte, ins Kloster aufgenommen zu werden.

Das geschah auch, als der Pförtner sich zur Sext davongestohlen hatte und aus der Kirche zurückkehrte. Schon auf Höhe der Schule hörte er das ungeduldige Läuten, beschleunigte jedoch seinen Schritt nicht. Daraufhin mußte er lächeln. Sollte sich im Alter nicht nur die Neugier ihre Bahn brechen, die er sein ganzes Leben zuvor im Zaum gehalten hatte, sondern auch die Sturheit eines Esels einstellen? Grau genug waren die im Kranz verbliebenen Haare inzwischen geworden.

Anders sah jener aus, der Einlaß begehrte. Er war ein Hüne von Wuchs, und der gegerbten Haut war anzusehen, daß er für seine körperlichen Kräfte viel gearbeitet hatte. »Will hier Mönch werden«, fuhr der Baß aus seiner Brust.

Markwart nickte. So einem war er schon ewig nicht begegnet, vor allem nicht in einem Kloster. Dennoch wagte er einen Einspruch: »Mönch kann nur werden, wer Priester ist.«

Der Fremde zuckte mit den Schultern, als mache ihm die Sache nichts aus. Schon fürchtete der Pförtner, seine Worte seien nicht verstanden worden, da beugte sich der Hüne nach unten und flüsterte, daß Markwarts Tasse auf dem winzigen Tisch in seiner Cella hüpfte: »Will ja auch nicht ewig bleiben.«

»Verstehe, du willst zurück in dein Dorf und dort eine Bruderschaft gründen.«

»Zum Wohl von Riess«, sagte der Fremde und ließ keinen Zweifel, wer der zweite Nutznießer sein sollte, indem er auf sein schlaff hängendes Geldbeutelchen klopfte.

»Na, dann geh mal«, sagte Markwart, sah dem Fremden hinterher und wunderte sich, wie er bereits seine Neugier hinter scheinbar belanglosen Fragen verbergen konnte.

Noch bevor er sich in sein Häuschen zurückgezogen hatte, nickte er, denn er meinte zu verstehen, woher das Geld stammte, das für die Erneuerung der Kirche benötigt wurde und das auch in den Geldbeuteln derer landete, die in missionarischen Diensten Pankrazens unterwegs waren. Aber irgendwann mußte das Darlehen des Herzogs verbraucht sein, und in nicht ferner Zeit war wohl mit dem Zorn des weltlichen Herrschers zu rechnen.

Er schloß rasch die Tür hinter sich, als wollte er diesem Gericht entrinnen. Und als er saß, stützte er den Kopf in die Hände. Doch aus dem vermochte er nicht zu pressen, wer das Darlehen beim Herzog aufgenommen hatte. Dem alten Abt Kolumban traute er solches nicht zu. Vermutlich war der nicht einmal eingeweiht gewesen, auch nicht sein Prior Ekkehart, und das bedeutete, daß jemand eine Urkunde gefälscht haben mußte.

Das bewegte den Pförtner so sehr, daß er sein Pergament hervorzog und notierte, was er vermutete. Auch schrieb er nieder, was er für sich fürchtete: *Wenn ich das Pergament nicht gut verberge, werde ich vielleicht enden wie Manegold.*

Aus späterer Quelle geht hervor, wo er seine Aufzeichnungen verbarg. Als er Tage zuvor nach Spuren einer Leiter vor dem Kloster gesucht hatte, war ihm ein lockerer Stein in der Außenseite der Klostermauer aufgefallen, also dort, wo kaum ein Bruder hinkam, an einem Ort, der nicht zwingend den Verdacht auf ihn warf, falls das Pergament einmal entdeckt wurde.

Als er wieder die Pforte öffnen wollte, um ins Kloster zurückzugehen, hörte er von drinnen Stimmen. Die eine gehörte seinem alten Freund Ulrikus, der wohl vom Abt Besuch bekommen hatte, denn diesem gehörte die zweite.

»Ich habe dem Herzog mitgeteilt, daß wir von unserer Seite alle Abmachungen aufkündigen«, sagte Pankraz. »Auch die Zahlungen an den Bischof stellen …«

Hernach verstand der Pförtner nur noch Wortfetzen, weil sich die Schritte zur Bibliothek hin entfernten und bald verklangen. Dennoch war er gewiß, daß Pankraz sowohl dem Herzog als auch dem Bischof vorzuenthalten trachtete, was denen vertragsgemäß gebührte.

Schon wollte er die Pforte aufschließen, als das Knirschen des Kieses wieder an sein Ohr drang. Bald darauf hörte er Ulrikus sagen: »Unser Novize Bertold …« Hierauf zischelte Pankraz und forderte, ohne sich selbst daran zu halten: »Bitte leiser, wir wissen nicht, wo der Pförtner ist.«

Der Bibliothekar fühlte sich an die Anweisung seines Abtes gebunden, weshalb der draußen Stehende nichts mehr verstand, und wenige Augenblicke später riefen die Glocken zum Gottesdienst. Das Knirschen des Kieses verlor sich. Markwart wartete dennoch, bis er sicher war, daß die beiden die Kirche erreicht hatten. Erst dann schloß er die Pforte auf, huschte hindurch und eilte zur Kirche. Am Eingang zur Schule sah er einen Spruch: *Müßiggang ist der Seele Feind.*

Sosehr in diese neue Unsitte auch ärgerte, ihn bedrückte sie nicht. Hingegen wuchs die Last, die auf ihm ruhte, weil sein Freund Ulrikus mit Pankraz gemeinsame Sache machte.

* * *

Aus dem Tagebuch des Novizen Bertold
(23. Februar 1122)

Noch immer bin ich durcheinander, weiß ich nicht, was in der Nacht geschah, als ich meinte, nacktes Fleisch zu sehen. Eine Zuflucht weiß ich nur, eine, die ein jeder Mensch erwählt, der sich aus dem Druck nicht lösen kann: Ich versuche zu vergessen, was mich so arg bedrängt. Das Gebet hilft mir dabei und auch die Arbeit.

So muß ich handeln, weil unser Geist, der uns Menschen mitgegeben ist, vieles nicht entscheiden kann. Auch die Sinne trügen uns. Einer sieht die Elfen tanzen. Andre meinen, dies sei nur ein Trug. Wer sah jemals schon ein Einhorn? Wohl kaum jemand, obwohl es diese Tiere gibt.

Wenn es sich so verhält, mit dem Irdischen und auch dem Himmlischen, werden wir wohl keine Sicherheit erlangen können, wenn es um der Hölle Ausfluß geht. Denn der Satanas wird stets versuchen, uns geheimzuhalten, wo er ist oder wo auch seine Kräfte wirken.

Mir wäre schon ganz lieb, fände ich die Ruhe wieder. Und diese suche ich im Regelwerk des Benedikt von Nursia, mehr noch im Gebet zu Gott. Weshalb, so frag ich mich, geschieht im Kloster, was ich nicht erklären kann, was mir meine Ruhe raubt, mehr noch als in jener Nacht, in der ich die Nackten sah – oder mir eingebildet habe?

* * *

Bertold war vermutlich derart aus den Bahnen seines Lebens geworfen, daß er nur noch auf das achtete, was ihn bedrängte, daß er nur noch versuchte, sich von dieser Last zu lösen. Er war gewiß einer von den vielen, die ins Kloster gegangen waren, um ihrem HERRN, den sie liebten, nahe zu sein und sich zu entfernen von den Unwägbarkeiten des profanen Lebens, von Gefahren, denen sie sich nicht gewachsen fühlten.

Von solcher Flucht ins Kloster hatte er berichtet. Wie ihn aber der Brand, die Morde, nunmehr auch die Erscheinung der Nacht und vor allem die Suggestion, sie seien trügerischer Art, verwirrten, deutet seine Sensibilität an.

Beim Gebet in der Kirche achtete er wohl nicht darauf, daß einige der Brüder begonnen hatten, die Gläser ins Blei zu fügen, Stück um Stück von unten nach oben, um Wochen später wieder Scheiben im Seitenschiff zu haben. Und mit keinem Wort hat er ein Gespräch mit Ulrikus erwähnt, vermutlich weil es ihn noch tiefer in seine Depression drückte.

Aus anderer Quelle, die einem Geheimdienstarchiv gleicht, geht in Bruchstücken hervor, worüber der Bibliothekar an diesem Tag mit dem Novizen gesprochen hatte. Es war nach der Non, die im Februar etwa um 3 Uhr am Nachmittag stattfand, als beide zurück in die Bibliothek gingen.

Da ihnen kein anderer Bruder folgte, nutzte Ulrikus die Gelegenheit, einen Auftrag auszuführen, den am Vormittag Abt Pankraz ihm gegenüber angedeutet hatte. Er zog den Novizen hinter sich her in eine Ecke der Bibliothek, wie er das tat, wenn er jemandem etwas zeigen oder ein wenig fachsimpeln wollte. Darauf war Bertold auch eingestellt, als Ulrikus sagte: »Wir sind doch schon ein gutes Stück vorangekommen.«

Der Novize sah sich im Raum um und nickte.

»Ich meine nicht nur mit der Bibliothek«, setzte Ulrikus fort.

»Beim Bauen sehe ich Fortschritte«, sagte Bertold, »nur …«

»Welche Bedenken hast du? Setz doch fort!«

»Also …« Bertold stockte. Am meisten bedrückten ihn gewiß die Nackten und daß er nicht wußte, ob er diese ersponnen hatte. Da er das aber nicht sagen wollte, fuhr er fort: »Die Morde machen mich traurig.«

Besseres konnte sich Ulrikus nicht wünschen. Er brauchte bloß zu sagen: »Mich beunruhigen sie auch. Mich beunruhigt alles, was Unordnung ins Kloster bringt, mehr noch jede Art der Bedrohung.«

Der Novize nickte mit aufgerissenen Augen und versicherte: »Alles bedrängt mich, was gegen die Ordnung gerichtet ist, die Benedikt uns einstmals vorgeschrieben hat.«

»Eben, das ist auch meine Meinung. Und ich bin überzeugt, daß sich alles zum Guten wenden kann, wenn ein jeder etwas dafür tut.«

Auch diese Worte riefen ein Nicken hervor, und die Augen Bertolds waren noch immer groß, aber inzwischen schienen sie auch zu fragen. Darauf brauchte der Bibliothekar nur noch eine simple Antwort zu geben: »Es genügt, wenn ein jeder darauf achtet, daß die Regeln des Benedikt und die Consuetudines eingehalten werden. Wer dagegen verstößt, sollte zur Ordnung gerufen werden und auch gemeldet, damit er es nicht wieder tut.«

Nach diesen Worten streckte Ulrikus die Hand vor, als sei er ein Gewerbetreibender, der einen Vertrag abschließen wolle. Und Bertold schlug ein.

Zu aller Überraschung berief der Abt nach der Vesper eine Versammlung ein. Nachdem sich alle im Kapitelsaal getroffen hatten, sagte er:

»Was wir in unserem Kloster brauchen, ist Ehrlichkeit. Diese Forderung ist nicht neu und wird gewiß in allen Abteien erhoben. Unter Kolumban hatte sie auch stets Gehör gefunden. Um so mehr verwundert und erzürnt es mich, wenn nun Lügen ausgestreut werden.«

Totenstille im Raum. Selbst ihren Atem versuchten die Brüder zu bezähmen. Die Forderung, die an ihre Ohren gedrungen war, unterstützten sie sämtlich. Die Andeutung Pankrazens hatte sie aber bestürzt gemacht.

»Ich meine die Gerüchte«, sagte der Abt, »und zwar jene Behauptung, die erst vor Stunden an mein Ohr drang, daß Bruder Bernus der Mörder von Manegold gewesen sein könne.«

Mehrere der Versammelten blickten zu Boden, all jene, die Verdacht gegen den Lehrer der Grammatik hegten.

»Auch wurde mir berichtet, es gingen Nachreden um, der Herzog nähme uns nicht aus.«

Bei dieser Behauptung beließ es Pankraz, wissend, daß eine Andeutung mehr ausrichtete als eine Gegenbehauptung, und wie recht er hatte, bewies ihm unter anderem der unstete Blick des Pförtners Markwart, den dieser selbst in seiner Niederschrift bestätigte.

Der Abt blickte noch in die Runde, als einer der Mönche rief: »Da gibt es noch ein Gerücht!« Es war jener, mit dem der Novize Bertold hinausgegangen war, als er die nackten Körper gesehen hatte.

»Welches?« fragte Pankraz.

»Eines, das mir angedichtet wird, das ich aber aufs schärfste zurückweise.« Das konnte der Bruder behaupten, denn er hatte längst seine Erzählung vom 20. Februar, die wie ein Lauffeuer durchs Kloster gegangen war, in Frage gestellt und Diffuses ausgestreut.

»Erstens habe ich nie gesagt, ich hätte zwei Menschen bei ..., na, wie soll ich sagen ... bei etwas gesehen, was sich nicht gehört. Zweitens habe ich nie die Gewißheit vermittelt, daß ich Ingomar erkannt hätte. Lediglich ist meinem Mund entfleucht, daß jener vielleicht ähnlich aussah.«

Diesmal blickten einige Brüder irritiert in die Runde. Wenn sie sich recht erinnerten, hatten sie andere Worte von dem Bruder gehört, der nun das Gegenteil behauptete. Aber keiner war sich gewiß, welche der beiden Aussagen der Wahrheit entsprach und welche erlogen war.

Das ahnte Pankraz und entschied, was wahr zu sein hatte. »Ich war in der Nacht des Geschehens nicht zugegen. Aber unser Novize.« Er blickte auf den jungen Mann und fragte, als habe er ein Kind vor sich: »Hast du etwas zu den geäußerten Worten hinzuzufügen?«

Bertold schoß das Blut in den Kopf. Mit heiserer und zitteriger Stimme brachte er sein *Nein* heraus, denn er war sich wirklich nicht mehr sicher, nackte Körper gesehen zu haben. Und wenn ihm diese Gewißheit fehlte, konnte er auch nicht behaupten, Bruder Ingomar erkannt zu haben.

»Damit haben sich die beiden einzigen Zeugen jener Nacht übereinstimmend geäußert«, sagte der Abt. »Und dem habe ich nur hinzuzufügen, daß es mir leid tut, Ingomar infolge eines Gerüchtes bestraft zu haben.«

Nach einer kleinen Pause fügte er an: »Infolge eines Gerüchtes, das viele verbreiteten.« Er stellte sich in Positur und sagte mit schneidender Stimme: »Fortan werde ich jeden bestrafen, der Gerüchte in Umlauf setzt!«

Jener Mönch nickte, der mit Bertold in der betreffenden Nacht das Dormitorium verlassen hatte, während Grimaldus seinen Kopf schüttelte. Der Sakristar bezichtigte im stillen seinen Abt der Lüge und der Intrige. Im nächsten Moment zuckte er jedoch zusammen, da der Obere wie beiläufig einstreute: »Wenngleich die Hoffnung mancher sich darauf gründen mag, daß das über sie Gesagte ein Gerücht sei: So etwa, daß sich Kordan und Grimaldus in der Sakristei treffen und übel über ihren Abt reden.«

Pankraz grinste die beiden Getadelten an, die dicht beieinander standen, und erklärte: »Nun bricht die Zeit der Stille und des Lesens an.«

* * *

Aus dem Tagebuch des Novizen Bertold
(25. Februar 1122)

In meinem Kopf wird's wirr und immer wirrer. Wenn nur ich die nächtlichen Gestalten wahrgenommen habe, so waren es denn Traumgesichte. Sie haben mich verfolgt, auch nachdem ich munter war und sogar aus dem Dormitorium hinaus. Jedoch erschienen sie mir anders, als ich draußen war. Waren sie etwa geformt durch meine Triebe, die ich wähnte längst besiegt zu haben?

Meine Hand, die zittert, mein Herz, das schlägt mir bis zum Hals. Bin ich dem Beelzebub verfallen? Brachte ich etwa das Unglück übers Kloster?

Das Fragezeichen im Tagebuch Bertolds ist nur angedeutet und geht in einen fahrigen Strich über. Vermutlich ist er hinausgerannt, um in langem Gebet sich die Last von der Seele zu wälzen. Dafür spricht auch, daß die nachfolgenden Schriftzüge dicker sind als die vorigen. In seiner Not hatte er die Feder nicht gereinigt, bevor er in die Kirche gelaufen war. Und nach der Rückkehr hatte es der Novize so eilig, daß er den Kiel nicht neu anspitzte.

So kam das kaum Leserliche zustande:

Niemand kam zu mir, keiner legte den Arm um meine Schultern. Dennoch ist mir leichter, weil ich dem Herrn all meine Ängste anvertraute. Zwar hat er kein Zeichen zu mir herabgesandt. Doch aus unerklärlichem Grund bin ich ganz gewiß, daß er nicht wütend ist auf mich.

Wohl ist es denn ein menschlicher Fehler, daß wir oftmals nicht unterscheiden können, was wir nur träumen, und was sich vor unsern Augen tut.

* * *

Da sich nach der Non niemand angekündigt hatte, tat Markwart etwas, das seiner Neigung zum Eremitendasein widersprach. Er suchte das Gespräch mit Ulrikus. Freilich war er sich nicht sicher, ob er seinen alten Freund bereits an diesem Tag auf dessen Beziehung zu Pankraz ansprechen konnte. Die Beziehung zwischen beiden war in letzter Zeit erkaltet und mußte vielleicht erst wiederhergestellt werden.

Er trat in den Gang, passierte die Tür, hinter der Prior Ekkehart seine letzten Stunden auf Erden zugebracht hatte, und stieg die Treppe hinauf. Kaum hatte er den Raum betreten, in dem sich die gelehrten Weisheiten befanden, als er auf der Stelle verharrte. Der Novize Bertold, der sonst eine gesunde Gesichtsfarbe hatte und meist recht freundlich dreinsah, wirkte wie eine Kalkwand. Seine Hände zitterten, und seine Augen vermochten keinen Gegenstand zu fixieren.

Markwart vermutete, den jungen Mann plage das Fieber, und damit er dessen Leiden nicht verstärkte, trat er lächelnd auf ihn zu, wies in die Runde und sagte: »Das habt ihr prächtig hinbekommen. Nun werde ich wohl öfter mal herüberschauen.«

Nicht der Novize antwortete, sondern aus einer Ecke des Raumes der Bibliothekar: »War einige Arbeit, aber es hat sich gelohnt.« Ulrikus kam auf den Pförtner zu und forderte dessen Aufmerksamkeit, währenddessen sich Bertold zurückzog.

Markwart wies mit dem Daumen auf den jungen Mann und hauchte zu Ulrikus: »Ist er krank?«

»Geht vorbei«, beschwichtigte ihn der Bibliothekar.

Der Pförtner sah noch einmal auf Bertold, der sich schleppenden Schrittes entfernte, bevor er sagte: »Ich bin auf einen Schwatz gekommen.«

»Oho, das geschieht so selten, wie es im Sommer schneit.«

Nach diesem Scherz lachten beide Männer, und als sie

wieder ernst wurden, tastete sich Markwart an das heran, was er mit Ulrikus klären wollte: »Ich glaube zu wissen, weshalb unser neuer Abt bevorzugt Konversen aufnimmt.«

»So?« zog der Bibliothekar seine Augenbrauen in die Höhe und forderte: »Laß hören!«

»Einerseits bringen die Konversen Geld mit und zahlen wohl auch etwas in die Klosterkasse ein. Zum zweiten sind sie leichter lenkbar, zumindest in die Richtungen, die nicht mit den Regeln des Benedikt übereinstimmen, denn sie streben nicht die stabilitas eines Mönches an, brauchen folglich keine conversatio morum und beugen sich nicht freiwillig der strengen oboedientia. Zum dritten können sie besser mit ihresgleichen sprechen, können also in den Dörfern und auch in der Stadt andere Männer fürs Kloster begeistern und dessen Machtbereich erweitern.«

»Nun, wir Mönche vernachlässigen die conversatio morum auch seit geraumer Zeit«, entgegnete der Bibliothekar.

Markwart kam nicht mehr zur Entgegnung, weil zwei Brüder die Bibliothek betraten. Er nickte und wandte sich der Tür zu. Bevor er hinausging, schlug er Ulrikus vor: »Komm doch mal zu mir, da haben wir mehr Ruhe.«

Der Bibliothekar ließ daraufhin die beiden Brüder stehen und folgte dem Pförtner, der bereits durch die Tür getreten war. Draußen flüsterte er: »Hast du schon gehört?« Er schielte die Treppe hinab. Erst nachdem er sich vergewissert hatte, daß keiner kam, fuhr er fort: »Aus dem Grab des Nikolaus sind Schriftrollen geborgen worden.«

Markwart hob seine Schultern, und der Bruder, der nicht aufrecht gehen konnte, zischelte: »In der einen Rolle ist beschrieben, weshalb das Kloster an diesem Platz erbaut worden ist. Nikolaus war mit seinen Getreuen auf diesen Hügel gestiegen, eigentlich nur, um ins

Land einzusehen. Doch hier oben fanden sie einen gewaltigen Stein, den keine fünfzig Ochsen von der Stelle bringen konnten. An dem beteten sie, und insgeheim wünschte sich wohl ein jeder, der Stein möge verschwinden. Was soll ich dir sagen? Als sie aus ihrem Gebet aufsahen, war der Stein wirklich nicht mehr da.«

Markwart brummelte etwas Unverständliches und nickte zum Abschied. Ulrikus strahlte eine solche Begeisterung aus, daß er wohl weder an diesem Tag noch in den nächsten hoffen durfte, seinen alten Freund aus Pankrazens Armen zu reißen. Er verzog sich in seine Cella. Allerdings gönnte ihm jemand seine Einsamkeit nicht, denn kaum war er hineingetreten, schellte die Glocke am Tor.

Der Pförtner eilte hin, und weil ein zweites Mal das Glöcklein angeschlagen wurde, rief er: »Komme ja, komme schon!«

Draußen stand diesmal einer, der sich als Gundolf vorstellte und vorgab, Konverse werden zu wollen. Wovon er eigenwillige Vorstellungen besaß, denn er wollte nicht im Kloster leben. Diesmal handelte es sich um einen Stadtbürger. Davon war Markwart überzeugt, denn so gutes Tuch trug keiner durchs Dorf, erst recht nicht mit derart stolzierendem Gang.

Ein *Grüß Gott, Gevatter* hatte der Fremde noch für den Pförtner übrig, bevor er sich auf die Kirche zu bewegte. Kein Geringerer als der Dekan Lothar stand zur gleichen Zeit im Eingang des Gotteshauses und trat heraus, als er den Mann heranstolzieren sah. Beide gingen zu Pankraz in die Schule, und Markwart vermutete, daß es sich um ein abgesprochenes Spiel handelte, wobei jener Gundolf nur zur Täuschung vorgegeben hatte, Konverse werden zu wollen.

Eine Bekräftigung dieses Gedankens erfuhr er, als der Mann in gutem Tuch wieder ging und sagte: »Nun bin ich assoziiertes Mitglied des Klosters.«

Der Pförtner nickte, als sei solches in den Regeln des

Benedikt vorgegeben, und antwortete: »So seid Ihr gleichsam ein Halbbruder von uns.«

Gundolf ging lachend hinaus, und in der Hand trug er ein zusammengerolltes Pergament.

* * *

Aus dem Tagebuch des Novizen Bertold
(26. Februar 1122)

Den ganzen Tag war ich bedrückt. Doch ich wage nicht, einen der Älteren im Kloster zu befragen, ob ich denn krank geworden sei. Mit seinen Blicken gab mir heute Morgen einer Antwort. Der Pförtner Markwart war nach langer Zeit einmal die Stufen zur Bibliothek hinaufgestiegen. Als er eintrat, sah er mich und ließ seine Augen auf mir ruhn.

Ich weiß, daß ich derzeit blaß aussehe und viel ernster bin als in alten Zeiten. Doch was aus Markwarts Augen sprach, jagte mir tausend Schrecken ein. Wirke ich bereits, als stünde ich mit einem Bein im Grab? Oder so, als habe mein Verstand sich von mir getrennt?

Ich wich ihm aus in eine Ecke. Und als er dann gegangen war, blickte ich in einen Spiegel, in den einzigen, den wir im Kloster haben. Der hängt im Waschraum, damit sich keiner schneidet bei der Rasur.

Wie ich mich im Spiegel sah, ahnte ich, wie erschrokken jene waren, die mich von früher kannten. Also mußte ich versuchen, mich von dem zu lösen, was mich so stark bedrückt. Und dabei fiel mir ein, womit ich einst als Kind den Kummer fortgetrieben hatte: Ich malte Bilder. Das war damals möglich, weil ein Oheim in der nahen Stadt Maler geworden war.

Und plötzlich war ich wieder Kind. Zunächst lief ich zu Ulrikus und bat ihn, an diesem Tag mir Zeit zu lassen. Als er hörte, daß ich malen wolle, war er sofort einverstanden. Mein nächster Weg führte mich zum Cellerar.

Und was ich nicht zu hoffen wagte, erfüllte sich bei ihm. Er hatte nicht nur Leinwand, in einem Keller lagerten auch Farben, Kohle fand ich und auch Pinsel. Allein an der Staffelei gebrach es mir. So griff ich denn zur Säge und zum Hammer.

Am Abend war ich noch nicht fertig. Doch nun bin ich müde und habe einen Tag meine Sorgen ferngehalten. So fern sogar, daß ich hoffe, sie dringen nicht in mich, während ich in des Schlafes Arme sinke.

VIII

Vor der Mauer, die das Grab des Abtes Nikolaus vom Querschiff trennte, standen einige Mönche und Laien und tuschelten miteinander. Immer neue Geschichten über den Gründer des Klosters tauchten auf. Darin spukten auch fürchterliche Gestalten herum, Werwölfe und Vampire oder selbst Drachen. Selbstverständlich wurden die guten Wesen nicht vergessen. Und gemäß dem alten Muster kämpfte und siegte stets das Gute gegen das Böse.

Mit dem Erzählen solcher Geschichten, die während der Rede fortgesponnen und immer neu ausgeschmückt wurden, vertrieben sich die Brüder die Zeit. Den Ort hatten sie gewählt, um so dicht wie möglich am Grab dessen zu stehen, auf den sie sich beriefen. Indes wußten sie, daß sie nicht alles glauben durften, so schön es auch war, einmal seiner Phantasie und der Erzählkunst freien Lauf zu lassen.

Wider Erwarten wurden sie weder durch die Glocken noch durch Mahnungen des Abtes zum nächsten Gebet gerufen. Ein Mönch riß sie aus ihrem Tuscheln und Lachen. Es war jener, den die meisten nicht mehr mochten, jener, der sich, wo er nur konnte, gegen Pankraz stellte, wenn auch nicht öffentlich.

Kaum waren sie des Kordan gewahr geworden, erstarb das Geflüster und stellte ein jeder sein Kichern ein. Der Ankömmling blieb auf ihrer Höhe stehen und wies mit dem Finger auf die neue Mauer. »Ihr wollt wohl durch die Tür hindurch?« fragte er.

Vor Tagen noch hätte ihm der eine oder andere zugestimmt. Doch nun trafen ihn nur abweisende Blicke, und einer nach dem anderen ging ins Langhaus hinüber und kniete sich vor einen Altar.

Im diesem Augenblick trat der Sakristar aus seinem Heiligtum. In der einen Hand hielt er das Rauchfaß mit der glühenden Kohle, auf der Weihrauch verdampfte, und in der anderen einen brennenden Kien, um die Kerzen zu entzünden. Er hatte weder etwas vom Geschichtentuscheln gehört noch von der Frage des Kordan.

»Willst du hinunter?« fragte er diesen und grinste.

»Ich befürchte, da ist nichts, nicht einmal eine Grube«, antwortete Kordan und ging auch beten.

Grimaldus zuckte mit den Schultern und waltete seines Amtes.

Gleich nach den Laudes hatte die Glocke am Eingang geläutet. Markwart hatte sein Stück Brot unter den Arm geklemmt und seine Früchte in die Hand genommen und war losgestürmt. Den gewürzten Wein, den es jeden Morgen gab, hatte er stehengelassen. Ihm war auch lieber, wenn er den Tag klar sah. Er gehörte nicht zu jenen, die dem guten Tropfen frönten und die Welt um so schöner fanden, je mehr durch ihre Kehlen rann.

Allerdings war er auf seine alten Tage auch kein Meister des Laufens. So schellte die Glocke ein zweites und, bevor er das Tor erreicht hatte, sogar ein drittes Mal. Während er den großen Schlüssel aus seiner Cella holte, wummerte der Ungeduldige mit den Fäusten ans Tor.

Markwart meinte, das könne nur ein Konverse sein, ähnlich kräftig gebaut wie jener, den er vor Tagen einließ. Doch als er die Pforte aufschob, stand davor ein spitzbärtiges hageres Männlein. Der Pförtner konnte sich ohne weiteres vorstellen, wie dieser Zwerg mit untergeschlagenen Beinen auf einem Tisch saß und die Nadel durchs Gewebe sausen ließ.

So war er denn auch nicht überrascht, als sich der Fremde als Schneider vorstellte. »Der beste weit und breit«, behauptete er. »Dazu der schnellste, der akkurateste und der verschwiegenste.«

Das einzige aber, was der Gast verschwieg, war der Grund seines Erscheinens, und so ließ ihn Markwart vor der Tür stehen und hörte sich noch ein Weilchen den Wortschwall des Eigenlobes an, bis der Kleine still wurde, seine Lippen zusammenpreßte und zwischen denen herausquetschte: »Warum läßt du mich nicht ein?«

»Weil du es nicht fordertest und weil ich nicht weiß, zu wem du willst.«

Der Schneider nahm Haltung an, wohl weniger aus Ehrfurcht, eher um solche zu erzeugen, und erklärte: »Zum Abt möchte ich.«

Längst war der Kurze wieder aus dem Kloster geflitzt, als die Glocken zur Sext riefen. Und nach dieser bat der Abt seine Brüder ins Querschiff.

Nachdem alle zur Ruhe gekommen waren, hielt er eine Rolle Pergament nach oben und verkündete mit triumphierender Stimme: »Vom Herzog haben wir gleichsam einen Ablaßschein erhalten. Dieser wird fortan auf Forderungen verzichten und uns im Gegenzug seinen Schutz nicht mehr gewähren, dessen wir ohnehin nicht bedurften. Allerdings warnt er uns, in seinen Machtbereich einzugreifen. Aber wie soll das zustande kommen, wo mir an Frieden mit allen gelegen ist?«

Nach einer Pause, in der seine Worte wirken sollten, setzte Pankraz fort: »Erfreulich ist auch, daß der Exodus gestoppt wurde, daß wir sogar Zuwachs in unserem Kloster verzeichnen können. Inzwischen sind vierzehn Konversen zu uns gestoßen, und ich rechne mit weiteren.«

Noch einmal unterbrach er seine Rede, um mit gesalbter Stimme zu sagen: »Damit brauche ich einen zweiten Dekan, und das wird Notker sein.«

* * *

Aus dem Tagebuch des Novizen Bertold
(28. Februar 1122)

Gestern hab ich nicht geschrieben, und das ist wohl ein gutes Zeichen. Denn zur Feder greife ich in letzter Zeit nur dann, wenn die Sorgen mich erdrücken.

So bin ich froh, daß ich gestern wie auch heute deren Last nicht spürte. Bei Ulrikus gab es viel zu tun, und das habe ich erledigt in recht kurzer Zeit. Bald wollte ich der Pflichten ledig sein, galt es doch die Skizze zu entwerfen von dem, was in nächster Zeit zu einem Bilde werden soll.

Weil ich ausgefüllt war zwischen den Zeiten der Gebete, haben mich die Sorgen wohl geflohen. Und mein Geist war frei. Die Phantasie, sie flog, als sei sie nie bedrängt gewesen. Vor mir formte sich ein Bild, ohne daß ich meine Hände regte. Die Augen hielt ich sogar fest verschlossen. Schon wähnte ich am Ziel zu sein, als von mir schwand, was ich mir dachte.

Das geschah im Dormitorium. Dort saß ich, weil ich Ruhe suchte. Und in diese war ein Bruder eingebrochen, und er sagte mir, im Kapitelsaal sei eine Versammlung anberaumt.

Als ich von dieser wiederkehrte, war es mit meinem Traum vom Bild vorbei. Die Ideen hatten sich verflüchtigt, als wollten sie nie mehr wiederkehren. Und mein Wunsch, ungestört zu sein, der wird sich nicht erfüllen. Oder sollte ich Ulrikus fragen?

* * *

Bertold war von seinem Vorhaben, ein Bild zu malen, derart ergriffen gewesen, daß er die wichtigste Entscheidung dieses Tages nur in einem Satz erwähnte.

Im Kapitelsaal hatten sich die Mönche versammelt, auch sämtliche Laien. Pankraz hielt eine kurze Rede, in der er allen Brüdern dankte, in der er hervorhob, welch großartige Anstrengungen alle vollbracht hätten und was inzwischen schon fertig geworden sei.

Nachdem der Hörer Augen glänzten, legte er eine Pause ein und fuhr in fast gleichem Ton fort: »Mir ist zu Ohren gekommen, daß sich einer der Brüder in unwahren Reden ergeht.«

Mehr sagte er nicht. Und die meisten der Anwesenden ahnten nicht, daß inszeniert war, was sich nachfolgend ereignete. Ein Mönch, der erst wenige Jahre zuvor seine Profeß abgelegt hatte, trat einen Schritt nach vorn und bat den Abt, das Wort ergreifen zu dürfen.

Pankraz stimmte zu, und jener Bruder erklärte: »Ich war zugegen, als er«, sein Finger richtete sich gegen Kordan, »behauptet hat, das Grab des Gründers unsres Klosters gäbe es nicht.«

»Das ... das ...«, stotterte der Angeklagte darauf.

Doch ein anderer schnitt ihm das Wort ab. Er war etwas älter als der erste der Ankläger und behauptete: »Kordan ist sogar so weit gegangen, am heiligen Ort zu äußern, Nikolaus sei nicht erster Abt gewesen.«

»Mehr noch«, meldete sich jener kräftige Konverse, der Markwart aufgefallen war. »Dieser Bruder«, wies auch er mit dem Finger, »der hat sogar, kaum daß wir uns ein paar Schritte von ihm entfernt hatten, behauptet, unser Kloster sei nicht von Christen gegründet worden.«

Der Konverse legte eine Pause ein, faßte sich theatralisch an den Hals, als bekäme er keine Luft mehr. »Nein«, keuchte er hiernach, »nein, über meine Lippen kommt nicht, was dieser Ketzer von sich gab.«

»Das alles ist nicht wahr!« schrie Kordan in einer Lautstärke, die dem Ort nicht angemessen war.

Diese Gelegenheit nutzte ein vierter Ankläger, ebenfalls ein Konverse, der erst wenige Tage im Kloster weilte. »Wenn dieses Gekeife kein Ausdruck des Teuflischen ist«, sagte er mit abwehrend vorgestreckten Händen.

Andere Brüder, die bis zu diesem Zeitpunkt geschwiegen hatten und die gewiß nicht in die Inszenierung eingeweiht gewesen waren, griffen ihre Kreuze und richteten sie gegen Kordan.

Dieser sah auf Grimaldus, der ein Stück abseits stand. Doch der Sakristar wich dem Blick aus. Ihm gebrach es immer schon an Mut. Nur im Schutz von Bernus hatte er gewagt, seine Stimme zu erheben, und auch nur so lange, als der Machtkampf nicht entschieden war.

Kordan erkannte seine Isolation. Nun trieb der Zorn ihm das Blut in den Kopf. Er ballte die Fäuste und fauchte: »Ihr Lügner. Ihr seid elende Lügner!«

Der kräftige Ankläger reagierte auf die Haltung des Angeklagten, beugte sich ein wenig nach vorn und riß die Fäuste hoch.

In diesem Augenblick griff der Abt ein. »Keine Prügelei in diesem Kloster!« forderte er. »Bisher ist es uns immer gelungen, alle Auseinandersetzungen friedlich zu lösen, und zwar seit dem Gründer Nikolaus. Denn hier haben bislang nur ehrliche Christen gelebt. Und so soll es auch fürderhin sein.«

Stille war in den Saal zurückgekehrt, in die Pankraz in aller Ruhe sagte: »Ich will nicht allein entscheiden, denn ich bin auch nur ein Mensch und kann fehlen.«

Einer der Brüder flüsterte: »Wer sich derart vergeht, muß eine Strafe erfahren.«

Ein anderer spielte sich deutlicher zum Richter auf. »Kordan muß gehen!« forderte er.

Daraufhin setzte Gemurmel ein, aus dem immer wieder zu vernehmen war, Kordan solle das Kloster verlassen. Der Abt stand vorn, scheinbar sah er zu Boden. Doch er hatte alle im Blickfeld und erkannte, wer seinen Mund geschlossen hielt und aus wessen Augen kein Haß sprühte oder nicht einmal Angst zu lesen war.

»Wir müssen abstimmen!« forderten einige.

Pankraz nickte und atmete tief durch, als füge er sich

nur ungern dem Willen der Mehrheit und erleide Qualen. Um diesen Eindruck zu verstärken, bat er Lothar, die Abstimmung zu leiten.

Sieben Brüder enthielten sich der Stimme, darunter Grimaldus, der später schrieb, daß er sich seiner Feigheit schämte. Zwei waren der Meinung, Kordan habe keine Schuld auf sich geladen und solle bleiben, einer von ihnen hieß Leonius, der andere war ebenfalls ein Laie, aber einer, der erst zwei Tage zuvor gekommen war und dessen Name den Brüdern noch nicht geläufig war. Alle anderen forderten, der Beschuldigte solle das Kloster verlassen.

Markwart war die ganze Zeit an der Pforte geblieben und wunderte sich, als Kordan mit seinem Päckchen nahte. Rote Augen hatte der noch recht junge Mann, und aus seinem Blick sprach Hoffnungslosigkeit. Markwart öffnete ihm die Pforte. Er wagte nicht zu fragen, weshalb Kordan ginge, wünschte ihm nur Glück auf den Weg und den Beistand des HERRN.

Danach hatte er die Tür geschlossen und war in die Sakristei geeilt, wo er erfuhr, was sich ereignet hatte, und aus Grimaldus' Mund auch hörte, wer die beiden Brüder gewesen waren, die sich gegen die Ausweisung Kordans ausgesprochen hatten. Unter denen, die sich der Stimme enthielten, befanden sich Tutilo, aber auch Hartmann, Burchard und Sibrand, drei Chormönche, die bisher kaum aufgefallen waren. Des weiteren hatten zwei Konversen ihre Hand nicht erhoben.

»Und Ulrikus?« fragte der Pförtner und zog enttäuscht zurück in seine Cella, nachdem er erfahren hatte, daß selbst sein alter Freund für die Ausweisung Kordans gewesen war.

Am ersten Tag des März blieben alle nach der Prim in der Kirche, bis auf Jarich und Markwart, die ein Stück des Weges gemeinsam gingen.

Der Anlaß der Versammlung ließ die meisten Augen strahlen. Zum zweiten Mal innerhalb weniger Tage wurden im Querschiff Konversen aufgenommen. Feierlich sprach Pankraz seine Formel. Die Laien legten die Profeß ab und das Gelübde.

Kaum waren sie in die Reihen der anderen zurückgetreten, sagte der Abt: »Einen Augenblick bitte noch, liebe Brüder.«

Nachdem Stille eingezogen war, erklärte er: »Durch den gestrigen Vorfall sind wir gewarnt. Zwar bin ich mir nicht sicher, ob und in welchem Maß Kordan dem Bösen verfallen war ...«

Mitten im Satz legte er eine Pause ein und blickte auf die Brüder. Bei manchem sah er eine Zornesfalte oder ein angedeutetes Kopfschütteln, das ihn bewog, als zweiten Teil des Satzes anzufügen: »... was andere hingegen als gewiß ansehen. Wenn ich all denen folge und fürderhin jede Gefährdung minimieren möchte, müssen wir das Miteinander verstärken. Zu oft ist der einzelne auf sich gestellt, weiß er nicht, mit wem er Sorgen teilen soll.«

Sein Blick traf nach diesen Worten den letzten der Novizen. Aber auch andere deuteten ein Nicken an.

»Oft arbeiten wir nebeneinander und nicht miteinander« fuhr Pankraz fort. »Und wenn wir zusammensitzen, schweigen wir. Das sollte sich ändern. Erstens habe ich beschlossen, nach dem Essen das Schweigen für das Viertel einer Stunde generell aufzuheben. So kann ein jeder seine Sorgen viel rascher mit den Brüdern teilen. Nur steht die Frage: Wer hört ihm denn zu? Für alle, die schon lange im Kloster sind, stellt das kein Problem dar. Doch wenn die Zuwanderung anhält, wird bald die Hälfte der Brüder erst nach dem Brand zu uns gestoßen sein.«

Erneut prüfte Pankraz die Wirkung seiner Worte und setzte nun leidenschaftlicher fort: »Was wir brauchen, sind Patenschaften, und wenn wir die Bildung derer dem Zufall überlassen, wird wohl nichts Rechtes geschehen.

Denn der Bruder Zufall ist vergeßlich und unzuverlässig. Also werden wir ihm nicht das Zepter übergeben, sondern unser Schicksal wie immer in die eigenen Hände nehmen. Wir bilden solche Patenschaften. Heute und hier tun wir das, und wir werden sie als Gruppen bezeichnen.«

Nach diesen Worten bat der Abt um Vorschläge, *wie* dies zu organisieren wäre. Und jene, die sich zu Wort meldeten, wußten nach Grimaldus' Zeugnis längst, was sie vorzuschlagen hatten. Es waren zwei weniger bekannte Mönche, und das letzte Wort kam diesmal dem Bibliothekar Ulrikus zu.

Er schloß die Gedanken seiner Vorredner ein, als er sagte: »Ich schlage vor, solche Gruppen zu je zehn Brüdern zu bilden. Einer von ihnen, der Erfahrenste, wird jeweils die Leitung übernehmen. Und damit sie am Tag wie auch in der Nacht zusammensein können, sollten sie möglichst alle ein und derselben Tätigkeit nachgehen und auch dicht beieinander schlafen.«

Der Abt nickte und kraulte sich den Bart, als habe er zuvor keine Kenntnis von dem gehabt, was zu Gehör gebracht worden war. Schließlich erklärte er: »Das sind so gute Ideen, daß ich daran gar nichts ändern möchte.« Er hob seine Arme, als wollte er alle umfassen, als er endete: »Dann werden wir die Gruppen festlegen und euch nach der Vesper mitteilen, womit ihr gewiß einverstanden seid.«

Jene, die es nicht waren, wie Grimaldus, Tutilo und Leonius, wagten keinen Einspruch.

* * *

Aus dem Tagebuch des Novizen Bertold
(1. März 1122)

Nicht der Kummer ist es, sondern Freude, die mich treibt zu schreiben. Wie ich bereits vermerkte, fehlt mir seit langem schon der Umgang mit den anderen

Novizen. Da noch kein junger Mensch in unser Kloster kam, seit der Brand in Riess gewütet hat, scheint auch mir die beste Lösung die, zu der wir heute kamen.

Nie mehr werde ich allein sein, wenn mich Probleme quälen. Zu neun Brüdern kann ich gehen und mich vor ihnen öffnen. Das ist so wunderbar, daß ich es kaum beschreiben kann. Zwar stehen viele derer mir nicht nah. Drei sind mir nur bekannt von Angesicht zu Angesicht. Vier der Brüder gar sind erst in den letzten Tagen eingetroffen. Es sind Konversen, die einmal Bauern waren, einer sogar Bürger.

Aber Grimaldus ist dabei, den ich sehr schätze. Auch ist von Vorteil, daß ich ihn in Ruhe sprechen kann, wenn ich die Sakristei aufsuche. Hingegen werde ich mich kaum an jenen wenden, der unsre Gruppe leitet. Es ist der Bruder Engilbert. Aber dieser Umstand stört mich wenig, denn unsre Gruppe gehört zu jenen, die dem Bruder Notker unterstehn. Da er mir schon einmal half, wird er es auch wieder tun.

* * *

Markwart war allein schon wegen seiner eremitischen Neigung gegen jede Art von Gruppenbildung. Überdies befürchtete er, daß damit die Vormundschaft des Abtes unerträglich würde.

Zu seinem Ärger konnte er sich auch nicht mehr wie in den letzten Wochen zurückziehen. Nur noch selten kamen Fuhrwerke zum Kloster. Die meisten Baumaterialien waren angeliefert. Auch würden die Bauern bald ausbleiben, weil sie den Acker umbrechen mußten. Wenn dazu der Zustrom der Konversen nachließ, womit der Pförtner rechnete, konnte er sich wohl kaum mehr dem organisierten Treiben entziehen.

Diese Aussicht hatte bereits seine Stirn gefaltet, als einer der neuen Laien gelaufen kam und ihm mitteilte,

Abt Pankraz wolle ihn sprechen. »Ich soll solange deinen Posten übernehmen«, sagte er.

Markwart knurrte aus doppeltem Grund. Keinem anderen traute er zu, verantwortlich zu entscheiden, wer ins Kloster dürfe und wer nicht. Schon gar kein Konverse war dazu geeignet. Zudem hatte er gehofft, dem Bärtigen auch weiterhin ausweichen zu können.

Er übergab dennoch die Schlüssel für Pforte und Tor und stapfte hinüber zur ehemaligen Schule. Aber schon am Pilgerhaus, das inzwischen im Erdgeschoß die Krankenstube barg, hielt er inne. An dessen Eingang waren Worte des Benedikt geschrieben: *Der erste Grad der Demut ist der unverzügliche Gehorsam.*

Markwart ging weiter und sah seinen Verdacht an der Schule bestätigt. Dort war schon der zweite Spruch des Benedikt zu lesen: *Die Augen des Herrn schauen auf die Guten und die Bösen.*

»Bloß welches Herrn Augen sind gemeint?« flüsterte er, bevor er in das Haus trat, in das er einst gern gegangen war, denn mit manch einem Lehrer hatte ihn Freundschaft verbunden, eine so innige, wie sie einzugehen ein halber Eremit in der Lage war.

Kaum war der Pförtner die Treppe nach oben gestiegen, als ihm einer der Konversen entgegenkam und sagte: »Warte einen Augenblick, Bruder. Ich melde dich an.«

Zwar konnte Markwart in seiner Cella ostiarii stundenlang sitzen, ohne nervös zu werden, solange er mit seinen Gedanken allein blieb. Deshalb störte ihn auch, wenn einer läutete oder begehrte hinauszugehen. Aber in einer fremden Umgebung, in der er sich nicht allein fühlte, mochte er nicht warten. Und so dehnten sich die Minuten zu Stunden und kam der Ruf des Abtes einer Erlösung gleich.

Die Falten auf der Stirn des Pförtners hatten sich geglättet. Er lächelte sogar, als er in das Zimmer trat, in dem früher mehrere Schreibpulte gestanden hatten. Nur eines sah er noch, dazu mehrere Stühle, die vermutlich aus dem halbzerstörten Abthaus stammten. Die große Tafel allerdings, auf welche die Lehrer geschrieben hatten, verunzierte noch die Wand.

Pankraz bot seinem Gast einen Stuhl an und verhielt sich, als sei er nicht der Abt des Klosters, sondern ein bescheidener Bruder, der seinen Freund empfing. Diese Vorstellung erzeugte wiederum Falten auf Markwarts Stirn, denn der Bärtige war nie sein Freund gewesen.

»Ich habe dich hergebeten, weil du doch einst Steinmetz gelernt hast.«

Der Pförtner nickte auf diese Worte.

»Damit bist du von allen Brüdern der geeignetste für den Entwurf einer neuen Kirche.«

»Die alte steht doch noch auf festem Fundament. Und ich finde, sie ist auch groß genug. Sie müßte nur ein wenig ausgebessert werden.«

Pankraz beugte sich nach vorn und sagte mit der Stimme eines Wolfes, der das Entlein überreden will, mit ihm in seinen Bau zu kommen: »Heute ist die Kirche groß genug, vielleicht auch morgen. Aber wenn wir weiter vorausdenken, in die nächsten Jahre hinein, dann werden wir wohl das ganze Kloster erweitern müssen. Ich denke auch an neue Gründungen in der näheren und weiteren Umgebung, die uns angeschlossen sind.«

Markwart hüstelte. Der Bärtige war ihm schon lange größenwahnsinnig erschienen.

»Du schweigst«, sagte der Abt. »Also denkst du wohl ähnlich wie ich.« Nach dieser Behauptung ließ er seinem Gast weder Zeit zur Bejahung noch zur Verneinung. »Nun – ich will nicht in dich dringen. Ich will auch nicht, daß wir mit dem Bau der Kirche beginnen, bevor gewiß ist, daß Riess zum Zentrum einer neuen Bewegung wird. Aber ich möchte vorbereitet sein, für den Fall, daß sich meine Visionen erfüllen.«

Erst nach diesen Worten kam Markwart zu Bewußtsein, daß der Bärtige von Anfang an von einem Entwurf gesprochen hatte. Weil er Pankraz nicht leiden konnte, hatte er sich gegen dessen Vorschläge gesperrt. Dabei brachte ihm die Annahme des Auftrages unübersehbare Vorteile: Er vermochte jeder Störung seiner Ruhe auszuweichen, wenn er vorschob, er habe am Entwurf zu arbeiten, und so etwas dauerte mit der zugehörigen Vermessung Monate, bei Ungeübten sogar Jahre.

Deshalb sagte er: »Meine Lehre liegt lange zurück, auch bin ich nicht in allen notwendigen Dingen unterrichtet worden.«

»Viele Steinmetze bauen sogar Kirchen, und du bist ein ungewöhnlich kluger. Also wirst du dich vieler Dinge erinnern. Anderes wirst du den klugen Büchern entnehmen, die du bei Ulrikus findest. Und außerdem steht dir frei, einen jeden der Brüder zu bitten, dir zur Seite zu stehen. Insbesondere manche der Konversen haben selbst schon gebaut.«

Markwart nickte, und der Abt fragte: »Also stimmst du zu?«

Das tat der Pförtner, und erst später, als beide Männer die Treppe hinabstiegen, ging ihm auf, daß er mit einer Ablehnung womöglich auf ein ähnliches Schicksal zugetrieben worden wäre, wie es Kordan ereilt hatte.

Pankraz hatte ins Freie gedrängt, weil er vor Ort seine Vision besser entwickeln konnte. Nachdem er diese dargestellt hatte, ging Markwart zur Pforte zurück und wußte, daß die neue Kirche so lang werden sollte, daß sie auch den Grund einschloß, auf dem sich die Zellen der Kranken und der Novizen vor dem Brand erhoben hatten. Auch sollte das neue Gotteshaus um einige Grad gegen das alte verschoben werden, das nicht exakt in Ost-West-Richtung stand.

Nach des Bärtigen Vorstellung sollte das Kloster nach Süden hin ausgeweitet werden, wo der Hügel nur sanft abfiel. Eine neue Mauer, sogar eine mit Wehrtürmen, schützte nach dessen Vision die gewaltigen Häuser für die Schulen und die Bibliothek, für die Gäste und auch für die Kranken.

Markwart schüttelte seinen Kopf, als er in seine Cella trat. An eine Verwirklichung der Vorstellungen des Bärtigen glaubte er nicht. Und gewiß war er sich, daß selbst der Baubeginn des nicht zu vollendenden Wahns nicht mehr in seine Lebenszeit fiel. Aber das Pergament, das ihm der Obere mitgegeben hatte, sollte darin noch eine Rolle spielen, denn das seine hatte er fast gänzlich mit Niederschriften gefüllt und in der Mauer verborgen.

* * *

Aus dem Tagebuch des Novizen Bertold
(5. März 1122)

Wenn ich so lange nichts geschrieben habe, hat es einen guten Grund. Die Sorgen, ganz egal, ob sie noch bei mir sind oder mich geflohen haben, drücken mich nicht mehr zu Boden. Das liegt daran, daß ich in meiner Gruppe mich gut aufgehoben fühle. Zu den Gottesdiensten gehen wir gemeinsam, beim Essen finden wir zusammen, und auch die Zeit des Schweigens über sind wir unzertrennlich.

Das hat mir gutgetan, und für die meisten der Konversen ist das die beste Schule, wie man zur klösterlichen Zucht gelangt. Weil dem so ist, fühle ich mich manchmal so, als sei ich gar nicht mehr der jüngste. Die neuen Brüder, die zwar älter sind, befolgen meinen Rat. Das gibt mir Kraft, und manchmal frage ich, weshalb auf Riess diese Regelung nicht immer galt.

Oder galt sie doch, etwa für all jene, die noch Novizen waren? Das scheint mir ganz wahrscheinlich. Doch ist mein Urteil nicht so wichtig, nicht in dieser Angelegenheit. Meine Ruhe fand ich nämlich auch, weil ich das

Buch nicht weiterlas, in dem so viele böse Dinge stehn. Nun weiß ich auch, daß es Honorius, der es einst geschrieben hat, Lichtbringer nannte, was in gelehrter Sprache Elucidarium bedeutet. Damit meinte er wohl nicht, daß sein Buch Licht in unsre Seele bringe, sondern nur in den Verstand. Aber meiner sehnt sich mehr nach der Gelehrsamkeit des Anselm von Canterbury.

Seit Tagen lese ich wieder das *Cur Deus homo*, und ich bin zufrieden. Da stört es nicht, wenn ich mit meinem Bild bislang kaum vorangekommen bin.

* * *

Bruder Tutilo mit dem guten Gedächtnis und dem tiefliegenden Auge klopfte an die Tür zur Sakristei. Grimaldus bat den Gast herein, und kaum sah er, um wen es sich handelte, zuckten seine Lider. »Was führt dich zu mir?« fragte er.

»Eine Vielzahl von Ungereimtheiten.«

»Dafür bin ich nicht der rechte Ansprechpartner.«

»Das dachte ich aber, denn alle, die es ändern könnten, wollen es nicht hören.«

Grimaldus zuckte mit den Schultern und setzte seine Vorbereitungen für den nächsten Gottesdienst fort. Er war jedoch so erregt, daß er sich an seiner ewigen Flamme die Finger verbrannte, was ihm sonst nie geschah. Während er auf die schmerzenden Stellen pustete, versuchte sich der Gast heranzutasten.

»Ist dir zum Beispiel nicht aufgefallen, daß Pankraz die Wahl eines Priors gescheut hat?« fragte er.

»Er hat wohl Dekane an deren Stelle eingesetzt, weil er mit einem Anwachsen der Zahl der Brüder rechnet.«

»Weshalb dann noch die Gruppenbildung?«

»Auch das hat Pankraz begründet.«

»Ich meine, beides dient in erster Linie zu unserer Überwachung.«

Weil Grimaldus schwieg, setzte Tutilo fort: »Wir werden belauscht. Dafür spricht, daß Kordan mit Halbwahrheiten und Lügen belastet und vertrieben wurde.«

»Wie das?«

»Nach meiner Kenntnis hat er tatsächlich gesagt, daß ein Grab des Klostergründers nicht existiere. Er war, wie mir ein Bruder mitteilte, der Meinung, daß durch die geheimnisvolle Gruft Gerüchte erzeugt werden sollen, sagenhafte Berichte, die von der Größe des Klosters künden und von den Problemen ablenken.«

»Deswegen wurde er aber nicht angeklagt.«

Tutilo preßte vor Aufregung die Zähne zusammen und löste sie wieder, wobei sich seine riesigen Ohren bewegten und ihm noch mehr Dämonisches verliehen. Zudem senkte sich die Dämmerung, und die Glut erhellte den Raum, die der Sakristar schürte, damit Weihrauch verdampft werden konnte.

»Verstehst du nicht«, drang Tutilo auf Grimaldus ein. »Kordan war so überrascht, daß die Vasallen des Abtes wußten, was er gesagt hat, daß er sich nicht einmal wehrte, als sie ihm noch unterstellten, was er nicht einmal gedacht hatte.«

»Ich verstehe schon.«

»Aber?«

Grimaldus wandte sich von der Glut ab. Er ließ die Arme hängen und schaute Tutilo in die Augen, als er flüsternd gestand: »Mir fehlt der Mut. Damals, als noch nichts entschieden war, als Bernus und die anderen noch auf Riess weilten, habe ich gewagt, meinen Mund zu öffnen. Nun aber fühle ich mich allein, und ich spüre, was mit allen geschieht, die sich gegen Pankraz wenden.«

Er trat dicht an seinen Gast heran und hauchte in dessen Ohr: »Ich habe Angst, daß auch ich das Kloster verlassen muß oder gar enden werde wie Bruder Manegold.«

Hiernach wandte sich der Sakristar ab und schluchzte.

Tutilo ging ihm hinterher, legte ihm eine Hand auf die Schulter und sagte: »Das finde ich schade, aber verstehen kann ich dich.«

Er verließ die Sakristei, und erst, als die Tür geschlossen war, sah ihm Grimaldus hinterher. Aber da stapfte der Mann mit dem guten Gedächtnis bereits an den hohen Gerüsten vorbei, auf denen einige seiner Brüder standen und die Fenster vervollständigten.

Am Morgen des folgenden Tages, gleich nach der Prim, als die Sonne über den Horizont stieg, kamen Pankraz und Lothar auf die Pforte zu gelaufen. Ihnen folgten durch den frisch gefallenen Schnee jene Konversen, die in den Dörfern Laienbruderschaften gründen sollten.

Markwart sah sie nahen und ging mit dem Schlüssel nach draußen. Der Abt schien zum Scherzen aufgelegt. Er grinste den Pförtner an und fragte: »Ist die neue Kirche schon fertig?«

»Ein paar Stunden brauche ich noch«, ging Markwart den Ton mit. Auch er lächelte, wenngleich er gesäumt hatte. Außer ein paar Zahlen der ersten Vermessung stand nichts auf dem Pergament. Aber wenn die Sonne hielt, was sie versprach, wollte er an diesem Tag die Himmelsrichtung bestimmen, damit die neue Kirche auch exakt ausgerichtet werden konnte, wenngleich er nicht an deren Vollendung glaubte.

Für ihn war die Aufgabe eine Art Spiel. Seit seiner Kindheit hielt er es so, daß er alles, was er tun mußte, in spielerischer Art erledigte. So bereitete es ihm auch keine Schwierigkeiten, Aufgaben zu erfüllen, die er nicht gern tat oder aber für sinnlos hielt wie jene, den Bauplatz einer neuen Kirche für Riess zu vermessen.

Mit dem Kompaß hatte er bereits die nördliche Richtung bestimmt und die östliche ermittelt. Allerdings wußte er, daß diese Angabe nicht genau genug war. Aber immerhin war diese Methode exakter als eine, die er während seiner Wanderungen bei zwei Kirchbaumeistern beobachtet hatte.

Die waren am Namenstag des Titularheiligen zeitig aufgestanden, um zu sehen, wo sich die Sonne über den Horizont schob. Diese Stelle hatten sie als Osten bestimmt. Aber der Namenstag konnte im Januar liegen wie jener von Basilius dem Großen. Georg, der Märtyrer, hatte hingegen im April das Licht der Welt erblickt. Und Mariae Geburt wird am 8. September gefeiert.

Bei all diesen Daten geht die Sonne zu unterschiedlicher Zeit und an verschiedenen Orten auf. Deshalb wollte sich Markwart nicht auf diese Methode stützen. Deshalb hatte er den Kompaß bevorzugt, der nur selten angewandt wurde. Nun wollte er noch nachmessen am Stand der Sonne bei ihrem Aufgang. Dabei mußte freilich Tag- und Nachtgleiche herrschen. Da bis zu dieser noch etliche Sonnenaufgänge blieben, konnte er an diesem Tag nur ein drittes Verfahren zur Anwendung bringen.

Dazu hatte er bereits Gnomone in den gefrorenen Boden gerammt, Stäbe, die Schatten werfen sollten, wenn die Sonne auf sie schien, und zwar den ganzen Tag über. Kaum hatte Markwart die Pforte hinter dem Abt und dessen Begleitung geschlossen, lief er hinaus zu seinen Schattenstäben, denn die Sonne war über die Mauer gestiegen.

In der Seelsorgkirche war inzwischen der Morgengottesdienst beendet. Ihn hatte an diesem Tag der Dekan Notker gehalten.

Kaum war der letzte der Knechte, Bauern und Bürger sowie deren Frauen und Kinder aus dem schlichten und einschiffigen Gotteshaus getreten, kamen Pankraz und Lothar herein, gefolgt von einigen Konversen.

In kleinstem Kreis wurden jene verabschiedet, die in ihre Heimatgemeinden zurückgingen. Was sie dort zu tun hatten, war mit jedem unter vier Augen abgesprochen worden. Und nur einer wußte über alles Bescheid, jener, der die Abschiedsworte sprach und von seinen Dekanen auf dem Rückweg zum Kloster begleitet wurde.

Markwart war zu diesem Zeitpunkt längst von seinen Gnomonen zurückgekehrt. Pankraz blieb bei ihm stehen und bedeutete seinen Begleitern weiterzugehen. Nachdem Lothar und Notker außer Hörweite waren, lächelte er den Pförtner an. Aber seine grünen Augen blieben kühl. Fast eisig und durchdringend wirkten sie, so daß Markwart sich unwillkürlich eine Winzigkeit zurückbeugte, obwohl er sich vorgenommen hatte, keine Schwäche zu zeigen.

»Weshalb sind denn die Konversen aufgenommen worden?« erkundigte sich Pankraz und lächelte noch immer. Scharf folgte die nächste Frage: »Weshalb sind sie auch wieder gegangen?«

»Wohl aus keinem anderen Grund, als du sagtest«, versuchte der Pförtner auszuweichen.

»Oder aus dem Grund, den du annimmst, wegen der Ausweitung des Machtbereichs?«

»Ich denke nichts anderes, als ich denken darf.«

»Das hoffe ich künftig auch«, bellte der Befehl über die Schneefläche, bevor der Abt weiterstapfte.

Markwart hegte keinen Zweifel, daß der Bärtige informiert worden war. Aber nur zu einem hatte er über die Konversen gesprochen, und zu diesem machte er sich auf den Weg, sobald er die Pforte verschlossen hatte.

Den Novizen sah er nicht in der Bibliothek, und die Leser sowie jene, die Bücher ausliehen, konnten erst kommen, nachdem sie ihre Arbeiten erledigt hatten. Das hatte sich ein jeder im Kloster inzwischen eingeprägt. Erst nach der Vesper, manchmal sogar nur wenige Minuten nach der Komplet, blieb Zeit zum Lesen und zur Erledigung persönlicher Dinge.

Das hatte Ulrikus noch nie so bedauert wie an diesem

Tag. Er ging Schritt um Schritt zurück, und der Pförtner folgte ihm mit vorgestrecktem Kopf gleich einem Adler, der seine Beute verfolgt. Erst als der Bibliothekar durch das Regal aufgehalten wurde und einige Bücher zu Boden purzelten, fragte er: »Was willst du?«

»Ich will erfahren, woher Pankraz weiß, was ich hier und nur dir gesagt habe.« Diese Frage war von Wut und Verzweiflung geprägt, denn Markwart war aufgegangen, daß jenes Regal, vor dem der Bibliothekar stand von Manegold und Salimbenes erbaut worden war, von zwei Brüdern, die gewaltsam zu Tode gebracht worden waren. Hatte Ulrikus auch etwas mit den Morden zu tun?

»Das ... das weiß ich nicht«, stotterte dieser und schielte aus aufgerissenen Augen nach oben. Doch im nächsten Augenblick ließ sein Zittern nach und beruhigte sich sein Atem. Er richtete sich auf, so gut ihm das möglich war, und winkte dem ungebetenen Gast, ihm zu folgen.

Ulrikus ging zu einer Tür, die wegen der vorstehenden Regale kaum zu sehen war, und öffnete diese. Dabei erklärte er: »Das Haus ist oben freilich genauso breit wie unten.«

Markwart knurrte ob dieser Binsenweisheit. Davon ließ sich der Bibliothekar nicht beirren, huschte durch die Tür und wies auf einige Lesepulte. »Hier kann man sich in die Bücher vertiefen«, sagte er und versuchte mit einer Kritik am Pförtner, dessen Aufmerksamkeit abzulenken: »Freilich nur, wenn man an der Weisheit der Alten interessiert ist.«

»Bin ich, bin ich«, brummelte Markwart, war sich aber gar nicht sicher, was der Bibliothekar zum Schluß gesagt hatte. Seiner Anklage war der Boden durch diesen Raum entzogen, weil sich darin Lauscher verborgen haben konnten. Dabei wußte er von dessen Existenz aus der Zeit, als darin Pilger nächtigten. Zur eigenen Entlastung vermochte er nur vorzubringen, daß ihm die Nutzung des Zimmers als Leseraum unbekannt geblieben war. Damit schmolz auch des Pförtners Verdacht, Ulrikus könne etwas mit den Morden an Manegold und Salimbenes zu tun haben, wie Schnee in der Sonne.

Kaum war die Spannung zwischen beiden Brüdern gefallen, wurde die Neugier Markwarts geweckt. Dicht beim Fenster sah er eine improvisierte Staffelei, und wenn ihn in seinem Leben etwas interessiert hatte, so stets mehr die Malerei und auch die Bildhauerei als die sogenannten gelehrten Bücher. Nicht umsonst hatte er seinerzeit Steinmetz gelernt, und das einzige, was er je bedauert hatte, seit er sich fürs Kloster entschieden hatte, das war der Verlust der Möglichkeit, Steine zu bearbeiten.

Aber auf Riess malte einer! Er ging auf die Staffelei zu und stellte sich zwischen Leinwand und Fenster. Nun sah er, daß der ihm unbekannte Künstler noch ganz am Anfang stand. Erst wenige Striche, gezogen von Kohle, waren zu sehen. Und weit hinten, dort, wo die Gestalten am größten dargestellt wurden,* gähnte noch eine Leere.

»Wer malt hier?« ließ er seine Neugier heraus, und Ulrikus antwortete, als würde er noch immer verhört: »Unser Novize.«

»Bertold kann malen?«

»Das weiß er wohl selbst noch nicht genau. In der Kindheit hat er einige unvollendete Versuche unternommen. Diesmal aber will er weiterkommen.«

»Das hoffe ich auch«, sagte der Pförtner, dessen Zorn beschwichtigt und dessen Selbstkritik verdrängt war.

Die beiden Brüder fachsimpelten noch geraume Zeit, bis an der Pforte jemand die Glocke schellte.

* Zur Zeit der Handlung war die umgekehrte Projektion verbreitet, d. h. vorn wurden kleine Personen und Gegenstände gemalt, während die dahinter befindlichen groß dargestellt wurden.

IX

Aus dem Tagebuch des Novizen Bertold
(6. März 1122)

Heute morgen war ich beim Cellerar. Und was ich nicht für möglich hielt, hat sich mir erfüllt. Im Keller seiner Küche, wo eigentlich die Lebensmittel lagern, fand er weiteres, was ich zum Malen brauche. Diesmal waren's die ganz kleinen Pinsel und auch eine Palette, die ich gut verwenden kann.

Bepackt ging ich zur Bibliothek hinüber, aus der gerade Markwart trat. Der Pförtner warf mir einen Gruß zu und lächelte mich an. So stieg ich wohlgelaunt hinauf.

Der Ulrikus war beschäftigt. Seine Laune schien auch nicht sehr gut zu sein. Deshalb ging ich gleich hinüber in den kleinen Raum, in dem die Lesepulte stehen und auch meine Staffelei.

Kaum hatte ich begonnen, darüber nachzudenken, wie es weitergehen soll, da ereignete sich Wundersames. Ich hörte …

* * *

Zum zweiten Mal hatte Bertold von einem Blatt Pergament ein Stück abgetrennt. Doch der Pförtner schrieb auf, was er Stunden später hörte.

Nach der Sext war es, als Tutilo von der Bibliothek her zur Cella ostiarii kam. »Weißt du, daß Bücher verschwunden sind, die vor dem Feuer errettet wurden?« fragte er.

Markwart schüttelte den Kopf, denn er wußte nicht einmal, welche Schätze die alte Bibliothek barg.

»Und zwar bevorzugt solche der Kirchenväter, die uns sagen, was richtig ist und was falsch. Besonders des Augustinus Werke, die ich vor der brennenden Kirche liegen sah, fand ich nicht mehr. Darunter seine fundamentale Schrift *De doctrina christiana*, in der Grundlegendes unserer Christenlehre ausgeführt ist. Ferner vermisse ich die *Quelle der Erkenntnis* des Johannes Damascenus, in der er die Lehre von Gott mit jener der Schöpfung, der Inkarnation, der Vorsehung und der Sündenlehre vereint.«

Markwart bekennt in seiner Niederschrift, daß Tutilo noch andere Werke benannte und deren Inhalt minutiös darstellte. Allerdings habe er all das vergessen, bis er zur Feder greifen konnte. Indes zeugt er von einer weiteren Meinung seines Gastes:

»Mir scheint, daß diese Verluste vorsätzlich herbeigeführt wurden, denn Bücher können sich wohl kaum in Nichts auflösen.«

»Vielleicht hat sie jemand ausgeliehen«, entgegnete der Pförtner, »oder sie liegen bei Pankraz.«

»Letzteres spräche auch dafür, daß sie absichtlich beiseite geschafft wurden, damit keiner der Brüder bei unseren alten Gelehrten nachschlagen kann, was die christliche Dogmatik besagt.«

»Meinst du etwa, Pankraz will sich vom Heiligen Stuhl entfernen?«

»Dessen bin ich mir sicher«, antwortete Tutilo, »zumal ich neue Bücher gesehen habe, die in einer Klosterbibliothek nichts zu suchen haben. So volkstümliche Schriften wie der Elucidarius des Honorius Augustodunensis sind noch die harmlosen. Aber ich habe auch welche gefunden, die eine ganz andere Lehre vertreten als unsere katholische.«

Diese Worte hatte Markwart niedergelegt und ansonsten nur noch vermerkt, daß sich beide Männer bei diesem Thema festbissen, auch daß er zum Schluß des Gesprächs von Tutilo ein gesiegeltes Pergament erhalten habe mit den Worten: »Das ist mein Testament. Öffne es, falls mir etwas zustößt.«

Am Mittwoch, alsbald nach der Terz, beugte sich Markwart über das Pergament, auf dem erste Striche zu sehen waren. Doch zweimal kurz hintereinander wurde er aus seiner Konzentration gerissen. Zunächst schellte jener Schneider die Glocke, der bereits einmal im Kloster gewesen war. Diesmal trug er einen Packen unter dem Arm, war nicht bereit zu sprechen und steuerte sofort die Schule an.

Wenig später pochte einer heftig an die Pforte. Es war ein verwegener Bursche mit löcherigem Mantel und ungepflegt wucherndem Bart. Er gab sich als Pilger aus und meinte: »Ist zwar noch früh am Tag. Aber weiß ich, ob ich bis zum Abend auf ein anderes Kloster treffe?«

Markwart bat ihn herein wie in früheren Zeiten. Seit etlichen Wochen schon waren die Pilger ferngeblieben, weniger des Winters wegen, sondern von der Seuche abgeschreckt, vermutlich auch von der wirtschaftlichen Misere.

»Ich bringe dich zum Cellerar«, sagte er, wie er es schon oft zuvor getan hatte. Neu war allerdings der Zusatz: »Wenn wir den nicht treffen, gehen wir zu einem Dekan.« Denn früher war der Prior jener gewesen, der über dem Cellerar stand.

Markwart verschloß die Pforte und führte den Gast zur Kirche. Er wollte den Weg über den Kreuzgang nehmen, um sich und dem Pilger den Gang an den Ställen vorbei zu ersparen. Unterwegs fragte er. »Wo kommst du her?«

»Fast aus dem Dänischen«, antwortete der andere.

Der Pförtner lachte und sagte: »Ich meine: Wo hast du die letzte Nacht zugebracht?«

»In der Stadt, in einem Haus der Gemeinde«, sagte der Pilger und begann zu erzählen vom lustigen Treiben in den Mauern der Stadt. Markwarts Schritte wurden immer langsamer, und weil er mehr hören wollte, ging er mit dem Fremden einige Male um den Kreuzgang. Dabei erfuhr er, was ihm die Bauern, die das Baumaterial brachten, nur angedeutet hatten: Mit dem Gewerbe ging es wieder bergauf.

»Und die Bauern«, sagte der Pilger, »haben etliches Vieh über den Winter gebracht und hoffen auf eine bessere Ernte.«

Noch einmal setzte Markwart zum Rundgang an, als Notker von der Küche her nahte. Er kam auf die beiden Männer zu und baute sich vor ihnen auf.

»Ein Pilger, der bei uns übernachten will«, sagte Markwart.

»Bei uns kann keiner übernachten«, gab Notker kund.

»Seit wann das?« fuhr dem Pförtner eine Frage über die Lippen, die aus seinem Bauch aufgestiegen war.

Des Dekans Augen blitzen ihn an. Es sah aus, als würde er die Beherrschung verlieren. Doch im nächsten Augenblick hatte er sich wieder in der Gewalt und sagte mit einer Stimme, die kälter wirkte als der Schnee, auf dem die Männer standen: »Ein gut Teil unseres Klosters ist abgebrannt. Und bis wir es widererrichtet haben, wird das Pilgerhaus als Bibliotheca und als Cella infirmorum genutzt.«

»Bruder Notker«, entgegnete der Pförtner, der nun seine Worte bewußt wählte, »im Erdgeschoß des Pilgerhauses sind drei Räume, und derzeit haben wir keinen einzigen Kranken.«

Wider Erwarten grinste der Dekan und erklärte: »Da kannst du mal sehen, wie gesund Arbeit ist.« Er straffte sich und entschied weithin hörbar: »Für Pilger ist dennoch kein Platz!« Daraufhin ging er an den beiden Männern vorbei, und vom Ende des Kreuzganges her sagte er: »Zumindest vorläufig.«

Markwart zuckte die Schultern. »Tut mir leid«, sagte er zum Pilger und führte ihn zurück zur Pforte. In der blieb er stehen und schaute dem Fremden hinterher, wie dieser in den noch unberührten Schnee stapfte, der sich in der Nacht über den alten gelegt hatte.

Nach der Sext gab der Abt bekannt, daß sich sofort alle im Kapitelsaal treffen sollten. Die Brüder gingen durch den Frost hinüber und stellten sich in den kalten Raum. Die beiden Dekane postierten sich vor ihnen, und zwischen sie trat, nachdem alle versammelt waren, Abt Pankraz.

»Liebe Brüder«, begann er mit milder Stimme und einem verbindlichen Lächeln, »zunächst möchte ich euch allen danken für das, was ihr ihn den letzten Tagen geleistet habt. Nie hätte ich geglaubt, daß es in so kurzer Zeit gelingen würde, die Wasserleitung neu zu verlegen, die Wände der Kirche zu säubern, auch die meisten Altäre und Kunstwerke, vor allem unser Triptychon. Bald, so bin ich mir sicher, werden auch die Fenster wieder eingebaut sein. Dann brauchen wir nur noch die Dekkengemälde erneuern zu lassen.«

Er machte eine Pause. Markwart erwartete, daß der Bärtige nun auf den Kirchenneubau einginge. Doch darin irrte er. Pankraz sah den letzten Novizen an und brachte diesen zum Erröten, indem er sagte: »Oder einer von uns schwingt sich zur hohen Kunst der Malerei auf.«

Lange ließ er den jungen Burschen nicht leiden und setzte fort: »Wie wir überhaupt einmal in uns sehen müssen und suchen, welche Talente in uns schlummern. Ich bin überzeugt, daß jene Brüder, welche die Fenster in die Kirche einsetzen, zuvor nicht wußten, daß sie dazu fähig sind. Das alles lehrt uns: Einzeln sind wir schwach, auch ich vermag allein nichts zu erreichen. Aber gemeinsam sind wir stark. Und wenn wir uns dieser Macht bewußt werden, sind wir gleichsam unschlagbar.«

Nach diesen Worten sah Pankraz in viele glänzende Augen. Der Boden war bereitet für das nächste, das er sogleich ansteuerte: »Wollen wir jedoch noch größere Ziele erreichen, müssen wir uns aus unbotmäßiger Vormacht lösen. Jene des Herzogs haben wir mittlerweile gebrochen. Und ich sage euch: Einige der Konversen sind ausgezogen, um Laienbruderschaften in Dörfern und in der Stadt zu gründen, die allesamt als Bollwerke gegen den Herzog wirken.«

Diese Worte hatte er so überzeugend gesprochen, daß nur wenige an ihnen zweifelten. Und die es taten, fielen Notker und Lothar auf. Die beiden Dekane machten nichts anderes, als zu beobachten und einzuschätzen, wer auf Konfrontation zu ihrem Abt ging. Dabei lächelten sie, um sich den Anschein der Freundlichkeit zu geben.

Nachdem seine Worte gewirkt hatten, sprach Pankraz weiter: »Nun ist es an der Zeit, uns aus dem Diözeseverband zu lösen und von der Pacht, die der Bischof uns einst aufgezwungen hat. Ich weiß, daß sich manch einer von euch davor fürchtet. Vielleicht denkt der eine oder andere sogar an Reiter, die gegen unser Kloster anstürmen können. Keine Angst, liebe Brüder. Der Friede ist unser höchstes Gut, und niemals werde ich etwas tun, was Riess in Gefahr bringen könnte.«

Den Brüdern war anzusehen, daß sie das hofften. Doch vielen stand noch der Zweifel ins Gesicht geschrieben. Das war der Boden, auf dem eine Offenbarung gedieh: »Liebe Brüder, ich muß euch etwas gestehen, und ich hoffe, ihr werdet es mir nicht übelnehmen.«

Nach dieser Ankündigung des Abtes sahen auch Tutilo und der neben ihm stehende Leonius gespannt nach vorn und hörten: »Ich habe schon längst einen Brief an unseren größten Verbündeten geschrieben, an den Vater in Rom. Zwar hat Calixtus II. uns noch nicht offiziell geantwortet. Doch wie ich hörte, wird er uns seine Unterstützung gewähren. Aber seid sicher: Ich werde nichts unternehmen, bevor ich das Schreiben des Papstes in den Händen halte.«

Nach diesen Worten trat der Abt in den Hintergrund. Notker fragte, ob ein Bruder das Wort ergreifen wolle.

Aber danach stand nicht einmal Tutilo der Sinn, denn was er gehört hatte, war so schwammig, daß er es nicht fassen konnte.

Doch kaum war die Versammlung zu Ende, flüsterte er Leonius etwas ins Ohr. Beide Brüder verließen den Saal getrennt und gingen in unterschiedliche Richtungen. Aber nur wenige Minuten später trafen sie sich an einem Ort, an dem sie einige Büsche bargen, die noch ein paar vertrocknete Blätter trugen.

Es war der Friedhof, den der Wind vor dem Feuer geschützt hatte, denn die trockenen Zweige, auch die saftlosen Äste der Bäume wären leichte Opfer der Brunst geworden. Nun aber lag ein weißer Schleier über der Natur, und Feuer brannte nur in den beiden Brüdern, die am Grab des Abtes Kolumban standen, als wollten sie ihn in ihr Gespräch einbeziehen.

»Weißt du, wo Pankraz hin will?« fragte der ältere Tutilo.

»Am Ende sich von Rom abnabeln.«

»Dafür gibt es auch Anzeichen in der Bibliothek«, sagte der Mann mit dem untrüglichen Gedächtnis und zählte auf, was er dort ermittelt hatte.

»Nun verstehe ich auch, was ich von einigen Konversen hörte, bevor sie ausschwärmten, um in der Umgebung Laienbruderschaften zu gründen«, sagte Leonius.

Zwar hatte Tutilo die Absicht gehabt, das Gespräch zu lenken. Aber weil er nicht eitel war, verzichtete er gern darauf, wenn ein anderer Interessanteres wußte. »Erzähl!« forderte er.

»Der eine hatte gesagt, er wolle nicht nur Ablaßkrämer sein …«

»Was dafür spricht, daß Pankraz seine Kassen mit illegalem Ablaßhandel auffüllen will«, warf Tutilo ein.

Leonius nickte und fuhr fort: »Der andere Konverse war auch nicht erfreut, der sollte nämlich mit Reliquien Heilwunder bewirken.«

»Gewiß mit gefälschten Reliquien, denn wir besitzen nur wenige.«

Erneut nickte Leonius, der nunmehr bewies, daß er die Dramaturgie der Gesprächsführung beherrschte. Ganz beiläufig bemerkte er zunächst: »Beide sollen also Geld für Pankraz eintreiben, und beide tun das nicht gern. Aber ...«, er rückte näher an Tutilo heran und flüsterte: »... das eigentliche Ziel der Laienbruderschaften besteht in der Ausweitung des Herrschaftsbereiches von Pankraz. Der will gleichsam Inseln seiner Anhänger schaffen, um letztlich das ganze Land in Besitz zu nehmen.«

»Das befürchte ich auch«, sagte Tutilo und gestand: »Allerdings weiß ich nicht, mit welcher Lehre sich Pankraz durchsetzen will. Und eine solche braucht er ja, denn er muß um die Köpfe ringen, weil er nicht genügend Reichtum besitzt, die Leute über ihre Geldbeutel zu begeistern.«

* * *

Aus dem Tagebuch des Novizen Bertold
(7. März 1122)

Einzeln sind wir schwach, auch ich vermag allein nichts zu erreichen. Das ist ein Satz des Abtes, den ich nicht vergessen werde. Denn ich empfinde ebenso wie er. Und nun habe ich begriffen, daß er, obwohl von allen ausgewählt, doch einer geblieben ist, der zu uns gehört, einer, der inmitten seiner Brüder steht.

Und doch, ich wag es kaum zu schreiben, ist er anders als alle Brüder, die ich kenne. Wie er von der Malerei gesprochen hat und auf mich schaute, da durchwallte mich ein Schauer. Obwohl ich vor Scham errötete, meinte ich in diesem Augenblick, ich könne schaffen, was der Abt von mir erwartet.

So war ich innerlich entbrannt. Doch nun, da ich allein in dem Raume sitze, in dem die Lesepulte stehen und auch meine kleine Staffelei, da überkommen mich die

Zweifel. Ob das wohl unser Los auf Erden ist, daß wir ganz allein nicht zum Mute taugen, daß wir nur in einer Gruppe, mehr noch unter Obhut eines Leiters wissen, was wir wirklich können?

Meine Gedanken sind diffus. Dennoch schreibe ich sie auf, denn morgen schon können sie vergessen sein. Morgen, wenn ich vielleicht der Erfahrungen begehre, die ich schon gestern machte.

* * *

Als der Schneider gegangen war, hatte er kein Päckchen mehr getragen. Deshalb war Markwart gespannt, ob sich bei der Cuculle des Abtes etwas verändert hatte. Aber Pankraz war zu seiner Rede wie alle Tage gekleidet gewesen.

Der Pförtner lächelte, als er von dieser zurückkehrte und in seine Cella trat, weil er spürte, wie ihn die Jahre verändert hatten. Früher hatte ihn die Neugier nur zu dem gezogen, was er für sein Leben wichtig wähnte, etwa zu den Eremiten, besonders zu den Styliten. Da all das nicht mehr zu erreichen war, begnügte er sich jetzt mit dem, worüber auch die andren Brüder schwatzten.

Aber das Lachen und das Nachdenken über sich gönnten ihm andere nicht. Zwei der Konversen wollten hinaus, ins Dorf, so sagten sie. Da sich kein weiterer angemeldet hatte und alle, die von draußen kamen, an der Glocke rühren konnten, nutzte der Pförtner den Sonnenschein, zu seinen Schattenstäben zu gehen und anschließend aufzuschreiben, was er gemessen hatte.

Kurz vor der Vesper, als die einsetzende Dämmerung ihn zwang, seine Beschäftigung einzustellen, kehrten die beiden Konversen zurück, aber nicht zu Fuß, wie sie losgezogen waren, sondern auf einem der einachsigen Karren sitzend, allerdings einem hochwandigen mit einer Plane darüber. Auf Markwarts verdutztes Gesicht hin wies der ein Konverse mit dem Daumen auf den dazwischen sitzenden Bauern und sagte: »Er will ein bißchen Geflügel holen.«

Markwart nickte und scherzte: »Für uns die Eier, für die Bauern das Fleisch.« Er schloß das Tor und ging zum Abendbrot. Weil er wie üblich spät dran war, kaute er nur sein Stück Mehlkuchen und biß auf dem Weg zum Gotteshaus in den Apfel. Noch hatte er ihn nicht vertilgt, als aus der Schule die Führungstrias trat. Der Pförtner legte noch einen Schritt zu. Doch am Eingang der Kirche hielt ihn ein Bruder auf.

Dieser hatte auf einen Wink des Abtes reagiert. Das ahnte Markwart, und aus ihm stieg der Verdacht auf, daß die Mechanismen der Macht im Kloster Riess schon perfekter eingespielt waren, als er vermutet hatte.

»Nun, hast du schon den Osten ermittelt?« fragte Pankraz, als er herangekommen war. Er blieb stehen, nicht anders taten es seine beiden Dekane.

»Habe ich ungefähr und auch festgestellt, daß dieses Gotteshaus«, er wies hinter sich, »etwa um fünf Grad davon abweicht.«

Pankraz nickte gönnerhaft und wollte weitergehen, da setzte der Pförtner noch ein Spitze drauf: »Unsere Kirche ist etwas nach Süden gedreht, als wollte sie sich nach altem Muster an Jerusalem ausrichten.«

Das Lachen des Abtes und seiner zwei Dekane klang gezwungen.

Rund eine Stunde war seither vergangen, und der Pförtner saß wieder in seiner Cella, als der Bauer wiederkehrte, von dem der Konverse behauptet hatte, er wolle Hühner laden. Markwart, der an diesem Tag zu Streichen aufgelegt war wie schon lange nicht mehr, hielt im Licht des Mondes eine Hand hinters Ohr. Und als hätten die Hühner darauf gewartet, fingen sie an zu gackern. Unter der Plane flogen sogar einige Federn hervor.

»Gott auf den Weg«, wünschte der Pförtner und schloß das Tor. Kaum hatte er das getan, traute er seinen Ohren nicht. Rufe hörte er, auch einzelne Schreie. Der Lärm kam vom Gotteshaus herüber.

Nicht der Sakristar war es gewesen, der den ersten Schreckensschrei ausgestoßen hatte, sondern jener Mann, der von dem hohen Gerüst an den Fenstern herabgestürzt war. Grimaldus hatte das Aufschlagen des Körpers gehört, das wie ein Klatschen wirkte und in der Kirche nachklang.

Noch stand er vor der Tür seiner Sakristei und hatte die Hand auf den Mund gepreßt, als andere Brüder herbeigelaufen kamen und ihren Schreck herausschrieen. Sie alle hielten Abstand zum Verunglückten und wirkten wie versteinert, als Markwart eintraf. Diesem folgte der Laienbruder Tobias, der seit dem Tod des Priors kaum in Erscheinung getreten war, wohl auch, weil keiner der Brüder erkrankt war.

Er zögerte nicht, trat auf den Liegenden zu, fühlte dessen Puls am Hals, prüfte den Atem und bestätigte durch ein Kopfschütteln, was alle anderen ahnten, denn um den Leichnam breitete sich eine Blutlache aus, die größer und größer wurde.

»Was ist geschehen?« drang Pankrazens Stimme durch das einsetzende Gebrummel. Er drängte sich durch die Brüder. Seine beiden Dekane folgten, und alle drei nahmen ihre Käppchen ab, was sie beim Betreten des Gotteshauses versäumt hatten.

»Leonius ist es«, sagte Tobias.

»Weiß jemand, wie es geschah?«

Auf diese Frage des Abtes schwiegen sie sämtlich.

»Durfte er überhaupt zu den Fenstern aufsteigen?«

Als habe der HERR Pankrazens zweite Frage gehört, sandte er einen Windstoß, und der ließ ins Schweigen der Brüder eine der kleinen Scheiben klirren. Alle sahen nach oben. Der Mond stand auf dem Fenster, als sei draußen eine schwache Sonne aufgegangen. So war gut zu sehen, daß ein Stück des Glases hin und her schwankte, weil die Bleieinfassung nicht hinreichend befestigt worden war.

Im nächsten Augenblick verhallten noch einmal unterdrückte Schreie. Mancher wies nach oben, wo sich eine Geisterhand zu betätigen schien. Der Windstoß war vorüber. Doch die Butze schwenkte immer weiter ins Kircheninnere. Einen Augenblick schien sie in der Luft zu schweben, bevor es ein leises Knirschen gab. Dann der Fall und das Splittern dicht beim Toten.

Noch immer schauten die Brüder gebannt, weil ganz gegen die biblischen Nachrichten so mancher ans personifizierte Böse glaubte. Notker sah auf seinen Abt und las Zustimmung aus dessen Gesicht. So wiederholte er die Frage des Oberen: »Durfte Leonius nach oben steigen?«

Plötzlich wollte jeder reden, wohl um die innere Beklemmung zu überwinden. Kein Wort war zu verstehen, bis Notker entschied: »Einer nach dem anderen!« Und wie er das meinte, bedeutete er mit dem Finger.

Der erste, auf den er wies, erklärte: »Unsere ganze Gruppe war zum Fensterbau eingesetzt.«

Der zweite: »Und Leonius gehörte dazu.«

»Er wird mitbekommen haben, daß ein Glas locker ist«, meinte ein dritter.

So kam Stück um Stück zusammen, daß eine Zehnergruppe, die auf acht geschrumpft war, weil zwei Konversen in den umliegenden Ortschaften wirkten, an dem betreffenden Fenster gearbeitet hatte, bis sie zum Essen gegangen sei. Während der Vesper hatte niemand ein Geräusch gehört. Aber zu dieser Zeit wehte auch kein Wind. Der hatte erst darauf mit kurzen Stößen eingesetzt. Leonius hörte vermutlich das Geräusch des lockeren Glases und stieg hinauf.

»Wo er dann vielleicht das Gleichgewicht verloren hat«, schloß einer der Brüder.

Dem wußte Gallus, der Geldeintreiber, anzufügen: »Das ist leicht möglich, wenn es jemandem so geht wie mir. Ich habe nämlich Gleichgewichtsstörungen, was nicht auffällt, wenn mir meine Augen Orientierung liefern. Aber wenn ich sie schließe, wenn es ganz dunkel ist oder mich etwas blendet, wenn also die Augen ihren Dienst versagen, komme ich ins Wanken. Deshalb steige ich seit Jahren nicht auf so ein Gerüst, seit ich begriffen habe, wie es um mich bestellt ist. Damals bin ich nämlich fast von einem Berg hinabgestürzt, weil mich die Sonne blendete und ich die Augen schloß.«

Viele der Brüder überzeugte diese Darstellung, zumal zwei, die inzwischen hinaufgestiegen waren, keine Besonderheit erkennen konnten. Manche aber fürchteten noch immer, daß Leonius vom Satan oder dessen Helfern hinabgestürzt worden sei. Allein die Zweifler blieben im Zweifel, ob eine der beiden Versionen zutraf, und zu diesen gehörten an diesem Abend der Sakristar Grimaldus, die Brüder Hartmann und Burchard, die beieinander standen, und auch der Pförtner Markwart.

* * *

Aus dem Tagebuch des Novizen Bertold
(8. März 1122)

Was geschehen ist, das trifft uns alle hart. Denn nicht nur ich war überzeugt, daß wir das Unheil überwunden hätten. Nun ist es zurückgekehrt, wenngleich es nur ein Unfall war, der Leonius das Leben kostete.

Davon sind die meisten überzeugt. Anfangs dachte ich, es könne keiner zweifeln. Doch hörte ich beim Beten den Bruder Hartmann tuscheln, und er sagte, ein Mensch habe den Leonius hinabgestürzt. Ich wurde wütend, weil es keinen Anhalt dafür gab. Und Burchard, zu dem Hartmann sprach, hat genickt und geflüstert, es werde nur so hingestellt, als träfe keinen Irdischen die Schuld.

Da beide in der Kirche standen, fiel es nicht auf, daß ich daneben kniete vor einem der Altäre. Ich hoffte, daß sie weitersprächen. Indes kam Lothar angelaufen, und die beiden taten, als hielten sie sich strikt an die Schweigepflicht.

Ich bin so erbost über das, was ich aus Hartmanns Munde hörte und auch aus dem des Burchard, daß ich Ulrikus alles sagen werde. Denn er hat mich oftmals angemahnt, ich möge meine Ohren offenhalten, damit niemand die Eintracht in unsrem Kloster stört.

* * *

Als die Brüder drei Stunden vor Sonnenaufgang zur Vigil gingen, wurden sie sich des Grundes der Windstöße und eines über Nacht tobenden Sturmes bewußt: Der Schnee taute, und wer nicht achtgab, trat mit feuchten Füßen ins Gotteshaus. Der erste Blick der Mönche und Laien, die in ihren Gruppen anrückten, galt den Fenstern. Dabei wich die Besorgnis aus den Gesichtern.

Der Sturm hatte keine weiteren Schäden an der noch unfertigen Verglasung bewirkt, was dafür sprach, daß die herabgefallene Butze nicht richtig befestigt gewesen war. Allein Hartmann und Burchard verständigten sich mittels Blicken und Zeichen, daß sie anderer Meinung waren.

Schon waren alle im Langhaus angekommen und bereit, die Psalmen anzustimmen, als die letzte Gruppe hereintrat und damit die Stille beendet war. Die Männer tuschelten miteinander, und Engilbert sah sich nach dem Abt oder einem der Dekane um. Er fand sie nicht, deshalb lief er wieder hinaus.

Gemeinsam mit Pankraz, Lothar und Notker kehrte er wenig später zurück. Alle vier trugen ernste Gesichter zur Schau, ernster, als sie dem feierlichen Augenblick angemessen waren. Aber die Brüder mußten warten, bis die Vigil vorüber war, bevor sie den Grund erfuhren.

Die allgemeine Unruhe war nicht zu übersehen, auch nicht die Eile, mit der sie nach dem Gebet der Aufforderung des Abtes nachkamen, ihm ins Refektorium zu folgen. Nur jene aus Engilberts Gruppe, die sämtlich zum Schweigen zurückgefunden hatten, gingen gemessenen Schrittes und auch wenige andere, die bereits erkannt hatten, welche Veränderung eingetreten war.

Kaum hatten alle im Speisesaal Platz genommen, als der Obere des Klosters den Bruder Engilbert nach vorn bat, und dieser erzählte: »Tutilo ist verschwunden. Tagsüber ist es uns nicht aufgefallen, erst als wir gestern schlafen gingen. Doch da wollten wir keinen mit einer Furcht von seiner Ruhe abhalten. Denn es konnte ja sein, daß Tutilo nur natürlichen Bedürfnissen gefolgt war. Und ich muß ganz ehrlich sein: Wie auch die anderen bin ich eingeschlafen. Um so größer war der Schreck am Morgen, als wir sahen, daß Tutilo noch nicht zurückgekehrt war.«

Engilbert sah noch einmal auf den Abt, nachdem er geendet hatte, und ging zu seinem Platz. Sofort setzte Gemurmel ein, das Pankraz mit einer entschiedenen Handbewegung beendete.

»Wir wissen gar nichts«, sagte er und legte fest: »Bis es dämmert, bleiben wir hier, und zwar alle, damit keiner Unfug anstellt. Erst nach den Laudes, wenn es hell geworden ist, werden wir systematisch das Kloster absuchen.«

Die Zeit zwischen dem Nachtgottesdienst und dem Morgenlob mit Schweigen und Beten zuzubringen oder sich wieder zur Ruhe zu begeben war den Brüdern zwar in Fleisch und Blut übergangen, erschien ihnen aber an diesem Morgen als überflüssige Last. Sie alle wollten wissen, was mit Tutilo geschehen war. Nach einer halben Stunde, in der nur Gebetsbrummeln zu hören gewesen war, auch das Knarren der Bänke und manch heftiger Atemzug, meldete sich ein Bruder.

Als Abt Pankraz das sah, ging er zu ihm und richtete sich nach kurzem Geflüster auf, um Engilbert zu sich zu bitten. Dieser ging wenig später mit seiner dezimierten Gruppe hinaus in die Nacht. Noch vor den Laudes kehrten sie ergebnislos zurück. Und dann dehnte sich der 66. Psalm, der wochentags zwar ohne Antiphon, aber dafür langsam gesungen wurde für den Fall, daß sich jemand verspätete. Obwohl das an diesem Tag nicht sein konnte, wurde von Pankraz nichts an der Gewohnheit geändert.

Der 50. Psalm, der mit Antiphon gesungen wurde, steigerte die Spannung noch weiter, und als die für Freitag vorgesehenen Psalmen 75 und 91 folgten, wurde es draußen hell und heller. Immer mehr Augen richteten sich auf die Fenster. Nun war auch der Abt nicht mehr in der Lage, den getragenen Rhythmus für das Canticum vorzugeben. Und der Cellerar Salomon, der an diesem Tag an der Reihe war, Abschnitte aus Apostel Paulus auswendig aufzusagen, kürzte sogar seinen Vortrag.

Während der letzten Gesänge wurden die Brüder immer unruhiger, und als Pankraz das Morgenlob beendete, brauchten sich die Leiter der Gruppen nur hinzustellen, um die ihnen Zugeordneten hinter sich zu wissen.

Im Querschiff erklärte der Abt: »Vorhin habe ich Engilbert und seine Brüder gebeten, nach dem Vermißten zu suchen und ihn zu rufen. Aber sie durften die Wege nicht verlassen. Und nun bitte ich alle um äußerste Vorsicht, damit wir nicht den geringsten Fußabdruck verwischen.«

Eine Viertelstunde bemühten sich die Chormönche und die Laien darum. Doch als dann jeder Quadratmeter des Klosters untersucht worden war, liefen sie durcheinander. Wie ein Hühnerhof wirkte das Kloster, und die Rufe der Dekane hörte keiner mehr. Nachdem zwei Brüder ermordet worden waren, ein weiterer verunglückt, war nunmehr fast jeder bereit, auf ein Wunder zu hoffen, das alles zum Guten wenden würde.

Ein solches stellte sich nicht ein. Jedoch kam Markwart von der Pforte her gelaufen. Er ging zur Mauer, zu jener Stelle, an der er Eindrücke einer Leiter gesehen hatte. Der Schnee, der mittlerweile naß und pappig geworden war, hatte sie verdeckt. Also kratzte er die Stelle frei. Mochten der Abt oder dessen Spitzel ruhig sehen, daß ihre Machenschaften nicht sämtlich unerkannt blieben.

Als er sich überzeugt hatte, daß keine neuen Spuren hinzugekommen waren, richtete er sich auf und trat vor Erstaunen einen Schritt zurück. Mit einem Dekan oder einem Leiter der Gruppen, der ihm die Leviten* lesen wollte, hatte er gerechnet, nicht jedoch, daß die Mehrzahl der Brüder ihn umringte. Aus dem einsetzenden Stimmengewirr isolierte er eine immer wiederkehrende Frage.

»Nur zwei Konversen haben gestern das Kloster verlassen«, antwortete Markwart darauf. Die Brüder nickten. Aber ihr Gebrummel verstummte nicht, und immer lauter und klarer wurde die Meinung, Tutilo sei mit einer Leiter über die Mauer gestiegen.

»Dann müßte die Leiter noch hier stehen!« rief Markwart. Aber er spürte, daß die anderen nicht bereit waren, für eine logische Konsequenz ihre Vorstellung aufzugeben, und stapfte wütend zur Pforte zurück. Er hatte den Oberen und dessen Gefolgschaft ärgern wollen. Ihm war jedoch nur deren Unterstützung gelungen. Denn die neugierigen Brüder, die nach einer Erklärung des Unerklärlichen lechzten, gaben sich mit ihrer Deutung vorerst zufrieden und wandten sich dem Tagwerk zu.

* * *

* Die Redensart *jemandem die L. lesen* bezieht sich auf die Vorschriften des Buches Levitikus (3. Buch Mose). In verschiedenen Klöstern wurden Lektionen aus diesem Buch als Strafe für ein Vergehen ausgesprochen.

Aus dem Tagebuch des Novizen Bertold
(9. März 1122)

Weshalb zieht keine Ruhe ein? Diese Frage möchte ich aus mir schreien. Doch mir mangelt es an Mut dazu. Und so ist nur das Pergament mein Zeuge. Denn ich will auf diesen treuen Weggefährten meine Gedanken niederlegen, nicht, damit sie andre später lesen, sondern damit mir leichter wird.

Wie rasch ist diese Absicht aufgeschrieben, und wie schwer sind die Lasten abgelegt! Der Verstand folgt dem, was die Ohren hörten. Er hegt keinen Zweifel, daß Tutilo die Mauer überstieg. Auch die meisten Brüder sind der Überzeugung. Doch mein Gefühl ist andrer Meinung. Allerdings spricht es nicht gern mit meinem Geist. Und so vermag dieser nicht zu ahnen, was das Gefühl für richtig hält.

Nachdem ich das geschrieben habe, geht mir endlich auf, weshalb die Wahrheit in der Bibel steht: Unser Geist ist viel zu schwach, jenes zu erfassen, was uns selbst zugrunde liegt. Womöglich können wir zuweilen fühlen, was uns innewohnt. Und so versteh ich nun die Liebe, die wir dem HERRN im Himmel schenken sollen.

Aber heißt das etwa, daß mein Gefühl mir mehr verrät als mein Verstand, daß Tutilo nicht die Mauer überwand?

* * *

Markwart saß in seiner Cella und wendete das gefaltete Pergament in den Händen, das ihm Tutilo als Testament hinterlassen hatte. Sollte er es öffnen? Dann wüßte er, was darin stand, und könnte den Willen des Bruders erfüllen, egal, ob er tot war oder nicht. Aber dem Pförtner wohnte der Aberglaube inne, und der machte ihn fürchten, er könne damit das Ende des Tutilo besiegeln, wenn dieser noch lebte.

Dem stand entgegen, daß das Testament eine wichtige Nachricht enthalten konnte, etwa eine, wohin Tutilo geflohen war und wo er auf Nahrung wartete. Ließe er das Pergament unter solchen Umständen verschlossen, wäre es geradezu ein Tötungsverbrechen.

Der Pförtner vermochte sich nicht zu entscheiden, und da er dem Oberen des Klosters mißtraute, auch all jenen, die Pankraz umgaben, ging er zu einem, dem er vertraute. Ein Sakristar kannte sich in allen liturgischen Angelegenheiten aus und wohl auch in einigen Fragen des Kirchenrechts.

Markwart fand ihn beim Putzen der Kerzenleuchter im Langhaus und bedeutete ihm, daß er ihn unter vier Augen sprechen wolle.

»Eine Kerze, wofür?« fragte Grimaldus laut für jene, die zu dieser Stunde beteten.

»Wozu schon? Ich will auch nach Sonnenuntergang am Plan für das neue Gotteshaus arbeiten.«

Einige der Mönche vergaßen ihre Andacht und schielten auf den Pförtner. Dieser lächelte in sich hinein. Offenbar wußten die anderen noch nichts von den ehrgeizigen Plänen des Bärtigen, und er war gespannt, wann der Abt versuchen würde, die Menge mit der Vision von einer neuen Kirche zu begeistern.

Als beide Männer in die Sakristei traten, lächelte Markwart noch immer. Er war zur Überzeugung gelangt, daß der Abt in gewisser Weise von ihm abhängig war. Erst wenn der Plan Fortschritte gemacht hatte, konnte Pankraz den Brüdern glaubhaft machen, daß seine Vorstellung vom Kirchenbau nicht auf Sand gründete.

«Was willst du wirklich?« fragte der Sakristar, der die Entrücktheit seines Gastes nicht verstand.

»Ich – eh – ja.« Der Pförtner räusperte sich noch, bevor er seine Gedanken geordnet hatte und flüsternd von seinem Problem erzählte.

Grimaldus zuckte mit den Schultern, nachdem sein

Gast geendet hatte. »Ich kenne kein Recht, das so etwas regelt«, erklärte er. »Außerdem kann man sogar dann falsch handeln, wenn ein Arzt den Tod eines Menschen feststellt und ein Angehöriger oder auch ein Notar dessen Testament eröffnet.«

Markwart nickte. Auch er hatte von Scheintoten gehört, und schließlich war ja selbst in der Bibel von der Auferstehung die Rede. Deshalb sagte er nur: »Lazarus.«

Diesmal nickte Grimaldus und erklärte: »Wenn einer wieder auftaucht oder aufersteht, ist das, was in seinem Testament steht, eben noch nicht gültig.«

Der Pförtner klopfte dem Sakristar auf die Schulter. Das war die Erklärung, die er brauchte. Falls Tutilo noch am Leben war und eines Tages zurückkehrte, wollte er ihm dessen Testament wiedergeben, damit der Mann mit dem guten Gedächtnis das Niedergeschriebene bestätigen oder neu verfassen könne. Und er war sich sicher, daß ein Totgeglaubter verstehen würde, daß seine letzte Verfügung inzwischen geöffnet worden war.

Markwart verabschiedete sich von Grimaldus. Der eine ging zu seinen Kerzenständern, der andere zur Cella ostiarii. In dieser setzte er sich auf seinen Stuhl und erhob sich sogleich wieder. Das Testament des Tutilo hatte er ja vorsichtshalber nicht zu den Pergamenten für den Kirchenbau gelegt, sondern in einem Geheimfach verborgen.

Er ging in die Knie, streckte sich sogar flach aus, was wegen der Enge nicht einfach war. Unter dem kleinen Tischchen, auf dem er manchmal für die Wahnidee des Abtes arbeitete, war seit unvordenklicher Zeit ein Dielenbrett locker. Nachdem er Tutilos Testament unter diesem herausgezogen hatte, erhob er sich ächzend.

An seinem Tischchen brach er das Siegel und schlug das gefaltete Pergament auseinander. In den nächsten Minuten hätte ein Stier ans Tor donnern können, ohne das Ohr Markwarts zu erreichen. Dieser starrte unentwegt auf die wenigen Zeilen:

Wenn ich weg bin, wundert es mich nicht. Also seid Ihr vorsichtig, die Ihr den Pankraz nicht mögt, denn ich vermag nicht vorauszuschauen, was er noch tun wird.

Mein Wissen ist alles, was ich besitze, und von dem möchte ich Euch überlassen: Der neue Abt führt das Kloster in den Abgrund.

Bruder Tutilo

Als Markwart wieder in der Welt des Konvents ankam, vernahm er das Schellen der Glocke. Rasch faltete er das Pergament zusammen und schob es zunächst unter die Notizen und Zeichnungen für Pankrazens Wahn.

Er hastete ins Freie. Doch die wenigen Schritte bis zur Pforte ging er langsam. In quälte die Frage, was mit Tutilo geschehen sein mochte. Für ihn stand nur fest, daß dieser sein Schicksal geahnt hatte, sonst hätte er nicht das Testament geschrieben. Offen blieb indes, ob er noch lebte.

Der Schneider stand draußen und sah mit einigem Staunen auf den alten Pförtner, der durch ihn hindurchblickte und mit seinen Gedanken nicht hienieden zu sein schien. Er hüstelte zunächst, dann hustete er, und als der Grauhaarige noch immer nicht reagierte, sagte er, so laut er konnte: »Ich will zum Abt.«

Markwart nickte. Seine Idee, daß die Spuren mit dem S in der Sohle etwas mit dem Verschwinden Tutilos zu tun haben könnten, fand er gut. »Nur auf welche Art?« fragte er sich halblaut.

»Ich kenne den Weg schon«, antwortete der Schneider und drängte sich am Pförtner vorbei.

X

Am Montag, gleich nach der Terz, der zweiten der kleinen Horen, traf sich der innere Führungskreis, und dabei wurde sichtbar, daß der Schneider bei Dekan Lothar gewesen war. Wie ein Pfau trat er in den Raum und genoß die Blicke der anderen.

Die beim Abt mitschwingende Empörung nahm er in seiner Selbstgefälligkeit nicht wahr. Er hatte sich auf die Brust, und zwar auf die Seite des Herzens, ein weißes Kreuz nähen lassen, und in der Hand trug er einen kleinen Stab, der zwar an den eines Bischofs erinnerte, doch dem entsprach, was Lothar Bescheidenheit nannte. Er war schlichter und kleiner.

Des Abtes Empörung resultierte nicht aus der Anmaßung seines Dekans. Wer wie ein Pfau wirken wollte, sollte dies auch tun. Doch er hatte den Anspruch gehabt, als erster mit einer anderen Cuculle aufzutreten, und zwar anläßlich eines feierlichen Moments.

Dennoch unterließ er es, Lothar zurechtzuweisen. Er wollte wie immer durch seine Person wirken, Deshalb vermied er auch, sich selbst Rangzeichen zu verleihen oder etwas zu tragen, was an Insignien erinnerte.

»Setz dich«, sagte er knapp zu seinem Dekan, damit dessen Schau der Eitelkeit beendend.

Diese Passage hat ein Wachkonverse überliefert. Leider ist seinem Protokoll zu entnehmen, daß er darauf die Tür schloß und nicht wußte, was sich dahinter vollzog. Bekannt ist nur, was Pankraz nach dem Stundengebet im Querschiff verkündete: »Ab sofort ist die Pflicht des Bücherlesens wieder eingeführt, und zwar zwischen dem Morgenlob und der Terz. Zu diesem Zweck reicht die Bibliothek freilich nicht aus. Wir haben Vorbereitungen zur Nutzung des Kapitelsaales als Leseraum getroffen.«

Er schaute auf den Cellerar, der anfügte: »Es sind über fünfzig provisorische Lesepulte gebaut.«

Kaum hatte Markwart seine Cella betreten, verließ er sie wieder. Das Testament des Tutilo ließ ihn nicht los, und er wollte mit einem darüber sprechen. Zu Grimaldus zog es ihn, wieder in die Sakristei.

Aber noch vor der Kirche verharrte er, schüttelte seinen Kopf und stapfte durch die Reste des nassen Schnees und den sich bildenden Matsch zur Pforte zurück. Allein ihm hatte Tutilo das Pergament anvertraut und hatte es als sein Testament bezeichnet. Also wollte Markwart für sich behalten, was er darin gelesen hatte, zumindest so lange, bis sich das Verbleiben des Mannes mit dem guten Gedächtnis aufgeklärt hatte.

Kurz vor seiner Cella lächelte er sogar. Noch vor wenigen Jahren hätte es ihn nicht in die Sakristei gezogen. Damals hatte er kaum Gemeinschaft gesucht, wie ihm das in den letzten Tagen mehrfach widerfahren war. Nun drängte sich ihm eine Erklärung dafür auf.

Zum Eremiten, meinte er, tauge nur, wer in sich ruhe und der Kraft nicht bedürfe, die aus der Gemeinschaft erwächst. Aber wenn man alt wird, dem Tod schon nah ist, hat man wohl nicht mehr die Energie, mit allen Widrigkeiten der Welt allein zurechtzukommen. Auch verfügt man nicht mehr über die Illusionen der Jugend, die das Übel hienieden entweder nicht sehen will oder aber wie eine Bagatelle behandelt.

Er nickte, als er in sein Häuschen trat. Nun hatte er verstanden, weshalb sich alle Schwachen in Gruppen zusammenschlossen, und zwar unabhängig von ihrem Alter. Auch war ihm erklärlich geworden, weshalb ein Mann wie Pankraz ein so leichtes Spiel hatte. Er ist nicht nur der Führer, sondern auch der Beschützer all derer, die des Schutzes bedürfen. Er hat die Funktion des strengen Vaters der Schwachen, und folglich dürfen nicht alle verurteilt werden, die einem solch Machtbesessenen folgen, überlegte der Pförtner. Er setzte sich, stemmte die Arme auf sein Tischlein, legte den Kopf hinein und schüttelte ihn. Weshalb nur war die Welt so eingerichtet?

* * *

Aus dem Tagebuch des Novizen Bertold
(11. März 1122)

Am Tag des HERRN stehe ich an einem Lesepult und schreibe auf das Pergament. An den Wochentagen ist mir das nicht möglich, weil nunmehr wieder alle kommen, Bücher auszuleihen. Und viele bleiben bis zur Terz. Nach der zweiten kleinen Hora müssen sie zu ihrer Arbeit. Mir jedoch geht es nicht anders. Bis es dunkel wird, helfe ich Ulrikus. Vor allem muß ich Bücher reinigen, die vom Ruß geschwärzt noch sind.

Deshalb bleibt mir nicht viel Zeit zum Malen. Wenn die anderen an den Lesepulten stehen, finde ich die Ruhe nicht, die ich dringend brauche. Dann habe ich das Bild mit einem Tuch verhangen, denn keiner der Brüder soll vorab wissen, was ich auf die Leinwand banne. Und da ich mich nicht aus dem Raume rühre, wenn die Mönche darin lesen, weiß ich auch, daß noch keiner unters Tuch geschielt hat. Nur Ulrikus und auch Pförtner Markwart sahen die Anfänge meines Bildes, als es noch nicht verhangen war.

Inzwischen ist etliches hinzugekommen. Doch ich weiß nicht, wie ich weitermachen soll. Meine Absicht ist, die Hölle darzustellen und auch den Himmel mit dem HERRN. Doch ich will's nicht teilen nach oben und nach unten, weil mir das zu simpel ist. Wenn ich jedoch die Hölle hinten male, wird sie mir zu groß. Wähle ich für sie den Vordergrund, ist sie dem Betrachter viel zu nah.

Weil ich nicht weiterwußte, überwand ich mich und nahm am Morgen, kaum daß die Sonne aufgegangen war, jenes Buch zur Hand, das mich so abgestoßen hatte. Das ist das *Elucidarium* aus der Hand des Honorius. Allerdings wußte ich nicht mehr, bis zu welcher Stelle ich gelangt war. Und so setzte ich willkürlich ein.

Was ich im Anfang las, das hat mich so begeistert, daß ich vergaß, wie mich Honorius erschreckte. Ich versank ins Buch, in dem geschrieben stand, die Kirche sei nichts anderes als der geheimnisvolle Corpus Christi. Und dessen Glieder bildeten die Stände und die Schichten aller Menschen. Unverzichtbarkeit der Bräuche, las ich dort, auch daß die Gläubigen den Geistlichen stets dienstbar seien. Wenn das auf die Liturgie bezogen war oder auf die Wahrheit, die aus der Bibel folgt, will ich diesen Worten folgen. Mehr noch überzeugten mich die Sätze, daß allein die Kirchenbuße den Weg zum Himmelreich eröffnet.

Und dann las ich, was ich nicht erwartete, weil das Buch oft so geschrieben ist, als sei es fürs gemeine Volk bestimmt. Und dieses glaubt an die Prädestination, die meint, von einem Menschen sei nicht nur die Geburt vorherbestimmt, sondern auch alle seine Taten. Hier aber las ich von der Willensfreiheit in übersetzter Form, in solcher, wie sogar ein Bauer sie verstehen kann.

Die rechte Lebensweise, stand geschrieben, könne helfen und selbstverständlich auch die Buße. Der Sünden soll ein jeder sich enthalten. Doch als ich weiterlas, erkannte ich, daß Honorius nicht alles dem freien Willen überläßt. Wer nämlich sündigt, der wird bestraft und erleidet Höllenqualen.

Sofort erschien ein Bild vor meinen Augen. In der Mitte saß der HERR, und er hielt Gericht am Jüngsten Tag. Ihm zur Rechten sah ich jene, die auf Erden sündigten. In deren Nähe züngelten bereits die Flammen. Ein wenig Rot und sehr viel Schwarz erkannte ich. Demgegenüber, unserm Gott zur Linken, aber war ein lustig Treiben. Die Menschen lachten, und sie tanzten. Unter ihnen grünte eine Wiese, von Blumen bunt geschmückt.

Und plötzlich wußte ich, wie ich mein Bild gestalte. Nicht oben und nicht unten soll die Hölle sein, auch nicht hinten und nicht vorn. Gott soll die Mitte meines Bildes bilden, und das allein bedingt, daß auf der einen Seite jene seufzen, die unterwegs zur Hölle sind, auf der anderen die Menschen lachen, die sich auf den Himmel freun.

Die Idee begeistert mich. Aber eine Frage quält mich nun, und zwar nicht zum ersten Mal. Woher kommen die Ideen? Habe ich sie hergenommen aus dem Buch des klugen Mannes? Das kann nicht sein, denn darin war anderes beschrieben. Aus meinem Kopf konnte sie unmöglich stammen, denn schon Tage hatte ich versucht, mir etwas auszudenken. Und das ist mir nicht gelungen. Also kann der Grund unserer Ideen weder in den Büchern liegen noch in dem Verstand.

Sie werden uns vom Himmel eingegeben, und deshalb wissen wir auch nicht, wie wir darauf gekommen sind.

* * *

Während der Novize die Unbill der Welt floh, indem er sich auf den Lichtbringer des Honorius und mehr noch auf sein Bild konzentrierte, war Markwart der erste, der eine diesseitige Neuigkeit erfuhr, obwohl er nicht zur Gefolgschaft des Abtes gehörte.

Am Samstag hatte er den Bauern beim Verlassen des Klosters abgelauscht, daß diese fortan ihre Äcker bestellten wollten. Gemäß seiner eremitischen Neigung hatte er mit keinem darüber gesprochen, und als am Montag die Helfer vergangener Wochen ausblieben, kam der hagere der Dekane nach vorn und fragte nach dem Verbleib der Bauern.

Notker wunderte sich nicht darüber, daß er vom Pförtner eine Antwort erhielt. Doch sein Blut schäumte ob der vernommenen Worte auf, und er schrie unbeherrscht seine Wut in den Morgen hinaus. Offenbar hatten die Landmänner auf eigene Faust gehandelt, und das konnte Markwart nachempfinden. Denn was sie auf Riess getan hatten, war nicht wenig. Indes hatten sie wohl vergeblich auf eine Entlohnung gehofft. Notker wütete noch immer und stieß Drohungen aus, während er zur ehemaligen Schule zurückging.

Markwart verließ bald darauf seine Cella, um seine Schattenstäbe zu kontrollieren. Wie recht er damit tat, merkte er schon beim ersten. Er hatte die Stäbe bei frostigem Boden nur in geringe Tiefe treiben können, und nun neigten sie sich. Einen Hammer hatte er vorsichtshalber mitgenommen, und mit seinen Schlägen lockte er Jarich aus den Ställen. Dieser kam grinsend auf ihn zugelaufen. Offenbar suchte er Unterhaltung. Aber daran war dem verhinderten Eremiten nicht gelegen. Da er die Flucht nicht mehr ergreifen konnte, beugte er mit einer Frage vor.

Jarich fuhr sich mit seiner Hand, die vom Dung ein wenig eingefärbt war, über das Kinn und schüttelte seinen Kopf, wobei er sagte: »Nee, ein S im Boden habe ich noch nicht gesehen.«

»Schönen Dank auch«, tippte sich Markwart an sein Käppchen und zog weiter, als sei er auf Jarich zugegangen, um ihm eine Frage zu stellen.

Ob dieser Rückzug des Tierpflegers Gedächtnis geschärft hatte oder zu diesem Zeitpunkt erst die Frage in dessen Verstand angekommen war, wußte er wohl selbst nicht, als er dem Weggehenden hinterherrief: »Oder doch!«

Markwart verharrte auf der Stelle. Sollte die Frage, die ihm ohne Absicht herausgerutscht war, etwa Früchte tragen? Er wandte sich um und setzte sein freundlichstes Lächeln auf. »Wo denn?« fragte er.

»Das war in der Nähe der Ställe.«

»Weißt du auch noch, wann das war?«

Jarich schüttelte seinen Kopf und sagte: »Mein Gedächtnis ist nicht das beste.«

»Aber wenn dir's noch einfällt, dann sagst du mir bitte Bescheid?« buhlte Markwart und ging zum nächsten Schattenstab. Aber bevor er den erreichte, riefen die Glocken der Kirche zum Gebet.

Nach der Terz forderte der Abt alle Brüder auf, ihm ins Querschiff zu folgen. In dem waren die Fenster fast vollendet. Die Wände sahen aus, als sei die Kirche neu erbaut worden. Die Steine waren sauber gekratzt; wo sie Schaden genommen hatten, waren neue davorgesetzt worden. Nur die Decke harrte noch der Restaurierung. Kaum mehr waren die Engel zu sehen, die sie einst schmückten.

Nachdem sich alle versammelt hatten, erklärte der Abt: »Liebe Brüder, wie ich euch unlängst sagte, werden wir berühmten Klöstern der Benediktiner folgen, solchen wie Cluny und auch Hirsau. Doch wenn wir uns vom Bischof lösen wollen und auch aus dem Diözeseverband, müssen wir uns der Unterstützung des Heiligen Vaters in Rom gewiß sein. Da eine Antwort auf mein erstes Schreiben aussteht, das ich einem Geistlichen mitgab, der auf dem Weg nach Rom war, muß ich annehmen, daß es abhanden gekommen ist. Womöglich wurde der Überbringer auch abgehalten, seine Pflicht zu erfüllen. Also habe ich noch einmal an Calixtus II. geschrieben. Und diesmal werden Brüder unseres Klosters die Nachricht überbringen.«

Er zog aus seiner Cuculle die Rolle heraus und hielt sie in die Höhe. Dabei wurde deutlich, was einige Mönche zuvor schon geahnt hatten. Pankraz trug ein neues Gewand. Anders als Lothar hatte er auf jeden Schmuck verzichtet. Aber es war von feinstem Gewebe. Und innen war die Cuculle mit Fell ausgekleidet, was ein jeder gesehen hatte, als der Abt die Pergamentrolle herauszog.

Nun hielt er sie hoch und sagte: »Die Botschaft an den Papst!«

Markwart lächelte in sich hinein. Endlich wußte er, weswegen der Schneider mehrfach gekommen war. Aber im nächsten Moment eilte er aus der Kirche, ohne Pankrazens Erlaubnis zu erbitten. Die Glocke an der Pforte hatte geschellt. Der Abt ließ zu aller Erstaunen den Pförtner gewähren. Mit dessen Reaktion hatte er sogar gerechnet und darauf seine Dramaturgie begründet.

Auf sein letztes Wort hin hatte nämlich einer der Konversen, der treu zum Bärtigen stand, aus dem Turm der Kirche ein Zeichen gegeben, woraufhin die draußen Stehenden geläutet hatten.

Ein Weilchen herrschte gespannte Aufmerksamkeit im Gotteshaus, und die Blicke aller richteten sich zum Eingang. Als dann Hufgetrappel nahte, schritt Pankraz hocherhobenen Kopfes hinaus. Seine Dekane folgten ihm, und die Brüder drängten hinterher. Die letzten schoben sogar die vor ihnen Gehenden, um die drei schweren Reiter in ihren Rüstungen zu sehen. Selbst die Pferde waren geschützt, so daß es wirkte, als könne den Boten des Abtes nichts Böses widerfahren. Einer von ihnen schob das Visier nach oben. Es war der Konverse Ingomar.

»Euch dreien vertraue ich das Schicksal des Klosters an«, tönte der Abt weihevoll und reichte mit gemessener Bewegung das Pergament hinauf. Ingomar nahm es und hielt die Rolle zum Himmel, bevor er sie in ein passendes Behältnis an seinem Sattel steckte. Die beiden anderen, die sich nach wie vor unter den Visieren bargen, zogen klirrend ihre Schwerter heraus, schwenkten diese und hielten sie sich vor die Brust, daß die Spitzen nach oben wiesen.

»Glück auf den Weg!« wünschte Pankraz.

Ingomar ließ sein Visier herab. Und alle drei ritten schwerfällig und machtgebietend zum Tor, während der Abt zur Schule hinüberschritt. Die Sonne war hervorgebrochen und ließ die Cuculle des Bärtigen leuchten.

Dabei grinsten zwei der Brüder in sich hinein, denn ihnen war bereits ohne Fell warm geworden. Früher als in anderen Jahren kündigte sich der Frühling an, wenngleich Burchard und Hartmann das Kloster erschien, als sei es im Dauerfrost erstarrt. Nachdem ihr Grinsen erstorben war und in die Brüder Bewegung kam, gingen sie rasch zum Kreuzgang und durch diesen hindurch, als müßten sie einem körperlichen Bedürfnis nachkommen.

»Glaubst du, was uns vorgespielt wird?« fragte der noch milchbärtige Hartmann, ein schlanker Bursche, der erst im Jahr zuvor in den Priesterstand aufgenommen worden war.

Der etwas kleinere und schon ältere Burchard antwortete ihm: »Ich glaube weder an den ersten noch an den zweiten Brief, und so bin ich mir sicher, daß Ingomar und die beiden anderen in ihren Fastnachtskostümen nur bis in die Stadt reiten, um dort die geliehenen Pferde und die Rüstungen abzugeben.«

»Welches Ziel verfolgt Pankraz, wenn er uns ein solches Schauspiel vorführt?«

»Der Pomp und die Dramaturgie sprechen dafür, daß es ihm sehr wichtig ist, und wenn ...«

Burchard vollendete diesen Satz nicht. Einer aus der Gruppe des Engilbert nahte, und die beiden Brüder taten, als unterhielten sie sich über ein theologisches Thema: »Die Prädestinationslehre des Augustin hatte folgende Mängel«, begann Burchard. Beide fachsimpelten und gingen dabei zu ihren Gruppen zurück.

* * *

Aus dem Tagebuch des Novizen Bertold
(12. März 1122)

Wie war ich aufgeregt, als die drei Reiter kamen. Sie schienen unbesiegbar und ein Garant dafür, daß die Nachricht Rom erreichte. Wie ein Schauspiel wirkte alles und war doch ganz echt. Die drei Reiter stellten sich in einer Reihe auf. Ihnen gegenüber postierte sich der Abt. Zu dessen Seiten sah ich Lothar und auch Notker.

Das war ein Bild, wie ich es malen könnte. Das wurde mir sogleich bewußt. Da habe ich mir vorgenommen, es in meiner Erinnerung mir zu bewahren, bis das erste fertig ist. Ich träumte, ein zweites Bild zu malen. Dann vielleicht ein drittes und noch mehr. Mit allen wollte ich nur Gott gefallen und ihn rühmen.

Doch der Traum zerplatzte, als der eine Reiter sein Visier anhob. Ich erkannte Ingomar auf Anhieb. Aber dieses Bild verschwand, und ich sah die Finsternis vor mir. Nichts erkannte ich ringsum, bis etwas Helles blitzte. Und das konnte nur ein Nackter sein, eben jener Bruder Ingomar.

Wurde jene Nacht in mir lebendig? War es überhaupt passiert? Oder entsproß all das nur meiner Phantasie? Ich glaube, diesmal war die Antwort deutlich, als ich neben Ingomar ein nacktes Weiblein stehn sah. Nie in meinem Leben ist mir eine Frau begegnet, die nicht angezogen war. Woher sollte ich mein Wissen vom andren Körper haben?

Nur eine Antwort fiel mir ein, und die hat mich erschüttert. Wenn das Bild mir eingegeben ist von den beiden Nackten in der Nacht, kann es nicht vom Himmel stammen. Denn da oben gibt es keine Körper. Doch der Glanz und auch der Glimmer, jede Form auch des Verführens stammen aus der Hölle Schlund.

* * *

Mit Bauern und Fuhren war ebensowenig zu rechnen wie mit der Ankunft neuer Konversen. Die Pilger glaubten wohl noch nicht an den Einzug des Frühlings. Und die Sonne stand noch nicht hoch genug, um die Schattenstäbe zur Wirkung zu bringen.

Also gedachte Markwart den Tag zu beginnen mit einer Tätigkeit, die zwar keinen Sinn machte, ihm jedoch Freude bereitete. Er zog sich auf seinem kleinen Tisch das Pergament zurecht.

Wenn er auch nicht an den Neubau einer Kirche im Kloster Riess glaubte, bereitete es ihm Freude, seiner Phantasie freien Lauf zu lassen und sie durch Konstruktionsgesetze zu zügeln. Und wen störte es, wenn er nicht nur einen Entwurf für ein Gotteshaus fertigte. Mit mehreren an der Zahl konnte er so mit sich selbst in Wettbewerb treten, wie es sich für einen Eremiten gehörte.

Doch kam er nicht über einige Striche hinaus, bis zum ersten Mal die Glocke geläutet wurde. Wenig später donnerten Fäuste ans Tor. »Komme ja schon, komme!« rief Markwart den Ungeduldigen zu, als er zur Pforte stapfte. Kaum hatte er sie geöffnet, sah er zwei Händler. Sie waren mit einem zweispännigen und zweiachsigen Wagen vorgefahren.

»Was wollt ihr?«

»Bringen euch, was euer Herz begehrt. Frische Socken und Schuhe, auch Cucullen. Arbeitsgeräte haben wir, Töpfe und Pfannen wie auch alles andere, was man in der Küche braucht. Selbst an Leckereien fehlt es uns nicht. Dazu …«

»Laßt gut sein«, fiel der Pförtner dem Mann in die Rede. »Ich entscheide das sowieso nicht. Am besten, Ihr kommt mit mir zum Abt.«

Einer der Händler blieb beim Fuhrwerk, den anderen führte Markwart zur Schule. Im Flur lief ein junger Konverse auf und ab. Kaum sah er die beiden nahen, fragte er, was der Fremde wünsche. Er hörte sich nicht dessen gesamte Litanei an und erfragte die Preise. Danach klopfte er an des Abtes Tür und schlüpfte nach dessen Aufforderung hinein.

Markwart wartete nur, weil er den Fremden nicht allein

lassen wollte. Aber das bereute er alsbald. Der Bärtige kam aus der Tür geschossen, in jene Cuculle gekleidet, die ihn deutlicher von den anderen unterschied als des Lothars albernes Kreuz. Er baute sich breitbeinig auf, stemmte die Arme in die Hüften und wetterte los: »Die Preise, die ihr verlangt, sind ein Skandal! Wir aber sind ein ehrenwertes Kloster und dulden solcherart Betrügereien nicht. Schert euch dahin, wo ihr hergekommen seid!«

Nach diesen Worten drehte sich Pankraz um, ging in sein Zimmer und warf die Tür hinter sich ins Schloß. Zugleich trat der junge Wachkonverse in Aktion, er schob den Fremden aus der ehemaligen Schule hinaus und behandelte auch den Pförtner wie einen Aussätzigen. Dieser brachte den Händler zum Tor. Bevor das erreicht war, fand der Gast die Stimme wieder, und seinen ganzen Unmut bekam Markwart zu spüren.

Dem war der Spaß am Konstruieren vergangen. Er suchte die Stille des Gotteshauses und das Gebet. Er schloß nicht nur die Pforte, sondern auch seine Cella. Doch seine Hoffnung auf Ruhe erfüllte sich nicht. Vor der neuen Mauer, hinter der sich das Grab des Abtes Nikolaus befinden sollte, standen etliche Brüder und tuschelten.

Er ging ein Stück abseits, um zu beten. Aber jener, der zu diesem Zeitpunkt das Wort führte, wollte wohl alle im Gotteshaus erreichen. Er behauptete, aus den Unterlagen sei eine weitere seltsame, aber durchaus glaubwürdige Geschichte hervorgegangen.

Einer fragte dazwischen, weshalb es so lange dauere, bis jemand alles durchgelesen habe.

»Die alten Schriftstücke sind leider in einem schlechten Zustand«, sagte der Bruder, dessen Stimme Markwart inzwischen erkannt hatte. Er war einer der von Pankraz bestellten Leiter der Gruppen. »Deshalb müssen sie oft Buchstabe um Buchstabe entziffert werden. Manchmal fehlen auch ganze Wörter«, erklärte er.

»Kann es nicht sein, daß der Sinn dadurch entstellt wird?« fragte einer.

»Aber Bruder, wie kann der Sinn entstellt werden, wenn ein Wort fehlt und aus dem Kontext hervorgeht, was gemeint ist.« Der Gehilfe Pankrazens wartete einen Augenblick ab, um sicherzugehen, daß nicht noch einer störte, wenn er das Wichtige kundtat. Und dann begann er in geheimnisvollem Ton zu erzählen:

»Der Gründer unseres Klosters, Abt Nikolaus, war nicht nur ein ungewöhnlicher Mensch, sondern auch ein sehr bescheidener Mönch. So ließ er es sich nicht nehmen, in der Bibliothek zu arbeiten, wie es aller Brüder Pflicht ist. Da er aber tagsüber außerordentlich viel zu tun hatte, wie ihr euch vorstellen könnt, zumal das Kloster noch nicht fertig war, ging er auch manchmal nächtens in die Bibliothek.«

Nach einer Pause, mit der er gedachte, die Spannung zu erhöhen, sprach er mit leiser Stimme weiter, so daß Markwart seine Ohren spitzen mußte:

»Aus Nachlässigkeit hatte der Kustode das Licht nicht hergerichtet, und alsbald waren die Reste der Kerzen verbraucht. Nikolaus wußte nicht, wo die anderen lagen. Den Säumigen wollte er nicht wecken. Aber das brauchte er auch nicht. Er las und schrieb weiter dank der göttlichen Barmherzigkeit. Der HERR im Himmel ließ nämlich drei Finger der linken Hand des Abtes wie Lampen erstrahlen. In diesem Augenblick kam der Kustode herbei, dem eingefallen war, daß er die Herrichtung des Lichtes vergessen hatte. Nun sah er des Nikolaus Finger im Glanz erstrahlen und die Bibliothek im himmlischen Licht wie von der Mittagssonne erleuchtet.«

Markwart war längst aus dem Gebet gerissen worden und stand auf, nachdem die Geschichte zu Ende war. Dabei knackten seine alten Gelenke, und alle sahen auf ihn, denn das war das einzige Geräusch in der Kirche gewesen. Inzwischen war es dämmerig geworden, und fast jeder stellte sich vor, wie leuchtende Finger das Gotteshaus erhellten. Manch einer sah sogar auf seine Hände herab und träumte noch davon, auch sie könnten Licht spenden, als wenig später die Psalmen gesungen wurden.

Fast schon war es auf Riess zu einer Gewohnheit geworden, daß Abt Pankraz nach den Stundengebeten einige Worte an die Brüder richtete. Diesmal waren sie von jenen Gedanken gespeist, die er den Händlern gesagt hatte. Aber sie entbehrten der Schärfe und der Wut. Denn er setzte sich nicht mit den Übeltätern auseinander. Er erklärte nur deren verwerfliches Tun, um davon abzuheben, wie rein und gottesfürchtig das Kloster Riess und seine Brüder seien. Auf eine solche Gelegenheit hatte er vermutlich schon lange gewartet.

Am Morgen des anderen Tages entrollte Markwart mit wachsender Lust das Pergament, auf dem erst wenig mehr eingetragen war als die Himmelsrichtungen und einige Gebäude, die um die Kirche standen und auch erhalten bleiben sollten.

Schon setzte er an, den ersten Strich zu ziehen, als die Glocke erneut schellte, diesmal allerdings so schwach, daß er sich im ersten Augenblick nicht sicher war, ob er sie überhaupt gehört hatte. Er zögerte und erwartete das ungeduldige Klopfen. Indes klang nur ein Hüsteln herüber.

Also stapfte er hinaus, öffnete die Pforte und traute seinen Augen kaum. Ein Geistlicher stand davor, ziemlich kurz geraten, mit scharf geschnittenen Zügen, die ihm etwas Kasperhaftes verliehen. Aber aus den Augen sprang eine Verschlagenheit hervor, die nicht einmal sein Lächeln zu überdecken vermochte.

»Grüß Gott, Bruder«, empfing ihn der Pförtner und fragte, wo der Gast hinwolle.

»Zu Abt Pankraz.«

Das Stirnrunzeln auf des Pförtners Stirn konnte der

Fremde nicht deuten und trottete neben ihm her zur Schule hinüber. Wieder ging der junge Konverse im Flur auf und ab. Aus Vorsicht schob Markwart den Gast vor sich her und beabsichtigte, aus der Ferne zu sagen, daß dieser den Abt zu sprechen wünsche. Er wollte nicht noch einmal den Wutausbruch des Bärtigen erleben.

Doch der junge Konverse ließ ihn nicht reden. Er lächelte den Gast an und bat ihn, einen Augenblick zu warten. Inzwischen zog sich der Pförtner bis zur Treppe zurück, und dort erhärtete sich sein Verdacht, daß im Alter seine Neugier zum Durchbruch kam. Er blieb nämlich stehen, bis Pankraz aus seinem Zimmer trat und den Gast in seine Arme schloß. »Gunther«! rief der Bärtige, als er den anderen wieder losließ.

Mehr Worte sprachen die beiden zu Markwarts Kummer auf dem Flur nicht. Dabei hätte er gern erfahren, woher der Geistliche gekommen war und in wessen Auftrag er handelte. Als er zu seiner Cella zurückging, erinnerte er sich des Mannes in gutem Tuch, der sogar wußte, wo er den Abt findet. Ob dieser Bürger, der Konverse Ingomar und der Geistliche Gunther in Verbindung standen?

Der Pförtner zuckte mit den Schultern. Eine Antwort auf seine Frage würde er durch Nachdenken nicht finden. Deshalb kehrte er um, ging jedoch nicht nach links in die Schule, sondern rechts hinein in die Kirche und klopfte an die Tür zur Sakristei.

Grimaldus bat ihn herein und unterbrach seine Beschäftigung nicht. »Die Kohle muß vor dem Gottesdienst glühen«, erklärte er und blies weiter.

»Du hast doch Ahnung von der Liturgie?«

Auf diese Frage hin fauchte der Atem mal oben und mal unten an der Kohle vorbei.

»Auch ein bißchen vom Kirchenbau?«

Die Antwort gaben diesmal die Schultern.

»Aber zumindest Interesse?«

Wieder traf der Atem nicht die Kohle. Und wie groß sein Interesse war, bekundete der Sakristar, indem er die Brauen hob.

»Da könntest du mir helfen. Das Vermessen vermag ich ohnehin nicht allein zu bewältigen.«

Zwei Augen schielten auf den Pförtner, der erklärte: »Ich habe nämlich vom Abt den Auftrag erhalten, ein neues Gotteshaus zu entwerfen.«

Grimaldus griff nach diesen Worten zu einem Wedel. Er brauchte den Atem zum Sprechen. »Wir haben doch eines.«

«Du weißt, daß dem neuen Abt nichts groß und gut genug ist.«

»Viel verstehe ich nicht vom Kirchenbau. Aber ich weiß, wie ein Gotteshaus gebaut sein muß, damit alle liturgischen Feierlichkeiten wirken und auch der Gesang.« Er sah, wie die Augen Markwarts wuchsen, und schränkte rasch ein: »Freilich nicht alles, nur ein bißchen weiß ich.«

»Macht nichts. Wenn wir einigen Spaß daran haben und etwas knobeln können, sollten wir es tun.«

»Du meinst also nicht, daß wirklich eine neue Kirche gebaut wird?«

Nach dieser Frage wurde der Pförtner ernst und entgegnete: »Ich glaube sogar, daß alles auf Erden vergänglich ist, und manches so rasch, daß viele Ziele in der Idee verbleiben.«

»Das gebe Gott« murmelte der Sakristar, sah auf seine Glut und beugte sich wieder hinab. Beim Reden hatte er das Wedeln vergessen. Nun mußte er pusten, was die Lunge hergab, um die Glut zu retten.

»Dann morgen bei mir.«

Diesmal blies die Luft beiderseits an der Kohle vorbei.

»Du meinst, eher bei dir.«

Ein hochgehaltener Daumen ersetzte die Antwort.

Der folgte auch auf die Frage, ob die Zeit nach der

Sext angenehm sei. »Und kennst du noch einen, der sich dafür eignet?«

»Burchard ... er hat ... schon an ... einer Kirche ... mitgebaut«, stieß Grimaldus seine Antwort stückweise zwischen dem Pusten hervor.

Markwart klopfte ihm leise auf die Schulter und verließ die Sakristei. Indes verblieb er in der Kirche, denn bis zum nächsten Gottesdienst waren es nur wenige Minuten. So wurde er Zeuge, wie der Sakristar seine Kohle heraustrug, auf sie pustete und zugleich versuchte, mit einem Hölzchen die Kerzen zu entzünden.

»Die Lichte sind heilig, das weiß ich wohl«, sagte Markwart, der Grimaldus helfen wollte, »aber die Kohle gib her, denn ich kann auch noch recht gut pusten.«

* * *

Aus dem Tagebuch des Novizen Bertold (14. März 1122)

Oft sitzen wir zusammen, jene Brüder, die eine Gruppe bilden. Wir beten dann und reden über alles, was uns bewegt. Auch lachen wir und scherzen. Nur manchmal, meist jeden zweiten Tag, nimmt uns Engilbert zusammen und sagt, was fortan wichtig ist.

Doch heute war auch Bruder Notker mitgekommen. Daraus war zu schließen, daß es Neuigkeiten gab, die für alle gelten. So lauschte ich und hörte, daß es vonnöten sei, daß ein jeder sich verpflichte. Wozu es sein soll, fragte einer meiner Brüder. Darauf führte Notker aus: Das Kloster käme aus der Krise. Aber längst noch nicht seien alle Klippen überwunden. Und ein jeder wüßte, wie ein Berg immer steiler würde, wenn man dem Gipfel naht.

Das war ein schönes Bild, das die Brüder gleich verstanden. Ihre Ohren waren weit geöffnet, und sie lauschten, als der Notker weitersprach, nun sei ja auch bekannt, daß wir Menschen von Natur aus gar nicht fleißig seien, sondern nur, wenn wir uns in Gegenwart der anderen verpflichteten.

Zwar schienen diese Worte nicht allen einzugehen. Doch keiner wagte einen Widerspruch. Vielmehr wetteiferten die Brüder, dem Notker zu versprechen, was sie beitragen wollten, um Riess aus der Krisis zu erlösen. Ich war der letzte in der Reihe und hatte Zeit, meine Gedanken hin und her zu wälzen. Doch je länger ich das tat, um so leerer ward mein Kopf.

Am Ende, als ich dran war, fiel mir gar nichts ein. Ich sagte nur, ich wolle mich bemühn, bald so gut zu sein, daß ich an Ulrikus' Stelle treten könne, wenn er einmal auf Reisen sei oder krank daniederläge. Zu meiner Überraschung hat Bruder Notker daraufhin gelächelt. Das sei ein löblich Plan, hat er zu mir gesagt. Wie wurd ich stolz in diesem Augenblick. Und dankbar war ich auch, besonders unserem Dekan, der mich vor aller Ohren lobte.

* * *

Burchard war sofort einverstanden gewesen, bei den Vermessungen zu helfen, und hatte vorgeschlagen, auch Bruder Hartmann einzubeziehen. Dagegen hatte Markwart nichts einzuwenden, und auch Grimaldus nickte. Für alle vier kam der Entschluß zur rechten Zeit. Denn die Leiter ihrer Gruppen verlangten von ihnen ebenfalls eine Erklärung, wie sie über das Maß beitragen wollten, Riess zu einer neuen Blüte zu führen. Sie gaben den Entwurf der neuen Kirche an und verabredeten sich bei ihrem Treffen in der Sakristei für den kommenden Montag beim Pförtner.

Der Rest der Woche verging ruhig. Die Brüder waren emsig, und viele arbeiteten sogar in der Zeit, die sie in den Jahren zuvor zu ihrer Erbauung genutzt hatten.

Markwart aber übernahm sich nicht. Er sammelte nur seine Schattenstäbe ein, nachdem sie ihre Schuldigkeit getan hatten. Zwar wußte er, daß es keine Methode gab, mit der man absolut genau die Himmelsrichtung bestimmen konnte. Doch meinte er, das besser getan zu haben als die Erbauer der bestehenden Klosterkirche.

Am Sonntag dachte er erstmals darüber nach, weshalb der Abt den Auftrag an ihn vergeben hatte. Glaubte Pankraz wirklich, eines Tages das Kloster erweitern zu können und ein neues Gotteshaus errichten zu lassen? Oder war es nur ein Trick von ihm, wie er viele andere anwandte, um die Brüder an sich zu binden?

Eine Antwort wußte er nicht. Aber auch nicht jene drei Brüder, die am Montag zu ihm kamen. Dicht gedrängt standen sie einige Zeit in der Cella ostiarii, weil sie nicht wollten, daß ihre Worte von anderen aufgeschnappt wurden.

Aber als die Atemluft immer dicker wurde und schon zum Hecheln zwang, entschieden sie sich, nach draußen zu gehen. Die Vermessung stand an, zu der sie etliche Stunden brauchen würden. Und diese Tätigkeit bot reichlich Gelegenheit, sich auszutauschen. Denn oft mußten Einzelheiten abgesprochen werden, und wenn sich die vier Brüder ein Stück abseits stellten, dorthin, wo sich kein Lauscher in ihrer Nähe verbergen konnte, wagten sie, ihre Gedanken einander zu offenbaren, allerdings nur unverfängliche. Noch mangelte es ihnen an gegenseitigem Vertrauen.

Erst kurz vor Ende der gemeinsamen Arbeit, als sie am Friedhof standen, sagte Hartmann mit der Unbefangenheit der Jugend: »Kolumban hat mir besser gefallen.«

»Und Ekkehart war ein menschlicher Prior. Jetzt haben wir zwei Dekane.« Bei dieser verschlüsselten Anklage beließ es Burchard.

»Ich glaube, es geht nicht alles mit rechten Dingen

zu«, sagte Markwart, und Grimaldus fügte an: »Dessen bin ich mir sogar sicher.« Er sah dabei auf die noch frische Grabstätte des Leonius.

Schon waren sie bereit, einander weiter zu öffnen, als einer der Konversen nahte.

»Der macht mit Engilbert gemeinsame Sache«, zischelte Burchard, woraufhin der Sakristar begann, vom ungewöhnlich frühen Einbruch der Wärme zu sprechen.

XI

Aus dem Tagebuch des Novizen Bertold
(19. März 1122)

Ulrikus war begeistert, als ich ihm sagte, wozu ich mich verpflichtet hatte. Vom gleichen Tag an hat er mich zwischen Terz und Sext in all das eingewiesen, was man wissen muß, wenn man den Bibliothekar vertritt.

Erst dabei wurde mir bewußt, wie viele Bücher sich inzwischen angesammelt hatten. Nur wenige davon hatten das Feuer überlebt. Die meisten waren neu gekauft, etliche in den letzten Tagen. Und die Autoren waren mir meist unbekannt. Ich wollte von Ulrikus wissen, wovon die Schriften handeln, denn ich glaube, das muß ich den Brüdern sagen können, die zum Leihen hier erscheinen.

Doch Ulrikus zuckte mit den Schultern und bekannte, die meisten der neuen habe auch er noch nicht gelesen. Und dann hat er geflüstert, und ich hörte, daß die meisten der neuen Bücher nicht von Gelehrten stammten. Wie jenes des Honorius? habe ich gefragt. Ulrikus hob die Schultern, und zugleich hat er genickt, was wohl bedeutet, ähnlich sind sie schon, dennoch nicht völlig gleich.

Obschon ich dadurch viele Mühe habe, bleibt mir noch Zeit, mich um mein erstes Bild zu kümmern. Denn was ich einst bei meinem Onkel malte, will ich nicht so nennen. Über den Versuch kam ich nie hinaus, und fertig wurde keines. So etwas soll mir nicht noch einmal widerfahren. Deshalb male ich im Hellen und bei Kerzenschein, wenn mir Ulrikus dafür Zeit gewährt.

Zu meiner eigenen Überraschung finde ich die größte Freude, wenn ich am linken Rand, an der Hölle, mir zu schaffen mache. Besonders die Farben haben es mir angetan, das Rot und auch das Schwarz, wie sie beide harmonieren.

Schwerer stelle ich mir vor, den Himmel zu gestalten. Aber die größte Prüfung für mein Talent wird der HERR des Himmels in der Mitte sein. So viele Maler haben ihn bereits auf ihren Bildern dargestellt, der eine schöner als der andere. Wie nur werde ich es schaffen, mich an die Meister anzunähern?

* * *

Im Kloster Riess wurde nicht nur mehr gearbeitet als in all den Jahren zuvor. Es wurde auch unentwegt getuschelt, seit sich herumgesprochen hatte, daß der Bischof zum Hochamt kommen würde.

Nach der Sext verständigten sich Burchard und Hartmann, einander am Friedhof zu treffen. Als sie wenig später dort eintrafen und zur Überzeugung gelangten, daß ihnen niemand gefolgt war, auch keiner sich in ihrer Nähe verbarg, sagte der jüngere der beiden: »Verstehst du, daß Pankraz ankündigt, er wolle mit dem Bischof brechen, und ihn bald darauf zum Hochamt einlädt?«

»Das verstehe ich schon, denn beide sind gewiefte Taktiker«, sagte Burchard, zog seine Stirn kraus und fügte an: »Aber hat der Bärtige nicht schon längst behauptet, dem Bischof seine Ansicht mitgeteilt zu haben?«

Kaum war diese Frage über Burchards Lippen gekommen, als beide Brüder zusammenzuckten. Sie hatten geachtet, daß ihnen keiner vom Refektorium her folgte und keiner hinter einem Baum sich barg. Aber sie hatten nicht mit der Möglichkeit gerechnet, daß einer an der Mauer entlanggeschlichen kam. Doch einen Augenblick später atmeten sie auf, weil sie Markwart erkannt hatten.

Dieser trat heran und erklärte: »Mich zieht es immer wieder hierher.« Er wies mit dem Kopf zur Stelle, wo das Haus gestanden hatte, das den Flammen zum Opfer gefallen war. »Auch wenn die Kirche nie gebaut wird, finde ich Gefallen daran, eine zu entwerfen.«

»Du warst früher anders«, sagte Burchard.

»Da war ich jünger.«

»Auch zufriedener?«

Markwart grinste.

»Und wenn wir einen anderen Abt hätten«, fragte Hartmann, »würdest du dich dann auch ändern?«

Auf des Pförtners Stirn bildeten sich Falten. Er kratzte sich am Hinterkopf und brauchte ein Weilchen, bevor er zugab: »Wahrscheinlich habe ich meine Veränderungen allein aufs Alter geschoben, weil ich nicht wahrhaben wollte, wie unzufrieden ich bin. Vor allem aber wohl, weil ich nicht weiß, wie ich die Zustände ändern kann. Auch weil mir nicht bekannt ist, wie viele Brüder Riess anders haben wollen, als es jetzt ist.«

»Wir wollen das zum Beispiel«, sagte Burchard.

»Von euch beiden weiß ich es oder ahne es zumindest. Doch wie sollen drei gegen fast einhundert etwas ausrichten? Und übermorgen schon können's zweihundert oder noch mehr Anhänger des Pankraz sein.«

»Mit dessen Freunden steigen auch seine Feinde«, erwiderte Burchard.

Der Pförtner schüttelte seinen Kopf und sagte: »Das glaube ich nicht. Denn die meisten der Despoten halten sich bis an ihr Lebensende.« Er wollte das Gespräch in andere Richtung lenken, allein weil er nicht gern spekulierte. Deshalb fragte er: »Worüber habt ihr gesprochen?« Und nachdem ihm Burchard geantwortet hatte, erklärte er flüsternd: »Einen Feind kann man nicht besser hinters Licht führen, als ihn zu hofieren. Macht man das gut, hat man von ihm nichts zu befürchten.«

Wohl aber hatten die drei Männer etwas von jenen Konversen zu befürchten, die vom Refektorium her geschlendert kamen. Sofort ging Markwart mit Riesenschritten weiter nach Westen, als messe er eine Strecke aus, während Hartmann und Burkhard zu streiten anfingen, ob der Winter noch einmal wiederkehre oder der Frühling nun bleibe. Hernach trennten sie sich.

Der Pförtner sah, wie die Schnüffler seinen beiden Freunden folgten, dennoch machte er seine Riesenschritte und zählte dabei laut. An der Mauer wandte er sich im rechten Winkel nach links und führte sein Spiel fort. Dann hob er den Finger und lächelte, als habe er etwas ausgemessen, was seine Freude hervorriefe.

Anschließend eilte er zur Kirche. Längst war im Kloster bekannt, daß er beim Entwerfen des neuen Gotteshauses mit Grimaldus zusammenarbeitete. Somit meinte der Pförtner, der Weg zu ihm sei nicht verdächtig.

Nach außen trug er Gleichgültigkeit zur Schau. Doch wie es in seinem Inneren aussah, wurde ihm bewußt, als ihn am Eingang zur Kirche jemand am Ärmel zupfte. Er zuckte zusammen, verharrte, sah langsam nach hinten und mußte sich zu einem Lächeln zwingen. Der bärtige Abt war es und fragte: »Bist du mit dem Entwurf vorangekommen?«

»Ein gutes Stück«, antwortete Markwart und fügte listig an: »Eben habe ich noch einmal die maximale Ausmessung abgeschritten.«

»Und der Platz reicht bis zur Mauer?«

»Gewiß«, meinte der Pförtner und glaubte, den Wissensdurst des Abtes gestillt zu haben. Doch der blieb stehen und sah seinem Gegenüber in die Augen. Markwart hielt dem Blick stand und ließ sich auch nicht von den Worten irritieren: »Ist es richtig, daß dir Grimaldus zur Seite steht und auch Hartmann sowie Burchard?«

»So ist es. Vielleicht muß ich sogar noch den Kreis erweitern, zumindest wenn's ans Bauen geht, dann brauche ich noch einen Zimmermann, einen Statiker und andere Spezialisten mehr.«

Der Wortschwall brachte Pankraz nicht von dessen Ziel ab. »Meinst du, daß die drei Brüder die rechten Helfer sind?«

»Bei Grimaldus ist wohl jeder Zweifel ausgeschlossen. Er kennt alle Einzelheiten der Liturgie und versteht sich auch auf die Akustik. Burchard hat bereits einmal an einer Kirche mitgebaut. Und Hartmann ist der jüngste der Priestermönche, damit auch tatkräftig und belastbar, vor allem lernt er schneller als wir Alten.«

»Ich wünsche dir, du behältst recht«, sagte Pankraz in einem Ton, der dem Pförtner einen Schauer über den Rücken jagte.

Daraufhin schritt der Bärtige zur Schule hinüber. Markwart stampfte wütend in die Kirche, pochte an der Tür zur Sakristei und wartete kaum den Ruf des Grimaldus ab. Er trat ein und legte mit gedämpfter Stimme los: »Da gibt es doch jemand, der meint, unsere Gruppe sei nicht gut zusammengesetzt.«

Er schürzte die Lippen, weil er über das Wort Gruppe gestolpert war, das für ihn noch Tage zuvor ein unverfängliches gewesen war. Inzwischen hatten es jedoch der Abt und dessen Gefolge besetzt. Noch war ihm kein besserer Ausdruck eingefallen, als er mit großen Augen auf Grimaldus sah. Dieser sagte nichts, gestikulierte jedoch, zeigte nach oben, dann auf seinen Ohren und legte den Zeigefinger auf den Mund.

Markwart zog die Augenbrauen zusammen und wies auf sich. Der Sakristar nickte, weil der Pförtner begriffen hatte, daß er schweigen sollte, zumindest über die Dinge, für die sich auch andere interessierten.

Markwart räusperte sich und sprach ebenso laut wie zuvor und noch immer von Zorn erfüllt: »Aber wie gut wir sind, werden wir beweisen. Wir legen einen Entwurf vor, daß alle die Augen verdrehen.«

»Und ob!« stimmte Grimaldus zu.

Und fast beiläufig sagte der Pförtner: »Da habe ich noch ein Problem bei der Berechnung der Fundamente. Vielleicht könntest du einmal nach vorn kommen?«

»Leider«, wies Grimaldus auf die glühenden Kohlen, »erst muß ich den Gottesdienst vorbereiten. Aber danach komme ich, spätestens morgen.«

Markwart nickte und ging hinaus. Er sah sich in der Kirche um und brummelte dabei, die neue müsse mindestens drei Längsschiffe haben und nicht nur Engel an der Decke. Die Evangelisten gehörten dorthin. Aber was er suchte, fand er nicht.

Vom Montag an war jeder der Brüder verpflichtet, in Vorbereitung des Besuches vom Bischof, eine Stunde lang zur Verschönerung des Klosters zu beizutragen. Da die andere Arbeit nicht gemindert wurde, kamen Mönche wie Laien weniger zum Lesen. Manch einer sparte sogar beim Beten.

Das Wetter kam dem Vorhaben entgegen. In den zurückliegenden Jahren hatte oftmals der Schnee bis Ende März gelegen. Doch in diesem drangen die Grabscheite in eine bereits abtrocknende Erde.

Der Abt und seine beiden Dekane liefen lächelnd herum, als sei der Sonnenschein auf ihr Betreiben gekommen. Auch ließen sie es sich nicht nehmen, selbst das Laub zusammenzuharken oder mit dem Besen Ordnung zu schaffen. Wo sie auch auftauchten, wurde rascher gearbeitet und zugleich sorgsamer.

Die Brüder gewöhnten sich sogar an, einen aus dem Triumvirat zu rufen, wenn es galt, eine neue Tätigkeit zu beginnen. Es arbeitete sich leichter, wenn der Abt den ersten Erdhub mit dem Grabscheit gemacht oder einen Stein der Kirche geputzt hatte.

Nur wenige waren von diesem emsigen Treiben ausgenommen. Das waren die zwei Kranken, die ersten, die das Bett hüteten, seit der Prior heimgegangen war. Sie pflegte der Bruder Tobias. Selbstverständlich waren auch der Cellerar Salomon samt seinem Koch und den Küchengehilfen kaum im Freien zu sehen. Grimaldus war in seiner Sakristei beschäftigt. Ulrikus und der letzte Novize hielten sich meist in der Bibliothek auf.

Doch einen sahen die Brüder noch seltener: den Pförtner Markwart. Er saß in seiner Cella über das Pergament gebeugt und gönnte sich kaum eine Pause. Mit einem unwilligen Knurren reagierte er, wenn einer an der Glocke rührte. Sein Ziel war, den Entwurf der Kirche möglichst bald fertigzustellen. Dabei konnte ihm keiner seiner drei Helfer zur Seite stehen. Die brauchte er aber bei den langwierigen Vermessungsarbeiten.

Wenn sie nur eine oder zwei Stunden in der Woche mit dem Hanfseil, der Groma oder dem ägyptischen Winkel arbeiteten, konnten sie viel miteinander sprechen. Danach sehnte sich der Eremit, der kaum mehr gehofft hatte, daß sich neuer Widerstandsgeist regen würde, nachdem die streitbarsten der Brüder das Kloster verlassen hatten.

Er vermochte sich keine günstigere Gelegenheit für die Formierung einer Opposition auszudenken als das Vermessen. Wenn Grimaldus, Burchard, Hartmann und er sich im Freien aufhielten, ihre Umgebung beobachteten und regelmäßig den Ort wechselten, entzogen sie sich nach des Pförtners Überzeugung jeder Bespitzelung, der sie in der Sakristei und in anderen Räumen ausgesetzt waren.

Falls es ihnen gelang, die Arbeiten zur Vermessung über drei oder vier Wochen hinzuziehen, blieb ihnen auch genügend Zeit zum Nachdenken, womöglich sogar zum Ausprobieren, wie das Machtsystem Pankranzens ins Wanken zu bringen war.

Erst in den letzten Tagen, besonders durch die Gespräche mit Grimaldus, Burchard und Hartmann, war dem Pförtner bewußt geworden, daß er dies tun mußte, wollte er seinem christlichen Gewissen folgen.

In seiner einsamen Tätigkeit wurde ihm auch klar, daß er die Kraft dazu gewonnen hatte, zunächst aus sich heraus. Aber ein Einzelgänger kann alles kritisieren, ohne in Gefahr zu laufen. Denn er wird kaum gehört, und folglich vermag er auch nichts zu ändern. Deshalb brauchte er Verbündete und mußte sie einschwören, um gemeinsam mit ihnen in die Offensive gehen.

* * *

Aus dem Tagebuch des Novizen Bertold (21. März 1122)

So viel Zeit wie in diesen Tagen blieb mir lange nicht, an meinem Bild zu malen. Die Skizze ist schon fertig. Nunmehr nutze ich die Farben, verreibe sie auf der Palette und nehme sie mit dem Pinsel auf. Vom Cellerar erbat ich mir dazu eine Cuculle, die ausgemustert ist. Er gab mir eine, aber nur mit Knurren, denn er kenne keine beßren Lappen, mit denen Staub zu wischen sei.

Da ward ich einmal frech und habe ihm entgegnet, daß ich das Mönchsgewand gar nicht so entweihen will, wie er es tut. Im Gegenteil, ich wolle die Cuculle wieder weihen, denn mein Bild sehe ich als eine Huldigung des HERRN. Das sagte ich dem Salomon, und dieser lächelte. Er war mir gar nicht böse, gab mir die Cuculle raus und wünschte mir sogar, daß mir das Werk gelinge.

Erst in diesem Augenblick ging mir wieder auf, was ich so lang verdrängte. Hatte es Pankraz ernst gemeint, als er zu mir sagte, ich solle eine neue Kirche schmücken? Das will ich ganz und gar nicht hoffen, weil aus mir niemals ein großer Meister wird. Und ein solcher soll doch nur die Gotteshäuser zieren.

Es war ein Scherz von unserm Abt. Das sagte ich zu mir und glaubte dran, als ich zu meinem Bild zurückging. Ich trat ins alte Pilgerhaus, wissend, daß Ulrikus keine Gäste hat, weil die Brüder emsig wirkten, um den Bischof würdig zu empfangen. Wie war ich erschrocken, als ich im Dämmerlicht des Ganges jemand stehen sah. Ich verharrte auf der Stelle, bis der andere, der nicht vom Sonnenlicht geblendet worden ist, zu mir sagte, er sei einer der beiden Kranken.

Ich nickte und stieg die Treppe auf. Von dort blickte ich nochmals hinab. Nun stand der andere im Licht des Fensters, und ich erkannte, daß er gelogen hatte. Er war nicht ins Krankenhemd gekleidet und sah auch anders aus als jene beiden, die seit Tagen schon Tobias pflegte.

Doch verschloß sich mir, was er in dem Hause wollte. Und wenig später hatte ich den Zwischenfall vergessen, da versank ich wieder in mein Tun an der selbstgebauten Staffelei.

* * *

Zwei Konversen kamen zur Pforte gelaufen. Der eine trug einen Hammer, der andere ein zusammengerolltes Leinen.

»Wir haben vom Abt die Erlaubnis«, knurrte der mit dem Hammer.

Der Pförtner ließ sie hinaus, hörte die Schläge, sah sogar die Mauer erzittern und achtete kaum auf den nächsten, der mit einem Farbnapf und einem Pinsel durch die Tür schlüpfte.

Als alle drei zusammen wieder hereinkamen, knurrte der mit dem Hammer noch einmal: Nach der Sext sei ein Konvent anberaumt, für alle, auch für die Laien.

Markwart nickte und ging in seine Cella zurück. Dort trommelte er mit den Fingern auf den kleinen Tisch, auf dem das Pergament ausgebreitet war, das nun fast schon den kompletten Grundriß einer Kirche trug. In früheren Jahren hatte ihn die Neugier niemals so gequält wie in diesen Augenblicken. Und wieder schob er es aufs Alter, bedachte jedoch auch des Burchards Hinweis.

Er hielt es nur in seiner Cella aus, bis die Konversen verschwunden waren. Dann eilte er zur Pforte, schloß sie auf und huschte hindurch. An der Wand flatterte das entrollte Leinen im lauen Wind und entbot dem Bischof einen Gruß. Aber seine Augen suchten schon, was der Pinselschmierer verunstaltet hatte.

Da er nichts sah, meinte er, dieser Konverse habe nur die Schrift auf dem Leinen ausgebessert, und ging zur Pforte zurück. An der jedoch stieg ihm in die Nase, was seine Neugier nochmals anstachelte. Er ging zur anderen Seite der Mauer, fand auch dort nichts, und erst auf dem Rückweg ging ihm auf, daß er die Pforte hatte offenstehen lassen. Er schloß sie von draußen und las:

Pilger können wegen Umbaues vorerst nicht aufgenommen werden.

So schofelig er das auch fand, entband es ihn von einer unangenehmen Aufgabe. Auf ihn wäre nämlich zugekommen, die Schutzsuchenden abzuweisen oder sie jedesmal zum Cellerar oder gar zum Abt zu führen. Ein Schauer durchfröstelte ihn, als er auf seine Cella zuging. Womöglich hätte ihn dann ob seiner Aufdringlichkeit ein Schicksal erwartet wie den Manegold. Oder er wäre verschwunden gleich Tutilo? Vielleicht hätte man ihn auch von einem Gerüst gestürzt.

Die Fragen waren über ihn gekommen, ohne daß er wußte, ob sie Berechtigung besaßen. Aber er ahnte, daß ihn die Furcht schon lange quälte, er sie aber kaum an sein Bewußtsein herangelassen hatte. Das durfte er auch nicht, wenn er sich mit Grimaldus, Hartmann und Burchard traf, denn Angst machte zaudern. Oder hemmte sie nur die Tat, wenn man allein agierte? Auf diese Frage konnte er in seiner Cella keine Antwort finden.

»Liebe Brüder«, begann der Abt seine Rede vor den versammelten Brüdern mit milder Stimme. »Wie schwach der einzelne ist, wie stark aber wir alle zusammen, das haben wir in den letzten Tagen einmal mehr unter Beweis gestellt. Ich bin stolz auf euch, daß unser Kloster in einem Glanz erstrahlt, als seien all die Widrigkeiten nicht über Riess gekommen.«

Dank der Sonne, knurrte Markwart an dieser Stelle in sich hinein, während Pankraz in die Runde lächelte, die Hände ineinander verschränkte und mit noch stärker verstellter Stimme gleichsam in die Runde flötete: »Wie bin ich froh und stolz, inmitten solcher Brüder zu leben.« Nur einen Augenblick gestattete er das Leuchten vieler Augen, denn ein Übermaß an Lob konnte aus seiner Sicht Schaden anrichten.

»Seid auch versichert«, fuhr der Bärtige fort, »daß wir diese Anstrengungen nicht für den Bischof auf uns genommen haben. Es war der Frühjahrsputz, der uns allen zugute kommt.«

»Wir wollten uns doch vom Bischof lossagen«, redete einer der Brüder dazwischen.

Pankraz zuckte, doch faßte er sich sehr rasch und sprach: »Wir werden versuchen, der Diözese zu entfliehen, auch übermäßiger finanzieller Last. Aber falls jemand meint, ich wolle mir den Bischof zum Feind machen, hat er wohl meine Worte falsch verstanden.« Er sah den Fragesteller an und sagte diesem: »Irren kann sich ja jeder einmal.«

Wieder an die Runde gewandt, führte er aus: »Um auch anderen Irrtümern vorzubeugen, sei gesagt: Wenn wir uns enger an den Papst binden, wenn wir ihn sogar als Verbündeten benötigen, um der Diözese zu entweichen, so heißt das nicht, daß ich in jeder Hinsicht mit Rom übereinstimme.«

Nach diesen Worten studierten Pankraz und die beiden neben ihm stehenden Dekane die Mienen der Brüder noch genauer als zuvor. Bei den meisten lasen sie Zustimmung heraus, auch Zufriedenheit. Viele nickten sogar. Doch stand auch einigen das Entsetzen ins Gesicht geschrieben, was verständlich war, denn die Worte des Abtes grenzten an Ketzerei.

Das wußte auch Pankraz und fügte an: »Es handelt sich selbstverständlich nur um theoretische Differenzen, die in einem Gespräch ausgeräumt werden könnten.«

Nun waren fast alle bereit zu folgen. Nur Markwart, Grimaldus, der junge Hartmann und zwei, drei andere sahen zu Boden, während Burchard vor Entsetzen sogar seinen Kopf schüttelte. Mit welchem Recht maßte sich einer wie Pankraz an, mit dem Mann auf dem Stuhl des Petrus auf einer Höhe zu stehen?

»Welche Differenzen denn?« fragte einer in die Stille hinein.

Diesmal tat der Abt, als sei er nicht überrascht, oder gehörte die Frage gar zu einer von ihm selbst initiierten Dramaturgie? Er sagte: »Alle Differenzen kann und will ich nicht nennen, doch eine, die jüngeren Datums ist. Kaum war Papst Calixtus II. in Rom freudig aufgenommen worden, erließ er seine Schutzbulle *Sicut Judaeis*, die den Juden Schutz gewähren soll. Damit trat er in die Spuren von Kaiser Heinrich IV. Auf dessen Betreiben sind seit dem Reichslandfrieden von Mainz, der 1103 beschworen wurde, die Juden neben Geistlichen, Mönchen, Frauen und Kaufleuten als schutzbedürftig eingestuft, weil sie keine Waffen tragen dürfen. Das stellt euch einmal vor: Ihr seid mit Juden auf eine Stufe gestellt!«

Unterdrückte Rufe der Empörung waren zu hören. Diese genoß der Abt. Er reckte sich, strich sich über den Bart und sprach dann erheblich härter weiter: »Heinrich IV. hat sogar noch größere Schuld auf sich geladen. Als Gottfried von Bouillon aufbrach, das Heilige Grab aus den ungläubigen Händen der türkischen Seldschuken zu befreien, war er durch Mainz gezogen. Und er hatte den Juden nichts getan. Im Gegenteil, er hat sie geschützt. Dafür hat er mit vollem Recht ein Schutzgeld von ihnen verlangt. Was konnte Gottfried dafür, daß ihm marodierende Horden folgten? Selbst der Bischof vermochte nichts gegen die wildgewordenen Leute auszurichten.«

Pankraz warf seinen Kopf zurück und blickte von oben her auf seine Brüder. Er atmete hörbar durch die Nase ein und preßte die Lippen zusammen. Daraufhin blieb es im Saal völlig still. Und der Bärtige sprach weiter, als habe er einen zu Verurteilenden vor sich:

»Nichts konnte Gottfried dafür und nichts der zuständige Bischof Ruthard. Aber Kaiser Heinrich IV. hat den geistlichen Ordinarius der Bereicherung angeklagt und ihn aus Mainz verjagt. Wer nun, so frage ich euch, wer hat gegen das Recht und gegen unsere christliche Pflicht gehandelt?«

Er sah nach links auf Thomas, dann nach rechts, und auf Notker ließ er seinen Blick ruhen. Dieser sah zu Boden, hüstelte, und schließlich sagte er: »Wie man sieht, hat der Kaiser die Ungläubigen unterstützt und einen Würdenträger der Stadt verwiesen. Schändlicheres gibt es doch nicht.«

Hiernach ergriff der Abt wieder das Wort: »Deshalb, liebe Brüder, bin ich gegen die Bulle des Papstes, die er zum Schutz der Juden erließ.«

Schweigend zogen die Brüder aus dem Kapitelsaal. Doch kaum waren sie ins Freie getreten, in eine Sonne, die bereits wärmte, köchelte Geschwätz auf. Allein am Tonfall und an den Mienen war zu erkennen, daß die meisten ihrem Abt zustimmten. Und jene, die anderer Meinung waren, behielten sie für sich, zumindest für den Augenblick. Denn es gebot sich nicht mehr, dem Oberen des Klosters offen zu widersprechen.

* * *

Aus dem Tagebuch des Novizen Bertold
(23. März 1122)

Heute half ich erstmals in der Kirche aus. Die Fenster sollen fertig werden, bis der Bischof kommt. Zwar weiß ich nicht, wie man das Glas ins Blei einsetzt, wie man es schneidet oder schleift. Aber meine Beine sind noch jung, und so trug ich hin und her, was die andren brauchten. Auch seilte ich den Flaschenzug hinauf und ließ ihn auch herab. Dem Sakristar habe ich geholfen, die letzte Spur vom Brand am Triptychon zu tilgen.

Leider wurden die Fenster erst fertig, nachdem die Sonne bereits versunken war. Deshalb konnte keiner sehen, wie in dem Glas sich die Abendsonne brach. Das stellte ich mir vor, schloß meine Augen. Und alsbald sah ich ein Bild vor mir von ausgewognen Farben, von Formen, schöner als jene unsrer Welt.

In mir erwachte Ungeduld. Ich wollte malen, was mir erschienen war. Und so gebar ich die Idee, die mich zu Thomas führte. Als er mich sprechen hörte, lachte er und sagte, den Abt müsse ich nicht aufsuchen, er erteile mir das Recht, die ganze Nacht bei meinem Bild zu bleiben. Allerdings sei das nur möglich, wenn ich zur Vigil und auch zu den Laudes pünktlich komme und beim Gottesdienst nicht schlafe.

Das versprach ich ihm, ging nach der Komplet zu meinem Bild. Und bei Kerzenschein glaubte ich, mir sei gelungen, auf das Leinen zu bannen, was mir zuvor erschien. Wie war ich dann enttäuscht, als der neue Tag anbrach und gar nichts so war, wie ich es wollte. Seither frag ich mich, ob es jemals möglich ist, das, was man träumt oder was erscheint, wenn man in sich schaut, auf ein Bild zu bannen.

Enttäuscht schlich ich mich davon und fuhr zusammen, bevor ich den großen Raum der Bibliothek betrat. Ich hörte einen husten, ein anderer lachte. Langsam blickte ich zurück, weil ich wähnte, daß aus der Hölle meines Bildes der Teufel nun entstiege. Zwar sah ich nichts, doch wußte ich, daß sich der Teufel und die Seinen vor uns verbergen können. Man sieht und riecht sie nicht, Aber weshalb hörte ich das Husten und das Lachen?

Nun ist der Abend schon hereingebrochen. Ich bin müde und dennoch aufgeregt, denn eine Antwort weiß ich nicht und kann auch keine wissen. Indes eröffnet sich für mich die Frage: Ist meine Angst vor der Unterwelt nicht unbegründet? Hat mich der Teufel etwa heimgesucht, als ich allein bei meinem Bilde stand? Will mich der Beelzebub vielleicht für sich gewinnen?

Diese Fragen rufen ein Bangen in mir wach.

* * *

Markwart hatte seine drei Mitstreiter zum Friedhof gebeten und ihnen gesagt, er müsse mit ihnen außer der Reihe einige Fragen der Vermessung durchsprechen. Burchard und Hartmann erschienen auch zur verabredeten Zeit. Indes blieb Grimaldus fern. Er hatte schon auf die Einladung mit der Schulter gezuckt und zu Boden geblickt.

Der Pförtner wußte besser als die beiden anderen, daß den Sakristar seine Angst wieder eingeholt hatte. Von Markwart hingegen rückte sie ein wenig fort. Zwar war die Versammlung Gleichgesinnter sehr klein, und sie alle waren aus der großen und mächtigen Gruppe ausgeschlossen oder schlossen sich selbst aus. Dennoch schenkten sie sich gegenseitig Kraft, wenngleich die nicht hinreichte, Grimaldus auf Dauer aufzurichten.

Dieser Meinung, die der Pförtner vortrug, schlossen sich Hartmann und Burchard an, wobei der jüngere betonte, sein Mut sei gespeist aus der Wut. »Ich bin im Geist Clunys erzogen«, sagte Hartmann, »und dieser Geist duldet keinen Despoten, auch keine Abweichung von Rom.«

»Ich hingegen bin durch Erfahrungen geprägt, die ich mit Tyrannen machte«, sagte Burchard. Und weil die beiden anderen wissen wollten, welche das waren, erklärte er: »Aus Mainz komme ich her. Zwar war ich erst ein kleiner Knabe von sechs Jahren, als die Leute des Gottfried von Bouillon einzogen. Später jedoch hörte ich, daß dieser edle Herr nicht nur das Heilige Grab befreien wollte, sondern angekündigt hatte, das Blut Christi zu rächen, und zwar derart, daß kein Jude am Leben bleiben solle. Dadurch wurde mir als Heranwachsender erklärlich, was ich als Kind sah: Die Bewaffneten drangen in Judenhäuser ein und kassierten ungeniert ab. Kaum waren sie verschwunden, kam der Abschaum, der die Ankündigung des Gottfried in die Tat umsetzte. Sogar die katholische Kirche beteiligte sich. Ich hörte damals mit eigenen Ohren, wie Geistliche verkündeten, wer einen Juden umbringe, werde von allen seinen Sünden erlöst. Nur Wochen später lebte kaum ein Jude mehr in Mainz.«

»Wie ich hörte, war es seinerzeit in Trier nicht anders«, sagte Markwart.

»Auch in Köln, Xanten und Neuss wurden die Juden verfolgt«, ergänzte Burchard. »Aber am schlimmsten war es wirklich in Trier. Dort hatten die Juden Zuflucht in der Pfalz des Bischofs gefunden. Die wilde Meute vertrieb jedoch den Bischof mit seinen Mannen und tötete anschließend die Juden wie das Wild auf einer Treibjagd. Einige der Verfolgten ertränkten sich sogar in der Mosel, um nicht in die Hände der selbsternannten Henker zu geraten.«

Ein Weilchen standen die drei Männer schweigend beieinander und hingen ihren Gedanken nach, bis Markwart langsam zu seiner Pforte zurückging. Weil ihn Hartmann und Burchard bis zum Kreuzgang begleiteten, konnte er noch ein anderes Thema anschneiden: »Meint ihr, die Zwischenfragen beim Konvent waren echt?«

»Ich bin überzeugt, daß sie abgesprochen waren«, antwortete Hartmann, und Burchard unterstützte dessen Meinung, indem er anfügte: »Auch das Gemurre war eingeübt.«

»Dann werden wir eines Tages vielleicht die letzten Zuschauer eines einstudierten Spektakels sein«, sagte Markwart.

Der Tag der Verkündigung des Herrn war herangerückt. Der Abt und seine Dekane kamen zum Tor, um den Bischof zu empfangen. Lothar erschien zum ersten Mal wieder in einem normalen Ordensgewand, während Pankraz in sein gutes Tuch gehüllt war.

Keine Minute zu früh erreichten sie das Tor, und auch Markwart wußte Bescheid und öffnete. Einer der Brüder harrte seit über eine Stunde auf dem Kirchturm aus und hatte das Nahen des Bischofs lauthals verkündet.

Mehrere geschmückte und gepanzerte Reiter tauchten auf, bevor ein von zwei Pferden gezogener Vierradwagen heranrollte. Zwischen zwei Kipfen schaukelte ein Sessel, in dem der Bischof saß, vor Regen und Schnee durch einen Baldachin geschützt. Er ließ dicht hinter dem Tor halten und hielt seine beringte Hand heraus, die Pankraz ergriff und küßte, bevor er seine Begrüßungsworte sprach.

Danach rollte der Kipfenwagen zur Kirche hin. Markwart wartete, bis auch die nachfolgenden Reiter durchs Tor waren, und schloß es, um sich selbst in die Kirche zu begeben, zu dem Mann, dem der Stab von Amtes wegen zukam und der auch seine übrigen Pontifikalien trug: die Mitra, den Ring und das Brustkreuz.

* * *

Aus dem Tagebuch des Novizen Bertold
(25. März 1122)

Zum ersten Mal, seit ich im Kloster lebe, habe ich auf eigne Faust gehandelt. Mehr noch: Ich widersetzte mich jenem, was für alle galt. Die Mönche und auch Laien sollten sich im Gotteshaus versammeln, bevor der Bischof kam. Dem entzog ich mich und schlich zur Bibliothek. Das Haus war offen, denn darin lagen Kranke. Und den Schlüssel für die Räume oben trug ich noch bei mir seit jener Nacht, als ich meinte, den Teufel habe ich vernommen.

Ich schlich hinauf zu dem Fenster, an dem ich male, und von dem aus ich die Mauer übersehen kann. Ich hatte Blick auf jenen Weg, den der Bischof kommen mußte. Auch wußte ich, daß unser Abt den Gast zunächst begrüßte. Diese kurze Spanne sollte mir genügen, aus dem Haus zu huschen, hinter der Schule entlangzulaufen und vor dem Gast die Kirche zu erreichen.

Kaum war ich oben, bereute ich mein Tun. Denn was sollte ich erblicken außer den Reitern und dem Wagen. Und wenn mich jemand sah? Eine üble Strafe könnte mich erreichen. Womöglich müßte ich das Kloster Riess verlassen!

Schon wollte ich hinunter, bevor der Bischof kam, da sah ich einen vor dem Tor, den ich dort nie erwartet hatte. Es war der Konverse Ingomar. Gleich darauf hätte ich fast aufgeschrieen. Ein Weib huschte aus dem Wald, ein junges noch. Und wenn ich in jener Nacht, als ich die Sünde sah, nicht vom Traum umwoben wurde, sondern die Wirklichkeit nur schaute, dann war sie es gewesen, die sich nackt darbot.

Nein, es waren beide, die mir in jener Nacht nackt erschienen waren. Nun faßten sie sich an den Händen und huschten in die Kirche, die den Bauern offenstand, die aber zur Sicherheit des Bischofs an diesem Tag geschlossen war. Wie konnten die beiden dann hinein? Ich wischte mir die Augen aus, weil ich nicht wußte, ob ich wieder träumte.

Bald darauf nahten Reiter. Auch den Wagen sah ich kommen. Am Tor erschien Abt Pankraz, und mit ihm kamen die Dekane. Da hielt ich's nicht mehr aus und lief hinunter. Längst vor dem Gast erreichte ich das

Gotteshaus und erklärte, ein Bedürfnis habe mich gequält.

Das war gelogen, und das getan zu haben quält mich wirklich. Auf ganz andre Art bedrängt mich aber, daß ich nicht weiß, ob ich in jener Nacht und heute den Ingomar gesehen habe, begleitet von einer jungen Frau.

* * *

Am Morgen des Montag klopfte Grimaldus an die Tür der Cella ostiarii.

»Tritt ein, Bruder«, forderte der Pförtner, der seinen Kopf nur zum Gruß hob und wieder auf seine Zeichnung sah. Sein Finger fuhr durch das mittlere der drei Längsschiffe nach hinten, wo er verharrte. »Willst du deine Sakristei wieder im Querschiff haben?« fragte er.

Grimaldus schwieg. Er war nicht gekommen, um von eine Kirche zu träumen, die nach seiner Überzeugung niemals gebaut werden würde.

»Willst du oder nicht?« bohrte Markwart.

»Eher kann ich mir sie in der Coquina vorstellen.«

Der Pförtner grinste, und endlich sah er auf. Diesmal musterte er seinen Gast, sah dessen blasses Gesicht und die tiefliegenden Augen. »Was bedrückt dich?« fragte er nun mit einer Stimme, die nicht mehr zum Scherzen aufforderte.

»Die – ihr habt euch ja am Friedhof getroffen.«

»Dort haben wir festgestellt, daß die Zwischenfragen auf dem Konvent zuvor abgesprochen worden waren. Auch hat Burchard erzählt, wie die Juden ungerechtfertigt in Mainz, in Trier und anderswo gehetzt und auch getötet wurden.«

»Die Angst, weißt du …«

»Ich kann es mir vorstellen« sagte Markwart und hatte mit diesen, ohne Überlegung hingesprochenen, Worten einen Damm gebrochen.

»Nein, nicht die Angst!« widersprach Grimaldus heftig. »Nicht die allgemeine Angst, jene, die mich immer quält. Es ist etwas anderes.«

»Laß es heraus! Vielleicht wird dir dadurch leichter.«

»An jenem Abend, als Leonius gefunden wurde ...«, begann Grimaldus, doch mitten im Satz verließ ihn der Mut.

»Erzähl schon, hier sind wir allein.«

Der Sakristar nickte. Zu Markwart hatte er nicht nur Vertrauen wegen dessen Charakters, sondern auch, weil der Pförtner weniger schwätzte als andere. »Also, bevor Leonius vom Gerüst fiel, hörte ich Stimmen von draußen.«

»Durch die geschlossene Tür?«

»Das geschieht manchmal, aber erst in letzter Zeit. Ich denke, das hängt mit dem Brand zusammen. Vielleicht haben früher die Bücher den Schall geschluckt, während er sich jetzt im Querschiff frei ausbreitet.«

Fließend hatte Grimaldus diese Worte gesprochen, denn deren Äußerung war ihm keine Last. Aber Markwart nickte darauf nur und sah ihn herausfordernd an.

Der Sakristar blickte zu Boden und flüsterte: »Es waren drei Stimmen. Zwei kannte ich nicht. Das waren Konversen. Die dritte aber gehörte Leonius. Und du wirst es nicht glauben, sie waren alle drei gleich deutlich zu hören, sie kamen gewiß aus gleicher Höhe.«

»Worüber sprachen sie?«

»Über die Gläser, daß diese dem Wind nicht widerstehen könnten und daß man sie sichern müsse.« Grimaldus machte eine Pause und sah dem Pförtner in die Augen, bevor er sagte: »Sekunden später hörte ich einen unterdrückten Schrei, den ihr draußen nicht wahrgenommen habt. Sofort dachte ich mir, da kann einer das Gleichgewicht verloren haben. Dann folgte der Schrekkensruf des Fallenden, und alles andere weißt du.«

»Wir haben Leonius am Boden gefunden. Aber keiner ist oben gesehen worden.«

»Es sind zwar welche hinaufgestiegen ...«

»Du meinst, das waren welche, die mit den Mördern gemeinsame Sache machten?«

Grimaldus nickte, dann preßte er die Lippen zusammen, und schließlich schüttelte er seinen Kopf. »Das ist möglich«, sagte er. »Möglich ist aber auch, daß sich jene zwei verbargen, die vermutlich Leonius hinabstürzten. Dazu brauchten sie nur auf die nächsthöheren Bretter zu klettern. Und Zeit blieb ihnen, bevor ich aus meiner Sakristei trat.«

»Und oben haben sie sich flach hingelegt«, ergänzte der Pförtner den Gedankengang seines Gastes. »So waren sie nicht von unten zu sehen und auch nicht von jenen zu erkennen, die zum lockeren Glas aufgestiegen waren.«

»Aber Mord muß nicht vorliegen«, widersprach Grimaldus seinen vorherigen Worten. »Es kann auch ein Unfall gewesen sein, wobei sich die anderen anschließend verborgen hatten, damit kein Tötungsverdacht auf sie fiel.«

»Ich denke, es war Mord«, beharrte Markwart. »So erklärte sich auch, weshalb Tutilo fast zur gleichen Zeit verschwand, in der Leonius getötet wurde.«

Grimaldus atmete tief durch und erklärte: »Das ist vor allem meine Angst. Ich bin der einzige Zeuge, und wenn das herauskommt, bin ich der nächste.«

»Nun weiß ich es auch und hoffe, dir einen Teil deiner Beklemmung genommen zu haben.«

* * *

Aus dem Tagebuch des Novizen Bertold
(29. März 1122)

Schwach glimmt meine Hoffnung wieder auf. Womöglich waren nur die Farben schuld, daß ich nicht auf meine Leinwand brachte, was mir zuvor erschienen war. Dieser Gedanke ließ mich nicht mehr los und führte mich zu Salomon. Er ging mit mir in seinen Keller. Doch neue Farben waren nicht zu finden. Da versprach er mir, ich könne ihn begleiten, wenn er das nächste Mal zur Stadt hinunter führe. Ich fragte ihn, wann es soweit sei, und hörte, schon am nächsten Tag, also an diesem, an dem ich schreibe.

Unruhig schlief ich in der ganzen Nacht, und unruhig blieb ich auch beim Gottesdienst. Dann, nach der Terz schon, winkte mir der Cellerar. Er ging voraus zu den Ställen hin. Dort stand bereits der Wagen mit dem Pferd davor. Beladen war er mit Eiern und mit Fleisch, auch mit Wein, wie ich auf dem Weg erfuhr.

Es war ein schöner Tag, der erste ohne Regen seit einer ganzen Woche. An den Wegen, auf den Wiesen, selbst auf den Feldern grünte es. Allein der Wald schien noch zu schlafen. So genoß ich denn die lange Fahrt, die nur unterbrochen wurde, als die Zeit der Sext gekommen war. Da haben wir uns hingekniet unter einem Kruzifix dicht an den Mauern unsrer kleinen Stadt.

Ich konnte kaum erwarten, mich ins Gewühl hineinzustürzen. Zwar war der Aschermittwoch längst vorbei, dennoch spürte ich in mir ein Fieber wallen, als würde ich manches sehen, das mein Auge zuvor noch nicht erfaßte. Doch die Menschen waren diesmal brav, denn eine Woche blieb nur noch bis zum Osterfest.

Als sei der Cellerar in meine geheimen Wüsche eingedrungen, sagte er, ich hätte ihn begleiten sollen, als das Faschingsfest im Gange war. Da sei der Teufel in die Kirche eingeritten, und zwar auf der Schleppe einer wunderschönen Frau. Dort habe sich der Papst vor den Beelzebub gekniet und den gebeten, ihn vom Wahn des Katholizismus zu befrein.

Noch manches mehr erzählte mir der Cellerar. Nicht daß er's sagte, irritierte mich, sondern die Wonne, die ihn dabei ergriff, Sollte er nicht jener brave Priester sein, als der er mir immerdar erschienen war. Rasch schob ich den Verdacht beiseite und konzentrierte mich auf das, was in der Stadt geschah.

Der meisten Leute Ziel und Streben blieb mir fremd. Doch viele handelten, wie ich es erwartet hatte. Andre sprachen miteinander. Die meisten jedoch arbeiteten an Häusern oder Straßen, bauten Stände auf oder fuhren die Lasten hin und her.

Nicht genug konnte ich erhaschen. Doch alle Freude war vergessen, als ich zwei Konversen sah, die losgezogen waren, um in Dörfern und in Städten Bruderschaften zu begründen. Aber was sie taten, sah ganz anders aus. Sie riefen Worte, die ich nicht verstand. Und Pergamente hielten sie nach oben. Wenn ich das richtig deutete, trieben sie Handel mit Ablaßscheinen.

Danach fragte ich Salomon und erkundigte mich auch, ob das gestattet sei. Der Cellerar erklärte mir, die beiden Bruder würden nichts verkaufen, sondern werben für die Bruderschaft. Dieses sei erlaubt, während der Ablaßhandel allein dem Bischof unterliege. Gern hätt ich dies geglaubt, doch zwei der Menschen, die ein Pergament erstanden hatten, freuten sich. Sie lachten und sie tanzten, und sie riefen aus, sie seien nun der Sünden ledig.

An wessen Worten sollte ich denn zweifeln? An denen der zwei Fremden, die keinen Grund besaßen, mich hinters Licht zu führen? Oder an der Rede unseres Cellerars? Die Antwort ward mir bald gegeben. Salomon hieß mich dicht beim Markt vom Bock zu steigen und zu warten, bis er wiederkehre. Ich ging nur ein paar Schritte weiter, da sah ich zwei, die ein Tuch hochhielten. Um sie herum standen viele Menschen.

Ich war der Meinung, der Cellerar sei noch lang beschäftigt, und wagte mich ganz dicht heran. Zunächst erkannte ich, daß die beiden Männer ebenfalls Konversen waren, die zu Riess gehörten. Und nun hörte ich, womit sie warben. Das Tuch, so rief der eine, sei das Schweißtuch unsres Jesu. Zum Beweis hat er es hochgehalten, und darauf sah man ein paar Flecken.

Der zweite der Konversen versprach sogar, das Tuch könne jede Krankheit heilen, ja auch Krüppel wieder gehen machen. Ich sah, wie sich zwei alte Männer ganz nach vorne drängten und Geld in die Hand des einen Bruders legten, der mir nun nicht mehr erschien wie ein Konverse, sondern wie ein elender Betrüger.

Was weiterhin geschah, konnte ich nicht sehen, denn ich hörte Hufe schlagen. Das war noch nicht der Cellerar, doch bald darauf erschien auch er. Und nun, da ich all das niederschreibe, weiß ich nicht mehr, wem ich im Kloster glauben soll, denn unterwegs hat mir Salomon versichert, die beiden mit dem Tuch gehörten nicht zu Riess.

XII

Nach seiner Fahrt in die Stadt hatte Bertold wohl unruhig geschlafen. Jedenfalls geht aus einem Protokoll des Bibliothekars hervor, daß er den jungen Mann am anderen Tag mit tiefen Augenringen gesehen hatte.

Daraufhin war der Novize bereit gewesen, von den Merkwürdigkeiten in der Stadt zu erzählen. Damit beide ungestört waren, gingen sie in den hinteren Raum mit den Lesepulten und der Staffelei am Fenster, die Bertold stets verhängt hatte, wenn er nicht malte.

Nachdem der junge Mann seinen Bericht beendet hatte, sagte Ulrikus: »Weißt du, in meinem Leben ist mir oft begegnet, daß sich jemand nicht an die klösterliche Ordnung hält. Und wer außerhalb des Konvents lebt und dazu nicht einmal verinnerlicht hat, was Bendedikt von uns fordert, der weicht leicht von den Regeln ab. Das solltest du den Konversen nicht übelnehmen.«

»Weshalb wollte mir dann der Cellerar ausreden, was ich mit eigenen Augen sah?«

»Wahrscheinlich, um dich vor allzugroßer Aufregung zu schützen«, sagte Ulrikus. Er legte seinen Arm um die Schulter des letzten Novizen und fuhr leise und eindringlich fort: »Wir alle wissen, daß du dir in deinen jungen Jahren manches zu Herzen nimmst, was wir Älteren an uns abprallen lassen. Glaub mir, du mußt ruhiger werden, darfst nicht alles auf dich beziehen. Auch wenn wir Brüder sämtlich zusammengehören und einer für den anderen die Verantwortung mitträgt, so ist doch keiner für eines anderen Sünden zuständig.«

Bertold nickte. Er wußte, wie ihn bedrängte, was ihn eigentlich nicht berühren sollte. Er hob seinen Blick, sah die verhangene Staffelei und ahnte, daß er mit seinen üblen Träumen noch viel weniger zurechtkam, weil er sie bei sich behielt.

Ulrikus hatte den Blick verfolgt, hatte das Bangen aus dem Antlitz seines jungen Helfers gelesen und vermutete richtig, indem er einen Schritt auf das Bild zuging und fragte: »Wollen wir es uns nicht einmal gemeinsam anschauen?«

»Hast du es wirklich noch nicht gesehen?« fragte Bertold und war derart mit sich beschäftigt, daß er nicht erkannte, wie die Lider des Bibliothekars zuckten. Dieser hingegen war sich seiner Unsicherheit bewußt und schüttelte rasch den Kopf. »Nein«, erklärte er, lächelte und forderte mit seinem Blick den Novizen auf, die Leinwand anzuheben.

Der junge Mann aber zögerte und bedurfte einer nochmaligen Aufforderung des Bibliothekars, bevor er zu Staffelei ging und langsam das Tuch herabzog. Ulrikus trat ein paar Schritte zurück und blieb am Fenster stehen, etwa vier Ellen vom unfertigen Bild entfernt. Ein Weilchen schwieg er und kraulte sich sein Kinn. Bertold meinte schon ein vernichtendes Urteil zu erfahren, als der Bibliothekar endlich sprach: »Ich glaube, der Abt hat recht. Du bist hochbegabt, wie mir in meinem Leben noch kein zweiter begegnet ist.«

Bereits nach diesen Worten hatten sich des Novizen Ohren gerötet. Auf seine Stirn trat sogar Schweiß, als er hörte: »Die Raumaufteilung ist genial, auch die Wahl der Farben, sofern du sie schon eingesetzt hast. Vor allem aber ...« Der Bibliothekar unterbrach seine Rede.

Indes waren auch die Hände Bertolds feucht geworden. Sein Kopf begann leise zu zittern, denn solches hatte er noch nie gehört und niemals erwartet in bezug auf seine Person.

»Vor allem die Motive«, setzte Ulrikus fort. »Du hast mehr Mut als jene Maler, die in unseren Landen die Kirchen ausgestalten. Denn die kennen nur das Gute, ebenso wie es die Kirchenväter taten. Allenfalls stehen in den weisen Büchern Mahnungen vor der Hölle. Aber was sie wirklich ist, wagt kaum einer aufzuschreiben. Du hast hingegen den Mut besessen, sogar ein Bildnis der Hölle in dein Gemälde aufzunehmen.«

Der Bibliothekar hatte Gemälde gesagt. Nun schlotterte der Novize am ganzen Leib. Er hatte sein Leben Gott gewidmet. In dieser Demut fand schon Kritik keinen Platz, weil sie nur auf eine Verfehlung folgen konnte, und solcher hatte man sich zu enthalten. Völlig fremd, weil er's nie erfahren hatte, war das Lob für ihn. Und Ulrikus ließ ihm Zeit, sich einen Augenblick damit bekannt zu machen.

Ob er's wollte oder nicht, überkam den Novizen ein Glücksgefühl. Doch nur eine winzige Spanne hielt es an, bis es verdrängt wurde von der Reue. Denn die Demut gestattete nicht den eigenen Glanz. Davon abzulenken, sagte Bertold: »Ich habe ein Buch gelesen, in dem die Hölle dargestellt ist.«

»Du meinst den *Elucidarius* des Honorius?«

Der Novize nickte, und dabei ging ihm auf, daß er längst nicht alles von der Hölle gelesen hatte und daß er dem Lichtbringer eventuell entnehmen konnte, was ihm der Traum vorgegaukelt und wieder mit sich genommen hatte.

»Wir haben noch mehr Bücher«, sprach der Bibliothekar diesmal seinen Leser und nicht seinen Helfer an. Doch mit dem Kopf deutete er zum Raum, in dem die geschriebenen Kostbarkeiten standen. Bertold hatte in seinem Eifer, seinem Grübeln und seiner Selbstkritik nicht mitbekommen, daß drüben die Dielenbretter knarrten. Er nickte, und Ulrikus ging hinüber, die Leselustigen zu beraten.

Der Novize verhängte rasch sein Bild. Mochte es auch dem Bibliothekar gefallen, woran er sich nicht weiden durfte, so mißfiel es manch anderem vielleicht. Und deren Urteil wollte er sich erst stellen, wenn es fertig war. Doch zunächst drängte es ihn in die Kirche zur Beichte. Denn von einem Christen wurde verlangt, daß er sein Verhalten und auch das Gedachte zur Bewertung vorlegte. Und nach seiner Ansicht hatte er sich vergangen, als er sich einen Augenblick im Lob gesonnt hatte.

Schon einige Zeit hatte kein Mönch an die Pforte geklopft und gebeten, im Kloster bleiben zu dürfen. Auch waren kaum mehr neue Konversen eingetroffen. Das war Markwart nicht aufgefallen, solange er seine Linien auf dem Pergament zog. Denn die alle mußte er sich zunächst denken, anschließend ausmessen, und erst, wenn er durch die Rechnung Gewißheit gewonnen hatte, durfte er sie einzeichnen.

Das hatte ihm all seine Konzentration abgefordert, so daß er nicht hätte sagen können, wen er im Lauf der Woche hinaus- oder hereingelassen hatte. Nur war er nicht zu einem Gespräch gefordert gewesen, und das bildete für ihn ein hinreichendes Indiz, daß kein Fremder geläutet oder geklopft hatte. Insofern schienen die alten Zeiten wiedergekehrt zu sein, die himmlische Ruhe, die er im Kloster so schätzte.

Am Samstag, noch bevor zur Sext geläutet wurde, hatte er die Zeichnung so weit fertig, daß er jedermann gegenüber begründen konnte, die Vermessungen seien an der Reihe. Doch erst für den Montag hatte er sich mit Burchard und Hartmann verabredet. Und er hoffte, diesmal käme auch der Sakristar wieder hinzu, der einzige, der ihn in seiner emsigen Arbeit unterbrochen hatte.

Da er sein Soll erfüllt hatte, streckte er sich und ging hinaus. Eine für diese Jahreszeit ungewöhnlich milde Luft umfing ihn und regte ihn an, sich ein wenig die Beine zu vertreten. Innerhalb des Klosters sah er ein solch emsig Schaffen, daß er seinen Schlüssel nutzte, durch die Pforte schlüpfte und von draußen wieder abschloß.

Am Wegesrand blühten Märzenbecher. Den Boden des lichten Waldes hellten Buschwindröschen auf. Weiter und weiter zog es Markwart, an der Seelsorgkirche vorbei, immer näher zum Wald, aus dem die Vögel lockten. Doch die Andacht war mit einem Schlag verflogen. In den im Schatten des Gotteshauses liegenden und noch etwas feuchten Boden waren Spuren geprägt, aber nicht irgendwelche, sondern solche, die auf der Sohle des linken Schuhs ein S trugen.

Ebensolche hatte er bereits innerhalb des Klosters gesehen und mit einem Mord in Verbindung gebracht. Der Pförtner hatte keinen Blick mehr für die Schönheit der erwachenden Natur. Er suchte nach weiteren Fußabdrücken, wurde ihrer jedoch nicht fündig. Denn wo die Sonne hinreichte, war der Boden bereits so trocken, daß man nicht mehr in ihn einsank. Und auf der mit Schotter bestreuten Straße waren ohnehin keine zu erwarten.

Unzufrieden kehrte Markwart zur Pforte zurück. Sollte er mit sich zürnen, so viel gearbeitet und nicht geachtet zu haben, wer das Kloster verließ? Wenn er aufmerksam gewesen wäre, hätte er womöglich den Mörder des Manegold oder des Salimbenes identifizieren können.

Aber ein paar Schritte weiter winkte er ab, als wollte er diesen Gedanken auslöschen. Als er die Spuren das erste Mal gesehen hatte, war der Träger dieses auffälligen Schuhs über die Mauer gestiegen. Weshalb sollte er das nicht wieder getan und die Pforte gemieden haben?

Wenn er auch keine Ahnung hatte, wie der Mann aussah, dem er mindestens den Mord an Manegold anlastete, so sprach dessen Verhalten dafür, daß er sich sicher war, nicht entdeckt zu werden, oder daß er zumindest eine Aufdeckung seiner Untat nicht fürchtete. Sonst würde er nicht so auffällige Schuhe tragen.

Unklar blieb für ihn hingegen, ob der Mann mit dem S auf der Sohle von außen eingedrungen war und Manegold erschlagen hatte oder ob er zum Kloster gehörte. Aber in beiden Fällen konnte er zugleich der Mörder von Bruder Salimbenes sein.

Markwart brauchte nicht lange, um zum Schluß zu gelangen, daß der Mörder zum Kloster gehören müsse oder wenigstens eines Helfers in dessen Mauern bedurfte, der die von innen angelegte Leiter entfernt hatte, nachdem der Mann mit dem S vom geheiligten Boden geflohen war. Diese Überlegung ließ den Pförtner schaudern, denn das hieß, daß einer der Brüder in mindestens ein Tötungsverbrechen verwickelt war. Da aber nahezu nichts den Lauschern des Abtes entging, mußte dieser zumindest Mitwisser der Untaten sein.

Diese Überlegungen hatten Markwarts Stirn gefurcht. Doch als er auf das Tor zutrat, huschte ein Lächeln über sein Gesicht. Ohne sein Tun zu steuern oder gar darüber nachzudenken, hatte er auf den Schriftzug gesehen, der Pilger abschrecken sollte. Dabei war ihm die Frage aufgestiegen, ob Konversen und Chormönche ausblieben, weil auch sie sich durch den Spruch abgewiesen fühlten.

Die Brüder hatten sich längst daran gewöhnt, daß der Abt nach mancher Hora noch eine Rede hielt. Auch war es zur Gewohnheit geworden, daß sich dazu alle im Querschiff trafen, wo sich einst die Bibliothek befunden hatte.

»Liebe Brüder, heute habe ich nur eine kurze Mitteilung an euch«, begann Pankraz. »Mir fällt es nicht leicht, Verfehlungen eines oder mehrerer Brüder einzugestehen. Doch mein Amt erfordert das wie auch die Bestrafung der Schuldigen.«

Er sah, daß er mit diesen nicht eindeutigen Worten Mißtrauen gesät hatte, und er ließ Zeit, daß sich diese in die Herzen fressen konnte. Dabei beobachtete er genau, wer auf wen schielte. Desgleichen taten auch seine beiden ihm zur Seite stehenden Dekane.

Im rechten Augenblick setzte er fort: »Allerdings trifft die Schuld keinen der Anwesenden. Vielmehr haben sich einige der Konversen vergangen, die in die Stadt gesandt wurden, um dort eine Bruderschaft zu gründen. Die einen verkauften Ablaßscheine, ohne dafür eine Erlaubnis zu besitzen, die, wie ihr wißt, nur vom Bischof erteilt werden kann. Die anderen trieben's noch schlimmer. Sie haben einen schmutzigen Lappen als das Schweißtuch Jesu ausgegeben und eine heilende Wunderwirkung versprochen.«

Auch diese Worte ließ er wirken, bevor er sein Urteil sprach: »Alle diese Brüder werden aus dem Konvent ausgestoßen und dürfen nie wieder nach Riess eingelassen werden.«

Nach dieser Erklärung stapfte der Abt hinaus. Seine beiden Dekane folgten ihm. Burchard und der Pförtner verständigten sich mit Blicken. Daraufhin hastete Markwart aus der Kirche. Das Triumvirat erreichte er zwar nicht mehr, da er sich durch die anderen Brüder drängen mußte. Aber dem Gewühl war er bald enteilt und strebte die ehemalige Schule an.

Er stieg die Treppe hinauf, sah noch, wie die Tür zum Amtszimmer des Bärtigen ins Schloß fiel, aber der junge Wachkonverse hielt ihn auf. »Wohin?« fragte dieser.

»Ich möchte den Abt etwas fragen.«

»Worum geht es?«

»Einige Konversen darf ich nicht mehr ins Kloster einlassen. Abt Pankraz sagte aber nicht, um wen es sich handelt.«

»Im Augenblick kann dich nicht vorlassen, Bruder. Aber sei gewiß, ich werde dein Anliegen vortragen, und alsbald kommt jemand zur Pforte und nennt dir die Namen.«

Vom Tag des HERRN an achtete Markwart auf jene, die das Kloster verließen und betraten. Wenn er sich nicht sicher war, alles behalten zu können, machte er sich heimlich Notizen. So hoffte er, eines Tages den oder die Mörder zu ermitteln, freilich nur, wenn ihm Gevatter Zufall half und auch Bruder Glück zur Seite stand.

Die Aufmerksamkeit wollte er beisteuern und auch einigen Fleiß, als er sich vornahm, täglich mehrmals vor die Mauer zu gehen und nach Spuren zu suchen. Mit einem Blick zum Himmel wurde er sich bewußt, daß er dabei auch der Hilfe des Petrus bedurfte. Nur wenn es wieder einmal regnete, war mit verwertbaren Abdrücken von Schuhen zu rechnen.

Darüber vergaß er aber nicht das Versprechen des Konversen, der ihn nicht beim Abt vorgelassen hatte. Zwar rechnete er nicht am Sonntag mit einer Nachricht, jedoch spätestens am Montag. Und wenn er die Namen derer nicht erfuhr, die wider das Recht in der Stadt Ablaßzettel verkauft und mit einem falschen Schweißtuch Jesu agiert hatten, bedeutete das aus seiner Sicht, daß sich der Abt einer Lüge bedient hatte.

Falls das eintraf, hatte er nicht nur den Mann mit dem S in der Sohle zu suchen und dessen Verbindung zu Pankraz zu klären, sondern auch zu ermitteln, weshalb der Bärtige die Unwahrheit gesagt hatte.

Allerdings wurde Markwart am Montag von seinen selbstgestellten Aufgaben abgelenkt. Kurz vor der Terz hielt ihn der Sakristar in der Kirche zurück, zog ihn allerdings nicht in sein Heiligtum, sondern in die entgegengesetzte Richtung, zum Altar. »Ich wollte dich nur bitten, daß alles unter uns bleibt«, flüsterte er, während er Kerzen entzündete.

Der Pförtner versprach das und fragte: »Nachher kommst du?«

Grimaldus zögerte, bevor er antwortete: »Wenn alles unter uns bleibt.«

Markwart sah dem blonden Bruder an, daß dieser sein Erscheinen zum Vermessen tatsächlich nur als eine Gegenleistung fürs Schweigen auffaßte. Er half ihm beim Entzünden der Kerzen, denn das nächste Stundengebet stand bevor.

Zu diesem erschien Dekan Lothar mit seinem Stab. Dafür erhielt er vom Pförtner im stillen den Beinamen der Eitle. Und bevor der Gottesdienst begann, hatte auch Notker seinen Namen abgefaßt: der Verführer. Bei diesem Gedanken mußte Markwart grinsen. Nichts paßte besser auf den Mann, der schon einige Dutzend Bauern und Bürger zu Konversen hatte werden lassen.

Allerdings wurde er wieder ernst, weil ihm nichts für den Bärtigen einfiel, der nunmehr seine Aufmerksamkeit einforderte. Darauf ließ sich der Pförtner ein, wenngleich nur aus liturgischen Gründen.

Bald darauf ging er mit Burchard und Hartmann zu seiner Cella. Während er darin seinen Grundriß erklärte, wurden der beiden Augen groß und größer. Aber sie sprachen erst, als er geendet hatte. Und sie versuchten es zunächst gegeneinander, bis der jüngere Bruder dem älteren den Vortritt ließ.

»Ein dreischiffiges Gotteshaus mit östlicher und westlicher Apsis, dazu zwei Westtürme. Ist das nicht viel zu groß?«

»Wir waren uns doch wohl einig, daß die Kirche ein Entwurf bleibt?« stellte Markwart eine Frage dagegen.

»Und selbst wenn«, wandte Hartmann ein, »Größenwahn ist es allemal. Vor allem, wenn man die Ausmaße bedenkt.«

»Die heutige paßt dreimal hinein«, unterstützte Burchard die Ansicht seines jungen Bruders, und dieser fragte: »Was sollen auch die beiden Querschiffe?«

»Die haben ihren Sinn«, erklärte Markwart, »wenn nämlich die Bibliothek und das Skriptorium je auf einer

Seite des außen gelegenen Querschiffs abgeschlossen untergebracht sind, schaut das Gotteshaus vom mittleren Langhaus aus, als besäße es nur ein Querschiff und einen langen Zugang zur westlichen Apsis.«

»Die Lösung ist auf jeden Fall besser als unsere vor dem Brand, wo Bibliothek und Sakristei einen guten Teil des einzigen Querschiffs einnahmen«, sagte Burchard.

Während dieser Erklärung hatte Grimaldus die angelehnte Tür aufgezogen. Allerdings mußte er auf der Schwelle verharren, da sich die anderen drei in der engen Cella schon fast auf den Füßen standen. »Als Sakristar unterstütze ich diese Auffassung«, sagte er.

»Eine theoretisch gute Lösung«, nahm Hartmann wieder das Wort, »aber eine solche ist auch das Idealkloster von Sankt Gallen*.«

Burchard wie auch Grimaldus sahen verständnislos auf den jungen Bruder. Und der wurde verlegen, als ihn Markwart fragte: »Kennst du diese Klosteranlage?«

Nach einem Weilchen gab Hartmann zu: »Ich hörte davon in der Klosterschule. Auch wurde uns ein Plan dieses Entwurfs gezeigt. Aber ich habe kaum etwas davon behalten.«

»Ich könnte sie euch aufzeichnen«, sagte Markwart. »Doch zunächst will ich mit euch vermessen.«

Nach diesen Worten griff er Groma, ägyptischen Winkel und Diopter, um sie seinen Gehilfen zu erklären. Wenn die Männer kein Mißtrauen der Schnüffler erwecken wollten, mußten alle den Umgang mit den Geräten beherrschen.

* * *

* Die Benediktinerregel beinhaltete Vorgaben für den Bau von Klöstern. Das älteste erhaltene Zeugnis ist der Idealplan von St. Gallen von ca. 820.

Aus dem Tagebuch des Novizen Bertold
(2. April 1122)

Noch am Samstag bat ich Ulrikus, übers Bild zu schweigen, bis es fertig sei. Das hat er mir versprochen und mir auch gewährt, am Tag des HERRN an meinem Werk zu malen. Er sagte, das sei keine Arbeit, sondern Kunst, und die sei am Sonntag nicht verboten.

So tat ich's denn, blieb gestern bis zur Schlafenszeit bei meinem Bild. Doch ich malte nicht die ganze Zeit. Vor allem, weil nach gutem Anfang ich nicht wußte, wie ich die Hölle ausgestalten sollte. Oftmals hab ich darüber nachgedacht. Und weil mir nichts einfiel, träumte ich von beßren Zeiten. Von unserm Abt erhoff ich mir, daß er uns zu neuen Ufern führt, auch wenn ich an der Redlichkeit des Cellerars inzwischen zweifele.

Als dann die Sonne unterging, zündete ich Kerzen an. Eine nahm ich mir und ging hinüber zu den Büchern. Rasch fand ich jenes des Honorius. Aus diesem hoffte ich ein Bild der Hölle zu entnehmen, eines, das mir der Traum bescherte und die Phantasie nicht wiederbrachte. Mit Vorsatz hatte ich die Dunkelheit gewählt, um die Stimmung herzustellen. Wie ein kostbares Gut trug ich es hinüber zu den Kerzen und legte es auf eins der Lesepulte. Und dann hab ich mich vertieft in den *Elucidarius*.

Wo es die von Gott Erwählten gibt, so las ich dort, muß es auch jene geben, die verworfen worden sind und damit verdammt. Denn die Bösen sind um der Guten willen da. Von ihnen muß man handeln, will man das Heilige wohl schätzen.

Wie gut verstand ich jene Worte, schwankte doch auch ich zwischen der Hölle, die zuweilen bildhaft mir erschien, und dem Himmlischen mit meiner Liebe Gottes. Und noch eines ging mir auf: Weder sind es nur die Bilder, die wir sehen, noch ist es allein der Lebensweg der Menschen, den die einen mit der Sünde gehen, die anderen in Demut vor dem HERRN. Es sind auch unsre Wünsche darin eingebunden, die wir Hoffen und auch Fürchten nennen. Denn ein jeder wünscht sich, er möge nach dem Weltgericht in den Himmel kommen. Ein jeder aber fürchtet auch, dies Ziel habe er auf Erden durch sein Tun verfehlt.

So ist mir am Sonntagabend aufgegangen, was meinem Bild noch fehlt. Es sind die Menschen, die hinabgezogen werden zu der Hölle oder aber hochgezogen zu dem Himmel. Das Bangen muß in ihr Gesicht und auch das Hoffen, das Glück ebenso wie die Verzweiflung.

Wie war ich froh. Tagelang war mir nichts eingefallen, aber ein paar Worte des Honorius genügten mir, den Weg zur Hölle und auch zum Himmel zu entwerfen. Allerdings nur so, wie ich beide in meinem Bilde haben will. Und also las ich weiter in der Hoffnung, auch der Ort der Verdammnis möge darin beschrieben sein.

Zuvor jedoch stieß ich auf anderes, und auch das regte mich zu einer Szene an, die zu meinem Bild gehören sollte: Alle Auserwählten stehen am Jüngsten Tage wieder auf und zählen dreißig Lenze. Mißgebildete wird es nicht mehr geben, und die Welt kennt weder Nöte noch Naturgewalten. Diese Botschaft machte mich denn froh, weil meine Mutter und mein Vater schon in hohen Jahren sind und weil beide in ihrer besten Zeit ihr Haus durch eine Flut verloren.

Allerdings, so fand ich bald, sei die Zahl der erlösten Menschen kleiner als die Zahl derer, die in die Hölle müssen. Solches hatte ich in meiner Kindheit schon vernommen, von dem Prediger in unserm Dorf. Und das war ein Grund für mich gewesen, eine Klosterschule aufzusuchen und aus den Büchern der Gelehrten zu entnehmen, wie es tatsächlich sich verhält. In denen fand ich nichts davon, daß eine Mehrzahl der Menschen in die Hölle müsse.

Als ich daran dachte, habe ich beschlossen, mein Bild nicht nach Honorius auszurichten. Einiges will ich von ihm nehmen, was dem Bild die Stimmung gibt, in andrer Hinsicht aber halte ich mich an die Weisen. Bei mir werden die meisten Menschen in den Himmel kommen. Und dessen Pforte wird nicht eng sein wie jene, die Honorius beschreibt.

Indes finde ich das nächste schön, was bei Honorius der Meister seinem Schüler sagt: Man kann die Auserwählten unterscheiden von jenen, die verdammt sind. Denn ihre Augen glänzen. Sie sind erfreut, ihr Gang ist leicht und ihre Rede süß. Jene aber, die das böse Los ereilt, die blicken finster, reden übel, und sie tappen schwer.

Endlich war ich bei der Hölle angelangt, da ruft mich das Himmlische mit Glockenklang. Ich muß nun zur Komplet ins Gotteshaus.

* * *

Inzwischen war der Mittwoch herangerückt, und Markwart harrte noch immer darauf, daß ihm jemand die Namen derer mitteile, die vom Abt aus dem Kloster ausgeschlossen worden waren. Er erwartete allerdings nicht jenen kurzgeratenen Geistlichen mit den kasperhaften Zügen. Und völlig überraschend traf ihn, daß dieser Bruder Gunther von drei Bewaffneten begleitet wurde.

»Ich darf keine Waffenträger einlassen«, sagte der Pförtner, worauf einer der Männer in Rüstung sein Visier hochklappte und sagte: »Wir waren erst am Tag der Verkündigung des HERRN im Kloster.«

Markwart nickte. Er wußte mittlerweile, daß der Kasperhafte vom Bischof kam, also lag auch nahe, wenn er von dessen Bewaffneten begleitet wurde. »Ihr werdet aber verstehen, wenn ich erst den Abt frage«, sagte er.

»Wir brauchen gar nicht euer Kloster zu betreten«,

erwiderte Gunther und zog aus seiner Cuculle eine Pergamentrolle: »Sag deinem Abt, er soll herkommen und die Botschaft des Bischofs entgegennehmen.«

Markwart nickte, schloß die Pforte und eilte hinüber zur Schule, wo ihn wieder der junge Konverse aufhielt. Diesmal blaffte der Pförtner den Aufpasser an: »Wenn du mich nicht vorläßt, dann sage dem Abt wenigstens, daß draußen ein Gesandter des Bischofs steht!«

Diese Worte bewogen den Konversen, an die Tür zu Pankrazens Zimmer zu klopfen. Er huschte hinein und kam wenig später wieder heraus. Dabei legte er keine Eile mehr an den Tag und sagte von oben her: »Übermittle dem Gesandten, er möge sich gedulden!«

Markwart blieb der Mund offenstehen. Solch eine Unverschämtheit hätte sich kein anderer Abt gewagt. Aber dem Bärtigen traute er inzwischen fast alles zu, was gegen die Regeln der Kirche und die Vorschriften Benedikts gerichtet war, und so sagte auch er, was ihm nicht zustand: »Das hat Pankraz zu verantworten.«

Hiernach nickte er, als wollte er seine Aussage bekräftigen, und stapfte zur Pforte zurück. Er öffnete sie und erklärte diplomatisch: »Unser Abt wird sich beeilen, nur hat er im Augenblick ...« Er ließ ein Schulterzucken folgen und zog ein schuldbewußtes Gesicht. Das bewirkte, daß der Geistliche Gunther zwar stöhnte und begann, hin und her zu trippeln, aber keinen Einwand erhob, geschweige denn Zorn zeigte.

Markwart hatte sich der Ausrede nicht bedient, um Pankraz zu helfen, sondern weil ihm Riess am Herzen lag. Er glaubte, daß die Verfehlungen unter dem neuen Abt irgendwann ein Ende finden müßten. Gewiß war er sich sogar darin, daß es keinen zweiten Oberen von der Machtbesessenheit des Bärtigen geben könne und von dessen Gewissenlosigkeit. Woher er diesen Optimismus nahm, wußte er nicht und erforschte er auch nicht.

Nach einiger Zeit kam Pankraz geschritten. Ihm folgten seine beiden Dekane, wobei Lothar sogar seinen Stab zurückgelassen hatte. »Sei gegrüßt Bruder!« trat der Bärtige strahlend durch die Pforte, seine Arme nach vorn gestreckt. Doch diesen wich der Kurze aus und runzelte seine Stirn derart, daß er eher wie ein geschrumpfter Waldschrat wirkte, als einem Kaspar ähnelte.

Er zog das Pergament heraus und streckte es vor. »Vom Bischof«, sagte er und mahnte mit scharfer Stimme: »Nehmt die Warnungen ernst!«

Der Gesandte Gunther drehte sich um und trippelte grußlos davon. Die Bewaffneten folgten ihm, und vom Abt flogen geheuchelte Worte hinterher: »Entbietet dem Bischof bitte meine untertänigsten Grüße.«

Pankraz wartete und lächelte, bis auch die Köpfe der bergab Gehenden verschwunden waren. Dann drehte er sich herum und fluchte: »Hurenbock, elender!« Er stapfte zur ehemaligen Schule, und seine Dekane, vor allem der feiste, hatten Mühe, ihm zu folgen.

* * *

Aus dem Tagebuch des Novizen Bertold
(5. April 1122)

Zum Lesen kam ich noch nicht. Dennoch hat sich ereignet, was mir fast den Atem nahm. Einen Tag lang ging im Kloster alles schneller. Die Gruppenleiter stachelten uns an. Das taten sie nicht schlecht, und den meisten Brüdern hat es Spaß gemacht. Neu war dabei, daß manches Lied gesungen wurde, während die Brüder fleißig waren.

Aber heute blieb fast alles stehn. Die Mönche wie die Laien haben lang getuschelt. Worüber sie gesprochen haben, das hat mich stark erschüttert. Von allen Seiten hörte ich, der Bischof habe sich vergangen, und zwar in einer Art, die zu den schlimmsten Sünden zählt. Er habe sich verführen lassen oder selbst ein Weib verführt.

Darf ich solches Reden glauben? Bis zur Vesper quälten mich die Zweifel. Doch nach diesem Gottesdienst hat Pankraz uns erklärt, er könne zwar nicht Zeugnis legen, weil er nicht zugegen war. Jedoch wüßte er genau, daß eine junge Frau in der Stadt öffentlich verkündet hätte, der Bischof habe sie verführt. Ob das stimme, könne er freilich nicht beschwören. Aber Pankraz sagte, er würde auch für unsern Bischof nicht mehr die Hand ins Feuer legen.

* * *

In keinem Schriftstück des Klosters wird belegt, was die Pergamentrolle des Bischofs enthielt. Indes geht aus dessen Hinterlassenschaft hervor, daß er drohte, mit seinen Mannen gegen Riess anzureiten, wenn es wider Recht und Gesetz die Pachtzahlungen einstellte.

Solches Handeln ahnte der Pförtner, weil er seinem Abt allerlei Untaten zutraute und aus Gunthers Verhalten der Unwille von dessen Dienstherren gesprochen hatte. Deshalb war ihm auch nicht geheuer, als er anderentags Hufe auf den steinigen Untergrund schlagen hörte. Stimmen mischten sich ein, zum Schluß auch das Schlurfen von Schritten, als nahten schwerbepackte Leute.

Vorsichtig öffnete Markwart zunächst die Luke in der Pforte und schielte hinaus. Was er sah, ließ ihn zurücktaumeln. Doch gleich darauf ergriffen ihn Zweifel. Hatte er wirklich bewaffnete Reiter nebst Fußvolk wahrgenommen? Er wollte einen zweiten Blick durch die Luke werfen. Doch bevor er etwas erkannte, spürte er das Beben der Pforte an der Stirn. Draußen hatte einer angeklopft, als gelte es, den Hügel zu verschieben.

»Wer da?!« fragte Markwart und versuchte, seiner Stimme Festigkeit zu verleihen.

»Freunde des Klosters«, hörte er eine Stimme, die er meinte schon einmal vernommen zu haben, aber in diesem Augenblick nicht einzuordnen vermochte. Deshalb forderte er: Tritt drei Schritte zurück. Er zählte mit, wie die Steinchen knirschten. Danach trat er noch einmal an die Pforte, sah durch die Luke und erkannte jenen Gundolf in gutem Tuch, der vor einigen Tagen schon einmal den Abt besucht hatte.

»Dich lasse ich ein. Aber Bewaffnete dürfen nicht ins Kloster«, sagte der Pförtner und hörte: »Wir wollen eure Feinde auch abwehren, *bevor* sie bei euch sind.«

Markwart öffnete die Pforte um einen Spalt. Der ins gute Tuch Gekleidete huschte hindurch. »Weiß Bescheid«, sagte er und hüpfte zur ehemaligen Schule hinüber, als sei er seinen Kinderschuhen noch nicht entwachsen.

Das sah der Pförtner, nachdem er die Pforte wieder geschlossen und sich dagegen gelehnt hatte, als wolle er sie mit seinem Körper stützen. Noch nie im Leben hatte er Bewaffneten über den Weg getraut. Sie zu fliehen war auch eines seiner Ziele gewesen, als er Eremit werden wollte. Lange schon hatte er nicht mehr daran gedacht. Aber nun achtete er auf jedes Geräusch, das über das Tor drang, und war froh, als nach etlichen Minuten Gundolf aus der ehemaligen Schule trat.

Diesem folgte der beleibte Lothar und forderte den Gast offenbar zum Warten auf. Der blieb jedenfalls stehen, während der Stabträger hinter die Kirche eilte. Als er wiederkehrte, folgten ihm einige Konversen, die Beile trugen und Sägen. Auch Hämmer und Nägel führten sie bei sich.

Der Dekan grüßte, als er durch die Pforte schritt, indem er seinen Stock anhob. Das nahm Markwart kaum mehr wahr. Ihm wurde erst leichter, als er hinter allen die Tür geschlossen hatte und die Worte draußen verhallten. Allerdings schreckte er wenig später noch einmal zusammen, weil Schläge von Beilen aus dem Wald drangen.

Doch bald gewöhnte er sich an diese Geräusche. Offenbar bauten sich die Bewaffneten eine Bleibe.

Beim Essen vor der Vesper drängte sich Hartmann an die Seite des Pförtners und flüsterte: »Burchard ist verschwunden.«

* * *

Aus dem Tagebuch des Novizen Bertold
(6. April 1122)

Wie hatte ich mich aufgeregt, als ich hörte, daß der Gesandte unsres Bischofs mit Bewaffneten gekommen war. Doch gottlob fanden sich inzwischen jene ein, die uns beschützen wollen. Das gab mir die Kraft, den Honorius zur Hand zu nehmen und endlich bis zum Ende durchzulesen, was der Mann zur Hölle schrieb.

Schon nach den ersten Zeilen ergriff mich stilles Grausen. Wenn die Bösen im Sterben liegen, stellen sich bereits die üblen Geister ein. Die tragen Fratzen, und sie lärmen. Doch noch schlimmer ist, daß sie die Seelen aus den Körpern reißen. Und diese schleppen sie in den Höllenschlund hinab. Wohin die Seelen aber hiernach kommen, bleibt zunächst noch ungewiß. Denn der Höllen gibt es zwei. Die obere ist schon voller Pein. Dort herrscht Aufregung, Hunger muß man leiden und auch des Durstes Qual. Zudem wird man gepeinigt.

Schlimmer aber finde ich den Teil der Hölle, der weiter unten liegt. Es lodert dort ein Feuer, das nie erlischt. Es brennt zwar, doch es leuchtet nicht. Deshalb ist es unerträglich kalt. Da unten herrschen das Heulen und das Zähneklappern. Denn der Rauch treibt die Tränen aus den Augen, und die Kälte macht die Verdammten schlottern. Auch gibt es gräßliches Gewürm, Schlangen und selbst Drachen, die sich im Feuer tummeln.

Geht man noch tiefer, trifft man auf Gestank, wie keiner ihn ertragen kann. Hiernach folgen Peitschen, die böse Geister schwingen. Als nächstes folgt die Finsternis, in der sich Hiobs Spruch erfüllt: ... *und wenn es hell wird, so ist es immer noch die Finsternis.* Wer denn ganz zum Grunde muß, der findet dort die Scham, die ihn zu Boden drückt. Denn alle seine Sünden sind enthüllt.

Ist aber der Verworfene damit noch nicht genug bestraft, wird er auf die Teufel und die Drachen treffen. Er wird das Heulen ihrer Opfer hören und selbst zu einem Opfer werden. Und zum Schluß werden die übelsten der Sünder in Ketten eingebunden, die das pure Feuer sind.

Das ist ein Bild der Unterwelt, wie es mir noch nie begegnete. Die weisen Männer, wie der Anselm von Canterbury, gaben niemals vor, so viel Kunde zu besitzen von der Hölle Qualen. Zwar weiß ich nicht, ob ich Honorius glauben darf, doch das ist auch nicht mein Ziel. Was ich wollte, habe ich erreicht. In mir steigen viele Bilder auf, die ich aufs Pergament mir banne. Und beim Malen werd ich auserwählen, was ich davon gebrauchen kann, von den zwei Höllen des Honorius. Und von den neun Stufen der unten Liegenden.

XIII

Am Karfreitag hatten sich Markwart, Grimaldus und Hartmann mehrfach Worte zugeflüstert. Alle drei nutzten jede freie Minute, durch das Kloster zu laufen und in entlegene Winkel zu sehen. Der Pförtner verließ auch die Mauern, wenngleich er nicht glauben wollte, daß Burchard hinausgegangen war. Die einzige Möglichkeit, die Pforte ohne sein Wissen zu passieren, bestand während der Gottesdienste oder des Essens und in der Zeit des Schlafens.

Da aber nur der Abt und der Cellerar außer ihm über Schlüssel zu Tor und Pforte verfügten, blieb alles im rätselhaften. Markwart erinnerte sich, daß auch Tutilo keine Spur hinterlassen hatte. Selbst eine Flucht über die Mauer hatte er seinerzeit ausgeschlossen.

Diese Variante auch diesmal zu prüfen, verließ der Pförtner seine Cella und ging die Mauer ab. Zwar war der alte Abdruck der Leiter zwischen Küche und Friedhof noch zu sehen. Doch war nirgendwo ein neuer hinzugekommen, obwohl der Boden durch einen Regen am Gründonnerstag aufgeweicht war. Also stapfte er zurück, den Kopf gesenkt, weil er grübelte.

Bei strengem Frost war es zwar möglich, eine Leiche aufzubewahren, nicht aber bei dem anhaltenden Frühlingswetter. Wenn also Tutilo getötet worden war, mußte er aus dem Kloster gebracht worden sein. Ein Begräbnis innerhalb der Mauern, ob am geweihten Ort oder irgendwo verscharrt, schloß Markwart aus. Zwar hatte er nicht auf alle Schachtungen geachtet, die ausgeführt worden waren. Aber er war sich gewiß, daß nicht sämtliche Brüder völlig blind ihrem neuen Oberen folgten. Und einer, in dem noch ein kritischer Geist wohnte, der wenigstens seine christlichen Prinzipien nicht aufgegeben hatte, wäre dessen gewahr geworden und hätte Alarm geschlagen.

So blieb nur, daß Tutilo tot oder lebendig aus dem Kloster gebracht worden war. Wenngleich dieser Schluß auf ungewissen Prämissen ruhte, weil er einen Transport nicht registriert hatte, schien er Markwart am wahrscheinlichsten und auch am akzeptabelsten. Denn unter dieser Annahme durfte er sogar hoffen, daß Tutilo und Burchard noch lebten.

Er hob seinen Kopf und schritt freier aus. Doch einer kreuzte seinen Weg und bewirkte, daß er stehenblieb. Es war jener Mann, den er inzwischen für alles Übel verantwortlich machte: Abt Pankraz. Dieser lächelte und wollte weitereilen, da kam Markwart ein Versprechen in den Sinn, und er sprach es an: »Ich sollte die Namen derer erfahren, die ich nicht wieder nach Riess einlassen darf.«

Das hatte ihm zwar nur der Wachkonverse zugesagt. Aber der Bärtige mußte wohl den Auftrag dazu gegeben haben. Dafür sprach das Blitzen in seinen Augen, das allerdings nur einen winzigen Augenblick anhielt. Etwas länger blieb das Lächeln erstorben. Doch bald hatte er sich wieder völlig im Griff, schaute freundlich drein und sagte mit milder Stimme: »Das wird mein Helfer versäumt haben. Zürne ihm nicht. Ich werde es gleich regeln.«

Der Bärtige eilte zur Schule. Markwart ging zur Pforte und erhielt bald darauf Besuch. Der Konverse war es, der in der ehemaligen Schule Wache hielt. Mit einer kurzen Entschuldigung übergab er ein winziges Pergament, auf dem vier Namen standen. Mit denen vermochte der Pförtner jedoch nichts anzufangen. Denn er kannte nur wenige der Konversen beim Namen. Und jene vier kamen ihm nicht vertraut vor.

Sofort eilte er in die Kirche und klopfte an der Tür zur Sakristei. Grimaldus schien nicht erfreut, Besuch zu bekommen. Dennoch fragte ihn der Pförtner: »Kennst du die vier Namen?«

Der Sakristar sah auf das Stück Pergament und schüttelte seinen Kopf. Zugleich griff er nach einem Griffel und einer Tafel und kratzte darauf: »Hier nicht sprechen!«

Markwart nickte und fragte: »Kennst du noch einen, der Erfahrung im Kirchenbau hat?«

»Tut mir leid, ich habe mich auch nie darum gekümmert.«

»Es ist nur ... Wir sind nur noch drei. Aber manche Arbeiten können wir nur zu viert ausführen.«

Er gab Grimaldus mit der Hand ein Zeichen. Und der verstand ohne Worte, daß er in der Cella ostiarii erwartet wurde.

Wenn auch das Verschwinden Burchards nicht der Heiligkeit des Festes entsprach, so versuchte der Cellerar doch mit seinen Gehilfen den Brüdern eine Freude zu bereiten. Am Ostersonntag erhielt jeder zum Frühstück ein gefärbtes Ei. Allerdings gab es zwei verschiedene Arten, die sowohl in der Farbgebung als auch in der Größe differierten, was bei manchem Unwillen hervorrief.

Markwart war einer derer, die nicht überrascht waren. Er hatte schon seit Tagen beobachtet, daß die einen mehr und die anderen weniger bekamen. Er gehörte zu den Benachteiligten.

Wie immer hob der Abt die Tafel auf, indem er von seinem Platz aufstand. Die bei ihm sitzenden Dekane folgten seinem Beispiel. Auch blieben sie nach ein paar Schritten wieder stehen, weil ihr Vorgesetzter verharrte. Der aber wollte sie nicht als Zeugen seines Gesprächs und bedeutete ihnen mit der Hand weiterzugehen.

Als der hagere und der füllige Dekan außer Hörweite

waren, beugte er sich zum letzten Novizen hinab, dem längst die Hitze in den Kopf gestiegen war. »Dein Bild wird ja großartig«, sagte er und bewirkte, daß Bertold der Schweiß ausbrach. Dennoch brachte der junge Mann den Mut auf zu fragen: »Habt Ihr es gesehen?«

«Bis jetzt nur davon gehört, aber nur Gutes. So hege ich meine Hoffnung weiter, daß du eines Tages unsere neue Kirche schmücken wirst.« Der Abt klopfte dem Novizen auf die Schulter und ging hinaus, wonach auch die anderen Brüder aufstanden und das Refektorium verließen.

Die mit Bertold an einem Tisch saßen, blickten anerkennend auf ihn und ließen dem jüngsten in der Runde an diesem Tag sogar den Vortritt. Das aber registrierte der Novize kaum. In ihm stritten sich die Gefühle. Einerseits mochte er jauchzen vor Glück, weil er aus dem Mund des Oberen ein Lob erfahren, wie es kaum ein anderer Bruder erhalten hatte.

Andererseits drückte ihn die Enttäuschung nieder. Denn jemand mußte mit Pankraz über das Bild gesprochen haben, und nur einem hatte er es gezeigt. Deswegen war er, wie aus seinem Tagebuch hervorgeht, von Ulrikus enttäuscht, der ihm Verschwiegenheit zugesagt hatte.

Kurz darauf kam Grimaldus in die Pförtnerstube. Markwart stand von seinem Stühlchen auf und bot es seinem Gast an. Doch der wollte sich nicht setzten, um anzudeuten, daß er nur auf einen Sprung gekommen war.

»Weshalb dürfen wir bei dir nicht sprechen?«

»Ich erzählte dir von Geräuschen, die von draußen hereindringen.«

«Du meinst, da dringen auch die Worte von drin nach draußen?«

Grimaldus nickte und flüsterte: »Vermutlich an bestimmte Ohren.« Weshalb er einen solchen Verdacht hegte, behielt er vorerst für sich. Und Markwart kam aufs nächste Thema zu sprechen. Er erzählte seinem Gast, wie er sich das Verschwinden Burchards erklärte.

»Aber wie soll er hinausgelangt sein?« fragte der Sakristar.

»Zum Beispiel in einem Wagen«, sagte Markwart etwas, was ihm erst kurz zuvor aufgegangen war.

»Da hätte er um Hilfe rufen können.«

»Wenn er nicht geknebelt oder betäubt oder gar schon tot war.«

Wiederum nickte Grimaldus, um seine Zustimmung anzudeuten, und fragte: »Wer ist denn in der fraglichen Zeit hinausgefahren?«

»Das beobachte ich einige Zeit schon recht genau. In Frage kommen nur der Cellerar mit seinem zweirädrigen Karren und zwei Bauern, deren Gefährte keineswegs besser sind.«

»Mit Nachdenken allein werden wir das Problem nicht zu lösen vermögen«, sagte der Sakristar und schickte sich zum Gehen an.

»Warte«, hielt ihn der Pförtner zurück und erklärte: »Aber unser Denken ermöglicht uns, Zweifel zu erheben und Verdachtsmomente zusammenzutragen. Ich zum Beispiel hege den Verdacht, daß dem Oberen und seinen Vasallen daran gelegen ist, unsere Gruppe aufzulösen. Der erste Schritt könnte die Entführung Burchards gewesen sein, wenn es sich denn um eine solche handelte.«

»So unwahrscheinlich dieser Gedanke auch ist, will ich ihn nicht gänzlich von der Hand weisen. Aber was willst du dagegen tun?«

»Unsere Kraft ist nur gering«, gab Markwart zu und schlug vor: »Doch sollten wir Hartmann in einige Geheimnisse des Kirchenbaus einweisen, damit keiner auf die Idee kommt, ihn von uns abzuziehen, weil er nicht für die Aufgabe geeignet ist.«

»Kannst du versuchen«, gab Grimaldus seine Zustimmung und betonte zugleich, daß er sich zurückhalten wolle. Ihm schlotterten seit Tagen die Knie, seit er wieder Stimmen in der Sakristei gehört hatte, die weder durch die Wand noch durch die Tür gedrungen sein konnten. Ihn peinigte wieder die Angst, und die war immer in der Lage, all seine Kraft aufzuzehren.

Was dem Sakristar blieb, war der Versuch, Klarheit zu gewinnen, wie stark er selbst gefährdet war. Das erforderte aus seiner Sicht keinen Mut, sondern nur Demut, sich ins Unvermeidliche zu fügen. Er verabschiedete sich von Markwart und ging hinüber in die Bibliothek. An Feiertagen war das Lesen von Büchern erlaubt und folglich auch deren Ausleihe. Also war er sich sicher, Ulrikus anzutreffen.

Er schlich die Stufen hinauf wie ein geprügelter Hund, trat in den Raum mit den hohen Regalen und sah den Mann, den er suchte, allein darin stehen. Doch wagte er nicht, sein Ziel direkt anzusteuern. So unterhielten sich die beiden Männer über ihre Haltung zu den Werken Anselms, des Constantinus Africanus oder des Rupert von Deutz. Dabei erwies sich der Sakristar als ebenbürtiger Gesprächspartner des Bibliothekars und gewann dadurch die Kraft, ganz unvermittelt eine Frage einzustreuen: »Hältst du für möglich, daß ich belauscht werde?«

Das hatte er nur gewagt, weil die beiden Männer eine langjährige Freundschaft verband. Und sein Ziel war einzig gewesen, eine Antwort zu erhalten. Wie aber sollte er deuten, daß Ulrikus unsicher wurde und seine Ohren rot wie die eines Schülers, der beim Stehlen ertappt worden war?

Nur wenige Sekunden brauchte der Bibliothekar, bis er sich wieder gefaßt hatte. Aber über das angesprochene Thema konnte er sich nicht unterhalten wie über Bücher, und so stotterte er: »Das … das glaube ich nicht. Aber irgend … ich meine, überall gibt es Neugierige.«

Mehr war aus Ulrikus nicht herauszuholen. Aber eine Einsicht gewann Grimaldus wieder einmal: Mochte er auch unsicher und ängstlich sein – wenn ein anderer in die Klemme kam, in eine üblere als er selbst, fühlte er sich plötzlich stark. Und aus dieser Position heraus zog er einen Schluß, als er die Treppe hinabstieg: Ulrikus wußte entschieden mehr, als er offenbarte. Und das verwunderte ihn nicht, gehörte doch der Bibliothekar zum Führungskreis um Pankraz.

Nur eine halbe Stunde später dröhnte des Abtes Stimme in der ehemaligen Schule, daß sein Toben bis zum Eingang der Kirche zu hören war. Allerdings verstand keiner der dort auf die Vesper Wartenden, was Pankraz dem Engilbert an den Kopf warf.

Auffällig war hingegen, daß der gescholtene Bruder fehlte, als der Obere mit seinen Getreuen nach der Vesper das Kloster verließ. Fast zur gleichen Zeit kamen die Konversen herein, für die der Feiertag nicht gegolten hatte, weil die Verteidiger des Klosters ein Dach überm Kopf haben wollten.

Deren Worten entnahm der Pförtner nicht, weshalb der Obere mit den Seinen das Kloster verlassen hatte. Doch bald zog in seine Nase, was einem Benediktiner alten Schlages nicht zukam. Die Bewaffneten des Mannes im guten Tuch brieten Fleisch. Markwart vermutete, es könne Elch oder Rotwild sein, vielleicht auch Schwarzwild. Das vermochte er nicht am Geruch auszumachen, sondern nur von seiner Kenntnis abzuleiten, welche größeren Tiere im Wald lebten.

Noch war er nicht in seine Cella zurückgekehrt, als von der Kirche her ein Konverse nahte, der seit einigen Wochen schon im Kloster lebte. Er kam geschlendert, als vertrete er sich nur die Beine, und wie zufällig blieb er beim Pförtner stehen, den er angrinste, als er sagte: »Zeitiger Frühling.«

«Ungewiß, ob er sich durchsetzt«, antwortete Markwart und blieb mit dem Rücken zum Konversen stehen, um anzudeuten, daß ihm an einem Gespräch nicht gelegen war. Denn inzwischen mißtraute er fast jedem und mußte sich sogar manchmal hüten, seinen Argwohn nicht auch auf jene auszudehnen, mit denen er freundschaftlich zusammenarbeitete, wenngleich ihm das Verhalten des Sakristars zu denken gab.

Doch zum Grübeln ließ ihm der ungebetene Gast keine Gelegenheit. Er schnüffelte in die Luft und sagte: »Wildsau am Spieß.« Hierauf trat er noch einen Schritt an die Pforte heran, als ob es dort anders röche.

»Die wird wohl schmecken«, sagte der Pförtner.

»Bloß wem?« fragte der Konverse und traf Anstalten zurückzugehen.

Weiß er wirklich nicht, wer draußen gegen die Regeln des Benedikt verstößt, überlegte Markwart. Mit dieser Frage wuchs sein Interesse an dem Gast. Ständiger Argwohn, gemischt mit der ihm innewohnen Skepsis, konnte in Menschenverachtung enden. Und darauf wollte er keinen Schritt zugehen. Zudem vermochte ein unverfängliches Gespräch keinen Schaden anzurichten. So sagte er: »Ich habe dich schon mehrfach gesehen, kenne aber deinen Namen nicht.«

»Heimbrecht heiße ich«, sagte der andere und fügte an: »Ich komme aus einem Dorf, etwa zehn Meilen von hier.«

Dieses Zusatzes hätte es kaum bedurft. Das breite Gesicht, mehr noch die Haut, in die alle Wetter ihre Spuren geprägt hatten, sprachen für sich. Zudem war Markwart lange genug in der Gegend, um den hiesigen Dialekt zu erkennen.

Auch er sagte seinen Namen. Dann schwiegen die Männer ein Weilchen. Der eine kam nicht von seinem Mißtrauen los. Der andere wußte schon lange nicht mehr, wem er sich anvertrauen durfte, und sagte schließlich: »Es wird langsam dunkel«, womit er sein Fortgehen andeutete, und seine Wiederkehr kündigte er mit eine Frage an: »Ich darf doch wieder mal vorbeikommen?«

»Kannst du.«

* * *

Aus dem Tagebuch des Novizen Bertold
(9. April 1122)

Am Ostersonntag zog ich mich zurück zu meinem Bild. Bis zum Nachmittag hatte ich schon viel gemalt. Und als ich so sinnierte, wie ich weitermachen sollte, drangen Stimmen an mein Ohr. Das war schon nach der Vesper, als ich Kerzen angezündet hatte. Deshalb erkannte ich die Menschen an der Pforte nicht.

Ich lief hinüber in den Raum, in dem die Bücher stehen, und sah, wie der Abt aus der alten Schule trat. Ihm folgten die Dekane und die anderen Getreuen. Lothar erkannte ich und vernahm des Notkers Stimme, die so überzeugend klang, wie sie immer wirkt, so überzeugend, daß man sich ihr kaum entziehen kann.

Das fiel mir in der Dämmerung viel mehr noch auf als je zuvor. Notker aber strahlt jene Kraft nicht aus, die Pankraz von sich gibt. Dafür vermag er stets die Hörer einzubinden, weil seine Stimme gleichsam einen Bannkreis zieht, dem man sich kaum entwinden kann.

Wie fällt der Lothar gegen beide ab. Er strahlt nur sehr wenig aus, und seine Stimme ist nicht überzeugend. Dem Notker traue ich nun zu, daß er selbst zum Abte taugt. Lothar hingegen ist wohl eher einer, der auf hoher Stufe dient. Der nach oben hin sich krümmt und nach unten seine Peitsche schwingt.

Erst als ich diese Worte schreibe, wird mir recht bewußt, wie ich mich geändert habe. Vor ein paar Wochen noch habe ich nicht nur den Abt verehrt, sondern alle seine Treuen. Nun ist der Lothar abgefallen. Dem Ulrikus gegenüber ist mein Argwohn wach geworden. Und auch dem Cellerar mißtraue ich.

Dazu trägt auch jenes bei, was ich gestern abend sah und roch. Kaum waren die Großen unsres Klosters aus der Pforte rausgegangen, hat sich der Wind gedreht. Das spürte ich, weil er durchs Fenster zog, das noch nie ganz dicht geschlossen hat. Also kam er von Osten her, strich übern Wald, den schon das Dunkel schluckte. Und mit sich trug er, was uns verboten ist: den Geruch von gebratnem Fleisch.

Nun will ich Pankraz und all jenen, die mit den Gästen hinabgegangen sind, nicht unterstellen, was ich nicht sicher weiß. Doch kann und will ich nicht verhehlen, daß mein Argwohn immer weiter wächst.

* * *

Der Regen, der über Nacht niedergegangen war, hatte sich verzogen, und ein ungewöhnlich lauer Wind wehte. Er kam wieder aus Westen, und so hörte und roch Markwart nichts von dem Lager der sogenannten Verteidiger im Wald.

Sobald Hartmann bei ihm eingetroffen war, drückte er ihm die wichtigsten Meßinstrumente in die Hand. Er selbst trug seine Zeichnungen vom Grundriß des Gotteshauses, das er inzwischen ins Herz geschlossen hatte, auch wenn es nie entstehen würde. Für ihn war es wie ein Kinderspiel, ein Als-Ob, das spannend und unterhaltend ist, wenngleich nicht von dieser Welt.

Beide gingen Richtung Friedhof. Dort sollte Grimaldus hinzukommen. Aber statt des Sakristars sahen sie etliche Mönche und Konversen, die sich dicht beim Gottesacker zu schaffen machten. Einige beschäftigten sich im Obstgarten, stützten Bäume ab oder verschnitten totes Holz. Schon mehr waren es, die sich um den Kräutergarten kümmerten, um die Heil- und auch die Würzpflanzen.

Als Markwart das sah, mußte er grinsen. Davon verstand er nichts, auch nicht vom Ackerbau. Das hatte er in seiner Jugend schon gewußt, weshalb er nie ein solcher Eremit werden wollte, der allein in einer abgeschiedenen Gegend wohnt. Nur das Leben als Stylit oder Inkluse war ihm erstrebenswert erschienen. Den Grund dessen gab er sich erst im Alter zu: Nie hätte er sich allein ernähren können.

Fortan blickte er nicht mehr verwundert auf die emsigen Brüder, sondern mit Achtung, auch auf jene, die einen Ochsen vorgespannt hatten und mit einem Hakenpflug die Erde aufrissen, um Kolbenhirse für den Brei zu säen. Auch einige Ackerbohnen, Linsen oder Hanf gediehen im Kloster. Die meisten Nährmittel und sämtliches Futter für die Tiere mußten allerdings in den Dörfern ringsum gekauft werden.

Markwart hatte einmal von einem Bauern gehört, daß ein Arpennis* und noch einer erforderlich seien, um einen einzigen Menschen zu ernähren. Dem Mann hatte er nicht übel genommen, daß er nicht bis zwei zählen konnte, sondern war ihm für eine Auskunft dankbar gewesen, die ihn in dieser klaren Form noch nie erreicht hatte.

Hartmann wunderte sich über den verklärten Blick des Pförtners. Seine Stirn furchten sogar Falten, und seinen Unmut ließ er flüsternd heraus: »Nun haben wir nicht einmal mehr hier unsere Ruhe.«

Markwart winkte ab und sagte: »Zum Erklären der Meßvorgänge brauchen wir sie auch nicht. Und zu anderem können wir uns zu den Ställen zurückziehen.«

Das taten die beiden auch, nachdem Hartmann die Meßinstrumente handhaben konnte und Grimaldus eingetroffen war. Viel Zeit blieb ihnen nicht bis zur nächsten Hora. Aber viel hatten sie einander auch nicht zu

* Arpennis: ca. 2200 m².

sagen. Denn das Verschwinden Burchards blieb im dunkeln. Und was der Abt und dessen Vasallen vorhatten, vermochten sie nicht zu erraten. Zudem störte sie alsbald Jarich, der froh war, mit den Gästen über Belanglosigkeiten schwatzen zu können, wenngleich die drei Männer aus anderem Grund gekommen waren.

Als Markwart nach dem Stundengebet zu seiner Pforte zurückkehrte, wunderte er sich, eine Stimme von draußen zu hören. Er öffnete und erkannte einen der Konversen, die vor Wochen mit der Nachricht an den Papst losgeritten waren. »Weshalb läutest du nicht?« fragte er.

Der Konverse hielt ein Stück der Leine in der Hand, die man ziehen mußte, damit sich die Glocke bewegte. »Der Winter hat sie wohl faulen lassen«, sagte er und trat ein, um zur Schule hinüberzugehen. Doch Markwarts erneut aufkeimende Neugier hielt ihn auf.

»Wir kommen vom Papst«, erklärte der Konverse auf des Pförtners Frage. »Ich bringe die Nachricht des obersten Hirten aller Katholiken zum Abt.«

Entschieden hatte die Antwort geklungen, und von sich überzeugt, stapfte der Konverse weiter. Indes kam Markwart ins Zweifeln. Nie war er bis Rom gekommen. Doch bis dahin, wo die Styliten lebten, hatte er länger gebraucht, als dieser angebliche Bote unterwegs gewesen war.

Das war wohl auch dem Abt aufgefallen, der dem Konversen auf den Rückweg mitgegeben hatte, welche Wort er wählen sollte. Und ebendie hörte der Pförtner, als er das Tor öffnete, um den Boten wieder hinauszulassen:

»Es ist freilich nicht die Antwort auf das Schreiben unseres Abtes, das wir bei uns führten, sondern auf jenes, das schon etliche Wochen zuvor abgegangen war und das verschollen schien. Den Überbringer haben wir noch diesseits der Alpen getroffen.«

»Was ja ganz einfach ist«, nickte Markwart und schloß die Pforte. So wütend er auch war, hinters Licht geführt zu werden, so frohlockte er innerlich. Nun hatte sich das Pack um den Abt wohl selbst eine Grube gegraben. Um sicherzugehen, lief er zu Ulrikus. Und der hatte tatsächlich irgendwo gelesen, wie viele Meilen Rom entfernt lag. Das war für den Pförtner wichtig, denn irgendein Bote Pankrazens mußte beim Papst gewesen sein, wenn der neue Obere von Riess nicht gelogen hatte.

Nur eine winzige Ecke des Pergaments brauchte Markwart, um in seiner Cella zu überschlagen, daß die Reiter, falls ihnen reichlich ein Monat für den Hin- und die gleiche Zeit für den Rückweg zur Verfügung standen, täglich über dreißig römische Meilen* zurücklegen mußten. Das hielt er ohne Pferdewechsel für unmöglich.

Wenn seine Überlegungen stimmten, hatte Pankraz entweder gelogen oder eine Amtsanmaßung begangen und an den Papst geschrieben, als noch Abt Kolumban oder Prior Ekkehart lebten, denn seine Wahl war erst gut zwei Monate zuvor erfolgt, und eher hatte er auch die erste Botschaft nicht lossenden können. Also war selbst das, was der Konverse als Ausrede angeführt hatte, in keiner Weise glaubhaft.

Weiter kam er mit seinen Überlegungen nicht, weil einer an die Tür der Cella klopfte. Es war Grimaldus. Der blonde Mönch, dem trotz seines fortgeschrittenen Alters noch keine grauen Haare gewachsen waren, schien in wenigen Stunden einen halben Kopf kleiner und zum Greis geworden zu sein. »Was ist dir?!« rief Markwart seine Sorge heraus.

Die Folge seines Mitgefühls, das er in eine Frage gekleidet hatte, waren Tränen, die seinem Gast über die Wangen liefen. Deren Fluß verstärkte sich noch, als der Pförtner aufstand und seinen Arm um die Schulter des Sakristars

* Die antike Meile Roms maß 1479 m.

legte. In diesem Augenblick durchzuckte Markwart ein Gedanke, der nicht zu dem Elend paßte: Vielleicht hatte es ihn auch zeitlebens in die Einsamkeit gedrängt, weil er mit Leid nicht umzugehen vermochte, weil er nicht dafür geboren worden war, Trost zu spenden.

»Hat dich der Bärtige geärgert«, sprach er für ihn Naheliegendes aus.

Grimaldus sah zur Tür, als stünde einer dahinter, der lauschte und dem er nicht seine Trauer zeigen durfte. Gleich einem trotzigen Kind fuhr er sich mit dem Ärmel unter der Nase entlang. Mit den Händen wischte er sich die Tränen vom Gesicht, und wie auf Befehl versiegte deren Strom. »Ich ... ich gehöre noch immer zu euch«, stotterte der Sakristar hiernach.

Der Pförtner nickte, denn etwas anderes hatte er auch nicht erwartet.

»Nur darf ich nicht mehr zur Vermessung kommen.«

»Die Angst?« fragte Markwart.

»Nicht nur.«

»Was dann?«

Wieder traten Grimaldus Tränen in die Augen, wieder sah er zur Tür, und ein zweites Mal beherrschte er sich. »Ich bin in den Bund der Propugnatores eingetreten«, gaben die zitternden Lippen das Geständnis preis. »Das ist ein Bund, den Pankraz mittels Eid an sich bindet.«

Markwart klappte die Kinnlade herunter. Und dessen Schweigen bewegte den Sakristar zu einer hastigen Erklärung. »Sie waren bei mir, der Abt und der Notker. Pankraz hat gesagt, ich könne nicht länger Sakristar bleiben, wenn ich mich nicht an ihn binde. Das begriff ich nicht sofort. Da fuhr Notker den nächsten Angriff. Er sagte: Wir können uns aber vorstellen, daß du dieses verantwortungsvolle Amt weiter ausfüllst, wenn du dir deiner persönlichen Pflicht bewußt wirst. Welcher, habe ich gefragt, welcher? Darauf hörte ich vom Abt: Du trittst in den Bund ein.«

»Das hast du getan?« fragte Markwart.

Grimaldus sah zu Boden und fragte seinerseits: »Wie denn sonst sollte ich handeln?«

Der Pförtner klopfte seinem Gast auf die Schulter. Er wußte, daß für Grimaldus die Arbeit als Sakristar zum Lebensinhalt geworden war, und ahnte, daß dessen Seele Schaden nehmen mußte, wenn man ihn aus seinem Amt trieb. »Ist ja nur eine Äußerlichkeit, das mit dem Bund«, versuchte er Trost zu spenden.

In seiner Not nahm ihn Grimaldus an und sah in dieser Formel verborgen das Angebot des Pförtners, seine Freundschaft nicht aufzukündigen. Er griff dessen Hände, drückte sie und bat: »Keiner darf erfahren, was ich dir sagte.« Hierauf schlüpfte er aus der Cella.

Anderentags war wieder ein Konvent der neueren Ordnung angesagt, an dem alle Brüder der Abtei teilzunehmen hatten, also auch die Laien. Als sie sich im Kapitelsaal eingefunden hatten, traten von hinten der Abt und seine beiden Dekane ein und stellten sich vor der Versammlung wie gewohnt auf.

Lothar zeigte ein feistes Grinsen. Notker hingegen blickte ernst aber nicht streng. Und der Abt schien aufgeräumt. Er lächelte, nickte bald diesem und bald jenem zu, freilich meist jenen, die dem Bund angehörten. Einen Augenblick ließ er seine Augen auf Grimaldus ruhen. Und der war zu seinem Glück gefaßt genug, dem Blick standzuhalten und sogar eine freundliche Miene aufzusetzen.

Gleich darauf griff der Bärtige unter seine Cuculle aus gutem Tuch und zog ein Pergament hervor. Das schwenkte er in der Luft und rief: »Die Antwort unseres Vaters in Rom!«

Vereinzelte Ausrufe des Erstaunens folgten, die in anerkennendes Raunen übergingen. In das sprach der Abt: »Einen glänzenden Sieg haben wir errungen!«

Das Raunen wechselte zum Murmeln, aus dem einzelne leise Rufe der Zustimmung hörbar wurden.

»Der Papst gewährt uns jedwede Unterstützung.«

Nun hallte Lärm, wie ihn der ehrwürdige Saal noch nie erlebt hatte.

»Ja, ja«, stimmte der Abt der Begeisterung zu, um sie zu dämpfen und seinen Brüdern das Wichtigste mitzuteilen: »Wir haben auch die päpstliche Unterstützung, uns aus der Diözese zu lösen und den Pachtvertrag für ungültig zu erklären!«

Hiernach setzte Tumult ein, in dem einzelne Brüder wie angewurzelt standen, manche nur, weil sie der Tradition mehr verpflichtet waren als der Freude des Augenblicks, andere, weil sie Zweifel an den Verkündungen hegten oder sie als Lüge ansahen.

Pankraz ließ der allgemeinen Freude ihren Lauf. Erst nach gut einer Minute hob er einen Arm und gebot damit Ruhe, die auch umgehend einsetzte.

»Das wird der Bischof morgen erfahren, und er soll nicht wagen, gegen uns zu reiten, wie es ein Bote von ihm androhte. Denn wir sind nicht ungeschützt. Im Wald unten«, sein Arm schoß heraus, und der Finger zeigte in die Richtung, die er meinte, »im Wald, da haben sich unsere Verteidiger gesammelt.«

Ein zweiter Tumult folgte. Wieder ließ Pankraz seine Untergebenen ein Weilchen gewähren. Gönnerhaft nickte er zu ihrem Treiben, bis sein Arm erneut Ruhe gebot.

Bis zu diesem Augenblick hatte Markwart seinen Kopf bereits in den Kragen der Cuculle gezogen. Ihm war verständlich geworden, weshalb den Sakristar panische Angst peinigte. Selbst den Beitritt in den Bund sah er ihm nach. Denn eine solche Meute, die auf ein Wort ihres Führers jedes Selbst aufgab und bereit war, dem zu folgen, den sie verehrten, der traute er alles zu.

Er fühlte sich nicht mehr im Kreis seiner Brüder, sondern umringt von Verblendeten, die ihren Verstand irgendwo abgegeben und die Seele verschenkt hatten, die sich nur noch leiten ließen gleich einer Herde von Hammeln.

»Wir sind also frei von Diözese und Pacht«, sagte der Bärtige, und weil einige noch einmal ihre Zustimmung bekunden wollten, schnitt er deren Verlangen mit einer Bewegung des Armes ab. »Aber immer werden wir unserem Vater in Rom verbunden sein. Das ist eine Verpflichtung, an der mich jeder messen kann. Freilich heißt das nicht, daß wir gänzlich auf unsere Eigenheiten verzichten.«

Den nächsten Gedanken hob Pankraz durch eine Pause ab und leitete ihn mit einer verlogenen Behauptung ein: »Vor allem müssen wir uns von der Dialektik Gregors VII. verabschieden, wie das auch der jetzige Papst, unser verehrter Calixtus II., tut.«

Damit keiner dieser Behauptung etwas entgegensetzte, sprach er rasch weiter: »Ich meine damit die von Gregor VII. einst getroffene Unterscheidung von Wissen und Glauben. Das ist nämlich nicht irgendeine Unterscheidung, sondern sie bedeutet, daß der Glauben wahr, weil offenbart ist, das Wissen hingegen unsicher, weil nicht aus der Schrift genommen. Dem aber setzte ich nun entgegen: Wissen, das zwar nicht aus der Schrift stammt, aber mit ihr übereinstimmt, ist ebenso wahr wie der Glauben.«

Damit war die Prämisse gesetzt, die zu verdauen er den anderen Zeit einräumte, bevor er die Brüder auf weitere Aufgaben vorbereitete: »Aber schließen die Worte der Weisen immer an die Schrift an?« fragte er und gab seine Antwort:

»Sie gehen vom Guten aus, von der Gestalt Christi, und sie ziehen den unvermittelten Schluß, auch wir Menschen seien zum Guten bestimmt. Aber anderes ergibt sich aus dem Leben wie aus der Schrift, gedenkt nur der Mahnungen des Paulus. Der Grund dessen ist, daß das Bleibende im Menschen, das wahrhaft Gute nicht von dieser Welt stammt und auf Erden das Böse zu uns hinzutritt.«

Markwarts Kopf war noch tiefer gerutscht, weil er mehr Behauptungen denn logische Ableitungen hörte. Allerdings streckte er seinen Hals wieder ein wenig heraus, als er wahrnahm, daß ein Stück vor ihm Heimbrecht stand, jener Konverse, der ihn an der Pforte aufgesucht hatte. Dieser schien mit der Rede des Oberen ebenfalls nicht einverstanden zu sein und tuschelte mit einem anderen Konversen, dessen Namen der Pförtner erst später erfuhr. Es war Johannes.

Pankraz hatte inzwischen ein anschwellendes Gemurmel mit seiner Armbewegung unterbunden und trat einen Schritt zurück, demonstrativ den Rednerplatz an Notker übergebend. Der ging mit einer Verbeugung zum Abt in die Mitte und posaunte hinaus:

»Eine bessere Rede habe ich mein Leben lang noch nicht gehört. Wir verdanken es allein der Genialität unseres Oberen, daß uns solches zu Ohren kommt, weiser als es jeder der Gelehrten aufs Pergament gebannt hat. Der Umsicht und dem Scharfsinn Pankrazens danken wir auch, daß unser Kloster sich entwickelt wie nie zuvor. Die Schönheit des Augenblicks möchte ich nicht zerstören, indem ich weitere Ausführungen anschließe. Zunächst soll ein jeder für sich verarbeiten, was er heute hörte, und die Worte des Abtes in aller Stille noch einmal genießen.«

Heimbrecht hustete und kratzte sich am Kopf. Er konnte wohl ebensowenig wie Markwart erwarten, diesen Saal zu verlassen. Oder sollte er sich im Auftrag des Abtes verstellen, sollte er als Lockvogel jene zum Sprechen bringen, die mit dem Oberen nicht einverstanden waren? Das glaubte der Pförtner zwar nicht. Doch gelobte er sich, Vorsicht walten zu lassen und nicht blindlings in eine Falle zu tappen.

* * *

Aus dem Tagebuch des Novizen Bertold (9. April 1122)

Nun weiß ich gar nicht mehr, was Rechtens ist, ob des Abtes neue Regeln oder die älteren des Benedikt von Nursia. Das Klatschen mit den Händen find ich widerlich, auch die Zwischenrufe sind dem Ort nicht angemessen. Und die Worte, die der Pankraz sprach, hätte keiner der Novizen in der Schule sagen dürfen.

Was ist nun richtig, was ist falsch? Ist denn gültig, was uns die Lehrer lehrten oder was der Abt von Riess verkündet? Mein Gefühl und mein Verstand, die sagen mir, was früher war, entsprach der Schrift. Aber trifft das auch für jenes zu, was heute hier geschieht?

* * *

Am Morgen des folgenden Tages, gleich nach der Prim, nahte Hufgetrappel. Auf des Pförtners Frage, wer Einlaß begehre, folgte von draußen keine Antwort, weil drinnen einer schneller war. Mit seiner markanten und durchdringenden Stimme hatte Notker gesagt, hinein wolle keiner, aber einer hinaus.

Als er durch die Pforte schritt, grinste der Dekan den Pförtner an und klopfte an seine Cuculle. »Für den Bischof«, sagte er und meinte gewiß das unter dem Gewebe geborgene Pergament. Draußen schwang er sich auf eines der Pferde. Fünf andere trugen die gepanzerten und bewaffnen Begleiter Notkers.

Markwart schloß die Pforte mit Schwung und knurrte in sich hinein: »Die werden wohl mehr Eindruck schinden als des Abtes Schreiben.«

Im nächsten Moment zuckte er zusammen. An diesem Tag schienen sich alle Menschen durch Geräusche anzukündigen. Und die Stimme, die er vernahm, hatte er in den letzten beiden Monaten selten nur gehört.

Früher war der Bibliothekar Ulrikus oftmals zu ihm gekommen. Nun trat er fast wie ein Fremder an den Pförtner heran.

Dieser bat seinen Gast in die Cella. Nicht der Kälte wegen tat er das. Die schien der Frühling gänzlich besiegt zu haben. Die hellen Ohren, die er überall vermutete, bewegten ihn zu diesem Schritt. Erst drinnen sagte er: »Schön, daß du dich wieder einmal sehen läßt.«

»Viel zu tun. Der Umzug, du verstehst.«

Markwart nickte auf die gestammelten Worte. Er sah, daß Ulrikus etwas bedrückte. Aber wie sollte er es aus ihm herauslocken? Ihm fiel nichts anderes ein als die Frage: »Was führt dich zu mir?«

Schon fürchtete er, den Gast verschreckt zu haben, weil dieser schwieg. Doch plötzlich strömten die Worte aus Ulrikus' Mund: »Ich habe mich lange schon gefragt, weshalb der Abt so viele neue Bücher anschaffen ließ von Autoren, die ich nicht kannte, die nach meiner Auffassung auch nicht bedeutsam sind. Gestern ist es mir klargeworden. Darin wird der gleiche Dualismus verfochten, den auch Pankraz vertreten hat. Dabei bin ich mir ganz gewiß, daß solches Vorgehen von Rom verurteilt würde. Die Schriften des Anselm von Canterbury etwa, der als eine wissenschaftliche Autorität gilt, richten sich ganz und gar nach dem gültigen theologischen Grundsatz, daß der allweise und gütige Gott nicht vereinbar mit dem Vorhandensein des Bösen ist.«

Ulrikus nickte nach dieser Rede und fügte mit leiser Stimme an, als verrate er ein Geheimnis: »Ich glaube, der Abt will zur Begegnung zwischen der guten Seele des reinen Menschen und der bösen Welt gelangen.«

»Wie das?« fragte Markwart, der von seinem belesenen Gast noch mehr zu erfahren hoffte. Doch der hatte wohl nur ein Ventil für seinen Unmut gesucht und war aus seiner Sicht schon zu weit gegangen. Er senkte seine Stimme zu einem Hauch, so daß der Pförtner ihm eines seiner Ohren entgegenstreckte, um zu hören: »Es muß das aber alles unter uns bleiben, auch, daß ich hier war.«

Nach diesen Worten huschte der Bibliothekar hinaus und eilte zu seinen Büchern hinüber. Einer Antwort auf seine Bitte bedurfte er nicht. Eine der schätzenswerten Eigenschaften des Pförtners war dessen Verschwiegenheit. Insofern war er ein Eremit, als er tat, als sei er allein auf der Welt, wenn er ein Geheimnis in sich trug.

Die Zeit der Terz war zwar noch nicht herangerückt. Da er aber in den verbleibenden Minuten nicht mit einer Arbeit beginnen wollte und auch keine Gäste sich angesagt hatten, schlenderte Markwart zur Kirche. Was darin außerhalb der Gottesdienste geschah, bekam er nur selten mit, weil er, wie es einem Einzelgänger zukam, meist unter seinem Kruzifix betete. So war er überrascht, daß etliche Brüder vor der Mauer standen, die das Grab des Klostergründers abschirmte.

Er ging an ihnen vorbei und kniete sich unter den nächsten Altar. Schon auf dem Weg dorthin hatte er mitbekommen, daß die Brüder rätselten, was sich hinter der Mauer verberge. Sie waren sich einig, daß es nicht nur das Grab des Abtes Nikolaus sein könnte, weil die Abschottung dann nicht nötig gewesen wäre.

Als Markwart kniete, drangen noch einzelne Satzfetzen an sein Ohr, aus denen er drei verschiedene Meinungen rekonstruierte. Die erste besagte, daß die Brüder beim Graben auf eine Wasserader gestoßen seien, die drohe, die Kirche zu überschwemmen, und abgedichtet oder abgeleitet werden müsse.

Der zweiten zufolge war man beim Buddeln auf einen Schatz als Grabbeilage gestoßen. Die dritten meinten sogar, es befänden sich Zauberschriften unten, die vergiftet seien. Deshalb müsse erst erdacht werden, wie man sie hebe, ohne sich der tödlich wirkenden Substanz auszusetzen. Aber es lohne sich allemal, weil man damit Gold herstellen könne.

»Die haben Sorgen« murmelte der Pförtner, als er sich wieder erhob und gleich darauf wie erstarrt stand. Ihm dämmerte, daß das freie Denken durch eine Diktatur, wie sie Pankraz und dessen Getreue mittlerweile ausübten, nicht abzuschaffen war, auch nicht für jene, die mit Begeisterung die Gefolgschaft bildeten. Doch da es sich keine rationalen Wege mehr bahnen konnte und durfte, weil der Obere vorgab, was zu denken war, floh der Geist ins Irrationale, in die Welt der Mythen oder auch der Hoffnung. Womöglich blühten dazu bald der Sarkasmus auf und ein schwarzer Humor.

Schon wollte sich Markwart zu seinem Platz begeben, als in die Brüder am Grab Unruhe kam. »Wo?!« rief einer, ein anderer: »Wer?« Der dritte erst bewirkte, daß auch der Pförtner wieder zum Eingang eilte. Von einem Mord hatte dieser gesprochen.

Jene Brüder, welche die Grabgerüchte geboren hatten, besaßen etliche Meter Vorsprung. Markwart sah sie um das Querschiff laufen, das einst die Bibliothek geborgen hatte. Er war aufgrund seines Alters nicht mehr schnell und hoffte, sie seien nicht schon um die nächste Ecke gebogen, wenn er das Ende der Kirche erreichte. Doch er mußte sogar seine Schritte abbremsen, um nicht auf einen anderen aufzulaufen.

Da die Mehrzahl der Brüder von dieser Seite gekommen war, standen sie wie in einer Reihe. Markwart schaltete als einer der ersten, ging über den inzwischen eingeebneten Platz, auf dem sich ehemals die Cella novitarum und jene der Kranken erhoben hatte.

So gelangte er dicht an den Schauplatz. Am Boden lag ein Bruder mit dem Gesicht nach unten, und diesmal war der Grund zu ersehen: In seinem Rücken steckte ein Messer. Das Blut allerdings quoll aus zwei Wunden, was dafür sprach, daß zweimal zugestochen worden war.

Entweder hatte der Täter das Messer wieder herausgezogen und ein zweites Mal in den Leib gestoßen. Oder es waren gar zwei Mörder gewesen, wobei es nur einem gelungen war, sein Tatwerkzeug mit sich zu nehmen.

Nach dieser Überlegung zürnte Markwart mit sich. Er hatte auf den Liegenden gesehen, aus dem wohl längst das Leben gewichen war, hatte aber nicht geachtet, wer bei dem Opfer stand und wer hinzutrat. Erst als der Abt und Dekan Lothar sich durch die Brüder zum Tatort drängten, sah er auf.

Er erkannte Engilbert in unmittelbarer Nähe des Toten. Dieser mußte schon eher gekommen sein. Und nur drei Brüder standen auf der Seite des Friedhofs, unter ihnen der Konverse Heimbrecht, der vor Tagen an seiner Cella gewesen war.

»Wer ist Zeuge?« fragte der Abt.

Drei Hände gingen nach oben, darunter eine des Heimbrecht.

»Ihr bleibt hier«, entschied Pankraz. »Die Aufklärung übernimmt Bruder Engilbert mit seinem Stab. Alle anderen gehen unverzüglich ins Gotteshaus!«

Erstaunlich langsam folgten die Brüder dieser Aufforderung. Markwart tat, als stelle er sich von hinten an, so hatte er noch Möglichkeit, den Tatort ein wenig im Auge zu behalten, sah aber nur, daß Engilbert die drei Zeugen zu sich und seinen beiden Leuten winkte.

Bevor der Pförtner in die Kirche trat, sah er Bruder Tobias dem Strom entgegenlaufen.

Während der Terz wurde Markwart ungeduldig. Dauerte sie länger als gewöhnlich, oder kam ihm das nur so vor? Er wollte hinaus, auch wenn das Opfer des neuerlichen Verbrechens schon zur Seite geschafft sein sollte, wovon er ausging. Denn schon vor einiger Zeit waren die Zeugen ins Gotteshaus gekommen.

Draußen geblieben waren nur Engilbert und dessen

zwei Leute. Denen traute er auch zu, daß sie Fußspuren verwischten. Noch war der Boden nicht wieder ausgetrocknet, und so gab es die Möglichkeit, daß sich irgendwo das S eingeprägt hatte. Aber Pankraz ließ nicht lokker.

Als dann endlich die Terz zu Ende war, eilte Markwart aus der Kirche. Er holte aus seiner Cella einen ägyptischen Winkel, klemmte ein paar Blatt Pergament unter den Arm und zog wieder los. Dicht an der Mauer ging er entlang, passierte die Ställe, auch die Coquina und das Refektorium.

Nirgendwo sah er verräterische Spuren. Also legte er den Winkel an, als messe er etwas, und tat, als zähle er die Schritte zu den Gärten hin. Auch da war nichts Verdächtiges zu sehen. Daraufhin arbeitete er sich mit weiteren Täuschungsmanövern über den Gottesacker bis zum Schauplatz des Mordes vor.

Dort standen einige Brüder und mutmaßten, wer der Mörder sein könne. Der Pförtner tat, als wolle er mitreden und warf einige Brocken ein. Sein Blick aber tastete den Boden rings um die Stelle des Verbrechens ab. Zu seinem Leidwesen waren zwar viele Spuren in die Erde geprägt, mit der die Keller des abgebrannten Gebäudes aufgefüllt worden waren. Aber selbst wenn zuvor ein S dagewesen sein sollte, hätten es die Brüder längst ausgelöscht.

Das einzige, was er von den Diskutierenden mitnahm, nötigte ihm ein Kopfschütteln ab. Bei ihren Spekulationen, wer der Mörder sein könne, hatte keiner der Brüder den Oberen und dessen Gefolgschaft erwähnt. Hingegen war sich Markwart sicher, daß sie den Mord auf dem Gewissen hatten. Als letztes Zeugnis dafür wertete er, daß der Tote rasch fortgebracht worden war, so rasch, daß kaum einer der Brüder vom Anblick her wußte, um wen es sich handelte, von den Zeugen abgesehen.

Dennoch nahm Markwart vom Ort des Verbrechens

die Vermutung mit, das Opfer könne der Konverse Welfhard sein. Diesen Namen hatte er noch nie gehört. Gewiß war der Ermordete einer jener, die sich selbst vom Ansehen nicht in seine Erinnerung gegraben hatten. Und nun würde ihm jenes Konversen Gesicht auch unbekannt bleiben, denn gewaltsam zu Tode Gekommene durften nicht offen aufgebahrt werden.

Das stimmte ihn traurig. Wütend machte ihn hingegen, daß seine Finten keinen Erfolg gezeitigt hatten. Oder sollte das Fehlen der Spuren mit dem S bereits ein Hinweis auf die Tat sein? Dieser Gedanke bewirkte, daß er wieder kräftiger ausschritt, wenngleich er über keinerlei Anhaltspunkte verfügte, sich darauf eine Antwort zu geben.

XIV

Aus dem Tagebuch des Novizen Bertold
(9. April 1122)

Heute fand ich die Gewißheit, daß ich auf Riess nicht glücklich werden kann. Wo ein Mörder sich herumtreibt und alle Welt in Atem hält, kann ich nicht auf Dauer sein. Ich will's an einem andren Ort versuchen, wo ich auch die Schule zu Ende bringen kann.

Dann werde ich die Profeß schwören. Aus mir Novizen wird somit ein Mönch. Mehr will ich nicht in meinem Leben. Nicht über und nicht unter andren stehen. Vielleicht werde ich dann glücklich sein, nicht verfolgt von meinen Träumen und den Opfern jenes Mörders.

Nur eine Sache will ich noch vollbringen, bevor ich diese Gegend fliehe. Mein Bild will ich vollenden. Ein paar Wochen wird das dauern, und Kraft wird es mir geben, die ich brauche für die Wege übers Land.

* * *

Der Pförtner fand nicht seine geliebte Ruhe. Zwar verlangte keiner Einlaß, aber ihn trieb es umher. Kaum daß er in seiner Cella angekommen war, schnappte er sich den Diopter und zog wieder los. Diesmal nahm er die andere Runde, ging hinter dem Pilgerhaus mit der Bibliothek entlang. Hier fand er keinerlei Spuren. Erst als er in die Nähe der ehemaligen Schule kam, sah er Eindrücke ums Haus gezogen, als ob Wachen gelaufen wären. Und das hielt er auch für wahrscheinlich.

Er legte sein Meßgerät an, obschon ein Kundiger wissen mußte, daß es sich um eine Finte handelte. Doch waren seine Gedanken inzwischen auf anderes fixiert:

auf die Wachen. Im Gegensatz zu den Einsiedlern ließen sich alle hohen Leute bewachen, ob Graf, Fürst oder Bischof. Seine Vermutung lief darauf hinaus, daß die Despoten unter den Exponierten sogar ein besonderes Bedürfnis nach persönlichem Schutze besäßen.

Nur wenige Schritte weiter ahnte er auch, weswegen diese Annahme so nahelag: Ein Despot mußte an seine Einmaligkeit, seine Berufung und seine Unfehlbarkeit glauben. Sonst wäre er gar nicht in der Lage, sich als Alleinherrscher über die anderen zu erheben.

Und solche Einmaligkeit, auch wenn sie nur eingebildet war, mußte bewahrt werden, und zwar in eine scheinbare Unendlichkeit hinein, die allein schon die Gefolgschaft einforderte. Denn diese fiele mit dem Verschwinden des Despoten von der Teilhabe an der Macht in die Bedeutungslosigkeit hinein.

Noch ein Stück weiter grinste Markwart. In seinem zur Einsiedelei tendierenden Leben war er nie auf solche Gedanken gestoßen worden. Nun jedoch gebar er sie im Dutzend, etwa die Überzeugung, daß die Despotie auf nichts anderem beruhen konnte als auf Wahnvorstellungen. Sowohl den Glauben an die eigene Unfehlbarkeit, ja Göttlichkeit des Herrschers hielt er für eine Entgleisung des Denkens als auch das Vergessen der Gefolgschaft, daß sie selbst Personen waren und verpflichtet, ihr eigenes Handeln zu kontrollieren.

Im nächsten Moment machte der alte Pförtner einen Sprung. In seiner Jugend hatte er oft in Momenten der Freude versucht, die untersten Zweige der Bäume zu berühren, die außerhalb seiner Reichweite wuchsen. Das gelang ihm zwar nicht mehr. Aber das verschmerzte er, denn ihn belebte eine Hoffnung, die ihn zum fast vergessenen Hochgefühl geführt hatte.

Er stellte sich nämlich vor, wie der Alleinherrscher in seinem Wahn, verfolgt zu werden, sich weiter und weiter von seinen Untertanen entfernt, die nicht zur engen

Gefolgschaft gehören. Das ihnen entgegengebrachte Mißtrauen kann den kleinen Leuten auf Dauer nicht verborgen bleiben. Sie werden also auch mit Mißtrauen antworten, und wenn die Kluft groß genug geworden ist, werden sie den hohen Herrn, der sich selbst zu einem Erlöser ernannt hat, irgendwann stürzen.

Als Markwart die Steinstapel erreichte, die aus den Überresten des abgebrannten Gebäudes aufgeschichtet worden waren, sah er wieder ernster drein. Aus einer Hoffnung allein folgt noch kein Wandel, sagte er sich. Zur Veränderung bedarf es des Mutes derer, die sich dem Alleinherrscher entgegenstemmen. Und das waren in der Abtei Riess zu wenige.

Bernus und viele andere aufrichtige Brüder hatten das Kloster verlassen. Tutilo und Burchard fehlten. Grimaldus hatte sich als zu schwach erwiesen, dem Druck der Mächtigen standzuhalten. So blieben nur Hartmann und er. Aber sie beide allein vermochten die Verhältnisse nicht zu verändern.

Dennoch blickte der Pförtner kurz vor dem Gottesacker wieder zuversichtlicher. Womöglich gelang es, die Führung zu spalten. Er meinte, die Dekane und die anderen Vasallen des Pankraz würden sich nur zu gern in dessen Rolle versetzen. Aber sie trauten sich nicht, gegen ihren Oberen anzugehen. Also mußte man sie anstacheln, bis sie in eine Stimmung kamen, an des Despoten Stuhl zu sägen.

Bei seinen Überlegungen hatte Markwart kaum mehr auf Spuren geachtet. Aber ihm fehlte auch die Hoffnung, das in den Boden geprägte S zu finden. Und der Versuchung, noch einmal den Weg zurückzugehen, wirkten die Brüder entgegen, die zum Gotteshaus strebten. Das nächste Stundengebet stand an.

Also betrat auch der Pförtner die Kirche. Zu seiner Überraschung knieten die Brüder nicht vor Altären, noch saßen sie auf ihren Misericordiae, sondern tuschelten erneut vor dem durch eine Mauer abgeschotteten Grab des Klostergründers.

Diesmal verstellte sich Markwart nicht und hörte von zwei der angeblichen Wundertaten des Klostergründers. Die erste besagte, Nikolaus habe, da keine der Bohrungen im Boden eine Quelle getroffen hatte, durch einen Wunderspruch das Wasser auf den Berg gelockt. Noch abstruser erschien ihm, daß der erste Abt von Riess für das Jahr 1122 einen zeitigen Frühlingseinbruch vorausgesagt habe.

Inzwischen waren fast alle Mönche und Laien des Klosters vorbeigeströmt oder bei den Tuschelnden stehengeblieben. Und schließlich setzte Pankrazens Erscheinen den Gerüchten ein Ende.

* * *

Aus dem Tagebuch des Novizen Bertold
(11. April 1122)

Der neuerliche Mord erschüttert mich ebenso wie die beiden, die vorangegangen sind. Und doch spüre ich den Unterschied: Mein Geist, der hat sich diesmal nicht verwirrt. Was mag nur der Änderung zugrunde liegen?

Auf diese Frage weiß ich keine Antwort, denn eine Antwort, die muß sicher sein. Doch eine Ahnung wohnt mir ein: Mit dem Entschluß, von Riess bald fortzugehen, habe ich an Festigkeit gewonnen, mehr noch an Eigenständigkeit. Das ist wohl so, als ob die Nabelschnur zerschnitten wird. Zwar bin ich immer noch nicht mutig und werde es auch niemals sein. Dennoch versuche ich, mein Tun zu gründen auf meiner eignen Kraft, mag diese auch bescheiden sein.

Ich denke, daß dies den Unterschied ausmacht. Und noch sichrer bin ich mir darin, wenn ich mich erinnere, wie ich vor Wochen noch dem Pankraz gegenübertrat. Wie habe ich gezittert, als sein Blick mich traf. Doch vermag ich nicht, alle Einzelheiten aus meiner Erinnerung herbeizurufen. Deshalb schlage ich in meinem Tagebuch die Seite auf, die das Zeugnis jenes Tages trägt, an dem ich dem Abt Aug in Auge gegenüberstand. Und dort lese ich:

Dann stand Pankraz auf. Groß wirkte er für mich, der ich noch saß. Er beugte sich zu mir hinab und sah mich an aus Augen, die zu brennen schienen wie das Feuer in der Hölle. Seine Stimme war so klar und hart wie die Schneide eines Schwertes. Seine Stirn, die drohte, seinen Mund, den quälte Bitterkeit.

Noch heute treffen diese Zeilen auf den Führer unsres Klosters zu. Doch hab ich sie wohl damals in Gegensatz zu dem verstanden, wie ich sie heute deute. Seine Augen und die Stimme waren für mich nur Schein gewesen. Die Hölle nur ein falsches Bild, weil ich meinte, dem Pankraz wohnten des Himmels Kräfte ein. Davon zeugen meine Worte, die alsbald auf die ersten folgen:

Wie beim Teufel brannten seine Augen. Doch in diesem Augenblick war er wie ein Gott. Aber ich war nicht mehr Herr über meine Sinne, und die Gefühle waren mir entglitten. Ich zitterte und bebte, wußte, daß ich mich diesem Menschen nicht entziehen kann. Und schließlich griff ich seine dargereichte Hand und küßte sie. Daraufhin zog er mich nach oben und gab mir einen Kuß auf meine Wange.

Nun hab ich wohl begriffen, was damals zwischen ihm und mir geschah. Pankraz hatte mir gesagt, ich sei nur ein Teil von ihm. Was sollte das bedeuten, wenn nicht die Beziehung von einem Vater zu dem Sohn? Ich war der Sprößling, doch nicht irgendeines Vaters Kind, sondern eines Mannes, der sich selbst zum Gotte macht und mich damit zum Lamm in seiner Herde. Also war es nicht das Verhalten eines irdischen Vaters zu seinem leiblich Sohn. Und diese Unterordnung hat mich krank gemacht.

Noch spür ich nicht die Kraft, dem Pankraz das zu sagen. Ich weiß auch nicht, ob ich sie jemals finden werde. Doch bin ich ganz gewiß, daß ich gesunden werde, wenn ich von diesem Kloster Abschied nehme.

Allein mein Bild hält mich noch zurück.

* * *

Vor der Vesper war Markwart wieder an tuschelnden Brüdern vorbeigekommen, und was er dabei erlauscht hatte, trieb ihm einen Schauer über den Rücken. Kein anderer als Grimaldus sollte die neuen Geschichten über den Gründungsabt in Umlauf gesetzt haben, jene vom Heraufholen des Wassers und dem zeitigen Frühlingsbeginn 1122.

Er konnte kaum erwarten, daß der letzte Ton im Gewölbe verklungen war und die Brüder hinausdrängten. Damit es nicht so aussah, als lauere er jemandem auf, kniete er sich vor einen Altar und sah aus den Augenwinkeln die Kirche leerer werden, aber auch, wie der Sakristar die Kerzen löschte, als schliefe er dabei ein. In ebensolcher Geschwindigkeit trug Grimaldus die liturgischen Geräte einzeln in seine Sakristei.

Schließlich erschöpfte sich Markwarts Geduld. Er stand auf, hielt Grimaldus zurück und sagte: »Ich möchte mit dir sprechen.«

Er spürte, wie der Sakristar zitterte, und faßte deshalb dessen Worte, er werde in einigen Minuten an der Pforte sein, als eine Ausflucht auf. Dennoch ging er zu seiner Cella, und was er kaum erwartete, traf alsbald ein. Schritte schlurften, und es klopfte an die Tür.

Grimaldus sah um Jahre gealtert aus. Sein Gesicht war aschfahl, der Rücken gekrümmt. Die Hände zitterten noch immer, und selbst im Schein der trüben Lampe erkannte der Pförtner erste graue Strähnen in den blonden Haaren seines Gastes. Nicht zum ersten Mal erlebte er, daß die Farbe des Alters nicht von unten heraufwuchs, sondern gleichsam über Nacht die Haare färbte. Und in allen Fällen war zuvor Schreckliches geschehen.

Deshalb nahm er sich vor, mit dem Sakristar umzugehen wie mit einem rohen Ei. »Ich wollte nur mal ein Schwätzchen mit dir machen«, sagte er und zertrümmerte bereits mit diesen Worten die Schale.

Allerdings brach Grimaldus diesmal nicht in Tränen aus, sondern sprach wie einer, den alle Hoffnung verlassen hat und der sich nur noch vom Schicksal treiben läßt: »Ich weiß, daß du etwas Bestimmtes hören willst. Und ich sage es dir auch freiwillig: Ich habe tatsächlich die Gerüchte in Umlauf gesetzt, und zwar auf Verlangen des Abtes.«

»Wahrscheinlich, um von dem Mord abzulenken«, warf Markwart ein.

»Mehr noch, um die Aura des Grabes zu erhalten.«

»Die Aura?«

»Ich fürchte, hinter der Mauer liegt nicht der Gründungsabt.«

»Wozu wurde sie dann gezogen?«

»Das weiß ich noch nicht. Aber wenn ich es herausbekomme, werde ich es dir gleich sagen. Und glaube du bitte nicht, daß ich mich nur wegen meines Amtes für den Bund fangen ließ. Die haben mich zuvor belauscht und besitzen nun Handhaben gegen mich. Deshalb dürfen wir uns auch nicht mehr in der Kirche unterhalten. Dort haben selbst die Wände Ohren.«

Markwart nickte, und das kurze Schweigen nutzte der Sakristar, sich zurückzuziehen. Dem Pförtner blieb nur, ihm ein freundliches Wort nachzurufen, dann war er wieder allein.

Doch lange währte seine Ruhe nicht, und diesmal war

er überrascht: Der Konverse Heimbrecht stand in der Tür. »Du meintest, ich könne wieder vorbeikommen«, sagte dieser.

Markwart bat ihn herein und wurde sich dabei bewußt, daß seine geliebte Einsamkeit vorerst ein Ende gefunden hatte. Er war, ohne je die Absicht gehegt zu haben, zu einem Anlaufpunkt all jener geworden, die mit dem Abt und dessen Gefolgschaft nicht einverstanden waren. Damit hatte er sich zwar in Gefahr begeben, doch wollte er diese ertragen, wenn er nur aufrecht bliebe. Gott zu lieben war sein Bedürfnis, dem HERRN im Himmel zu dienen sein Streben. Was war dagegen die Angst?

Hingegen nahm er sich vor, all jene zu warnen, die den Kontakt zu ihm suchten. Allerdings wußte er nicht, ob er das auch bei seinem überraschenden Gast durfte. Denn er war sich ungewiß, auf wessen Seite Heimbrecht stand.

»Was führt dich zu mir?« fragte er und erhielt eine Antwort, bei der seine Lider zuckten: »Der Mord.«

»Kannst mit jedem anderen darüber sprechen.«

»Die meisten hören darüber hinweg. Etliche würden mich sogar ans Messer liefern. Und von den wenigen, die zu schweigen vermögen, kenne ich nur dich.«

»Woher?«

»Ich hatte enge Kontakte zu Burchard, weil er in meiner Gruppe war.«

»Weißt du, was mit ihm geschehen ist?«

»Ich weiß nicht mehr als du. Über vieles bin ich sogar weniger unterrichtet, weil ich erst einige Wochen im Kloster bin. Dir habe ich nur voraus, daß ich sah, wie der Mord an Welfhard geschah.«

Markwart forderte seinen Gast nicht mit Worten, sondern nur mit einem Blick heraus. Und daraufhin erzählte Heimbrecht: »Wir haben im Kräutergarten gearbeitet, als wir Schreie hörten. Alsbald kam Welfhard um das Seitenschiff gelaufen, ihm auf den Fersen zwei, die ich nicht erkannte, weil sie sich Masken übers Gesicht gezogen hatten. Die erreichten den Fliehenden, stießen ihre Messer in seinen Rücken und rannten zurück.«

»Einer hatte sein Messer wohl nicht aus dem Körper des Opfers ziehen können«, sagte Markwart.

Heimbrecht nickte und fuhr fort: »Nur Sekunden später tauchten Engilbert und zwei seiner Helfer auf.«

»Sie mußten, wenn sie von der Schule kamen, den fliehenden Maskierten begegnet sein.«

»Wenn die nicht nach der Tat in der Kirche Schutz gesucht oder inzwischen ihre Masken abgezogen und sich wieder in unscheinbare Brüder gewandelt hatten.«

»Dem Engilbert können wir also nichts anlasten«, sagte Markwart.

»Anlasten nicht, weil uns der Beweis fehlt. Aber ich denke, er hat Verdacht auf sich geladen.«

Markwart nickte, rieb sich das Kinn und fragte: »Weshalb nur haben sie im Kloster gemordet?«

»Weil sie es eilig hatten«, sagte Heimbrecht und erklärte: »Ich habe Verbrecherbanden in der Stadt kennengelernt. Wenn einer aus solch einer Gruppe ausbrechen will, wird er für alle gefährlich, weil er zuviel weiß. Da gibt es nur eins: Er muß getötet werden, bevor er spricht.«

Der Pförtner sah auf seinen Gast, von dem er noch immer nicht wußte, ob er als Gleichgesinnter oder als Spitzel zu ihm gekommen war. »Du willst doch nicht sagen, der Abt und seine Getreuen seien eine Verbrecherbande?«

»Gesagt habe ich das nicht«, antwortete Heimbrecht, dem durch die Frage seinerseits Zweifel kamen, ob er seinem Gegenüber trauen durfte. Und dieser stand auf, drängte sich an seinem Gast vorbei und trat ins Freie. Dort hielt er seine Nase wie ein witterndes Tier in die Luft.

Danach hob er seinen Zeigefinger und sagte: »Ich rieche, weshalb im Kloster getötet wurde und nicht im Wald. Wenn einer vor den Mauern umgebracht wird, schiebt es ein jeder den draußen lagernden Verteidigern des Klosters in die Schuhe. Aber die will und darf keiner verärgern. Denn die könnte Pankraz wirklich noch brauchen.«

»Hoffentlich nicht gegen jene, die anderes wollen als der Abt selbst«, sagte Heimbrecht und ging seiner Wege.

Es war am 12. April nach der Prim, als der Abt alle bat, in das Querschiff zu treten. Nachdem das geschehen war, verkündete er:

»Liebe Brüder, leider ist es in den letzten Wochen in unserem Kloster zu zwei Tötungsverbrechen gekommen. Ich gehe davon aus, so schwer mir diese Annahme auch fällt, daß einer aus unserem Kreis der Mörder war. Mit dem Tod des Mönches Salimbenes am Weg ins Tal mag es sich anders verhalten. An diesem Ort ist mittlerweile auch schon vorgesorgt, daß sich Ähnliches nicht wiederholen kann. Dort befindet sich nämlich unser Militärlager, und folglich kann kein Verbrecher mehr sein Unwesen treiben.«

Markwarts Augen waren groß geworden, als er den Abt vom Militärlager sprechen hörte. Bislang war immer nur von den Verteidigern des Klosters die Rede gewesen. Aber er vermochte sich den Grund der begrifflichen Veränderung nicht zu erklären. Zudem sprach der Bärtige weiter und forderte seine Aufmerksamkeit:

»Damit sich auch im Kloster kein Verbrechen mehr ereignen kann, habe ich mich entschlossen, eine Klosterwache einzusetzen. Zu dieser Aufgabe habe ich nur zuverlässige und ehrliche Brüder berufen, die zugleich Erfahrungen im Umgang mit Waffen besitzen. Denn ihr werdet verstehen, daß man einem Mörder oder auch zwei mit Messern bewaffneten Unholden nicht mit bloßen Händen entgegentreten kann. Also wundert euch nicht, wenn von heute an einige Brüder mit Degen im Kloster herumlaufen.«

Pankraz reckte seine Brust heraus und hob seinen Kopf, bevor er bellte: »Zum Leiter der Wache ernenne ich Bruder Hermann.« Der benannte Konverse trat nach vorn, und der Abt rief noch fünf andere auf, darunter einen der jüngeren Chormönche. Die übrigen waren ebenfalls Konversen.

Als sie alle neben ihm standen, bellte der Bärtige ein zweites Mal: »Zum Befehlshaber aller bewaffneten Kräfte ernenne ich meinen Dekan Lothar.«

Der Füllige trat nach vorn und erhielt vom Abt den Auftrag, die Vereidigung vorzunehmen. Dazu ging der Mann mit dem Stab voraus bis zum Sarg des ermordeten Welfhard. Allein das war aus Markwarts Sicht makaber und verlogen zugleich.

Makaber war für ihn, an den Sarg eines Toten zu treten und dort einen weltlichen Eid zu schwören. Als verlogen sah er den Akt an, da die Mörder ihr Opfer benutzten, um sich ins rechte Licht zu rücken.

Durch seine Überlegungen hatte er den kurzen Eidesspruch nicht mitbekommen und nicht auf seinem Pergament überliefert, sah jedoch, wie Lothar seinen Stab zum Zeichen des Auszuges hob. Die Wache marschierte aus der Kirche, und zwar in einem Gleichklang, der unwahrscheinlich machte, daß sie das zum ersten Mal taten. Erst nachdem die Tritte verklungen waren, gab der Abt das Zeichen zum Verlassen der Kirche.

* * *

Aus dem Tagebuch des Novizen Bertold
(12. April 1122)

Bin ich schon derart weit von Riess entfernt, daß mir das Ritual nicht nahegeing, als die Wache ihren Eid geschworen hat? Das ist durchaus möglich. Allerdings kann es auch sein, daß uns allen solche Handlungen noch nicht geläufig sind.

Wichtiger war für mich, daß jene beiden Kranken, die schon seit Wochen in der Cella infirmorum liegen, zum Gottesdienste kamen. Danach jedoch sah ich sie wieder in die Kammer gehen, die den Kranken vorbehalten ist.

Durch Zufall lief mir Tobias übern Weg, und ihn habe ich gefragt, was denn diesen beiden fehlt. Er machte erst mal große Augen, dann hat er gesagt, der eine sei von einem Knochenleiden heimgesucht, dessen Heilung lange währe, wenn sie denn überhaupt gelänge. Der andere sei am Magen krank. Auch bei ihm könne er nicht sagen, ob seine Künste reichten.

Seine Worte haben mich nicht überzeugt. Der Grund dafür waren seine aufgerißnen Augen. Und so ging ich zu einem Bruder hin, mit dem ich schon lange nicht mehr sprach, zu einem, der früher oftmals in der Schule war, auch wenn er nur selten unterrichtete. Er heißt Sibrand, und er sagte mir, er habe die beiden Kranken schon oft im Freien laufen sehn.

* * *

Am Montag der folgenden Woche, als der Ermordete längst auf dem Gottesacker beigesetzt worden war, trafen sich die Vermesser zu ihrer Arbeit. Diese verrichteten sie meist schweigend, von den Belehrungen Markwarts abgesehen.

Hartmann wagte nicht, brisante Dinge anzusprechen. Er hatte mitbekommen, daß Grimaldus dem Bund der Propugnatores beigetreten war. Auch war ihm zu Ohren gekommen, daß der Sakristar die neuen Geschichten über Abt Nikolaus in Umlauf gesetzt hatte. Und er fürchtete nichts mehr, als verraten zu werden, bevor er eine Veränderung im Kloster erreicht hatte.

Grimaldus schlich meist hinter den beiden her, den

Rücken gebeugt, wie es die anderen von ihm nicht kannten. An ihm nagte der Spagat, den er eingegangen war, ja, er drohte ihn sogar zu zerreißen. Auf der einen Seite drängten ihn die Angst und auch sein Pflichtgefühl, all das zu tun, was Pankraz oder dessen Getreue verlangten. Auf der anderen wollte er nach wie vor aus Riess wieder ein Kloster machen, das den Regeln des Benedikt verpflichtet war.

Der einzige, der hätte vermitteln können, sah meist auf den Boden, selbst wenn er Hartmann die fachlichen Dinge erklärte. Ihn ließen die Morde nicht los, und nach wie vor suchte er Spuren, die ihn zu einer Lösung der Rätsel führten. Aber noch mehr als die Morde hatte ihn in den zurückliegenden Tagen das Verschwinden der Brüder Tutilo und Burchard beschäftigt.

Für die anderen unvermittelt sagte er nach getaner Arbeit: »Wo mögen sie geblieben sein?«

Hartmann sah mit großen Augen auf den Pförtner. Grimaldus hingegen, der auf dem ganzen Weg nichts gesagt, sich aber von seinen Problemen ein wenig gelöst und seinen alten Freund beobachtet hatte, ahnte, was diesen bewegte. »Du meinst Tutilo und Burchard?« erkundigte er sich, um sicherzugehen.

Statt einer Antwort sagte Markwart: »Durchs Tor sind sie nicht gegangen.«

»Umgebracht wurden sie wohl auch nicht«, fügte Hartmann an.

»Das bleibt eine Hoffnung«, entgegnete der Pförtner, »denn sie können tot oder lebend aus dem Kloster gebracht worden sein. Das werden wir erst erfahren, wenn wir wissen, wohin sie gebracht wurden und weshalb.«

»Der Grund, weshalb sie nicht mehr hier sind, ist ihre Differenz zu Pankraz«, sagte Grimaldus, was einen staunenden Blick Hartmanns zur Folge hatte.

»Beim Wohin gibt es zwei Möglichkeiten«, ergänzte Markwart, und bevor er sie nennen konnte, sprach Hartmann: »Die erste: Sie wurden fortgejagt. Die zweite: Sie wurden irgendwo interniert.«

»Leider gibt es sogar eine dritte«, fügte der Sakristar an. »Sie wurden beide lebend aus dem Kloster gebracht und draußen getötet.«

»Dem ist nicht zu widersprechen«, sagte Markwart. »In einem solchen Fall werden wir sie nie wiedersehen. Wenn sie aber verjagt wurden, besteht eine geringe Hoffnung, daß Tutilo und Burchard wiederkehren, falls die Verhältnisse auf Riess sich geändert haben. Denn ich bin mir sicher, daß sich so manches von dem, was hier geschieht, in den Dörfern und in der Stadt herumspricht, allein durch die Konversen, die dort wirken. Und was die Bauern und Bürger wissen, das erfahren letztlich auch die Mönche der nahe liegenden Klöster.«

»Wenn sie aber interniert sind«, sagte Grimaldus, »dann können wir sie sogar ausfindig machen.«

»Auf zwei Arten«, fügte Hartmann an. »Einerseits können wir in den Dörfern und in der Stadt nachfragen. Andererseits könnten wir versuchen, Kontakt zu den dort agierenden Konversen aufzunehmen. Ich vermag mir vorzustellen, daß der eine oder andere sich sein klösterliches Leben anders vorgestellt hat und von Pankraz abfällt.«

Eine Begeisterung hatte diese Worte aus Hartmann sprudeln lassen. Doch kaum waren sie verklungen, bereute er sie, denn sie gaben nicht nur seine Haltung preis, sondern auch seine Vorhaben. Und er war sich nach wie vor nicht sicher, auf wessen Seite der Sakristar stand.

Aber keiner der drei Brüder konnte mehr sprechen, weil von hinten der füllige Dekan heraneilte. Seinen Stab trug er in der Hand, und zwei Leute der Wache folgten ihm. Schon aus einigen Schritten Entfernung rief er: »Pförtner, beeile dich, wir wollen hinaus!«

Markwart ging ruhig zur Pforte. Er wußte, daß der Stabträger wie jeden Tag die ihm unterstellten sogenannten Beschützer des Klosters besuchte. Dabei legte er gern Eile an den Tag, um die Bedeutung seiner Person herauszustreichen.

Mehr als zwei Tage brauchte ein Reiter nicht, um zum Amtssitz des Bischofs zu gelangen. Rechnete man auch zwei für den Rückweg, war Notker, da inzwischen der 17. April geschrieben wurde, immerhin drei Tage überfällig.

Von etlichen Brüdern wurde er vermißt. Aber in der Dramaturgie des Abtes war das späte Eintreffen vorgesehen. Nur wenige Minuten bevor das nächste Konzil begann, schritt der hagere Dekan durch die Pforte. Markwart folgte ihm in einigem Abstand und sah, wie der Abt aus der ehemaligen Schule trat und stehenblieb. Lächelnd erwartete er Notker. Doch bevor dieser die Schule erreichte, trat der füllige Lothar heraus, in dessen Rücken die zwei unvermeidlichen Wächter.

Nachdem der Bote mit Überschwang begrüßt worden war, schritten alle zum Kapitelsaal. Den Pförtner ließen sie noch passieren, damit die Form gewahrt wurde. Denn erst wenn alle Brüder standen, trat das Triumvirat in den Saal, während die beiden Wächter von draußen die Tür schlossen.

Die Bündner begannen umgehend zu klatschen und Hochrufe auszubringen, die anhielten, bis sie Pankraz mit einer Handbewegung abschnitt. »Der Sieg gegen den Bischof ist vollbracht!« rief er aus.

Dieser eine Satz genügte, um die Mehrzahl der Mönche und Konversen in eine Stimmung zu versetzen, die einem Kloster nicht angemessen war. Die wenigen, die ruhig stehenblieben und meist sogar den Kopf senkten, fühlten sich verlassener denn je, zumal keiner wußte, wie viele der Getreuen des Abtes in die Rolle der Opposition schlüpften, um mit jenen in Kontakt zu kommen, die Pankraz tatsächlich nicht folgten.

Erneut stellte eine Handbewegung Ruhe her. »Er hat

eingesehen, daß wir stärker sind dank unserer Verbündeten, die im Wald vor unserem Kloster lagern.«

Wieder setzte Tumult ein, der aber diesmal von allein abebbte.

Pankraz grinste und neigte seinen Kopf ein wenig, als er sagte: »Doch was dem Bischof den letzten Schlag versetzt hat, war seine Sündhaftigkeit, die schon die Spatzen von den Dächern pfeifen.«

Hierauf folgte Gelächter. Einigen war anzusehen, daß sie mittaten, ohne den Grund der Erheiterung zu verstehen. Zu Markwarts Überraschung beteiligte sich Grimaldus an dieser Häme nicht. Er blieb ernst und sah zu Boden, wobei er seine Hände faltete.

Mit theatralischer Geste zog der Abt seinen hageren Dekan zu sich und dröhnte: »Diesem Mann haben wir einiges zu verdanken, vor allem dem diplomatischen Geschick Notkers und seiner Beredsamkeit.«

Mit diesen Worten rief er Beifall hervor. Während dieser anhielt, umarmten sich die beiden Männer, um anschließend wieder ihre üblichen Positionen einzunehmen.

Nachdem Ruhe eingekehrt war, sprach der Abt: »Nun, da wir auf Erden nur noch dem Heiligen Stuhl verpflichtet sind, können wir freier ausschreiten in eine glanzvolle Zukunft, deren Grundstein längst gelegt ist. Daran zweifelt wohl keiner von euch mehr. Doch hörte ich, daß meine Gedanken über das Böse, wie ich sie neulich äußerte, noch nicht ein jeder verinnerlicht hat.«

So beiläufig auch diese Worte gesprochen waren, ließen sie Ulrikus zusammenzucken. Er wußte, welche Drohung in ihnen lag. Aber die vermochte der Bärtige mit einem väterlichen Ton zu überdecken.

»Wir brauchen uns doch nur zu erinnern«, sagte er. »Wir sind von der Krankheit heimgesucht worden. Die Geldnot erreichte uns. Wir verloren sowohl unseren Abt als auch unseren Prior. Die Abtei wurde vom Feuer verheert. Schließlich haben Unbekannte drei unserer Brüder umgebracht. Einer ist verunglückt, zwei andere sind spurlos verschwunden. Glaubt einer von euch angesichts dessen noch immer, daß die Welt so gut ist wie ihr Schöpfer?«

Nach diesen Worten setzte Gemurmel ein, das den Bärtigen auf einen Fehler aufmerksam machte, den er soeben begangen hatte. Ihm war eine Frage herausgerutscht, auf welche die Brüder hätten den Kopf schütteln müssen. Doch ebendies waren sie nicht mehr gewohnt. Er lächelte, weil er sich selbst den Irrtum verzieh, und schickte noch eine solche Frage hinterher: »Wenn mancher Weise der Vergangenheit behauptet, die Welt sei ebenso das Gute wie ihr Schöpfer, hat er dann die Schrift richtig gelesen?« Diesmal ließ er den Brüdern keine Zeit zu einer Reaktion und führte aus:

»In der Offenbarung des Johannes steht geschrieben vom Kampf, der im Himmel entbrannte, bei dem Michael und die Engel gegen den Teufel antraten. Wir alle wissen, daß Satan besiegt wurde. Vergessen wir aber nicht, daß er zusammen mit seinen Engeln auf die Erde geschleudert wurde. So und nicht anders kam das Böse herab, das wir in den zurückliegenden Monden reichlich erlebten.«

Der Abt trat nach hinten, und Notker nahm seine Stelle ein. Mit seiner Stimme, die ein jedes Ohr zu öffnen vermochte, setzte er fort:

»Nun mag sich ein jeder von euch fragen, wie der Teufel zu den Engeln gekommen ist. Die Antwort lautet: Er hat sich an den Himmel erst lange Jahre, manche sprechen von 32 an der Zahl, heranarbeiten müssen. Dabei hatte er viele Kontakte mit Engeln, und keiner derer durfte ihn erkennen. So hat er sich Gestalten gegeben, in denen ihn keiner vermutete, die so lieblich waren, daß er der Engel Begehrlichkeiten weckte und sie Stück um Stück für sich gewann.«

Dem Plan des Schauspiels folgend, trat nun Notker nach hinten und stellte sich zur Seite des Abtes, während der füllige Lothar in die Mitte wechselte und sagte:

»Was aber tat nun der Teufel auf Erden? Was taten er und die gefallenen Engel? Fraglos gelangten sie nicht an die von Gott geschöpfte menschliche Seele. Aber kann es nicht so gewesen sein, daß sich das Böse in mancher Menschen Herz und Hirn gegraben hat, also in das, was körperlich ist?«

Lothar trat nach hinten neben seinen Abt, und dieser sprach: »Darin haben wir keine Gewißheit. Doch sind uns nicht die Geschehnisse auf Riess ein deutlicher Anhalt dafür?«

Nach diesen Worten verschwanden der Abt und seine Dekane durch die hintere Tür, und die Versammlung löste sich murmelnd auf.

* * *

Aus dem Tagebuch des Novizen Bertold
(17. April 1122)

Mir wird ganz übel, wenn ich an das denke, was der Abt als Konvent bezeichnet. Da wird gelacht und wird geklatscht, doch wird nichts Heiliges besprochen. Gerüchte werden ausgestreut. Der Bischof habe sich versündigt. Tage vorher hörte ich, mit wem er es getrieben haben soll. Und wenn ich der Beschreibung folge, die mir zu Ohren kam, kann es sich nur um jene Frau handeln, die ich des Nachts splitternackt gesehen habe.

Dann war's kein Traum, daß ich im Kloster zwei bei einer Sünde überraschte. Und ganz gewiß bin ich mir, daß ich die Frau am Tage wiedersah, als der Bischof zum Hochamt hergekommen ist. Mit jenem Ingomar, mit dem sie schon im Kloster Unzucht trieb, hat sie dem Bischof aufgelauert.

Womöglich tat sie das, um sich den Würdenträger einzuprägen und ihn später vor Zeugen anzugehn. Ja, angehn oder sich an den Bischof werfen, das sind wohl die rechten Worte. Denn ich glaube nicht, daß ein hoher Geistlicher durchs Fleisch verführbar ist.

Oder sehe ich die Welt noch immer heller, als sie ist? Vermag ich noch immer nicht, den Unrat anzuschaun, der die Erde überdeckt? Vielleicht brauche ich noch Jahre, um all jene Dinge zu ertragen, vor denen ich meine Augen noch verschließe.

Aber meine Ohren hatte ich geöffnet, als der Pankraz zu uns sprach. Und was ich hörte, das erschien mir so, als wolle er das Bild erklären, das ich einst von ihm gewann.

An dieser Stelle stutze ich, da ich *einst* geschrieben habe für etwas, das vor Wochen erst geschah. Und das liegt wohl daran, daß sich in mir ein Bruch vollzog, als ich beschloß, von Riess zu gehn. Seither fühle ich mich nicht dazugehörig. Seither bin ich eher wie ein Gast im Kloster, der von draußen auf die Dinge sieht und deshalb auch tiefer in sie dringt.

Das ist wohl der Grund, weshalb mein Bild vom Abt verändert ist, weshalb ich während des Konventes eingesehen habe, daß jenes, was ich einst als Marginalie von mir schob, den Kern des Abtes Pankraz bildet. Was innen war, das kehrt nach draußen. Nur ein Hauch noch ist die Freundlichkeit, bestimmend ist das Höllische in ihm.

Weshalb er wie ein Vater wirken will, erklärt sich aus dem Drang, die Brüder zu beherrschen. Göttlich will der Abt erscheinen, doch ist das nichts anderes, als er in seiner Rede sagte: Er verleiht sich selbst die liebliche Gestalt, damit man nicht erkennt, daß er der Satan ist.

Unter dem Datum findet sich im Tagebuch des Bertold noch ein Postskriptum:

Noch bin ich mir nicht ganz gewiß, ob ich richtig denke. Deshalb und meines Bildes wegen werde ich noch ruhig bleiben. Doch gewönne ich Gewißheit, wollte ich nicht Rücksicht nehmen auf mein eigen Werk.

Nicht, daß ich mutig nunmehr bin. Die Unerschrokkenheit wird mich wohl ewig meiden. Aber gehen werde ich, ganz egal, ob ich das Bild beendet habe. Und das einzige, was mir möglich ist, will ich dann versuchen: einigen Brüdern, die mir lieb und teuer sind, zu sagen, was ich denke.

* * *

Markwart lenkte sich ab, indem er sich über die Pergamente beugte und an einer Kirche konstruierte, die niemals Gestalt annehmen würde. Inzwischen war er über den Grundriß hinausgekommen und ließ die Wände nach oben wachsen. Indes hatte er noch nie an einer Kirche mitgebaut und interessierte sich nunmehr fürs Mauerwerk und fürs Dachwerk, was ihn in die Bibliothek trieb.

Für ihn war nicht von Nachteil, daß sie ins ehemalige Pilgerhaus verlegt worden war. Von dort hörte er, wenn einer die Glocke an der Pforte schellen ließ. Hingegen hatte er das nicht vernommen, wenn er im Querschiff gesessen und gelesen hatte. Damals war er des öfteren von Brüdern gerufen worden, die das Läuten des Gastes oder das Wummern des Ungeduldigen an die Pforte vernommen hatten.

Nur einen Bruder sah er bei Ulrikus stehen, und der hatte bald erhalten, was er suchte, und zog sich mit dem wertvollen Gut in den kleineren Raum mit den Lesepulten zurück. Der Bibliothekar trat auf den Pförtner zu und hob seine Brauen als Zeichen, daß er dem Wunsch des Besuchers aufgeschlossen gegenüberstehe.

»Ich suche etwas über Architektur, besonders übers Mauer- und übers Dachwerk.«

Ulrikus bedeutete dem Gast, ihm zu folgen bis zu einem der hohen Regale. Er zog sich eine Leiter heran und kletterte hinauf. Von oben erklärte er: »Gottlob sind die zehn Bücher des Vitruvius über die Architektur beim Brand fast unversehrt geblieben. Das ist das Beste, was ich zur Architektur kenne. Der alte Römer scheint unvergängliches Wissen niedergeschrieben zu haben.«

Inzwischen hatte er einen dicken Band herausgenommen und trug ihn wie einen Säugling auf beiden Händen, während er die Leiter herabstieg. Unwillkürlich streckte der Pförtner seine Arme aus, um den Bibliothekar abzufangen, falls dieser straucheln oder das Gleichgewicht verlieren sollte. Doch der besaß genügend Übung und erreichte den Boden, ohne sich an der Leiter festgehalten zu haben.

Markwart streckte seine Hände aus. Aber Ulrikus legte des Vitruvius Werk nicht hinein. Er rief den Novizen aus dem kleinen Raum und bat diesen, einige Zeit die Geschäfte zu übernehmen. Hiernach sagte er zu Markwart: »Ich komme kurz mit hinüber, um dir das Buch zu erklären.«

Dieses Angebot nahm der Pförtner gern an, einerseits, weil Ulrikus sehr belesen war und die meisten Bücher kannte, die er seit fast zwanzig Jahren verwaltete. Andererseits hoffte er, beide Männer könnten ihren verlorengegangenen Kontakt wieder intensivieren.

Doch kaum waren sie aus dem Halbdunkel ins Sonnenlicht getreten, sah er, wie blaß der Bibliothekar war. Da dieser seinen Kopf hob, so gut er es konnte, erkannte er auch dessen unsteten Blick und zuckende Lider. Das Buch trug Ulrikus wohl, damit nicht das Zittern seiner Hände sichtbar wurde. Also stand kein Schwatz bevor, kein Anknüpfen an frühere unbeschwerte Gespräche, eher eine erneute Beichte.

Darin irre Markwart nicht. Kaum hatten sich beide in seine Cella gedrängt, als Ulrikus das Buch auf das Tischchen legte und sagte: »Es ist interessant, aber das wirst du selbst feststellen, auch daß es bis heute kaum Besseres gibt.«

Damit hatte der Bibliothekar dieses Thema abgearbeitet. Doch kaute er erst auf seiner Unterlippe, bevor er aufs nächste überleitete: »Weiß du, an welche Lehre das erinnert, was uns der Abt und seine beiden Dekane so theatralisch dargeboten haben?«

Markwart zuckte mit den Schultern. Zwar waren ihm die Ausführungen auf dem Konvent merkwürdig erschienen. Doch was war am Bärtigen und dessen Vasallen nicht merkwürdig?

»Das sind Auffassungen, wie sie die Bogomilen vertreten.«

Markwart blinzelte mit den Lidern. Er hatte im Lauf seines Lebens viel gehört und etliche Bücher gelesen, aber er mußte gestehen: »Von denen habe ich noch nichts gehört.«

»Vielleicht von den Katharern?« fragte Ulrikus und erntete ein Kopfschütteln. Deshalb erklärte er: »Heute werden jene, die an die bogomilische Lehre anschließen und sie auch modifizieren, Katharer genannt.«

»Und was behaupten die?«

»Eben das, was das Triumvirat uns vorgeführt hat. Vor allem bauen sie auf dem Dualismus auf, meinen also, das Böse sei von Anfang an auf dieser Welt. Die weniger dogmatischen Katharer gehen davon aus, nicht Gott, sondern der Teufel habe alle vergänglichen Formen geschaffen, also auch die Tiere und die Menschen. Die dogmatischen hingegen vertreten die Auffassung, die ganze Erde sei eine Kreatur des Satan.«

Markwart strich sich übers Kinn und sah auf das Werk des Vitruvius, als er bekannte: »Mit Theologie und Philosophie habe ich mich niemals intensiv beschäftigt, eher mit technischen Dingen.«

Ulrikus legte seine Hand auf des Pförtners Schulter.

»Ich mache dir ja keinen Vorwurf«, sagte er. »Ich vermute, daß nur wenige Chormönche zwischen Bodensee und den Meeren im Norden etwas von dieser Lehre gehört haben. Wie ich von Pilgern vernahm, als die noch hier nächtigten, sind solche Auffassungen in Italien und Frankreich verbreiteter als hierzulande. Also werde ich keinem Bruder einen Vorwurf machen, wenn er nicht erkennt, wohin der Abt steuert.«

Ulrikus zog seine Hand zurück, lächelte den Pförtner an und huschte hinaus. Markwart sah ihm nach und meinte, wenn des Bibliothekars Rücken nicht schon in dessen Jugend gekrümmt worden wäre, würde ihn die Last verbiegen, die er nunmehr zu tragen hatte, nicht anders als bei Grimaldus. Und dieser Gedanke brachte ihn darauf, daß die beiden womöglich auf eine ähnliche Art auf sich Schuld geladen hatten.

Anderentags hatte der Novize Bertold beantragt, in der Zeit des Schweigens an seinem Bild arbeiten zu dürfen. Dies erwähnt er in seinem Tagebuch, auch seine Meinungen, hat aber nichts vom Besuch Pankrazens in der Bibliothek geschrieben. Indes verbürgten die Lauscher des Abtes, daß dieses Ereignis auf die Nachwelt übermittelt wurde.

Im Leseraum der Bibliothek brannten zwei Öllampen, wie immer, wegen des entzündlichen Materials ringsum, durch Glaszylinder geschützt. Deshalb gaben sie auch ein recht gleichmäßiges Licht und wurden nicht beeinflußt, wenn Bertold sich bewegte. Doch das tat er seit geraumer Zeit nicht mehr. Er saß auf einem Stuhl, den er sich aus dem großen Raum mitgenommen hatte. Und er versank immer tiefer in sich, suchte nach neuen Motiven für sein Bild.

Wieder einmal war er bei seiner durch Honorius geprägten Vorstellung von der Hölle angelangt, sah um sich die Schlangen, auch Drachen und glühende Fesseln.

All das berührte ihn kaum, denn er hatte durchs Malen unterdes gelernt, zwischen der Phantasie und dem Realen zu scheiden.

Indes schien dieser Unterschied aufgehoben, als jemand an die Tür klopfte. Denn nicht schnell genug kehrte er aus seine Phantasiewelt in die wirkliche zurück und meinte einen Augenblick, das Geräusch könne nur der Teufel hervorgerufen haben.

Im nächsten Augenblick, ohne daß er ihn gerufen hatte, trat er auch durch die Tür. Die Kerzen beleuchteten ihn von unten mit einem gelben Licht, als rühre das vom brennenden Schwefel der Hölle her. Die Augen dessen, der auf ihn zutrat, machten sie glühend. Und stärker noch als beim ersten Zusammentreffen erinnerte ihn die Gestalt an den Teufel, auch wenn Bertold inzwischen auf der Welt angekommen war und Pankraz erkannt hatte.

Er stand auf, wie es sich gehörte, wenn der Abt des Klosters eintrat. Aber dieser tat, als stünden beide auf einer Stufe und er sei nur der ältere. Der Bärtige faßte den jungen Mann um die Schulter und fragte: »Wie geht es voran mit deinem Bild, du künftiger Kirchenmaler?«

Erneut wurde Bertold unsicher. Diesmal nicht mehr, weil er in Pankraz das Göttliche sah, und folglich auch nicht, weil er in ihm eine Art Vater erkannte, sondern weil er mit Lob nicht umzugehen vermochte. Auch zierte er sich, das Tuch von seinem Bild zu heben, das er darüber gedeckt hatte, damit er, wenn er die Augen öffnete, nicht durchs Selbstgemalte erschreckt wurde.

»Komm, zeig es mir«, schlug der Bärtige einen Ton des Buhlens an, denn das Bitten gehörte kaum zu dem, worauf er sich verstand.

Bertold gab seinen Widerstand auf, griff das Tuch und zog es zur Seite. Er wußte, daß sein Bild an Ausdruck gewann, daß es nicht nur seine Gefühle aufwühlte, wenn es von Kerzen beleuchtet wurde. Auch Pankraz schien beeindruckt, da er seinen Oberkörper ein wenig zurückneigte, um gleich darauf den Hals nach vorn zu strecken.

»Wunderbar, wunderbar!« flüsterte er und griff eine der Lampen. Mit der leuchtete er Stück um Stück des noch unfertigen Bildes ab. Schließlich sagte er: »Das ist die Darstellung der Welt mit Himmel und Hölle in einer perfekten Form. Du wirst einmal ein großer Maler, darin bin ich mir ganz sicher. Denn nicht allein die Kunst entscheidet, sondern auch, was man darstellt, weil man damit die Herzen der anderen erreicht, sowohl die der einfachen Menschen als auch jene der kirchlichen Würdenträger.«

Bertold schwieg zu diesen Worten. Weder hielt er sich für einen begabten Maler, noch meinte er, mit einer solchen Darstellung die Herzen anderer gewinnen zu können, zumindest nicht jener, die eine hohe Bildung genossen hatten. Denn die mochten die Hölle meist nicht, schon gar nicht in der Nähe der Erde.

»Vor allem gefällt mir, daß du die mögliche Auslegung des Lukasevangeliums aufnimmst, daß also ein jeder Mensch gleich nach dem Tod den Weg zum Himmel antritt oder auch zur Hölle.«

»Am Tag des Jüngsten Gerichtes«, wagte Bertold einen leisen Einspruch.

»Das behaupten die anderen Evangelien, voran jenes des Matthäus. Aber das des Lukas bringt Gegenbeweise. So spricht Christus in Lukas 23, 43 zu dem Schächer, der ihn gegen seinen Kumpan verteidigt hat: *Wahrlich, ich sage dir: Heute wirst du mit mir im Paradiese sein*. Eine andere Stelle, die auf die sofortige Reise nach dem Tod verweist, ist in 16, 22 gegeben, als dort zu lesen steht: *Es begab sich aber, daß der Arme starb, und er wurde von den Engeln getragen in Abrahams Schoß*. Der nächstfolgende Vers berichtet davon, daß der Reiche, als er gestorben war, in die Hölle kam.«

Bertold beließ es bei einem Zucken der Schultern.

Seine Vermutung behielt er bei sich, daß die Auslegung der Schrift, wie sie Pankraz vorgenommen hatte, von den Predigern in den Dörfern bevorzugt wurde, und zwar, weil die einfachen Menschen nicht begriffen, was eine ferne Zeit ist, und auch, weil sie nicht auf die Entscheidung warten wollten.

Womöglich vertrat auch Honorius eine ähnliche Meinung, was zu überprüfen er sich vornahm. In den Büchern jedoch, die von den Weisen geschrieben worden waren, auch in den Predigten der Chormönche, etwa denen des verstorbenen Abtes, war stets auf das Jüngste Gericht verwiesen worden. Er beließ es bei der Bemerkung: »Vielleicht hat Lukas das so geschrieben, weil viele Leute nicht warten mögen, bis Gott über alle das Gericht hält.«

»Junge, du bist großartig!« sagte Pankraz. »Du bist nicht nur ein auserwählter Künstler, sondern du verstehst auch, wie man die Schrift zeitgemäß auslegen muß.«

Erneut zuckte Bertold mit seinen Schultern, als könne er mit dem Lob nichts anfangen. Aber er war sich gewiß, mit den Worten des Abtes nicht übereinzustimmen. Bekräftigt wurde diese Überzeugung durch die Erinnerung an die Darstellung des Weltendes, die er einmal in fortlaufenden Bildern auf einer Domfassade gesehen hatte: Die erste Szene stellte die Apokalyptischen Reiter dar. In der Mitte war Christus als Richter auf dem Thron zu sehen, umgeben von Engeln, die das drohende Gericht verkünden. Und in einiger Entfernung davon öffneten sich beim Klang der Engelsposaunen die Gräber, aus denen die Toten emporstiegen.

Als der Novize sich daran erinnerte, wurde ihm bewußt, daß er Ähnliches bereits bei Honorius gelesen hatte, und zwar waren bei dem alle Auferstandenen dreißig Jahre alt gewesen.

»Wirst du die Deckenbilder in unserer Kirche malen?« fragte Pankraz.

»Wenn sie erst steht«, antwortete ihm Bertold, der sich vornahm, nicht länger als zwanzig Tage auf Riess zu verbleiben. Diese Zeit mußte reichen, das Bild fertigzustellen. Alle neuen Ideen, die ihn überkamen, wollte er nicht mehr auf jene Leinwand bannen, von der Pankraz in scheinbarer Verzückung ein paar Schritte zurücktrat.

Er wollte sie aufschreiben oder aufzeichnen und die Pergamente in seinen Beutel packen, wenn er sich auf die Wanderschaft machte. Womöglich überkam ihn anderswo wieder der Wunsch, ein Bild zu malen.

An diesem Tag jedoch erlöste ihn Grimaldus, der zum Gebet rief, obschon keiner wußte, wo der Abt sich befand.

XV

Markwart saß in der Cella ostiarii und hing seinen Gedanken nach. Nur selten mußte er das Tor noch öffnen. Die Pilger ließen sich offenbar von den Worten abschrecken, die an der Pforte hingen. Der Verkehr mit den Bauern hatte sich aufs normale Maß reduziert. Ein oder zwei kamen jede Woche, brachten Brotgetreide, Früchte und Futter für die Tiere. Sie nahmen Bier mit, auch Wein, ein paar Hühner, ein Schwein oder ein Rind zum Schlachten.

Die am häufigsten an der Glocke rührten, waren die Konversen, die in die Dörfer und die Stadt ausgesandt worden waren. Hinaus fuhr regelmäßig der Cellerar Salomon oder einer seiner Gehilfen. Täglich verließ zur Predigt in der Seelsorgkirche Notker die Mauern. Gelegentlich gingen auch der Abt und seine beiden Dekane zu den sogenannten Bewachern.

Somit verfügte der Pförtner über hinreichend Zeit, an seinem Kirchenentwurf zu arbeiten. Doch an diesem Tag stand ihm danach nicht der Sinn. Er grübelte über die Morde, auf welche Art Grimaldus belauscht worden und was mit Tutilo und Burchard geschehen war.

Allerdings verhielt es sich mit seinen Gedanken wie mit einer Brücke, die zu wenige Pfeiler trugen. Wagte er sich zu weit hinaus, stürzten sie in die Tiefe, weil sie sich auf zu wenige Fakten stützten. Deshalb hörte er das Klopfen an seiner Tür mit Genugtuung. Er öffnete, und seine Augen wurden groß: Der Konverse Heimbrecht stand draußen.

Markwart bat ihn herein, bot seinem Gast das Stühlchen an und setzte sich auf sein Tischlein. »Was führt dich zu mir?« fragte er.

»Der gestrige Tag, dieser merkwürdige Konvent.«

Nach dieser Ankündigung glaubte der Pförtner schon, sein Gast sei zuvor beim Bibliothekar gewesen und wolle nun das Erhörte weitertragen. Doch darin irrte er.

Heimbrecht setzte fort: »Ich komme ja aus der Nähe der Stadt, und da bin ich das Treiben auf dem Jahrmarkt gewohnt. Anders kam mir das Verhalten von Pankraz und seinen Dekanen gestern auch nicht vor. Gleich Mimen stehen sie vorn, so daß jeder erwartet, daß sie etwas deklamieren. Das taten sie auch, und zwar ebenso wie die fahrenden Schauspieler, indem einer nach dem anderen nach vorn trat. So etwas hat früher mein Vater daheim auch organisiert. Und er meinte immer, das Deklamieren würde vom Publikum weniger als ein Spiel erachtet und mehr für eine Wahrheit gehalten, wenn die Regeln streng eingehalten würden und sich alle Mimen abwechselnd beteiligten. Nun frage ich dich: War das gestern anders?«

Markwart schüttelte seinen Kopf. Aber er antwortete nicht gleich. Erst mußte er seine Gedanken in die Richtung lenkten, die sein Gast angesprochen hatte. Und der schwieg, bis in des Pförtners Kopf eine Ordnung hergestellt war und er sagte: »Mir ist noch nie zuvor aufgegangen, was eben du sagtest. Dabei werden uns fortlaufend Schauspiele vorgeführt. Wenn ich daran denke, wie der Abt und seine Dekane vor uns stehen. Die Ordnung durch die Gruppen ist ein anderes Beispiel, ein drittes die Vereidigung der Wache.«

»Richtig«, stimmte Heimbrecht zu. »Da müßtest du einmal sehen, wie bei einem Turnier die Teilnehmer in Reih und Glied Aufstellung nehmen.«

»Reih und Glied«, flüsterte Markwart: »Alle Spiele, die Massen mit sich reißen sollen, bedürfen einer Ordnung, die man mit dem Auge erfassen kann, einer Ordnung, die …« Er legte einen Finger an den Mund, als wolle er sich Schweigen bedeuten, bis er den rechten Gedanken gefaßt hatte. Und bald schon blitzten seine Augen, und er sprach weiter: »Eine Ordnung, die den Beteiligten Macht vermitteln kann.«

Heimbrecht schlug sich mit der Hand auf den Schenkel. »Genau«, sagte er. »Wie gewaltig sieht ein geordnetes Ritterheer aus, wie kraftvoll wirkt das Fußvolk, wenn es sich in Reih und Glied fügt. Rückte hingegen ein unstrukturierter Haufe vor, bekäme der Gegner viel weniger Angst. Aus selbigem Grund drängt der Abt die Brüder in eine immer strengere Ordnung.«

Markwart ließ sich vom Tischlein herab, beugte sich zu seinem Gast und zischelte diesem zu: »Hinzu kommt, daß die Gruppen, die Pankraz gebildet hat, tatsächlich schlagkräftiger sind als zusammengewürfelte Haufen. Auch wächst die Zuversicht eines jeden in solch einer Einheit, wenn er nur an den Führer glaubt, denn er ist nicht allein. Wichtiger aber ist für den Bärtigen noch, daß er auf alle Brüder einen raschen und totalen Zugriff hat. Jeder Befehl wird schnell durchgestellt. Und keiner kann sagen, was er will, weil es immer die anderen hören.«

»Unter denen gewiß welche sind, die für den Abt lauschen«, warf Heimbrecht ein.

Sofort richtete sich Markwart auf, um Distanz herzustellen, und sein Gesicht wurde ernst. Er hatte sich in Rage geredet und wußte noch immer nicht, ob sein Gast nicht auch einer jener Lauscher war.

Heimbrecht ahnte, was im Pförtner vorging. Er ahnte es vor allem, weil auch er keinem traute, nicht einmal dem Mann, in dessen Cella er saß. Und so führte er das Gespräch zu dem zurück, was er bereits gesagt hatte, um nicht noch mehr zu offenbaren:

»Sie haben uns gestern ein Schauspiel vorgeführt, und mit dem Wechsel der Rollen haben sie den Anschein erweckt, als trügen sie etwas vor, was alle Welt wissen müsse, weil es der Wahrheit entspricht.«

Markwart nickte, und beide Männer wurden aus ihrer Ungewißheit erlöst, weil die Glocke schellte. Sie verabschiedeten sich, und ein jeder mußte mit sich ausmachen, wie weit er sein Mißtrauen treiben durfte. Wer es zu früh aufgab, lief in Gefahr für Leib und Leben. Wer es aber immer beibehielt, konnte weder Freunde noch Verbündete gewinnen.

Heimbrecht ging zum Gotteshaus und Markwart zur Pforte. Nach einigen Schritten wandten sie sich einander noch einmal zu, als hätten sie sich abgesprochen, und sie schenkten einander ein Lächeln.

* * *

Aus dem Tagebuch des Novizen Bertold
(19. April 1122)

Die Terz ist erst vorüber, nun ich an einem Schreibpult stehe und diese Zeilen niederschreibe. Das ist allerdings nur möglich, weil alle andren Brüder ausgeblieben sind. Wo sie stecken, weiß ich nicht. Allein ist mir bekannt, daß keiner Bücher leihen will und keiner liest an diesem Tag.

Was mich bewegt, so früh zu schreiben, ist ein Traum, der nächtens zu mir kam. Oft habe ich des Tags die Unterwelt mir vorgestellt. Doch recht gelungen ist mir das noch nie. Wie anders sind die Träume! Aus welchem Stoff sind sie gewoben? Woher stammen sie, und wohin verschwinden sie, wenn sie uns durchwandert haben?

Das sind Fragen, deren Antworten ich gern wüßte. Allerdings werde ich wohl nie erfahren, was es mit den Träumen auf sich hat, zumindest nicht auf Erden. Denn hier ist unser Geist begrenzt in zwiefacher Art und Weise. Erstens ist er in jedem Menschen angesiedelt, also ist er zwingend klein. Zum andren baut er nur auf jenem, was hienieden kreucht und fleucht. Nicht erfaßbar ist für uns, was im Himmel vor sich geht.

Wenn ich so viel schreiben kann, bevor ich auf den Traum eingehe, so wird mir klar, daß mich dieser kaum bedrängte. Und in der Tat, als ich nächtens aufgewacht, schlug mein Herz nicht schnell, stand auf meiner Stirne nicht der Schweiß. Eher war der Traum, als blickte ich auf eine Bühne, auf der höllische Mimen deklamierten.

Zunächst betrat ich ein riesengroßes Tal, auf dessen linker Seite Feuer loderten, während rechts die Kälte eisig herrschte. Ich sah die Seelen der Verdammten in den Flammen schwelen oder in dem Froste schlottern. Das alles hat mich gar nicht überrascht, indes war ich verblüfft, als an meiner Seite einer stand und sich als mein Führer zu verstehen gab.

Nicht alle Einzelheiten will ich niederlegen, weil ich wohl nie vergessen werde, was der nächtliche Traum mir brachte. Viele Klagen hörte ich und auch das arge Wimmern. Mancher Hilferuf drang an mein Ohr. Sowohl aus dem Feuer als auch aus der Kälte kam ab und an eine Seele auf uns zu. Die Hitze und die Wärme spürte ich. Auch sah ich fürchterliche Gestalten, so erschreckend, daß ein wildes Tier wie ein guter Freund erschien.

Mein Begleiter führte mich vorbei an den falschen Zeugen, denen Nadeln in der Zunge steckten. Ich sah die Prasser hungern, wie Trunkenbolde Durst erleiden mußten. Den Gierigen wurde Gold in ihren Hals geschüttet.

Aber bald darauf starrte ich auf eine Stelle in der Feuersbrunst. Mein Begleiter hatte nichts gesagt, also vermute ich, meine Augen lenkte eine höhere Kraft. Denn was an dieser Stelle langsam sichtbar wurde, war kein andrer als der Abt von Riess. Ich erkannte seine grünen Augen, aus denen Flammen schossen. Seine Stirn, die floh. Das schüttre Haar erschloß sich mir. Doch auf dem Kopf trug er, was ich auf Erden nie gesehn, nämlich die Hörner eines Teufels.

Der Abt kam nah und näher, er wurde groß und größer, füllte bald die ganze Hölle aus. Da ich dieses niederschreibe, wird mir klar, daß dies ein Gleichnis zu unserm

Kloster ist. Ich verehrte diesen Abt, der mir erschien wie das Größte auf der Welt, sogar das einzige auf Erden.

Auch hat der Abt aus meinem Traum jenes Licht über mich gestrahlt, das mir dereinst wie ein göttliches erschienen war. Diesmal nahm ich wahr, daß es sich um Feuer handelte, das alles ringsumher verbrannte. In diesem Augenblick ward mir wirklich einmal bang. Doch mein Begleiter, dessen Anblick ich schon längst vergessen habe, deckte mich mit seinem Körper. Ihm hat die Feuersbrunst überhaupt nichts ausgemacht, und dadurch blieb auch ich von ihr verschont.

Gleich darauf war der Traum zu Ende. Er hat mir nochmals zugetragen, was ich an meinem Bild verändern muß. Und er hat mir an die Hand gegeben, auf welche Art ich dies vollziehen soll. Nur eines kann ich nicht erschließen: Wer hat mich auf meinem Höllengang begleitet? Ein Mensch kann es nicht gewesen sein, denn kein einzig Irdischer vermag der Hölle Glut zu widerstehn.

* * *

Am anderen Morgen beorderte der Abt nach der Prim die Brüder nicht ins Seitenschiff. »Der Frühling ist eingekehrt«, erklärte er, »und wir sollten ihn gemeinsam genießen. Deshalb bitte ich euch alle, vor die Kirche zu treten.« Und als wollte er die Gedanken, die sich Markwart und Heimbrecht tags zuvor gemacht hatten, bestätigen, fügte er an: »Dabei stellt euch bitte ordentlich hin.«

Solches organisierten die Leiter der Gruppen, und nachdem alle im Freien standen, traten auch der Abt und seine beiden Dekane aus dem Gotteshaus, während von hinten, von der Schule her, einer nahte, den zunächst nur die drei im Blick hatten, weil keiner der anderen die Augen von seinem Oberen wenden durfte.

Aber der Konverse stellte sich neben Pankraz, und

dieser tönte: »Nun sage uns allen, was vollbracht worden ist.«

»Das erste der Dörfer gehört uns«, krähte der Konverse.

»Ja, Brüder«, stieg der Abt wieder ein, »ihr habt richtig gehört. Einige der Konversen sind vor Wochen schon ausgezogen, um in den Dörfern Laienbruderschaften zu begründen. Das ist uns überall gelungen, wo wir das vorhatten. Und in einem Dorf ist nun die Mehrheit der Tagelöhner und Bauern der Bruderschaft beigetreten.«

Pankraz nickte und lächelte seine Brüder an. Er genoß es, deren glänzende Augen zu sehen, die vor Stolz geschwellten Brüste, wobei er seinen Kopf hoch und höher hob. Von ganz oben her schaute er auf die Welt.

»Nun, da dies gelungen ist«, setzte der Bärtige fort, »kann ich euch allen sagen, was mein Ziel war und was ich noch nicht aussprach, um euch nicht zu beunruhigen: Die ganze Gegend und später noch mehr soll unter unseren Einfluß geraten. Riess wird das erste Kloster auf Gottes Erden sein, das auf die Welt ausstrahlt und sie in seinen Bann zieht. Das erste Kloster, dessen Mönche und Laien sich nicht in seine Mauern zurückziehen, sondern weiter und weiter hinausgehen, um die Menschen zu missionieren.«

Ein zweites Mal genoß er die Wirkung seiner Worte und sah in viele große Augen, aus denen nicht nur er Staunen las. Allerdings erkannte er auch den einen oder anderen Zweifel. Und die Ungewißheit war einer der größten Feinde seines Unternehmens. Deshalb sprach er wohl auch an diesem Tag nicht alle seine Vorstellungen aus.

Statt dessen forderte er seine Brüder zur Zustimmung heraus, indem er fragte: »Ist das ein Sieg?«

Kopfschüttelnd zog sich Markwart in seine Cella zurück. Er war als einer der ersten losgegangen, da ihm nicht der Sinn nach einem Gespräch stand, und er legte einen flotten Schritt vor. Um so verwunderter war er, als er kurz vor der Pforte hinter sich einen hecheln hörte. Er drehte sich um und verharrte auf der Stelle.

Auch Jarich blieb stehen, als sei er ertappt worden, und auf die Frage des Pförtners, wann er das letzte Mal an der Pforte gewesen sei, antwortete der Tierpfleger wie ein Eleve: »Das war gewiß im vergangenen Jahr.«

»Verzeih«, ging Markwart auf seinen Gast zu. »Ich erkundigte mich nur, weil mich das Erstaunen dazu trieb.«

»Ich staune ja auch«, sagte Jarich und hob seine Schultern, als er im Ton der Entschuldigung hinzufügte: »Aber ich muß zu den Tieren.«

»Das mir mitzuteilen, bist du gewiß nicht gekommen«, sagte Markwart. Er hakte sich beim Tierpfleger unter, und beide schlenderten zu den Ställen hinüber.

Erst dort, als er die Mistgabel schwang und ihn nicht mehr sein Pflichtbewußtsein drückte, öffnete sich Jarich: »Was mich erstaunt: Jahre lebte ich in einem Kloster. Nun ist es eine Mischung aus Jahrmarkt und ritterlichem Feldlager geworden. Aber ich will in Frieden leben mit der Welt und vor allem mit Gott.«

»In Demut«, fügte Markwart an, »aber die kennen der Bärtige und seine Getreuen nicht. Die lieben sich selbst mehr als den HERRN im Himmel. Ihre Tat nehmen sie wichtiger als jene unseres Jesu.«

»Können wir nichts dagegen tun?« fragte Jarich.

»Beten«, antwortete Markwart, den wieder sein Mißtrauen hinderte, sich zu öffnen.

«Das mache ich ohnehin. Ich will etwas tun, damit Riess wieder so wird, wie es einmal war. Und wenn das nicht gelingt, gehe ich zu einem anderen Kloster.«

»Das kann ich nicht.«

»Kannst du wohl.«

Markwart schüttelte seinen Kopf. Er wußte, daß er so fest an diesen Ort gebunden war, wie sich ein Baum mit seinen Wurzeln in der Erde hält. Aber was sich ihm in den letzten Wochen zaghaft aufgedrängt hatte, kam ihm nun gänzlich zu Bewußtsein. Er wollte nicht mehr allein sein, noch nicht einmal einsam gegen alle stehen. Und dieser Drang überwog sein Mißtrauen.

»Vielleicht können wir etwas tun«, sagte er, »nur müssen wir dazu viele sein. Wir brauchen sehr viel Mut, denn vielleicht wird der eine oder andere von der Mörderbande umgebracht werden. Und wir müssen listig sein, weil der Abt und seine Leute alles überwachen und überall lauschen, damit sie hören, ob jemand opponiert.«

Jarich ließ die Gabel ruhen und trat an seinen Gast heran, als seien auch die Schweine, die zwischen den beiden Männern umhergrunzten, von Pankraz zum Lauschen abgestellt. »Hier habe ich noch keinen Spitzel gesehen«, sagte er und erklärte: »Weil ich sonst kaum etwas sage, halten mich viele für etwas beschränkt, vor allem für unfähig, etwas gegen die Obrigkeit zu tun.«

Markwart grinste. »Da mußt du dich nicht wundern«, sagte er.

Das Lächeln kam auf Jarich über, der wieder seine Gabel schwang, als er sagte: »Zerstreut und ein wenig triefköpfig bin ich ja wirklich, aber das Urteil über mich kann mir nun zum Vorteil gereichen, wenn ich meine Aufmerksamkeit schärfe.«

»Zu *unserem* Vorteil«, korrigierte Markwart. Worauf diesmal der Tierpfleger nickte. Er stellte die Gabel auf den Boden, stützte sich darauf, wies auf die Schweine und sagte:

»Siehst du, wie die Wärme brauchen? Du solltest sie aber einmal beobachten, wenn es stürmt oder wenn es gar gewittert. Dann kriechen sie alle noch enger zusammen. Auch die Rinder reiben einander. Die Hühner sitzen so dicht, daß ich manchmal meine, es seien welche weggeflogen. Solche Wärme brauchen auch wir Menschen, besonders wenn die Welt um uns erkaltet, wenn Dinge geschehen, die uns bange machen.«

Ein schöneres Wort konnte Markwart nicht dagegen setzen. Er sagte: »Du weißt, wo du mich findest, und ich komme bald wieder.«

* * *

Aus dem Tagebuch des Novizen Bertold
(21. April 1122)

Nun hat der Abt herausgelassen, was er wirklich will. Als ich seine Worte hörte, wußte ich nicht mehr, ob ich auf der Erde stehe, auf dem Mittelpunkt des ganzen Universums. Pankraz will nichts anderes, als die Römer einst erreichten. Hier ein Stück sich nehmen und dort ein Stück hinzu, bis ein Weltreich ist begründet.

Zwar fängt er bescheiden an, indem er ein Dorf nur okkupiert. Doch ich ahne und befürchte, dabei wird er nicht verweilen können, weil sein Machtgespür ihn weitertreibt und auch, weil sich der Herzog wehren wird oder alle, denen das begehrte Land gehört.

Das heißt für mich, ich muß mein Handeln überdenken, ich darf nicht mein Bild zum Maßstab nehmen, sondern ich muß Riess verlassen, bevor es hier gefährlich wird. Dabei muß ich auch in Rücksicht stellen, daß über mir ein Schwert schon schwebt. Wenn ein Getreuer von Abt Pankraz meine Zeilen liest, dürfte es für mich zu Ende sein.

Deshalb habe ich beschlossen, das Pergament bei mir zu tragen, auf dem ich in diesen Tagen schreibe. Jene Blätter aber, die aus älterer Zeit stammen, habe ich versteckt. Wo ich das tat, will ich nicht einmal dem Pergamente anvertraun.

* * *

Zum Glück für die Nachwelt hatte Bertold sein Tagebuch nicht in dem Versteck belassen. Auch wurden Markwarts Niederschriften immer reicher. So vermerkt er etwa für den 21. April, der auf einen Samstag fiel, daß am Nachmittag, kurz vor der Vesper, sich Hufgetrappel näherte.

Der Pförtner ging hinaus, denn wohin sollten die Reiter wollen, wenn nicht ins Kloster? Der Weg den Hügel hinan endete direkt zwischen Kirche und dem zerstörten Abthaus. Nur die Pforte durchschnitt ihn, die Markwart bereits geöffnet hatte. Er sah, wie sich eine Schar von etwa zehn schwerbewaffneten Reitern näherte.

»Wir bringen ein Schreiben vom Herzog!« rief jener mit der größten Feder am Hut.

Der Pförtner ließ seinen Spruch ab, worauf der Mann vom Pferd sprang, all seine Waffen auf die Erde legte und dem Pförtner zur Schule folgte, nachdem dieser die Pforte wieder verschlossen hatte. Das übliche Procedere folgte. Der Konverse, der Wache hielt, nahm das Begehren entgegen und informierte seinen Abt.

Lächelnd kam Pankraz herausgeschritten, die Arme nach vorn gestreckt, als wollte er den Boten umarmen. Auch dessen barsche Geste, mit der er aus seinem Panzer die Pergamentrolle zog und sie gleich einem Degen nach vorn streckte, brachte Pankraz nicht aus seiner gespielten Ruhe und Freundlichkeit.

»Ich würde euch gern zu einem Tee und einem Schwatz einladen«, sagte er, nachdem er die Rolle entgegengenommen hatte.

Darauf hustete der Herzogliche und entgegnete: »Mein Herr erwartet binnen 48 Stunden eine Antwort!« Hernach drehte er sich auf dem Hacken herum und stapfte mit Riesenschritten davon. Markwart vermochte ihm nicht zu folgen, und so mußte der Bote warten, bis der Pförtner die Pforte erreicht hatte und aufschloß. Der Herzogliche schritt hindurch, nahm seine Waffen auf und schwang sich aufs Pferd.

Der Mönch hingegen blieb mit offenem Mund stehen, als sei er erstarrt. Aus den zehn bewaffneten Reitern waren etwa dreißig geworden. Doch gehörten die Hinzugekommenen der Gegenpartei an. Auch hatten sie den weitaus kürzeren Weg gehabt, als sie nur ein Stück aus ihrem Waldlager heraufreiten mußten. Die Gesandten des Herzogs taten, als habe sich nichts geändert, sie trabten zwischen dem Spalier der Feinde hindurch.

Markwart blieb in der Tür stehen, nicht nur bis der Wald den letzten Bewaffneten geschluckt hatte, sondern bis er keine Hufschläge mehr hörte. Sein erster Gang, nachdem er die Pforte geschlossen hatte, führte ihn zu seinem Kruzifix, unter dem er bat, der Herr möge Riess vor Kämpfen verschonen, auch wenn der Abt und seine Getreuen sich wie die Teufel verhielten. Auch versprach er dem Himmelsherrscher, er werde tun, was in seinen Kräften stehe, das Kloster wieder zu einem Hort christlichen Lebens zu machen.

Hiernach stürzte er aus seiner Cella. Ihn drängte es, sich mitzuteilen. Wo Hartmann sich aufhielt, entzog sich seiner Kenntnis. Grimaldus wollte er nicht belasten, und an Jarich dachte er in diesem Augenblick nicht. Also lief er zur Bibliothek hinüber. Ulrikus rechnete er zwar nicht zu jenen, die sich dem Abt entgegenstellten. Aber womöglich half die lange Freundschaft beider Männer, den Bibliothekar noch auf seine Seite zu ziehen.

Die Treppe lief er so rasch nach oben, daß ihm der Atem fehlte, als er in den Raum stolperte, der die Bücher barg. Doch darin fand er Ulrikus nicht. Also klopfte er an die Tür des kleinen Raumes. Ein mehrstimmiges *Herein* war daraufhin zu hören. Und als er eintrat, sah Markwart nicht nur jenen, den er suchte, sondern auch den Novizen und einige Mönche.

Deren Gespräch hatte er durch sein Erscheinen gestört. Aber für ihn bestand kein Zweifel, daß die in der Nähe des Fensters stehenden Männer über das gesprochen hatten, was vor der Mauer vorgefallen war. Da er keine Hoffnung auf ein Vieraugengespräch mit Ulrikus besaß, sagte der Pförtner nur: »Ich hoffe, daß Friede bleibt.«

Der Novize nickte sofort, etwas später taten das auch ein Mönch und Ulrikus. Danach ging der Pförtner zu seiner Cella zurück, allerdings langsam, weil er seine Lungen wieder mit Luft füllen mußte.

* * *

Aus dem Tagebuch des Novizen Bertold
(22. April 1122)

Was ich gestern sah, hat meine Befürchtungen verstärkt, so sehr sogar, daß ich nicht an meinem Bilde malte, weil ich meinte, die Zeit zur Fertigstellung bliebe mir an diesem Ort nicht mehr.

Deshalb habe ich mir Bücher vorgenommen und hoffte, durch die weisen Schriften in stille Bahnen zu gelangen. Aber noch einmal hat mich der Honorius verfolgt. Ob ich dieses Buch durch Zufall mitgenommen habe oder ob ich der Gewohnheit folgte, weiß ich nicht. Auch ist mir nicht bekannt, weshalb ich sogleich jene Seite aufschlug, auf der geschrieben stand:

Die Verworfenen sind um der Erwählten willen geschaffen, denen das Dasein der anderen zur Vervollkommnung in den Tugenden und zur Ausmerzung der Laster dient, deren Ruhm beim Vergleich mit den anderen heller strahlen und deren Wonnen sich bei der Betrachtung der Martern im Genusse des eigenen Heils erhöhen soll.

Kurz zuvor hatte Ulrikus mir gesagt, jener Honorius habe beim Anselm einst gelernt, und folglich sei er weder dumm noch primitiv. Das verstand ich nun, weil ich die Zeilen, die ich gelesen hatte, nicht so begriff, wie sie der Autor meinte.

Ich wandte sie auf jenes an, was im Kloster Riess geschieht. Sind wir Verdammten, die wir still vor Pankraz stehn, denn nur geschaffen, um den Glanz vom Abt zu mehren?

Noch einmal wandte ich meine Augen auf das Buch uns las:

Wenn einige Kinder vor der Taufe sterben und damit des Himmelreichs beraubt werden, geschieht das um des Heils der Erwählten willen, damit sie sich trotz ihrer Missetaten der Erlösung um so mehr erfreuen.

O mein Gott, wenn ich das auf Riess beziehe, wird mir Schreckliches bewußt. Dann wird mir klar, weshalb Brüder sterben mußten, weshalb andere verschwanden. Zwar stand keiner derer vor der Taufe, aber wohl außerhalb des Bundes, den der Pankraz zu seinem Ruhm begründet hat. Also hatte keiner derer die Taufe jenes Mannes, der in meinem Traum der Hölle Glut entsprang.

Und schon hab ich den Namen, den der Mann verdient, der Riess zur Hölle macht. Für mich heißt er nun Abt Satanas.

* * *

Der Montag war herangerückt, und somit trafen sich nach der zweiten der kleinen Horen jene Männer, die eine Kirche vermessen wollten, die es niemals geben würde. Dessen waren sie sich sicher, als sie mit ihren Instrumenten loszogen. Diesmal war nicht nur Hartmann gekommen, sondern auch Grimaldus war von Anfang an dabei. Zunächst arbeiteten sie, als bedrücke sie nichts, als hätten sie nichts auszutauschen.

Damit wollten sie eventuellen Beobachtern und Lauschern den Wind aus den Segeln nehmen. Denn aus den Anweisungen, die Markwart seinen beiden Helfern gab, war selbst mit lebhafter Phantasie kein Anhaltspunkt für eine Verschwörung wider den Abt abzuleiten.

Als das Notwendige getan war, auch Hartmann wieder einiges dazu gelernt hatte, sagte der Pförtner so laut, daß es auch jenseits der Kirche zu hören war, es sei an der Zeit, das Gemessene zur Grundlage von Berechnungen zu machen und in die Zeichnungen einzutragen.

»Aber nicht an deinem Tisch!« moserte Hartmann.

»Der ist wirklich viel zu klein«, befand auch Grimaldus.

So entschied Markwart, da der Boden längst wieder abgetrocknet war, sich ein stilles Plätzchen an der Mauer zu suchen. Sie wählten einen Ort hinter den Ställen. An ihn kam außer Jarich kaum jemand, und so mußte ihnen auffallen, wenn einer in ihre Nähe trat, um seine Ohren aufzusperren.

Auch hatte Markwart die Pforte im Blick. Darauf wollte er nicht verzichten, weil der Abt und der Cellerar Schlüssel besaßen und womöglich in der Zwischenzeit noch andere angefertigt worden waren.

Die drei Brüder rechneten und zeichneten wirklich, aber dabei unterhielten sie sich. Markwart versuchte mehrfach das Gespräch auf die Verhältnisse im Kloster zu lenken. Doch Grimaldus ging nicht darauf ein, und Hartmann sah mit skeptischem Blick auf den Sakristar. Daraus zog der Pförtner nach einiger Zeit den Schluß, daß derjenige zuerst sprechen müßte, der den Verdacht der anderen erweckte. Deshalb fragte er Grimaldus: »Wie ist es in eurem Bund der Propugnatores?«

Als habe der Sakristar auf diese Frage gewartet, legte er los: »Ihr wißt ja, daß ich unfreiwillig darin bin und lieber heute als morgen austräte. Aber das ist nicht ohne persönliches Risiko möglich. Heute können sie mir sogar mehr am Zeug flicken als zu jener Zeit, in der ich nur der Sakristar war.«

»Wie das?« fragte Hartmann.

»Im Bund gibt es eine strenge Disziplin, und wer sich danebenbenimmt, kann mit Stockhieben bestraft werden, mit dem Entzug des Essens oder gar mit dem Ausschluß, was einer Verweisung vom Kloster gleichkommt.«

Markwart hatte während dieses Bekenntnisses nicht gerechnet, auch nicht gezeichnet, sondern beim Zuhören eine Idee geboren. Aber zunächst schickte er voraus: »Das Risiko ist nicht klein, besonders für dich, weil du anders denkst als der Abt. Aber du bist es eingegangen aus Eigennutz.«

Grimaldus nickte und sah zu Boden. Nun schien er reif, die Idee Markwarts aufzunehmen, der sagte: »Für uns jedoch kann es von Vorteil sein, daß du bei den Propugnatores bist.«

Nach diesen Worten sah der Sakristar dem Pförtner in die Augen, und dieser erklärte: »Wir können eine gewisse Narrenfreiheit erhalten, wenn du den Mut aufbrächtest, über uns Bericht zu erstatten.«

»Du meinst, ich soll denen verraten, was wir machen?!« empörte sich Grimaldus.

»Natürlich nicht alles, sondern nur jenes, was wir für den Entwurf der Kirche tun, dazu noch ein paar Alltäglichkeiten und durchaus ein wenig Kritik an der Obrigkeit, etwa daß der Stab des Lothar albern wirkt.«

»Ein fingierter Bericht, der aber echt wirkt«, stieg Hartmann auf Markwarts Vorschlag ein.

Grimaldus kratzte sich in seinem blonden Haarkranz, in dem sich die grauen Strähnen mehrten. Der Mutigste war er nie gewesen. Deshalb hatte er sich auch in den Bund nötigen lassen. Deshalb hatte er schon überlegt, den Treffen zur Vermessung der Kirche fernzubleiben.

Doch diesmal handelte es sich nicht nur um seine Person. Und er war von Herzen ein Christ. Nichts bereitete ihm mehr Freude, als anderen beizustehen. Dadurch wurde er zwar nicht mutiger. Aber ein ganz klein wenig mehr wagte er. Womöglich reichte es, auf den Vorschlag seines Freundes einzugehen.

Um das mit sich auszumachen, malträtierte er seine Unterlippe, massierte er auch sein Kinn. Die beiden anderen waren still und sahen ihn erwartungsvoll an. »Ich werde es versuchen«, sagte er schließlich, und so drückte er sich oft aus, wenn er nicht wußte, ob er einer Sache gewachsen war.

»Vor allem darfst du nicht erschrecken, wenn sie dich fragen«, warnte Markwart.

Das Zucken der Augenlider des Sakristars deutete an, daß er doch erbeben würde. Aber das tat er oft, besonders in den letzten Tagen. Deshalb sagte er: »Sie werden sich nicht wundern, wenn ich erschrecke. Wichtiger wird sein, daß ich so erzähle, als unterhalte ich mich nur mit ihnen über eine Nebensächlichkeit.«

Als Markwart wieder allein in seiner Cella saß, war er froh, so und nicht anders mit Grimaldus gesprochen zu haben. Dadurch war der Sakristar auf das vorbereitet, was unvermeidlich erfolgen mußte, und er wurde von Fragen der Oberbündner oder gar der Getreuen des Bärtigen nicht überrascht. Damit war denen der Vorteil genommen worden, den Sakristar mit einer Frage zu verblüffen und in die Enge zu treiben.

* * *

Aus dem Tagebuch des Novizen Bertold
(23. April 1122)

Der Honorius hat mir die Kraft gegeben, neue Wege einzuschlagen. Auch hat er mir gewiesen, wohin sich mein Denken wenden muß. Aber mehr Erbauung finde ich bei einem, dessen Buch schon lange auf mich wartet, das ich aber niemals sah. Nun ist es schwarz vom Ruß des Brandes, aber gottlob traf er nur den Einband.

Notker Labeo hat es einst geschrieben. Wie mir Ulrikus sagte, baute er auf weise Denker auf, einerseits auf

Aristoteles, zum anderen auf den Boethius. Und er hat versucht, den Begriff des Menschen zu bestimmen: Er sei ein vernünftiges, sterbliches und des Lachens fähiges Wesen, homo est animal rationale, mortale, risus capax.

Manchmal zuvor hab ich schon gehört, das Lachen sei ein Wunder unserer Seele, durch das wir Menschen fähig werden, dem Tod zu trotzen sowie dem Satan und den anderen Mächten der Hölle ins Auge zu schaun. Damit ist mir aufgegangen, was ich in den Wochen der übelsten Bedrängnis stets vergessen habe. Ich war ernst und habe nicht gelacht. Deshalb erschien mir auch der Abt ganz ernst und nicht so lächerlich wie heute.

Endlich verstehe ich die letzten Worte, die Abt Kolumban mir sagte, als er schon im Sterben lag. Er zog mich zu sich, wie ein Hauch nur seine Kraft, doch ich folgte ihr, weil ich ihn liebte, so wie man einen Vater liebt. Ich beugte mich zu ihm hinab, und er sagte mir: Du bist noch jung und bleibst es nur, wenn du täglich lachst.

Wie anders war der alte Abt als jener Satanas, der mich verführen wollte. Auf Kolumban trifft zu, was ich irgendwo gelesen habe (oder habe ich es selbst geschrieben?):

Von einem Weisen wird man sagen können: Er hat immer etwas Geniales besessen. Aber in der Phase der Entrücktheit von dieser Welt und im Angesicht des nahenden Todes wird die Genialität eine neue Qualität annehmen und einen Hauch der Ewigkeit in sich tragen.

* * *

Pankraz verkündete anderntags nach der Prim vor der Kirche, daß er einen Teil der Verteidiger des Klosters in jenes Dorf gesandt habe, das dem Kloster zugefallen sei, weil die Bauern nicht über die notwendigen Waffen verfügten, auch nicht über hinreichende Kampferfahrung.

Der Bärtige brachte seine Überzeugung zum Ausdruck, daß die Verteidigungskraft des Klosters durch diese Maßnahme nicht geschwächt werde, weil der Herzog, wenn er denn gegen Riess reiten wolle, durch dieses Dorf müsse.

Markwart verzog sich nach dieser Mitteilung in seine Cella, als könnte sie ihm Schutz gewähren. Doch ein Konverse klopfte ihn heraus, der nicht nur das Messer trug, das die Ordnung des Benedikt von Nursia gestattete.

Grimmigen Angesichts kehrte der Pförtner hiernach zu seiner Cella zurück und sah einen nahen, dem er seine Wut mitteilen konnte. Er wartete, bis Heimbrecht heran war, und ließ dem Gast den Vortritt. Kaum war die Tür hinter beiden ins Schloß gefallen, wetterte der Pförtner los:

»Nicht genug, daß unten im Wald Bewaffnete lagern, daß die auch versucht haben, den Boten des Herzogs einen Schrecken einzujagen, soeben ließ ich einen Konversen hinaus, der Cuculle und Schwert vereinigt, wohl aber keine Übereinstimmung seiner Seele mit der Schrift anstrebt.«

»Uns bleiben nur zwei Möglichkeiten«, entgegnete Heimbrecht, »entweder wir verlassen das Kloster, bevor hier die Hölle mit Pech und Schwefel ausbricht, oder wir stemmen uns dem Wahnsinn entgegen.«

»So weit war ich auch schon!« blaffte Markwart, stutzte und sah mit großen Augen auf seinen Gast. Er hatte seine Wut hinausgelassen. Doch war er nicht auf Heimbrecht eingegangen. Das war ein immer wiederkehrender Fehler, der ihn stets in den Widerstreit von Wut und Reue brachte.

Aber die Wut galt nunmehr allein ihm selbst. Seinen Besucher bat er um Vergebung für seine heftige Reaktion und erklärte: »Wir zwei sind zu wenige, um einen Umsturz herbeizuführen.«

»Gewiß! Versuchten wir es allein, spürten wir bald die Messer zwischen den Rippen oder verschwänden wie Tutilo und Burchard.«

Markwart kaute auf seiner Lippe, bevor er seinem Mißtrauen folgte und forderte: »Erzähl erst einmal von dir. Woher kommst du, und mit welchen Vorstellungen bist du in ein Kloster gegangen?«

Heimbrecht lächelte, weil der Pförtner für sich in Anspruch nahm, der Kopf der Opponenten zu sein oder zumindest einen jeden prüfen zu dürfen, wohl ohne selbst geprüft zu werden.

»Ich bin der letzte Sproß eines verarmten Adelsgeschlechts«, sagte er. »Die lange Geschichte unseres Niederganges möchte ich nicht erzählen. Nur soviel sei angemerkt: Wir wurden angegriffen, wieder und wieder. Und wir haben die entscheidenden Schlachten verloren. Die Gegner haben unseren Besitz verwüstet. Uns blieb fast nichts. Meine Schwestern sind gottlob alle unter die Haube gekommen. Mein ältester Bruder kümmert sich um die Eltern und um den letzten bescheidenen Besitz. Dort war für uns zwei Nachgeborene kein Platz mehr. Der eine verdingte sich als Ritter bei einem unserer ehemaligen Feinde. Und ich folgte meiner christlichen Erziehung und meinem inneren Ruf und ging in ein Kloster.«

»In dem du nicht glücklich geworden bist«, sagte Markwart.

Heimbrecht, dem bei seinem kurzen Bericht die Augen feucht geworden waren, senkte seinen Blick und nickte. Diese Beobachtungen wogen für Markwart schwerer als die Worte, die er gehört hatte. Er war nun überzeugt, daß der Gast sein Vertrauen verdiente, und erklärte: »Es gibt noch einige, die mit den Verhältnissen im Kloster nicht einverstanden sind.«

Heimbrecht fragte nicht, wie viele das seien und wie sie hießen, sondern verabschiedete sich mit den Worten:

»Wir werden auch noch mehr finden. Je stärker die Abweichung Pankranzens vom Heiligen Stuhl wird, um so mehr werden von ihm abrücken. Wir müssen sie nur zusammenführen, dann widerstehen wir auch der Drohung des Mordes oder der Verschleppung.«

Als die Tür schon wieder geschlossen war, fiel Markwart noch etwas ein. Er riß sie noch einmal auf, trat hinaus und rief Heimbrecht hinterher, was alle hören konnten, sogar hören sollten: »Hast du Erfahrungen im Mauern oder im Vermessen?«

»Aus den Steinen des geschleiften Familiensitzes haben wir uns ein kleines Häuschen gebaut, klein nur, weil das Geld nicht zu mehr reichte.«

»Dann sei Montag nach der Terz hier!«

Heimbrecht nickte, und der Pförtner wandte sich um und ging die paar Schritte zurück. Dabei sah er, wie hinter dem ehemaligen Pilgerhaus, in dem sich seit Monaten die Bibliothek befand, zwei Brüder hervortraten. Es waren jene beiden Konversen, die seit geraumer Zeit als krank galten.

Nicht nur deren gesundes Aussehen und deren Lächeln überraschten Markwart, sondern auch, daß sich an der Rückseite des Gebäudes keine Tür befand. Also mußten die beiden vorgeblich Kranken aus dem Fenster gestiegen sein, was nach des alten Mönches Auffassung einiger Gesundheit bedurfte. Zumindest zweifelte er an, daß der eine an einer Knochenkrankheit litt. Denn was er bislang von solchen Leiden gehört hatte, waren erhebliche Bewegungsbeschwerden.

Markwart tat, als habe er die beiden nicht gesehen, und trat in seine Hütte. Allerdings konnte er durch das schlechte Glas des Fensters ohnehin nur Schemen sehen und auf diese Entfernung so gut wie gar nichts erkennen. Deshalb ließ er die Tür einen winzigen Spalt offen und schielte hinaus. Mochten seine Augen auch nicht mehr die besten sein, war er sich doch sicher, daß die beiden nur etwas gesucht hatten, selbiges aufhoben und wieder hinter dem ehemaligen Pilgerhaus verschwanden, vermutlich um durch das Fenster in die Krankenstube einzusteigen.

Damit war des Pförtners Neugier angestachelt. Er nahm sich sein Diopter und den ägyptischen Winkel, damit ein jeder sehen konnte: Er ging vermessen. Bis zur Apsis der Kirche stimmte auch die Richtung, die er einschlug. Doch dort brachte er den Diopter in Richtung Ställe in Anschlag und tat, als müsse er der Messung wegen nach hinten treten. Weiter und weiter tat er das, bis er zwischen dem Pilgerhaus und der Schule stand.

Dort setzte er ab, schüttelte seinen Kopf und schauspielerte sich weiter nach hinten, bis er fast die Mauer erreicht hatte. An der setzte er das Meßgerät ab und schüttelte nochmals seinen Kopf. Hiernach ging er rasch nach Osten und danach auf seine Cella zu.

Dabei hatte er das Fenster passiert, aus dem die beiden Patienten geklettert waren, auch war er an der Stelle vorbeigekommen, an der sie etwas gesucht hatten. Doch etwas Auffälliges hatte er nicht entdeckt.

XVI

Aus dem Tagebuch des Novizen Bertold (26. April 1122)

Ulrikus wird von Tag zu Tag verschlossener. Auch zittern seine Hände, so daß er schon ein Buch verloren hat, einen Schatz, der dadurch Schaden nahm. Was ist mit ihm? Wird er etwa krank? Danach hab ich ihn gefragt und erhielt zur Antwort, er sei wie immer, lebensfroh und stark.

Oder sollte es an jenem Spruche liegen, der durchaus von Benedikt her stammen kann, aber gewiß verändert worden ist, in einer Art, wie sie dem Abt beliebt. Seit ein paar Tagen ist er an der Tür des Hauses angebracht, durch die ein jeder gehen muß, wenn er zu den Büchern will. Und er lautet so:

Für unsere Gemeinschaft entscheidet sich ein jeder frei, weil er weiß, hier den Ort zu finden, an dem er unermüdlich Gott suchen und Christus entgegengehen kann. Dies ist jedoch nur zu verwirklichen in der Gemeinschaft, auch in der stetigen Einübung der Consuetudines.

Benedikt von Nursia

Nachdem ich das nochmals gelesen hatte, ging ich in den Raum mit den Regalen. Auf einem Tisch da lagen stets die Regeln unsres Benedikt und auch die Kommentare, die der Brand verschonte. Bald fand ich den rechten Kommentar und auch die Seite mit dem Spruch, der wirklich anders lautet:

Für diese Gemeinschaft entscheidet sich der Mönch frei, weil er glaubt, hier den Ort zu finden, an dem er unermüdlich Gott suchen und Christus entgegengehen kann.

Dies verwirklicht der Mönch in der Gemeinschaft, in der stetigen Einübung in die Grundhaltungen des geistlichen Lebens und im Gehorsam.

Folglich ist der Spruch am Eingang nicht von Benedikt verfaßt, sondern von einem Kommentator. Zudem haben ihn wohl des Pankraz' Leute noch verfälscht. Also ist nun wohl erwiesen, wie der Satanas gute Sprüche wendet, um sie zu seinem Vorteil zu gebrauchen.

* * *

Grimaldus fand nur Ruhe, wenn er in sein Tun versank. Und immerhin waren am Tag die sieben Stundengebete vorzubereiten, und auch nächtens mußte er vor den anderen in der Kirche sein, um für die Vigil vorzusorgen. Deswegen schlief er am Ausgang des Dormitoriums. Und jener Bruder weckte ihn, der gerade Wache hielt.

Danach taumelte er schlaftrunken ins Gotteshaus hinüber, öffnete die Tür zu seiner Sakristei und begann das Feuer zu schüren, damit Weihrauch erzeugt werden konnte. Dazu nahm er die gleichsam ewige Flamme zu Hilfe.

Nicht anders hielt er es in der Nacht auf den Donnerstag. Er wähnte sich allein mit seinen Gedanken und den Geräten, die ihm ans Herz gewachsen waren. Doch plötzlich schrak er zusammen. Schon mehrfach hatte er leise Geräusche gehört und immer gedacht, der Wind klappere an einem Dachziegel, oder eine Ratte sei in die Kirche gehuscht. Auch hielt er für möglich, daß ein Zweiglein eines nah stehenden Baumes am Fenster kratzte.

Doch was eben an sein Ohr gedrungen war, hatte sich angehört wie das Husten eines Menschen. Dabei konnte keiner in der Kirche sein. Der Wächter weckte zu dieser Zeit erst die Brüder, und niemand durfte vorher aufstehen.

Allein der Abt und seine beiden Dekane, die in der alten Schule schliefen, waren dieser Kontrolle nicht unterworfen. Aber sie erwartete er noch nicht im Gotteshaus, denn sie trafen gewöhnlich erst ein, wenn alle anderen erschienen waren.

Grimaldus zog seinen Kopf ein, weil er fürchtete, es könne nur einer der Gehilfen des Teufels sein, der sich ins Gotteshaus eingeschlichen hatte. Er nahm eine Kerze und hielt sie hoch, denn keine Wand schien das Husten von ihm getrennt zu haben. Stück um Stück ging er voran, stolperte bald über einen Kerzenständer, dann über eine Lampe.

Seine Pflichten waren ihm längst entfallen. Das war ihm noch nie widerfahren, aber auch noch nie hatte er vor dem Teufel und dessen Gehilfen gezittert. Diese Angst raubte ihm fast den Verstand, und so merkte er auch nicht, wie er das Gefäß mit der glühenden Holzkohle anstieß und einige Brocken herausfielen. Weiter und weiter ging er, fand jedoch nichts.

Schon beruhigte sich sein Puls, und er war bereit, sich eine Sinnestäuschung einzureden, als er ein Räuspern hörte. Diesmal war ihm so, als habe direkt über seinem Kopf jemand dieses Geräusch abgegeben. Er sah hinauf. Nichts war zu erkennen. Und dann fiel sein Blick auf ein Sieb an der Wand, das er früher manchmal genutzt hatte, die feinen Teile der Holzkohle von den groben zu trennen.

Längst hatte er diese Sorgfalt aufgegeben, längst hing es ungenutzt an der Wand. Er streckte seine Hand aus und wagte dennoch nicht, das Sieb zu ergreifen. Er fürchtete, ein höllischer Geist könne erscheinen, sah in seiner Phantasie diesen schon wachsen und ihm den Atem nehmen.

Aber noch einmal siegte die Neugier über die Angst, und erneut zog er den Arm zurück. Doch gleich darauf streckte er ihn wieder aus, denn der Brandgeruch der Hölle zog bereits in seine Nase.

Er riß das Sieb herunter und taumelte zurück. In der Wand sah er ein Loch, das zuvor nicht dagewesen sein konnte, zumindest in der Zeit nicht, als er das Sieb noch benutzte. Flugs hing er es wieder an.

Zunächst wußte er nicht zu sagen, weshalb er das tat. Indes eröffnete sich ihm der Grund des Höllengeruchs. Die herausgefallene glühende Holzkohle fraß sich in die hölzerne Tischplatte.

Grimaldus griff einen Krug mit Wasser und löschte den entstehenden Brand. Inzwischen war er auch aus seiner Angst in die Wirklichkeit zurückgekehrt und fühlte sich von seiner Pflicht angetrieben.

Die anderen Brüder stellten wenig später mit Gleichmut fest, daß an diesem Tag die Kerzen später entzündet wurden und der Weihrauchduft schwächer war, als es ihrer Gewohnheit entsprach.

Zur Terz ereignete sich für Markwart Ungewohntes. Vor dem Tor standen welche, die nicht gewillt waren, die Ordnung eines Klosters zu respektieren. Sie schellten die Glocke, daß sie sogar bis ins Gotteshaus zu hören war. Und sie wummerten nicht nur an die Pforte, sondern traten dagegen, daß es sich anhörte, als wollte das Holz bersten.

Der Pförtner wurde unruhig, nicht, weil er den Ungeduldigen entgegenkommen wollte. Alles im Kloster betrachtete er wie früher als sein Eigentum, nicht sein persönliches, das er verwenden konnte, wie ihm der Sinn stand, sondern für das er, wie alle anderen, Verantwortung trug.

Entsprechend eilte er nach vorn, als die Terz vorüber war. Das Wummern hatte inzwischen aufgehört, und das Tönen der Glocke war verstummt. Aber der vormalige Lärm wurde dem Pförtner erklärlich, als er die Pforte geöffnet hatte.

Draußen standen drei verwegene Burschen. Ihre Pferde hatten sie an Bäume gebunden und die Waffen bereits abgelegt. Aber letzteres schien das einzige zu sein, was sie von einem Kloster verinnerlicht hatten.

Sie tippten sich an die Hüte mit wippenden Federn, als sie an Markwart vorbeistürmten und zur Schule liefen. Der Pförtner schloß die Tür ab und wollte hinterhereilen, um der Form zu genügen und die Gäste beim Wachmann des Abtes anzumelden. Doch hatte er noch nicht die Hälfte des Weges zur Schule zurückgelegt, als die drei darin verschwanden.

Also kehrte er zur Pforte zurück, öffnete sie und besah sich von draußen, was die Gäste angerichtet hatten. Seine schlimmsten Befürchtungen bestätigten sich gottlob nicht. Allein die Schnur, an der man die Glocke rühren konnte, war gerissen. Während der Pförtner diese zusammenknotete, hörte er einen mehrstimmigen Jubel aus der ehemaligen Schule dringen.

Nur wenige Minuten waren die verwegenen Gestalten bei Pankraz geblieben, bis sie, von diesem und seinen Dekanen begleitet, das Kloster wieder verließen. Den restlichen Tag wartete Markwart auf die Einberufung eines Konvents. Aber das erfolgte nicht.

Erst am anderen Morgen, beim täglichen Appell, kostete der Bärtige seinen Triumph aus. Nachdem alle angetreten waren und Lothar einige Dinge der täglichen Erfordernisse abgespult hatte, schob Pankraz seinen fülligen Dekan zur Seite.

Hatte er zuvor schon unruhig gestanden und immer mit den Mundwinkeln gezuckt, grinste er nun übers ganze Gesicht. Erstmals vor versammelter Bruderschaft fuhr seine Hand durch die Luft, noch bevor er ins Karree rief: »Unsere Truppen haben die des Herzogs geschlagen!«

Die meisten Brüder hatten sich daran gewöhnt, das Wort des Abtes wie eine Offenbarung aufzufassen. So bahnte sich eine kollektive Freude den Weg zum Himmel.

»Ja, sie haben, den Herzoglichen das Laufen beigebracht.« Nach diesen Worten nickte der Bärtige und fuhr etwas beherrschter fort: »Dennoch habe ich die Verteidiger im umkämpften Dorf belassen. Denn wir können nicht ausschließen, daß der Herzog neue Kräfte sammelt. Deshalb habe ich auch angeordnet, daß die Bauern des Dorfes an den Waffen ausgebildet werden.«

Als Markwart seine Cella erreichte, hörte er draußen Pferde schnauben und Männer lachen. Er griff zum Schlüssel, obschon keiner Einlaß begehrt hatte, denn zu seiner Aufgabe gehörte auch, vor dem Eingang für Ordnung zu sorgen.

Ein Haufe Bewaffneter hoch zu Roß wartete draußen. Angesichts der Heiterkeit der Männer erwartete er von ihnen kein Übel. Dennoch hielt er Abstand, denn vertrauenswürdig wirkten sie nicht. Es waren ähnlich rauhe Burschen wie jene, die am Vortag die Nachricht überbracht hatten.

Solche Typen hatte er sowohl auf seinen Wanderungen nach Osten gesehen, häufiger noch, als zum Kreuzzug aufgerufen worden war. Und stets hatten diese Männer sich mit ihren Waffen ihr Geld verdient. Deshalb war es ein geflügeltes Wort, daß deren Geldstücke in Blut gebadet hätten.

Obwohl der Pförtner geschwiegen hatte, erhielt er eine Auskunft: »Wir warten auf zwei deiner Brüder.«

Um welche es sich handelte, brauchten die Berittenen nicht zu sagen, von hinten nahte Engilbert, an dessen Seite schnaufte der füllige Lothar. Während sich der jüngere der beiden gekonnt in den Sattel schwang, mußte für den Dekan einer der Verwegenen mit seinen Händen eine Leitersprosse bilden und zwei andere den Fülligen aufs Pferd schieben. Ein weiterer achtete auf der anderen Seite des Tieres, daß der Mönch nicht wieder herunterfiel.

Ähnlich setzten sich auch die Züge in Bewegung. Engilbert sprengte mit vier Leuten den Hügel hinab. Während die fünf Begleiter Lothars weniger auf sich und den Weg achteten als auf den sicheren Sitz dessen, der sie befehligte.

Markwart schloß die Pforte und schlenderte gesenkten Hauptes zu seiner Cella. Bevor er sie erreichte, sagte ihm sein Gefühl, daß jemand auf ihn sah. Darin irrte er nicht, nur hatte er Heimbrecht erwartet und nicht den Bibliothekar.

»Komm herein«, sagte er zu diesem und nahm erst im selben Augenblick wahr, daß Ulrikus ein Buch unter dem Arm trug. Mit dem Finger wies er darauf und gab seinem Gast Gelegenheit, aus vollem Hals zu verkünden: »Ein neueres über Kirchenarchitektur.«

Nachdem beide die Tür hinter sich geschlossen hatten, flüsterte der Bibliothekar: »Eigentlich hätte ich es nicht mitbringen dürfen.«

»Deshalb hast du so laut gesprochen?« versuchte der Pförtner einen Scherz. Doch sein Lächeln erstarb, als Ulrikus das Werk aufschlug. Es stammte von einem ihm unbekannten Autor, der vom Himmel und der Hölle handelte.

Er sah auf seinen Gast, und dieser bekannte: »Ich bin nicht wegen der Architektur gekommen.«

»Sondern?«

»Weil ich die Last nicht mehr aushalte.«

Markwart nickte und schwieg. Er wollte den Bibliothekar nicht drängen, um ihn nicht unter Druck zu setzen und sich schuldig zu machen. Denn wer derart vom Schicksal gebeugt wurde wie sein Gast, konnte leicht zusammenbrechen.

Ulrikus stöhnte und erklärte: »Der Sakristar war bei mir, und er erzählte mir, er habe ein Loch in der Wand gefunden. Was das bedeute, wollte er von mir wissen. Du kennst mich als ehrlichen Menschen, und als solcher bin ich auch Pankraz gefolgt, und zwar schon, als unser Kolumban noch lebte. Aber seit der Bärtige Abt geworden ist, muß ich zu vielen Dingen schweigen, anderes durch Lügen unkenntlich machen. Und nicht nur in dieser Hinsicht habe ich mich gegen die Gebote vergangen.«

»Welches Loch?« hielt Markwart seine Neugier nicht länger im Zaum.

»Das fragte mich Grimaldus auch und beschrieb, wie groß es ist und wo es sich befindet. Nach seiner Auskunft mußte ich ihm sagen, daß dies der Anfang von einem Rohr ist, das dorthin führt, wo einige Männer sitzen und lauschen, was in der Sakristei gesprochen wird.«

Der Pförtner ließ sich auf seinen Stuhl plumpsen. Lange schon ahnte er, daß er und andere belauscht wurden. Allerdings hatte er nicht mit der Raffinesse und Durchtriebenheit der Leute des Bärtigen gerechnet. »Dann können sie ja überall sein«, sagte er.

»Hier nicht.«

Weshalb?«

»Ist an deiner Cella in den letzten Wochen gebuddelt worden? Zudem ist kein anderes Gebäude in der Nähe, in dem sich die Lauscher verbergen könnten.«

»Und bei dir in der Bibliothek?«

Dieser Frage wich Ulrikus aus, wobei Markwart gern gewußt hätte, wie es sich mit den beiden vorgeblich Kranken verhielt, die bei Bedarf auch aus dem Fenster ausstiegen.

»Mir fällt es nicht leicht, meine Fehler einzugestehen«, sagte der Gast.

Der Pförtner spürte, wohin Ulrikus wollte, und half ihm, über die Brücke zu gehen, indem er sagte: »Ich werde keinem etwas verraten.«

Der Bibliothekar stöhnte erneut, bevor er herausließ, was ihn zermürbte: »Im Anfang hörte ich die Meinungen des Pankraz nur zufällig und war immer von ihnen angetan. Das gab ich ihm einmal zu verstehen, und zwar ziemlich genau vor einem Jahr. Von dieser Zeit an haben mich Pankraz, Notker und Lothar gelegentlich zu ihren Gesprächsrunden eingeladen. Ich habe mich bei ihnen wohl gefühlt, weil ich auch der Auffassung war, über unserer Abtei habe sich ein wenig Staub ausgebreitet. Das leitete ich vor allem aus dem ab, was sich in Cluny oder Hirsau getan hatte. Wenn ich über diese beiden Klöster redete, ergänzten Pankraz und Notker manchmal etwas, was ich nicht wußte. Ihr Interesse und auch ihr Versprechen, sie seien nur auf radikalere cluniazensische Reformen aus als Abt Kolumban, führte uns immer enger zusammen, bis wir uns gemeinsam Gedanken machten, wie wir Riess einmal umgestalten könnten.«

»Als Kolumban noch lebte?« fragte Markwart.

Ulrikus nickte und fuhr fort: »Wie Pankraz mich hinters Licht geführt hat, ist mir noch nicht einmal aufgegangen, als er schon lange vor dem Tod Kolumbans davon träumte, daß die Brüder eines Tages ausschwärmen sollten, um in den umliegenden Dörfern Laienbruderschaften zu begründen. Das haben die Mönche von Hirsau ja auch getan. Und damals glaubte ich noch, unsere würden sich nicht anders verhalten, nur predigen und die Menschen zu Gott führen.«

Der Bibliothekar hustete, bevor er weitersprach: »Wir waren also wie Freunde, und als dann alles durcheinanderging, die Krankheit uns heimsuchte, auch der Geldmangel, der Brand und der Verlust von Abt und Prior, klammerte ich mich immer fester an Pankraz, der mir wie ein Fels in der Brandung erschien. Wenn er damals das eine oder andere sagte, was von Cluny abwich, so meinte ich, das sei allein seinem Hitzkopf geschuldet, und als belesener Bibliothekar könne ich ihn behutsam wieder in die rechten Bahnen lenken. Deshalb unterstütze ich auch seine Wahl. Danach nahm ich, ohne zu zögern, seinen Vorschlag an, zum Führungskreis zu gehören, und beging damit den schlimmsten Fehler.«

Zwar war Ulrikus nicht in der Lage, seinen Rücken weiter zu krümmen, aber seinen Kopf vermochte er zwischen die Schultern zu ziehen, was er in diesem Augenblick tat. Markwart ahnte, daß sein Gast auf etwas zugesteuert war, an dem er zu zerschellen drohte. Die einzige Hilfe, die er ihm gewähren konnte, war jene des Beistands. Er versprach: »Ich werde nicht über dich richten, wie ich niemals über einen Menschen richten werde, der bereits von Herzen bereut, was er tat.«

»Wenn es denn nur die Reue wäre«, sagte Ulrikus. »Ich habe damals auch zugestimmt, dem Pankraz alle Meinungen mitzuteilen, die von der seinen abwichen. Das fand ich zwar nicht gut. Aber ich hoffte, es sei nur eine vorübergehende Erscheinung und bliebe auch ohne Folgen für die Andersdenkenden. Das habe ich Pankraz nach einigen Tagen gesagt. Da hat er mich um meine hängenden Schultern gefaßt, als sei er mein Vater. Bruder, erklärte er mir. Du bist doch mein Bruder, und wir wollen gemeinsam das Beste für Riess erreichen. Daran glaubte ich wirklich, und für das Beste war ich auch bereit, mein Gewissen zu betrügen.«

Ulrikus stöhnte und schwieg. Markwart traute sich nicht zu sprechen, denn was er auch sagte, mußte wie ein Urteil wirken, und ein solches wollte er nicht fällen. Einige Zeit waren nur die Atemzüge der beiden Männer zu hören, bis der Gast die Kraft geschöpft hatte, seine Beichte fortzusetzen: »Das habe ich also getan. Du kannst dir gar nicht vorstellen, wie das ist, wenn man glaubt, für eine richtige Sache einzutreten, und jener, der diese Sache zuvorderst vertritt, von dir Dinge verlangt, die du nicht tun möchtest.«

Markwart kratzte sich am Kopf. Hatte er in seinem Leben Ähnliches erlebt? Sosehr er auch in seiner Erinnerung kramte, kam er nur zum Ergebnis: »Ich habe lediglich einmal meiner Mutter mit einer Lüge zur Seite gestanden, um ihr gegen den Vater zu helfen.«

»Das ist kein Vergleich«, sagte Ulrikus. Dennoch hatten ihm die Worte des Pförtners geholfen, seine Hemmungen zu überwinden, und er setzte fort: »Es ist so, als ob …«

Er unterbrach und setzte neu an: »Ich weiß, daß ich eigentlich nicht sagen darf, was ich nun sagen werde, um dir das Problem nahezubringen: Was ich erlebte, ist ähnlich wohl dem Verhältnis der Jünger zu Jesu. Verstehst du, ich will nicht behaupten, es sei das gleiche. Nur eine gewisse Ähnlichkeit gibt es, und zwar eine ganz subjektive, als ich in Pankraz so etwas wie einen Erlöser gesehen habe. Ich war vollends von ihm eingenommen, derart verblendet, daß ich dir das gar nicht beschreiben kann. Und einer Person, die man solchermaßen verehrt, traut man nicht zu, daß sie Böses tut. Deshalb bin ich ihm gefolgt, auch als ich gegen mein Gewissen handeln mußte.«

Nach diesem Bekenntnis nickte Ulrikus und wandte sich zur Tür. Nachdem er die Klinke gefaßt hatte und Markwart den Rücken zuwandte, gestand er: »Ich habe sogar Burchards Haltung verraten und auch deine.«

Der Pförtner versuchte noch, die Worte zu verarbeiten, als sein Gast hinaustrat und noch einmal sprach: »Auch habe ich nicht verhindert, daß ein mir zugeordneter Konverse den Jarich verraten hat.«

Gleich darauf fiel die Tür ins Schloß.

Bevor Markwart aufgestanden und selbst zur Tür gegangen war, hatte Ulrikus schon das ehemalige Pilgerhaus erreicht. So blieb dem Pförtner nur, das Buch seinem Freund hinterherzutragen, denn eine Freundschaft kündigte man nach seiner Meinung nicht auf, wenn einer seine Fehler eingesehen hatte. Doch den Gang verschob er auf den Nachmittag, damit sich Ulrikus nicht bedrängt fühlte.

* * *

Aus dem Tagebuch des Novizen Bertold
(27. April 1122)

Heute mittag kam der Abt zu mir, wie ich dachte, nur des Bildes wegen. Und das hat er sich auch angesehen, über dies und das geredet, und dabei ist mir aufgegangen, daß er wohl fast nichts versteht von der Kunst der Malerei. Also ist auch sein Gedanke, ich solle die Decke einer Kirche schmücken, nur so ernst zu nehmen wie ein Saatkorn in den Wellen eines Meeres.

In diesem Augenblick war ich nur froh, daß er noch nicht aus meiner Hölle schaute. Erst den Umriß hatte ich skizziert. Und aus dem hat er sich freilich nicht erkannt. Ich stand ihm Rede und auch Antwort, spürte nicht mehr jene Kraft, die er einst für mich besaß.

Auf mich kam gar nichts über, das kann aber nicht nur daran liegen, daß ich Riess verlassen will. Etwas andres muß sich in mir gewandelt haben, womöglich auch in andren Brüdern. Dieses zu erkunden ist mein nächstes Ziel.

Als ich meinte, seine Neugier sei gestillt und sein Redefluß stelle sich nun ein, zog er mich am Ärmel näher zu sich ran. *Wir sind doch Freunde?* hat er mich gefragt. Und da schwante mir schon Übles.

Um dem Schlimmsten zu entgehen, habe ich genickt. Denn auch wenn ich mich geändert habe, besitze ich noch immer keinen Mut. Mir wohnt sogar das Bangen ein, daß ich niemals Mut besitzen werde. Aber ist das etwa schlimm? Aus meiner Sicht ist das nur ein kleiner Fehler.

Pankraz zog mich dicht an sich heran, so daß mir sein Atem in die Nase schlug. Diesmal merkte ich, daß dieser Mann mich abstieß, nicht der Geruch, sondern seine Seele trug die Schuld. Weshalb sah ich sie nicht vorher aus den grünen Augen lugen? Weshalb hörte ich bisher nicht, wie sie aus seiner Stimme tönt? Weshalb erkannte ich sie nicht aus seiner Art, mit Menschen umzugehn?

Du willst doch, daß Riess ein großes Kloster wird, hat er mich gefragt, und ich habe brav genickt und mir dabei gedacht, das Kloster kann ein großes werden, wenn Satanas gegangen ist.

Und dabei könntest du uns helfen, warb er mich. Diesmal blieb mein Nicken aus. Und ich sagte ihm, ich sei so klein, so unbedarft, und ängstlich sei ich außerdem.

Ach, du brauchst doch keinen Mut, denn wir sind stets bei dir, und uns kann keiner widerstehen.

Nach diesen Worten schwieg ich wieder, und auch diesmal blieb mein Nicken aus. So zwang ich ihn, zu offenbaren, was er von mir wünschte. Und justament hat er das getan: Du brauchst mir nur zu sagen, was du die andren sprechen hörst.

Diesmal gab ich vor, daß ich so sehr vergeßlich sei und daß er damit rechnen müsse, wie ich alles durcheinanderbringe.

Ach, das lernst du schon. Und wenn es gar nicht geht, nimmst du Unterricht bei mir. Du wirst sehn, das lernst du schnell.

Während er dies sagte, schoß mir durch den Kopf, daß er ein Werben trieb, wie es auch der Teufel tat, wenn er versuchte, Seelen ohne Schuld dem Himmel zu entreißen. Und was ich einen Augenblick gedacht, verwarf ich wieder. Ich hatte nämlich überlegt, ob ich den Unterricht von Satanas besuchen solle, um zu sehen, wie ein Teufel wirkt. Aber hab ich bis zu diesem Tag nicht schon genug erlebt von dessen bösen Taten?

Willst du nun, oder willst du nicht? stellte er die letzte Frage, worauf ich zu ihm sagte, der Entschluß fiele mir nicht leicht, ich müsse ihn mir reiflich überlegen. Dies war freilich eine Lüge, doch wer will mir sagen, daß man den Teufel nicht belügen darf, um ihn hinters Licht zu führen? Das Böse kann man nur mit den von ihm geschaffnen Waffen schlagen.

* * *

Wieder einmal war ein Konvent einberufen worden. Erneut waren auch die Laien anwesend, und wie immer trat der Abt mit seinen beiden Dekanen durch den Hintereingang des Kapitelsaales, sobald sich alle Brüder versammelt hatten.

Nachdem der inzwischen zurückgekehrte Lothar und auch Notker stehengeblieben waren, ging Pankraz noch einen Schritt nach vorn. Er lächelte und nickte in verschiedene Richtungen, daß ein jeder glauben konnte, er selbst sei gemeint, indes die Augen des Bärtigen ins Leere blickten.

»Liebe Brüder«, begann er wie üblich. Aber was folgte, verwunderte die meisten, war es doch diesmal keine Erfolgsnachricht:

»Manch einer von euch wird sich schon gefragt haben, wie ich zur Gewißheit gelange, wohin unser Schiff zu steuern hat. Laßt mich darauf mit einer Passage aus dem ersten Brief des Paulus an die Korinther antworten: *Wir müssen zuerst das, was fleischlich ist, hintenansetzen und nach dem Geiste leben, bevor wir die Tiefen des Glaubens erforschen und ergründen wollen, denn der sinnliche Mensch erfaßt nicht, was des Geistes Gottes ist; der Geistige aber beurteilt alles.*«

Der Bärtige blickte in die Runde. Seine Vasallen hatten ihm zugetragen, daß einige an dem zweifelten, was er zuvor während der Konvente ausgeführt hatte. Auch wußte er, um welche Brüder es sich handelte. Doch ebendiese sah er nicht an und tat, als spräche er nur über ein allgemein interessierendes Thema:

»Für uns ist doch selbstverständlich, daß Erkenntnisse aus dem Glauben hervorgehen. Das ist ein Grundsatz auf dem auch Anselm von Canterbury aufbaut, wenn er ausführt: *neque enim quaero intellegere ut credam, sed credo ut intelligam.** Aus selbigen Quellen, also aus dem

* Ich (ver)suche nämlich, nicht zu erkennen, um zu glauben, sondern ich glaube, um zu erkennen.

Glauben, nämlich der Heiligen Schrift, leitete ich zum Beispiel ab, daß das Böse in der Welt existiert, und sage ich euch auch, daß das sofortige Urteil Gottes nach dem Tod und nicht erst am Tag des Jüngsten Gerichtes erfolgt.«

Pankraz bediente sich bei der zweiten Behauptung der gleichen Argumentation wie gegenüber dem Novizen Bertold. Dabei sah er, wie einige die Augen niederschlugen oder gar den Kopf gesenkt hatten, wohl aus Furcht, daß er aus deren Augen den Protest, wenn nicht gar den Widerstand zu lesen vermöge.

»Wenn man die unverrückbaren Glaubensgrundsätze denkend erwägt«, fuhr er fort, »so kommt man zwingend zum Schluß: Gott ist das Absolute aus sich und durch sich selbst. Somit kann das Bedingte, das auf Stoff und Form sich gründet, nicht aus ihm stammen. Vielmehr wurde es von Gott aus dem Nichts geschaffen. Woher aber kommen die Formen der Dinge, ihr Stoff und alles, was sie ausmacht? Darauf kann es nur eine Antwort geben: All das war zuvor im Verstand Gottes. Und alldem kommt eine Ewigkeit zu. Anders ausgedrückt: Gottes Verstand geht den tatsächlichen Dingen voraus.«

Pankraz nickte. Er schien zufrieden mit sich und der Erfolg für ihn schon greifbar, denn er trieb aufs Ende zu, auf die Quintessenz, die er angestrebt hatte. »Diese Musterbilder Gottes sind das *innere Sprechen* des HERRN«, sagte er und zog die nachfolgenden Worte in die Länge, jeden Laut betonend: »So verhält es sich auch mit unseren Gedanken, denn sie sind das *innere Wort im Menschen*.«

Der Bärtige atmete durch, als habe er einen Kraftakt vollbracht. Aber die Pause dehnte er länger aus, als er zum Luftholen bedurfte. Er ahnte, daß für viele Brüder seine Worte noch nicht zu Gewißheit geführt hatten. Und er hatte gelernt, wie wichtig es war, andere in Ungewißheit zu halten, besser noch, sie in diese hineinzustürzen, um sie ans rettende Ufer des Wissens zu ziehen, auf dem er selbst meinte zu stehen und zu dem er mit den Worten lockte:

»Weitgehend habe ich mich bei meinen Ausführungen auf Anselm von Canterbury gestützt. In seinem *Monologium* führt dieser weise Benediktiner aus, daß *der menschliche Geist ein kreatürliches Abbild des göttlichen Geistes ist und … gleich jenem memoria, intelligentia und amor** hat. Deshalb können und sollen wir Gott als höchstes Gut lieben, und er wird es uns danken. Er wird uns von seinen Ideen eingeben, nach denen wir die Welt gestalten können.«

Der Bärtige kokettierte mit leichten Bewegungen des Oberkörpers und fragte: »Was habe ich in den zurückliegenden Wochen anderes getan, als solchen Ideen zu folgen?«

Er deutete das Ende seiner Rede an, indem er ein Bein nach hinten setzte, als einer der Brüder einen Einwurf wagte: »Ist denn Anselm eine Autorität? Ich denke eher, wir sollten uns auf Abaelardus stützen.«

Der Abt ließ das Bein hinten stehen, aber nicht, um das andere nachzuziehen, sondern gleichsam als Haltung des Kampfes. Unmerklich duckte er sich, verfinsterte sich sein Gesicht, und dem Angreifer, dem Chorbruder Johannes, schleuderte er entgegen: »Jene, die gegen Anselm antreten, werden bei der Kurie in Ungnade fallen, wie es nämlichem Abaelardus geschah, der auf der Synode zu Soissons im vorigen Jahr verurteilt wurde.«

Der Bärtige fixierte zum ersten Mal während des Konventes einen anderen, und zwar jenen Bruder, der den Einwurf wider ihn gewagt hatte. Markwart stand ein gutes Stück von Johannes entfernt, zu dem er selten nur Kontakt gehabt hatte. Aber neben ihm deutete einer

* Gedächtnis, Erkenntnisvermögen und Liebe.

durch seine Unruhe an, daß er auch etwas sagen wollte. Es war der Bruder Sibrand, der früher öfter in der Schule ausgeholfen hatte und gewiß mehr von Theologie und Philosophie verstand als der Bärtige.

Doch war es nicht angebracht, sich ohne Überlegung gegen eine mörderische Macht aufzulehnen. Deshalb faßte Markwart die Hand des Bruders. Sibrand sah auf ihn und las aus den Augen und der Mimik des Pförtners, daß er im Begriffe war, seinen Hals zu riskieren. Mit einem Nicken deutete er an, daß er dies verstanden habe, und flüsterte, während die anderen aufgebracht murmelten: »Anselm hat nie davon gesprochen, daß uns Menschen göttliche Ideen eingegeben würden.«

Mit einer Handbewegung sorgte Pankraz für Ruhe und sagte von oben her zu Bruder Johannes: »Im Gegensatz zur Pfuscherei des Abaelardus ist die auf große und allgemeine Wahrheiten hinstrebende Spekulation auf der Grundlage Anselms möglich und notwendig. Die Universalien, das Allgemeine, die Arten und Gattungen sieht er als objektive Realitäten und nicht bloße flatus vocis* oder rein subjektive Bildungen. Und so sind auch meine Worte zu verstehen, sie bauen auf der Schrift und damit dem Göttlichen auf.«

Der Bärtige neigte seinen Kopf nach vorn und stierte auf die Brüder, damit ihm nicht wieder einer das Ende verdarb, und sofort setzten Beifallsbekundungen ein. Die Bündner hatten die verabredeten Worte vernommen.

Als der Lärm verebbt war und keiner mehr wagte, gegen Pankraz zu opponieren, senkte der Abt sein Haupt und faltete seine Hände.

»Laßt uns der Toten gedenken«, sagte er mit leiser Stimme. »Denn ihr wißt, das bedeutet nicht nur Erinnerung an die Verstorbenen. Wenn ich einen Namen aufrufe, tritt der Tote gewissermaßen unter uns. So sind wir

* Stimmhauch; gemeint ist die physiologische Hervorbringung von Lauten.

Lebenden einen Augenblick mit ihnen zusammen, und die Toten wissen, daß sie weiterhin zu uns gehören.«

Nach dieser Ankündigung nannte der Bärtige Abt Kolumban und Prior Ekkehard. Er scheute sich aber auch nicht, die getöteten Brüder zu rufen: Manegold und Salimbenes, Leonius und den Konversen Welfhard.

Das Gedenken schloß sich an, und schweigend verließen alle den Kapitelsaal, wie es der Regel entsprach.

Als Markwart ins Freie trat, sah er Ulrikus vor sich laufen und ahnte, daß ihm Sibrand folgte. Daraus formte sich in seinem Kopf eine Dreierrunde. Er hielt den Abstand zum Bibliothekar, bis dieser fast das alte Pilgerhaus erreicht hatte. Dort schloß er auf und fragte leise: »Kommst du mal zu mir?«

Ulrikus nickte unauffällig und lief weiter, als sei nichts geschehen. Der Pförtner steuerte seine Cella an und setzte sich auf sein Stühlchen. Wenig später klopfte Sibrand, der den Weg über die Ställe genommen hatte. Kaum war er eingetreten, hörte man einen rufen: »Hab ich doch mein Buch liegenlassen!«

Das war von Ulrikus nicht einmal gelogen. Markwart hatte es zwar in die Bibliothek zurückbringen wollen. Aber der kurzfristig anberaumte Konvent war ihm dazwischengekommen. Die beiden Gäste sahen einander ein wenig mißtrauisch an. Sie hatten die Monate zuvor so wenig Kontakt zueinander gehabt wie der Pförtner und Sibrand.

Markwart wollte die Barrieren zwischen ihnen dreien abbauen, indem er zu einem theoretischen Exkurs einlud und sagte: »Nach meiner Überzeugung ist Anselms Spekulation zugleich auch Meditation und Kontemplation.«

Darauf stieg sofort der Bibliothekar ein, und wenig später beteiligte sich auch Sibrand, dem sogar das Schlußwort im Disput zukam, indem er Anselm zitierte:

»Nun sei du bei mir, mein Gott, den ich suche, den ich liebe, den ich mit Herz und Mund bekenne, den ich mit ganzer Kraft lobe und anbete. Mein Geist, ganz dir sich hingebend, von deiner Liebe entflammt, nach dir strebend, mein Geist, der nur dich zu sehen verlangt, weiß nichts Süßeres, als von dir zu reden, von dir zu hören, von dir zu schreiben, dich zu besprechen, über deine Herrlichkeit häufig nachzudenken, auf daß die liebliche Erinnerung an dich inmitten der Wirrsale dieses Erdenlebens meine Ruhe sei.«

Daraufhin stellte Markwart fest: »Also hat Pankraz dem Anselm unrecht getan.«

»Zumal sein Vorgehen nicht zu akzeptieren ist«, fügte Ulrikus an. »Er bringt ein Zitat von Anselm oder einen Verweis auf ihn, und daran schließ er seine eigenen Gedanken an, als stammten die ebenfalls von Anselm.«

»Auch Abaelard hat er unrecht getan«, erklärte Sibrand. »Dieser wurde nämlich auf der Synode des Vorjahres nur wegen seiner nominalistischen Ansichten verurteilt. Aber keiner hat seine Ethik angegriffen. Und in dieser legt er Gewicht auf die Gesinnung, die unser Abt dringend benötigte. Abaelard meint nämlich, nicht erst die Tat, sondern bereits die Absicht begründet Sünde oder Tugend. Aber Pankraz ist von seiner Göttlichkeit überzeugt, davon, daß seine Gedanken den Dingen in der Welt vorausgehen. Und das hat mit Anselm gar nichts mehr zu tun.«

»Mehr noch«, sagte Ulrikus. »Der Abt ist nach meiner Überzeugung nicht einmal mehr ein Christ, denn seit Jesu und seinen Jüngern versucht das Christentum, das grandiose Selbst zu zügeln.«

Im nächsten Augenblick sprach der Bibliothekar in doppelter Lautstärke über die Architektur. Auch Markwart hatte das Scharren im Sand nahe der Tür gehört und tönte danach von den verschiedenen Mauerwerken. Da auch Sibrand verstanden hatte und belesen genug war, das eine oder andere zum Kirchenbau beizusteuern, traten die drei Männer, in dieses Gespräch vertieft, ins Freie und sahen eine Cuculle um die Ecke huschen.

Aber sie taten, als hätten sie nichts bemerkt, stellten sich mitten auf den Weg, wo leise Worte nicht belauscht werden konnten, weil sich in der Nähe keiner zu verbergen vermochte. Dort schwatzten sie noch ein Weilchen über die Architektur, wovon auch das Buch unter dem Arm des Bibliothekars zu handeln schien, wenngleich dessen Inhalt ein anderer war.

Beim Abschied sagte Markwart zu Sibrand, am Montag erwarte er ihn nach der Non. Und beiden gab er geflüsterte Worte auf den Weg mit: »Euch lasse ich jederzeit hinaus, wenn euch der Boden hier zu heiß wird.«

* * *

Aus dem Tagebuch des Novizen Bertold
(29. April 1122)

Der Samstag hat schon angefangen, doch ist noch nicht die Prim herangerückt. Zum Schreiben meines Tagebuchs habe ich die Lichter wieder angezündet. Denn fast die ganze Nacht saß ich im Dunkel.

Dabei hatte alles harmlos angefangen. Ich war bei unsrem Abt gewesen und wollte prüfen, ob er mich schon wieder drängte. Das tat er nicht, und so entschloß ich mich zu bleiben, bis mein Bild vollendet ist. Freilich hab ich Pankraz nur gesagt, ich sei vernarrt in meine Kunst. Er wähnte wohl, mich über diesen Drang an sich zu binden, und erlaubte mir deshalb, auch in der Nacht zu malen.

Mit Feuereifer ging ich an mein Werk, das ich nun verstehe als eine Abrechnung mit Abt Satanas. An der Hölle war noch viel zu tun und auch am Himmel. Diese beiden Teile müssen fertig werden, bevor ich Pankraz aus dem Feuer steigen lassen kann.

Ich war so sehr vertieft, daß ich die Geräusche zunächst nicht wahrgenommen habe. Ich mußte aus der Tiefe meines Tuns auftauchen, um zum Irdischen zurückzukehren. Und da hörte ich ein Scharren. Ich wandte mich zum Fenster um und sah gleich wieder auf mein Bild.

Die von unten konnten meinen Umriß sehen, weil ich zwischen Fenster und den Kerzen stand. Mir hingegen blieb die Sicht verwehrt, da sich das Licht in den Butzen brach. Also löschte ich die Kerzen und ging erneut zum Fenster hin. Leider ist das Glas nicht glatt, und so sah ich nur verschwommen, wie einige Gestalten aus dem Kloster gingen. Den einen führten sie in ihrer Mitte, als sollte er am Fliehn gehindert werden.

Ich nahm allen Mut zusammen, hob den Riegel jenes Fensters hoch und schob den Flügel ein kleines Stück hinaus. Mit einem Auge sah ich durch den schmalen Spalt. Im Licht der Sterne erkannte ich den Bruder, den sie auf den Wald zu zerrten. Es war Jarich, der die Tiere pflegt. Und jene, die ihm die Gewalt antaten, hatten ihr Gesicht vermummt.

Draußen fing es an zu regnen, als weinte der Himmel seine Tränen. Und ich fing an zu zittern, denn mir war aufgegangen, wie des Abtes Leute auch Burchard und Tutilo aus dem Kloster brachten. Noch am Morgen, indes ich diese Worte niederschreibe, zittern mir die Hände. Was mag mit Tutilo geschehen sein, was mit Bruder Burchard? Was verbrachen die Büttel unsres Abtes Satanas in dieser Nacht?

All das weiß ich nicht. Doch wächst in mir der Wunsch, diese Fragen aufzuklären. Dazu jedoch brauche ich Vertraute. Ob ich den Ulrikus fragen kann, vielleicht den Pförtner Markwart?

Noch bin ich nicht entschlossen, als ich wieder Schritte höre. Zum zweiten Mal lösche ich die Lichte und schleiche mich zum Fenster, das jenen Spalt noch offensteht, Diesmal seh ich nur, wie Männer in Cucullen aus dem Kloster gehen, und andre treten ein. Zwei von denen kommen gar ins Pilgerhaus.

Ich lauschte eben an der Tür, aber die zwei sind wohl im Erdgeschoß geblieben, und was sie in den Krankenzimmern tun, das will ich auch erkunden.

Draußen kündigt sich der Morgen an. Nicht zum ersten Mal sehe ich aus diesem Raum, wie es immer heller wird. Aber zum ersten Mal habe ich eines der Fenster ein kleines Stück geöffnet. Und so habe ich zum ersten Mal die Schritte wahrgenommen, die, so glaube ich inzwischen, jede Nacht ertönen. Das kann nicht einmal der Pförtner wissen, weil er der Klosterordnung unterworfen ist und nächtens nur die Vigil besuchen darf.

* * *

Markwart war losgegangen. Die Meßgeräte, die er bei sich führte, sollten wieder als Alibi dienen. Er beabsichtigte, den vom nächtlichen Regen aufgeweichten Boden nach Spuren zu untersuchen, weil inzwischen auch zu ihm die Kunde vom Verschwinden Jarichs gedrungen war.

Seiner Erfahrung gehorchend, ging er an der Mauer entlang, zunächst nach Norden zu den Ställen, wo er zwei der Konversen sah, die offenbar die Aufgaben des Tierpflegers übernommen hatten. Dabei ging ihm auf, daß der Abt und seine Getreuen in der Nacht gleich mehrere ihrer Probleme gelöst hatten.

Mit Jarich hatten sie einen ihrer Gegner verschwinden lassen. Somit war es ihnen auch gelungen, die Opposition zu dezimieren und ihr gleichzeitig einen Zufluchtsort zu nehmen. Denn die beiden Konversen, die sich nunmehr in den Ställen umhertrieben, waren wohl Pankrazens Lauscher, die überdies in gefährliche Nähe der Cella ostiarii gerückt waren.

Trotz seiner Überlegungen hatte Markwart auf den Boden gesehen. Nun nutzte er wieder einmal seine Meßgeräte, um mögliche Beobachter zu täuschen, und folgte hiernach dem Verlauf der Mauer an der Coquina vorbei. Den Kreuzgang ließ er links liegen, auch das Dormitorium. Aber nirgends fand er eine Auffälligkeit, auch nicht bei den Gärten, nicht als er um den Friedhof zur westlichen Mauer schwenkte.

Doch plötzlich blieb er stehen, wandte sich gen Osten und brachte den Diopter in Anschlag. Allerdings sah er kaum hindurch, sondern schielte nach rechts, wo vom halbzerstörten Abthaus Bruder Engilbert mit seiner Wache kam. Auch sie suchten den Boden ab.

Markwart tat, als habe er sie nicht bemerkt. Erst als jener rief, der am dichtesten an der Mauer ging, setzte er den Diopter ab und blickte grimmig, als sei er gestört worden. Gleich darauf ertönte ein Ruf, und die Mitglieder der Wache eilten zur Mitte der westlichen Mauer.

Bevor der Pförtner den Schauplatz erreichte, waren viele Neugierige herbeigeströmt, so daß er über die Schultern anderer Brüder blicken mußte und seine Augen nichts erhaschten. Die Worte allerdings drangen deutlich an sein Ohr.

»Da ist ja die Leiter«, sagte Engilbert und forderte seine Leute auf, keinen an das Corpus delicti heranzulassen, während er die in den weichen Boden geprägten Fußspuren verfolgte. Weil ihn die Neugierigen im Wege standen, scheuchte er sie mit Worten und Handbewegungen auseinander.

In die entstehende Gasse trat er hinein. Zwar waren viele der verdächtigen Spuren schon von anderen überlagert, jedoch nicht an der eingeebneten Stelle, an der das abgebrannte Haus gestanden hatte, und auch nicht zur Kirche hin, wo sie endeten.

Als er zu seinen Leuten zurückkehrte, die an der Leiter verblieben waren, sagte er: »Damit scheint alles klar: Jarich ist nicht ins Dormitorium gegangen, sondern hat sich im Gotteshaus verborgen. Die Leiter hatte er irgendwo versteckt, und als alle schliefen, ist er mit ihrer Hilfe über die Mauer gestiegen. Von oben hat er sie umgeworfen, weshalb wir sie nicht gleich fanden.«

In diesem Augenblick kam Pankraz herangeschlendert. Er hatte die letzten Worte gehört und fügte an: »Dabei hatte er keinen Grund, das Kloster zu verlassen. Schließlich kann ja ein jeder seine Meinung sagen.«

Markwart hingegen fürchtete, daß Ulrikus und Grimaldus die nächsten sein könnten, die deportiert würden. Auch folgte er nicht den Ansichten Engilberts, denn er sah Spuren von der Kirche bis in die Nähe der Mauer, bei denen der linke Schuh ein S im weichen Boden hinterließ.

Er kehrte zurück zu seiner Cella. Und als sich alles beruhigt hatte, schlüpfte er aus der Pforte hinaus und schloß von draußen ab. Dann eilte er die Mauer entlang bis zu deren westlicher Seite.

Dank seiner Meßgeräte fand er rasch und genau jene Stelle, an der von innen die Leiter angelegt worden war. Aber sosehr er auch suchte, selbst im weichen Boden war keine einzige Spur auszumachen. Also war der Weg eines Mannes zur Mauer und das Anlegen der Leiter nur fingiert gewesen.

Damit schien gesichert, daß der Mann mit dem S in der Sohle zum Kloster gehörte.

XVII

Am Sonntag wurde die Natur von der Frühlingssonne durchwärmt. Das nutzten die meisten Brüder, sich nach der Terz ein wenig zu ergehen. Auch Markwart tat das und hoffte diesmal zu sehen, was sich ihm bei schlechterem Licht verborgen hatte. Denn nicht zum ersten Mal suchte er, wo das Rohr enden könne, durch das die Sakristei belauscht wurde.

Grimaldus hatte seine Unterstützung zugesagt. Wenn auch am Tag des HERRN nicht gearbeitet werden durfte, erlaubte er sich einige Hammerschläge, ging es doch schließlich ums unverzichtbar Liturgische. Fünf Minuten des Lärms hatte er seinem alten Freund zugesagt. Und so ließ er wieder und wieder den Hammer auf eine Eisenplatte fallen.

Markwart lief draußen hin und her, sah nach oben, beugte sich zu den Ameisen, die sich an der Wärme erfreuten. Für ihn jedoch gab es keinen Grund zum Jubeln. Dennoch mochte er dem Sakristar keine fehlerhafte Beobachtung unterstellen, schon gar keine Lüge, und so ging er ohne Ergebnis zu seiner Cella zurück.

* * *

Aus dem Tagebuch des Novizen Bertold
(29. April 1122)

In der Nacht zum Sonntag habe ich beschlossen, jenem zu vertrauen, der oft in unsrer Schule war. Deshalb lief ich nach der Terz dem Bruder Sibrand hinterher. Er sprach mit zwei andren Mönchen. Und alle drei gingen im Kreuzgang hin und her.

Das machte mir die Sache leicht. Ich setzte mich ins Gras und tat, als zählte ich die Halme. Meine Geduld hat sich bald ausgezahlt, als zwei der Brüder zu den Gärten gingen und Sibrand ganz allein zum Gotteshause hin strebte. Da stand ich auf und hab ihn angesprochen. Ich beschwor die alten Zeiten, als er oftmals in die Schule kam. Und von dieser Basis aus teilte ich ihm mit, was mir alles nicht gefiel.

Er zog mich fort von den andren Brüdern. Zu den Gärten gingen wir, wo sich selten jemand aufhält. Dort sagte ich, was in der Nacht passierte, als ich aus dem Fenster sah, und Sibrand hat gestanden, daß er nie dran glaubte, was Engilbert behauptet hat. Auch versprach er mir, es werde sich der Widerstand entfachen gegen des Abtes Machtbesessenheit. Ich sollte ihn am Montag wieder fragen, wenn die Mittagszeit vorüber ist.

Nun bin ich wieder frohen Mutes, daß ich länger bleiben kann. Denn Riess ist mir ans Herz gewachsen, auch viele meiner Brüder hier. Jedoch muß es erst gelungen sein, den Satanas hinauszujagen. Des weiteren erwarte ich, daß die Lehrer wiederkehren und der Schulbetrieb wiederaufgenommen wird.

* * *

Zur vierten Stunde, also zu der Zeit, für die Benedikt zwischen Ostern und dem 10. September die Lesung gotterfüllter Bücher vorgegeben hatte, kam Hartmann zur Cella ostiarii. Äußerlich war das ein Zeichen dafür, daß es mit den Lesungen seit Pankrazens Amtsantritt nicht mehr ernst genommen wurde. Und Hartmann fühlte sich zusätzlich von der Bibliothek abgestoßen, seit sich die Bücher zweifelhaften Inhalts mehrten.

Bevor Markwart fragen konnte, weshalb ihn der Bruder beehrte, sprudelte sein Gast heraus: »Mein Gruppenleiter hat mich gefragt, ob ich in ein Dorf mitkommen wolle, in jenes, das uns nach seiner Aussage bald zufallen wird.«

»Was sollst du da?«

»Die Bauern überzeugen, und wovon, das wird uns Notker morgen vor dem Mittag klarmachen.«

»Wirst du annehmen?«

»Dumm wäre ich, schlüge ich das Angebot aus. Es ist eine einmalige Gelegenheit, die tatsächlichen Verhältnisse in den Dörfern kennenzulernen, in denen die Laienbruderschaften schon seit Wochen aktiv sind.«

»Wenn Verstärkung hingeschickt wird, sieht es so aus, als ob die nicht viel erreicht hätten. Oder sie wollen uns auseinanderreißen.«

»Wie dem auch sei. Ich gehe hin. Das wollte ich dir sagen, weil ich also morgen nicht zur Vermessung kommen kann.«

»Du begibst dich in Gefahr«, warnte Markwart.

»Kann sie größer sein als hier?« entgegnete ihm Hartmann und wies auf die Tür, vor der Kies unter Sohlen knirschte. Markwart schob seinem Gast ein Stück Pergament und einen Griffel hin, und während sich beide Männer über den Goldenen Schnitt unterhielten, schrieb der jüngere:

Ich fürchte, die sind schon längst hinter uns her. Und also kann für uns alle nur gut sein, wenn ich ein paar Tage verschwinde. Ihr solltet euch jedenfalls nicht mehr hier unterhalten.

Markwart nickte, sagte eine Berechnungsformel auf, die er frei erfunden hatte, und schrieb:

Melde dich bei mir, wenn du zurückkommst.

Rasch vergingen die Stunden, bis Markwart seinen jungen Freund bei der Pforte wiedersah. Diesmal ging er in Reih und Glied mit den anderen neun Brüdern seiner Gruppe, und eine zweite folgte unmittelbar darauf. Draußen warteten bereits einige Mann vom Fußvolk in leichten Rüstungen, mit kurzen Schwertern und einem Schild ausgerüstet.

Ein Augenzwinkern mußte Hartmann und dem Pförtner zum Abschied genügen. Beide wußten, wie sie füreinander empfanden und wie sie umeinander bangten.

Markwart traten sogar die Tränen in die Augen. Deshalb schloß er rasch die Pforte, sobald der letzte hinausgegangen war, und zog sich in seine Cella zurück. Doch auch an diesem Ort fand er seine Ruhe nicht, und der ihn besuchte, glich einem Leichnam.

Der Pförtner sprang von seinem Stühlchen auf und drückte den Bibliothekar hinein. »Bist du krank?« fragte er.

»Ein wenig schon«, lautete die Antwort.

»Und warst du bei Bruder Tobias?«

»Nachher gehe ich zu ihm. Noch ist er mit einem anderen Kranken beschäftigt.«

Weil Markwart schwieg, fuhr sein Gast fort: »Ich habe in den letzten Tagen noch eine Menge herausbekommen, und das hat dazu beigetragen, daß ich mich nicht wohl fühle. Da wäre zum Beispiel ...«

Weiter kam Ulrikus nicht, weil ihm der Pförtner den Mund zuhielt. Wieder war das Knirschen des Kieses zu hören gewesen. Deshalb sagte Markwart laut: »Gegen die Erkältung hilft warme Milch mit Honig. Und selbstverständlich ist frische Luft gut. Komm, wir gehen ein Stück spazieren.«

Dem Bibliothekar gab er keine Gelegenheit zum Einspruch, indem er die Tür öffnete und einen Augenblick wartete, damit der oder die Lauscher sich verbergen konnten, bevor er hinaustrat. Ulrikus folgte ihm und wollte zu den Ställen hinuntertappen. Aber der Pförtner hielt ihn zurück und zog ihn in die Mitte zwischen den Gebäuden. Hier konnte sie zwar ein jeder sehen, doch für die Lauscher bestanden kaum Möglichkeiten, ihre zweifelhafte Pflicht zu erfüllen.

Damit sie keine Wurzeln schlugen, gingen sie auf dem breiten Weg hin und her. Dabei begann Ulrikus zu flüstern: »Einen Teil der Vergehen, an denen ich beteiligt war, habe ich dir bereits offenbart, heute beichte ich den zweiten: Alle Brüder werden belauscht, allerdings nur noch von Engilbert und seinen Leuten, seit ich mich verweigere. Und sie haben sich Methoden ausgedacht, die ich nicht sämtlich kenne. Zweitens: Pankraz und seine Leute greifen zum Schlimmsten, nämlich zum Mord. Das ist mir erst in den letzten Wochen aufgegangen. Zwar wird bei den Versammlungen des Führungskreises darüber nicht gesprochen, aber ich habe sie mit ihren Mitteln geschlagen und habe gelauscht.«

Nach diesen Worten holte Ulrikus Luft und fragte: »Weißt du, weshalb Manegold umgebracht wurde?« Er wartete kaum das Kopfschütteln des Pförtners ab und setzte fort: »Er hat das Feuer in der Cella infirmorum gelegt, das Feuer, das aus Teilen meiner Bibliothek einen Aschehaufen machte.«

»Weshalb?« fragte Markwart, den diese Mitteilung erstaunte, aber kaum mehr überraschte.

»Das weiß ich nicht genau. Aber ich vermute, das wurde getan, damit die Krisis unseres Klosters so groß wird, daß Pankraz gerufen werden mußte. Und wohl auch, um die Bücher zu vernichten, die ihn und seine Brüder an die christlichen Pflichten gemahnen. Das ist zwar nicht gelungen. Aber alle Schriften, die hinzugekauft wurden, könnten oder sollten sogar fürs Kloster verboten werden.«

Ulrikus sah auf den Pförtner. Doch dieser schwieg. Er wollte mehr hören, wagte allerdings nicht zu drängen.

»Dann ist noch Bruder Salimbenes umgebracht worden, weshalb, weiß ich nicht. Doch ist mir bekannt, daß auch er mit Pankraz schon lange unter einer Decke steckte. Vielleicht wußte er einfach zuviel, etwa von Amtsanmaßungen oder über die wahren Absichten des Bärtigen.«

»Und wer hat die Morde verübt? Wer hat sie in Auftrag gegeben?«

»Den oder die Täter kenne ich nicht, vermute aber, daß für solch schmutzige Geschäfte die Leute Engilberts zuständig sind. Was den Auftraggeber betrifft, braucht man wohl nicht zu mutmaßen, denn im Kloster kann nichts ohne Willen und Kenntnis Pankrazens geschehen. Und kein zweiter weiß nur annähernd so viel wie er. Der Bärtige mißtraut allen, und deshalb hält er viele Fäden allein er in der Hand. Ich vermute, daß er alle Angelegenheiten, die ihm gefährlich werden könnten, unter vier Augen ausmacht. Falls dann einer abtrünnig wird, steht Aussage gegen Aussage, und dabei gewinnt wohl immer der Obere des Klosters.«

»Das leuchtet mir ein«, sagte Markwart und wollte mit Fragen das Gespräch vorantreiben. Doch der Bibliothekar erklärte: »Ich muß zurück, sonst überlebe ich nicht den heutigen Tag.«

»Weshalb willst du überhaupt zurück?« drang der Pförtner auf ihn ein.

»Ich habe dem Bösen meine Hand gereicht. Nun mußt ich auch gegen das Böse stehen.«

»Das kannst du nicht allein.«

»Aber ich kann auch nicht fliehen.«

»Bitte, Ulrikus!« flehte Markwart und griff seinen alten Freund bei den Schultern. »Bitte sei nicht stur! Du kannst uns noch viel helfen, aber nur, wenn du lebst. Denn du weißt mehr, als du mir offenbart hast. Deshalb mußt du das Kloster augenblicklich verlassen und dich irgendwo verbergen. Nach einigen Tagen läßt du uns ein Zeichen zukommen, und wir organisieren hier unterdes den Widerstand. Doch ehe wir den Aufstand wagen, benötigen wir dein Wissen.«

»Ich kann nicht«, schüttelte Ulrikus den Kopf. »Ich kann keinem in die Augen sehen. Nie mehr vermag ich das, denn ich habe Tutilo und sogar dich verraten.«

»Keiner wird dir Vorwürfe machen, wenn du hilfst, Pankraz aus dem Kloster zu vertreiben und auch all jene, die ihm die Treue halten.«

»Gott wird mich auch verdammen«, sagte Ulrikus. Er löste sich aus Markwarts Händen und schlich zur Bibliothek.

Am Montag, nach der Terz, kam Heimbrecht zur Cella ostiarii. Markwart hatte für den Konversen beim Abt eine Freistellung für die Vermessung erwirkt, und da der junge Mann bereits in der Vorwoche mit den anderen losgezogen war, hatte er sich die notwendigen Grundkenntnisse angeeignet, um an diesem Tag Hartmann zu vertreten. Sibrand hatte der Pförtner hingegen abgesagt, um nicht die Beobachter des Abtes mit der Nase auf den ganzen Keim des Widerstandsnestes zu stoßen.

Beide Männer gingen den Hauptweg zur Kirche hin, wo sie Grimaldus erwartete. Mit ihm hatte Markwart ausgemacht, das Versteck der Lauscher zu entbergen, die dem Sakristar einen Schrecken nach dem anderen einjagten. Dabei mußten sie allerdings unauffällig vorgehen, nicht nur ihrer eigenen Unversehrtheit wegen, sondern auch weil die Lauscher sich so sicher fühlen sollten wie in den letzten zwei Wochen. Nur wenn sie ungeniert auf ihrem Posten husteten oder sich räusperten, wußte Grimaldus, daß sie noch da waren.

»Mir ist eine Gefahr lieber, die ich kenne«, betonte er noch einmal bei der Begrüßung. Als sie dann zusammen zur Westseite der Kirche zogen, schwiegen sie. Da sie nicht wußten, wo die Lauscher sich verbargen, blieb ihnen auch verschlossen, wohin sie ihre Ohren richteten. Heimbrecht hatte in der Cella ostiarii erfahren, worum es ging, und die beiden Alten hatten sich mehrfach darüber verständigt, so daß sie Mißverständnisse untereinander nicht erwarteten.

Sie vermaßen, schlugen kleine Stöckchen zur Markierung in die Erde. Nicht lange brauchten sie, um auf diese Art einen Bogen zu schlagen, der fast bis an die Mauer heranreichte. Kaum waren sie damit fertig, trat der Abt um das südliche Querschiff. Sein Erscheinen konnte kein Zufall sein. Doch wer Pankraz informiert hatte, blieb den drei Brüdern verschlossen, denn etliche waren vorbeigegangen, als sie arbeiteten.

»Was wird denn das?« fragte der Bärtige und lächelte, als könne er kein Wässerchen trüben.

»Die westliche Apsis«, antwortete Markwart.

»Und die Querschiffe?«

»Das äußere, in dem die Bibliothek und die Sakristei Platz finden sollen, erstreckt sich etwa auf der Höhe des abgebrannten Hauses. Das vermögen wir ohne Schwierigkeiten zu vermessen und abzustecken, weil uns nichts im Weg steht. Aber das an die Längsschiffe anschließende stellt uns vor Probleme. Auf der einen Seite steht das Dormitorium, auf der anderen das Abthaus.«

»Ihr müßt ja auch nicht jedes Detail vermessen, zumindest heute nicht in einer Genauigkeit, die erst in Monaten erforderlich sein wird.«

»Aber das Abthaus wird ja gewiß bald abgerissen«, sagte der Pförtner. »Dann können wir von Süden her exakt vermessen.«

Bei dieser Rede hatte Pankraz sein Lächeln vergessen und sagte barsch: »Die Kirche wird nicht heute errichtet. Also müßt ihr nicht alles vermessen!«

»Nur grob umreißen werden wir sie, und zwar um den Gesamtplan zu ermöglichen«, sagte Markwart, um den Bärtigen nicht zu reizen und den Vermessern alle Möglichkeiten offenzuhalten.

»Na, heute habt ihr mit dem äußren Querschiff zu tun, da stört euch nichts«, sagte Pankraz im Tonfall eines Befehls. Hiernach fand er zum Lächeln zurück und flötete mit aufgesetzter Freundlichkeit: »Bruder Markwart, bring mir doch bitte einmal den Plan der Kirche vorbei. Ich will ihn in den Klosterplan einfließen lassen.«

»Nach der Sext komme ich«, versprach der Pförtner.

Der Abt nickte und ging. Hiernach taten Grimaldus und Markwart, was sie zuvor abgesprochen hatten. Sie täuschten gemeinsam mit Heimbrecht, der nicht ahnte, worum es ging, zwischen der Mauer des Klosters und dem Seitenschiff der Kirche Vermessungen vor. Dabei achteten sie peinlichst darauf, daß sie sich nicht lange am Gotteshaus aufhielten.

Als sie kurz vor der Sext ihre Bemühungen abbrachen, schaute keiner von ihnen mit Freude in die Welt. Die zwei Alten achteten nicht auf den Weg, so daß der Konverse ihnen mehrmals sagen mußte, wohin sie traten. Das aber änderte sich inmitten des breiten Weges. Markwart blieb stehen und zwang die beiden anderen, ebenso zu handeln, weil er mit einem fachlichen Disput begann. In die laut gesprochenen Worte, streuten die Männer geflüsterte Satzfetzen ein, die sich in den Köpfen zu folgendem Gespräch fügten:

»Von außen ist die Mauer geschlossen«, sagte Markwart. Seine Freunde verstanden, daß er damit meinte, daß nirgendwo ein Rohr heraustrat, und zuvor hatten sie sich geeinigt, daß solch eine Lauschröhre nicht übermäßig lang sein konnte.

»Auch kein Versteck, in dem sich die Zuhörer aufhalten«, entgegnete Grimaldus.

»Also müssen sie im Grab des Gründers sein.«

»Deshalb wurde die Mauer hochgezogen«, sagte der Sakristar, »und die ist so gebaut, daß einer, der dahinter sitzt, sein Ohr an die Wand legen kann, hinter der ich arbeite.«

»Also müßte das Rohr nur eine oder zwei Ellen in der Länge betragen.«

Auf diese Worte des Pförtners nickte Grimaldus und fragte: »Nur, wie kommen sie hinein?«

»Vielleicht durch die Tür?« mutmaßte Heimbrecht.

»Wenig wahrscheinlich«, entgegnete der Sakristar. »Denn sie haben mich schon belauscht, bevor die Tür eingefügt wurde.«

»Habt ihr vorhin Pankraz beobachtet?« fragte Markwart und ließ den beiden anderen keine Zeit zur Reaktion, als er flüsterte: »Der wurde ernst, als ich das Abthaus erwähnte. Womöglich birgt diese Ruine das Geheimnis.«

Auf diese Worte nickte Grimaldus, und im nächsten Augenblick lief er mit wehender Cuculle zu seiner Sakristei. Zwar hatte er Holzkohle auf die Glut der Terz gelegt, so daß er gleich Weihrauch verdampfen konnte. Aber ihm blieb noch nicht einmal hinreichend Zeit, die Kerzen zu entzünden. Das ahnte Heimbrecht, der ihm hinterhereilte, um dem Säumigen zu helfen, während Markwart die Geräte zurücktrug.

Als er sie in seiner Cella ablegte, schloß er die Tür nicht und atmete erleichtert auf. Ulrikus und der Novize traten aus dem ehemaligen Pilgerhaus. Zwar sah der Bibliothekar blaß aus und schien zu zittern, aber er lebte. Markwart nahm sich vor, ihn noch einmal zu drängen, das Kloster zu verlassen.

* * *

Aus dem Tagebuch des Novizen Bertold
(30. April 1122)

Ulrikus macht mir Sorgen, nicht nur, weil er schweigsam ist und in letzter Zeit so blaß und zitterig. Über ihn gehen Gerüchte um. Er sei nicht ganz bei Sinnen, sagen welche. Andere behaupten, ein Geist habe ihn ergriffen. Dritte sind gar überzeugt, er sei nunmehr im Alter, in welchem der Verstand von vielen Menschen flieht.

Das alles ist gelogen. Zwar ist Ulrikus seit Tagen schon zerstreut. Er vergißt so manches, andres wirft er durcheinander. Aber das ist nicht die Folge einer Krankheit. Was dem zugrunde liegt, ist allein die Angst. Das wird mir klar, wenn ich in seine Augen sehe und er meinen Blick nicht aushält, wenn er aus dem Fenster schielt, ob einer kommt, der ihm an den Kragen will, auch wenn er sich duckt, sobald der Abt auftaucht.

Was sich mir verbirgt, ist nur, was ihn so ängstlich macht. Wie gern würde ich ihm helfen. Doch er flieht stets, wenn ich zu ihm komme. Und falls er mit mir sprechen muß, schiebt er vor, was keinen Menschen interessiert.

Ich war schon bei Sibrand, habe ihn gefragt, ob er nicht wisse, was Ulrikus auf der Seele läge. Leider wußte er nicht mehr als ich, und so sind wir ahnungslos zurückgegangen. Er zu seiner Arbeit und ich zu meinem Bild. Aber heute kam ich nicht zum Malen, weil es mich bedrückte, wie sich Ulrikus quält, und weil ich nicht mehr weiß, wie ich ihm zur Seite stehen kann.

Deswegen kochte in mir eine Wut, wie ich sie nie zuvor verspürte, wie sie auch einem Novizen gar nicht ansteht. Denn wer sollte die Angst hervorgerufen haben, die Ulrikus zittern macht, wenn nicht jener Abt, den ich als Satanas bezeichne. Mit eignen Augen sah ich, wie seine Vasallen den Jarich aus dem Kloster schleppten. Er wußte zu verhindern, daß Zeugen sahen, wie Salimbenes starb oder auch Bruder Manegold. Angeblich weiß niemand, wie Leonius zu Tode kam.

Ich würde mich nicht wundern, wenn hinter den Verbrechen der Satanas zu finden ist. Kaum denk ich dies, da geht mir auf, was ich in einem Buch gelesen habe, das fürs Volk geschrieben worden war. In dem fand ich eine Folge der fürchterlichsten Sünden.

Die begannen mit der Völlerei, stiegen auf zur Unzucht und zur Habsucht, zu Jähzorn, Trübsal und Verdrossenheit, noch übler war die Eitelkeit, auch der Hochmut, die Wollust und die Üppigkeit. All das soll führen zum Aufruhr gegen Gott und zum Aufruhr des Fleisches gegen unsren Geist.

Damit ist wohl aufgezählt, was Satanas verbricht. Die Völlerei habe ich gerochen, als im Wald gebraten wurde. Die Unzucht habe ich mir denn doch nicht eingebildet. Sie entstammte keinem Traum, sondern hat sich nächtens hier ereignet. Und Unzucht ist es auch, dem Bischof zu unterstellen, er hätte seine Fleischeslust befriedigt. Die Habsucht, die als folgendes genannt ist, hat unser Abt schon oft bewiesen.

Das Pergament ist mir zu schade, alle Sünden aufzuzählen, die der Bärtige ins Kloster eingetragen hat. Für mich wird es nun hohe Zeit, den Ort der Sünde zu verlassen. Deshalb will ich in den nächsten Tagen angestrengt an meinem Bilde malen. Vielleicht gelingt es mir schon nächste Woche, den Satanas hinzuzufügen, wie er aus der Hölle steigt. Er wird bärtig werden und jenem gleichen, der für Ulrikus diesen Ort zur Hölle macht.

* * *

Am Montag nach der Vesper, als geschwiegen und gelesen werden sollte, klopfte einer an der Cella ostiarii. Markwart war erstaunt, daß auf seine Aufforderung hin Johannes eintrat, der während des letzten Konvents gewagt hatte, dem Abt zu widersprechen.

Auch er war schon seit Jahren Mitglied der Abtei. Dennoch hatten beide Brüder bislang nur wenige Sätze gewechselt, was für die jüngste Zeit verwundern konnte, seit weniger als fünfzig Chorbrüder auf Riess geblieben waren.

In früheren Jahren, als ihre Zahl um die dreihundert schwankte, hatten sich notwendig Gesprächskreise und Freundschaften herausgebildet, deren Kehrseite war, daß zu den übrigen Brüdern nur lockere Beziehungen bestanden. So hatte es sich auch stets zwischen den beiden Männern verhalten, die nun einander auf engstem Raum gegenüberstanden.

Der Gast nahm dem Pförtner die Last, das Schweigen zu brechen, indem er fragte: »Willst du mal sehen, was mir mein Einwurf gegen Pankraz eingebracht hat?«

Eine Antwort wartete er nicht ab und streifte den linken Ärmel seiner Cuculle nach oben. Am Unterarm erkannte Markwart rote Striemen. An zwei Stellen war sogar die Haut aufgeplatzt und die entstandene Wunde verschorft.

»Wie das?« fragte der Pförtner.

»Ich mache täglich meinen Spaziergang über den Kreuzgang, an der Coquina vorbei, bis zu den Ställen. Du mußt wissen, ich bin mit Schweinen und Rindern aufgewachsen. Die Tiere gehören gleichsam in meine Kinderstube. Aber daran konnte ich vorhin nicht denken. Denn kaum war ich zwischen den Ställen angelangt, kamen vier oder fünf der Konversen herausgesprungen und haben mich mit Gerten geschlagen.«

Markwart nickte und stellte sich auf die Zehenspitzen, als wollte er seinem Gast über die Schulter blicken, der daraufhin versicherte: »Freilich habe ich auch auf Rükken und Brust Hiebe abbekommen.« Zum Beweis zog er die Cuculle am Hals nach unten. Markwart konnte in den entstandenen Ausschnitt schielen und sah auch dort Wundmale, die gleich Strichen die Brust überzogen.

»Das waren bestimmt die ...« Markwart unterbrach seine Rede und täuschte einen Hustenanfall vor. Um ein Haar hätte er sein eingeborenes Mißtrauen vergessen und eine Tirade auf die Verbrecherbande abgelassen, der Pankraz vorstand. Er erinnerte sich, daß ähnliches wie Johannes dem Lehrer Bernus widerfahren war, und sofort hatte er sich eine List erdacht.

»Das waren bestimmt oder auch nur vielleicht die gleichen Konversen, die vor Wochen Bernus verprügelt hatten«, sagte Markwart im zweiten Anlauf. Er wagte nicht, seine Freude zu zeigen, daß er die Kurve bekommen hatte. Doch in seiner Stimme schwang etwas Behagen mit, als er stirnrunzelnd anfügte: »Hoffentlich geht es dir nun nicht ebenso wie Bernus.«

»Dieser Verdacht überkam mich auch sofort«, sagte Johannes und fragte: »Weißt du, wohin er gegangen ist?«

»Gern wüßte ich das, zumal ich ihn ebenso mochte wie die drei verschwundenen Brüder.« Mit diesen Worten hatte sich Markwart keine Falle gestellt, denn alle, die schon Jahre auf Riess lebten, wußten das.

Ein Weilchen standen beide Männer wortlos einander gegenüber. Der Pförtner ahnte, daß sein Gast auf seine Neugier baute. Doch die unterdrückte er, so daß Johannes genötigt war, eine Antwort zu geben, ohne daß eine Frage geäußert worden war:

»Ich bin zu dir gekommen, weil ich hörte, daß du mit den Verhältnissen in unserer Abtei nicht einverstanden bist.«

Markwart sah zu Boden, damit ihm Johannes nicht in die Augen schauen konnte.

»Ich bin nämlich auch gegen Pankraz«, bekannte der Gast.

»Das habe ich auf dem Konzil vernommen«, sagte Markwart, wurde sich aber im selben Augenblick bewußt, daß Johannes weniger dem Abt widersprochen hatte als eher dem Anselm, dem er den Abaelard entgegenstellte. Auf diese Art hatte er dem Bärtigen sogar Argumente für dessen weitere Rede geliefert.

Johannes nickte. Er spürte, wie sich der Pförtner sperrte, und sagte: »Vielleicht sehen wir uns bald wieder.« Daraufhin verabschiedete er sich und ging.

Kaum war Markwart wieder allein, bestürmten ihn seine Zweifel. Hatte er in seinem Mißtrauen richtig gehandelt und einen Aufdringling von sich ferngehalten? Oder hatte er einen potentiellen Verbündeten verprellt? Im Unterschied zu Heimbrecht meinte er, diesmal keine Zeit zur eingehenden Prüfung mehr zu haben. Sein Gefühl sagte ihm, daß die Situation auf eine Entscheidung hindränge, und die versuchte er, für sich zu erzwingen.

Er riß ein Schnipsel vom Pergament ab und schrieb darauf drei Fragen:

1. Kennst du Johannes näher?
2. Wurde er geprügelt?
3. Können wir ihm vertrauen?

Anschließend lief Markwart in die Sakristei und begann mit Grimaldus ein Gespräch über die Länge und Breite der Querschiffe der neuen Kirche. Dabei schob er ihm den Schnipsel zu.

Der Sakristar mußte sich hinabbeugen, weil der Pförtner mit dem Pergament gespart und in Miniatur geschrieben hatte. Als er sich wieder aufrichtete und erklärte, daß es nicht schlimm sei, wenn das alte Dormitorium verschwände, schüttelte er erst den Kopf, um darauf ein Nicken folgen zu lassen, und endete mit einem Schulterzucken.

Mit der Gewißheit, daß das Gerücht vom geprügelten Johannes schon die Runde gemacht hatte, suchte der Pförtner Sibrand auf, anschließend auch Heimbrecht. Doch auch die beiden konnten ihm nicht weiterhelfen. So schritt er, innerlich zerrissen, zu seiner Cella zurück. Einerseits mußte die Opposition gestärkt werden, andererseits war zu verhindern, daß ein Lauscher Pankrazens sich einschlich, und diese Gefahr wuchs in dem Maß, in dem sich mehr und mehr Brüder anschlossen.

Vorsicht war in einer Welt angesagt, in der überall Gefahren und Spitzel lauerten, denn wer etwas verändern wollte, mußte lebendig sein. Kurz bevor er in seine Cella trat, huschte ein Lächeln über Markwarts Gesicht. Hinter dem, was er eben dachte, konnte sich ein jeder verbergen, wenn die Diktatur des Pankraz einmal zu Ende war und Rechenschaft über das Tun eines jeden gefordert wurde.

Auch Mitläufer würden sagen, sie hätten nur nicht gewagt, sich zu erheben, weil ihnen die Gewißheit gefehlt hätte, wem sie vertrauen könnten. Und als Tote hätten sie nie etwas verändern können.

Am Morgen des Dienstag hielt der Abt den Pförtner nach den Laudes zurück und sagte: »Bruder Markwart, wir erwarten Besuch vor unserem Appell, also stelle ich dich von der Prim frei.«

Der Angesprochene nickte und lächelte den Bärtigen an, um den Bogen nicht zu überspannen. Hiernach wartete er auf Ulrikus und ging mit diesem gemeinsam in Richtung Tor. Das hielten die beiden Männer in den letzten beiden Tagen nach jedem Gebet und Gottesdienst so. Der Novize folgte in angemessenem Abstand und konnte nur vermuten, was die Mönche miteinander tuschelten.

Das Flüstern folgte fast immer dem gleichen Ritual. Markwart drang auf den Bibliothekar ein, dieser möge das Kloster verlassen, bevor es zu spät sei. Der Bruder mit dem gekrümmten Rücken entgegnete darauf schleppend, als sei er nicht mehr auf dieser Welt: »Ich werde mich meinem Urteil nicht entziehen.«

»Es erwartet dich hier kein göttliches Urteil, sondern das ungerechte des Weltlichen.«

Diesmal waren die beiden Männer stehengeblieben, weil sie bereits das alte Pilgerhaus erreicht hatten. Der Novize jedoch hatte es ihnen nicht gleichgetan und war auf ihre Höhe gelangt, wo er die letzten Worte Markwarts mitbekam und zur Überraschung der beiden Alten flüsterte: »Ein satanisch Urteil.«

Die Mönche zürnten dem jungen Mann nicht. Markwart war ihm sogar dankbar, denn derart auf den Punkt gebracht hatte er die über Ulrikus schwebende Gefahr selbst noch nicht. Aber dieser schüttelte seinen Kopf. »Ich bleibe«, sagte er und stapfte müde zu seinen Büchern.

Noch war die Zeit der Prim nicht erreicht, als draußen Pferde schnaubten. Da aber keiner Einlaß begehrte, öffnete Markwart nicht. Erst etliche Minuten nachdem die Kirchglocke zum Stundengebet gerufen hatte, klopfte einer an die Pforte. Davor standen zwei Konversen in Cuculle. Hinter ihnen hatten sich vier Bewaffnete hoch zu Roß aufgebaut und hielten der beiden Pferde an den Zügeln.

»Du weißt Bescheid!« sagte der eine Konverse in befehlendem Ton.

Der Pförtner nickte und ließ die beiden in Cuculle ein. Zu seinem Ärger gingen sie den breiten Weg entlang und blieben auf Höhe der Schule stehen. Damit war sein Vorhaben geplatzt. Er hatte damit gerechnet, daß die Boten in die Kirche gingen, denn er wollte das halbzerstörte Abthaus untersuchen, weil sich darin das Geheimnis verbergen konnte, das Grimaldus in seiner Sakristei zusetzte.

Also schloß er die Pforte und harrte in seiner Cella aus, bis am Gotteshaus Stimmen laut wurden. Da er wenigstens hören wollte, was Pankraz verkündete, ging er zur ehemaligen Schule und stellte sich so, daß er von den Brüdern nicht gesehen wurde, dafür aber die Pforte im Blick hatte. So verstand er zwar nicht jedes Wort, bekam aber mit, was der Abt hinausposaunte.

Dieser baute sich auf, sobald die Brüder zur Ruhe gekommen waren. »Wie sagte ich euch letztens auf dem Konvent, liebe Brüder«, tönte er. »Unser Geist hat Teil am Göttlichen und läuft den Geschehnissen voraus.« Er lauschte seinen Worten nach und schränkte sofort ein: »Dazu bedarf es freilich einiger Übung.«

Hierauf knurrte Markwart in seiner Deckung: »Die allein du aus deiner Sicht hast.«

Pankraz setzte fort: »Ich sagte euch ja, daß uns weitere Dörfer zufallen. Und das haben wir nicht dem Selbstlauf überlassen. Ich möchte allen Chorbrüdern und allen Konversen, auch den unermüdlichen weltlichen Helfern danken, die vollbracht haben, was uns die Sieger gleich verkünden.« Der Bärtige winkte die beiden Konversen zu sich. Damit konnte Markwart weiter vor treten und sogar um die Ecke schielen.

»Wir haben das zweite Dorf auf unsere Seite gebracht!« rief der eine Konverse, was die meisten zu Jubel hinriß. Nachdem dieser abgeebbt waren, breiteten die beiden Überbringer der Siegesnachricht in allen Einzelheiten aus, wie sie die Leibeigenen zunächst überzeugt und auf ihre Seite gebracht hätten. Als hiernach der Herzog mit seinen Mannen anritt, sei er in die Flucht geschlagen worden.

Nach nochmaligem Jubel wollte sich Markwart schon auf den Weg zur Pforte machen, als der Abt vor die beiden Boten trat und sagte: »Ich hoffe, daß nunmehr die Kritiker überdenken, welche Meinung sie vertreten. Das gilt insbesondere für Brüder, die beim Konvent dem Vortragenden dazwischenreden.«

Viele schielten auf Johannes. Nachdem Markwart das registriert hatte, lief er zur Mauer und an dieser entlang hinter dem ehemaligen Pilgerhaus vorbei zu seiner Cella.

* * *

Aus dem Tagebuch des Novizen Bertold
(1. Mai 1122)

In der Walpurgisnacht habe ich gut geschlafen. Aber was soll auch ein Brauch der Heiden in einem Kloster schon bewirken? Eigentlich nichts, wenn nicht der Abt der Satanas persönlich ist. Und so ward die Ruhe in der Nacht nicht einem jeden Mönch geschenkt. Das sah ich gleich am frühen Morgen, als ich auf Ulrikus traf. Er war noch etwas blasser als die Zeit zuvor. Später hat er bekannt, als Sibrand bei ihm war, daß er vom Seelenschmerz zerfressen werde.

Kurz darauf hat Ulrikus mich gerufen und zog mich zu einem der Regale. Aus dem nahm er dicke Bücher, und dahinter kam zum Vorschein, was ich nie erwartet hatte: eine Mappe mit verschiednen Pergamenten.

Das seien Dokumente, die das Feuer nicht gefressen habe, sagte er zu mir. Dabei sollten die Flammen gerade das vernichten. Mehr hat er mir nicht verraten und stellte die Bücher zurück an ihren Platz.

Erst eine Stunde später kam er noch einmal auf mich zu, und da hat er mich gebeten, nicht in die Mappe einzusehen. Wenn ich einmal gegangen bin, waren seine Worte, dann sage Markwart gleich Bescheid, und bitte ihn, die Mappe mitzunehmen.

Neugier kam in diesem Augenblick nicht über mich, weil mich die Trauer niederdrückte. Diese Worte von Ulrikus waren wohl sein Testament. Und mir geziemt es nicht als jungem Menschen, ihn zu überreden, daß er fliehen soll den Ort, an dem ihn Satanas zermürbt.

* * *

Die Konversen waren dem Abt und den beiden Dekanen in die Schule gefolgt. Das wußte Markwart nicht. Er hörte jedoch das Schnauben der Pferde jenseits der Mauer und auch das gelegentliche rauhe Lachen der Männer.

Daran hatte sich auch nichts geändert, als er kurz vor der Terz aus seiner Cella trat und zum Gotteshaus schlenderte. Gedankenlos tat er das, und so war er überrascht, als der Abt mit den beiden Konversen aus der Schule trat. Der Bärtige verabschiedete sich von den zwei Überbringern der Siegesnachricht und winkte den Pförtner zu sich. »Bruder Markwart, laß bitte unsere Gäste hinaus«, sagte er.

Doch der eine Konversen erklärte: »Ich muß zuvor mit Cellerar Salomon reden.«

»Dann werde ich nicht pünktlich zur Terz erscheinen«, gab der Pförtner zu bedenken. Daraufhin winkte Pankraz ab. »Seht zu, wie ihr klarkommt!« entschied er. »Und wenn es für dich zu spät wird, Markwart, dann kommst du eben nicht zur Terz.«

Der Pförtner legte seine Stirn in Falten und stöhnte, als sei es ihm eine Qual, nicht zum Stundengebet zu erscheinen. Insgeheim jedoch jubilierte er und folgte den beiden Konversen, die um die Kirche zum Kreuzgang liefen. Als sie außer Hörweite des Abtes waren, fragte er die beiden: »Wie lange wird das bei Salomon dauern?«

»Halbe Stunde vielleicht«, antwortete der eine.

»Mir ist nämlich kalt«, log der Pförtner und gab vor, sich solange in seine Cella zurückzuziehen.

Zu der eilte er, griff sich die Meßgeräte und hastete zurück zur Kirche, aus der inzwischen der Psalmengesang drang. Er täuschte dennoch eine Vermessung vor, denn er war sich sicher, daß einige der Konversen, die zum Lauschen und Beobachten abgestellt waren, auch während der Gebete und Gottesdienste Ohren und Augen aufs Klostergelände richteten.

Währenddessen redete er vor sich hin, sprach vom inneren Querschiff und davon, daß das Abthaus weg müsse, womöglich auch der Kapitelsaal verlegt werden. Damit hatte er jenen, die ihm womöglich zuhörten, die Begründung gegeben, weshalb er zwischen dem Kapitelsaal und dem Abthaus hindurchging.

Jenseits der Ruine bog er nach Westen und legte, hinter ihr stehend, das Groma ans Auge. Er fluchte, daß ihm das geschwärzte Gemäuer die Sicht versperre, schielte aber am Meßgerät vorbei zu Boden.

Im Rücken des Hauses, wo sich die Wiese erstreckte, war nichts Auffälliges zu sehen. Aber noch nie hatte er in die Ruine hineingeblickt. Das war möglich, weil die hinteren Fenster zerborsten waren. Und beinahe wäre ihm das Groma entglitten.

Auf den Dielenbrettern sah er feuchte Fußspuren. Das hieß, es mußte jemand kurz zuvor über die noch morgenfeuchte Wiese gekommen und in die Ruine des Abthauses gegangen sein. Vermutlich hatte diese Person die hintere Tür genutzt, deren Klinke Markwart beim Weitergehen nicht zu berühren wagte.

Noch mehrfach brummelte und schimpfte er, auch legte er die Meßgeräte an, obschon er meinte Gewißheit zu besitzen. Denn in der Ruine, die anfangs als Lager für gebrannten Kalk und gerettete Bücher gedient hatte, hielt sich bestimmt niemand auf.

Nur – wohin konnte man von ihr aus gelangen, zu welchem Lauschernest? Etwa zu jenem, aus dem das Rohr in die Sakristei führte?

Diese Frage quälte Markwart noch, als er zu seiner Cella eilte. Im letzten Augenblick tat er das, denn die Psalmengesänge verklangen bereits. Zudem rechnete er damit, daß die zwei Konversen bald erscheinen würden. Darin irrte er nicht und ließ sie hinaus, wo sie sich auf die Pferde schwangen und – gefolgt von den Bewaffneten – den Hügel hinabritten.

Kaum hatte der Pförtner die Pforte wieder geschlossen, als er Heimbrecht nahen sah, und an dessen Seite ging Bruder Johannes. Bevor die beiden angekommen waren, schlug er einen weiten Bogen um sein Pförtnerhäuschen, um die Lauscher wenigstens für einige Augenblicke von ihrer Tätigkeit abzuhalten.

Dabei grinste er, weil ihm aufging, wie man sich dieser lästigen Plage entledigen konnte. Es mußte nur einer von den eigenen Leuten um die Cella Kreise laufen. Er spreizte seine Finger beim Laufen ab. Einen für Grimaldus, einen für Heimbrecht und einen für Johannes, wenn er sich denn als zuverlässig erweisen sollte.

Beim vierten Finger dachte er an Hartmann, auf dessen Rückkehr er hoffte. Und so blieb für ihn selbst nur der Daumen. In seine Cella paßten aber höchstens vier Leute. Also mußte schon aus Raumgründen einer draußen bleiben.

Markwart kam an der Tür an, als die beiden anderen sie auch erreicht hatten. Alle drei huschten hinein, und ohne Umschweife sagte Heimbrecht: »Ich stehe schon einige Tage mit Johannes in Verbindung. Aus meiner Sicht ist er ein entschiedener Gegner des Abtes.«

»Das ist fein«, sagte Markwart, öffnete sich aber nicht weiter, sondern sagte, um dem erwarteten Vorschlag Heimbrechts entgegenzutreten: »Beim Vermessen sollten wir jedoch nicht mehr als drei sein.«

»Schade«, ließ der Konverse aus verarmtem Adel seinen Kummer heraus. »Dabei hat Johannes einige Erfahrung im Umgang mit den Instrumenten.«

Dieser nickte und fügte an: »Bevor ich seinerzeit Novize wurde, habe ich einmal einem Baumeister geholfen, zwar nur für ein Haus in der Stadt, aber immerhin ein dreigeschossiges.«

»Vielleicht komme ich später auf deine Fähigkeiten zurück«, wich Markwart aus, dem noch eine Idee aufgestiegen war. Er fühlte sich nicht in der Lage, die anderen auf ihre Zuverlässigkeit zu prüfen. Selbst Heimbrecht gegenüber hegte er noch Vorbehalte, erst recht gegenüber Johannes.

Aber beide, wie auch alle, die sich noch der Opposition anschlossen, konnte er auf die Probe stellen, indem er etwas verriet, was spektakulär erschien, aber nicht wirklichen Wert besaß. Wenn er das anschließend aus dem Mund eines Anhängers Pankrazens hörte, hatte er es einem Judas verraten.

Er stöhnte. Wenn er doch eher auf diese Idee gekommen wäre und sich Ulrikus ihm gegenüber eher geöffnet hätte, würde nicht einmal akute Gefahr über dem Bibliothekar schweben. Mit einer ausgeklügelten Taktik hätte dieser seine Ergebenheit gegenüber dem Bärtigen vortäuschen und zugleich dessen Gegner mit Nachrichten versorgen können.

Seine beiden Gäste vermochten das Stöhnen nicht zu deuten und vermuteten, der Pförtner habe Kummer. Deshalb verabschiedeten sie sich, und Heimbrecht versprach, daß beide bald wiederkämen. Das nahm Markwart kaum zur Kenntnis. Er wollte zur Bibliothek, um mit Ulrikus über seine Idee zu sprechen. Nach ein paar Schritten kehrte er jedoch wieder um, denn Notker nahte und verschwand im ehemaligen Pilgerhaus.

Der Pförtner sah immer wieder aus seiner Cella hinaus. Aber in der Bibliothek war an diesem Tag ein ungewöhnlicher Besucherandrang zu verzeichnen. Und selbst auf dem Weg zum Gotteshaus und zurück ging Ulrikus nicht allein. So verschob Markwart das Gespräch mit ihm auf den folgenden Tag.

Aber der Abend schenkte ihm in seiner Einsamkeit noch eine Einsicht: Wenn einer der Opposition den Pankraz oder dessen Getreue belauschte, war dies nicht das gleiche, was die Lauscher des Bärtigen taten. Sowohl die Absicht des Tuns als auch das Ergebnis unterschieden sich.

Die despotischen Lauscher wollten unschuldigen Leuten an den Kragen, die danach getötet oder verschleppt wurden. Sie dienten also dem Verbrechen, während jene, die aushorchten, was ein Pankraz vorhatte, nur das Übel bekämpften und Menschenleben schützten.

Wenn Leonius gewarnt worden wäre, hätte er vermutlich nicht sterben müssen. Jarich, Bernus oder Tutilo hätten fliehen können, bevor sie unauffindbar verschwanden.

* * *

Aus dem Tagebuch des Novizen Bertold
(1. Mai 1122)

Mir ist es schwergefallen, Ulrikus anzusprechen, weil es für ihn klingen mußte, als wollte ich Abschied von ihm nehmen. Also entschied ich mich, über Unverfängliches zu reden, nahm mir ein Buch und dachte eine Frage aus, die ich Ulrikus stellte.

Er gab mir eine knappe Antwort und wandte sich hernach von mir ab. Ich glaube, aus seinen Augen rannen Tränen. Ach wenn ich ihm doch helfen könnte! Doch befürchte ich, das steht außerhalb der Kraft, die uns Menschen mitgegeben ist.

Verzweifelt war ich, als ich nach hinten ging in den kleinen Raum. Mein Ziel war, mit meinem Bild voranzukommen, um endlich Satanas hineinzubringen, wie er aufsteigt aus der Hölle Schlund. Allein die Ruhe fand ich nicht, mich zu konzentrieren. Auch war meine Hand nicht in der Lage, den Pinsel zart zu führen. Ich fürchte, daß der Satanas von unsrem Kloster dem Ulrikus an den Kragen will.

XVIII

Nach der Vigil hielt sich Markwart noch an die Vorschriften des Benedikt und schwieg. Dazu zog er sich in seine Cella zurück. Erst nach den Laudes wartete er vor der Kirche auf Ulrikus. Zwar war das Sprechen noch immer nicht erlaubt. Aber die Umstände erzwangen es.

Ein Bruder nach dem anderen kam aus dem Gotteshaus. Der Strom wurde schwächer und versiegte. Unmöglich konnte er den Bibliothekar übersehen haben. Also trat Markwart noch einmal in den heiligen Raum und wäre um ein Haar mit dem Abt zusammengestoßen.

Nachdem er es geschafft hatte, an Pankraz ohne Blickkontakt vorbeigekommen zu sein, sah der Pförtner ins Langhaus. Einzig Grimaldus befand sich darin. Zu ihm ging er und flüsterte seine Frage, woraufhin er die gehauchte Antwort vernahm: »Ulrikus habe ich nicht gesehen.«

Markwart riß die Augen auf. Während Vigil und Laudes hatte er nicht nach seinem alten Freund Ausschau gehalten, zumal sie unterschiedlichen Gruppen zugeteilt waren. Deshalb fragte er: »Bist du sicher?«

Der Sakristar nickte. »Habe die letzten Kerzen angezündet, als alle schon hier waren«, erklärte er und verschwieg, daß er dabei vor allem nach dem Bibliothekar Ausschau gehalten hatte.

Markwart dankte und eilte aus der Kirche, so es diesem Ort angemessen war. Draußen schritt er aus, wie es sein Alter zuließ. Irgend etwas machte ihn unruhig, eine Ahnung. Und bevor er sich klarwurde, was es war, sah er etliche Brüder zum ehemaligen Pilgerhaus strömen. Von hinten überholten ihn Engilbert und drei Männer der kürzlich eingerichteten Klosterwache.

Des Pförtners Ahnung verdichtete sich zum Verdacht,

und er fluchte auf sein Alter, das ihm die Beweglichkeit und Schnelligkeit geraubt hatte. Er erreichte das ehemalige Pilgerhaus erst, als sich einer der Klosterwache vor dem Eingang postiert hatte und keinen hineinließ.

An Schweigen war im Kloster nicht mehr zu denken. Jene, die ihre Neugier verdecken wollten, baten nur, zu den Büchern zu dürfen. Die aus ihrem Begehr keinen Hehl machten, fragten, was sich ereignet habe. Und immer häufiger wurde der Name Ulrikus genannt.

Schon wandte sich Markwart ab, weil er als Eremit nicht das Gedränge und nicht die Gerüchte mochte, da trat einer aus der Schule, der jeden Verdacht zerstreuen konnte oder zur Gewißheit wandeln. Beider Augen trafen sich, und der Novize tat, was sich der Pförtner wünschte. Er kam auf ihn zu. Markwart wies stumm mit seinem Kopf auf seine Cella. Bertold nickte, und beide gingen hinein.

Kaum war die Tür ins Schloß gefallen, begann der junge Mann zu erzählen, als brächen aufgestaute Fluten einen Damm. Mehrfach mußte der Pförtner in sein Wort fallen und ihn bitten, eine Sentenz verständlich zu wiederholen.

Bertold war gleich nach den Laudes zur Bibliothek gegangen. Auch er hatte nicht geachtet, wer zum Morgenlob gewesen war, und weil er jüngere Beine hatte als Ulrikus, war er auch gewohnt, vor ihm anzukommen. Er stieg hinauf und fand die Bibliothek noch verschlossen vor. Auch das war nicht ungewöhnlich, und so wartete er, weil er über den Schlüssel nur verfügte, wenn er nächtens arbeiten durfte.

Nachdem er das erzählt hatte, wurde der junge Mann ruhiger und berichtete weiter: »Dann hörte ich unten ein Poltern und befürchtete, einer der Patienten könne hingefallen sein. Ich stieg die Treppe hinab und lauschte an der Tür, weil ich nicht wußte, ob Tobias drin war. Aber die Vorsicht hätte ich nicht walten lassen müssen.

Drinnen schrieen plötzlich die zwei Patienten, die schon seit Wochen das Bett hüteten, und sie riefen um Hilfe. Die habe ich ihnen nicht versagt.«

Nach diesen Worten schöpfte Bertold Luft. Inzwischen hatten beide Männer ihre Rollen gewechselt, als Markwart seinen Gast nicht mehr beruhigte, sondern mit Mimik und Gestik drängte. Und dem jungen Mann ging so viel im Kopf herum, daß er Zeit benötigte, um darin Ordnung zu schaffen.

Nachdem er das vollbracht hatte, redete er weiter: »Also ging ich hinein. Doch was ich sah, wirkte auf mich, als sei die Hölle auf Erden gekommen. Ulrikus lag am Boden, leblos und gekrümmt, daß seine Arme die Beine berührten. Da habe ich die beiden im Bett gefragt, was mit ihm sei.«

Bertold schien bis zu diesem Augenblick seiner Aufregung Herr zu sein. Aber nun überwältigten ihn Schmerz und Trauer. Er schluchzte und mußte sich die Tränen aus den Augen wischen, bevor er stockend fortsetzte:

»Sie sagten mir, er sei von oben herabgekommen, als das Morgenlob noch nicht zu Ende war. Und er habe den ganzen Raum durchsucht, bis er auf ein Täschchen gestoßen sei, in dem Bruder Tobias die Medikamente aufbewahrt. Aus dem habe er ein Gift entnommen und wie irre dreingeblickt, als er es schluckte. Sekunden später, so behaupteten die beiden, sei er zu Boden gestürzt.«

»Weißt du, wer die zwei angeblich Kranken wirklich sind?« fragte Markwart, dessen Wut stärker war als der Wunsch, seinen Gast zu schonen. »Ich habe sie aus dem Fenster steigen sehen«, redete er weiter, ohne eine Reaktion des Novizen abzuwarten. »Wer sich so verstellt, kann nur ein Lauscher des Abtes sein.«

Er schluckte, im nächsten Moment hielt er seine Hand hinter die Ohrmuschel. Der junge Mann hatte etwas geflüstert.

Bertold reagierte intuitiv auf die Geste des alten Bruders und wiederholte die Worte: »Abt Satanas.«

Markwart nickte. Sein Argwohn unterwarf sich der Wut. Oder war es Haß auf den Abt, der ihn trieb? Gleich einem Blitz durchzuckte ihn die Frage. »Trefflicher kann man ihn nicht bezeichnen«, sagte er.

»Und exakter nicht malen.«

»Hast du das etwa vor?«

Bertold nickte, und der Pförtner wiederholte dessen Bezeichnung: »Abt Satanas.«

»Ich soll dir etwas von Ulrikus ausrichten«, lenkte Bertold auf ein anderes Thema. »Er sagte mir, wenn er nicht mehr lebt …« Des Novizen Rede wurde von einem Tränenstrom unterbrochen.

Markwart legte ihm den Arm um die Schulter, wenngleich auch ihm zum Weinen war. Nach dem Tod von Leonius und dem Verschwinden von Tutilo, Burchard und Jarich hatte Satanas beim Bibliothekar zugeschlagen. »Stück um Stück dezimieren sie uns«, sagte der Pförtner.

In diesem Moment durchfuhr ihn ein Gedanke gleich einem Messer: Womöglich gestatte Pankraz ihm eine Narrenfreiheit, in der Hoffnung, daß alle, die sich gegen die satanische Ordnung stellten, zu ihm kämen und entlarvt werden konnten. Wer sich öfter in der Cella ostiarii einstellte, kam vielleicht auf eine schwarze Liste, in der es zwei Rubriken gab: Tod und Verschwinden.

»Du darfst nicht hierbleiben«, sagte er zum Novizen und schob diesen das winzige Stück bis zur Tür. Doch im letzten Moment hielt er ihn zurück, denn er hatte nicht aufs Knirschen geachtet, mit dem sich die Lauscher ankündigten. Also hieß er seinen Gast zu warten und trat selbst hinaus.

Dabei mußte er lächeln. Wie sollten Lauscher sich anschleichen, wenn die meisten Brüder sich noch immer vor dem ehemaligen Pilgerhaus drängten. Das wäre nicht anders, als würde ein Ehemann seine Geliebte seiner Frau vorstellen.

Sein Lächeln entgleiste kurz zum Grinsen, weil er sich kaum erklären konnte, wie ein Mönch und halber Eremit zu so einem Vergleich kommen konnte. Aber rasch holte ihn die Trauer wieder ein, amalgamiert mit unbändiger Wut. Er trat zurück und schloß hinter sich die Tür.

Bertold hatte die Aufforderung zum Gehen verinnerlicht und sagte zum Abschied, was zuvor die Tränen unterdrückt hatten: »Da wäre noch etwas. Ulrikus hat mir eine Mappe gezeigt, in der sich Pergamente befinden. Die soll ich dir geben.«

»Ich komme in den nächsten Tagen hinüber, aber erst, wenn der Strom der Sensationslustigen versiegt ist.«

In der Abtei verbreitete sich rasch, Ulrikus habe sich vergiftet. Dazu trug auch Tobias seinen Teil bei, indem er klagend zwischen dem ehemaligen Pilgerhaus und der Schule hin- und herlief und dabei wieder und wieder verkündete, er trüge Schuld, weil der Unglückselige an seine Arzneitasche gekommen sei.

Inzwischen war die Bibliothek gesperrt worden. Der Bruder von der Klosterwache, der am Aufgang stand, erklärte allen, die hinauf wollten, es müsse erst ein neuer Bibliothekar gefunden werden. Über dieses Durcheinander vor der Tür der Krankenstube beschwerten sich die zwei angeblich Bettlägerigen, so daß Dekan Notker verfügte, der Wächter habe sich vor dem Pilgerhaus aufzustellen und alle Brüder an ihre Arbeit zu schicken.

Infolgedessen schien nach der Prim das Leben auf Riess abzulaufen wie in den zurückliegenden Tagen. Erst am Mittag, nach der dritten der kleinen Horen, ereignete sich Ungewöhnliches, da das Requiem für Ulrikus angekündigt wurde. Noch nie war es geschehen und widersprach allen Bräuchen, die Totenmesse nur Stunden nach dem Hinscheiden zu zelebrieren.

Aber die meisten Chorbrüder hatten sich bereits an die Veränderungen in den Regeln gewöhnt, während die in der Überzahl befindlichen Konversen alles, was geschah, als normal ansahen. So folgten die Brüder mit trauergesenktem Kopf nach der Sext und dem Requiem dem Abt ins Querschiff, denn draußen regnete es.

Der Novize und Sibrand sahen sich entgeistert an, was auch Johannes, Grimaldus und Markwart taten. Letzterer schüttelte sogar seinen Kopf.

»Liebe Brüder«, begann Pankraz, sobald alle zur Ruhe gekommen waren. »Nach der Messe für unseren geliebten Bruder Ulrikus seien mir noch einige persönliche Worte der Andacht gewährt.« Nach dieser Ankündigung sprach der Bärtige davon, wie er einst Ulrikus kennen- und schätzengelernt habe, davon, wie der Verstorbene die Bibliothek übernommen hatte. Das Lob auf den Verstorbenen schien kein Ende zu nehmen in der getragen wirkenden Rede.

Aber ohne seinen Ton zu ändern, ohne seinen mitleidvollen Blick aufzugeben, wechselte Pankraz das Thema, was nur wenige gewahr wurden: »Es war bei ihm, wie bei uns allen, eine Begegnung der guten Seele des reinen Menschen mit der bösen Welt. Und der konnte unser geliebter Bibliothekar an diesem Tag nicht widerstehen. Es erweist sich auch an seinem tragischen Schicksal, daß Satan mit den Seinen, also den abgefallenen Engeln, die Schöpfung vollendet hat. Auch hat der Teufel dereinst die Kraft besessen, den von Gott geschickten Engel namens Adam gefangenzunehmen und in einen Leib zu zwingen.«

Nach diesen Worten klopfte sich Pankraz auf die Brust, um das Leibliche zu demonstrieren. Zugleich wurde seine Stimme härter: »Für diesen Abfall von Gott haben wir zeitlebens Buße zu üben, bis wir aus diesem Jammertal in unsere himmlische Heimat zurückkehren.«

Der Bärtige faltete seine Hände, senkte den Kopf und

murmelte: »Dazu, lieber Ulrikus, wüschen wir dir Glück.«

Hiernach sah er wieder auf. Nun stachen seine Augen, sein Gesicht wie auch seine Stimme prägten Härte und Unbeugsamkeit, als er sagte: »All das kann aber alsbald eine Wendung nehmen, wenn es uns nämlich gelingt, die reine Seele aller wiederherzustellen, das Böse aus ihr und letztlich aus der Welt zu vertreiben. Dann kann auch auf Erden ein Himmelreich sein.«

Grimaldus verzog sich rasch in seine Sakristei, nachdem der Abt geendet hatte. Johannes ging auf Markwart zu. Doch der Zufall wollte, daß Sibrand dichter beim Pförtner stand und als erster seinen Ärger herausließ: »Ein bodenloser Unsinn, in sich widersprüchlich.«

Kaum hatte er das gesagt, ging er seiner Wege, während Markwart zur Cella ostiarii trottete. Johannes verzog sich schulterzuckend zu seiner Gruppe. So stand bald einer allein im Querschiff, der nun nicht mehr wußte, wie er an sein Bild kam. Zwar wagte er nicht, einen von der Führungstrias anzusprechen und um einen Schlüssel zur Bibliothek zu bitten. Dennoch ging er hinüber zur Schule, gleichsam das Schicksal herausfordernd.

Als ob ihm dies gelänge, schob Pankraz oben sein Fenster auf, um ein wenig vom regengereinigten Frühling hereinzulassen. Er sah den jungen Mann schlendern und nutzte die Gelegenheit: »Komm doch mal rauf zu mir!« forderte er.

Bertold ärgerte sich zunächst, weil er alles andere erwartete, als den Schlüssel zu empfangen. Doch als er die Treppe hinaufstieg, engte zu seinem Erstaunen nicht mehr die Angst seine Brust, vielmehr weitete Neugier seine Augen. Er fühlte sich nicht mehr zur Abtei gehörig und war sich gewiß, sie fliehen zu können, wenn es sich als notwendig erweisen sollte. So war für ihn der Umgang mit der Gefahr gleichsam zu einem Spiel geworden, bei dem er nicht Leben und Gesundheit einsetzte, wie das Ulrikus getan hatte.

Pankraz schien überrascht zu sein, als der junge Mann aufrecht eintrat, seinem Blick standhielt und sogar lächelte. »Nimm Platz!« forderte er seinen Gast auf.

Dieser kam dem Verlangen nach und hörte: »Du ahnst nicht, wie mich der Heimgang unseres Bruders Ulrikus getroffen hat.« Nach diesen Worten wischte sich Pankraz mit dem Handrücken über die Augen, als schössen daraus Tränen hervor. Er atmete tief durch und fuhr fort: »Er war ein so hervorragender Bibliothekar.«

Auf diese Worte nickte Bertold, denn er war der gleichen Meinung, und damit arbeitete er unbewußt dem Ansinnen des Abtes vor. Pankraz brauchte nur noch zu klagen: »Woher bekommen wir nur einen ähnlich guten Verwalter unserer weisen Schätze.« Nach einem Stöhnen tat der Bärtige, als sei ihm gerade in den Sinn gekommen, was er aussprach: »Du hast doch viel von ihm gelernt?«

Da das der Wahrheit entsprach, nickte der Novize erneut.

»Könntest du nicht einstweilen die Bibliothek übernehmen?« fragte Pankraz, fuhr sich mit der Hand übers Kinn und fügte an: »Was kein Zeitweilig bleiben muß. Wenn du die Sache ordentlich machst, werde ich dich zum neuen Bibliothekar ernennen.«

»Ich bin Novize«, warf Bertold ein.

Der Bärtige winkte ab. »Das muß nicht so bleiben. Du kannst schließlich nichts dafür, wenn vorübergehend kein Unterricht gegeben wird, und viel hast du nicht mehr zu bewältigen. Damit liegt es in meiner Entscheidungsfreiheit, dir die Profeß abzunehmen. Das werde ich auch tun, falls du dich zum Bibliothekar eignest. Weshalb soll ich einen von außerhalb holen, wenn wir Begabte in unserer Abtei haben?«

»Ich bin einverstanden«, sagte Bertold, um den Wortschwall der fragwürdigen Erklärungskaskaden zu verkürzen. Er wollte zu seinem Bild und zu der Mappe, die ihm Ulrikus gezeigt hatte. Zudem hoffte er, Zeugnisse des Todes von Ulrikus zu entdecken. Ihn quälten Zweifel an der offiziellen Version, daß der Bibliothekar Gifte von Tobias entwendet und geschluckt habe.

Pankraz stand auf und reichte dem jungen Mann die Hand. Er spürte, daß nicht mehr jener Kindskopf vor ihm stand, den er geküßt hatte. Diesen reifenden Burschen mußte er mit anderen Mitteln an sich binden.

* * *

Aus dem Tagebuch des Novizen Bertold
(3. Mai 1122)

Heute war ich allein in der Bibliothek und habe mich mit den Schätzen vertraut gemacht. Noch konnte ich nicht wieder malen. Zu sehr sind meine Gefühle aufgewühlt und meine Hände noch nicht ruhig. Ich habe das Gefühl der Harmonie verloren und befürchte, an diesem Ort werde ich es nicht wiederfinden.

Wenn ich trotzdem noch nicht gehe, liegt das nicht nur an meinem Bild. Lange habe ich gegrübelt, was mich veränderte, und manches trug ich zusammen. Aber ein Gefühl, das in mir tobt, wollte ich noch nicht wahrhaben. Es ist dies der Haß. Und endlich begreife ich:

Für so ängstliche Menschen wie mich wird der Widerstand gegen die Tyrannei erst möglich, wenn man sie haßt, wenn man weiß, wer die Gegner des Menschlichen sind. Wenn dazu noch die Kraft sich gesellt, die aus der Gruppe erwächst, dann ist man zu Taten befähigt, die man sich selbst nicht zugetraut hat.

Also wird mein Sinnen darauf gerichtet sein, mich mit jenen zu verbünden, die sich gegen Pankraz wenden. Dazu zähle ich Bruder Sibrand und vor allem unseren Pförtner. Ich kann kaum mehr erwarten, bis er herüberkommt und die Mappe holt, die ich nun an einem anderen Ort verborgen habe. Denn ich fürchte, die Schnüffler des Satanas waren ihr bereits auf der Spur. Und wo diese zu finden sind, ahne ich schon seit langem, seit jener Nacht, in der ich Brüder ins Pilgerhaus kommen sah, während es andere verließen.

Die zwei, die mir am gefährlichsten werden können, liegen unten im Krankenraum. Markwart hat mir mit seiner Erzählung bestätigt, daß sie kerngesund sind. Und wenn dem so ist, kann ich auch Tobias nicht mehr vertrauen. Der Schluß daraus ist, daß die Beteuerungen der zwei angeblich Kranken und ihres Pflegers über den Tod des Bibliothekars nicht stimmen müssen. Ich vermute, Ulrikus hat sich nicht selbst umgebracht, sondern wurde vorsätzlich vergiftet.

* * *

Am Freitag traute Markwart seinen Augen kaum, nachdem er jenem geöffnet hatte, der Einlaß begehrte. Hartmann stand vor der Pforte. Das verwunderte ihn, aber wie der junge Bruder aussah, hielt er einen Augenblick lang sogar für einen Traum, bis Bestürzung über ihn kam. Hartmanns Cuculle war zerfetzt, sein Gesicht zerkratzt, und am linken Arm trug er eine lange verschorfte Wunde.

»Was ist dir widerfahren?« ging der Pförtner auf den Ankömmling zu und berührte ihn wie chinesisches Porzellan.

»Mir wird es bald wieder gut gehen«, beruhigte ihn Hartmann. »Ein paar Narben bleiben vielleicht. Aber das hat noch keinen Chormönch gestört.«

»Aber was ist passiert?«

Hartmann trat ein paar Schritte zurück, und Markwart folgte ihm, bis beide außer Reichweite von möglichen Lauschern waren, wenn sie denn leise sprachen. Und das tat der jüngere Bruder: »Ich war doch in jenem zweiten Dorf, das der Abt für sich verbuchen wollte.«

Der Pförtner nickte und erklärte: »Dessen Übergang in seinen Herrschaftsbereich der Satanas sogar auf einem Appell behauptet hat.« Weil Hartmann mit großen Augen auf ihn sah, fügte er lächelnd hinzu: »Unserer Novize nennt den Bärtigen Abt Satanas.«

»Das ist er wirklich. Denn er will, oder genauer gesagt: Er wollte die ganze Gegend unter seine Fuchtel kriegen. In dem Dorf, in dem ich war, sah's auch ganz danach aus. Die Leibeigenen waren mit ihrem Los nicht zufrieden und haben den Versprechungen der Konversen geglaubt, die ihnen ganz offenbar ein Himmelreich auf Erden vorgegaukelt haben. Jedenfalls standen alle Männer des Dorfes zusammen und bewaffneten sich. Dann unternahm der Herzog einen Scheinangriff, der in der vorigen Woche zurückgeschlagen wurde.«

»Das war der Grund für die Erfolgsmeldung des Satanas«, warf Markwart ein.

Hartmann nickte und fuhr fort: »Aber vorgestern ist der Herzog mit einer echten Streitmacht gekommen, und seither steht kaum mehr ein Haus im Dorf. Viele der Leibeigenen kamen ums Leben und auch mancher der Konversen von Pankraz.«

Nach diesen Worten zog Hartmann den Pförtner noch ein Stück von der Mauer der Abtei fort und flüsterte hiernach: »Das gleiche Schicksal steht auch jenem Dorf bevor, das als erstes zu Satanas übergelaufen ist. Und das hätte schlimme Folgen, weil darin Tutilo, Burchard und Jarich festgehalten werden.«

»Sie leben also!« also rief Markwart aus und hielt sich gleich darauf den Mund mit der Hand zu. »Sie leben«, flüsterte er.

»Aber ihnen droht ein böses Schicksal.«

»Können wir nicht etwas dagegen tun?« fragte der Pförtner mit aufgerissenen Augen.

»Mir ist es gelungen, einige der Witwen zu überreden, deren Männer im Kampf gegen die Herzoglichen gefallen sind. Sie haben sämtlich Verwandte in dem Dorf, das Pankraz zuerst zugefallen ist und in dem unsere drei Freunde festgehalten werden. Folglich haben die Frauen Interesse, daß es zu keinem zweiten Kampf kommt. Sie können sich nämlich kaum selbst ernähren und sind nun auf die Hilfe ihrer Verwandten angewiesen, die sie nur zu retten vermögen, indem sie diese zum Einlenken bewegen. Und für den Fall, daß sich die Leibeigenen im ersten Dorf darauf einigen, die Leute des Pankraz hinauszuwerfen und sich dem Herzog zu ergeben, werden nicht nur sie überleben, sondern auch Tutilo, Burchard und Jarich.«

»Ich würde am liebsten selbst hingehen«, sagte Markwart.

»Das bringt nichts«, sagte Hartmann und legte seine Hand auf die Schulter des älteren Bruders. »Du bis schon lange nicht mehr aus dem Kloster herausgekommen, weißt nicht, was die Landleute denken und wie sie fühlen. Du könntest nur an ihnen vorbeireden, wie es auch mir widerfahren ist. Die einzigen, die ein Einlenken bewirken können, sind die Frauen.«

Anderentags, am Sonnabend, stapfte der Pförtner zur Bibliothek hinüber. Er hatte mitbekommen, daß der Strom der Neugierigen weitgehend versiegt war, nachdem die Brüder ihren Bibliothekar unter die Erde gebracht hatten. Auch war ihm nicht verborgen geblieben, daß der Novize als erster kam und als letzter ging. Um ihn möglichst allein anzutreffen, hatte sich Markwart die Zeit nach der Terz gewählt, als gemäß Benedikt die Handarbeit herangerückt war.

Mit einem scheelen Blick zum angeblichen Krankenzimmer stieg er die Treppe hinauf und fand seine Hoffnung erfüllt. Der junge Mann stellte gerade die Bücher in die Regale, die von den Brüdern zurückgegeben worden waren.

Kaum sah er den Gast, unterbrach er die Arbeit und legte den Finger auf den Mund. Zugleich begann er über sein Lieblingsbuch zu reden, über Anselms *Cur Deus homo*.

Dabei zog er die Mappe aus ihrem Versteck. Markwart streute ab und an seine Meinung über Anselms Werk ein oder auch eine Frage, bis Bertold sagte: »Ich helfe dir, alles hinüberzutragen.«

Und das tat auch not, weil er das Werk des Anselm nahm, die Mappe darauf legte und noch ein zweites Buch darüber packte. Dieses handele von der Architektur, behauptete er für die Lauscher.

Erst draußen, als sie alle sehen, aber keiner hören konnte, flüsterte der junge Mann: »Ich bin mir recht sicher, daß alle Gespräche in der Bibliothek von des Satanas Leuten mitgehört werden.«

Markwart blickte zum angeblichen Krankenzimmer zurück. »Die umschleichen auch meine Cella«, erklärte er, »und die Sakristei haben sie angebohrt und ein Rohr zu ihrem Lauschernest geführt.«

Der Novize legte die Last auf dem Tischlein des Pförtners ab, der ihn mit den Worten entließ: »Ich seh mir's an. Komm ruhig nachher noch einmal vorbei.«

Kaum war die Tür geschlossen, nahm Markwart das oben liegende Buch herunter, legte die Mappe gesondert und nestelte die Schnüre auf, die sie banden. Zuoberst lag ein handgeschriebenes Blatt. Das waren gewiß Erklärungen und Gedanken des Ulrikus. Doch bevor er diese las, blätterte er die Pergamente durch. Als zweites lag ein Bündelchen, auf dessen Deckblatt stand:

Bauplan von Riess.

Was er zuunterst fand, deutete er als die wenig kunstvoll und wohl in Eile gefertigte Abschrift eines Buches. Er setzte sich und griff nach dem, was der Bibliothekar dem Pergament anvertraut hatte:

In diesem Bündel befinden sich jene frühen Dokumente der Abtei, die vor dem Brand gerettet werden konnten. Um sie der Vernichtung zu entziehen, habe ich sie verborgen, denn zumindest der Grundriß gibt preis, was der neue Abt gern verborgen hätte.

Das bekenne ich, da ich nicht rechne, mein Leben fortsetzen zu können. Zu meiner Beichte gehört auch, daß ich aus gutem Glauben Pankraz folgte und nichts mehr für ihn tat, seit mir aufgegangen war, welcher Übeltäter er ist. Ich bitte alle Brüder für meine Verfehlungen um Vergebung.

Vielleicht fällt Euch dies leichter, wenn Ihr zur Kenntnis nehmt, daß ich aus zwei Quellen die wichtigsten Passagen zusammengetragen habe, die unseren Abt als einen Katharer und somit einen Ketzer ausweisen. Es sind das Sätze des Cluniazensers Rudolfs des Kahlen** und von Guibert de Nogent***.*

Der Eile wegen habe ich dabei nicht auf die Schönheit meiner Schriftzüge geachtet. Wie richtig das war, bestätigte mir ein Ereignis der Walpurgisnacht: Die Bücher von Rudolf und Guibert wurden aus der Bibliothek gestohlen und vermutlich vernichtet.

Gott sei mit Euch im Kampf gegen den Teufel und den Seinen!

Markwart legte das Pergament zurück und kniete sich unters Kruzifix. Zwar hatte er schon täglich für die Seelen der Ermordeten gebetet, aber für die des Ulrikus tat er es noch einmal und mit besonderer Inbrunst. Der

* Die Katharer wurden zwar als Ketzer verfolgt, aber sie repräsentierten vor allem eine soziale Bewegung, die sich u. a. dadurch auszeichnete, daß sie den Frauen ungewöhnliche Rechte einräumte.

** Rudolf der Kahle (gest. 1046/49) ist der erste Schriftsteller, der die Widerlegung ketzerischer Lehren versuchte und die Ketzer als Vorboten des Antichrist bezeichnete.

*** Guibert de Nogent hinterließ ein umfangreiches Schrifttum. Er starb nicht vor 1124.

Bibliothekar war nicht nur aus Sturheit geblieben, nicht nur, um seinem Urteil entgegenzusehen. Er war geblieben, um seine aufrechten Brüder zu warnen und ihnen zu hinterlassen, was sie im Kampf gegen Satanas brauchten.

Nachdem er sich wieder aufgerichtet hatte, nahm er sich die Pläne zum Kloster vor. Einige der Pergamente waren von den Flammen angenagt, auch jenes Blatt, auf dem das Wort *Grundriß* stand.

Auf diesem hatte Ulrikus einen Verlauf mit mehreren Kreuzen gekennzeichnet, und zwar zwischen dem Abthaus und dem Querschiff der Kirche. Es handelte sich um eine Verbindung, die sich auf den ersten Blick ausnahm wie ein Weg. Doch bei genauerem Hinsehen wurde deutlich, daß die Linien gestrichelt und an den Mauern unterbrochen waren.

Markwart entfuhr ein Ausruf des Erstaunens. Der Plan offenbarte ihm, worauf sein Verstand nicht gekommen war: Zwischen dem Abthaus und der Mitte des Querschiffes gab es einen unterirdischen Gang, den offenbar die ersten Äbte genutzt hatten, um bei allem Wetter wohlbehalten ins Gotteshaus zu gelangen. Da er keinen Ausgang des Tunnels in der Kirche kannte, war dieser wohl in späteren Jahren mit Bodenplatten verdeckt worden.

Der Pförtner schlug sich an die Stirn. Darauf hatte er kommen müssen, nachdem er die Fußspuren im halbzerstörten Abthaus gesehen hatte. Dort stiegen die Lauscher ein. Sie nutzten den unterirdischen Gang und hockten hinter der Mauer, die angeblich das Grab des Abtes Nikolaus schützte. Während der Bauarbeiten hatte die Möglichkeit bestanden, ohne Aufsehen eine Röhre vom Lauschernest durch die Wand der Sakristei zu treiben.

Markwart griff den Grundriß und auch die Abschriften des Ulrikus aus den Werken der weisen Brüder.

Beides stopfte er unter seine Cuculle und eilte zur Kirche. Er hatte sich erst einige Meter von seiner Cella entfernt, als Hufe trommelten. Er verharrte und hastete zurück, nachdem an die Pforte gewummert wurde.

Zwei Konversen standen draußen. Zwei Bewaffnete blieben im Sattel und bewachten die Pferde der beiden, die ins Kloster rannten und in der Schule verschwunden waren, bevor der Pförtner die Pforte wieder geschlossen hatte und in seine Cella ging. Er rechnete mit der baldigen Rückkehr der beiden Konversen, und in seiner Ungeduld bat er sogar den HERRN, daß es so geschehen möge.

Während Markwart wartete, überbrachten die beiden Konversen dem Abt die Nachricht vom Verlust des Dorfes, wovon einer später berichtete. Pankraz erste Reaktion war, seinen Kopf zu schütteln. Etlichemal durchmaß er auf diese Weise den Raum, bis er unvermittelt stehenblieb und schrie: »Nein!« Nach kurzer Pause etwas leiser: »Nein, das ist nicht wahr!«

Minutenlanges Schweigen folgte, weil die Konversen nicht wagten, ihrem Abt zu widersprechen. Aber allein, daß sie seine Auffassung nicht stärkten, ließ in sein Bewußtsein sickern, daß das Dorf doch verloren war. Umgehend nahm er seine Wanderung wieder auf, die er abrupt vor den beiden Gästen unterbrach.

»Ihr wartet draußen!« herrschte er sie an und rief den Wachkonversen herein. Dieser lief gleich darauf mit dem noch in seinen Ohren dröhnenden Auftrag hinaus, Lothar zu holen.

Es bedurfte keiner langen Zeit, bis der Dicke kam mit hängendem Kopf und herabbaumelndem Stab. Den legte er sogar ab, bevor er in die Höhle des Löwen trat, die daraufhin erzitterte: »Ich habe es immer gesagt: Die Dörfer müssen mit allen militärischen Mitteln gesichert werden!«

Auch die unten lauschenden Brüder hörten diese Worte, das Stampfen des Fußes und das folgende Gebrüll von der Unfähigkeit des Dekans, bis sie von der Klosterwache davongescheucht wurden. Allein Notker, der sich unter die anderen gemischt hatte, blieb stehen. Und nach wenigen Augenblicken, als klar wurde, daß der Abt den Glockenruf zur Sext nicht vernommen hatte, leitete er den Gottesdienst.

Schon längst waren die Brüder aus dem Gotteshaus getreten und an ihre Arbeit gegangen, als die beiden Konversen gleich geprügelten Knaben zur Pforte schritten. Wortlos ließ sie Markwart hinaus, schloß ab und eilte zu Grimaldus.

Dieser hatte längst die Kerzen gelöscht und war dabei, letzte Spuren des Rußes zu tilgen, so weit seine Arme reichten. Er wunderte sich, daß ihn der Pförtner auf eine Bank zog.

»Wollen wir nicht in die Sakristei gehen?« fragte Grimaldus und schüttelte kurz darauf seinen Kopf. »Nie wieder werde ich den Vorschlag machen«, korrigierte er sich.

»Wirst du«, widersprach Markwart, »und zwar, wenn Satanas nicht mehr da ist.«

»Meinst du, hier werden wir nicht belauscht?«

»Keiner kennt die Akustik besser als du. Und hierunter gibt es keinen Gang. Zudem verlassen sich die Vasallen des Abtes wohl darauf, daß in der Kirche Schweigepflicht herrscht.«

Grimaldus schüttelte seinen Kopf und sagte: »So schwach ist unser Verstand, daß er uns lehrt, ein Versteck aufzusuchen, wenn wir Heimlichkeiten auszutauschen haben. Aber das ist genau das Falsche, weil die Mithörer auf dieses Grundverhalten bauen.«

»Hol doch bitte mal zwei Lektionare«, bat Markwart.

Als der Sakristar damit zurückkehrte, legten sie diese

auf die gleichnamigen Pulte, die an den vor ihnen befindlichen Lehnen befestigt waren. Zum Jux tat der Pförtner sogar, als übe er einen Gesang, und dabei zog er das Bündel jener Pergamente heraus, auf die Ulrikus aus den weisen Büchern abgeschrieben hatte.

Davon erzählte er Grimaldus, und beide Männer vertieften sich in die Texte, Markwart in jenen des Rudolf, der wohl kein Haupthaar mehr gehabt hatte. Grimaldus nahm sich den des Franzosen vor.

Sie brauchten nicht lange, um übereinstimmend festzustellen, daß Pankraz den von beiden gelehrten Brüdern gebrandmarkten Katharern sehr nahe gekommen war. Das betraf seinen Dualismus von Gut und Böse in der Welt, seine verwerfliche Auffassung, daß der Teufel die Schöpfung vollendet habe, auch die Überbetonung jener Stellen der Heiligen Schrift, die auf den Kampf im Himmel verweisen.

Der Sakristar zitierte sogar einen Satz Pankrazens aus dem Kopf: *Für diesen Abfall von Gott haben wir zeitlebens Buße zu üben, bis wir aus diesem Jammertal in unsere himmlische Heimat zurückkehren.*

»So zitiert der Kahle auch die Katharer«, sagte der Pförtner. »Nur eine Behauptung des Satanas finde ich in dem von Ulrikus Abgeschriebenen nicht.«

Grimaldus ahnte, was sein alter Freund meinte, und bewies ein zweites Mal, daß auch er über ein gutes Gedächtnis verfügte: *»All das kann aber alsbald eine Wendung nehmen, wenn es uns nämlich gelingt, die reine Seele aller wiederherzustellen, das Böse aus ihr und letztlich aus der Welt zu vertreiben. Dann kann auch auf Erden ein Himmelreich sein.«*

Er gab die Pergamente an Markwart zurück und fügte an: »Das ist ganz fraglos Ketzerei, und also dürfen wir uns nicht nur widersetzen, als gute Katholiken müssen wir es sogar.«

Woher er als Ängstlicher diesen Mut nahm, wußte er

nicht zu sagen. Doch seine Befürchtung blieb, daß er ihn verlieren würde, wenn die Auseinandersetzung begann.

* * *

Aus dem Tagebuch des Novizen Bertold
(5. Mai 1122)

Ich hörte das Toben des Abtes. Und das hat mich bewegt, an meinem Bild zu malen. Zwar habe ich noch immer keinen Rhythmus, keine Harmonie gefunden. Doch die brauche ich auch nicht mehr. Denn am Bild gilt es nur noch zu vollenden, was ich vorgezeichnet habe.

Also kann ich mich nicht in der Form mehr irren, höchstens noch in der Farbe. Das aber betrachte ich nicht als schlimm, denn wie die Hölle wirklich aussieht, weiß keiner von uns. Und das einzige, was ich noch formen muß, ist das Gesicht des Satanas. Allerdings glaube ich nicht, daß ich es je vergesse. Es ist so …

Diesen Satz schrieb ich nicht zu Ende, weil ich mich wohl täuschte. Wie ich zunächst Pankraz gesehen habe, ist er nicht. Wenn ich nicht mit den Augen auf ihn schaue, die ihn anhimmeln und einen Gott aus ihm machen, bleibt fast nichts von seinem Ausdruck übrig. Denn das schüttere Haar zähle ich nicht dazu, auch kaum die fliehende Stirn. Aber die Augen geben der Person den Charakter, und die sehe ich nicht blitzen, die blicken vielmehr ins Leere.

Ich habe noch einmal zurückgeschlagen, zu jener Eintragung, in der ich ihn ausführlich beschrieb, und zwar aus der Warte des Kleinen, der den Großen verehrt. Nun schütten die grünen Augen über mich keine Glut mehr, eher fixieren sie nicht und blicken nach Innen, wodurch sie leer wirken. Auch sein Gesicht ist oft erstarrt.

Wie hatte er mich damals im Bann, als ich kaum etwas von ihm zu schildern wußte als das, was ich soeben aufschrieb, und die herabgezogenen Mundwinkel. Wenn mir aber nicht mehr an ihm aufgefallen ist, war er schon damals formlos, ja beinahe gesichtslos. Ich hege den Verdacht, daß der Bart mehr aus ihm macht als alle seine angeborenen Züge. Aber das will ich nicht beim Verdacht belassen. Ich werde ihn malen und ihn dabei seines Bartes berauben.

* * *

Markwart hatte kaum die von Ulrikus hinterlassenen Dokumente unter das Dielenbrett gesteckt, als einer durch die Tür trat. Zum Glück hatte der Pförtner den Schlüssel noch in der Hand, so konnte er beim Aufstehen erklären: »Der war mir heruntergefallen.«

Aber er hätte auch sagen können, daß sich die Erde um die Sonne dreht oder der Abt ein Katharer ist. Dekan Lothar hätte es kaum vernommen, so war er in sich gekehrt, und forderte nur in barschem Ton: »Öffnen!« Womit er die Pforte meinte.

Markwart stapfte hinaus und erfüllte dem Feisten seinen Wunsch. Dessen zerknittertes Gesicht und auch, daß keine Reiter auf ihn warteten, deutete an, daß er bei seinem Oberen in Ungnade gefallen war.

Aber mit so einem war dennoch kein Bund zu flechten. Dessen Ansinnen konnte nur darin bestehen, sich in den Augen des Abtes wieder zu rehabilitieren. Folglich war der angeschlagene Lothar noch gefährlicher, als wenn er selbstgefällig seinen Bauch vor sich herschob und seinen Stab gönnerhaft zum Gruß hob.

Der Pförtner sah dem Gedemütigten hinterher, bis auch sein Kopf verschwunden war. Dann schloß er die Pforte, drehte sich herum und verharrte. Vor seiner Cella stand Johannes.

»Wollte dich mal wieder besuchen«, sagte er.

»Fein«, lachte Markwart, obwohl er daran nichts lustig fand, und tappte zu seinem Gast.

»Was führt dich zu mir?« wollte er in der Cella wissen.

»Eine Mitteilung.«

»Laß hören.«

Johannes beugte sich nach vorn und flüsterte: »Ich halte das, was der Abt nach der Totenmesse für Ulrikus sagte, für eine Abweichung vom Christentum.«

Markwart behielt für sich, daß auch weise Männer meinten, dies sei Ketzerei, und fragte seinerseits: »Was meinst du, wie Ulrikus zu Tode gekommen ist?«

»Er hat sich vergiftet.«

»Aber aus welchem Grund soll er das getan haben?«

»Weiß nicht, vielleicht war er unzufrieden.«

»Er war Mönch, und schon für einen einfachen Christen verbietet sich die Selbsttötung.«

»Du meinst ...?«

»Was soll ich meinen?« forderte Markwart seinen Gast weiter heraus.

»Ehm, also ... vielleicht, daß er es nicht selbst getan hat.«

»Ach bewahre!« wehrte der Pförtner ab. »Die zwei Kranken konnten doch nicht aufstehen.« Er machte eine Pause, tat, als ob er lauschte. Das bewirkte den erwünschten Nachahmungseffekt. Somit war Johannes einen Augenblick abgelenkt, und Markwart fragte: »Oder waren noch andere in der Bibliothek?«

»Nein – so sagt man wenigstens.«

Der Pförtner nickte. Weshalb er gegenüber Johannes sein Mißtrauen länger bewahrte als gegenüber Heimbrecht, war bislang nur auf dem Einwurf auf dem Konzil begründet gewesen. Aber daß es weitere Gründe gab, hatte ihm das entschiedene Nein des Gastes bedeutet, zumal dieser die Erklärung, daß es so gesagt werde, in zeitlicher Verzögerung und mit zuviel Gleichgültigkeit nachgeschoben hatte.

»Tut mir leid, ich muß los«, sagte der Pförtner und griff eines der beiden Bücher, zwischen denen ihm der

Novize die Mappe des Ulrikus gebracht hatte. Johannes nickte und ging voran. Draußen sagte Markwart: »Weißt du, was ich vermute?«

Auf das Schulterzucken seines Gastes hin fuhr er fort: »Hinter der Mauer in der Kirche befindet sich nicht das Grab des Klostergründers, sondern eine Botschaft von ihm.«

Nach diesen Worten trat seinem Gesprächspartner Schweiß auf die Stirn. Markwart mußte ein Grinsen unterdrücken. Er hatte nur versucht, ein Gerücht auszustreuen, um die Zuverlässigkeit des Johannes zu prüfen. Aber womöglich hatte er die Wahrheit berührt, und wenn dem so war, mußte dieser sogar enge Beziehungen zum Abt besitzen. In solchem Fall durfte er gar nicht erwarten, sein Gerücht aus anderem Mund wiederzuhören.

Beide Männer verabschiedeten sich. Der eine ging Richtung Gotteshaus, der andere ins ehemalige Pilgerhaus. Kaum hatte Markwart die Tür hinter sich zugezogen, lauschte er. Von oben drangen gedämpfte Stimmen herab, sonst war Stille.

Die nutzte er, machte zwei Schritte, bis er sein Ohr an die Tür der angeblichen Krankenstube legen konnte. Dabei schreckte er zurück, denn sie war nicht zugeklinkt und hatte sich eine Winzigkeit geöffnet. Zwar sah er durch den Spalt nichts, aber er hörte die Worte, die von oben gedämpft herabklangen, deutlicher als zuvor.

Mehr hatte er nicht wissen wollen und stieg die Treppe hinauf. Für einen Moment stutzte er zwischen den Büchern, weil er keinen sah. Aber die Stimmen, die er nun ganz klar vernahm, führten ihn in den kleinen Raum mit den Lesepulten. Zwei der älteren Chormönche standen darin. Beide hörten nicht mehr gut, und deshalb sprachen sie laut über das, was sie bewegte: ob Anselm der Anbeginn eines neuen Denkens sei oder der Höhepunkt und Abschluß eines alten.

»Das überlaßt mal unseren Kindern«, mischte sich Markwart ein und erntete Unverständnis.

»Erstens dürfen wir darüber schon nachdenken und sollten es auch«, brachte der eine seinen Widerspruch zur Geltung.

»Und wer exakt ist«, fügte der zweite an, »der spricht nicht von unseren Kindern, sondern von denen unserer Generation.«

Markwart hielt mit einer ebenso weisen Bemerkung dagegen, weil er wollte, daß sich ein Disput entwickelte. Allerdings legte er währenddessen sehr lange Denkpausen ein, wenn er an der Reihe war. Er hoffte, daß sich die Lauscher einmal durch ein Räuspern oder Husten verrieten. Aber hier waren umsichtigere am Werk als in der Sakristei.

* **

Aus dem Tagebuch des Novizen Bertold
(5. Mai 1122)

Dekan Notker ließ mich rufen, und in diesem Augenblick kehrte meine Angst zurück. Mit weichen Knien folgte ich dem Wachkonversen. Aber der ging nicht zur Schule, sondern zu dem Gotteshaus.

In jenem Teil des Querschiffs, das einst die Bücher barg, hat er mir gesagt, ich sei ein treuer Junge. Wie er das gemeint hat, konnte ich mir denken, und er selbst hat es mir bestätigt, indem er fortfuhr: Ich kann mir vorstellen, daß du ein Mitglied der Propugnatores wirst.

Zunächst glaubte ich, daß mich ein Blitz durchzuckt. Aber als ich daran dachte, daß ich gehen konnte, wann ich wollte, und nur ein paar Tage brauchte, die Hölle zu vollenden und Satanas zu malen, wurde mir denn leichter. Zum zweiten Mal wählte ich die Taktik der Verzögerung. Ich sagte dem Dekan, weil ich noch so jung sei, müsse ich mich erst beraten mit einigen der Brüder, die vor mir dem Bund beigetreten sind.

Das hat Notker gut gefallen. Du machst dir wenigstens Gedanken, sagte er zu mir und ließ offen, wer sich keine machte. Auch sprach er noch nicht an, daß ich lauschen solle.

Stunden sind vergangen, seit ich die letzten Zeilen schrieb. Nun ist die Angst ganz und gar von mir gewichen. Als ich zurückkam in die Bibliothek, standen drei Brüder im Leseraum und stritten über Anselm. Markwart gab den beiden andren schließlich recht, damit sie gingen.

Hiernach zog er mich ins Freie und erklärte mir, daß der Leseraum belauscht wird. Ich machte ihm darauf den Vorschlag, daß ich die Lauscher in die Irre führen könne.

Nimm dich in acht! warnte mich der Pförtner.

Ich sagte ihm, daß mir klar sei, was mit den Brüdern geschieht, die dem Abt ein Dorn im Auge sind, und erzählte ihm, daß ich sah, wie Jarich verschleppt wurde. Daraufhin erfuhr ich, daß dieser Bruder lebt, auch Tutilo und Burchard.

Leider konnten wir nicht länger stehenbleiben, denn immer wieder gingen Konversen mit langen Ohren an uns vorbei. Aber wir haben uns noch zugeflüstert, daß wir beide nicht glauben, daß sich Ulrikus selbst getötet hat.

XIX

Am Montag gingen vier Brüder zum Vermessen. Als sie gehörigen Abstand von allen Gebäuden hatten und niemand sich in ihrer Nähe aufhielt, mußte Hartmann noch einmal seine Erlebnisse erzählen. Seine Verletzungen zeigte er diesmal nicht, zumal sie im Abheilen begriffen waren. Aber die Hoffnungen der anderen schürte er, daß es ein Wiedersehen mit Tutilo, Burchard und Jarich geben könne.

Hiernach berichtete Grimaldus, daß er belauscht wurde, und Markwart erzählte von dem, was ihm Ulrikus hinterlassen und was er selbst herausbekommen hatte. Dabei wechselten die Männer stets ihre Position, vermaßen auch, gingen auseinander und kamen wieder zusammen, so daß ihr Tun für einen Beobachter echt wirken mußte, wenngleich sie die angebliche Auswertung der Ergebnisse in die Länge zogen.

Der Pförtner wurde dabei nicht müde, den Griffel übers Pergament wandern zu lassen, meist mit einem winzigen Abstand, so daß er keine Spuren hinterließ.

»Wir sollten den Aufstand wagen«, schlug schließlich Heimbrecht vor.

»Noch sind wir zu wenige«, gab Hartmann zu bedenken.

»Und ohne straffe Organisation wird es nicht gehen«, sagte Markwart, was nicht ohne Folge blieb. Die anderen drei bestürmten ihn, die Führung zu übernehmen.

»Ich bin bereit, daß bei mir Fäden zusammenlaufen, auch, so etwas wie einen Operationsplan zu entwerfen«, sagte der Pförtner schließlich. »Aber wir dürfen uns nicht bei mir in der Cella treffen, überhaupt darf es keinen festen Anlaufpunkt geben, weil die Leute des Pankraz dann alle auf einmal auflaufen lassen könnten.«

Deshalb beschlossen die Männer, ein jeder von ihnen sammele jene um sich, die ihm nahestanden und mit des Bärtigen Vorgehen nicht einverstanden waren. Alle vier wollten sich zwar austauschen, wie am besten Irrtümer auszuschließen seien, aber keiner sollte dem anderen verraten, mit wem er zusammenarbeitete.

Darauf hatte Markwart bestanden. Falls sich ein Gefolgsmann des Satanas im Schafspelz einschleichen sollte, durften nicht alle, die sich gegen die Macht Pankrazens auflehnten, entborgen werden können.

* * *

Aus dem Tagebuch des Novizen Bertold
(7. Mai 1122)

Die Gerüchte mehren sich und werden immer lauter, daß Ulrikus Gift genommen habe, weil sein Geist verwirrt gewesen sei. Das kann ich ganz und gar nicht glauben. Bis zu seinem letzten Lebenstag blieb ich mit ihm zusammen. Am Leib war er zwar krank gewesen, und seine Seele war bedrückt, weil er gewußt hat, welche Gefahr ihm drohte. Aber sein Verstand ist immer klar geblieben.

Also vermute ich, daß mit dem Gerücht etwas verschleiert werden soll, und das kann nur sein, daß Ulrikus sich nicht selbst getötet hat. Dafür spricht auch, daß seit heute morgen ein weiteres Gerücht die Runde macht. Es besagt, Ulrikus habe nur ein Strafgericht des HERRN vorweggenommen, ein Strafgericht, das ihn getroffen hätte, weil er mit dem Teufel einen Bund geschlossen habe.

Erstens ist das Unsinn, weil man einem Strafgericht des Himmels niemals entfliehen kann. Spätestens am Jüngsten Tag findet es für alle statt. Und zweitens soll verschleiert werden, daß Ulrikus in der Tat einen üblen Bund geschlossen hatte, allerdings mit einem Satanas auf Erden, der sich Abt Pankraz nennen läßt. Dem Bärtigen zu folgen war Ulrikus' größter Fehler, und nur daraus resultiert sein frühes Ende.

Und ich habe leider nichts getan, um ihn davon zurückzuhalten. Bin ich zu jung dafür oder Pankraz zu verschlagen? Mir ward erinnerlich, wie der Obere von Riess das Gericht am Jüngsten Tag ablehnte und sich dabei auf das Lukasevangelium berief.

Also nahm ich mir die Bibel und suchte jene Stellen auf (23, 43), wo Jesus einem Mann am Kreuz, der mit ihm fühlt, in Aussicht stellt, am gleichen Tag im Paradies zu sein. Und an der zweiten Stelle (16, 22) lese ich von einem reichen Mann und dem armen Lazarus. Als sich begab, daß der Arme starb, wurde er getragen in den Schoß von Abraham. Der Reiche indes wurde nach seinem Tod begraben.

Wie töricht war ich doch, nicht zu bemerken, wie Satanas gelogen hatte! Denn in der Bibel steht geschrieben, daß unser Jesus nur zweien einen Dienst erwiesen hat, jenem, der mit ihm fühlte, und jenem, der allzu arm gewesen ist. Jedoch gilt das nicht für alle, was offenbar wird, weil der Reiche sein Grab erhält und gewiß warten muß bis auf jenen Tag, an dem der HERR der Richter ist.

Die Scham rötet mein Gesicht, aber zugleich fliegt mir ein Gedanke zu: In manchen Büchern für das Volk wird ebenfalls davon gesprochen, daß nach dem Tode eines jeden über ihn Gericht gehalten werde.

Wenn Abt Satanas das für richtig hält, will ich ihm in meinem Bild das gleiche widerfahren lassen. Ich werde ihn nicht nur aus der Hölle steigen lassen, sondern zugleich soll ein Blitz vom Himmel herniederfahren, der das Herz des Bösen trifft.

* * *

»Das Dorf ist weiterhin in unserer Hand«, preßte Lothar heraus. »Nur ein paar Frauen aus dem Dorf, das verlorengegangen ist, bereiten uns Schwierigkeiten.«

Auf dieses Abwiegeln seines Dekans bellte der Abt: »Die Weiber sind gefährlicher als die bewaffneten Horden!«

Diese Worte hörte Markwart, der gekommen war, weil er für Hartmann und die anderen wieder Freistellungen für die Vermessung erwirken wollte. Doch der Wachkonverse kehrte zurück, der einem körperlichen Bedürfnis nachgegangen war. Er drängte den lauschenden Bruder ab, und dieser ging zu seiner Cella.

Markwart wollte dem Bärtigen nicht gegenübertreten, wenn diesem der Schaum vor dem Mund stand. Doch noch hatte er sein Ziel nicht erreicht, als mit Fäusten gegen die Tür geschlagen wurde. Er rief seine bekannten Worte und öffnete zunächst die Klappe. Durch sie erkannte er etliche Berittene, die schwer bewaffnet waren und eine Fahne mit dem Wappen des Herzogs bei sich führten. Dennoch fragte der Pförtner nach dem Begehr und hörte:

»Wir überbringen ein Ultimatum unsres Herzogs.«

»Ich darf nur einen Boten hereinlassen, und unbewaffnet muß er sein«, erklärte Markwart, dem so viel Gewalt unheimlich war. Daraufhin entledigte sich einer seines Spießes und des Schwertes. Auch das Messer legte er auf die Erde und erhielt vom Anführer der Gruppe ein zylindrisches Lederfutteral.

Diesen Mann ließ der Pförtner ein, schloß die Pforte wieder und geleitete den Fremden zur Schule.

Kaum waren die Berittenen von dannen, als Markwart zum ersten Mal die Gruppenbildung nicht verfluchte. Er brauchte nur die Brüder, die er sah, nach jener zu fragen, der auch Hartmann zugeordnet war, und wenig später standen sich beide Männer gegenüber.

»Ich weiß, was du willst«, sagte der jüngere. »Bei mir war der Novize und erzählte mir von den Herzoglichen.

Unterdes habe ich auch Grimaldus und Sibrand informiert.«

»Heimbrecht werde ich Bescheid sagen«, erklärte der Pförtner und zog Hartmann noch weiter von dessen Gruppe weg, bevor er anfügte: »Wenn die Herzoglichen gegen das Dorf anreiten, sieht es auch schlecht aus für Tutilo, Burchard und Jarich.«

Hartmann nickte und sagte: »Aber einen Aufstand können wir noch nicht wagen. Also bleibt uns nur das Beten für unsere Freunde und die Bitte an den Himmel, der Herr möge Pankraz einmal eine Einsicht schenken.«

»Für dich wird es hier auch gefährlich«, sagte Markwart, »weil Pankraz und seine Gefolgsleute wissen, daß du im anderen Dorf warst, und in ihrer Panik vielleicht nicht wollen, daß breitgetragen wird, was du weißt. Denk ans Schicksal von Leonius und Ulrikus.«

»Deren beider Tod habe ich vor Augen, und folglich kann ich mich besser schützen.«

»Ich hielte für besser, du tauchtest unter.«

* * *

Aus dem Tagebuch des Novizen Bertold
(8. Mai 1122)

Letzte Nacht wagte ich, was den Regeln widersprach. Ich ging nicht ins Dormitorium, sondern schlich mich zurück in die Bibliothek. In letzter Zeit ging vieles drunter und drüber, so daß kaum ein Bruder mich im Schlafsaal vermißte, und nur einer fragte heute morgen, einer aus der Zehnergruppe.

Meine größere Sorge war, daß mich die Lauscher hören, die in den Krankenstuben sitzen. Aber die haben wohl ganz fest geschlafen und nichts vernommen, nicht einmal das Licht gesehen, das die Kerzen mir im Dunkel schenkten, damit ich malen konnte.

Kaum hatte ich begonnen, die Farben mir zu mischen

und den Pinsel mit Zartgefühl zu führen, hatte ich die Welt um mich her vergessen. Nicht einmal das Übel quälte mich, nicht der Tod unseres Bibliothekars, erst recht nicht der Abt Satanas, denn der war für mich ein Spielball meines Pinsels.

Rasch hatte ich die Hölle fertig, eigentlich nur deren Zugang und die vielen Leute, die der Schlund zu sich zieht und letztlich schluckt. Nur einer kommt heraus aus dem düster-roten Abgrund. Und jener ist der Satanas. Mit der Figur habe ich es mir sehr leicht gemacht, als sie unten nur wie ein Schatten wirkt und zur Brust hin erst Kontur gewinnt.

Die Schultern sind sehr klar zu sehen, aber verdeckt von einem Umhang, der einer Cuculle gleicht, die schwarz ist und an vielen Stellen glüht. Kurz vor der Vigil malte ich den Hals. Und dann drängte mich die Zeit. So habe ich kurzerhand vom Kopf den Umriß nur gemalt.

Inzwischen ist es Tag geworden, die ersten Brüder kommen bald, sich Bücher auszuleihen oder auch im kleinen Raum zu lesen, in dem ich stehe und dem Pergament anvertraue, was ich tat und was ich denke. Letzteres ist mir besonders wichtig. Wenn ich auf den Umriß sehe, welcher der Kopf des Satanas bald werden wird, dann wird mir klar, was vor allem fehlt. Das ist der Bart, den Pankraz trägt.

Ich fiebere der nächsten Zeit entgegen, in der ich malen kann, weil ich mir vorgenommen habe, das Gesicht des Satanas erst so zu malen, wie ich es fast jeden Tag vor mir sehe, und dann werde ich ihm nehmen, was seine Besonderheit ausmacht: seinen Bart. Mich würde es nicht wundern, wenn etwas bliebe, das keinen Ausdruck hat, das so leer ist wie ein Gefäß, aus dem das Wasser ausgeflossen ist.

* * *

Der Wind wehte von Osten trockene und kühle Luft heran, die über Nacht Reif aufs Gras gelegt hatte. Und diese trug vom Lager der sogenannten Verteidiger des Klosters Gerüche heran und auch manches Geräusch.

Markwart ging durch die Pforte, um den Ausdünstungen näher zu sein, und stellte auf Höhe der Seelsorgkirche fest, daß er kaum mehr roch, aber besser hörte, was sich unten abspielte.

Nur wenige Stimmen unterschied er. Dadurch vermochte er sich einen Reim darauf zu machen, weshalb in den letzten Tagen sehr wenig Rauch aus dem Wald aufgestiegen war. Die sogenannten Verteidiger waren also ausgerückt, um das Dorf zu halten.

Kaum war ihm dieser Gedanke durch den Kopf gegangen, eilte er zur Pforte zurück. Tags zuvor, als das Ultimatum des Herzogs eingetroffen war, hatte er noch an die drei verschleppten Brüder gedacht, aber an diesem nicht für sie gebetet. Im Laufen faltete er seine Hände und bat den HERRN, ihm seine sträfliche Sorglosigkeit nachzusehen und den Brüdern Tutilo, Burchard und Jarich noch eine Frist zu gewähren.

Indes gönnte die ihm der feiste Dekan nicht. Er kam durch die offenstehende Pforte geschnauft, und anstelle seines Stabes trug er eine Lederhülle, die vermutlich eine Antwort des Abtes aufs Ultimatum des Herzogs enthielt.

»Weshalb steht hier alles offen?« ließ Lothar seine Wut am Pförtner aus und belehrte ihn gleich einem Eleven, welche Gefahren dabei entstünden und wozu die Mauern da seien. Markwart trat unterdes von einem Bein aufs andere, denn er wollte zu Hartmann.

Aber der Dekan gönnte ihm keine Ruhe, bis vier bewaffnete Reiter sie ihm verschafften. Sie führten ein lediges Pferd mit sich, das für Lothar bestimmt war.

Dieser stapfte wortlos zu den Reitern hin. Markwart nutzte die Gunst und huschte durch die Pforte, die er verschloß. Alsbald hatte er die Gruppe gefunden, der Hartmann zugeordnet war. Vorsicht ließ er nicht walten, als er den Bruder zu sich winkte.

Allerdings gingen beide dorthin, wo sie nicht belauscht werden konnten, bevor der Pförtner sagte: »Die Kämpfe um das Dorf, in dem die drei verschleppten Brüder festgehalten werden, sind vielleicht schon im Gange.«

»Unter diesen Bedingungen werde ich ins Dorf gehen«, entschied Hartmann.

Markwart nickte. Im Kloster nämlich hätte den Bruder und Freund der immer höher schäumende Zorn des Satanas getroffen, und aus des Pförtners Sicht war der nächste Mord schon geplant.

Geringer erschien ihm die Gefahr im Dorf, vorausgesetzt, seine Hoffnung erfüllte sich und Hartmann verhielt sich vorsichtig. »Vielleicht wäre es gut, wenn du nicht allein gingest«, sagte er, um das Wagnis für den Bruder noch weiter zu mindern.

»An wen hast du gedacht?«

»Vielleicht Bruder Heimbrecht, der mit uns die neue Kirche vermißt. Er ist noch jung und kräftig. Außerdem kennt er sich in der Gegend aus.«

Mit diesem Vorschlag war Hartmann einverstanden. Er kehrte nicht zur Arbeit zurück, sondern suchte Heimbrecht, während Markwart von der Glocke an die Pforte gerufen wurde. Ein Bauer stand draußen und brachte Hirse, um zwei Schafe mitzunehmen.

Wenig später kamen Hartmann und Heimbrecht. Ihnen gab der Pförtner auf den Weg mit: »Wir brauchen euch, und zwar alle fünf, um hier wieder christliche Ordnung zu schaffen.«

Wenig später ging der Pförtner zur Kirche. Die Zeit bis zum nächsten Stundengebet wollte er nutzen, für Hartmann und Heimbrecht zu beten, freilich auch für die drei Verschleppten. Er trat ins Gotteshaus, das auf ihn an diesem Tag verändert wirkte.

Er brauchte einige Atemzüge, bis er sah, daß die Gerüste und Vorhänge von den Fenstern im Querschiff entfernt worden waren. Offensichtlich hatten die Brüder inzwischen die Arbeiten daran beendet.

Einen Blick aus der Distanz wollte er auf sie werfen und ging im Langhaus nach vorn. Als er sich wieder umwandte, fesselte ihn ein Anblick, der seine Sorgen für einen Augenblick verdrängte. Die Sonne hatte bereits den Zenit überschritten und fiel seitlich auf die neuen Fenster ein. Dadurch wurde auch die Decke des Querschiffs erhellt, die noch immer rußgeschwärzt war.

Aber was war das für eine Rinne, die durch die eigenwillige Beleuchtung sichtbar wurde. Sie schien ihren Ausgang in einer Säule im Bereich der ehemaligen Bibliothek zu nehmen und über die Wölbung der Decke zu laufen, um an den nächsten Säule wieder herabzukommen, und zwar an jener, die ummauert worden war, weil sich angeblich das Grab des Klostergründers in der Tiefe befand.

Der Pförtner wußte, daß sich hinter der neuen Mauer ein Lauschernest barg, und verfolgte den Bogen von diesem aus noch einmal zurück, zu dessen Anfang. Doch als er wieder nach oben sah, war die Sonne um ein unmerkliches Stück weitergewandert, und da die Rinne geschwärzt war wie der ganze obere Teil der Kirche, erkannte sie Markwart in höherer Lage nicht mehr.

Also ging er zu jener Säule, aus der er sie hervorgehen sah, und erblickte dicht über sich den Anbeginn der Rinne. »O Herr im Himmel, erhöre mich!« rief er leise, wie man es beim Gebet auch tat, und war sich sicher, daß diese Worte die Lauscher vernahmen.

Nach seiner Überzeugung war während der Arbeiten an der Wand und den Fenstern ein Flüsterbogen eingeschlagen worden, der den Vasallen des Satanas ermöglichen sollte, die im Querschiff gesprochenen Worte zu vernehmen. Und zur Tarnung war er wohl mit Ruß abgedeckt worden.

Nach diesem Gedanken sah Markwart zum Langhaus, weil er fürchtete, auch die Gespräche darin könnten erlauscht worden sein. Indes war das Bogenwerk nicht geeignet, eine solch einfache Lauschvorrichtung zu installieren wie im Querschiff. Nachdem ihn das beruhigt hatte, klopfte er an der Sakristei und teilte seine Erkenntnis Grimaldus mit, indem er sie ihm auf ein Stück Pergament schrieb.

Zu einer Antwort kam der Sakristar nicht mehr, da er das Gebet vorbereiten mußte, während Markwart die verbliebenen Minuten nutzte, für die Brüder zu bitten, deren Leben in Gefahr schwebte.

Nach dem Stundengebet forderte der Abt die Brüder auf, vor die Kirche zu treten. Er wartete kaum, bis alle stillstanden, um zu sagen:

»Liebe Brüder! Die Welt besteht aus dem Guten und dem Bösen, wie ich schon mehrfach feststellte. Und das Gute kann nicht in Frieden leben, wenn es dem Bösen nicht gefällt. Einen solchen Zustand erleben wir gerade. Er ist zwar nicht bedenklich, weil wir stark sind und unsere Ausstrahlung eine Gewalt hat, wie sie noch nicht auf Erden vorgekommen ist. Dennoch müssen wir uns jetzt gegen Übergriffe des Bösen verteidigen. Dazu ist die Bereitschaft eines jeden erforderlich. Deshalb ordne ich an, daß jeden Tag nach der Sext an den Waffen geübt wird.«

Er sah in die Runde und erkannte die ängstlichen Blicke, besonders derer, die schon lange im Kloster weilten und die Priesterweihe erhalten hatten.

»Wir müssen uns verteidigen«, bekräftige er, als handele es sich dabei um eine Naturgegebenheit. »Dazu haben wir nicht nur das Recht, sondern auch die Pflicht, weil wir die Auserwählten sind. Freilich haben wir noch nicht den Zustand der Vollendung erreicht. Doch streben wir auf diesen zu, und je näher wir ihm kommen, um so leichter werden uns die Herzen und Seelen der anderen Menschen zufliegen. Die wenigen, die dann nicht zu uns gehören, sind die Kinder des Satans, die sich noch nicht aus dem Joch der Welt befreit haben.«

Pankraz hielt noch einmal inne, diesmal zu schauen, wie die höheren Gedanken katharischer Lehre bei den Brüdern ankamen. Doch die stießen sich weniger an den unvertrauten Worten als mehr an einer Gefahr, die sie nur ahnten. Das witterte der Bärtige und wollte deshalb mit einer Verkündung enden:

»Wir werden nur angefeindet, weil unsere Worte zu wenig hinausgedrungen sind. Deshalb werden wir uns beeilen, daß aus uns allen Vollendete werden. Und dann werden wir als electi, als Auserwählte, hinausziehen und mit noch größerem Erfolg vollbringen, was unsere Konversen in der Stadt und in mehreren Dörfern bereits erreicht haben. Fünfzehn Vollendete werden je Tausend Menschen mitreißen, und wenn diese erst Vollendete sind, werden sie wieder so viele für uns gewinnen, also sind es dann tausend mal tausend Menschen. Und so geht der Prozeß weiter bis zu seinem glücklichen Ende.«

Pankraz strahlte, und seine Stimme hatte immer freier geklungen, am Ende sogar wie ein Glücksgesang. Damit erreichte er, daß die meisten Brüder ihre Sorgen verdrängten. Das Gefühl der Festigkeit hatte er ihnen gegeben, die Hoffnung auf den endgültigen Frieden und die Genugtuung des baldigen Sieges.

* * *

Aus dem Tagebuch des Novizen Bertold
(8. Mai 1122)

In dieser Nacht habe ich geschlafen, denn der Körper forderte sein Recht. Aber am Morgen bin ich allein in der Bibliothek geblieben, und diese Zeit habe ich genutzt, meine Ideen umzusetzen. Ich zeichnete mit Kohle das Gesicht von unsrem Pankraz, so wie ich es in mir trage. Und alsdann löschte ich den Bart.

Ich traute meinen Augen nicht, obwohl ebendas geschah, was ich erwartet hatte. Der Satanas ist ohne seinen Bart kaum wiederzuerkennen. Er ist ein Nichts, weniger als ein Gesicht, das dutzendfach uns am belebten Ort entgegenkommen kann. Er ist einer derer, die man gar nicht sieht, weil sie nichts in uns bewirken.

Oder ist es anders, ist es vielleicht ein Wahn der vielen, die den einen, der ein Nichts ist, zu ihrem Führer küren? Erhielt der Satanas seinen tiefen Ausdruck, den ich einst meinte selbst zu sehen, aus einem kollektiven Wahn?

Das ist denn wohl die Lösung, die nur einer Bestätigung bedürfte: Wenn der Abt von seinem Amt enthoben und verurteilt wäre, vielleicht auch noch des Barts beraubt, womöglich sähe ihn die große Zahl dann nicht mehr als ihren Heiland an, sondern als das Nichts, das er wirklich ist.

Und diese Randerscheinung wäre er womöglich auch geblieben, wenn Riess nicht von der einen in die nächste Krise geschleudert worden wäre. Keiner der Brüder wußte einen Ausweg. Aber einer hat uns vorgelogen, daß er die Lösung wüßte, und dieser wurde von den Hoffenden zu dem gemacht, der sie dereinst erlösen sollte.

* * *

Der Novize klopfte stürmisch an die Cella des Pförtners und bat diesen, in die Bibliothek zu kommen. Aus der Begeisterung des jungen Mannes schloß Markwart, daß ihn diesmal kein Übel erwartete.

Aber als er vor dem Bild stand, klappte ihm der Kiefer herunter. Einerseits war er von der Perfektion überrascht, von der Ausstrahlung und von der ästhetischen Komposition. Was ihn aber in Zweifel trieb, ob er wachte oder träumte, erreichte Bertold, indem er dem Gesicht des aus der Hölle steigenden Teufels mal einen Bart gab und dann wieder die Schwärze übertünchte.

Da sich beide nicht im Leseraum unterhalten konnten, verließen sie ihn, und auf dem Hauptweg, den sie hin- und hergingen, hörte der Alte geduldig dem Jungen zu, um zu resümieren: »Das ist genial. Dem habe ich nichts hinzuzufügen. Du kannst also nicht nur prächtig malen, sondern trägst auch die Ansätze eines großen Denkers in dir.«

Dies wies der junge Mann in seiner Bescheidenheit zurück, wenngleich er auch ein wenig glücklich war, aus des Pförtners Mund ein solches Lob zu hören. Doch im nächsten Moment wurde er zum Zuhörer, während Markwart erzählte:

»Im Augenblick der Krise und Angst ist es wohl wirklich so, daß sich die Masse einer messianistischen und charismatischen Persönlichkeit zuwendet, und zwar nicht, weil sie deren Fähigkeit und Tüchtigkeit erkannt hat, sondern weil sie fühlt, daß dieser Führer ihr Bedürfnis nach Schutz befriedigen wird, und zwar zunächst mit seinem unbeirrbaren Glauben, stets im Recht zu sein, dann auch, weil sie ihn mit Stärke und Sicherheit identifizieren. Die Persönlichkeit des Führers kommt also nur dem Sehnen nach einer omnipotenten Gestalt entgegen, und daraus entwickelt sich gleichsam des Volkes Liebe für seinen erkorenen Führer, eine Liebe, wie sie eigentlich nur Gott selbst zukommt. Gleich dem Narziß sonnt sich der Auserwählte in seiner Anerkennung und badet sich in der Zuneigung derer, die sich freiwillig zu Untertanen machen, um ihre Sorgen abzugeben und auch die Verantwortung, die sie nicht tragen mögen. Für dieses Verhältnis ist wahrscheinlich das gesichtslose Gesicht eine treffliche äußere Erscheinung des sich selbst anbietenden Messias, der letztlich von der Menge in diese Position gehoben und mit dem Gesicht versehen wird, das sich ein jeder wünscht.«

Schweigend gingen nach diesen Worten beide eine Bahn, bevor Bertold sagte: »Und so einen habe ich einmal verehrt. Für so einen habe ich sogar einen Teil des wertvollen Pergamentes vernichtet, weil ich ihn in meinem Tagebuch kritisiert habe und mich für diese Kritik schämte.«

»Damit weißt du, wie man so einem verfallen kann, der zwar kein Gesicht hat, aber fraglos Charisma besitzt und so redet, als sei er der Messias persönlich. Deshalb sollten wir auch nicht zu streng über jene richten, die sich heute noch nicht von ihm gelöst haben, weil sie in sich nichts tragen, woran sie sich aufzurichten vermögen. Aber ich wüßte gern, wie du es geschafft hast, dich von Pankraz zu entfernen, denn das war die Voraussetzung, ihn als Satanas zu erkennen.«

Noch etliche Bahnen gingen die beiden und achteten nur selten darauf, ob ihnen einer entgegenkam oder jemand folgte. Als dann die Glocke an der Pforte läutete, fiel dem Novizen noch eine Frage ein, die er auf dem Weg zum Tor äußerte: »Notker will mich für den Bund werben. Wie soll ich darauf reagieren?«

»Sag zu, wenn dir keine andere Wahl bleibt. Ich denke, der ganze Spuk dauert nicht mehr lange.«

Bertold nickte und ging in die Bibliothek, während Markwart voller Hoffnung auf die Pforte zutrat. Aber draußen standen nicht jene Brüder, um die er bangte, sondern der Geistliche Gunther, der Bote des Bischofs. Der Kurzgeratene mit den scharf geschnittenen Zügen, die ihm etwas Kasperhaftes gaben, trug eine Pergamentrolle. »Zum Abt bitte«, sagte er und ließ seine berittenen Begleiter draußen warten.

Der Pförtner schloß die Pforte und verschwand grinsend in seiner Cella. Er vermutete, der Bischof wollte im Kielwasser des Herzogs auch seine Pfründe zurückholen.

* * *

Aus dem Tagebuch des Novizen Bertold (8. Mai 1122)

Zum zweiten Mal, seit ich im Kloster lebe, mußte ich nächtens hinaus. Diesmal fiel es mir nicht schwer, mich für einen Bruder zu entscheiden. Das tat ich, obwohl einer von der Klosterwache stets die Augen offenhielt. Aber ich rüttelte leis an Sibrands Schulter. Wenig später umfing mich eine Ahnung, die zuvor schon in mir lebte, mir aber nicht bewußt geworden war: Ich meinte, draußen könnte etwas sein, was wir wissen müßten.

Sibrand schien der gleichen Meinung anzuhängen. Er war sofort munter, fragte nicht und kam mit mir. Ich ging wie beim ersten Mal in Richtung Mauer, und da hörte ich ein Rascheln. Einen Augenblick habe ich geglaubt, es wiederhole sich, was ich schon einmal vor Augen hatte. Aber dann sah ich, wie zwei zum Friedhof huschten, die offenbar nicht erwartet hatten, daß wir aus dem Dormitorium kamen.

Gleich darauf waren sie verschwunden. Auch Sibrand hatte alles so gesehen, wie ich es wahrgenommen hatte. Also war Täuschung ausgeschlossen. Nur die Frage blieb: Wo waren die beiden abgeblieben? Sibrand und ich tuschelten miteinander, doch keiner von uns wußte eine Antwort auf die Frage. Also gingen wir zurück und hatten das Dormitorium noch nicht erreicht, als es drin lebendig wurde.

* * *

Der Grund, weshalb die anderen Brüder aufstanden, war die Vigil gewesen. Also lag zunächst der Verdacht nahe, daß es sich bei den Gestalten, die zum Friedhof gehuscht waren, um Lauscher gehandelt hatte. Aber wozu sollten sie ihre Ohren in der Zeit des Schweigens spitzen, die der Vigil folgte?

Über dieses Problem hatten sich Sibrand und Bertold

heimlich mit Zeichen verständigt. Jedoch konnten sie nicht unauffällig in der Nähe des Friedhofs forschen. Deshalb baten sie Markwart, mit ihnen nach den Laudes noch einige Messungen anzustellen.

Der Regel gehorchend, die auch nach dem Morgenlob Schweigen vorschrieb, gingen die drei Brüder los und verständigten sich unterwegs mit Zeichen, daß sie den Nordflügel des äußeren Querschiffes nachmessen wollten. Daran nahm keiner Anstoß, zumal ein jeder der Chormönche die Bewegungen der Hände und Arme deuten konnte, waren sie doch für alle Benediktiner verbindlich.

Auf diese Art kamen Markwart und seine Helfer auf den Friedhof, wo der Pförtner bedeutete, sie müßten noch weiter nach Norden. Das taten sie und hatten den Gottesacker im Blick. Die ersten Strahlen der Sonne überwanden gerade die Mauer, und in deren Licht wurde erkenntlich, was sonst nicht auszumachen war: Ein Rechteck, erheblich kleiner als ein Grab, wirkte feuchter als die Erde ringsum, die dienen sollte, die nächsten Verstorbenen aufzunehmen.

Die drei Brüder wandten sich mit ihren Meßinstrumenten nach Norden, wobei Sibrand mit Zeichen bedeutete, daß der neue Bau bis dicht an die Mauer heranreiche. Bei solchen Finten hielten sie sich noch ein Weilchen auf und stellten fest, daß nach einer halben Stunde die rechteckige Stelle sich nicht mehr vom umgebenden Erdreich unterschied.

Also war die Vermutung richtig gewesen, daß für gewöhnlich die verdächtige Stelle nicht auszumachen war. Bei Regen war alles feucht, und falls die Sonne schien, kamen die Brüder frühestens nach der Prim, wahrscheinlicher sogar erst nach der Terz in die Nähe des Friedhofes, wenn die Erde bereits oberflächlich abgetrocknet war. Zudem achtete niemand auf eine so wenig auffällige Besonderheit, wenn er keinen Argwohn hegte.

Die beiden Chormönche und der Novize trugen die Meßgeräte zurück zur Cella ostiarii, und dabei schwatzten sie, wenn sie meinten, nicht belauscht werden zu können. Diesen Verstoß gegen Benedikts Regel leisteten sie sich, denn sie wollten die Abtei zu ihr zurückführen.

Als sie Markwarts Häuschen erreichten, waren sie sich sicher, daß unter der verdächtigen Stelle sich ein Lauschernest befand. Das war im allgemeinen Durcheinander ausgehoben und – womöglich während eines Stundengebetes oder Konventes – mit einer Platte abgedeckt worden. Uneinig blieben sie sich nur, ob es sich um ein isoliertes Lauschernest handelte oder, wie Sibrand behauptete, um einen Einstieg zu verzweigten Gängen für die Zuträger Pankrazens.

Öffnungen zum Lauschen und zum Hereinlassen der Luft mußte es geben, auch wenn sie die drei Brüder nicht wahrgenommen hatten und Sibrand allein einen weiten Kreis gegangen war. Dafür hatten zwei von ihnen gesehen, wie kurz vor der Vigil die Lauscher ihre Position einnahmen. Und während des Nachtgebetes, so stellten sie sich vor, kam einer der Konversen und machte die Erde über der Einstiegsluke glatt. Deshalb war sie zunächst feuchter als ihre Umgebung.

»Da können wir froh sein, schon lange nicht mehr den Friedhof für unsere Gespräche ausgesucht zu haben«, sagte Markwart auf dem Weg zur Prim. Die beiden anderen nickten, obwohl sie noch nicht der Opposition angehört hatten, als sich der Pförtner mit seinen Freunden zum Gedankenaustausch auf den Gottesacker zurückgezogen hatte.

Allerdings gab Sibrand zu bedenken: »Wenn es sich um einen Einstieg zu unterirdischen Gängen handelt, können wir fast nirgendwo mehr sicher sein.«

»Ohnehin nicht«, blaffte Markwart.

»Aber woher mögen die Lauscher kommen?« fragte Sibrand nahe der Pforte, weil er spürte, wie der Pförtner sich gegen seine Auffassung verschloß. »Ich meine: Sie können nicht mit uns schlafen, weil sie andere Brüder wecken würden, wenn sie vor der Vigil hinausgingen.«

Bertold brauchte einige Sekunden, bevor ihm einfiel, was er nächtens beobachtet hatte, und erzählte: »Ich glaube, die kommen von draußen. Jedenfalls habe ich einmal gesehen, wie Leute in Cuculle im Dunkel hereinkamen. Womöglich halten sich in den Krankenstuben sogar erheblich mehr auf als die beiden angeblichen Patienten.«

* * *

Aus dem Tagebuch des Novizen Bertold (8. Mai 1122)

Ich traute meinen Augen nicht. Als ich nach der Prim die Treppe hinaufstieg, war die Tür zur Bibliothek nicht verschlossen. Sollte ich das am Abend zuvor vergessen haben? Reumut beschlich mich, obschon ich mir nicht sicher war.

Doch kaum war ich hineingetreten, sah ich Notker. Er grinste mich an, und sofort wußte ich, daß ich mich entscheiden müsse. Die Worte Markwarts kamen mir in den Sinn. Und mit denen im Rücken wehrte ich die erste Frage des Dekans ab, ob ich Bündner werden wolle.

Also drang er auf mich ein und sagte mir letztendlich: Im Kloster kann nur bleiben, wer dem Bund angehört. Er versuchte mich zu locken mit der Profeß: Die wird dir der Abt eine Woche später schon abnehmen, dann bist du endlich ein Vollmönch.

Ich griff zum letzten Mittel, versuchte meinen Augen Glanz zu geben und Freude auszudrücken. Das alles wolle ich so gern, sagte ich, das sei allein mein Ziel, um zum Schluß meiner Rede zu relativieren: Nur muß ich mit mir ins reine kommen, ob ich für all das tauge, also auch, ob ich mich zum Bibliothekar eigne.

Damit Notker nicht noch einmal auf mich einredete,

sagte ich ihm, am Montag der kommenden Woche würde ich auf ihn zukommen und ihm meine Entscheidung mitteilen. Bei diesen Worten zwinkerte ich, was für mich aber nicht Vertraulichkeit bedeutete, sondern eine Finte, den Feind in die Irre zu führen.

Das gelang mir auch, als sich der hagere Dekan mit Handschlag verabschiedete. Daraufhin ging ich zu meinem Bild. Noch bevor ich es erreichte, stand mein Entschluß fest. Am Montag muß es fertig sein. Ich will es auch nicht mitnehmen, sondern werde es, wenn ich gehe, Markwart überlassen.

Und zunächst habe ich nicht vor, die nähere Umgebung des Klosters Riess zu verlassen. Wenn sich in einer oder zwei Wochen die Kräfte in der Abtei formieren, die den Abt Satanas stürzen wollen, werde ich zurückkehren und daran mitwirken.

An diesen Entschlüssen hat sich im Laufe des Tages nichts geändert und wird sich auch nichts ändern. Denn als ich auf mein Bild sah, erkannte ich, daß jemand das Leinen hochgehoben hatte, unter dem ich es vor neugierigen Blicken verbarg. Da dies keiner der Leser gewesen sein konnte, weil die sich gegenseitig im Blick haben und auch ich auf sie achte, konnte es nur Notker getan haben, bevor ich am Morgen in die Bibliothek gekommen war.

Also war sein Werben für den Bund nur eine Finte noch gewesen, denn er mußte seinen Abt gesehen haben, wie er aus der Hölle aufstieg. Und so bleibt mir nur die Hoffnung, daß mir Satanas und die Seinen noch bis Montag eine Frist gewähren.

XX

Am Tag des HERRN kam ein berittener Bote in Cuculle, der dem Pförtner sagte, er sei ein Konverse des Klosters und begehre Einlaß. Obwohl Markwart diesen rauhen und abgerissenen Burschen noch nicht gesehen hatte, folgte er dessen Wunsch, führte ihn allerdings zur Schule, da in ihm noch der Geist des Benedikt waltete.

Hingegen war es gegen dessen Regeln, aus den Augen des Wachkonversen zu huschen und dennoch im Gebäude zu verbleiben. Die Erwartung des Pförtners erfüllte sich jedoch nicht. Satanas brach nicht in Wutgeschrei aus. Nicht einmal das Stampfen seines Fußes hörte er. Also war seine Annahme, das zweite Dorf sei auch gefallen, nicht bestätigt worden. Und da er sich nicht als Lauscher klassifizieren lassen wollte, ging er zu seiner Cella.

Wenig später kehrte der Bote zu seinem Pferd zurück und sprengte den Hügel hinunter. Hierauf ging Markwart vor die Mauern. Er wollte den Frühling genießen und dabei auch seine Nase in den Wind stellen, denn dieser wehte noch immer von Osten her.

Nachdem er sich ausgelaufen und an den Blumen ergötzt hatte, kehrte er mit der Gewißheit ins Kloster zurück, daß unten, im Lager der sogenannten Verteidiger, sich nur noch Wachen aufhielten oder aber daß es völlig leer war.

Das überraschte ihn nicht, indes hatte er nicht damit gerechnet, daß der Novize aus dem ehemaligen Pilgerhaus gestürzt kam. Dessen Kopf war hochrot, seine Bewegungen fahrig. Nachdem er den Pförtner ausgemacht hatte, eilte Bertold zu ihm und redete gleich los: »Stell dir nur vor, mein Bild ist zerstört, die Leinwand einfach mit Messern zerschnitten.«

»Hast du eine Ahnung, wer das war?«

»Das nicht, aber Notker war kürzlich allein in der Bibliothek, und er hat vermutlich das Bild gesehen und auch erkannt, daß sein Abt der Hölle entsteigt.«

»O Gott!« rief Markwart mit Blick zum Himmel, um gleich darauf seine Hände auf des Novizen Schulter zu legen. »Du bist in höchster Gefahr!« sagte er. »Du mußt das Kloster verlassen.«

»Das werde ich auch«, antwortete Bertold, »vermutlich noch heute. Aber erst will ich denen noch eins auswischen.«

»Sei vorsichtig!« Diese Worte mußte Markwart dem jungen Mann bereits hinterherrufen, weil Bertold zur Schule eilte. Folgen konnte er ihm nicht, weil Notker aus dieser Richtung kam, um in der Seelsorgkirche zu predigen. Und nachdem dieser hinaus war, kam Lothar geschnauft. Er ließ sich die Pforte öffnen, ging noch einige Schritte und stemmte dann die Hände in die Hüfte.

»Unglaublich!« tönte er und wandte sich Markwart zu, der die Pforte wieder schließen wollte: »Die bleibt offen, bis ich geholt werde!«

Mehr Worte hatte der füllige Dekan für den Pförtner nicht übrig, und dieser blieb gefangen in seiner Treue gegenüber den Regeln des Benedikt und den Consuetudines des Kolumban. Derentwegen blieb er an der Pforte und nicht, um sich dem Gehilfen von Satanas zu beugen. Dabei mußte er tatenlos zusehen, wie der Novize zum Pilgerhaus stürmte und anschließend zur Kirche lief, die ihn bald verdeckte.

Die Reiter ließen auf sich warten, bis zur Terz gerufen wurde. Diese erreichte Markwart nur, indem er zum Gotteshaus eilte, so rasch ihn seine alten Beine trugen. Doch auch nach dem Gebet kam er nicht dazu, mit dem Novizen zu sprechen. Pankraz forderte alle auf, ins Seitenschiff zu treten, das er vorzog, weil am Himmel Wolken drohten.

Der Abt legte dabei keine Eile an den Tag. Er kam als letzter und mußte dicht beim Pförtner vorbeilaufen. Dabei erkannte dieser, daß aus Satanas ein alter Mann geworden war. Ein Bein zog er ein wenig hinterher, sein Rücken war gekrümmt. Er zuckte mit den Mundwinkeln, und noch auffälliger war ein Zittern seiner rechten Hand, geradeso, als wollte er Ameisen abschütteln, die zuhauf über seine Finger liefen.

Aber als der Bärtige vorn stand, ging ein Ruck durch ihn. Noch war er nicht wieder der selbsternannte Messias, jedoch seine Stimme besaß bereits Festigkeit, auch stachen seine Augen, als er verkündete:

»Ein Sieg kann nur errungen werden, wenn man auch in schweren Zeiten zusammensteht. Die Kraft, die wir auf unserer Seite haben, ist stärker als jede andere, denn wir sind mit dem Himmel, unsere Gegner hingegen mit dem Teufel. Es ist ja jedermann bekannt, daß der Geschlechtsverkehr ein Teufelsgebot ist. Und wenn daraus Kinder geboren werden, sind sie dem Satan treue Untertanen. Jede Ehe ist Hurerei, *fornicatio*. Selbst Wollust ist ein Verbrechen. Fleisch darf nicht genossen werden, da alle Körper abgefallenen Engeln entstammen und unerlöste Menschenseelen womöglich in einem Tier ihre Strafe abbüßen. Käse, Eier, Milch sind ebenso verwerflich, nicht aber Fische, weil diese nicht aus der Zeugung, sondern aus dem Wasser hervorgehen. Das sind alte Gebote, und was tun die Menschen draußen, was tut selbst der Bischof?«

Gleich einem Peitschenhieb hatte die letzte Frage die Rundbögen getroffen, so daß die Lauscher hinter der Mauer ihre Ohren nicht aufzusperren brauchten.

Nachdem er sich von dem Rest der Welt abgegrenzt hatte, entwarf Pankraz seinen Schlachtplan, der hellen Ohren schon bekannt vorkam:

»Wir, die wir auf dem Weg zu den Vollendeten sind, betrachten zwar die breite Schicht außerhalb unseres Ordens nicht als Kinder des Satans, doch als solche, die sich noch nicht aus dem Joch der Welt befreit haben. An uns liegt es, daß jeder Mensch auf Erden die Möglichkeit erkennt, sich zu Gott hinzuwenden. Wir sind beauftragt, die anderen zu führen, damit sie selbst einmal Vollendete werden. Und dazu gilt es, bei allen die entsprechenden Fähigkeiten zu entwickeln und die Bereitschaft zur Unterordnung zu erwecken. Was wir in den nächsten Tagen vorbereiten, ist das Ausschwärmen in die Welt, die Botschaft von Gott und Friede hinauszutragen und alle Menschen auf den Weg zur Vollendung zu führen.«

Pankraz nickte und strahlte. Nun war er wieder jener Unbeugsame, als den ihn die meisten Mönche und Konversen kennengelernt hatten. Dadurch war in so manchen der Mut zurückgekehrt und entlud sich in einem langen Beifall.

Als der verebbte, brummelte Markwart vor sich hin: »Habt ihr denn nicht gemerkt, daß der Narziß heute eine Rede an sich gehalten hat, ganz allein an sich?« Wütend stapfte er aus dem Gotteshaus.

Jene, die zurückblieben, standen mit offenem Mund oder schüttelten ihren Kopf, bis einer sagte: »Unseren Abt hat der Pförtner wohl nicht gemeint.« Hiernach kam Bewegung in sie.

Markwart lief gesenkten Kopfes nach vorn. Aber bereits nach wenigen Schritten wurde seine Aufmerksamkeit vom Gemurmel jener gefesselt, die schneller waren als er oder den Gottesdienst versäumt hatten und vor der ehemaligen Schule standen.

Er sah hin und verharrte gleich einem Zinnsoldaten. Neben den offiziellen Sprüchen, die schon lange neben dem Eingang befestigt waren, hing ein Pergament, auf dem geschrieben stand:

Hier wohnt Abt Satanas.

Bevor sich das Gemurmel zu Rufen der Empörung steigerte, kam Engilbert mit zwei Leuten der Klosterwache geeilt. Er hatte erkannt, daß sich an der Schule etwas zusammenbraute, und war seiner Pflicht nachgekommen, vor dem Abt am bedrohlichen Ort zu sein.

Mit einem Ruck kam er auch der zweiten Pflicht nach, die Gefahr zu beseitigen. Und der schloß sich ein Gefallen an, den er seinem Abt tat, weil die Last, die auf dessen Schultern lag, nach seiner Meinung schon groß genug war: Er knüllte das Pergament zusammen und zischelte den Umstehenden zu: »Das hat keiner gesehen.«

Daraufhin schoben die Leute von der Klosterwache die Schaulustigen auseinander. Markwart eilte nach vorn. Schnaufend stieg er die Treppe des ehemaligen Pilgerhauses hinauf. Er fürchtete, daß nicht nur er die Schrift des Novizen erkannt hatte, der wohl gar nicht zur Terz erschienen war.

Allerdings war die Bibliothek abgeschlossen. Also polterte der Pförtner wieder hinab und schritt ratlos zu seiner Cella. Die hatte er noch nicht erreicht, als ihn jemand leise ansprach.

Bertold hatte sich zwischen der Mauer und dem Häuschen verborgen. Markwart ging zu ihm. Beide stellten sich hintereinander, so daß der schlanke junge Mann nicht für jene zu sehen war, die von der Schule her nahten. So schoben sie sich zur Pforte. Markwart reichte dem vor ihm stehenden Bertold den Schlüssel. Beide schritten durch die offene Tür, gingen ein wenig zur Seite, bis sie die Mauer barg.

»Danke«, sagte der Novize, umarmte den Alten.

»Du kommst nicht wieder?« fragte Markwart, weil der junge Mann in der Hand seine zweite Cuculle trug.

Bertold zögerte, bevor er versprach: »Ich kehre wieder, wenn wir Aussicht auf Erfolg haben.« Gleichsam zum Beweis dessen drückte er Markwart seine zweite

Cuculle in die Hand, bevor er nach Norden in den Wald hinein rannte.

Der Pförtner sah auf seine Hand und zuckte mit den Schultern, weil er nicht wußte, was er mit der Cuculle anstellen sollte. In diesem Augenblick kamen zwei Klosterwächter aus der Pforte. Andere riefen von der Bibliothek her: »Hier ist er nicht!«

Markwart begriff, daß er womöglich den jungen Mann doch nicht zur Gänze verdeckte hatte. Aber noch immer hielt er die Cuculle vor sich, und schlagartig fiel ihm eine List ein. Er lächelte die auf ihn zutretenden Wächter an und sagte: »Hier draußen ist es heller, da sieht man die Staubflecken besser.« Daraufhin schüttelte er den Stoff aus, so kräftig er nur konnte.

Der eine Wächter runzelte die Stirn. Überzeugt schien er nicht, aber seiner Verdachtsgründe war er auch nicht sicher, und so beließ er es bei der Frage: »Hast du den Novizen gesehen?«

Markwart sah auf die Cuculle, wendetet sie, blickte auch von oben hinein, bevor er seinen Kopf schüttelte. Mit leisen Flüchen zogen sich die beiden Gehilfen Engilberts ins Kloster zurück. Der Pförtner blieb noch draußen und tat weiterhin, als reinige er seine zweite Cuculle. Dabei grinste er in sich hinein.

Erst das Trappeln von Hufen machte ihn wieder ernst. Sofort ging er durch die Pforte und schloß sie halb, weil er meinte, daß des Abtes Feinde bereits anritten. Eine Erstürmung des Klosters wollte er nicht, eher eine friedliche Übergabe von Riess, wenngleich er nicht wußte, wie eine solche zu bewerkstelligen sein sollte. Indes kam einer derer zurück, mit denen der feiste Dekan losgezogen war.

»Ist Lothar schon am Ziel?« frotzelte Markwart.

»Was weiß ich?« knurrte der Reiter, sprang herab und eilte zur Schule. Inzwischen stieg im Pförtner eine Ahnung auf. Wenn der Begleiter nicht wußte, wo sich der feiste Dekan aufhielt, hatte sich dieser womöglich mit den anderen Bewaffneten vom Abt Satanas abgesetzt.

Markwart verließ umgehend seine Cella und ging zur Schule. Zwar erhielt er keine Bestätigung für seine Annahme, indes kehrte er mit der Gewißheit zurück, daß die Botschaft des Berittenen den Satanas zu Wutausbrüchen hingerissen hatte.

* * *

Aus dem Tagebuch des Novizen Bertold
(undatiert)

An jenem Tag des HERRN, an dem ich mit der gütigen Hilfe Bruder Markwarts aus dem Kloster geflohen war, hatte ich mich zunächst im Wald verborgen und auf ein Blatt Pergament eine Bitte an mögliche Angreifer formuliert, die ich ans Tor schlug.

Weil ich mich fürchtete, durch den Wald zu einer Ortschaft zu gehen, entschloß ich mich, die Straße zu nehmen. Falls ich Leuten des Satanas begegnen sollte, blieb mir allemal die Möglichkeit, ins Dickicht zu fliehen. Das tat ich auch einmal, und zwar, als ein einsamer Reiter den Hügel hinanritt.

Dabei wollte es der Zufall oder aber Gottes Wille, daß ich auf das Lager sehen konnte, in dem die sogenannten Beschützer des Klosters untergebracht gewesen waren. Nur einen Mann erkannte ich dort. Und der war wohl zurückgeblieben, um die Vorräte vor den Waldtieren zu schützen.

Nachdem das Hufgetrappel verklungen war, ging ich zum Weg zurück. Lange noch nicht hatte ich das Ende des Waldes erreicht, noch keines der Dörfer im Blick, als wieder das Geschnauf eines Rosses von unten nahte. Erneut verbarg ich mich im Busch. Aber darin hielt ich es nicht lange aus.

Ein Bauer fuhr mit seinem Pferdekarren den Hügel hinan. Und jene, die ich auf der Ladefläche sitzen sah, ließen mich jubeln. Es waren Hartmann und Heimbrecht, und sie hatten alle drei Verschleppten mitgebracht: Tutilo, Burchard und Jarich.

Ich lief zu ihnen hin, und die Freude war groß, als ich zu den Brüdern hinaufstieg. Nun waren wir sechs und der Bauer dazu. Da verbarg sich keiner mehr, als der einsame Reiter vom Kloster herabgesprengt kam.

* * *

Kaum hatte der Reiter die Abtei verlassen, läuteten die Glocken der Kirche. Sie riefen nicht zum Gebet, allerdings tönten sie auch nicht Alarm. Sie bedeuteten allen Brüdern, sich umgehend zu treffen. So strömten Chormönche und Laien zum Kapitelsaal und füllten ihn.

Zu aller Überraschung trat nur Notker vor sie. Die meisten hatten nicht mitbekommen, daß Lothar die Abtei verlassen, und nur einer ahnte, daß er sogar das Weite gesucht hatte. Wo der Abt sich aufhielt, hofften alle aus dem Mund des hageren Dekans zu vernehmen, der finster dreinschaute wie sonst selten nur.

»Liebe Brüder«, sagte er. »Wir sind derzeit sehr angespannt, weil es unendlich viel zu tun gibt und einige schwere Probleme zur Lösung anstehen. Deshalb ist unser verehrter Abt Pankraz auch nicht hier. Er ist dabei, eine Botschaft an den Bischof zu verfassen, und ich habe ihn gebeten, diese wichtige Tätigkeit nicht zu unterbrechen.«

Notker räusperte sich. Er meinte als einziger den wahren Zustand Pankrazens zu kennen, der am ganzen Leib zitterte und abwechselnd Wutanfälle und Depressionen durchlebte. Allerdings wußte er nicht, daß die Lauscher Engilberts allgegenwärtig und dazu übergegangen waren, auch ihren Oberen zu überwachen, denn niemandem war wirklich zu trauen. Aus diesem Grund ist einem Protokoll anvertraut worden, wovon Notker meinte es allein zu wissen.

»Was ich euch zu sagen habe, ist einfach«, setzte der hagere Dekan fort. »Wir müssen Vorsichtsmaßregeln treffen. Ich betone: Vorsichtsmaßregeln. Keiner von euch muß Angst haben, allein schon weil, wie unser Abt betont, Gott auf unserer Seite steht. Wenn wir dennoch Maßnahmen einleiten, so hauptsächlich nur, um jene, die mit dem Teufel noch im Bund sind, abzuschrecken. Den Rest können wir durchaus dem Himmelsherren überlassen.«

Notker sah in angstvoll geweitete Augen, aber er registrierte auch hoffnungsvolle Blicke. Andere wieder schienen die Entschlossenheit in Person zu sein. Diese prägte er sich ein, um sie anschließend den Leitern der Gruppen zu nennen, denn diese mußten die anderen mitreißen, sollte es zum Äußersten kommen.

«Also sorgt euch nicht, wenn der Cellerar nach dieser Veranstaltung an alle Waffen ausgibt und ihr den Umgang damit übt, und zwar nicht nur zur vorgegebenen Zeit.«

Notker bat die Brüder, im Raum stehenzubleiben, während er mit den Leitern der Gruppen in den Hinterraum ging. Nur wenige Minuten vergingen, bis die Brüder in Zehnergruppen zur Coquina zogen, in deren Keller Salomon in den letzten Tagen Schwerter, Spieße oder Degen gehortet hatte, die von Bauern herantransportiert und von Konversen entladen worden waren. Nur wenige waren bisher zur Übung ausgegeben worden. Aber diesmal blieb keine einzige im Keller.

Markwart entzog sich dieser Maßnahme. Er ging zu seiner Cella, und als ob ihm der HERR zur Seite stünde, schellte die kleine Glocke. Doch als er öffnete, meinte er, er sähe tatsächlich ein Wunder. Ein Pferdekarren stand draußen. Auf dem Bock saß ein Landmann, aber rechts wie links standen seine Brüder. Auf der einen Seite Hartmann und Heimbrecht, auf der anderen die drei Verschleppten.

Zu denen stürzte der Pförtner zunächst und schloß sie nacheinander in die Arme. Dabei schämte er sich nicht seiner Tränen. All seine Sinne waren auf die Wiederkehrer gerichtet. Längst hatte er gesehen, wie deren Cucullen zerrissen und beschmutzt waren. So rochen sie auch.

Und die Männer, die darin steckten, hatten sämtlich abgenommen, Tutilo und Burchard stöhnten sogar vor Schmerz, weil, wie sie erklärten, Markwart zu fest gedrückt habe.

»Was mußtet ihr alles aushalten?« fragte der Pförtner.

Er hörte, daß seine Brüder in einem Stall eingesperrt worden waren. Tagsüber mußten sie schwer arbeiten. Des Abends sollten sie umerzogen werden. Und wer sich in den Augen der Aufseher Verfehlungen leistete, wozu auch ein zuviel gesprochenes Wort gehörte, war gezüchtigt worden. Alle drei zeigten ihre Wunden, die erst verschorft, aber nicht verheilt waren.

Inzwischen waren Hartmann und Heimbrecht herangetreten, und sie ergänzten: »Die Geknechteten waren so entkräftet, daß sie nicht laufen konnten.«

»Deswegen haben wir den freundlichen Bauern gebeten, uns herzufahren.«

Nach diesen Worten erst ging Markwart auf, daß sich etwas in dem Dorf geändert haben mußte, das dem Satanas zunächst zugefallen war. Auf seine Frage hin erklärte Hartmann:

»Meine Nase war gut. Ich habe den Frauen zugetraut, daß sie ihre Schwäger, Brüder und Bekannten von den Einflüsterungen unseres Abtes abbringen könnten. Sie haben es tatsächlich geschafft. Die Landmänner haben die Waffen niedergelegt, gewiß auch angesichts des ungleichen Kampfes, der bevorstand. Sie haben weiße Tücher hinausgehängt und die Leute des Abtes vertrieben. So sind sie straffrei ausgegangen.«

»Aber die Truppen des Herzogs sind im Anmarsch«, fügte Heimbrecht an. »Sie wollen das Kloster wieder unter ihre Bannherrschaft bringen.«

»Und sie werden von Bewaffneten des Bischofs unterstützt«, ergänzte Hartmann. »Dieser ist verständlicherweise der Überzeugung, daß das Kloster wieder in die Diözese eingegliedert werden muß, will es nicht Hort unchristlichen Tuns werden.«

»Es wird sowieso Zeit, daß wir handeln. Wieviel Zeit wird uns noch bleiben?« fragte der Pförtner.

»Eine oder zwei Stunden«, antwortete Tutilo.

»Damit sind uns Grenzen gesetzt«, sagte Markwart und wandte sich zur Pforte. Noch war er keinen Schritt gegangen, als er eine jugendliche Stimme hörte und gleich darauf einen Luftsprung machte. Er sah den Novizen auf dem Karren stehen, auf dem er sich während des Gespräches verborgen hatte.

* * *

Aus dem Tagebuch des Novizen Bertold (undatiert)

Während die anderen zur Schule gingen, was seine Zeit dauerte, da Tutilo, Burchard und Jarich noch nicht gänzlich bei Kräften waren, lief ich voraus, um Sibrand und Grimaldus zu holen. Beim Sakristar hatte ich keine Probleme, aber doch bei dem Bruder, den ich zu Markwart geführt habe. Schon auf dem Weg ins Gotteshaus hatte mich das Klirren verunsichert, und als ich, aus der Sakristei kommend, zu deren Westseite lief, dorthin, wo einst die Cella der Novizen gestanden hatte, glaubte ich zu träumen.

Ich sah Männer in Cucullen, wie sie gegen Strohpuppen Spieße führten oder gegeneinander mit Degen fochten. Selbst schwere Säbel sah ich sie schwingen, die mit lautem Klang aufeinandertrafen. Bei den meisten wirkte das sehr unbeholfen. Nur einige der Konversen vermochten mit den Waffen umzugehen.

Was macht ihr für Wahnsinn! habe ich geschrieen. Daraufhin löste sich einer aus der Traube der Übenden und kam ohne Waffe auf mich zu. Noch ein zweiter tat es ihm gleich. Es war ein Konverse, dessen Name mir noch heute unbekannt ist. Allerdings sah ich nicht den Bruder, den ich suchte.

* * *

Der Novize wußte zu diesem Zeitpunkt nicht, daß sich Sibrand bereits Minuten zuvor von seiner Gruppe abgesetzt hatte. Er war aber noch nicht an der Cella ostiarii eingetroffen, weil er an der Coquina vorbeiging und den Weg über die Ställe wählte. Dabei blieb er oft sichernd stehen und mußte sich sogar einigemal verbergen.

Als er dann an der Pforte eintraf, begrüßte er freudig die Rückkehrer, die alle vor Markwarts Häuschen standen, weil sie nicht hineinpaßten. Dabei unterbrach der Pförtner seine Erzählung nicht, und Sibrand hörte von den verdächtigen Spuren mit dem S, die Markwart bislang für sich behalten hatte. Diesmal hielt er auch nicht zurück, daß er vermutete, sie hingen mit den Morden zusammen.

Sofort schnellte Sibrand herum. Jarich, den er soeben umarmt hatte, schaute ganz verwundert auf seinen Bruder und hörte wie die anderen aus dessen Mund: »Heute, als wir die Waffen aus dem Keller der Coquina holten, habe ich eine ganze Reihe von neuen Schuhen gesehen. Einer davon wurde angestoßen und fiel um. Dabei sah ich in seiner Sohle ein eisernes S, das etwas herausragte.«

»Das sind Schuhe, wie sie oft getragen werden, wenn man ein Gebirge überwindet«, wußte Hartmann aus seinen Jahren der Wanderung. »Da oben liegt meist Schnee, und so werden Eisen in die Sohlen gebrannt. Die können wie ein S aussehen, auch einer Acht gleichen oder andere Formen besitzen. Jedenfalls drücken sie sich in Schnee und vor allem Eis ein, und man findet Halt auf dem glatten Untergrund.«

Markwart zwinkerte mit den Augen. An der Erklärung seines Bruders zweifelte er nicht. »Aber das hilft uns nicht bei der Lösung der Morde«, sagte er.

»Insofern schon, als der Träger dieses Schuhs mit dem Cellerar Salomon gemeinsame Sache gemacht hat«, sagte Tutilo. »Und auf ein zweites weisen mich die Schuhe hin: Pankraz hatte ja zweimal behauptet, er habe Boten nach Rom gesandt. Aber das für die Alpen nötige Schuhwerk steht nach wie vor beim Cellerar, ausgenommen ein Paar, bei dem sich vom rechten Schuh das Schneeeisen in Form des S gelöst hat.«

»Weshalb hat dann Markwart im rechten Abdruck nicht ein gleichsam negatives S gefunden?« fragte Heimbrecht.

»Weil sich jede Vertiefung in der Sohle mit Schlamm ausfüllt«, wußte Tutilo auch hierauf eine Antwort und setzte seinen Gedanken fort: »Zumindest haben wir einen weiteren Beweis, daß Pankraz nicht den Papst um Rat und Beistand ersucht hat. Aber für mich steht fest, wer die Morde in Auftrag gab.«

Nach diesen Worten nickten alle, und Markwart erklärte:

»Wie mir Ulrikus sagte, bevor er umgebracht wurde, war Manegold Brandstifter und wurde aus dem Weg geräumt, damit er seine Untat nicht bezeugen konnte. Ähnlich muß es sich bei Salimbenes verhalten haben.«

»Noch deutlicher war es bei Welfart«, warf Hartmann ein. »Dieser Konverse wollte wohl das Kloster fliehen, und stellt euch einmal vor, beim Bischof oder beim Herzog hätte einer vorgesprochen, der die Praktiken des hiesigen Führungskreises kannte oder auch nur ahnte.«

»Leonius ist hingegen ermordet worden, um die Opposition zu schwächen«, fügte der Pförtner an.

»Aber weshalb wurden wir verschleppt und nicht getötet?« fragte Jarich.

»Morde konnte es nur wenige geben«, erklärte Tutilo, »weil ein jeder Spuren hinterläßt, die zu den Tätern führen. Deshalb wurde jener an unserem Bruder Leonius auch als Unfall getarnt.«

»Und der an Ulrikus als Selbsttötung«, warf Markwart ein.

Tutilo nickte, er hatte vom Ableben des Bibliothekars von Hartmann während der Reise gehört, und setzte seinen Gedanken fort: »Im Gegensatz zum Mord hinterläßt eine geschickt eingefädelte Entführung keine Spuren.«

»Oder es werden falsche Fährten fingiert, wie in Jarichs Fall mit der Leiter«, sagte Hartmann.

»Ich wurde beispielsweise mit Hühnern auf einem Wagen hinausgebracht und war dabei gefesselt und geknebelt«, erklärte Tutilo und schlug Markwart auf die Schulter, dem er sagte: »Und du hast mit den Tieren noch deine Scherze getrieben.«

»Ähnlich wurde ich aus dem Kloster gebracht«, flüsterte Burchard, der sich bislang zurückgehalten hatte, weil er am meisten von den Verschleppten geschwächt war und zu wanken begann. Heimbrecht sprang hinzu und stützte den Bruder. Von der anderen Seite kam Hartmann.

Als hätte es dieses Schwächeanfalls bedurft, wurde Markwart plötzlich aktiv. »Laßt uns losgehen!« forderte er. »Zum Reden haben wir noch genügend Zeit, wenn wir erst Satanas vertrieben haben.«

* * *

Aus dem Tagebuch des Novizen Bertold (undatiert)

Der Chormönch und der Konverse, die des Kämpfens überdrüssig waren, begleiteten Grimaldus und mich in die Kirche, wo wir beteten und den Himmelsherren baten, uns in der Auseinandersetzung mit Satanas beizustehen.

Als wir aus dem heiligen Raum wieder ans Licht traten, traute ich meinen Augen nicht. Ich sah, wie Markwart gemeinsam mit Sibrand, Heimbrecht und Hartmann sowie den drei Zurückgekehrten die Wachen bedrängten, als wollten sie in die Behausung des Satanas eindringen.

Doch die Leute des Engilbert verfügten nicht nur über Worte, mit denen sie die andrängenden Brüder einschüchterten. Sie senkten auch ihre Spieße und gingen gegen die Unbewaffneten vor. Diese wichen zurück, der Pförtner allerdings zu langsam, und so hörte ich, wie er einen Schrei ausstieß, der weniger vom Schmerz als mehr von der Wut gespeist war.

Dadurch überwanden wir unsere Erstarrung und eilten den Brüdern zu Hilfe. Doch Markwart und seine Begleiter hatten bereits den Rückzug angetreten. So blieb uns nichts anderes übrig, als ihnen zu folgen.

Dabei sah ich, daß der Pförtner aus dem linken Arm blutete. An seiner Cella angekommen, verband ihm Jarich die Wunde, worauf dieser sich versteht, weil er das bei seinen Tieren auch öfter tun muß.

Kaum war das geschehen, sagte Markwart, wenn wir nicht zum Abt vordringen könnten, müßten wir versuchen, alle Brüder und Konversen zu überzeugen, sich von diesem Satanas loszusagen. Das erschien mir leicht, weil die Herzoglichen anritten und womöglich in einer halben Stunde die Abtei erreichten.

Also gingen wir nach hinten und sprachen mit den an

den Waffen Übenden. Doch sosehr wir uns auch mühten, waren nur vier weitere Brüder bereit, mit uns zu kommen. Das waren noch immer zu wenig, um den Zutritt zur Schule zu erzwingen.

Im Gegenteil: Die Wachen waren verstärkt worden. Sie kreisten uns ein. Und eskortiert von Spießen, wurden wir zum Tor geführt.

Inzwischen war Engilbert herbeigeeilt und bellte in einem Ton, als sei er der Herr und wir seine Knechte: Ihr habt euch gegen die Regeln des Benedikt vergangen und euch nicht in Demut geübt. Ihr habt auch gegen die Consuetudines des Klosters verstoßen und sogar den Aufstand gewagt, also werdet ihr auf ewig des Klosters verwiesen.

Engilbert ging zur Pforte und schloß sie mit einem Schlüssel auf, der entweder dem Satanas oder dem Cellerar gehörte. Nach Markwarts Überzeugung war er sogar zusätzlich angefertigt worden, um die heimlichen nächtlichen Aus- und Eintritte zu ermöglichen.

Das flüsterte er uns zu, und laut sagte er, daß er nicht so plötzlich gehen könne, weil er erst die Pläne fürs neue Kloster dem Abt überreichen müsse. Damit hatte er den Auftakt gegeben zu einem allgemeinen Einspruch. Denn nach den Regeln hatte jeder Bruder das Recht, seine Habseligkeiten, so gering sie auch waren, stets mit sich zu führen.

* * *

Engilbert wußte nicht, wie er mit dieser Situation umgehen sollte. Also verschloß er die Pforte wieder. Hiernach massierte er einige Zeit sein Kinn, bis seinem trägen Verstand die Lösung eingefallen war, die ihn befriedigte:

»Pack alles zusammen, was der Abt erhalten muß«, wies er den Pförtner an. »Und wenn du damit fertig bist, gibst du es bei der Wache an der Schule ab.«

Mit keinem Wort ging Engilbert darauf ein, wie anschließend verfahren werden sollte und was mit dem Schlüssel des Pförtners zu geschehen habe. Er kreiste mit seinen Mannen die übrigen Aufsässigen ein, um sie ins Dormitorium zu führen, wo ein jeder Bruder die Kleidungsstücke zum Wechseln lagerte.

Markwart hoffte, daß dies recht lange dauere, denn er hatte nicht vor, das Kloster zu verlassen. Er war sogar der Hoffung, daß alsbald eine Wende einträte. Und das war auch nötig, wenn eine bewaffnete Auseinandersetzung mit den Mannen des Herzogs vermieden werden sollte.

Falls sich jedoch bei den Brüdern nicht rasch eine Einsicht zeigte, mußten er und die anderen der Opposition wieder aktiv werden. Zwar vermochte er mit seinen Freunden zunächst nicht in Verbindung zu treten, um ihnen das mitzuteilen. Doch er vertraute auf deren Pfiffigkeit und auf Tutilos unschlagbares Gedächtnis. Irgend etwas mußte in dem gespeichert sein, was eine unblutige Lösung ermöglichte.

Für den Fall, daß sich seine Hoffnung nicht erfüllte, suchte er seine wenigen Habseligkeiten zusammen. Dazu gehörten seine Aufzeichnungen ebenso wie die Mappe, die ihm der Novize von Ulrikus gebracht hatte.

Noch war er damit nicht fertig, als ein Schrei aus vielen Kehlen zum Himmel aufstieg. Zeitlebens war er Lärm gegenüber abgeneigt gewesen. Und seit er nicht mehr so gut hörte wie in seinen besten Mannesjahren, durchfuhr ihn in zunehmendem Maß die Angst, wenn er das Brüllen einer aufgeputschten Menge hörte.

Er trat aus seiner Cella, als ein zweiter kämpferischer Schrei erscholl. Bald darauf folgte ein dritter. Markwart schüttelte seinen Kopf und revidierte seine Meinung. Gegen eine Menge, die schrie und jubelte, wenn ihr Herr und Gebieter einen Sieg einfuhr, die aber die sich abzeichnende Niederlage nicht zur Kenntnis nehmen wollte, war wohl nichts auszurichten.

Noch war der Pförtner nicht in seine Cella zurückgekehrt, als plötzlich ein Schlüssel sich im Schloß der Pforte drehte. Vier Konversen huschten herein, sie bluteten aus einigen Wunden, und ihre Cucullen waren zerfetzt. »Schließ zu!« rief einer zum Pförtner, bevor er wie die anderen zur Schule lief.

Markwart kam seiner Pflicht nach und erfuhr erst später, daß kurz darauf Engilbert mit seiner Wache ins provisorische Abthaus gerufen worden war. Diese Gelegenheit nutzten Hartmann und Sibrand, Burchard und Grimaldus, Tutilo, Heimbrecht und Jarich sowie die beiden Übergelaufenen, das Dormitorium zu verlassen und zu ihren Brüdern zu gehen, die wenig zuvor noch kampfentschlossen geschrieen hatten.

Dazu waren sie zwar nicht mehr aufgelegt, doch alle Bemühungen der oppositionellen Brüder, die Anhänger Pankrazens zu bewegen, ihre Waffen niederzulegen oder sie gegen die eigene Obrigkeit zu richten, verhallten, als seien sie nicht gesprochen worden.

Noch hatten die Freunde Markwarts ihre Bemühungen nicht eingestellt, als Hufgetrappel nahte und das Schnaufen von Rössern. Dazu klirrten Waffen. Während dieses lauter werdenden martialischen Szenarios kam der Novize vom Dormitorium her gelaufen und huschte ins Pilgerhaus, um zur Bibliothek hinaufzupoltern. Er hatte sie wohl noch nicht erreicht, als das Hufgetrappel erstarb. Die Waffen klirrten kaum mehr gegen die Schilde, dafür drangen einige Befehle über die Mauer.

Für den Pförtner bestand keinerlei Anlaß, die Pforte zu öffnen. Nicht einmal die Neugier drängte ihn. Wenn er es dennoch tat, so aus einem Grund, der ihm nicht zugänglich war. Und alles Nachdenken war im folgenden Augenblick erstorben. Nicht die Bewaffneten waren zu sehen, die er erwartet hatte. Diese waren wohl ein Stück unterhalb des Hügelkammes zum Stehen gekommen.

Statt derer kam einer den Weg herauf, den es gar nicht

geben durfte. Er trug eine schwarze Kutte der Benediktiner, doch seinen Kopf zierte das rote Birett eines Kardinals, und beim Näherkommen erkannte der Pförtner, daß der Fremde an einem Finger der rechten Hand einen Ring trug, als sei er ein Bischof.

Schließlich vermochte Markwart des Fremden Gesicht zu erkennen, und da fuhr er zusammen. Einer jener Brüder, die er auf seiner Reise nach Osten zu den Styliten kennengelernt hatte, schien auf ihn zuzukommen. Das war ebenfalls ein Katholik gewesen, der sich der Tradition der Eremiten verpflichtet fühlte. Eine Ewigkeit hatte der Pförtner nicht an diesen Mann gedacht, mit dem er damals Freundschaft geschlossen hatte. Aber nun trat er auf ihn zu.

Im nächsten Moment schüttelte der Pförtner sein Haupt. Nein, das konnte nicht der Bruder von damals sein, der ihm so imponiert hatte, weil er alles zu wissen schien und doch nie auf seinem Recht beharrte. Denn dieser war gut und gern zwanzig Jahre älter gewesen als Markwart, also zwischen vierzig und fünfzig Lenze.

In ebendiesem Alter war auch jener mit dem roten Birett, der ihn lächelnd erreicht hatte, sich verbeugte und fragte: »Ihr schafft es wohl nicht allein?«

Markwart klagte dem Fremden sein Leid, worauf dieser sagte: »Wenn deine Brüder so geführt worden sind, werden sie kaum von allein aus dem Gefängnis herauskommen, an dem sie selbst mitgebaut haben. Denn ebenso wie die Masse ihren Führer erkürt, steht dieser über ihr. Und dadurch wird ein jeder Untergeordnete so klein, daß man die meisten an der Hand nehmen muß, um sie aus der Misere herauszuführen.« Er nickte und schritt aus.

Markwart vermutete, der Mann mit dem roten Birett wolle zur Schule, doch darin täuschte er sich. Der Fremde ließ sie links liegen, betrat auch nicht die Kirche, sondern ging dorthin, wo die Brüder gefochten und geschrieen hatten und wo sie vermutlich noch standen und nicht wußten, was sie tun sollten, weil es ihnen keiner mehr sagte.

Über das Gespräch und die Beobachtung, wohin sich der Gast wandte, hatte Markwart vergessen, daß die Pforte offenstand, obwohl die Herzoglichen nahe warteten. Deshalb zuckte er zusammen, als er spürte, wie jemand die Hand auf seine Schulter legte. Er fuhr herum mit der Befürchtung, es könne sich nur um etwas Schreckliches handeln. Aber hinter ihm stand einer, den er schon mehrfach eingelassen hatte, Gunther, des Bischofs Gesandter mit dem kasperhaften Aussehen.

»Ich will zu den Brüdern, denn einer muß ihnen vorstehen, bevor ein neuer Abt gewählt wird«, sagte dieser und ging am Pförtner vorbei auf die Schule zu, vor der sich immer mehr Brüder sammelten, und sie alle sahen nach oben, zur Spitze des Kirchturmes. Die hatte Markwart nicht im Blick. Also schloß er rasch die Pforte und eilte ebenfalls zu Schule, von der er aufsehen konnte zum westlich gelegenen Glockenturm.

Er traute seinen Augen kaum. Dort hinauf war Abt Satanas gestiegen und mit ihm sein hagerer Dekan. Mit wehenden Kutten standen beide in einem schmalen Umgang, der gewöhnlich nur von Handwerkern genutzt wurde. Offenbar hatte es sie hinaufgezogen, um zu sehen, wie weit die Feinde vorgedrungen waren. Nun aber stierten sie nach hinten, wo der Mann mit dem roten Birett stehen mußte.

Aus den Bewegungen Pankrazens war zu schließen, daß jener den eingeebneten Platz verließ und zur Schule gelaufen kam, vermutlich um mit den dort stehenden Brüdern zu sprechen. Dabei mußte er um den Teil des Querschiffes, in dem sich die Bibliothek befunden hatte.

Für einige Sekunden entzog er sich den Blicken des Abtes Satanas, und dieser tat, was er in letzter Zeit stets getan hatte: Er beugte sich nach vorn. Und er beugte sich noch weiter vor, nochmals ein Stück. Doch diesmal stützte ihn nicht eine blinde Menge von Brüdern, sondern nur eine sehr flache Brüstung.

Im nächsten Moment waren unterdrückte Schreie zu hören. Selbst Markwart ließ sich vom Schreck dazu hinreißen. Bruchteile von Sekunden schien der Satanas sich in der Schwebe zu halten. Doch dann überwog das überhängende Gewicht.

Und Notker reagierte, wie er es gewohnt war. Er griff nach der Cuculle seines Vorgesetzten, um ihn zu retten. Wie schon einmal kam er zu spät. Geradezu gleichnishaft wurde er mit seinem bärtigen Abt in die Tiefe gerissen, aus der sich beide erhoben wähnten.

Unbewußt faltete Markwart seine Hände. Für ihn als Christ war es eine Selbstverständlichkeit, auch für die Seelen seiner Feinde zu bitten, selbst wenn diese das Christentum und Benedikt von Nursia verraten hatten. Andere Brüder standen mit aufgerissenen Augen, bissen sich auf die Hand oder schrieen ihr Erschrecken hinaus.

In diesem Lärm war kein Aufschlag der beiden Körper zu hören. Sie durchbrachen das teilweise erneuerte Dach des Seitenschiffes und kamen zu liegen, wo ihr Trachten nach Macht ein erstes Verbrechen hervorgerufen hatte, denn der von Satanas initiierte Brand sollte die weisen Bücher vernichten.

Plötzlich stand der Mann im roten Birett neben Markwart. Er lächelte und sagte: »Vielleicht gelingt es euch nun, mit der Unterstützung Gunthers, wieder in die Spuren des Benedikt zurückzukehren.«

Er ließ sich zur Pforte begleiten, schritt hindurch und versprach von draußen dem Pförtner: »Ich werde mich um die Mannen des Herzogs kümmern.«

Markwart nickte zum Zeichen des Verständnisses. Gleich darauf lenkte ihn ein Poltern ab. Der Novize war mit solcher Geschwindigkeit die Treppe heruntergerannt, daß es geklungen hatte, als fiele jemand herab.

Nun warf er die Tür zum ehemaligen Pilgerhaus hinter sich ins Schloß und eilte nach hinten. Auch den Pförtner zog es dorthin. Zuvor jedoch warf er noch einen Blick durch die Pforte und staunte erneut: Der Mann mit dem roten Birett war bereits verschwunden, obwohl kaum Zeit vergangen war.

Dennoch schloß er die Tür im sicheren Gefühl, daß die Gefahr von der Abtei abgewendet worden war.

* * *

Aus dem Tagebuch des Novizen Bertold
(undatiert)

Von einem Fenster aus hatte ich gesehen, was mit Pankraz und Notker geschehen war. Ich verfolgte noch, wie Markwart den Kardinal hinausließ. Dann schloß ich die Bibliothek und rannte die Treppe hinab.

Als ich bei den Brüdern an der Schule ankam, hatten diese bereits ihre Waffen zu Boden gelegt, und zwar so, als ekelten sie sich vor ihnen und hätten diese niemals berührt.

Noch mehr als dieser Umstand verblüfften mich die Worte, die ich hörte. Die meisten behaupteten, sie hätten Pankraz nie über den Weg getraut. Sie seien nur gezwungen gewesen, ihm zu folgen. Aber ein Übel hätten sie nicht angerichtet.

Auch gaben sie im Brustton der Überzeugung von sich, sie hätten nichts gewußt von der Verschleppung und Ermordung anderer Brüder. Einer der Chormönche namens Johannes gab sogar vor, für den Widerstand gegen den Abt tätig gewesen zu sein.

Jeder, der gesprochen hatte, wies nach hinten mit der Bemerkung, die Übeltäter, die noch lebten, seien bereits geflohen. Dort stand eine Leiter an die Mauer gelehnt, und deshalb schaute ich mir die Gesichter genauer an und zählte die Nasen.

Nicht die Hälfte derer, die beim letzten Stundengebet anwesend waren, standen vor der entweihten Schule. Es waren meist Mönche und Laien, von denen zuvor nicht viel zu hören gewesen war. Doch bin ich mir sicher, daß die Geflohenen einige Vertraute im Kloster belassen haben, die sich fortan zahm geben werden wie gezügelte Pferde. Allerdings tragen sie nach wie vor ein Löwengebiß.

* * *

Damit endet das Tagebuch des Novizen nicht. Doch haben sich in seinem Leben nicht wieder solch aufregende Dinge ereignet. Nach eigenem Zeugnis ist er alsbald zu einem anderen Kloster gewandert, wo er die Profeß ablegte und wenig später zum Bibliothekar ernannt wurde. Auch berichtet er, daß er in der Kirche den Altar wie auch Deckengemälde ausgebessert habe.

Viele der verbliebenen Brüder, darunter auch der zurückgekehrte Lehrer der Grammatik, Bernus, gaben dem Beauftragen des Offizialates, Ruotker, wenig später zu Protokoll, was sie während der Herrschaft Pankrazens erlebt hatten und was sie anschließend entdeckten.

Dazu gehört auch der Gang vom halbzerstörten Abthaus in die Kirche, wo sich das Lauschernest befand. Als die zurückgebliebenen Brüder Markwart zum Friedhof folgten und das vermeintliche zweite Lauschernest freilegten, konnte sich Sibrand eines Lächelns nicht erwehren, handelte es sich doch um einen Einstieg zu mehreren Gängen, die womöglich viel früher angelegt worden waren, sich aber in keinem Plan fanden. Sie führten zum Kreuzgang, auch an dem Refektorium vorbei, bis zu den Ställen und boten den Zuträgern des Abtes Satanas reichlich Gelegenheit zum Lauschen.

Obwohl der Pförtner in dieser Hinsicht nicht recht

behielt, schrieb ihm mancher hellseherische Eigenschaften zu. Denn es gab noch einen Grund, die Brüder vom angeblichen Grab des Gründungsabtes Nikolaus fernzuhalten. Dieser hatte für seine Nachfolger in eine Stele meißeln lassen:

Abt, sei niemals selbstherrlich.
Du dienst nur Gott und Deinen Brüdern.

Indes werden die Nachrichten über die folgenden Jahre vom Kloster Riess rar, weil Markwart sich kaum mehr Notizen gemacht hat.

Doch geht aus den spärlichen Überlieferungen hervor, daß das Kloster nie wieder zur einstigen Größe zurückfand. Wann und weshalb es schließlich verlassen und dem Verfall preisgegeben wurde, ist bis heute nicht bekannt.

Worterklärungen

Abbas (aramäischen Ursprungs, aba, später ins Griechische und schließlich als Abba oder Abbas ins Lateinische übernommen) – Bezeichnung und Titel des Vorstehers einer Mönchsgemeinschaft (gleichbedeutend mit Abt).

Antiphon (griech.-lat. – entgegentönend, antwortend) – Refrainartiges Gesangsstück, seit dem frühen MA am Anfang und am Ende eines Psalms gesungen.

Antiphonar – Das Buch der Psalmen und Hymnen in der Liturgie.

Apsis (von griech. hapsis – Verknüpfung, Bogen, Wölbung) – Im frühchristlichen und romanischen Kirchenbau ist die A. als Bogen ans Langhaus angebaut, bei mehrschiffigen Kirchen auch an jedes Schiff.

Artes liberales – Die sieben freien Künste (seit dem Späthellenismus). Sie umfaßten drei sprachliche Fächer (Trivium): Grammatik, Dialektik und Rhetorik. Daneben gab es vier mathematisch-reale Fächer (Quadrivium): Arithmetik, Geometrie, Musik und Astronomie.

Birett – Liturgische Kopfbedeckung, in der römischen Form mit drei Aufsätzen. Bei Kardinälen von roter Farbe.

Calefactorium – Wärmstube, auch zum Trocknen der Kleider, zum Schreiben usf.

Canticum (lat. Gesang) – Bezeichnung für die Lieder des A. T und N. T., ausgenommen die Psalmen.

Cella hospitorum – Gastzelle.

Cella infirmorum – Krankenzelle.

Cella novitorum- Zelle der Novizen.

Cella ostiarii – Zelle des Pförtners.

Cellerar (lat. Cellerarius) – Kellermeister.

Chormönche oder Priestermönche – Mönche mit Priesterweihe.

Cluny – Eine zwischen 908 und 910 durch Herzog Wilhelm von Aquitanien gegründete Benediktinerabtei in Burgund. Von ihr ging im 10. /11. Jh. die bedeutendste Klosterreform des MA aus. Deren wichtigste Merkmale waren: 1. Die strenge Befolgung der Benediktinischen Regeln, 2. Lösung von weltlichen und bischöflichen Einflüssen bei Unterstellung unter päpstlichen Schutz, 3. Zentralisation der Klöster unter Clunys Leitung.

Consuetudines (lat. Gewohnheiten) – Ausführungsbestimmungen zu den (Ordens-)Regeln. Der Zeit und den Umständen angepaßt, unterscheiden sie sich von Kloster zu Kloster.

conversatio morum – Die stetige Einübung der Grundhaltungen des geistlichen Lebens.

Coquina – Küche.

Cuculle (auch Kukulle oder Cuculla) – Mittelalt. Ausdruck für das Mönchsgewand (Kutte, Kapuze am Mantel, Gugel).

Diopter (von griech. dia – hindurch und optos – sichtbar) – Visiervorrichtung.

Doppelglattfläche – Ein Werkzeug, ähnlich einer symmetrischen zweischneidigen Axt, das zur der Bearbeitung der Oberfläche von Steinen diente.

Dormitorium – Schlafraum.

Gorze – Eine von Bischof Chrodegang 749 gegründete Benediktinerabtei bei Metz, die im 10. Jh. Zentrum der Gorzer (lothringischen) Reform wurde. Diese gelangte über die Abtei St. Maximin in Trier nach Deutschland. Nach ihr behielten die Klöster ihre Selbständigkeit, blieben jedoch durch Regelwerk und Ordenskleidung miteinander verbunden. Die Klöster waren dem jeweiligen Bischof unterstellt.

Groma – Feldmeßinstrument der Römer. Auch im MA gebräuchlich, und zwar meist zur Ermittlung des rechten Winkels. Hingegen wurde die G. ursprünglich von den Agrimentoren (Feldvermesser) zur Absteckung des Feldlagers der Römer genutzt. Mit ihrer Hilfe wurde am Sonnenstand die N-S-Linie bestimmt und darauf aufbauend die O-W-Linie.

Hirsau – Ein im 9. Jh. gegründetes Benediktinerkloster im nördl. Schwarzwald, das nur kurze Zeit bestand, aber 1049 durch die Grafen von Calw wiedererrichtet wurde. Unter Abt Wilhelm (1069–91) erreichte das Kloster seine Unabhängigkeit und entwickelte sich zu einem Zentrum der Reformbewegung von Cluny.

Hora (auch Hore, lat. Zeit, Stunde) – Die acht Gebetszeiten des christlichen Stundengebets.

Insignien (lat. insigne – Abzeichen, Kennzeichen) – Kennzeichen staatlicher oder ständischer Macht (etwa Reichsapfel, Stab oder Schild). Die I. geistlicher Würdenträger werden als Pontifikalien bezeichnet.

Investiturstreit – Bezeichnung für den seit 1075 geführten Streit zwischen geistlicher und weltlicher Gewalt über das Recht auf Investitur (Einführung) von Bischöfen und Äbten.

Kapitelsaal – Der Versammlungsraum des Kapitels, d. h. der stimmberechtigten Mitglieder eines Klosters (Chor- oder Priestermönche).

Kipfen – Lotrecht auf dem Unterwagen stehende Stützen. Zwischen diese wurde ein Oberwagen eingehängt, der sowohl dem Personen- als auch dem Gütertransport dienen konnte. Durch die Aufhängung wurden die Erschütterungen auf den unebenen Straßen leidlich abgefangen.

Kommende (lat. commenda, von commendare – anvertrauen) – Eine geistliche Pfründe, deren Inhaber nur die Einkünfte bezieht, aber von Verpflichtungen freigestellt ist. Hauptsächlich Abteien wurden als Kommende an Bischöfe, Kardinäle und auch Laien vergeben. Von Leo X. an (1514) war die Verleihung dem Hl. Stuhl vorbehalten.

Komplet siehe *Stundengebet.*

Konvent (lat. conventus – Zusammenkunft) – Die Versammlung aller stimmberechtigter Mitglieder der Klostergemeinschaft (Kapitel). Aber auch die Zusammenkunft aller Mitglieder des Klosters wurde so bezeichnet.

Konverse – Seit dem 7. Jh. verstand man jene darunter, die erst im Erwachsenenalter einem Kloster beitraten (im Gegensatz zu den Oblaten). Sie blieben Laien, konnten aber nach Kapitel 62 der Regel des Benedikt unter bestimmten Bedingungen durch den Abt die Priesterweihe erhalten.

Kustode (lat. custos) – Wächter, Aufseher.

Laudes siehe *Stundengebet.*

Lektionar (lat. legere – lesen) – 1. Das Pult zum Auflegen liturgischer Bücher. 2. Das Buch, das die Schriftlesungen enthält, die im offiziellen Gottesdienst (Messe und Stundengebet) vorgesehen sind.

Mediatisierung – Im Hl. Römischen Reich verstand man unter M. die Aufhebung der Reichsunmittelbarkeit eines weltlichen Reichsstandes und die Unterwerfung dessen unter die Hoheit eines meist auch weltlichen Reichsstandes.

Miserikordie (lat. misericordia – Barmherzigkeit) – Kleines Stützbrett mit Konsole, das an der Unterseite der Klappsitze der Chorstühle angebracht ist, und zwar zur Unterstützung langen Stehens während des Chorgebetes.

Mitra (griech.-lat. Kopfbinde) – Kopfbedeckung und Würdezeichen (Insignie) der Bischöfe und Prälaten für den liturgischen Bereich.

Non siehe *Stundengebet.*

Oblate (spätlat. Oblatio – [Opfer-]Gabe) – Von den Eltern dem Kloster übergebene Kinder (Dargebrachte). Lange Zeit wurde dieses Vorgehen kritisiert, aber erst 1563 beseitigt. Bei Benediktinern waren die O. zahlreich und oft hochgebildet, da sie die ganze Klosterschule durchlaufen konnten.

oboedientia – Gehorsam.

Oratorium (kirchenlat. Bethaus) – Im frühen MA, als Benedikt von Nursia seine Regeln aufstellte, waren kleine Gotteshäuser gemeint. Im vorliegenden Fall trug das Längsschiff diese Bezeichnung in Unterscheidung zum nicht liturgisch genutzten Querschiff.

Ordensname – Seit dem 6. Jh wurde die Ablegung des bürgerlichen Namens bei Eintritt ins Kloster üblich und die Annahme eines Ordensnamens. Dadurch sollte vermieden werden, daß zwei Brüder oder Schwestern gleiche Namen trugen, zugleich wurde die Wegwende von der Welt dokumentiert.

Parlatorium – Der Sprechraum.

Pontifikalen – Die dem Bischof zukommenden Insignien wie Mitra und Stab, Ring und Brustkreuz.

Prim siehe *Stundengebet.*

Profeß, die (lat. professio – Bekenntnis) – Ablegung der Gelübde des Mönches (Übernahme der drei Evangelischen Räte – Armut, Keuschheit und Ehelosigkeit sowie Gehorsam). Ihr geht ein Noviziat voran.

Propugnatores – Vorkämpfer.

Refektorium – Speisesaal.

Terz siehe *Stundengebet.*

Titularheiliger – Heiliger Namensgeber.

Sakristei – Nebenraum der Kirche zur Aufbewahrung liturgischer Gewänder und Geräte.

Scharriereisen – Ein bis zu 12 cm breiter Meißel zur ebenmäßigen Flächenbearbeitung von Steinen.

Scriptorium – Schreibstube.

Sext siehe *Stundengebet.*

stabilitas – Die klösterliche Gemeinschaft.

Stundengebet – Die acht Gebetszeiten des Tages. Das S. setzte sich bei den Benediktinern zusammen aus: Vigil (Nachtwache, auch Matutin), die meist übergeht in die Laudes (Morgenlob). Es schließen sich Prim (Gebet zur 1. Stunde des Tages), Terz (zur 3. Stunde), Sext (zur 6. Stunde), Non (zur 9. Stunde) und Vesper

(Abendgebet) an. Der Tag klingt mit der Komplet (Vollendung, das eigentl. Nachtgebet) aus.

Trivium siehe *Artes liberales.*

Vesper siehe *Stundengebet.*

Vigil siehe *Stundengebet.*

Winkel, ägyptischer – Wird aus Brettern im Längenverhältnis 3:4:5 gefügt und dient der Ermittlung des rechten Winkels.

Starke Geschichten
Historische Romane bei AtV

DONNA W. CROSS
Die Päpstin
Der Bestseller: Millionen haben sie verschlungen, die mitreißende Geschichte der Päpstin Johanna von Ingelheim. »Donna W. Cross erzählt Johannas Geschichte als spannendes und historisch glaubwürdiges Beispiel einer unglaublichen Emanzipationsgeschichte.« BRIGITTE
Roman. Aus dem Amerikanischen von Wolfgang Neuhaus. 566 Seiten. AtV 1400. Audiobuch: Hörspiel mit Angelica Domröse, Hilmar Thate u. a. DAV 069

FREDERIK BERGER
Die Geliebte des Papstes
Rom, Ende des 15. Jahrhunderts: Der Adlige Alessandro befreit die junge Silvia aus der Hand von Wegelagerern. Beide spüren, daß sie ein besonderes Schicksal verbindet. Erst drei Jahre später treffen sie sich wieder. Sie lieben sich noch immer, Silvia ist aber einem anderen versprochen. Doch Alessandro gibt nicht auf. »Das ist beste Spannungslektüre voller Abenteuer, Leidenschaft und Sinnlichkeit und – das alles beruht dennoch auf Tatsachen!« WILHELMSHAVENER ZEITUNG
Roman. 568 Seiten. AtV 1690

PHILIPPA GREGORY
Die Farben der Liebe
Die Geschichte einer verbotenen Liebe während der Zeit des Sklavenhandels in England: Francis, ungeliebte Ehefrau eines Bristoler Kaufmanns, soll für ihren Gatten Sklaven von der Westküste Afrikas zu Hausmädchen und Butlern ausbilden. Unter Francis' ersten Schülern ist ein Schwarzer vornehmer Herkunft, viel gebildeter und sensibler als ihr raubeiniger Ehemann. In seinen Armen findet sie endlich Zärtlichkeit und Leidenschaft.
»Viel Intensität und innere Spannung« NEUE RUNDSCHAU
Roman. Aus dem Englischen von Justine Hubert. 540 Seiten. AtV 1699

HANJO LEHMANN
Die Truhen des Arcimboldo
Nach den Tagebüchern des Heinrich Wilhelm Lehmann
In den Kellergewölben des Vatikans wird im Jahre 1848 der junge Schlosser Calandrelli verschüttet. Er stößt dort auf Pergamente, die den Machtanspruch der Kirche untergraben. Zwanzig Jahre später vertraut er einem Ingenieur die Aufzeichnungen von damals an. Es entwickeln sich Intrigen und Machtkämpfe.
»... eine Mixtur aus Historischem und Fiktivem, wobei einem durchaus Bilder aus Ecos ›Der Name der Rose‹ in den Sinn kommen können.« THÜRINGISCHE LANDESZEITUNG
Roman. 699 Seiten. AtV 1542

AtV

Wahre Geschichten: Historische Romane bei AtV